BASTEI
LÜBBE
TASCHENBUCH

Weitere Titel des Autors:

Dämon

Titel in der Regel auch als E-Book erhältlich

Über den Autor:

Matthew Delaney besuchte das Dartmouth College, bevor er mit DÄMON seinen ersten Roman vorlegte. Der Autor lebt in Somerville, Massachusetts. Die Filmrechte wurden kurz nach Erscheinen des Buches an Touchstone Pictures verkauft.

MATTHEW DELANEY

GOLEM

ROMAN

Aus dem Amerikanischen von
Rainer Schumacher

BASTEI
LÜBBE
TASCHENBUCH

BASTEI LÜBBE TASCHENBUCH
Band 16 672

1. Auflage: Juli 2012

Dieser Titel ist auch als E-Book erschienen

Vollständige Taschenbuchausgabe
der bei Lübbe Paperback erschienenen Paperbackausgabe

Bastei Lübbe Taschenbuch und Lübbe Paperback
in der Bastei Lübbe GmbH & Co. KG

Titel der Originalausgabe: »Genome, Inc.«

Für die deutschsprachige Ausgabe:

Textredaktion: Wolfgang Neuhaus
Lektorat: Jan F. Wielpütz / Ruggero Leò
Titelillustration: © Anke Koopmann / Guter Punkt, München
Umschlaggestaltung: © Anke Koopmann / Guter Punkt, München
Satz: Dörlemann Satz, Lemförde
Gesetzt aus der Adobe Caslon
Druck und Verarbeitung: GGP Media GmbH, Pößneck
Printed in Germany
ISBN 978-3-404-16672-5

Sie finden uns im Internet unter
www.luebbe.de
Bitte beachten Sie auch: www.lesejury.de

Der Preis dieses Bandes versteht sich einschließlich
der gesetzlichen Mehrwertsteuer.

New York City,
ein paar Jahre in der Zukunft.
Stadthaus der Familie Livingston

Die Sicherheitsleute hatten abgeraten. Zumindest hatte Greeley das getan. Andererseits riet Greeley von den meisten Dingen ab, sei es nun, draußen spazieren zu gehen, am offenen Fenster zu sitzen oder ein Restaurant zu besuchen. Er hätte sogar davon abgeraten, Leitungswasser zu trinken, Transkriptoren zu benutzen, ja, vielleicht sogar zu atmen, wenn er geglaubt hätte, jemand würde sich seine Ratschläge zu Herzen nehmen. Wollte man mit Greeley klarkommen, musste man ihm zuhören und nicken. Sobald er wegschaute, konnte man immer noch tun und lassen, was man wollte.

Und im Augenblick schaute Greeley weg, sodass Dr. Jack Smalls sich einen Augenblick Zeit nahm und den Arm um die Hüfte seiner Frau Linda legte.

»Nicht«, ermahnte sie ihn und legte ihre Hand auf seine. »Du machst meine Flügel kaputt.«

»Tut mir leid, mein Engel.«

Wahrscheinlich hätte er die Flügel tatsächlich ramponiert. Linda Smalls trug zwei Paar davon, kleine Dinger aus Spitze, die von der Taille ihres Kleides bis knapp unterhalb des silbernen Heiligenscheins reichten. Also ließ Smalls seine Hand stattdessen ihren Schenkel hinuntergleiten, wobei er den Ärmel seines OP-Kittels hochschob. Greeley stand in der Tür, eine Hand aufs Ohr gedrückt, und sprach in seinen Anzugkragen.

Die große Wanduhr schlug elf. Über den Lärm der Band hinweg war sie kaum zu hören.

Greeley hatte davon abgeraten, Seeks zu spielen. In Smalls' Augen war Seeks ohnehin ein dummes Spiel, eine Art Erwachsenenversion des kindlichen Versteckspielens. Seit Jahren spielten es die Reichen auf den dekadenten Partys, die Bruce Livingston in seinem Stadthaus an der 5th Avenue gab. Beim Seeks verteilten die Gäste sich viel zu weiträumig auf dem Anwesen, als dass man sie alle im Auge hätte behalten können. Und Greeley wollte immer wissen, wo jeder sich aufhielt. Hätte er in Nazi-Deutschland gelebt, wäre er vermutlich bei der Gestapo gelandet, oder im kommunistischen Russland beim KGB. Aber er hatte das Pech, im Jahre 2049 zu leben, und da waren die einzigen Lebewesen, die überwacht werden mussten, keine Menschen. So musste Greeley sich damit zufrieden geben, Sicherheitschef bei Senator Bruce Livingston zu sein.

Smalls kannte Livingston seit Jahren – seit der Zeit in Harvard, um genau zu sein. Greeley kannte er demnach genauso lange. Während Livingston Senator geworden war – ein Amt, das er genutzt hatte, um den Wiederaufbau der Brooklyn Bridge zu finanzieren und jedes Jahr drei oder vier attraktive Praktikantinnen ins Bett zu bekommen –, hatte Smalls weiter Medizin studiert und war Molekulargenetiker geworden, dessen Spezialgebiet die rekombinante DNA-Nanotechnologie war – ein Thema, das sich hervorragend dazu eignete, auf Partys mit verständnislosen Blicken bedacht zu werden und kleine Kinder zu Tode zu langweilen.

Die Hand noch immer auf Lindas Schenkel, beugte Smalls sich vor und flüsterte: »Dein Engelskostüm macht mich ganz scharf.«

»Gefällt dir der Heiligenschein?«

»Ich *liebe* den Heiligenschein. Sehr sexy. Es ist doch nicht falsch, wenn ich das sage?«

Bei Gesprächen mit Männern hatte Smalls zu seinem Erstaunen herausgefunden, dass er zu den wenigen Herren mittleren Alters gehörte, die das Glück hatten, ihre Ehefrau noch immer sexuell anziehend zu finden.

Vielleicht lag es daran, dass er den ganzen Tag in einem Labor arbeitete, und die einzigen Frauen, die er dort zu sehen bekam, waren Mathefreaks, die mehr von der Chaostheorie verstanden als von Sex. Alles nette Mädchen, aber alle gehörten zu dem Typ, der bewirkte, dass einem Keuschheit plötzlich als erstrebenswert erschien. Dies erklärte vermutlich auch, warum es noch keine Playboy-Ausgabe mit dem Titel »Girls aus dem Genlabor« gab.

Livingston ging über die Tanzfläche nach vorne. Seine Musketieruniform bereitete ihm dabei gewisse Probleme. Immer wieder verfing sich das lange Cape an seinen Füßen, und er musste es ständig beiseiteziehen. Schritt und ziehen. Schritt und ziehen. Nur langsam kam er voran.

»Er hätte sich ein anderes Kostüm aussuchen sollen«, bemerkte Smalls. »In dem Ding kann er ja kaum laufen.«

»Das Cape macht ihn schlanker«, erklärte Linda, wie stets ganz diplomatisch.

Smalls musterte Livingston, der noch immer seinen seltsamen Tanz vollführte – Schritt und ziehen –, und fragte sich, ob das stimmte. Nein, sicher nicht. Nur wenn Livingston ein bisschen abnahm – um die zwanzig Kilo –, würde er schlanker aussehen. Smalls wartete darauf, dass der Mann einen Herzinfarkt erlitt – so wie ein Mechaniker darauf wartet, dass ein altes Auto schlappmacht.

Keuchend und schwankend erreichte Livingston das Mikrofon vor der Tanzfläche. Wenn er so weitermachte, würde er vielleicht noch in dieser Nacht den Löffel abgeben. Und das wäre eine Schande. So viele schöne Frauen und nur noch so wenige Tage im Amt. Smalls fragte sich, ob es eine Beerdigung mit offenem Sarg geben würde. Und falls ja – würden sie Livingston dann in seiner Musketieruniform zur Schau stellen, mit Federn am Hut und allem, was dazugehört?

»Ich danke Ihnen allen, dass Sie heute Abend gekommen sind«, begann Livingston und hob die Hände, bis die Gespräche verstummten und seine Gäste ihm lauschten. »Ich hoffe, Sie amüsieren sich. Selbst die Republikaner unter Ihnen.«

Der billige Witz rief vereinzeltes Lachen bei der größtenteils schon angesäuselten Gesellschaft hervor. Der Schlagzeuger machte einen Trommelwirbel.

»In ein paar Augenblicken werden wir mit dem Seeks beginnen. Für diejenigen, die mit den Regeln nicht vertraut sind: Um Punkt halb zwölf wird die Hälfte von Ihnen zwanzig Minuten Zeit bekommen, um sich irgendwo auf dem Anwesen zu verstecken, im Haus als auch im Garten. Nur Folgendes gilt es dabei zu beachten: Sollten Sie bei Ihrer Suche nach einem Versteck irgendetwas finden, das meinem Wahlkampf schaden könnte, bitte ich Sie, es nicht an die *Times* zu verkaufen.« Erneut bemühtes Lachen unter des Gästen. Der Senator fuhr fort: »Nach Ablauf der zwanzig Minuten wird die andere Hälfte von Ihnen Gelegenheit bekommen, die Versteckten zu suchen. Jeder von Ihnen hat bei seiner Ankunft eine Karte in einem Umschlag bekommen. Bitte machen Sie die Umschläge jetzt auf.«

Linda öffnete die kleine Tasche, die sie bei sich trug, kramte darin und holte die in einem weißen Umschlag steckende Karte hervor. Auf die Vorderseite war ein großes rotes »H« gedruckt für »Hide«, »Verstecken«.

»Sieht so aus, als gehören wir zu denen, die sich verstecken müssen«, sagte Linda.

»Das ist gut«, entgegnete Smalls. »Vielleicht können wir uns draußen im Wagen verstecken, mit eingeschaltetem Radio und ohne Licht.«

»Sei kein Spielverderber«, tadelte Linda. »Das wird bestimmt lustig.«

Wahrscheinlich hat sie sogar recht, dachte Smalls. Seltsamerweise machte dieses Spiel tatsächlich Spaß, auch wenn es ziemlich bescheuert war; aber so etwas spielten reiche, gebildete Leute nun mal. In kauzige Kostüme gewandet liefen sie mitten in der Nacht durch ein riesiges Haus und suchten sich ein Versteck, während Leute wie Greeley an der Tür standen und die Nicht-Superreichen draußen hielten, also 99,9 Prozent der Bevölkerung. Das gemeine Volk sollte nicht sehen, wie die Oberschicht sich zum Affen machte.

Smalls war schon auf vielen von Livingstons Partys gewesen, bei denen die Zahl der Gäste meist zwischen zwanzig und hundert Personen schwankte, und jede dieser Partys hatte sich um irgendeinen bizarren Event gedreht. So hatte es einmal im Ballsaal eine Show mit weiblichen Bodybuildern gegeben. Ein andermal hatten hundert Kleinwüchsige die Schlacht von Hastings auf dem großen Rasen vor der Tür nachgespielt; dann wieder hatten geistig behinderte Kinder einen Buchstabierwettbewerb ausgetragen – Livingston wollte unbedingt den Eindruck vermeiden, seine Partys seien immer nur dekadent. Auf jeden Fall waren diese Feiern ausgesprochen skurril gewesen. Smalls nahm an, dass deswegen noch nie jemand eine Einladung abgelehnt hatte. Medienvertreter waren allerdings nie zugelassen.

An diesem Abend waren etwa vierzig Gäste geladen, alle in unterschiedlichen Kostümen. Sie schufen eine beinahe surreale Atmosphäre, wie sie nur bei opulenten Kostümbällen möglich war. Pocahontas stand an der Bar und sprach mit Al Capone und einem NASA-Astronauten, während Hermes und Mutter Theresa Walzer tanzten. Wer brauchte schon bewusstseinsverändernde Drogen, wenn man genauso gut auf eine Livingston-Party gehen konnte?

Aber alles war irgendwie albern. Deshalb nahm Smalls das Ganze auch nie so richtig ernst. Für den heutigen Kostümball hatte er seinen alten OP-Kittel hervorgekramt, den er seit der Zeit an der Uni nicht mehr getragen hatte.

Nachdem alle auf ihre Zettel geschaut hatten, hob Livingston wieder die Hände. »Ladies und Gentlemen! Inzwischen müsste jeder seine Aufgabe kennen. In wenigen Augenblicken werden Sie das Anwesen erwandern und sich ein Versteck suchen. Dem Gewinnerpaar winkt als Preis ein kostenloser Gencheck dank der freundlichen Unterstützung unseres Cheftechnikers bei Genico, Dr. Jack Smalls.«

Livingston deutete auf Smalls, und von der Decke wurde ein Scheinwerfer auf ihn gerichtet. Plötzlich schauten dreißig, vierzig Augenpaare auf Smalls. Er lächelte, winkte, und der Scheinwerfer wanderte zu Livingston zurück.

»Ich hasse es, wenn er das macht«, flüsterte Smalls seiner Frau zu.

»Er meint es doch nur gut. Er findet, jeder soll mal im Scheinwerferlicht stehen.«

So konnte nur ein Politiker denken. Aber selbst Smalls musste zugeben, dass der Preis attraktiv war: Ein Gencheck war nicht gerade billig; schließlich wurden dabei die gesamte DNA eines Menschen auf Gendefekte untersucht und eventuelle Schäden behoben. Es war eine Art genetischer Schönheitschirurgie, eines der wenigen Felder, in denen der Biotechnologieriese Genico noch das Monopol erringen musste.

Hach, war das früher schön, als die Gewinner eines solches Spiels noch einen Apfelkuchen oder Tupperware bekommen hatten. Aber die Zeiten ändern sich nun mal. Nicht dass die Aussicht auf einen Gencheck ein Anreiz für Smalls gewesen wäre. Es war ungefähr so, als dürfte ein Kfz-Mechaniker als Siegespreis bei seinem eigenen Wagen das Öl wechseln.

Es ging auf 23.30 Uhr zu.

Livingston war mit einem goldenen Löffel im Mund geboren, wie schon sein Vater vor ihm – und sein Großvater, sein Urgroßvater und so weiter. Traditionell sprach man in so einem Fall von »altem Geld«; bei den Livingstons handelte es sich sogar um altes *politisches* Geld, und das war noch besser. Und auch das Anwesen, auf dem sie nun Seeks spielten, hatte eine reiche Geschichte. Carnegie hatte hier schon gewohnt, und Astor. Im Zweiten Weltkrieg hatte Roosevelt in ebendiesem Ballsaal britische Diplomaten bewirtet, und Woodrow Wilson hatte genau hier beschlossen, die Friedenskonferenz nach dem Ersten Weltkrieg zu leiten und als erster amtierender US-Präsident über den Atlantik zu reisen.

Und Jack Smalls hatte hier bei früheren Besuchen nicht nur ein-, sondern zweimal Sex mit seiner Frau gehabt. Was war im Vergleich dazu schon ein Präsident Wilson?

»Wir sollten zur Bibliothek gehen«, flüsterte Linda. »Ich kenne da ein Eckchen, wo wir uns verstecken können. Livingston geht manchmal mit seinen Praktikantinnen dorthin.«

»Wer hat dir das denn erzählt?«, fragte Smalls.

»Mrs. Livingston.«

Smalls schaute sich wieder um. Er hatte das unangenehme Gefühl, beobachtet zu werden. Und er hatte recht: In der Ecke stand ein Mann in langer schwarzer Robe und schwarzer Hose; auf dem Kopf trug er ein italienisches Barett mit Goldkrempe. Sein Gesicht war hinter einer mattgoldenen Maske mit langer Nase, zwei schwarzen Löchern für die Augen und einem verzerrt grinsenden Mund verborgen.

Die Maske drehte sich in Richtung Smalls, doch ohne die Augen sehen zu können, ließ sich schwer sagen, wohin der Mann schaute. Jedenfalls machte er Smalls nervös, und rasch wandte er sich ab.

Die Uhr schlug halb zwölf. Gedämpfter Jubel erhob sich unter den Partygästen, und die Band spielte eine flotte Melodie. Greeley verließ den Saal. Er sprach noch immer in seinen Kragen. Galileo (oder Magellan? Smalls war noch nie gut in europäischer Geschichte gewesen) ging mit Aphrodite, seiner Frau, an Mr. und Mrs. Smalls vorbei. Letztere erkannte Smalls sofort, denn in Mythologie kannte er sich aus. Die beiden hielten auf den hinteren Teil des Hauses zu.

»Ich wünsche Ihnen allen viel Glück«, rief Livingston. »So lasset die Spiele nun beginnen!«

Linda nahm Smalls' Hand und führte ihn rasch von der Tanzfläche. Sie blickte auf die Uhr. »Wir haben nur zwanzig Minuten, um uns ein Versteck zu suchen. Beeilen wir uns!«

Linda war immer schon ehrgeiziger gewesen als Smalls. Das entbehrte nicht einer gewissen Ironie, denn soweit Smalls wusste, verbrachte sie ihre Tage damit, Tennis im Club zu spielen, zu segeln oder Reitstunden auf Tanaway zu nehmen, ihrem vierjährigen Araber. Aber es behauptete ja auch niemand, alle modernen Frauen müssten arbeiten, nicht wahr? Linda jedenfalls schien das Leben in vollen Zügen zu genießen, und dafür brauchte sie nur zwanzigtausend Dollar im Jahr an Clubbeiträgen und mickrige siebentausendfünfhundert für den Gaul. Ach, was wir nicht alles für die Liebe tun … oder bezahlen.

Alles in allem hätte es Smalls aber nichts ausgemacht, hätte seine Frau sich ein günstigeres Hobby ausgesucht. Gärtnerei zum Beispiel. Das war verhältnismäßig billig, und man bekam sogar was zu essen dafür, was man von Lindas derzeitiger

Freizeitbeschäftigung nicht gerade sagen konnte, denn man konnte weder einen Tennisball noch ein Focksegel verkonsumieren. Das Pferd … okay, das konnte man essen; allerdings wäre es eine verdammt teure Mahlzeit gewesen.

Sie verließen den Ballsaal und eilten einen langen Gang hinunter.

»Weißt du, wo wir hinmüssen?«, fragte Smalls.

Seine Frau nickte. »Ich glaube schon. Die Bibliothek müsste oben sein.«

Sie eilten die Südseite des Hauses entlang. Durch die großen Buntglasfenster hatte man einen guten Blick auf die 5th Avenue. Dann und wann sahen sie auf dem Weg durch die verschiedenen Räume seltsame Dinge, darunter einen gepanzerten Ritter und eine Kammerzofe, die sich unter ein breites Bett zwängten. Überall in den mehr als fünfzig Zimmern des Anwesens suchten Paare nach Verstecken.

Smalls und seine Frau erreichten den Fuß einer breiten Treppe und machten sich auf den Weg nach oben. Linda schien genau zu wissen, wohin sie wollte. Auch oben gab es wieder Räume und Gänge und Flure … und nach zehn Minuten, nachdem sie an mehr Zimmern vorbeigekommen waren, als zehn Familien hätten nutzen können, geschweige denn Livingston und dessen Frau, blieb Linda unvermittelt stehen.

»Ich glaube, wir sind da.«

»Wurde aber auch Zeit.« Smalls schnappte nach Luft. »Würde ich hier wohnen, wäre ich in verdammt guter Form. Allein um ein Buch zu lesen, müsste ich jedes Mal zwei Meilen latschen. Aber wenn ich mir Livingston so anschaue, liest er offensichtlich nicht viel.«

Linda ging durch eine offene Tür zu ihrer Linken. Smalls folgte ihr. Dann blieb er stehen und schaute sich um. Das hier war definitiv eine Bibliothek. Der kleine Saal war voller Bücherregale, die sich über zwei Stockwerke hinzogen; in zehn Fuß Höhe lief eine Galerie um den Saal herum. Links von ihnen befand sich ein Marmorkamin an der Wand; der Stein schimmerte im Licht zweier Lampen. Auf dem Boden lag ein Orientteppich von der gleichen rostroten Farbe wie die Bücherrücken; darauf standen vier dick gepolsterte Sessel. Im hinteren Teil hing ein großer Spiegel an der Wand; der Rahmen war mit Blattgold verziert.

Linda ging zu dem Spiegel. Erst schaute sie sich den Rahmen an; dann legte sie die Hände ans Glas und versuchte hindurchzuschauen.

»Was tust du da?«, fragte Smalls.

Linda antwortete nicht. War der Wettkampfgeist seiner Frau erst geweckt, war sie nicht mehr in der Stimmung für Konversation. Eine schwarze Fernbedienung, ähnlich der eines Fernsehers, lag auf einem der Sessel. Smalls nahm sie und drückte den Powerschalter oben rechts. Ein Klicken ertönte irgendwo an der Wand, und der Spiegel glitt einen Zoll heraus. Linda packte den Rahmen, und das ganze Ding schwang nach außen wie eine große Tür.

Hinter dem Spiegel befand sich ein kleiner, gemütlicher Raum mit Bett, Lampe und einem eyeScreen über dem Sekretär. Auf dem Tisch stand eine Flasche Wein, was in Smalls den Verdacht weckte, dass Linda das alles geplant hatte. Manchmal war sie sehr einfallsreich.

Über dem Bett befand sich ein einzelnes Fenster, durch das man in den dunklen Garten hinter dem Haus blicken konnte. Greeley rauchte gerade eine Zigarette und ließ den Blick über den Garten schweifen, als zwei Gestalten an ihm vorbeihuschten: ein Gespenst, in eine weiße, zerlumpte Decke gehüllt, und eine Hexe mit grauem Haar und bleich geschminktem Gesicht. Draußen schlug die große Uhr Mitternacht, gefolgt von einer zweiten in der Bibliothek; beide schlugen fast im Einklang.

Mitternacht. Mitternacht. Mitternacht.

»Also los, mögen die Spiele beginnen ...«, flüsterte Mrs. Smalls.

Die Spiegeltür stand noch auf und gab den Blick auf die restliche Bibliothek und den Gang dahinter frei.

»Sollten wir die Tür denn nicht zumachen?«, fragte Smalls.

»Ich bitte darum.«

Langsam ließ seine Frau den vergoldeten Spiegel wieder zugleiten. Ein Klicken ertönte, als er geschlossen und die Smalls in dem kleinen Raum eingesperrt waren. Von innen war das Spiegelglas durchsichtig. Ein netter Trick, der es Smalls und seiner Frau erlaubte, in die Bibliothek zu schauen. Und ohne die Fernbedienung, die Smalls noch immer in der Hand hielt, konnte niemand den Raum betreten und sie deshalb auch nicht finden ... Es sei denn natürlich, jemand zerschlug das Glas.

Smalls ließ den Blick durch die nun leere Bibliothek schweifen. Der kleine Raum hinter dem Spiegel war dunkel; für die einzige Beleuchtung sorgte der Vollmond, dessen Licht durch das offene Fenster fiel. Lindas Engelsflügel funkelten, als sie sich umherbewegte. Die Uhr läutete ein letztes Mal und verhallte dann. Stille. Irgendwo unten würden die Sucher sich jetzt auf den Weg machen.

Smalls hatte plötzlich Schmetterlinge im Bauch – das Gefühl, das ein Kind bei einem spannenden Spiel verspürte. Allerdings war die Empfindung überhaupt nicht kindlich und machte sich gut eine Handbreit unter der Gürtellinie bemerkbar. Linda schien das Gleiche zu spüren, denn sie schaute ihren Mann verlangend an, die Hüfte kokett vorgeschoben, und strich sich mit den Fingern über den Halsansatz.

Linda war eine wirklich schöne Frau. Sie hatte grüne Augen und volle Lippen, bei deren Anblick ein Mann unwillkürlich daran dachte, wie diese Lippen im Sommer an einem Eishörnchen saugten, im Winter an einer Zigarre und andere freudsche Assoziationen.

Offenbar hatten der Reichtum und der Luxus dieser Umgebung Linda erregt. Mit langsamen, verführerischen Kreisbewegungen fuhr sie sich mit den Fingern über den Hals.

»Und welch' Befriedigung kannst du noch verlangen?«, sagte Linda.

Sie spielte nun mal gerne Theater.

Linda hatte in Wellesley ihren Abschluss in Englisch gemacht und schien sich zumindest bruchstückhaft an fast alles zu erinnern, was sie je gelesen hatte. Manchmal kam Smalls sich deswegen klein und schäbig vor, denn er hatte Chemie studiert und nur eine Handvoll Bücher gelesen, deren Inhalt vergleichsweise trocken war. Da seine Frau das Liebesspiel oft mit literarischen Zitaten einleitete, hatte er oft das Gefühl, ihr hinterherzuhinken, während er zu ergründen versuchte, wen oder was sie gerade zitierte.

»Wer bist du, der hier, in Nacht gehüllt, mein einsam' Selbstgespräch belauscht?«, sagte Linda und ließ ihre Finger über seinen Bauch gleiten.

Was ist das denn für ein Spruch?, fragte sich Smalls. Hörte sich an wie aus dem 19. Jahrhundert. Charles Dickens? Nein, zu blumig. Edith Wharton? Hatte die überhaupt im 19. Jahrhundert gelebt?

Er sollte lieber etwas sagen, um das Spiel in Gang zu halten, als sich über irgendwelche Sprüche den Kopf zu zerbrechen.

»Welch' Befriedigung wollt Ihr mir denn … äh, verschaffen?«, fragte er. Das war natürlich frei erfunden, denn Smalls wusste noch immer nicht, wen oder was Linda zitierte oder aus welchem Jahrhundert es stammte.

»So neu sie mir ist, so kenn ich diese Stimme. Bist du nicht Romeo, ein Montague?«

Aaah! Das kam Smalls bekannt vor. Shakespeare, Romeo und Julia. Smalls hatte das Gefühl, als hätte Linda ihm mit diesem Zitat auf die Sprünge helfen wollen.

Linda trat einen Schritt auf ihn zu. Ihre Engelsflügel schimmerten im Mondlicht.

»Aye, es ist wahr, ich bin der gute alte Romeo aus Montague«, sagte Smalls mit ziemlich schlecht gespieltem Akzent. Er kannte das Stück nicht wirklich. Hamlet wäre eher was für ihn gewesen, oder die Elemente des Periodensystems.

»Wie kamest du hierher, und warum? Oh, sag es mir«, flüsterte Linda und kam näher, bis sie ganz nahe vor ihm stand.

Jetzt hatte sie ihn total abgehängt. Mangan, Iridium, Wismut … oh, süßes Periodensystem! Linda strich ihm mit den Fingern über den Schenkel. Smalls war froh, dass seine alte OP-Hose so weit war.

Linda drückte sich an ihn, legte die Hand an seinen Bund, und die Hose fiel. Sie schob ihn rückwärts zum Bett, und Smalls fiel mit dem Rücken darauf.

»Ich sag's noch einmal, Liebster«, flüsterte sie und zog ihr Kleid hoch. »Welch' Befriedigung kannst du denn noch verlangen?«

Dann ließ sie sich auf ihm nieder, schnappte nach Luft, als sie ihn in sich spürte, und begann zu stöhnen. Jetzt war es kein Theater mehr. Langsam bewegte sie sich vor und zurück, vor und zurück, wobei die kleinen Glöckchen an ihren Engelsflügeln rhythmisch klingelten.

Mein lieber Schwan, dachte Smalls, wer hätte sich je träumen lassen, dass Shakespeare so geil sein kann? Du verschaffst mir in der Tat Befriedigung, o mein Engel des unerlaubten Verkehrs an verbotenen Orten.

Linda bewegte sich weiter und stöhnte immer lauter. Smalls hoffte, dass die Wände schalldicht waren. Er spähte an Lindas rechtem Schenkel vorbei zum Spiegel, um sicherzugehen, dass wirklich niemand in der Bibliothek war.

O Gott!

Jemand starrte sie an.

Smalls musste unwillkürlich zusammengezuckt sein, denn Lindas Bewegungen endeten abrupt, ihr Stöhnen verstummte, und sie schaute ihn mit glasigen Augen an.

»Was ist?«, fragte sie schwer atmend.

»Da ist jemand«, flüsterte Smalls.

Linda drehte sich um. Ein kostümierter Mann stand vor dem Spiegel. Sein Gesicht war hinter einer grinsenden Maske verborgen, und er starrte die Liebenden direkt an … oder zumindest sah es so aus. Dann fiel Smalls ein, dass der Kerl sie durch den Spiegel ja gar nicht sehen konnte. Linda schien zu der gleichen Schlussfolgerung gekommen zu sein.

»Er kann uns nicht sehen. Beachte ihn einfach nicht«, sagte sie. »Ich war schon fast so weit.«

Langsam ließ sie ihre Hüften wieder kreisen. Smalls schloss die Augen und lauschte auf das Knarren des Bettes, das Klingeln der Engelsglöckchen und Lindas Atmen, das immer schneller wurde. Er riss die Augen auf, schaute sie an. Ihr Gewicht fühlte sich wundervoll an; das weiße Kleid war an der Hüfte gebauscht, und durch das Fenster fiel Mondlicht auf sie.

Smalls' Blick glitt zum Spiegel zurück. Der Mann war noch immer da. Er ging im Raum umher und betrachtete die Buchrücken. Lindas Stöhnen wurde immer lauter, ihre Bewegungen schneller.

»Oooh … ich … komme …«, stieß sie schwer atmend hervor.

Das Bett knarrte, und durch den Spiegel hindurch konnte

Smalls den maskierten Mann in der Bibliothek stehen sehen, den Kopf zur Seite geneigt. Er lauschte.

»Pssst«, flüsterte Smalls und hielt seine Frau fest. »Ich kann das nicht. Das ist zu abgefahren.«

»Was ist denn?«, fragte Linda und blickte ein wenig verärgert drein.

»Der Kerl ist immer noch da. Ich glaube, er hört uns.«

Linda blieb noch einen Moment auf ihrem Mann sitzen, bevor sie langsam aufstand und ihr Kleid herunterzog.

»Wer ist das denn?«, fragte sie.

»Ich habe ihn vorhin schon bemerkt. Er hat uns auf der Party beobachtet.«

»Der Spiegel ist doch zu, oder?«

»Ja …«

»Wen kümmert das überhaupt? Soll er doch zuhören. Er kommt hier nicht rein.«

Linda war sexuell immer schon abenteuerlustiger gewesen als ihr Mann. Ihr mochte es ja nichts ausmachen, wenn ein Fremder ihnen beim Liebesspiel lauschte, aber Smalls machte es nervös. Was trieb der Kerl überhaupt hier? Was stand er da herum? Inzwischen war Smalls sicher, dass der Bursche sie auch vorhin schon angestarrt hatte. War er ihnen vielleicht hierher gefolgt? Die Vorstellung war zu unheimlich, um auch nur darüber nachzudenken.

Smalls zog seine Hose an, ging zum Fenster und schaute hinaus. Vor ihm breitete sich der vom Mond beschienene Garten aus. Am Hintereingang war niemand zu sehen; Greeley war offenbar zurück ins Haus gegangen.

Unvermittelt erklang ein lauter, durchdringender Schrei in der Dunkelheit.

Linda packte Smalls' Arm. »Was war das?«

In der Bibliothek hatte der Mann mit der Maske das Kinn

gehoben. Offenbar hatte auch er das Geräusch gehört. Er hielt kurz inne; dann wandte er sich wieder den Büchern zu. Smalls schaute immer noch hinaus in den Garten. Eine kühle abendliche Brise spielte in den Baumkronen. Alles schien ruhig zu sein.

Doch Smalls wusste, das Geräusch war ein Schrei gewesen.

Aber war dieser Schrei echt gewesen? Vielleicht hatte Livingston sich ja irgendeinen Scherz ausgedacht. Das Licht ausschalten und allen eine Heidenangst einjagen. Das war genau seine Art von Humor. Andererseits hatte der Schrei sich verdammt echt angehört. Also hatte Livingston entweder eine ausgesprochen motivierte und talentierte Schauspielerin engagiert, oder …

Oder was?

Oder der Schrei war echt, und in diesem Fall …

Hinter Smalls, auf der anderen Seite des Spiegels, ertönte ein dumpfer Schlag. Smalls wandte sich vom Fenster ab und schaute durch den Spiegel in die Bibliothek. Was war das? Irgendetwas war gerade an der offenen Tür der Bibliothek vorbeigehuscht.

Doch in diesem kurzen Augenblick hatte Smalls erkannt, was es gewesen war: zwei Füße, die schlaff herabhingen, während ihr Besitzer weggeschleppt wurde. Irgendeine schimmernde Flüssigkeit gerann auf dem Teppich draußen auf dem Gang.

Smalls trat ganz nahe an den Spiegel heran, drückte die Nase ans Glas und spähte in den Gang.

Die Flüssigkeit auf dem Teppich sah wie Blut aus.

»Was ist?«, flüsterte Linda.

»Ich weiß es nicht«, antwortete Smalls und überraschte sich dann selbst mit den Worten: »Bleib hier. Ich sehe nach.«

Hatte er das gerade wirklich gesagt? Smalls hielt sich nicht für tapfer – obwohl er letzten Sommer einen tollwütigen Waschbären mit einem 7er-Eisen unter der Veranda ihres Hauses hervorgeholt hatte. Und vor fünf Jahren hatte er ein achtjähriges Mädchen in den Hamptons vor dem Ertrinken gerettet. Aber die eine oder andere kleine Heldentat hatte wahrscheinlich jeder Mensch vorzuweisen. Da es zu Smalls' Lebzeiten keinen Krieg gegeben hatte, hatte er auch keine Gelegenheit gehabt, sich in einer Schlacht zu bewähren oder sich einen Orden zu verdienen, der seinen Mut hätte beweisen können. Stattdessen beschränkten seine »Abenteuer« sich darauf, mit anderen Angehörigen seiner Gesellschaftsschicht Squash zu spielen oder nach zweiundzwanzig Uhr allein mit der U-Bahn zu fahren.

Das hier war jedoch meilenweit davon entfernt, und zu jeder anderen Zeit wäre Smalls hinter dem Spiegel versteckt geblieben. Doch vermutlich hatte seine Frau durch den Ritt auf ihm seinen Testosteronspiegel so sehr in die Höhe schnellen lassen, dass er nun das gefährlichste aller männlichen Gefühle empfand: das Verlangen, sich zu beweisen.

Der Spiegel hatte innen ein Schloss, eine Art Riegel. Als Smalls ihn zurückzog, glitt die Tür langsam auf, und Lampenlicht fiel zu ihm herein. Es war, als würde man ein Siegel brechen. Plötzlich konnte Smalls eine ganze Symphonie verschiedener Geräusche hören, die bis dahin nicht in den Raum vorgedrungen waren: das Ticken der Bibliotheksuhr, das Summen der Lampen, das Geräusch einer Tür, die in einiger Entfernung zugeschlagen wurde.

»Bleib hier«, sagte Smalls, »und verhalte dich ruhig. Ich bin in zehn Minuten wieder da.«

Vorsichtig schob er die Spiegeltür auf, trat hindurch und gelangte in die Bibliothek. Sie war leer. Smalls schloss den Spiegel hinter sich und hörte, wie er ins Schloss fiel. Nun konnte er nur noch sein eigenes Spiegelbild im Glas sehen. Linda befand sich irgendwo dahinter, auf der anderen Seite. Der Gedanke machte ihm Mut, und er ging auf die offene Tür der Bibliothek zu. Dabei lauschte er, aber kein Laut war zu hören. Smalls lugte hinaus. Der Gang war in beiden Richtungen leer.

Smalls schaute auf den Boden und entdeckte einen roten Streifen auf dem Teppich. Er bückte sich und berührte den nassen Fleck. Als er die Finger hochnahm, waren sie rot. Blut. Ohne Zweifel. Smalls erinnerte sich an den maskierten Mann … und an die Füße, die aus der Bibliothek geschleift worden waren …

Er hätte die Polizei rufen sollen.

Anderseits war Livingston ein äußerst seltsamer Vogel. Vielleicht war das alles ja geplant, bloß Theater. Wenn Livingston gewusst hatte – woher auch immer –, wo Smalls und seine Frau sich versteckt hielten, war es durchaus denkbar, dass er irgendeinen Blödsinn inszeniert hatte, um seinem alten Kommilitonen Angst einzujagen.

Und bis jetzt funktionierte es.

Die Blutspur führte weiter den Gang hinunter, bis sie rechts hinter einer Ecke verschwand. Smalls musste zugeben, dass Livingston sich große Mühe gegeben hatte, sollte diese Sache tatsächlich auf seinem Mist gewachsen sein. Doch Smalls wollte ihm nicht die Genugtuung geben, bei diesem dämlichen Spiel den Sieg davonzutragen.

»Ich werde dich schon aufspüren, Freundchen«, flüsterte er und machte sich auf den Weg den Gang hinunter, immer den roten Flecken hinterher. »Wir werden ja sehen, wie das ausgeht.«

Die Blutflecke wanden sich über den Teppich wie die Spuren einer Schlange in der Wüste. Im Haus war es größtenteils dunkel, doch Smalls folgte der Blutspur im Mondlicht bis zum Ende des Gangs und dann in einen weiteren Flur hinein. Von den anderen Spielern war nichts zu sehen. Offenbar hatten alle sich irgendwo versteckt.

Die roten Streifen wanden sich immer weiter, eine Treppe hinauf, durch Zimmer und über Flure. Dabei änderte sich immer wieder der Bodenbelag. Mal saugte Teppichstoff das Blut auf wie Brot die Soße, dann wieder sammelte es sich auf Marmor oder Holz und bildete Pfützen, die im Mondlicht schwarz und unergründlich schimmerten. Einmal blieb Smalls sogar stehen, um diesen Effekt zu bewundern. In jedem Fall ruinierte Livingston sich mit diesem kleinen Scherz den ganzen Fußboden.

Dann verschwanden die Blutflecke.

Sie führten zu einer großen Doppeltür und darunter hindurch. Sackgasse. Die Tür war verschlossen, doch durch das Schlüsselloch fiel Licht. Leise schlich Smalls zu der Tür und drückte ein Ohr ans Holz. Drinnen waren Schritte zu hören. Da war jemand.

Jetzt habe ich dich, Livingston!

Langsam hockte Smalls sich hin und spähte durchs Schlüsselloch.

Das war nicht Livingston.

Hinter der Tür war eine Art Arbeitszimmer. Sofa, Stühle, Kaffeetisch und an der hinteren Wand Bücherregale. Ein Schatten fiel über die Bücher. Es war der Schatten eines stehenden Mannes, der die Arme hoch erhoben hatte. Smalls suchte die Lichtquelle. Es war eine Lampe auf einem Tisch. Der maskierte Mann stand im Licht. In der Hand hielt er eine lange Sichel. Auch Greeley, der Sicherheitschef, war in dem Zimmer, halb an die Wand gelehnt. Die roten Spuren endeten bei ihm. Blut sammelte sich unter seinem Körper. Auch die

Sichel war voller Blut. Tropfen fielen von der Klinge auf den Boden. Der Maskierte schaute auf Greeleys Leiche hinunter und klopfte sich mit der Sichel ans Bein, bis seine schwarze Robe verschmiert war.

Smalls wurde schwindelig vor Entsetzen. Er wankte, fiel nach vorne und schlug mit der Stirn an den Türknauf. Der Maskierte drehte sich um, starrte in Richtung des Geräuschs. Dann legte er den Kopf zur Seite, trommelte mit der Sichel gegen sein Bein und bewegte sich auf Smalls zu.

Smalls zog sich hastig vom Schlüsselloch zurück, doch kaum war das Bild verschwunden, das sich ihm geboten hatte, verspürte er das eigenartige Verlangen, zu bleiben und darauf zu warten, dass die Tür sich öffnete. Er wollte sehen, was sich dahinter verbarg. Zumindest wollte er noch einmal durchs Schlüsselloch spähen, um sich zu vergewissern, dass er tatsächlich gesehen hatte, was er beobachtet zu haben glaubte, und dass es nicht irgendein Trugbild gewesen war.

Aber es gab eine einfachere, bessere Lösung.

Umdrehen und rennen.

Smalls eilte denselben Weg zurück, den er gekommen war. Hinter sich hörte er, wie die Doppeltür geöffnet wurde, gefolgt von Schritten auf dem Marmorboden. Achte nicht darauf!, ermahnte er sich. Er musste ignorieren, dass jemand ihn verfolgte, musste weiterlaufen.

Dann hatte Smalls wieder den Gang zur Bibliothek erreicht. Im Mondlicht rannte er weiter. Hinter ihm pochten die Schritte, bewegten sich die Treppe hinauf.

Smalls stürmte in die Bibliothek und riss sein Handy hervor. Er sah den Spiegel am anderen Ende und rannte darauf zu. Als er das Glas erreichte, riss er an dem vergoldeten Rahmen. Nichts geschah. Panisch zog Smalls noch einmal. Dabei fiel ihm das Handy aus der Hand. Die Schritte im Gang wurden lauter. Der Maskierte kam näher. Plötzlich erinnerte Smalls sich an die Fernbedienung. Die Fernbedienung. Die Fernbedienung. Wo war die verdammte Fernbedienung? Die Schritte waren fast da.

Dann glitt der Spiegel auf. Die Hände seiner Frau erschienen und zogen ihn hinein. Hinter ihm schloss sich der Spiegel wieder. In der Dunkelheit des Geheimraums versuchte Smalls, wieder zu Atem zu kommen. Das Herz schlug ihm bis zum Hals. Er drehte sich um und schaute durch das Glas in die Bibliothek.

Leer.

»Was ist passiert?«, zischte Linda. »Was ist los?«

Smalls schüttelte den Kopf. »Pssst! Er kommt.«

Er hielt den Blick auf die Tür am anderen Ende gerichtet. Er wartete ... wartete ... und wartete ... und dann erschien eine Gestalt. Der Maskierte. Er ging an der Bibliothek vorbei und weiter den Gang hinunter. Smalls atmete tief durch. In seiner Brust wühlte ein Schmerz wie bei einem Herzinfarkt; dann wanderte der Schmerz nach unten und drehte ihm den Magen um.

»Wer war das?«, fragte Linda, die ängstlich die Augen aufgerissen hatte.

»Ruf die Polizei an.« Smalls' Stimme zitterte. Linda rührte sich nicht, stand da wie erstarrt. »Ruf die Polizei an, verdammt!«

Linda schaute sich um. Smalls' Tonfall machte ihr Angst, aber sie reagierte endlich und wählte die 911. »Wo ist dein Handy?«

Smalls schaute hinaus. Sein Mobiltelefon lag auf dem Boden der Bibliothek am Rand des Teppichs. Verzweifelt starrte er auf das Gerät und versuchte, es durch schiere Gedankenkraft wieder in die Finger zu bekommen.

»Was ist denn passiert?«, fragte Linda.

»Etwas Schlimmes.«

Nach dem zweiten Klingeln nahm ein Mitarbeiter der Notrufzentrale ab. »911. Bitte, schildern Sie Ihren Notfall.«

Linda gab ihrem Mann das Telefon. Smalls atmete abermals tief durch und versuchte, sich zu sammeln. »Wir brauchen Hilfe … Da ist jemand, ein Mann. Er versucht, uns zu töten. Ich bin in Haus Nummer 578, 5th Avenue, vierter Stock.«

»Brauchen Sie die Polizei?«

»Ja, bitte. Sofort!«

»Bleiben Sie am Apparat, Sir«, sagte der Mann.

Linda drückte sich an Smalls. Sie hatte die Lippen zusammengekniffen und starrte auf irgendetwas.

»Was ist?«, fragte Smalls im Flüsterton.

»Er weiß es.«

Smalls schaute in die leere Bibliothek hinaus. Da war niemand. Dann blickte er zur offenen Tür und in den Gang dahinter. Leer … nein … Moment mal … nicht leer. Ein Gesicht. Am Rand der Tür … die goldene Maske. Irgendjemand im Gang spähte um die Ecke und beobachtete die Bibliothek …

»Ja«, flüsterte Smalls, als der Mann langsam den Raum betrat. »Er ist jetzt hier. Ich sehe ihn.«

»Wo verstecken Sie sich mit Ihrer Frau?«

Smalls öffnete den Mund, um zu antworten; dann schrillten plötzlich die Alarmglocken in seinem Inneren. Da stimmte etwas nicht. »Was haben Sie gesagt?«

»Wo im Haus verstecken Sie sich mit Ihrer Frau?«

Meine Frau? Ich habe dem Telefonisten nie gesagt, dass ich meine Frau dabeihabe …

Smalls' Verstand arbeitete langsam, träge. Die Stimme am Telefon gehörte jemandem, der ihn mit Linda auf der Party gesehen hatte. Jemand, der wusste, wer er war. Jemand, der unmöglich ein Mitarbeiter der Notrufzentrale sein konnte.

»Warum wollen Sie wissen, wo wir uns verstecken?«, fragte Smalls.

Pause.

Klick.

In der Bibliothek blieb der maskierte Mann stehen und schaute auf Smalls Handy hinunter. Langsam bückte er sich, hob es auf und blickte auf das Display. Er drückte mit dem Daumen auf das Gerät und schien zu warten.

Plötzlich wusste Smalls, worauf der Mann wartete, doch es war zu spät, um noch zu reagieren. Lindas Handy erwachte zum Leben, und ein schrilles Klingeln erfüllte den kleinen Raum. Der Maskierte riss den Kopf in Richtung des Geräusches herum, und Smalls glitt das Handy aus den Fingern.

Rasch näherte der Unbekannte sich Smalls und Linda, blieb vor dem vergoldeten Rahmen stehen und musterte den Spiegel. Aus der Nähe konnte Smalls die Blutflecke auf der goldenen Maske und dem schwarzen Mantel sehen. Der Mann nahm seine Sichel und fuhr mit der Spitze über das Glas. Linda krallte die Finger in Smalls' Arm. Die kleinen Glöckchen an ihren Flügeln klingelten, während die Sichelklinge kreischend über den Spiegel fuhr. Smalls konzentrierte sich auf einen kleinen Fleck auf dem ansonsten makellosen Glas. Ein Fingerabdruck. Er gehörte ihm selbst.

Der Maskierte entdeckte den Fingerabdruck fast im selben Augenblick. Die Klinge verharrte. Dann riss der Mann den Kopf zurück, hob die Sichel und ließ sie mit fürchterlicher Wucht niederfahren. Das Glas zerbarst, und der Mann stieg durch den Rahmen, die Sichel in der Hand …

Erster Teil

Theater der Privilegierten, New York City

Es nieselte, und der Bürgersteig schimmerte feucht. Die Algenflossen der Taxis spritzten Wasser über den Bordstein, während die zahllosen Kebabverkäufer und Afrikaner, die teure Markenartikel verscherbelten, sich beeilten, gestreifte Regenschirme aufzustellen. Phillip Saxton überprüfte das Pflegeetikett seines Caraceni-Anzugs, suchte den Bürgersteig nach irgendwelchen Must-Buys ab und verließ dann die Garage. Wenn er sich richtig erinnerte, hatte es in seiner Kindheit nicht so viel geregnet wie jetzt. Aber wenigstens hatte man inzwischen in der ganzen Stadt Giftreiniger installiert, und es regnete keine Pfeffersprayreste mehr.

Sein Gehirn litt allerdings noch immer unter der anhaltenden Wirkung des Clubs USA. Ein dumpfer Schmerz hatte sich wie ein Wasserspeier über seinen Augen eingenistet, und er glaubte zu spüren, wie seine Leber sich langsam zersetzte. Saxton kaute zwei Aspirin und schluckte eine Vicodin mit einer halben Dose Soda. Der Bürgersteig war voller Wall-Street-Leute auf dem Weg zur Arbeit, und irgendwo klingelte ein Handy. Es dauerte einen Moment, bis Saxton erkannte, dass es sein eigenes war.

»Kommst du?«, fragte eine apathische Frauenstimme.

Es war Amy, seine Sekretärin. Saxton schaute auf die Uhr und beschleunigte seine Schritte. Er hatte insgesamt zwölf

Mal mit Amy geschlafen. Er wusste das so genau, weil es exakt der Anzahl von Kondomen in einem Päckchen entsprach. Beim dreizehnten Mal hatte keiner von ihnen genug Enthusiasmus aufbringen können, um eine neue Packung zu kaufen. Amy liebte Huey Lewis and the News und trainierte wie besessen auf einem Stepper, der den Mittelpunkt ihres ordentlichen Apartments auf der Lower East Side bildete.

»Ja, ich komme. Bin gleich da.«

»Lange Nacht gehabt?«

»So was in der Art. Roosevelt wollte unbedingt in den Club USA.«

»Wenn Roosevelt von einer Brücke springt, springst du dann hinterher?«

Verärgert fragte Saxton: »Macht es dir eigentlich Spaß, mich zu beleidigen?«

»Manchmal.«

»Es war meine Idee, in den Club zu gehen. Wenn ich Roosevelt nicht hin und wieder in den Hintern trete, verlässt er das Haus nur noch für Greenpeace oder irgendeine Rettet-die-Robben-Kampagne.« Die verspiegelte Glasfront des Genico-Gebäudes erhob sich unmittelbar vor ihm. Vier männliche Transkriptoren putzten die Fenster. Saxton blieb kurz stehen, um sein Spiegelbild auf der Glasoberfläche zu betrachten und sich das Haar zurückzustreichen. »Jedenfalls, ich bin gleich da.«

»Gut, die Eingeborenen werden nämlich schon unruhig.«

Die gentechnisch hergestellten männlichen Modelle waren mit dem Putzen fertig und marschierten im Gleichschritt zu dem neuen Transkriptorenladen, der sich entlang der gesamten Financial Plaza erstreckte. Transkriptorenboutiquen waren im ganzen Land wie Pilze aus dem Boden geschossen. Inzwischen waren sie so allgegenwärtig wie früher Postämter, und in jedem Geschäft konnten die Kunden sich zu vernünftigen Preisen ihre eigenen Transkriptoren entwerfen lassen, gentechnisch produzierte Menschen. Mittlerweile waren zahlreiche Transkriptoren unterschiedlichster Art hergestellt und versandt worden. Sie putzten das Haus, pflegten den Garten, versorgten die Kinder oder fungierten als Personal Trainer, Koch und Masseur. Egal was der Kunde verlangte, es gab einen Transkriptor für jede Aufgabe, und das ganz bequem im Einkaufszentrum nebenan.

Saxton klappte sein Videohandy zu und konzentrierte sich auf das zunehmende Gefühl der Wärme, als das Vicodin sich in seinem Körper ausbreitete. Er war Chefbroker des Genico-Broker-Netzwerks. In einem Meer von Büronischen auf einer großen Fläche im Genico-Gebäude gehörte er zu den wichtigen Namen. Jede Nische besaß ein Telefon, und jedes Telefon war mit zehn Leitungen verbunden, die wiederum ein riesiges Netzwerk bildeten, das unablässig klingelte und die Firma wie die Synapsen eines gierigen Hirns antrieb.

Saxton nickte dem Pförtner zu, James Wilson, einem ehemaligen städtischen Kanalarbeiter. Wilson war neunundsechzig und hatte eine Frau, ein Haus, zwei Autos, drei Töchter und einen Sohn, Jimmy Junior. Nachdem der Sohn taub geboren worden war, hatte Wilson sich ein Patent für das Gen Connexin 27 sichern können, jenes Genfragment, das erbliche Taubheit bei Menschen bewirkte und bei Jimmy Junior zum ersten Mal isoliert worden war. Später wurde aus Connexin 27 der Wirkstoff Connexio, ein Samp, das Taubheit heilte und das Konto der Wilsons um sieben Nullen erweiterte.

James Wilson war ein Sinnbild für den neuen amerikanischen Traum: angeborener genetischer Defekt – Isolierung des verantwortlichen Gens – ein Leben als Millionär. Derzeit hatte der Pförtner sein Vermögen in Pfandbriefen investiert – Pfandbriefe! Was für eine Verschwendung! – und bekam dafür gut zweieinhalb Prozent Rendite. Außerdem hatte er eine genetisch bedingte Veranlagung für Alzheimer und hing dem irrigen Glauben an, das Öffnen von Türen sei ein ehrenwerter Beruf.

Die Alzheimerkrankheit hätte Wilson nach und nach in menschliches Gemüse verwandelt, das nicht einmal mehr imstande gewesen wäre, eine Fernsehfolge von »Knight Rider« zu kapieren. Nun aber konnte dieser ganz normale Pförtner mithilfe seiner Genmillionen und einem Mann wie Phillip Saxton in seine Zukunft investieren. Er konnte sich die unwürdigen Nebenwirkungen des Alters ersparen und seinem Broker als Provision den Gegenwert eines Van Gogh einbringen.

»Hallo, Jimmy«, sagte Saxton. »Wann kommen Sie bei mir vorbei, um ein Konto zu eröffnen?«

Das war ein Film, den Saxton und der Pförtner jeden Morgen abspulten, um die Zeit zu überbrücken, während Saxton auf den Aufzug wartete. Der Maglew-Zug rumpelte über ihren Köpfen hinweg, mitten durch die Lobby von Genico, und die grünen Algenflossen waren noch in weiter Ferne zu sehen.

»Ich weiß nicht, Mr. Saxton.«

»Haben Sie es vergessen? Ist das schon Alzheimer?«

»Nein, nein«, widersprach Jimmy rasch. »Ich komme demnächst zu Ihnen.«

»Sie bringen mich noch ins Grab, Jimmy. Das sagen Sie nun schon seit drei Jahren. Sie haben doch noch meine Karte, oder? Ihr Junge hat doch nicht ›The Sound of Music‹ verpasst, nur damit sein alter Herr burgunderfarbene Uniformen tragen und Taxis herbeiwinken kann. Sie sehen wie ein Blackjack-Dealer im Mohegan Sun aus.«

»Natürlich habe ich Ihre Karte noch.«

Ein *Ping* verkündete die Ankunft des Aufzugs, und Saxton stieg ein.

»Rufen Sie mich an«, rief Saxton durch die sich schließende Tür. Und dann war Jimmy verschwunden, doch Saxton sah noch, wie der Pförtner den Kopf schüttelte und »Arschloch« vor sich hin murmelte. Ja, Saxton war ein Arschloch, und er war zufrieden damit.

Der Aufzug fuhr schnell nach oben. In der Kabine wurde Saxton mit Nachrichten eingedeckt. Ein holografisches Bild von CNN füllte den Lift. Alaska litt noch immer unter der Hitzewelle, und in dem kleinen afrikanischen Staat Ituri herrschte nach wie vor Gewalt. Saxton nippte an seinem Kaffee, während ein Ituri-Dorf brannte. Männer mit vollautomatischen Waffen feuerten blindlings in die Gebäude. Schrecklich, wirklich schrecklich. Saxton schaute auf die Uhr. Er war spät dran.

Der Aufzug hielt. Als die Tür sich öffnete, brandete das geschäftige Chaos der Brokeretage zu ihm herein. Das Klingeln der Telefone, das Schreien und Fluchen und Schimpfen im 89. Stock – dies alles verschmolz zu einem einzigen, wundervollen Tumult.

Saxton verließ den Aufzug. Er kam sich vor wie der Papst, wenn er den Blick über die Menge auf dem Petersplatz schweifen lässt: Größe zählte, und Genico war ein industrieller Riese. Vor Saxton breitete sich eine gewaltige Fläche aus, die auf allen Seiten von großen Fenstern umgeben war. Reihen von Arbeitsnischen unterteilten den Raum wie Waben voller emsiger Bienen. Die Wände der Nischen waren kaum hüfthoch, und jede Wabe besaß ihr eigenes Telefon und einen eyeScreen.

Die Bienen selbst, die in ihre Headsets schrien oder fluchten, gehörten zu den Auserwählten. Sie waren von der größten Handelsgesellschaft der Welt geerntet und in diesem Raum wieder ausgesät worden, um finanzielle Früchte reifen zu lassen. Die Krieger des 89. Stocks nahmen sich, was sie wollten:

Geld, Frauen, Autos – vor allem Autos. Der Parkplatz, der für diese Etage reserviert war, ging problemlos als Showroom für Nobelkarossen durch.

Saxton ließ das geschäftige Treiben auf sich einwirken.

Ein Bentley Continental stand auf und drückte auf einem Handtrainer herum. »Ich sage euch, Leute, die werden umfallen. Das bedeutet großes Geld für uns ...«

Ihm gegenüber lief ein Jaguar-S-Typ auf und ab und schwang einen Golfschläger, wobei er rief: »Knochenkrebs? Ist das überhaupt tödlich? Wie sind die Überlebenschancen? Wenn sie besser als fünfzig Prozent sind, würde ich es nicht mit der Kneifzange anpacken! Wo ist der beschissene Bericht dazu, verdammt?«

»Eitrige Dickdarmentzündung? Ich handle nicht mit Verdauungsproblemen!«, rief ein Aston Martin Volante, lockerte die Krawatte und starrte auf seinen Computermonitor.

Das alles waren Junggesellenautos. Sie waren für einen selbst bestimmt – und für das Model, die Schauspielerin oder wen immer man für den Abend aufgegabelt hatte, wenn man dem Portier im Ritz die Schlüssel zuwarf und etwas Cooles sagte wie zum Beispiel ... zum Beispiel ... Okay, Saxton hatte keine Ahnung, war aber sicher, dass ihm irgendetwas Lässiges einfallen würde, sollte er in diese Situation kommen. Kombis gab es auf dem Parkplatz genauso wenig wie Minivans. Wer eine Familienkutsche wollte, hatte bei Genico nichts verloren.

Und alle hier wollten das Gleiche.

Wie Scarface es ausgedrückt hatte: »Die Welt, Chico, und alles, was darin ist.«

Saxton atmete das alles ein, und er liebte es.

Er war einer der Gladiatoren, einer der Krieger dieser Finanzwelt. Jeden Morgen wachten sie auf und hatten den Geruch der Schlacht in der Nase wie den Duft frischer Druckerschwärze. Es hatte etwas Reines. In diesem Kampf gab es nur eine einzige Regel: Entweder man machte Geld, oder man verschwendete seine Zeit.

»Saxton!« Amy, Sekretärin, Sales Coordinator, Büroassistentin oder wie immer sie sich zurzeit nannte, stand hinter ihrem Schreibtisch und winkte ihm zu.

Saxton ging zu ihr. Amy senkte die Stimme: »Bauchspeicheldrüsenkrebs ist heute stark gefallen.«

Bauchspeicheldrüsenkrebs – genauer gesagt, das genetische Heilmittel dafür – hatte letzte Woche den Börsengang von Nucleotech Pharmaceutical eingeleitet. Die Anteile waren förmlich explodiert und schon am ersten Handelstag von 19 auf 97,3 gestiegen. Saxtons letzter Information zufolge wurde Bauchspeicheldrüsenkrebs mit 130 gehandelt. Ohne Behandlung hatte man mit dieser Krebsart eine Überlebenschance von weniger als zehn Prozent, was für Menschen, die darunter litten, schlecht war, für die Anteile jedoch gut. Dementsprechend groß war die Nachfrage gewesen, und Saxton hatte jedem seiner Kunden empfohlen, zu kaufen.

»Was?« Saxton runzelte die Stirn. »Wie viel?«

»Sechs Dollar pro Anteil.«

Saxtons Herz setzte einen Schlag aus. »Sechs Dollar? Himmel! Wie kann das sein?«

»Das sind bloß Marktkorrekturen. Kein Problem. Mach dir nicht in deine hübschen rosa Shorts.«

»Das ist ein Verlust von fünf Prozent! Wie ist das passiert, verdammt?«

»Was willst du von mir hören?« Amy zuckte mit den Schultern und inspizierte ihre Fingernägel.

Saxton drehte sich um und ließ den Blick durch das Großraumbüro schweifen. Der Lärm besaß plötzlich einen bedrohlichen Unterton. Saxton dachte an das Päckchen Mama

Blanca, das in seinem Schreibtisch auf ihn wartete. Es würde ihn den Morgen überstehen lassen.

»Wo ist der alte Herr?«, fragte Saxton.

»Bis halb zehn gibt er ein Interview für SampWatch. Anschließend kommt er aber wieder rein.«

Saxton schaute auf die Uhr. Ihm blieb nur eine gute Stunde, alles wieder in Ordnung zu bringen. Das Halcion, das er auf dem Weg hierher genommen hatte, wirkte allmählich und legte sich wie ein Schleier auf seinen Geist. Nichts ergab mehr Sinn.

»Hast du mal die neue Sorte bei Starbucks probiert? Mocha? Für fünf Becher bekommst du ein kostenloses pränatales Genscreening«, sagte May. »Oder war es ein Geschenkgutschein …?«

Saxton wurde immer nervöser. Er öffnete den Mund, um »Nein« zu sagen, wich dann aber langsam von Amys Schreibtisch zurück wie eine Zeichentrickfigur, die auf Zehenspitzen einer Bombe zu entkommen versucht, an der bereits die Zündschnur brennt.

»Hörst du mir überhaupt zu?«, wollte Amy wissen, machte dann aber weiter, ohne auf eine Antwort zu warten.

»Stell keine Anrufe zu mir durch«, sagte Saxton. Langsam drehte er sich von Amy weg; dann rannte er beinahe die Schreibtischreihen entlang zu seinem Büro. Er konnte das wieder in Ordnung bringen. Er brauchte nur ein bisschen Mama Blanca, um sein Hirn wieder auf die Reihe zu kriegen. Mama würde ihm schon sagen, was er tun musste.

Saxtons Büro befand sich in der äußersten Ecke des Stockwerks. Von dort hatte man freien Blick über den Hudson und nach New Jersey. Fotos hingen an der Wand: Saxton in den Hamptons, Saxton in Paris, Saxton bei einem Polospiel und auf den Turks- und Caicos-Inseln. Er ließ sich auf seinen Roche-Bobois-Stuhl hinter dem Hans-Hopfer-Schreibtisch fallen, schaute wieder auf seine Rolex und öffnete dann die Schreibtischschublade. Ein Stapel Brokermagazine, eine Rolle Zertifikate, eine Flasche Ibuprofen und ein kleiner Briefumschlag aus Glassinepapier befanden sich darin. Saxton öffnete den Umschlag, schüttete den Inhalt auf den Schreibtisch und zog mit seiner American Express Platinum dünne weiße Linien.

Vergangenes Jahr war Paradise, eine synthetische Droge, groß in Mode gewesen. Wohin Saxton auch gegangen war, die Leute hatten sich die kleinen blauen Pillen eingeworfen. Modepartys in Chelsea – kleine blaue Pillen. Bar Mitzwas in der Upper West Side – kleine blaue Pillen. Aber Paradise war heute nur noch die Mode von letztem Jahr. Inzwischen wurde das Zeug von schmutzigen Collegekids aus dem East Village und von Künstlern geschluckt, die sich in den Lofts von Brooklyn drängelten. Euphoria, eine nette, kleine rote Pille, war nicht schlecht. Sanft und lang anhaltend. In Russland hergestellt. Euphoria war gut für Firmenanwälte oder Gelegenheitsschauspieler, aber Wall Street Broker liebten es auf die alte Tour: Kokain war der Stoff der Stunde, die gleiche Droge, die die Börsen schon in den 80er-Jahren des 20. Jahrhunderts angetrieben hatte.

Ein schrilles Klingeln riss Saxton aus seinen Gedanken, und ein Bild von Charles Washington erschien auf seinem Monitor. Saxton schaute auf die Uhr. In Ituri war es jetzt kurz vor ein Uhr mittags. Zu der Zeit servierte man in Afrika das Mittagessen. Saxton kannte den Zeitplan dort. Morgens wurde vergewaltigt und verbrannt. Anschließend wurden Kinder mit Macheten zerhackt. Dann Mittagessen. Der Nachmittag war für gewöhnlich dafür reserviert, Frauen mit Maschinengewehren niederzumähen. Zu guter Letzt hielt man ein Nickerchen. Der Bürgerkrieg dort war völlig außer Kontrolle geraten; aber das Chaos und die völlige Missachtung der Menschenrechte hatten zum Glück auch Vorteile – zumindest für jemanden wie Saxton.

Saxton seufzte, warf einen sehnsüchtigen Blick auf das Koks und nahm dann den Anruf entgegen.

Sofort erschien Charles Washington als Livefeed unter dem Bloomberg-Aktienticker. Washington war ein dunkelhäutiger Afrikaner mit schwarz und weiß gestreiftem Bart. Er trug ein grünes Militärhemd und Ordensbänder auf der Brust. Hinter dem General standen ein Bücherregel, die grün-blaue Flagge von Ituri und eine weiße Marmorbüste von Washington persönlich – Charles, nicht George.

»Wie geht es Ihnen, General?«, fragte Saxton.

Der General sah verärgert aus und trommelte mit den Fingern auf seinen Schreibtisch aus poliertem Eichenholz. »Ich glaube, mich an ein Gespräch mit Ihnen zu erinnern, in dem Sie mir eine gewisse Menge eines bestimmten Produkts versprochen hatten.«

»Ich erinnere mich ebenfalls an dieses Gespräch, und ich werde besagtes Produkt auch liefern.«

»Ach ja?«

»Natürlich. Als Bezahlung bitte ich nur um …«

Der General hob die Hand. »Ich weiß, was Sie wollen, und das lässt sich leicht bewerkstelligen. Wir haben eine Menge Butu-Flüchtlinge, die für Ihre Zwecke geeignet sind. Da liegt nicht das Problem.«

»Dann haben wir also keine Probleme?«

Der General lehnte sich zurück und schenkte Saxton sein berühmtes, zweideutiges Lächeln. Auf der einen Seite schien es auszudrücken, dass er einen mochte; auf der anderen Seite schien es zu besagen, dass er einen nur zu gern köpfen würde. Beides war unheimlich.

»Enttäuschen Sie mich nicht. Im Augenblick bin ich ein glücklicher Mann, aber wenn Sie mich belügen, werden Sie feststellen, dass ich sehr unangenehm werden kann.« Der General nahm Stift und Papier und legte beides auf den Tisch. »Ich würde Sie gerne offiziell in mein Land einladen. Wo wohnen Sie noch mal?«

Saxton musste sich etwas einfallen lassen. Er wollte auf keinen Fall, dass der afrikanische Warlord wusste, wo er zu Hause war. »Schicken Sie die Einladung ins Büro«, sagte er. »Ich bin sowieso die meiste Zeit hier.«

Der General legte die Stirn in Falten, nickte dann aber und notierte die Adresse, die Saxton ihm gab. Dann verschwand das Bild von General Washington, und Saxton atmete erst einmal tief durch und nahm sich vor, bei der nächsten Gelegenheit das telefonische Warnsystem zu überarbeiten. Der Mann war ein Mittel zum Zweck, doch seine ständigen Forderungen waren ermüdend. Washington führte sich auf, als wäre er der Kaiser von China und nicht der selbsternannte Diktator eines Landes, das vor einem Jahr noch nicht mal existiert hatte und nächstes Jahr vermutlich nicht mehr existieren würde. Das Einzige, was der General besaß und was Saxton interessierte, waren jede Menge Blutdiamanten, ein brutaler Bürgerkrieg und ein schier unerschöpfliches Reservoir an menschlichen Untersuchungsobjekten.

Kurz dachte Saxton über Afrika nach, bis das Nachdenken zu anstrengend wurde. Er beugte sich vor, um seinen Geist mit einer kräftigen Prise Mama anzutreiben.

Das Videotelefon störte ihn erneut. Diesmal erschien der Name George Saxton auf dem Monitor, und das war noch bedrohlicher als General Washingtons Lächeln. Kurz dachte Saxton darüber nach, den Anruf zu ignorieren, doch sein Vater würde es immer wieder versuchen. Der Alte war wie Bluthochdruck. Einen Augenblick später erschien Dads Gesicht auf dem Bildschirm. Saxton Senior saß in seinem grünen Büro hoch oben im Genico Building, wo er sich gerade auf ein Interview mit den Genetic News von CNN vorbereitete. Eine Maskenbildnerin mit kurz geschnittenem Haar beugte sich über ihn und puderte sein Gesicht; dann huschte sie davon.

Saxton Senior drehte sich zur Kamera um. »Was läuft da, Phil?«

»Ich freue mich auch, dich zu sehen, Dad. Wie geht es dir?«

»Wir sind hier nicht beim Sonntagsdinner. Hier geht es ums Geschäft. Da ist es egal, wie ich mich fühle.«

Saxton wusste, warum sein Vater anrief, und sagte deshalb von sich aus: »Bauspeicheldrüsenkrebs?«

»Was hat dieser Kursverfall zu bedeuten?«

»Marktkorrekturen. Nichts Wichtiges«, antwortete Saxton und holte sich gleichzeitig die Samp-Zahlen auf den Monitor. Der Kurs war um weitere fünfzig Cent gefallen. Mama Blanca flüsterte ihm vom Tisch aus zu. Saxtons Kehle war wie ausgetrocknet, und er schaute zu dem Minikühlschrank neben dem Modell der *Alinghi*, der letztjährigen Siegerjacht beim America's Cup.

Saxton Senior seufzte und betrachtete sich im Kosmetikspiegel. »Wie hoch sind unsere Einlagen?«

Saxton hielt kurz inne. »Ich … äh … schaue mal eben nach.«

»Du schaust mal eben nach?«

Saxton musste nicht nachschauen. Er wusste genau, wie viel Geld sie in Bauchspeicheldrüsenkrebs investiert hatten. In seinem Kopf läuteten die Alarmglocken.

»Lösung?«

»Ich arbeite an etwas.«

»Ach ja? Das ist aber reichlich vage. Und wann werde ich dieses Etwas sehen?«

»Noch in dieser Woche«, antwortete Saxton. »Oder in zwei.«

»In fünf Minuten gehe ich bei CNN auf Sendung. Was ist mit meiner Glaubwürdigkeit?«

»Ich weiß.« Saxtons Blick schweifte wieder zum Kokain.

»Ich werde wie ein Amateur dastehen!«

»Wir sind nicht das einzige Unternehmen, das von dieser Entwicklung betroffen ist. Wie ich hörte, hat auch DNA Design kräftig eingekauft. Ich werde unseren Kontakt bei CNN anrufen, um sicherzustellen, dass die das wissen. Dann stehen wir nicht mehr in ganz so negativem Licht.«

Saxton Senior schüttelte den Kopf, wandte sich von der Kamera ab und sprach laut mit jemand anderem im Raum. Dann drehte er sich wieder zu seinem Sohn um. »Ich muss jetzt auf Sendung.«

»Okay. Ach ja, noch was, Dad.«

»Und was?«

»Alles Gute zum Vatertag.«

Der alte Saxton hielt kurz inne und legte die Stirn in Falten. »Vatertag war vor einem Monat.«

»Was?«

»Lass die Finger von den Drogen.« Dad klang verärgert. »Ich führe eine Maklerfirma, keinen Nachtclub.«

Saxton Seniors Bild verschwand; stattdessen erschien das AT&T-Logo auf dem Bildschirm. Nachdenklich starrte Saxton einen Augenblick lang auf die Buchstaben; dann beugte er sich vor und zog sich das weiße Pulver rein. Ungebeten schaltete ein Monitor um.

Der Bildschirm flackerte kurz; dann lief CNN Sampwatch. Saxton Senior erschien hinter seinem blank polierten Schreibtisch. Ein kahlköpfiger Mann in gestärktem Hemd und Hosenträgern interviewte ihn vor einem imponierenden Hintergrund mit Blick auf den Hudson. Saxton schaltete den Ton aus, um die Stimme seines alten Herrn nicht hören zu müssen, wischte das restliche Kokain in den Mülleimer, lehnte sich zurück und beobachtete eine Zeitlang, wie die Lippen seines Vaters sich bewegten.

Dann drehte er sich nachdenklich zum Fenster um und blickte auf die Stadt hinaus. So viele Leben da unten, so viel Krankheit, so viel Schmerz und Leid … und so viel Geld, das es zu verdienen galt. Vater hatte Genico gegründet, doch Saxton wollte mehr. Er verdiente mehr. Und warum sollte er nicht auch mehr bekommen? Er besaß das großartigste Produkt, das je entwickelt worden war. Die Menschen hatten Angst vor dem, was ihnen Schmerzen bereitete, und zahlten jeden Preis, um es sich vom Leib zu halten. Und die, die es sich nicht leisten konnten? Nun ja, dachte Saxton, ihr Tod würde die anderen nur umso stärker motivieren.

Mit dem richtigen Produkt konnte man unermesslichen Profit machen.

In den 80er-Jahren des 20. Jahrhunderts hatte das für die Aktienmärkte gegolten. Geldgierige Wall-Street-Firmen wie Salomon, First Boston, Goldman Sachs, Morgan Stanley und Shearson Lehman waren die geistigen Väter einer ganzen Generation gieriger Söhne. Skrupellose Typen und Finanzjongleure wie Ivan Boesky, Michael Milken, Ronald Perelman und Warren Buffet hatten die Achtziger in eine nie gekannte Ära der Gier verwandelt, bis 1987 jeder Wirtschaftsstudent in den Vereinigten Staaten Gordon Gekkos Credo aus »Wall Street« zitieren konnte:

Gier ist gut.

Ja, Gier ist gut, sehr gut sogar … oder besser gesagt: Gier *war* gut. Anfang der Neunziger waren die Salomons, Boeskys und Milkens erledigt gewesen, und ein Vakuum war entstanden, das andere hatten füllen müssen: Produzenten. Gier galt nichts mehr – *echte* Gier. An die Stelle der Finanzhaie traten Männer wie Ted Turner, Bill Gates und Larry Ellison, Chefs riesiger Unternehmen, die etwas produzierten und nicht nur mit Papierfetzen handelten und dabei gigantische Gewinne einstrichen.

Die Wall Street drohte an ihrem eigenen Erfolg zu ersticken.

Anstelle einer Handvoll Finanzgrößen, die den Markt diktierten, gab es nun Hunderte von Investmentbanken und Tausende von Brokern, die genau das Gleiche anboten.

Saxton vermisste die Milkens und Boeskys, die finanzpolitischen Visionäre, die die Märkte ihrer Zeit beherrscht hatten. Stattdessen war die Wall Street infolge des Internetbooms weich geworden, und Onlinehändler hatten entdeckt, dass sie ihre Portfolios genauso gut in den Halbzeitpausen der Footballspiele von zu Hause aus managen konnten, anstatt sich an Arschlöcher wie Phillip Saxton zu wenden.

Dann, im Jahre 2001, hatten die Firma Celera und das Konsortium, das als »Humangenomprojekt« bekannt war, etwas erreicht, was man bis dahin für unmöglich gehalten hatte: die vollständige Sequenzierung des menschlichen Genoms, unsere DNA.

Mit einer Zeremonie im Weißen Haus hatte man dieses historische Ereignis gefeiert, und der Aktienkurs von Celera war um mehr als tausend Prozent gestiegen. Einige Leute hatten viel Geld gemacht, und ein paar Wissenschaftler hatten sich vermutlich Stipendien gesichert, um Fruchtfliegen studieren zu können. Doch die Aufregung ebbte rasch ab, und die Celera-Aktien fielen wieder auf ein normales Niveau. Einige Leute verloren viel Geld, und die Fruchtfliegen kümmerte es ohnehin einen Dreck.

Und kurz darauf kam die Angst.

Nach dem Zusammenbruch des Immobilienmarkts in den Vereinigten Staaten brach die Weltwirtschaft auf furchterregende Weise zusammen. Auf der ganzen Welt nahmen die Finanzprobleme und die Arbeitslosigkeit zu und verheerten die Staaten dieser Welt schlimmer als jeder bewaffnete Konflikt.

Die USA wurden von einer Inflation heimgesucht, und die Gläubiger drohten ihr Geld zu verlieren. Angesichts der Gefahr, die Vereinigten Staaten könnten ihre gewaltigen Schulden in einer nahezu wertlosen Währung zurückzahlen, stand China den USA zunehmend feindselig gegenüber. Ein Krieg zwischen den beiden Staaten schien unmittelbar bevorzustehen.

Energiekrieg, soziale Unruhen, Erderwärmung und der mit Atomwaffen geführte Krieg zwischen Indien und Pakistan bestimmten die Schlagzeilen weltweit. Die Welt war zu einem finsteren und gefährlichen Ort geworden.

Aber es gab auch einen Hoffnungsschimmer. In den Jahren nach Abschluss des Humangenomprojekts übertrafen die Fortschritte der Biotechnologie selbst die kühnsten Erwartungen, vor allem angesichts der Angst vor einem mit biologischen Waffen geführten Krieg. Mit Hilfe der Gentechnik wurden Heilmittel für Krankheiten entwickelt, die die Menschheit seit ihren Anfängen plagten. So wurde im Jahre 2035 ein Heilmittel für Aids auf den Markt gebracht. 2037 wurde der genetische Auslöser für Parkinson entdeckt und erfolgreich bekämpft. 2039 war die Arthritis an der Reihe, und im Jahre 2041 tauchten die ersten Heilmittel für selbst die hartnäckigsten Krebsarten auf. Die Ursachen für all diese schrecklichen Krankheiten wurden aufgedeckt, entschlüsselt und analysiert, sodass sie schlussendlich besiegt werden konnten.

Und ehe die Wissenschaft begreifen konnte, was sie erreicht hatte, waren Männer wie Lieberman und Saxton auf der Bildfläche erschienen.

Lieberman hatte mit Staatsanleihen gehandelt, bis er als Erster das finanzielle Potenzial dieser wissenschaftlichen Errungenschaften erkannt hatte. Und Phillip Saxton hatte noch nicht einmal lesen können, als sein alter Herr, ein preisgekrönter Mathematiker, eine Kapitalgruppe ins Leben gerufen hatte, um Biotechfirmen zu fördern.

Lieberman und Saxton Senior waren ein ungleiches Paar. Sie kannten sich aus Studentenzeiten. Wenn Phillip Saxton das Collegejahrbuch seines alten Herrn entstaubte, fand er ihn dort als großen, gutaussehenden jungen Mann, Mitglied im Naturwissenschaftsclub, im Mathematikclub und Kapitän der Lacrossemannschaft. Der junge Lieberman wiederum wirkte mit seiner schwarzen Brille ausgesprochen seriös, wofür auch die Mitgliedschaften im Debattierclub und bei den Jungen Republikanern sprachen. Aber es sollte noch Jahre dauern, bis diese beiden so unterschiedlichen Männer sich zusammentaten, um ihren kometenhaften Aufstieg zum Gipfel des neu entstandenen Biotechnologiemarktes zu beginnen.

Kurz nach Celera hatte George Saxton die Firma Genico gegründet, die sich rasch zur größten und mächtigsten Genfirma der Welt entwickeln sollte. Genico hatte sich auf Krebssamps spezialisiert, auf Kriegs- und Dienstleistungs-Transkriptoren sowie auf Anti-Age-Forschung. Harold Lieberman wurde zum Präsidenten von Genico Investments und damit zum Pionier des Samphandels. Er war der Erste, der das wahre Potenzial des wissenschaftlichen Fortschritts erkannte, was vor allem in der Anhäufung von Geld lag.

Leben mussten gerettet werden! Geliebte Menschen geheilt! Es galt, Profit zu machen! Gier ist gut. Das Leben ist gut.

Das Leben ist Gier, und Gier ist Geld. Das war Amerika, und wenn man in Amerika kein Geld machte, war man ein verdammtes Arschloch. Die Märkte hatten nur auf Harold Lieberman und George Saxton gewartet.

Asthma brachte Erträge von sechs bis sieben Milliarden Dollar, HIV vier Milliarden, Diabetes sieben. Und Krebs war der Hit mit atemberaubenden siebenundzwanzig Milliarden US-Dollar. So wie die alten Südstaaten die Baumwolle gehabt hatten, so hatten Lieberman und Saxton den Krebs.

Dass man diese Krankheiten tatsächlich heilen konnte, war erstaunlich. Während man früher nur versucht hatte, das Leben zu verlängern und die Schmerzen zu lindern, konnte man diese Krankheiten nun ausrotten. Was würde die Welt wohl dafür bezahlen? Endlich konnten die Menschen ihr volles Potenzial ausleben – vielleicht nicht so, wie die Natur es vorgesehen hatte, aber so, wie die Märkte es erlaubten.

In den 80er-Jahren des vergangenen Jahrhunderts hatte ein Mann namens Lewie Ranieri, der für Salomon gearbeitet hatte, Immobilienfonds als neuen Markt entdeckt. Ein paar Jahre nach der Sequenzierung des menschlichen Genoms hatte Harold Lieberman einen neuen Markt geschaffen: die erste internationale Börse für genetische Heilmittel, die Genetic Samp Exchange.

Die Gier war wieder da.

Das Interview endete, gefolgt von einem Werbespot für pränatales Screening, und Saxton dachte an Amy. Er drückte den Rufknopf der Bürosprechanlage. »Wenn mein Bruder kommt, sag ihm, dass ich ihn sehen will.«

»Jawohl, Sir.«

Bauchspeicheldrüsenkrebs fiel noch immer.

Saxton sah sich seine Werbespots an, doch bald schon wurde ihm langweilig. Er drehte sich mit seinem Bürostuhl um und schaute hinaus auf den Battery Park. Sein Blick blieb auf einer großen Videotafel haften, auf der eine lächelnde Blondine vor dem Hintergrund eines sich drehenden DNA-Modells zu sehen war, ein Baby auf den Armen.

Genico. Für ein besseres Kind.

Roosevelt lenkte sein Mountainbike durch die sich ständig bewegende Phalanx der Yellow Cabs den Broadway hinunter. An einer roten Ampel bremste er und beobachtete die Menschenmassen, die über die Straße fluteten. Grunge aus den frühen Neunzigern plärrte links neben seinem Wagen aus einem Radio, und Roosevelt drehte sich zu einer Frau in einem offenen Jeep um. Sie hatte das Haar zu einem Pferdeschwanz zurückgebunden und trug Shorts und ein enges Tanktop. Sie trank Kaffee, nahm den Becher herunter, lächelte Roosevelt an und stellte das Radio leiser. »Nummer 34«, sagte sie. »Universität Miami.«

Roosevelt erwiderte das Lächeln. »Sie kennen die Spieler?«

»Nur die guten.« Sie drehte den Kaffeebecher so, dass Roosevelt das vertraute orange-grüne Wappen der University of Miami sehen konnte. »Ich war drei Spielzeiten Cheerleader. ›Go, Canes!‹«

Roosevelt lachte. »Miami ist weit weg.«

»Das gilt auch für Sie. Wie wäre es mit einer Mitfahrgelegenheit? Dann können wir ein bisschen über alte Zeiten plaudern.«

Roosevelt bog den Rücken durch, lächelte und zuckte dann mit den Schultern. »Ich wünschte, ich könnte es.«

Die Ampel schaltete auf Grün. Ein Auto hupte.

»Verheiratet?«

»So was Ähnliches«, erwiderte Roosevelt.

Die Frau schüttelte den Kopf. »Pech für Sie. Sie wissen nicht, was Sie verpassen.«

Immer mehr Autos hupten. »Da bin ich sicher.« Roosevelt nickte in Richtung der Ampel. »Es ist grün.«

»Bye.«

Der Jeep beschleunigte und fädelte wieder in den Verkehr ein.

Roosevelt lächelte. Erstaunlich, dass er aus seiner Zeit in Miami noch immer erkannt wurde. Allerdings hatte es mit den Jahren deutlich nachgelassen, was ihn aber nicht traurig stimmte. Im Gegensatz zu anderen hatte er es schon immer gehasst, im Scheinwerferlicht zu stehen. Dafür war er viel zu sehr auf Anonymität bedacht. Aber er vermisste die Spiele, die Zuschauer. Das hatte ihm damals einen Adrenalinkick beschert, wie man ihn im normalen Leben selten fand.

Roosevelt trat in die Pedale. Kurz darauf bog er vom Broadway in die Murray Street ab. Der funkelnde Hochhausturm von Genico lag direkt vor ihm. Roosevelt hielt, stieg ab und hing sich das Fahrrad über die Schulter. Rasch stieg er die Treppe hinauf, ging durch ein holografisches Werbeplakat, das eine wunderschöne blonde Transkriptorin in einem Casino von Necropolis zeigte, und näherte sich dem Haupteingang von Genico.

Nicht weit entfernt traten vier männliche Transkriptoren in Fensterwäscheroveralls aus einer Transkriptorenboutique, trennten sich und gingen rasch davon. Geschickt manövrierten sie um die Schlipsträger herum, die über die Financial Plaza strömten.

James Wilson, der Pförtner, lächelte und nickte Roosevelt zu.

Die Explosion geschah wenige Augenblicke später.

Im einen Moment war das Transkriptoren-Verkaufszentrum noch der Inbegriff des genetischen Konsumdenkens, im nächsten Augenblick wurden Glas und Metall zerfetzt. Splitter schossen über den Platz, begleitet von explosiver Gluthitze. Menschen schrien und brachen auf dem Gehsteig zusammen. Dann traf die Druckwelle auch Roosevelt und riss ihn von den Beinen.

Er spürte eine Hand am Arm. Wilson schaute zu ihm hinunter. »Sind Sie verletzt, Sir?«

Wilsons seltsam förmlicher Tonfall passte einfach nicht zu der chaotischen Szene, und so dauerte es einen Augenblick, bis Roosevelts Hirn die Worte des Pförtners zu einer Frage zusammengefügt hatte, die einen Sinn für ihn ergab.

»Alles in Ordnung.« Roosevelt stützte sich an seinem Fahrrad ab und stemmte sich vorsichtig hoch. Das Verkehrsgewühl an der Plaza war abrupt zum Stillstand gekommen. Passanten, die zu Boden geschleudert worden waren, rappelten sich auf und blickten zu dem brennenden Laden hinüber. Die Explosion hatte sich auf das Innere des Geschäfts beschränkt, und abgesehen von ein paar Rußflecken und Kratzern auf den Gesichtern war offenbar niemand auf der Straße ernsthaft verletzt worden.

In der Ferne waren bereits Sirenen zu hören. Über ihnen glitt eine Magnetschwebebahn durch die Lobby; die Flammen spiegelten sich auf den grünlichen Algenflossen.

»Wieder ein Transkriptorenangriff?«, fragte Wilson.

»Ich weiß es nicht.«

»Und das genau vor unserer Tür«, bemerkte Wilson nachdenklich; dann erschien ein Lächeln auf seinem Gesicht. »Aber vielleicht war es ja nur ein Problem mit dem Kundenservice.«

»Man kann nicht einen Teil der Bevölkerung versklaven und dann erwarten, dass sie sich auch noch darüber freuen. Früher oder später werden sie es leid, unsere Wäsche zu waschen.«

»Und dann geschieht was?«

Roosevelt spürte die Hitze, die aus dem brennenden Geschäft nach draußen drang. Über ihnen erschien ein Transkriptoren-Jagdhubschrauber, der aus Richtung Hudson River kam; seine Rotoren wirbelten den dichten schwarzen Rauch über die Plaza.

»Ich weiß nicht, was dann geschieht«, antwortete Roosevelt. »Aber es ist noch nicht vorbei.«

Er schob sein Fahrrad durch die Genico-Lobby und in den wartenden Aufzug. Neugierige hatten sich an den großen Fenstern der Lobby versammelt; immer mehr Menschen strömten aus den Büros, um das Drama zu verfolgen. Die Aufzugtür schloss sich, und Roosevelt wurde nach oben getragen, umhüllt von dem holografischen Nachrichtenbild, das in der Fahrstuhlkabine gezeigt wurde. Der Wiederaufbau der Brooklyn Bridge war aus Furcht vor einem weiterem Transkriptorenangriff vorläufig eingestellt worden. Dieser Angriff gerade eben würde die Lage weiter verschlimmern.

Im Vorbeifahren hörte Roosevelt den Lärm des 89. Stocks durch die geschlossenen Aufzugtüren. Hier war das Stockwerk seines Bruders, Saxtons Welt. Roosevelts Welt war vollkommen anders.

Ein Stockwerk weiter hielt der Aufzug, und die Tür öffnete sich.

Die Welt hatte sich schneller verändert, als irgendjemand für möglich gehalten hätte. Nach dem wirtschaftlichen Zusammenbruch der Vereinigten Staaten galt die Devise: Exzess bis zur Ausrottung. Die amerikanische Sucht nach leichtem

Geld und gutem Leben und die damit einhergehende zunehmende globale Erwärmung hatten die natürlichen Ressourcen der Erde in atemberaubender Geschwindigkeit aufgebraucht. Gleichzeitig hatten Unternehmen neue, profitable Märkte auf dem Gebiet des Umweltschutzes erschlossen, um sich dem veränderten Konsumentenverhalten anzupassen. So tranken die Leute lieber teuren Kaffee, der zu gerechten Löhnen in Costa Rica produziert worden war, oder trugen dünne Hemden aus Recyclingmaterial, als dass sie zur weiteren Verschmutzung der Meere oder der Ausrottung des mexikanischen Grauwolfs beigetragen hätten.

Phrasen wie »Umweltwirkung«, »Nachhaltigkeit« und »Energieeffizienz« wurden zu Modewörtern auf Cocktailpartys. Die Sprecher betonten sie stets über Gebühr, wann immer jemand in der Nähe war, um das eigene Engagement zur Rettung der Delfine oder des Ökosystems der Meeresküsten zur Schau zu stellen. Roosevelt kannte diese Art von Heuchelei, und er hasste sie. Aber wenn der Grauwolf als Modeerscheinung tatsächlich die Rettung dieses Tieres bedeutete, war Roosevelt bereit, abgeschmackte Cocktailgespräche zu führen.

Und das wurde zur Sprache des 90. Stocks.

Im Unterschied zu dem Stockwerk darunter mit seinen Brokern und Bankern beschäftigten sich die Genico-Mitarbeiter in der 90. Etage mit Fragen der sozialen Verantwortung ihres Unternehmens. Hier wimmelte es von ehemaligen Friedenskorpsmitgliedern, Vegetariern und Ökofreaks, die zu Fuß zur Arbeit gingen, ausschließlich Biotreibstoff tankten, Geld an Greenpeace spendeten und Jute statt Plastik verwendeten.

Hier arbeitete Roosevelt.

»Hi, Süßer«, sagte Cindy Smith, die für die Organisation der Abteilung verantwortlich war, als Roosevelt sein Fahrrad aus dem Aufzug schob. Cindy hatte ihren Abschluss in Vasser gemacht. Sie liebte Solartechnik, war Veganerin, praktizierte Yoga und schrieb in ihrer Freizeit eine wöchentliche liberale Kolumne für die *New York Daily News*.

»Was ist da unten passiert?«, fragte sie. »Wir haben eine schwere Explosion gehört. Die Leute haben Angst.«

»Sieht nach einem weiteren Bombenanschlag aus.«

»Wie schrecklich! Ist jemand verletzt worden?«

»Ich glaube nicht«, antwortete Roosevelt. »Müsste aber bald in den Nachrichten gebracht werden.«

»Dein Bruder sucht nach dir.« Cindy verdrehte die Augen. »Er will dich im Sündenpfuhl sehen.«

»Wo?«

»In seinem Büro.«

»Danke«, sagte Roosevelt, ohne den Köder zu schlucken. »Vielleicht sollte ich ja mal versuchen, da unten einen Job zu ergattern. Die Bezahlung ist ziemlich gut, hab ich gehört.«

Cindy blickte traurig drein. »Solltest du uns jemals verlassen, würde ich deine Habseligkeiten in meinen Schrank sperren und sie einmal in der Woche hervorholen, um mich deiner zu erinnern.«

Roosevelt wusste, wie die meisten seiner Kollegen im 90. Stock über seinen Bruder und die anderen Händler eine Etage tiefer dachten. Doch ohne Saxton und die anderen Schlipsträger im 89. gäbe es kein Genico, und ohne Genico gäbe es keine Firmenabteilung für Soziale Verantwortung, und ohne diese Abteilung würden Cindy und die anderen von einem Gelegenheitsjob zum nächsten hetzen oder weiter bei ihren Eltern wohnen und von einem Rucksackurlaub in Thailand träumen.

Roosevelt wusste, dass Gier die Antriebskraft für die Arbeit eine Etage unter ihnen war. Aber er war Realist. Gutes zu tun kostete Geld. Unten angekommen, hielt Roosevelt sich instinktiv die Ohren zu, um sie vor dem Höllenlärm zu schützen. Dass draußen gerade eine Bombe hochgegangen war, kümmerte hier niemanden. Hier nahm alles seinen Fortgang, als wäre nichts geschehen. Broker riefen in ihre Headsets, während überall in dem riesigen Raum Zahlenkolonnen über Großbildschirme glitten. Assistenten huschten von einem Tisch zum anderen und überbrachten Anweisungen, während die Fotokopierer unablässig ratterten und Telefone klingelten. Auf einem Tisch an der hinteren Wand stapelte sich Essen, von Bagels über frisches Obst bis hin zu Fleischbällchen, angerichtet von Servicemitarbeitern in gestärkten weißen Hemden. Gleichzeitig beantwortete eine wunderschöne Empfangsdame Anrufe und leitete Besucher in den Wartebereich weiter.

Es war überwältigend.

Hier schlug das wahre Herz der Genetic Samp Exchange, der Genbörse, kurz GSE.

Der New Yorker Aktienbörse nachempfunden, wurden an der GSE Heilmittel gehandelt wie Aktien an der Wall Street. Beim Genhandel drehte es sich im Wesentlichen um den An- und Verkauf von Genproben, kurz »Samps« genannt, nach dem englischen »sample«, »Probe«. Jedes Samp entsprach dabei einer Aktie, und der Preis stieg und fiel je nach Marktlage. Der Unterschied war, dass ein Samp keinen Anteil an einem Unternehmen darstellte, sondern eine gewisse Menge an genetischer Information.

Dabei konnte man ein Samp im wörtlichen Sinne gegen eine Einzeldosis eines genetischen Heilmittels eintauschen. Sie sterben an Lungenkrebs? 100 Samps von Rivolan Pharmaceuticals neuer Genbehandlung zu 77 Dollar pro Samp, und Sie sind gerettet. Als Bluter geboren? 75 Samps von Gene-Splices neuem HMC-5200 zu 43 Dollar pro Samp, und das Problem hat sich erledigt.

Das Marktpotenzial zur Rettung menschlichen Lebens war gigantisch. Zehn Jahre nach ihrer Einführung hatte das Handelsvolumen der GSE bereits 150 Milliarden Dollar überschritten. 2044 war diese Zahl auf 315 Milliarden gestiegen, 2048 auf 750 Milliarden. Damit war der Jahresumsatz der GSE höher als der des NASDAQ. Genbroker wurden zu Millionären, während Samp-Optionen gegen hohe Cholesterinwerte durch die Decke gingen.

Vor dreißig Jahren hatten Investoren Aktien von General Motors und Coca Cola gekauft; nun waren es Bluthochdruck und Diabetes. Und bei jedem Schritt standen Broker wie Saxton Junior bereit, um sich von jedem Geschäft eine Scheibe abzuschneiden. Die 80er-Jahre waren zurück. Doch im Gegensatz zu den alten Aktienhändlern waren die Genbroker wahre Könige.

Sie handelten nicht mehr nur mit Papieren; jetzt wurde mit Leben und Tod gehandelt.

Genico belegte über 90 Stockwerke in dem Gebäude, doch jedermann wusste, dass der 89. Stock heiliger Boden war. Ging man dort an den Arbeitsplätzen vorbei, hatte man das Gefühl, als würde man sich durch das Chorgestühl der St. John's Cathedral bewegen – nur dass in St. John's keine 150 Milliarden Dollar jährlich umgesetzt wurden.

Im Büro von Saxton Jr. saß eine südländisch aussehende Transkriptorenfrau auf einem wunderschönen Roche-Bobois-Stuhl. Der Hans-Hopfer-Schreibtisch war so groß, schwarz und blank poliert, dass er beinahe wie der Rumpf eines Schiffes wirkte. Hinter dem Schreibtisch saß Roosevelts Bruder.

»Möchtest du, dass ich bleibe?«, fragte das Mädchen.

»Nein, Süße. Wir sehen uns später«, antwortete Saxton.

Die Frau war vom Design her so perfekt, dass es sich nur um eine Transkriptorin handeln konnte, und Roosevelt verspürte Mitleid: Frauen wie sie dienten nur einem einzigen Zweck. Roosevelt liebte seinen Bruder, aber er bemitleidete jeden Transkriptor, der in dessen Reichweite kam. Für Saxton war alles nur Handelsware.

Das Mädchen nickte Roosevelt im Vorbeigehen zu, drehte sich dann noch einmal zu Saxton um und sagte: »Bye.«

»Wer war das?«, fragte Roosevelt.

Saxton schenkte sich ein Glas Chivas Regal ein, nippte daran und machte eine gedankenverlorene Handbewegung. »Das? Äh … eine Freundin.«

»Und? Wie läuft es in der Handelswelt?«

»Na ja, zunächst mal …«, Saxton seufzte, »zunächst mal habe ich einen Andy Warhol verloren.«

»Ich bin mit euren Brokerbegriffen nicht wirklich vertraut.«

»Ist ja auch egal. Ich will nicht schon wieder die frustrierenden Einzelheiten durchgehen. Setz dich.«

Roosevelt schaute sich in dem Büro um und setzte sich dann auf den Roche-Bobois, auf dem vorhin das Mädchen gesessen hatte. Der Stuhl schmiegte sich wunderbar an seinen Körper, und er entspannte sich. Sein Bruder öffnete den kleinen Schreibtischkühlschrank. »Pepsi Free? New Coke? Oder lieber was Stärkeres?«

»Etwas Stärkeres wäre nicht schlecht«, antwortete Roosevelt und ließ sich von seinem Bruder einen Chivas Regal einschenken.

Kurz atmete er den Duft des Whiskeys ein; dann nahm er einen tiefen Schluck.

»Das ist besser als das armselige Dasein, das du da oben fristest, nicht wahr?«, fragte Saxton.

»Weißt du eigentlich, wie viele Menschen du allein von dem Geld ernähren könntest, das du für diesen Stuhl bezahlt hast?«

»Gegenfrage: Weißt du eigentlich, wie erfüllt ich mich dank dieses Stuhls fühle?«

»Das ist ein Stuhl, keine Religion.«

»Er ist ein Symbol meines Erfolges, und der Erfolg ist meine Erfüllung.« Saxton stand auf, trat um den riesigen Schreibtisch herum und setzte sich auf die Kante. »Wie geht's dir so, Bruderherz?«

»Könnte besser sein. Ich war nur knapp hundert Meter entfernt, als im Transkriptorenladen eine Bombe hochgegangen ist.«

»Hätte schlimmer kommen können. Du hättest *im* Laden sein können.« Saxton lächelte.

»Ja, das wäre allerdings schlimmer gewesen.«

»Das ganze Viertel ist abgesperrt. Es wimmelt von Polizei.«

»Wenigstens ist niemand getötet worden«, bemerkte Roosevelt.

»Diesmal nicht«, sagte Saxton. »Die Transkriptoren sollten lieber lernen, wo ihr Platz ist, und die Menschen sollten wissen, wofür sie gemacht wurden. Die Transkriptoren wollen keine Freiheit. Wir leben in einer Menschenwelt.«

Roosevelt war nicht in der Stimmung, mit seinem Bruder zu diskutieren. Es folgte eine lange Pause, bevor Saxton schließlich fragte: »Wie läuft das Geschäft?«

»Wir versuchen gerade, Saudi-Arabien mit sauberem Trinkwasser zu versorgen, ohne …«

Saxton hob die Hand und unterbrach seinen Bruder. »Die Frage war nur höflich gemeint. Auch wenn es sicherlich faszinierend ist, was du zu sagen hast – ich habe dich nicht rufen lassen, um über Lepra, UNICEF-Programme oder sonst etwas zu sprechen, was ihr da oben so treibt.«

»Und worüber willst du sprechen?«

»Afrika«, sagte Saxton und nippte an seinem Whiskey.

Roosevelt schaute sich erneut in dem Büro um. Manchmal war der Geist seines Bruders von zu vielen Medikamenten vernebelt. »Kommt da noch was, oder soll ich raten?«, fragte Roosevelt schließlich.

»Hast du je von einem Land namens Ituri gehört?«

»Das ist ein afrikanischer Staat, der regelmäßig wegen massiver Menschenrechtsverletzungen gebrandmarkt wird. Der iturische Bürgerkrieg, ausgelöst von einem General Washington, hat Tausende Menschen das Leben gekostet und fast eine Million zu Flüchtlingen gemacht, während der General selbst zu einem der reichsten und gefürchtetsten Männer Afrikas geworden ist.« Roosevelt hielt inne, schüttelte den Kopf und fügte dann trocken hinzu: »Nein. Ituri? Nie gehört.«

»Kein Grund, den Klugscheißer zu spielen«, sagte Saxton. »Es war nur eine Frage.«

»Mich zu fragen, ob ich Ituri kenne, ist genau so, als würde man dich fragen, ob du den GSE-Index kennst. Neben den radioaktiv verseuchten Gebieten in Pakistan und Indien ist Ituri eines der wichtigsten humanitären und ökologischen Krisengebiete der Welt.«

»Okay, okay, ist ja gut. Jetzt reg dich nicht künstlich auf. Ich frag ja nur.«

»Was ist denn nun mit Ituri?«

»Ich habe vor, dorthin zu reisen«, sagte Saxton. »Meine kleine Freundin, die eben gegangen ist, hat mir gerade eine Einladung vom großen Oberdiktator persönlich gebracht, General Washington. Ich möchte, dass du ein paar Bälle signierst. Der General ist offensichtlich ein großer Fan.«

Roosevelt lachte. »Du? Nach Ituri? Warum? Soweit ich weiß, gibt es kein Ritz Carlton Ituri.«

»Ich bin nicht so sehr auf Luxus versessen, wie du vielleicht glaubst, kleiner Bruder«, erwiderte Saxton. »Manchmal gebe ich der Welt auch etwas zurück.«

»Ich warte immer noch auf die Pointe.«

»Und General Washington will zufällig eine größere Summe bei Genico investieren.«

»Aha, so kommt die Wahrheit also doch noch ans Licht«, sagte Roosevelt. »Und du willst wirklich mit einem der korruptesten Regimes Afrikas zusammenarbeiten? Hast du denn kein Gewissen?«

»Hast du tatsächlich gerade das G-Wort benutzt?«, erwiderte Saxton. »Gewissen? Dieser Begriff ist mir nicht vertraut. Ich bin ein einsames Herz. Und du scheinst leider zu vergessen, dass es der Sinn von Geschäften ist, im Geschäft zu bleiben. Und Genico will Geld machen. Viel Geld, das unter anderem ein paar rehäugige Müslifresser deiner Weltverbessserertruppe da oben finanzieren wird, wie ich hinzufügen möchte.«

»Touché. Dann sind die Bälle also eine Art Bestechung?«

»So was in der Art.«

»Einverstanden«, sagte Roosevelt nach kurzem Nachdenken. Sich mit General Washington gutzustellen, könnte vielleicht bewirken, dass das Regime endlich humanitäre Hilfe ins Land ließ. Das wäre ein paar Bälle wert.

»Gut«, sagte Saxton und stand auf. »Ich werde dir besorgen, was du brauchst.«

Nach kurzer Pause fragte Roosevelt: »Kommst du heute Abend?«

»Heute Abend …«, sagte Saxton und ließ die Worte in der Luft hängen.

»Zu meiner Geburtstagsparty.« Roosevelt verdrehte die Augen. »Danke, dass du dich daran erinnert hast.«

Saxton schnippte mit den Fingern. »Ach ja! Natürlich komme ich heute Abend.«

Roosevelt legte die Hand aufs Herz. »Ich bin zutiefst gerührt ob deiner brüderlichen Fürsorge. Es ist schön zu sehen, dass du an mich denkst.«

»Ja. Äh …«

»Die Party steigt im Sobu, dem organischen Restaurant am Union Square.«

»Suchst du eigentlich mit Absicht Restaurants aus, die ich hasse, oder ist das nur Zufall?«

Roosevelt stand auf, trank einen letzten Schluck Chivas Regal und stellte das leere Glas dann auf Saxtons Schreibtisch. »Wie geht's deinem Kopf?«

»Er pocht. Ich hab das Gefühl, als finde gerade ein Culture-Club-Konzert in meinem Schädel statt«, antwortete Saxton. »Ich schlucke wie verrückt Vicodin, nur hat das Zeug keine Wirkung mehr. Ich glaube, ich entwickle mich langsam zu einer neuen Spezies.«

Roosevelt schaute seinen Bruder besorgt an. »Du kommst doch wieder in Ordnung?«

Saxton schenkte ihm sein schönstes plastisches Lächeln.

»Solltest du je eine Entziehungskur machen wollen«, sagte Roosevelt, »bist du bei uns da oben herzlich willkommen. Ich sehe dich dann heute Abend.«

Ein neuer König

Zurück in seinem Büro, überflog Roosevelt die *USA Today*. Der beliebte NFL-Star Eddie Marquis war positiv auf genetische Modifikationen getestet worden. Seit derartige Tests möglich waren, hatte man schon eine Reihe von Spitzenspielern auf diese Art erwischt. Im Laufe der Jahre war das klassische Doping fast vollständig von Gendoping verdrängt worden, denn mit dieser Methode konnten Athleten ihre Leistungsfähigkeit besonders leicht steigern.

Eddie Marquis war nur einer von vielen. Kein »natürlicher« Athlet konnte es mit einem modifizierten Gegner aufnehmen. Hunderte von Stunden im Fitnessstudio, Tausende von Stunden auf der Laufbahn – die Ergebnisse eines so schweißtreibenden Trainings konnte man auch sofort erreichen, indem man lediglich ein paar Nucleotide neu anordnete.

Irgendwann waren dann auch die Sportfunktionäre auf den Trichter gekommen, nachdem einige Aktive über mehrere Spielzeiten hinweg außergewöhnliche Leistungen gezeigt hatten. Dies hatte zur Folge, dass breit angelegte Tests eingeführt wurden, um nach genetischen Modifikationen zu suchen.

Es klopfte. Roosevelt hob den Blick, und die Seiten des E-Papers verschwanden vom Bildschirm.

Cindy erschien in der Tür. Sie sah furchtbar aus. Ihr Haar

war nur noch ein verfilztes Knäuel; sie hatte dunkle Ringe unter den Augen, und ihre Lippen waren blass.

»Dein Vater ist mit dem Interview fertig«, sagte sie. »Er will dich sehen.«

Roosevelt nickte. »Alles in Ordnung?«

»Natürlich. Warum?«

»Ach, nur so.«

»Oh.« Cindy lächelte, legte den Kopf auf die Seite und deutete auf ihre Haare. »Meine Frisur. Ich habe allen Shampoos, Haarfestigern und dergleichen abgeschworen. Ich verwende nur noch Naturprodukte. Olivenöl für mein Haar mit ein bisschen warmem Wasser. Genau wie die alten Römer.«

»Es sieht …« Roosevelt suchte nach den richtigen Worten. »Es sieht natürlich aus.«

»Danke!«

Glücklich schwebte Cindy aus dem Büro und verschwand den Gang hinunter. Roosevelt räumte seinen Schreibtisch auf und nahm den Aufzug in den obersten Stock des Gebäudes.

Das Penthouse des Genico Buildings war für den Firmengründer reserviert, den Schöpfer der Genbörse und einen der Köpfe, die hinter der Erschaffung der Transkriptoren standen. Außerdem war er Roosevelts Stiefvater.

Roosevelts Mutter hatte George Saxton zwei Jahre nach dem Tod von Roosevelts leiblichem Vater auf einer Wohltätigkeitsveranstaltung kennengelernt. Seine Mutter, eine Biotechnikerin, hatte damals bei der Anfangsentwicklung der Transkriptoren mitgearbeitet. Sie hatte den alten Saxton geheiratet, als Roosevelt drei Jahre alt gewesen war, und der fünfjährige Phillip hatte plötzlich einen kleinen Bruder bekommen.

George Saxton war immer ein disziplinierter, methodischer Wissenschaftler gewesen, und diese Eigenschaften hatten ihn auch in der Vaterrolle geprägt. Nachdem Roosevelts Mutter an

Krebs gestorben war, zwei Jahre vor der Entwicklung des entsprechenden Samps, hatte George Saxton die Erziehung der beiden Kinder übernommen – mit Hilfe einiger Transkriptoren-Nannys.

Während ihrer gesamten Jugend und Kindheit war George eher eine flüchtige Erscheinung im Leben der beiden Jungen gewesen. Kurz ließ er sich morgens beim Frühstück sehen, dann wieder ein paar Augenblicke am Abend; häufig waren Roosevelt und Phillip zu dieser Zeit schon eingeschlafen. An den Wochenenden waren die Nachmittage für ihren Vater reserviert, und obwohl die beiden Jungen sich stets nahegestanden hatten, gab es eine gewisse Rivalität um die Gunst ihres Vaters, die bis ins Erwachsenenalter hineinreichte.

Die Aufzugtür öffnete sich, und Roosevelt betrat das Penthouse. Es wirkte noch immer wie ein Museum auf ihn. Die gesamte Etage war mit Hartholz verkleidet, das bis zu dem schimmernden Metalltisch am anderen Ende reichte. An der Wand über dem Schreibtisch hingen Jackson Pollocks »No. 5« und Van Goghs »Sonnenblumen«. Roosevelts Vater war immer schon Kunstliebhaber gewesen.

Licht fiel durch die Fenster und spiegelte sich auf den Säulen aus schwarzem Marmor. Draußen funkelten die Glasfassaden Manhattans. Neben dem Schreibtisch lagen ein Kissen und eine Decke auf einem Sofa; darüber lief ein Kursticker der Genbörse.

Roosevelt sah, dass das Bauchspeicheldrüsensamp schon wieder gefallen war.

Neben dem Fenster hockte ein Falke mit braun-weißer Haube auf einer Stange und trat nervös von einem Fuß auf den anderen, als Roosevelt sich seinem Vater näherte.

George Saxton kam um den Tisch herum. Er war ein schlanker Mann von beeindruckender Präsenz. Sein Gesicht war so ebenmäßig, dass es eher von einem Architekten als von der Natur entworfen zu sein schien. Dazu trug er einen aufwendig gestalteten Schnurrbart wie John Rockefeller, der ihm ein distinguiertes Aussehen verlieh. Das Lebendigste an ihm aber waren seine dunklen, fast schwarzen Augen, in denen sich das Morgenlicht spiegelte. Er entstammte dem alten, protestantischen, angelsächsischen Adel der USA, den sogenannten WASPs. Die Saxtons konnten auf einen stolzen Stammbaum zurückblicken, der bis in die frühen Jahre der Vereinigten Staaten zurückreichte, und seit der erste Saxton seinen Fuß auf amerikanischen Boden gesetzt hatte, hatte sich keiner von ihnen seine Gefühle anmerken lassen. Zu so etwas musste man einen Saxton zwingen.

In einer Ecke des Raums stand Regal Blue, der Helfer und Bodyguard des alten Saxton. Regal Blue war einer der ersten Transkriptoren, ein massiger, muskulöser Kerl mit düsterem Gesicht und einer Stirn wie ein Neandertaler. Auf dem rechten Auge war er blind; ein nutzloses, milchig weißes Juwel lugte unter den buschigen Brauen hervor. Regal Blue hatte sein Auge vor Jahren verloren, als er in der Schlacht an der Somme für New York gekämpft hatte. Danach hatte Saxton Senior sich seiner angenommen und ihn zu sich ins Genico Building geholt. Regal Blue war dem alten Saxton absolut treu ergeben.

Regal Blue nickte Roosevelt zu. Er trug einen altmodischen Smoking, und seine linke Hand steckte in einem Falknerhandschuh aus Hirschleder.

»Hi, Pop«, sagte Roosevelt. »Du wolltest mich sehen?«

»Ja. Herzlichen Glückwunsch zum Geburtstag.«

Saxton Senior schüttelte Roosevelt fest die Hand und führte ihn dann zu einem Lederstuhl vor dem großen schwarzen Schreibtisch.

Immer dieses förmliche Händeschütteln. Roosevelt wusste nie, ob er seinen Vater begrüßte oder den Premierminister von Japan. Abgesehen von ein paar Familienfotos war Saxtons Schreibtisch leer. Eines der Bilder war ein klassisches, zweidimensionales Foto seiner Mutter, ein anderes eine animierte Holografie von Roosevelt im Footballtrikot der University of Miami. Sie zeigte ihn, wie er an der Seitenlinie entlangstürmte und gegen Boston College einen Touchdown erzielte.

»Hast du letzte Nacht hier verbracht?«, fragte Roosevelt und blickte stirnrunzelnd auf das Sofa. Er mochte es nicht, wenn der alte Herr sich in seinem Büro verbarrikadierte. Dieses Einsiedlerleben war ungesund, zumal Roosevelt sah, dass seinem Dad irgendetwas Sorgen bereitete. Doch es würde eine Qual werden, es ihm aus der Nase zu ziehen.

»Ich habe nur ein Nickerchen gemacht.« Saxton lächelte müde. Er sah irgendwie alt aus, und das machte Roosevelt Angst. »Die letzten Tage waren lang. Wie ist es dir ergangen?«

»Gut.«

»Und wie geht es Dolce?« Saxton Senior klopfte mit dem Knöchel auf seinen Schreibtisch.

»Es geht allen gut«, sagte Roosevelt und wartete.

»Schön, schön …« Die Stimme seines Vaters verebbte. Er schwieg kurz; dann trommelte er wieder nachdenklich auf den Tisch. »Letzte Nacht hat es einen Mord gegeben. Einer unserer Wissenschaftler wurde umgebracht. Dr. Jack Smalls.«

»Das ist ja schrecklich.« Roosevelt dachte kurz über den Namen nach, konnte ihn aber nicht unterbringen. Genico war ein riesiges Unternehmen mit zahlreichen Abteilungen und einem Heer von Mitarbeitern.

»Smalls hat an unserem Manna-Programm gearbeitet. Sein Tod ist ein schrecklicher Verlust für die wissenschaftliche Gemeinde. Ich möchte, dass du dich um die Sache kümmerst.

Smalls war ein geschätzter Mitarbeiter, und wir sorgen für unsere Leute.«

»Natürlich. Gibt es schon Verdächtige?«

»Die Polizei ermittelt noch. Ich glaube, sie sind noch mit der Untersuchung des Livingston-Hauses beschäftigt.« Saxton Senior zuckte mit den Schultern. »Ich habe gehört, es könnte ein Transkriptor gewesen sein, aber wer weiß … Erst der Bombenanschlag, und jetzt das. Die Situation für die Transkriptoren dürfte in nächster Zeit deutlich schwieriger werden.«

»Hast du Mitleid mit ihnen?«

»Wie kann man jemanden bemitleiden, der so perfekt ist?« Kurz schwieg Saxton Senior; dann fuhr er fort: »Ich habe mein Leben um sie herum aufgebaut. Du weißt, dass ich mich immer bemüht habe, ein guter Vater zu sein. Ich habe ein Erbe für meine Familie aufgebaut. Für meine Söhne. Ich wollte, dass sie dieses Erbe eines Tages antreten, und jetzt schmerzt es mich zu sehen, dass einer von ihnen es nicht kann.«

»Was meinst du damit?«

Saxton Senior atmete tief durch und breitete die Hände aus. »Ich habe nicht mehr viel Zeit, und von Zeitverschwendung habe ich noch nie etwas gehalten. Lass mich also gleich auf den Punkt kommen.«

Über ihnen zogen weiterhin die Börsenzahlen vorbei. Der Falke breitete die Flügel aus, schlug kurz damit und legte sie dann wieder an den Körper.

Saxton Senior starrte seinen Sohn an und strich sich über den langen Schnurrbart. »Ich bin dieses Geschäft leid. Die Genbörse hat uns in eine Richtung geführt, die wir uns unmöglich vorstellen konnten. Vor fünfzig Jahren war ich Wissenschaftler, ein Kittelträger, und wollte den Menschen helfen. Ich war wie du. Irgendwann bin ich dann vom Weg abgekommen.«

»Du hilfst den Menschen doch.«

»Nein.« Saxton Senior schüttelte langsam den Kopf. »Nicht mehr.«

Er legte Roosevelt den Arm um die Schultern und führte ihn durch die Glastür auf die Terrasse. Draußen war es bedeckt. Nebel verschleierte die Gebäude auf der New-Jersey-Seite des Hudson. Regal Blue folgte ihnen stumm und nahm dabei den Falken auf den Handschuh. Der Vogel reagierte sofort, als er die frische Luft spürte, trat von einem Fuß auf den anderen und nickte mit dem Kopf.

»Jetzt geht es nur noch um Geld«, sagte Saxton Senior, wobei er sich ebenfalls einen Handschuh überstreifte. »Es zählt allein der Profit. Wir könnten Millionen Menschen helfen, aber wir tun es nicht. Und warum? Weil es keinen Profit abwirft. So macht man kein Geld. Das war nicht meine ursprüngliche Absicht, aber mein Sohn scheint es zu glauben.«

»Er tut sein Bestes«, sagte Roosevelt. »Vor allem versucht er, es dir recht zu machen.«

Saxton flüsterte dem Falken zärtlich etwas zu und streichelte ihm mit der freien Hand über den Rücken. Dann hielt er ihm den Handschuh hin. Das Tier trat vorsichtig einen Schritt vor, und die Krallen bohrten sich in Saxtons Handschuh.

»Mein Sohn ist so sehr mit der Jagd nach Geld beschäftigt, dass er gar nicht sieht, was er anrichtet. Und ich fürchte, das ist meine Schuld.«

»Er ist trotz aller Fehler ein guter Mann«, bemerkte Roosevelt.

»Tatsächlich. Ich bin mir da nicht mehr so sicher.«

Saxton Senior nahm dem Falken geschickt die Haube ab, hielt dann den Handschuh in die Höhe und gab einen Befehl. Der Vogel schlug mit den Flügeln, stieg auf und flog von der Terrasse weg. Die drei Männer schauten dem Tier hinterher, als es sich vom Wind in die Höhe tragen ließ, zwischen den Wolkenkratzern hindurchschwebte und in die Täler der Financial Plaza hinabstürzte.

Den Blick noch immer auf den davonjagenden Falken gerichtet, sagte Saxton Senior entschlossen: »Wenn ich zurücktrete, wirst du meinen Platz einnehmen.«

Roosevelt lachte, erkannte dann aber, dass sein Vater es ernst meinte. Das war nicht verwunderlich: Saxton Senior scherzte nie, wenn es ums Geschäft ging; er machte nicht einmal Witzchen darüber. Was er von sich gab, war sozusagen sofort in Stein gemeißelt.

Hilfesuchend schaute Roosevelt zu Regal Blue, doch der Hüne mit dem milchigen Auge starrte stur geradeaus. Schließlich wandte Roosevelt sich wieder seinem Vater zu. »Ich soll einmal deinen Platz einnehmen? Du weißt nicht, was du sagst.«

»Oh doch, das weiß ich sehr genau.« Der alte Mann löste sich vom Anblick des Falken und nickte Roosevelt zu. »Du warst schon immer derjenige, welcher. Die Gründe dafür kannst du jetzt noch nicht verstehen.«

Roosevelt dachte an seinen Bruder. Anders als er selbst, wollte Phillip die Kontrolle über Genico. Phillip strebte nach Macht. Wenn er erfuhr, was sein Vater vorhatte, würde er am Boden zerstört sein. Dennoch dachte Roosevelt einen Augenblick darüber nach, wie es wohl sein würde, die Firma zu leiten und sie in etwas Gutes, Positives zu verwandeln. Dann aber schämte er sich bei dem Gedanken daran, wie tief es seinen Bruder verletzen würde, wenn dieser erfuhr, dass er übergangen werden sollte. Und es gab noch andere, handfestere Gründe, die dagegensprachen.

»Ich weiß nicht, wie man so ein Unternehmen führt«, sagte Roosevelt. »Ich weiß ja nicht mal, wo ich anfangen sollte.«

»Du wirst es lernen«, erwiderte Saxton Senior. »Im Vorstand sitzen gute Leute – zwar nicht alle, aber einige schon. Von denen kannst du lernen.«

»Ich bin Reformer, kein Geschäftsmann.«

»Genau deshalb musst du meinen Platz einnehmen. Genico muss zu dem werden, als was es ursprünglich gedacht war: ein Werkzeug, um den Menschen zu helfen und ihr Leben zu verändern.«

In der Ferne kreiste der Falke über Lower Manhattan. Roosevelt schaute nach Osten, blickte über den East River hinweg nach Brooklyn. Von dieser Terrasse aus hatte er den Blick über eine Million Menschen, alle voller Bedürfnisse, Wünsche und Hoffnungen. Und viele von ihnen würden sterben – an Krebs, Herzinfarkten oder anderen Krankheiten, die ihren Ursprung im menschlichen Genom hatten. Genico konnte diesen Menschen helfen. Aber dann musste jemand das Unternehmen in die richtige Richtung führen. Doch Roosevelt war sich nicht sicher, ob er dieser Jemand war.

»Was ist mit Phillip?«, fragte er.

»Phillip kann Genico nicht führen. Er würde ein riesiges Vermögen ansammeln und ein bedeutender Mann werden, aber er ist kein Führer für die gesamte Menschheit. Ihn interessieren nur die eigenen Bedürfnissen.« Der alte Mann hob den Handschuh, und der Falke kehrte zu seinem Herrn zurück. Erneut flüsterte Saxton Senior dem Vogel zärtlich etwas zu und zog ihm vorsichtig wieder die Haube über. Dann streichelte er dem Tier über die Flügel, die feucht vom Nebel waren. »Du und Phillip, ihr habt euch immer nahegestanden. Du musst Phillip die Gründe für meine Entscheidung begreiflich machen. Irgendwann wird er es akzeptieren.«

Roosevelt glaubte nicht, dass sein Vater recht hatte. Phillip hatte seine Fehler, aber Roosevelt hielt ihn noch immer für einen guten Mann. Er war einfach nur vom Weg abgekommen. Die Entscheidung seines Vaters würde ihn tief verletzen. Von frühester Kindheit an herrschte Konkurrenz zwischen Phillip und Roosevelt, und Roosevelt wusste, dass sein Bruder diese Konkurrenz todernst nahm. Es ging um Frauen, Ruhm, Erfolg – sogar um die Liebe ihres Vaters. Das waren ihre Schlachtfelder. Roosevelt liebte seinen Bruder, wusste aber auch, dass Phillip ihm tief im Herzen seine Erfolge neidete. Für alles, was Roosevelt scheinbar zuflog, musste Phillip hart kämpfen. Die Entscheidung ihres Vaters würde ihn tief treffen. Für ihn wäre es eine weitere Schlacht, die er gegen seinen jüngeren Bruder verlor.

»Und wenn ich mich weigere?«, fragte Roosevelt.

»Das wirst du nicht«, antwortete Saxton Senior. »Tief in deinem Herzen weißt du, dass es so besser ist.«

»Habe ich Zeit, darüber nachzudenken?«

Sein Vater nickte und gab den Falken an Regal Blue weiter. »Natürlich. Ich will meinen Rücktritt bei der nächsten Aufsichtsratssitzung bekannt geben, in genau einer Woche. Ich hoffe, bei dieser Gelegenheit auch meinen Nachfolger benennen zu können.«

Roosevelt nickte. »Ich verstehe.«

Regal Blue öffnete die Glastür für sie, und Roosevelt folgte seinem Vater zurück ins Büro. Vorsichtig setzte der Transkriptor den Falken auf seine Stange und nahm dann wieder seinen Posten in der äußersten Ecke des Raumes ein, wo er stumm und regungslos wie ein Möbelstück verharrte.

Saxton Senior nickte, trat hinter seinen Schreibtisch und zündete sich eine Zigarre an. »Ich möchte, dass du zu den nächsten Spielen gehst.«

»Aber das ist nicht meine Welt!«, protestierte Roosevelt. Er hasste die Spiele. Sie waren ein barbarisches Relikt aus uralter

Zeit, für das es in einer zivilisierten Gesellschaft keinen Platz mehr gab.

»Viele wichtige Leute werden dort sein. Mitarbeiter von Genico. Du musst dich bei ihnen sehen lassen«, sagte Saxton Senior, und sein Tonfall verriet, dass dieses Thema nicht zur Diskussion stand »In meinem Apartment liegen zwei Tickets. Nimm Dolce mit und versuch, ein bisschen Spaß zu haben.«

»Wenn du unbedingt willst«, gab Roosevelt nach. Diskussionen mit seinem Vater konnte man nicht gewinnen.

Saxton Senior nickte und schaute nachdenklich drein. Im Licht des Vormittags sah Roosevelt, wie alt sein Vater geworden war. Saxton hatte zwar die Genindustrie geschaffen, hatte sich aber sein Leben lang geweigert, selbst ein Samp zu nehmen. Er zog es vor, der Natur ihren unvermeidlichen Lauf zu lassen.

»Ich muss dich noch um einen weiteren Gefallen bitten.« Saxton Senior ließ sich auf den dick gepolsterten Lederstuhl hinter seinem Schreibtisch nieder. Er seufzte und strich sich übers Haar. »Ich werde nicht ewig da sein. In gewissem Sinne sterben wir alle vom Augenblick unserer Geburt an. Jede Sekunde, die vergeht, ist eine Sekunde weniger, die wir auf dieser Erde verbringen können. Aber ich rede von etwas Dringenderem als davon, dass ich nicht mehr allzu lange leben werde.«

»Sag so etwas nicht. Wir haben Samps …«, begann Roosevelt, doch sein Vater hob die Hand, um ihm Schweigen zu gebieten.

»Ich glaube, dass wir so leben sollten, wie Gott uns erschaffen hat, und das ohne Bedauern. Ich habe mit diesem Geschäft angefangen, um Menschen zu helfen, die schlimme Schmerzen ertragen müssen. Ich wollte meinen Teil dazu beitragen, ihr Leid zu lindern. Es ging mir nicht darum, mein eigenes Leben zu verlängern. Das Leben ist etwas sehr Zerbrechliches. Es braucht nur eine Laune des Schicksals, und es ist vorbei. Wenn ich nicht mehr bin, könnte eine Zeit kommen, da du dich in Schwierigkeiten wiederfindest.«

»Was meinst du mit Schwierigkeiten?«

»Das wirst du wissen, wenn die Zeit da ist. Es gibt ein Schließfach in der Bank of New York, Wall Street Branch. Solltest du je in Bedrängnis geraten, möchte ich, dass du dieses Schließfach öffnest. Ich habe dir dort etwas hinterlassen.«

Roosevelt beugte sich vor. Diese Geheimniskrämerei faszinierte ihn. »Ich werde es finden.«

»Zeig mir deine Hand.«

Roosevelt streckte die rechte Hand über den Schreibtisch hinweg aus. Die Haut seines Vaters fühlte sich an wie Papier. Aufmerksam betrachtete Saxton Senior den Daumen seines Sohnes. Dann holte er eine Injektionspistole aus der Schreibtischschublade und drückte sie Roosevelt auf den Finger.

»Ich werde dir jetzt einen Mikrochip unter die Haut schießen. Dieser Chip ist der Schlüssel für die Box im Bankfach. Lass ihn unter keinen Umständen entfernen. Hast du verstanden?«

»Ja.«

Saxton Senior drückte ab. Roosevelt spürte einen leichten Stich; dann zog er die Hand zurück. Ein winziger Blutstropfen war auf seiner Haut zu sehen. Roosevelt kam das Ganze ein wenig übertrieben vor; andererseits konnte er die Geheimhaltung verstehen, wenn sich in dieser Box wichtige Firmenunterlagen befanden. Samp- und Transkriptorenmuster waren überaus wertvoll, und wie alles Wertvolle weckten sie ungewollte Begierden.

»Niemand weiß von diesem Mikrochip«, fuhr Saxton Senior fort. »Nicht dein Bruder, nicht Dolce, niemand. Du und ich, wir sind die Einzigen, und so muss es bleiben.«

»Ich verstehe.«

»Versprich mir, dass du niemandem davon erzählst. Ich kann gar nicht genug betonen, wie wichtig das ist.«

»Ich verspreche es, Dad. Und jetzt versuch, dich zu entspannen, okay?«

Erleichtert lehnte Saxton Senior sich zurück und richtete seine Aufmerksamkeit auf die vorbeilaufenden Sampkurse. Der kurze Augenblick der Intimität war vorüber. Saxton Senior war wieder ganz er selbst: der König der Industrie. Der Falke schlug mit den Flügeln, und Regal Blue trat vor, um sich um den Vogel zu kümmern.

»Bauchspeicheldrüsenkrebs fällt weiter«, sagte Saxton Senior. »Mein Sohn hat dumm gehandelt.«

Phillip Saxton starrte mit einer Mischung aus Entsetzen und Faszination auf den Ticker:

LGH 33 1/2, TMB 47 8/9, DER 1 1/3, CAP 107 1/8, PCR 124.

Aus dem Großraumbüro hörte er ein leises Raunen. Der römische Mob hatte die Zahlen gesehen und reagierte nun darauf. PCR 124. Der Preis war um weitere zwei Dollar gefallen. Erneut hatte sich ein gigantisches Vermögen in Luft aufgelöst.

Das Telefon klingelte. Das schrille Geräusch schien irgendwie auf die miese Laune des Anrufers schließen zu lassen, und Saxton wies den Anruf ab, doch sofort klingelte es wieder. Saxton wies den Anruf erneut ab. Falls nötig, konnte er dieses Spiel den ganzen Morgen spielen.

Der Kurssturz, das Grummeln des Mobs und die hartnäckigen Anrufe seines Vaters – dies alles gab Grund zur Sorge. Doch was Phillip Saxton am meisten beunruhigte, war die Tatsache, dass ihm sein geliebtes weißes Pulver ausging. Kurz starrte er in seine leere Schreibtischschublade; dann steckte er den Kopf hinein und fuhr mit der Nase über den Metallboden. Er zog Radiergummireste ein, Papierschnipsel, etwas, das sich wie ein Penny anfühlte, und irgendwo dazwischen auch einen Hauch von Kokain.

Es klopfte.

Saxton riss den Kopf so schnell aus der Schublade, dass er

sich den Schädel an der Schreibtischkante stieß. Er fluchte, rieb sich den Kopf und rief: »Herein!«

Die Tür ging auf, und Amy betrat vorsichtig das Büro.

Sie schaute reumütig drein, und da Saxton bereits wusste, was sie sagen würde, warf er ihr seinen vernichtendsten Blick zu.

»Was ist?«, fragte er schroff.

»Hast du den Kurssturz gesehen?«

»Bist du aus einem bestimmten Grund hier, oder wolltest du mir nur sagen, wie tüchtig ich in meinem Job bin?«

Amy trat von einem Fuß auf den anderen. »Da ist ein Anruf für dich.«

»Ist Gott am Apparat?«

Amy lächelte verlegen. »Was? Wer?«

»Ich weiß ja nicht, wie es um deine religiöse Erziehung bestellt ist, aber ich neige dazu, von Ihm oder Ihr als dem Allmächtigen zu denken, dem Schöpfer allen Lebens, Allah, Jahwe … aber natürlich weiß ich nicht, als was du Ihn kennengelernt hast …«

Wieder lächelte Amy, diesmal noch verlegener. »Äh … nein?«

»Warum kommst du dann in mein beschissenes Büro und sagst mir, dass ich einen Anruf habe?«, peitschte Saxtons Stimme. Sein Wutausbruch kam so unvermittelt, dass Amy zurückwich. »Ich kann mich nämlich an ein Gespräch mit dir erinnern, in dem wir übereingekommen sind, dass du nie an meine Tür klopfen und mir sagen wirst, da sei ein Anruf für mich, es sei denn, es ist Gott persönlich!«

»Es ist dein Vater«, sagte Amy rasch.

Saxton seufzte, lehnte sich im Stuhl zurück und schaute auf seine sündhaft teure Uhr, um Gelassenheit zu finden. Dann blickte er wieder zu Amy. »Amy, Amy, Amy …«

»Ja?«

»Ich möchte, dass du jetzt rausgehst und mir einen Kaffee aus dem Donut Shop an der Livonia Avenue in Brooklyn holst.«

»Aber das ist weit weg«, protestierte Amy, blinzelte und fügte dann hinzu: »Und es ist eine gefährliche Gegend.«

»Aber sie haben da richtig guten Kaffee«, konterte Saxton.

Seine Sekretärin blinzelte erneut und drehte sich dann niedergeschlagen zur Tür um. Saxton grinste innerlich, als er sich vorstellte, wie Amy sich durch das übelste Transkriptorenviertel der Stadt schlich. Wenigstens einer würde heute einen noch schlimmeren Tag haben als er.

»Ach ja, noch was …«

Amy drehte sich um und blickte ihn erwartungsvoll an. »Ja?«

»Lass nicht zu viel Milch reintun. Es gibt Leute, die auf ihr Gewicht achten.«

Amy verrutschten die Gesichtszüge, und sie wandte sich wieder zur Tür. Saxton schaute ihr hinterher; dann drehte er sich mit dem Stuhl, sodass er aus dem Fenster blicken konnte. Er dachte an das Dinner heute Abend mit seinem Bruder. Roosevelt würde natürlich Dolce mitbringen. Also brauchte auch er, Saxton, eine Begleitung – und da lag das Problem. Saxtons Beziehung zu seiner Freundin beruhte auf gegenseitiger Feindseligkeit. Sie tolerierten einander, weil sie ein schickes Paar waren. Sie war eine gutaussehende Blondine, die sich von Caran-d'Ache-Füllfederhaltern und Breguet-Uhren angetörnt fühlte und stereotype Menschen verabscheute … jedenfalls schrieb sie es so in jeden Fragebogen.

Saxton hatte sie vor zwei Jahren bei einem Selbstverteidigungskurs kennengelernt. Im Augenblick arbeitete sie als Personal Banker bei Smith, Smith und Winstrom. Ihren Abschluss in International Finance hatte sie in London gemacht. Sie hatte sechs Jahre Französisch und vier Jahre Italienisch gelernt und gerade mit Japanisch und Deutsch angefangen. Was machte so jemand in seiner Freizeit? Fünfmal die Woche – oder wenn sie keine Nachtschicht im Büro einlegen musste – ging sie zum Kickboxen. Gerade hatte sie sich ein Penthouse in Tribeca gekauft, eine ziemlich heiße Bude. Und sie liebte schnelle Autos.

»Würdest du mir einen Gefallen tun?«, fragte Saxton, als sie nach dem ersten Klingeln abhob.

»Dir muss es ja wirklich mies gehen«, erwiderte Michelle. Sie saß an ihrem Schreibtisch bei Smith, Smith und Winstrom und trug einen rot-violetten Hosenanzug von Manoj Patel.

»Mein Bruder feiert heute Abend seinen Geburtstag in einem Restaurant am Union Square.«

»Das wird dich einiges kosten.«

»Wie viel, du blutsaugende Hexe?«

»Zwei meiner Kundendinner nächsten Monat.«

Saxton dachte darüber nach. Das war teuer, aber unvermeidlich.

»Abgemacht.«

Saxton schickte ihr die entsprechenden Informationen und erhielt sofort eine Bestätigung. Nachdem das erledigt war, stand er auf, nahm sein Jackett und ging zur Tür. Solange Bauchspeicheldrüsenkrebs noch fiel, war es besser, sich bedeckt zu halten. Bei einem Workout, gefolgt von einer Stunde Sparring und einer Shiatsu-Massage von Miko, würde er Kräfte für den Abend sammeln. Es konnte sehr ermüdend sein, wenn sein Bruder über die Rettung des Planeten schwadronierte.

Detective Arden

Der unauffällige schwarze Impala hielt auf der Parkseite der 5th Avenue, direkt gegenüber vom Stadthaus der Livingstons. Am Bürgersteig drängten sich noch immer Streifenwagen, und uniformierte Cops warteten darauf, dass jemand sie nach einer langen Nacht nach Hause gehen ließ. Gelbe Absperrbänder flatterten im Wind, während ein Stück weiter seltsam gewandete Leute standen; einige von ihnen weinten.

Detective Charles Arden trommelte mit den Fingern auf das Lenkrad und seufzte. Neben ihm schaute sich sein Partner, Detective Dwayne Sanders, die letzten Minuten von NY1 an. New York hatte Pittsburgh in der Schlacht letzte Woche vernichtend geschlagen; in Brooklyn waren zwei Menschen erschossen worden, und morgen versprach ein sonniger Tag zu werden. Das Bild verschwand, und Sanders lehnte sich zurück.

Nachdem er dem Detective Bureau Manhattan zugeteilt geworden war, hatte Arden sich mit Schießereien im Drogenmilieu der Transkriptorenzone Midtown beschäftigt. Wo einst die Reichen der Stadt gewohnt hatten, wimmelte es nun von illegalen Transkriptoren, von denen viele mit Drogen dealten, denn so konnte man besonders schnell zu Geld kommen. Ardens Job war nicht gerade glamourös, doch das hier – das wusste er – versprach eine große Sache zu werden. Wenn im Haus der Livingstons eine Maus in die Falle ging, stand das am nächsten Tag auf der Titelseite der *Times*, und drei Tote in diesem Haus waren für jeden Reporter der Hauptgewinn. Und die Aasgeier waren bereits da. Vier Übertragungswagen parkten auf der anderen Straßenseite; ihre Antennen ragten wie Wipfel ohne Laub gen Himmel.

»Wie lange hast du noch bis zu deiner Pensionierung? Ein Jahr, stimmt's?«, fragte Sanders.

»Stimmt«, antwortete Arden. »In zwölf Monaten sitze ich am Strand und schlürfe Rum aus einer Kokosnuss.«

»Und zwei wunderschöne Insulanerinnen massieren dir den Nacken.« Sanders blickte auf das Dienstabzeichen an seiner Jackentasche.

Arden lächelte. Sie wussten beide, dass das nur Wunschdenken war. Vor ein paar Jahren wäre es vielleicht noch Realität gewesen; dann aber hatte Manna zugeschlagen, und Ardens Tochter war zusammen mit Tausenden anderer erkrankt. Nun war nicht mehr an Pensionierung zu denken. Arden musste im Dienst bleiben. Er brauchte das Geld, brauchte die Versicherungsbeiträge. Mindestens noch zehn Jahre musste er sich mit schlechtem Kaffee wach halten und sich verstümmelte Leichen anschauen.

»Dann wollen wir mal«, sagte er und öffnete die Wagentür.

Das Livingston-Haus nahm die gesamte Ecke 5th Avenue und 84th Street ein. Die Ziegelfassende war aufwendig mit Stuck verziert. Arden fühlte sich an eine Hochzeitstorte erinnert. Die gesamte 5th Avenue war abgesperrt. Am Rand des Parks wurden zwei große Scheinwerfertürme aufgebaut, während die Spurensicherung ihre Gerätschaften auspackte.

Das Foyer des Stadthauses war genauso reich geschmückt wie die Fassade: Säulen und Fußboden waren aus rosa Marmor, und an den Wänden hingen Ölgemälde. Ein Detective der Nachtschicht stand vor einem dieser Bilder, das eine große

Burg zeigte, über der ein Blitz zuckte. Der Detective drehte sich um, als Arden und Sanders auf ihn zukamen.

»Das würde in deinem Wohnzimmer toll aussehen«, bemerkte Arden und nickte in Richtung des riesigen Gemäldes.

Mike Gutierrez lächelte. »Das hab ich mir auch gerade gedacht. Es passt prima zu meinem da Vinci.«

»Oh, da hat wohl einer Kunstgeschichte studiert.« Arden schüttelte Gutierrez die Hand. »Was haben wir?«

»Drei Tote.« Gutierrez ging voraus zum Aufzug. »Ein Ehepaar sowie ein Sicherheitsmann mit Namen Greeley. Er wurde in kleine Stücke gehackt.«

»Was meinst du mit ›kleine Stücke‹?«

»Du könntest sie als Köder beim Angeln benutzen.«

»Wie nett.«

Die Aufzugtür schloss sich, und die Kabine trug die drei Beamten nach oben.

»Zu der Zeit hat hier eine Art Kostümball stattgefunden«, fuhr Gutierrez fort. »Die Leute haben Verstecken gespielt oder so was Ähnliches. Insgesamt waren dreißig, vierzig Gäste da. Dazu ein paar Sicherheitsleute sowie fünfzehn Kellnerinnen, Köche und so weiter. Alles Transkriptoren. Bis jetzt wollten sie nicht so recht mit uns reden.«

»Illegale?«

Gutierrez zuckte mit den Schultern. »Keine Ahnung. Die Sperrstunde auf Governor's Island war jedenfalls längst vorbei.«

»Am besten, wir schieben einem Transkriptor alles in die Schuhe und erklären den Fall für erledigt.« Sanders lächelte. »Schnappen wir uns einen der üblichen Verdächtigen.«

Viele Mitarbeiter der Abteilung schlossen ihre Fälle tatsächlich so ab. Schnapp dir einen Transkriptor mit Vorstrafenregister, und die Sache ist abgehakt. Die Abteilung wollte Mordfälle gelöst sehen, und Transkriptoren konnten sich selbst nicht verteidigen. Man musste sich nur einen greifen und die Beweise entsprechend zurechtdrehen. Das funktionierte immer, allerdings nicht in den wirklich wichtigen Fällen, wenn die Öffentlichkeit den wahren Täter vor Gericht sehen wollte.

»Was habt ihr Jungs bis jetzt so gemacht?«, fragte Gutierrez.

Sanders zuckte mit den Schultern. »Nicht viel. Nur jede Menge 90T.«

10–90X war der offizielle Funkcode des New York Police Departments für unbegründete Anrufe – Einsätze, die eigentlich keinen Polizeieinsatz rechtfertigten. 10–90T wiederum war der informelle Code für jede Straftat, an der ein Transkriptor beteiligt war. Damit wollten die hiesigen Detectives eigentlich nicht belästigt werden. Soweit es sie betraf, war es bloß Sachbeschädigung, wenn irgendwo ein Transkriptor zu Schaden kam.

»Alles wie immer also«, bemerkte Gutierrez, als der Aufzug hielt und die Tür sich öffnete. Im sechsten Stock drängten sich weitere Uniformierte. Die drei Detectives gingen durch einen langen Flur und betraten eine luxuriöse Privatbibliothek. Die zwanzig Fuß hohen Wände wurden von Regalen voller alter, in Leder gebundener Bücher gesäumt. Gegenüber der Tür befand sich ein großer Marmorkamin an der Wand, während an der Decke ein Glasleuchter hing, der größer war als Ardens Küchentisch. Eine attraktive Brünette in engem, körperbetontem Lederkleid und mit einer Feder im Haar saß weinend in einer Ecke des Raumes neben einem Mann in Dreispitz und Kniebundhose.

»Wer sind die denn?«, fragte Arden.

Sanders schnippte mit den Fingern und deutete auf das Mädchen. »Pocahontas. Und der Typ neben ihr ist Napoleon.«

Gutierrez schüttelte den Kopf. »Nein, da liegst du völlig falsch. Das sind die Indianerin Sacagawea und Präsident Jefferson.«

»Und was machen die hier?«

»Die Frau hat die Leichen gefunden«, antwortete Gutierrez. »Sie und Betty Boop haben sich im Nebenraum versteckt. Und Thomas Jefferson …«

»Napoleon«, unterbrach ihn Sanders.

»Wer auch immer.« Gutierrez schaute ihn verärgert an. »Er ist ihr Mann. Er war zum Zeitpunkt der Tat im Billardzimmer.«

»Hat sie was gesehen?«

»Außer den beiden Leichen? Nein.«

Arden schaute sich in der Bibliothek um. Vor einer alten Standuhr lagen Glassplitter auf dem Boden, und hinter der Wand befand sich ein weiterer, deutlich kleinerer Raum, der gänzlich von der Bibliothek getrennt war.

»Sieht so aus, als wären unsere beiden Opfer in einer Art Geheimzimmer gewesen«, sagte Gutierrez. »Ich habe mit Livingston darüber gesprochen. Offensichtlich gehören die Splitter zu einem Einwegspiegel, der gleichzeitig als Tür zum Schlafzimmer diente.« Er hob die Augenbrauen und zuckte mit den Schultern. »Keine Ahnung, was das sollte. Na ja, wie auch immer, die beiden Leichen lagen jedenfalls da drin. Schaut euch ruhig um.«

Die Spurensicherung war bereits am Tatort. Einer der Kriminaltechniker beugte sich über einen burgunderroten Orientteppich und stellte einen gelben Marker neben etwas, das eine Patronenhülse zu sein schien.

»Ich wette, es war Colonel Mustard in der Bibliothek mit dem Revolver«, murmelte Sanders vor sich hin, als er über das zerbrochene Glas hinweg in den kleinen Raum kletterte.

Ein Bett stand dort. Die Tagesdecke war zurückgeschlagen und voller Blut. Die Leiche eines Mannes in OP-Kleidung lag mit dem Gesicht nach unten auf dem Boden. Neben ihm, auf dem Bett, lag eine attraktive Blondine, als Engel verkleidet.

»Detectives«, sagte Gutierrez, »darf ich Ihnen Dr. Smalls und Gattin vorstellen?«

Die Frau trug weiße Flügel, die nun zerdrückt und zerfetzt waren. Auf den Federn, auf ihrem weißen Kleid und auf der zerknüllten Decke waren Blutspritzer. Ihre Füße hingen steif über die Bettkante; die Fußsohlen standen flach auf dem Boden. Der Mann lag in rechtem Winkel zu seiner Frau.

Arden starrte auf die beiden Toten. Dann schüttelte er den Kopf und wandte sich Gutierrez zu. »Doktor Smalls?«

»Ja. Er hatte eine Labor-ID von Genico in der Tasche. Ich habe schon einen Uniformierten geschickt, um nachzufragen, ob jemand von dort die Leichen identifizieren kann.«

»Was hat der Mann bei Genico gemacht?«

Gutierrez verzog das Gesicht.

»Was ist?«, hakte Arden nach. »Warum guckst du so?«

»Der Mann war Leiter des Manna-Programms.«

»Oh.« Arden atmete tief durch und scharrte mit dem Fuß. »Nun, ich nehme an, der Bursche wird in nächster Zeit keine Heilmittel mehr entwickeln«, scherzte er. Dabei war ihm gar nicht nach Scherzen zumute, im Gegenteil. Arden nahm den Blick von den Toten, um die Fassung wiederzuerlangen. Schließlich wandte er sich wieder seinen Kollegen zu und räusperte sich. »Habt ihr nach jemandem geschickt, um die ID abzuholen?«

»Ja.«

Arden schaute noch einmal auf die Leichen. »Gut.«

Die grüne Kluft des Mannes war dunkel von Blut, und am Hals hatte er eine hässliche Quetschung, die sich gelb verfärbte. Arden schaute genauer hin. Irgendetwas stimmte nicht mit dem Haaransatz des Toten, aber was? Er wirkte irgendwie … schief.

»Sieht so aus, als hätte unser Killer sich an ihnen zu schaffen gemacht«, bemerkte Gutierrez. »Ziemlich seltsam.«

»Zu schaffen gemacht?«

»Nun, wer immer für diese Schweinerei hier verantwortlich ist, hat beim männlichen Opfer den Vorderteil des Schädels entfernt. Und zwar chirurgisch. Es sieht ganz nach einer Operation aus. Außer ein paar Spritzern ist kaum Blut zu sehen.«

»Er hat ein Stück des Schädels herausgenommen? Mein Gott! Warum das denn?«

Gutierrez zuckte mit den Schultern. »Vielleicht hat er es gefressen.«

Falls es sich bei dem Täter um einen Transkriptor handeln sollte, war das durchaus möglich.

»Ganz sicher bin ich mir nicht«, fuhr Gutierrez fort, »aber es scheint auch ein Teil des Gehirns zu fehlen. Das können wir mit Sicherheit aber erst nach der Autopsie sagen. Außerdem haben wir hier Quetschungen an Hals, Hand- und Fußgelenken. Vielleicht war der Mann gefesselt.«

»Auf den ersten Blick«, erklärte Arden, »würde ich sagen, er starb an einer Kugel, während die Frau erwürgt wurde. Ihr Kehlkopf ist regelrecht zerquetscht.«

Arden beugte sich über Dr. Smalls. Kurz hielt er inne, zog sich Latexhandschuhe an, untersuchte Smalls' Nacken und den Haaransatz. Wieder fiel ihm das seltsam schiefe Haar auf. Gutierrez hatte recht: Ein Stück des Schädels schien herausgenommen und wieder eingesetzt worden zu sein; nur eine dünne rote Linie war von dem Eingriff geblieben. Doch anhand des

Blutverlusts konnte man darauf schließen, dass Smalls zum Zeitpunkt des Eingriffs noch gelebt hatte.

Sanders kauerte sich neben seinen Partner. »Was hat er mit ›gefressen‹ gemeint?«

Arden war nicht überrascht, dass Sanders den Begriff nicht verstand. »Es gibt eine Art Transkriptorenreligion. Deren Anhänger glauben, die menschliche Seele wohne in einem bestimmten Teil des Gehirns.« Er untersuchte die Leiche weiter. »Im rechten Hirnlappen, um genau zu sein. Wenn du den isst, verleibst du dir die Seele des betreffenden Menschen ein.«

»Oh Mann, das ist ja echt abgefahren.«

»Ja. So etwas geschieht aber nur selten. Ich habe lange nicht mehr von einem solchen Fall gehört.«

»Dann hat ein Transkriptor das hier getan?«

Arden zuckte mit den Schultern. »Möglich. Oder der Täter wollte, dass wir das glauben.«

Arden fuhr mit der Untersuchung fort. Er zog die Lippen der Leiche zurück und öffnete ihren Mund. Die Zunge war dick geschwollen. Arden untersuchte die Hände des Toten. Die Fingernägel waren sauber und manikürt. An beiden Handgelenken fanden sich Quetschungen, genau wie Gutierrez gesagt hatte. Smalls' Fußgelenke waren entblößt, die Socken heruntergezogen.

»Hier ist ein Fingernagel abgebrochen«, murmelte Sanders, als er sich über die Hand der toten Frau beugte. Arden stand auf und schaute es sich selbst an. Sanders hatte recht. Auch die Frau hatte perfekt manikürte Hände; nur am Nagel des rechten Zeigefingers fehlte ein Stück.

»Schauen Sie hier mal nach DNA«, forderte Arden einen der Spurensicherer auf.

Der Kriminaltechniker beugte sich über den abgebrochenen Fingernagel. Der DNA-Scanner erwachte mit einem Summen zum Leben, und der Techniker steckte den Finger der Toten in das Gerät. Ein Surren war zu hören, begleitet von einem blauen Licht. Schließlich piepte der Apparat, und der Scanner projizierte das holografische Bild zweier sich drehender DNA-Sequenzen über die Leiche. Das Gerät hatte zwei unterschiedliche DNA-Komponenten isoliert und erstellte nun ein Profil. Sanders nippte an seinem Kaffee und schaute dem Scanner bei der Arbeit zu.

Das linke Bild nahm allmählich Gestalt an. Zuerst erschien eine Silhouette mit langem Haar, das universelle Symbol für eine Frau. Einen Augenblick später wurde das Haar gelb gefärbt, die Haut weiß. Eine Kaukasierin, blond. Das Gerät arbeitete weiter und analysierte jedes einzelne DNA-Segment. Die Augen der Frau färbten sich blau, und ihr Gesicht nahm Konturen an. Schließlich blickte Arden auf ein Bild von Mrs. Smalls.

Wenn die eine DNA dem Opfer gehörte, bestand die Möglichkeit, dass die zweite die des Täters war. Arden schaute geduldig zu, als das Gerät nun die zweite Sequenz abarbeitete. Nach einem Moment blinkte die Maschine erneut, und die Meldung »Sequenz nicht lesbar« erschien in der Luft.

»Sequenz nicht lesbar? Was ist passiert?«, fragte Sanders.

»Der Scanner kann die DNA nicht sequenzieren«, erklärte Arden.

»Warum nicht?«

»Weil die Segmente blockiert wurden.«

»Von wem?«

»Von dem, der den Transkriptor entworfen hat und der für das hier verantwortlich ist. Sämtliche großen Transkriptorenhersteller blockieren die DNA, um ihre Transkriptoren vor Genpiraten und Konkurrenzunternehmen zu schützen. Hättest du Millionen in die Entwicklung einer neuen Transkriptorenlinie gesteckt, hättest du auch etwas dagegen, dass jemand deine Arbeit kopiert.«

»Dann *war* es ein Transkriptor?«, fragte Sanders.

Arden starrte auf den verstorbenen Dr. Smalls und dessen Frau. »Sieht ganz so aus.«

Das asiatisch-französische organische Restaurant am Union Square war gut gefüllt, als Roosevelt und Dolce eintrafen. In dem reservierten Hinterzimmer warteten Roosevelts Freunde und Mitarbeiter. Applaus brandete auf, als er den Raum betrat. Eine Hostess ließ sie auf Reismatten an einem niedrigen Tisch Platz nehmen. Die anderen Gäste des Restaurants waren zumeist Veganer in Hanfkleidung, die vielfach grün gefärbt war.

Roosevelt hatte die Worte seines Vaters noch immer nicht ganz verdaut. Er würde der nächste Chef von Genico sein! Das war eine gewaltige Verantwortung.

»Dein Bruder wird diesen Laden hier hassen«, bemerkte Dolce. »Auf dem Boden zu sitzen ist nicht sein Ding.«

»Ich weiß.«

Roosevelt kannte Dolce, seit sie Kinder waren. Sie und ihre Transkriptorennanny waren von den Saxtons aufgenommen worden, als Dolce acht Jahre alt gewesen war. Sie sprach nie von ihrer leiblichen Familie, aber Roosevelt wusste, dass Dolces Eltern nicht mehr lebten; ein paar Jahre bevor sie zu den Saxtons gekommen war, waren beide gestorben. Sie hatten mit Roosevelts Vater zusammengearbeitet und ihm sehr nahegestanden. Nach ihrem Tod schien es selbstverständlich gewesen zu sein, dass Saxton Senior sich um ihre Tochter kümmerte.

Roosevelt hatte sich schon immer mit Dolce verbunden gefühlt. Er, sie und Phillip waren gemeinsam aufgewachsen und nur wenige Jahre auseinander. Roosevelt erinnerte sich noch, wie er Dolce in den ersten Jahren jedes Mal beschützt hatte, wenn die anderen sich auf die »Neue« stürzten. Später hatte er sie dann aus ganz anderen Gründen beschützt. Ohne dass Roosevelt es bemerkt hätte, war Dolce zu einer schönen jungen Frau herangewachsen. Sie hatte sanfte dunkle Augen, die perfekt zu ihrem glatten schwarzen Haar passten, und ihre Lippen glänzten, wenn sie lächelte. Ihre Haut war makellos, ihre Figur hinreißend. Roosevelt und Dolce waren sich immer nähergekommen, und schließlich – in dem Sommer, bevor er nach Miami auf die Universität gegangen war – hatte Dolce ihm gegeben, wovon jeder Junge an der Highschool nur geträumt hatte.

Dolce war Roosevelt nicht nach Miami gefolgt; stattdessen hatte sie in New York Pädagogik studiert und war Lehrerin in der South Bronx geworden. Ihre Kinder hatten es geliebt, wenn Roosevelt zu Besuch gekommen war; viele von ihnen waren alt genug gewesen, um sich an den berühmten Footballstar zu erinnern. Dolce war Roosevelts älteste und engste Freundin, und als ihre Beziehung sich veränderte, hatten sie das als ganz natürlich empfunden.

Aus dem vorderen Teil des Restaurants drang Lärm. Roosevelt sah, wie sein Bruder sich in einem pinkfarbenen Hemd durch die Menge drängte, die am Eingang stand. Saxton entdeckte seinen Bruder ebenfalls, winkte und zog dabei eine ernst dreinblickende Blondine hinter sich her. Unterwegs schnappte er sich zwei freie Stühle. Als er zum Tisch kam – wobei er um ein Haar über die Reismatte gestolpert wäre –, sagte er: »Ich hoffe, das hier ist keiner von deinen Bioläden.« Er stellte die Stühle ab und ließ sich auf einem davon nieder.

»Das Essen hier wird in Südostasien von Bauern angebaut, die für faire Löhne arbeiten«, erklärte Roosevelt.

Saxton verdrehte die Augen. »Okay. Nehmen wir uns an den Händen und singen Kumba ya.«

»Grün ist im Augenblick total in«, sagte die Blondine, die nun ebenfalls Platz nahm. Sie trug einen mit Nerz abgesetzten Mantel von Missoni, dazu ein Tweedhemd, schwarze Leggins und Pumps von Christian Louboutin. Das blonde Haar hatte sie exakt gescheitelt und oben glatt gestrichen. Ihr Make-up verlieh ihr ein hageres, beinahe verhungertes Aussehen.

»Du erinnerst dich an Michelle, nicht wahr?«, sagte Saxton, nahm die Hand der Frau und winkte damit Roosevelt und Dolce. Saxtons Bewegungen waren hektisch, und Michelle wirkte verärgert und verwirrt. »Michelle gibt Kurse in Kickboxen und macht Termingeschäfte an der Börse. Einmal hat sie sechzigtausend Dollar Gewinn in nur einer Stunde gemacht – netto! Ihr Held ist Warren Buffet, und sie glaubt, JP Morgan sei weich geworden.«

»Oh!« Dolce tat ihr Bestes, interessiert zu wirken. »Das hört sich aufregend an.«

»Und was machen Sie beruflich?«, fragte Michelle.

»Ich unterrichte eine siebte Klasse in der Bronx …«

Michelle zog ein Gesicht, als wäre sie gerade in einen Hundehaufen getreten; doch sie fasste sich rasch und lächelte.

Dolce sagte nervös: »Ihre Bluse gefällt mir. Ist sie von Max Azria?«

Michelle musterte Dolce erstaunt. »Ja.«

Saxton hob die Hand. »Kriegen wir hier auch was zu essen? Gibt es hier Kellner oder so was? Arbeiten die auch zu fairen Löhnen? Wenn die nicht bald auftauchen, können die von mir aus dahin zurück, wo sie hergekommen sind, und für zwanzig Cent die Stunde Fußbälle für Nike nähen.«

»Immer mit der Ruhe, Sax«, sagte Roosevelt und schaute seinen Bruder warnend an.

Der Kellner brachte vier Gläser Champagner. Saxton hob das seine und sagte laut, sodass jeder im Raum ihn hören konnte: »Ein Toast auf meinen kleinen Bruder Roosevelt! Möge er die Welt retten, einen Transkriptor nach dem anderen!«

Roosevelt verzog das Gesicht. Er sah, dass Saxton in der Stimmung für eine Auseinandersetzung war. Als Kinder hatten sie sich oft gestritten, und aus den nichtigsten Gründen; daran hatte sich bis heute nichts geändert.

»Wir sind für die Transkriptoren verantwortlich«, sagte Roosevelt.

Saxton lächelte. »Verantwortlich? Ein Transkriptor ist wie ein Auto, ein Werkzeug oder ein Fernseher. Es gibt ihn nur, um uns das Leben zu erleichtern. Fühlst du dich etwa auch für deine Spülmaschine verantwortlich?«

»Eine Spülmaschine ist keine Person.«

»Transkriptoren auch nicht.«

»He, ihr zwei, wir sind hier auf einer Geburtstagsparty«, sagte Dolce vermittelnd. »Streitet euch nicht.«

»Wir streiten uns nicht, wir diskutieren«, korrigierte Saxton sie. »Roosevelt glaubt offenbar, dass ein lizensiertes und patentiertes Genico-Produkt Gefühle hat.«

»Ich weiß nur«, sagte Michelle und breitete die Finger aus, »dass sie einen wunderbaren Job mit meinen Nägeln machen.«

Dolce starrte sie fassungslos an, schwieg aber. Dann kamen die Kellner mit dem Essen, und für eine Erwiderung war keine Gelegenheit mehr.

Saxton blickte Roosevelt und Dolce an. »Ihr wisst, dass es letzte Nacht zwei Morde gegeben hat, oder? Einer unserer Leute, Dr. Smalls, wurde getötet. Und seine Frau.«

»Das ist ja furchtbar«, sagte Dolce.

»Die Gesellschaft steht kurz vor dem Zusammenbruch.« Saxton zwinkerte.

»Einige von uns glauben immer noch an das Gute im Menschen.« Roosevelt stand auf. »Na, ich werde mal ein bisschen herumgehen.«

»Es ist dein Geburtstag. Du solltest dich entspannen.« Dolce berührte ihn am Arm.

»Für Roosevelt kommen immer erst alle anderen«, sagte Saxton. »Das solltest du doch wissen. Er ist so was wie ein Heiliger.«

»Ich kann mich später entspannen«, sagte Roosevelt. »Behalte mein Essen im Auge. Mein Bruder verschlingt sonst alles.«

»Der Exzess ist unser Freund«, sagte Saxton lächelnd und beobachtete, wie Roosevelt zwischen den anderen Partygästen umherging. Er lehnte sich zurück, fingerte an einer Haarsträhne herum und wandte sich schließlich an Dolce.

»Hat Roosevelt dir von Afrika und meinen Plänen mit General Washington erzählt?«

Dolce runzelte die Stirn. »Ja. Sei vorsichtig. Roosevelt würde alles für dich tun. Zwing ihn nicht zu schlechten Entscheidungen.«

»Ich würde nie …«

»Eines Tages wirst du ihm wehtun.«

»Er ist kein Kind mehr. Er kann auf sich selbst aufpassen.«

Dolce seufzte. »Erinnerst du dich noch, wie Roosevelt einmal den ganzen Sommer lang Rasen gemäht hat, um sich diese alte, verrostete Karre kaufen zu können? Er hat sich liebevoll um den Wagen gekümmert, und der ist noch jahrelang gefahren. Dir hingegen hat dein Dad ein Auto geschenkt, und du hast es eine Woche später im besoffenen Kopf zu Schrott gefahren.«

»Ja, ich erinnere mich. Worauf willst du hinaus?«, fragte Saxton gereizt.

»Roosevelt weiß zu schätzen, was er hat«, sagte Dolce. »Du hingegen weißt es nie.«

Saxton blickte sie verärgert an. »Wenigstens habe ich immer schöne Dinge gehabt.«

Dolce nickte zu der Blondine. »Kümmere dich um deine Freundin. Mach ihr ein paar schöne Stunden. Ich bin sicher, in einer Woche wirst du dich nicht mal mehr an ihren Namen erinnern.«

New York City,
Bellevue Hospital, Pathologie

Die Dame von Genico schlug die Hand vor den Mund und erstickte einen Schrei, als die Labortechniker die Decken auf den Leichen von Dr. und Mrs. Smalls zurückschlugen. Die Frau trug blaue OP-Kleidung und darunter eine weiße Bluse. Das blonde Haar hatte sie sich zu einem Pferdeschwanz zurückgebunden.

»Sie sind es«, presste sie zwischen den Fingern hindurch.

Sie war völlig aufgelöst und zog ein zerknülltes Taschentuch aus ihrem Kittel. Sie hatte sich ein Namensschild an die Brusttasche geklemmt. Arden trat näher, um den Namen lesen zu können.

Elsie Woods, Genico Laboratories.

»Es tut mir sehr leid, Mrs. Woods.«

Sie nickte und drückte sich das Taschentuch auf die ohnehin schon rote Nase.

»Dr. Smalls hat für Genico gearbeitet?«

Sie nickte erneut. »In der Virologie.«

»Er hat mit Manna gearbeitet?«

»Er hat nach einem Heilmittel für Manna gesucht, ja.«

Es folgte eine lange Pause. Arden rieb sich die Schläfen. Die Welt hatte einen wichtigen Mann beim Kampf um das Leben seiner Tochter verloren. »Hatte er Feinde?«

Elsie schüttelte den Kopf. »Nein. Alle haben ihn geliebt. Er war brillant. Er hat an der Lösung einiger der wichtigsten Rätsel auf dem Gebiet der Genetik gearbeitet. Nur er hätte dieses Puzzle zusammensetzen können.«

Arden fragte sich, ob alle Wissenschaftler ihre Arbeit als Puzzle betrachteten: das Stück hierhin, das Stück dahin … nein, passt nicht, noch mal von vorn. »Rätsel« ließ es irgendwie nach Spaß klingen. Wie eine amerikanische Familie in den 50ern, die sich am Weihnachtsabend beim Eierpunsch am Tisch versammelt und gemeinsam ein Norman-Rockwell-Puzzle legt. Dazu läuft Bing Crosby im Radio, und alle tragen rote Weihnachtspullover.

Aber Ardens Tochter war kein Puzzle. Sie lag im Sterben. Ihr lief die Zeit davon.

Und Smalls hatte nichts Besseres zu tun gehabt, als sich ermorden zu lassen. Arden kannte Smalls nicht – der Mann war ihm sogar ziemlich egal –, aber wer immer Smalls getötet hatte, hatte jenen Mann ermordet, der möglicherweise das Heilmittel für Manna gefunden hätte, und das machte Arden furchtbar wütend.

»Darf ich mir mal sein Büro anschauen?«, fragte er.

Elsie nickte. »Sicher.«

Es war nur eine kurze Fahrt bis zum Genico-Gebäude. Die Wissenschaftlerin sagte nicht viel, schluchzte nur dann und wann leise. Arden hörte Radio und dachte über Puzzles nach. Er parkte seinen Crown Vic auf dem Bürgersteig vor dem Genico-Gebäude; dann half er Elsie Woods aus dem Wagen. Über ihnen war ein leises Grollen zu hören. Arden hob in dem Moment den Blick, als die Magnetschwebebahn auf der Rückfahrt von Bloomberg Island vorbeiraste. Fünfzig Fuß über ihnen strömten Autos mitten durch das Genico-Gebäude hindurch. Nachdem man entdeckt hatte, wie man Energie aus Algen gewinnen konnte, wurden sämtliche Magnetschwebebahnen und Autos mit Biodiesel angetrieben. Dabei war es noch gar nicht so lange her, dass harte Männer in glühender Sonne und klirrender Kälte Schienen durch den Wilden Westen verlegt hatten und dass Menschen wirklich noch Menschen gewesen waren.

»Hier entlang«, sagte Elsie Woods.

Sie führte Arden durch den Haupteingang, an der Sicherheitsschleuse vorbei und in ein großes Foyer. Volumetrische Displays zeigten Bilder in leuchtenden Farben: Eine Fünfjährige mit makellosen blauen Augen löste komplexe mathematische Aufgaben. Ein alter Mann spielte Squash wie ein Teenager. Genico bot Träume, ein Leben frei von Anstrengung, Alter und Schmerz.

Genico. Erfülle deinen Traum.

»Als mein Vater klein war, war das Leben noch beschissen, und die Arbeit war hart und schweißtreibend«, bemerkte Arden.

»Das ist eine sehr traditionelle Art der Lebensführung«, erwiderte Elsie, als sie den Aufzug betraten.

»Vielleicht ist es uns so bestimmt.«

Elsie zuckte mit den Schultern. »Vielleicht. Aber würde sich unsere Technologie nicht entwickeln, würden wir noch immer in Höhlen hausen, an den Pocken sterben und versuchen, unsere Nahrung mit bloßen Händen zu fangen. Ein wenig Veränderung ist also gar nicht so schlecht. Das werden Sie doch zugeben.«

»Lass dich mit einem Wissenschaftler nie auf Diskussionen ein. Die sind klüger als du«, sagte Arden.

Elsie lächelte. »Welcher kluge Mann hat Ihnen das denn gesagt?«

Inzwischen wischte sie sich nicht mehr ständig Augen und Nase. Arden fiel auf, dass sie gar nicht mal so übel aussah. Ein

Besuch beim Friseur und eine Maniküre, und man könnte etwas mit ihr anfangen.

»Das hat mein Vater immer gesagt«, antwortete Arden. »Über meine Mom. Sie hat für ein Pharmaunternehmen gearbeitet.«

»Arbeitet Sie da immer noch?«, fragte Elsie, als der Aufzug hielt und die Tür sich öffnete.

»Nein. Meine Eltern sind tot.« Arden trat ins Labor.

Elsie schaute bekümmert drein. »Oh, tut mir leid.«

»Es ist ja nicht Ihre Schuld«, erwiderte Arden, ohne sie anzuschauen. »Sie haben ja nicht die Brooklyn Bridge in die Luft gejagt.«

Elsie blickte ihn seltsam an. Dann ging sie den Gang hinunter, vorbei an Schreibtischen mit eyeScreens und vereinzelten Topfpflanzen. Es war dunkel in dem Raum; nur ganz hinten brannte ein einzelnes Licht. Vermutlich machte dort jemand Überstunden.

Elsie hielt direkt auf das erleuchtete Büro zu und schob die Tür auf. Drinnen saß ein Mann über seinen Schreibtisch gebeugt. Als Elsie und Arden das Büro betraten, richtete er sich auf. Er war Anfang dreißig, gutaussehend, und trug ein pinkfarbenes Izod-Hemd. Der unerwartete Besuch schien ihn zu überraschen.

Elsie kannte den Mann offenbar und sagte entschuldigend: »Oh, tut mir leid, Mr. Saxton. Ich wollte nicht …« Sie hielt kurz inne und platzte dann heraus: »Vergangene Nacht wurde Dr. Smalls ermordet.«

Der Mann mit Namen Saxton riss die Augen auf. »Das ist ja schrecklich! Wie ist es passiert?«

»Ich weiß es nicht. Er und seine Frau …« Elsie nickte in Richtung Arden, als hätte der alle Antworten. »Dieser Herr ist der ermittelnde Polizeibeamte.«

»Oh«, sagte Saxton. Dann folgte eine lange Pause. Der Anstand gebot, dass Arden sich vorstellte; aber er blieb, wo er war, und schwieg. Unbehagen war der beste Freund des Polizisten. Manchmal sagten die Leute die dümmsten Dinge, nur um das Schweigen zu beenden.

Schließlich war es Saxton, der vortrat und Arden die Hand reichte. »Ich bin Phil Saxton, Vizepräsident von Genico Trading und Sohn des Firmeneigentümers.«

Als er Saxton aus der Nähe sah, erkannte Arden, dass der Mann bis obenhin zugekokst war: Seine Augen waren wässrig, und eine weiße Schicht klebte auf seinen Lippen, die er sich ständig leckte. Ardens Geld wäre in einer Socke unter dem Kopfkissen besser angelegt als bei einer Firma, die von diesem Junkie geführt wurde.

»Sie sind Polizeibeamter?«, fragte Saxton.

»Kriminalpolizei, um genau zu sein. Mein Name ist Arden.«

»Klar, klar. Und Smalls ist letzte Nacht ermordet worden? Diese Stadt ist einfach nicht mehr sicher.«

»Wir haben die Ermittlungen bereits aufgenommen.«

»Und was ermitteln Sie? Ob er ermordet wurde, oder ob er tot ist?«

Was für eine saudumme Frage. Arden mochte den Kerl jetzt schon nicht.

»Schauen wir mal«, erwiderte er ebenso sinnlos und ging zu dem Schreibtisch, an dem der Name des Ermordeten stand.

»Nun, wie auch immer, das sind schreckliche Neuigkeiten«, sagte Saxton und ging zur Tür. »Sollten Sie irgendetwas brauchen …«

»Sie sind Phil Saxton, Vizepräsident von Genico Trading«, unterbrach Arden ihn. »Ich werde Sie schon finden, falls nötig.«

»Ja, klar«, sagte Saxton und wandte sich zum Gehen.

»Eine Frage«, sagte Arden. »Waren Sie und Dr. Smalls heute Abend verabredet?«

»Sie meinen, warum ich in seinem Büro war?«

Arden zuckte mit den Schultern.

»Ich wollte zum Dinner. Mein Bruder hatte Geburtstag. Ich wollte nur schnell ein paar aktuelle Daten überprüfen. Unser Unternehmen ist stark von der Entwicklung neuer Produkte abhängig.«

»Zum Beispiel von einem Heilmittel für Manna?«

Saxton lachte. »Ich wollte, es gäbe eins. Aber eines Tages wird es so weit sein.«

Arden ließ den Blick durch das Büro schweifen. Es war klein, bot einen schönen Blick auf den Hudson River und lag unmittelbar über den Schienen der Magnetschwebebahn. Der Schreibtisch war schlicht, hatte einen eyeScreen und einen schwarzen ergonomischen Stuhl.

»Sind die wirklich so bequem, wie man sagt?«, fragte Arden und deutete auf den Stuhl.

»Ich nehm's an.«

Arden setzte sich auf den Stuhl und spürte, wie dessen Form sich seinem müden Rücken anpasste. »Der ist wirklich toll.«

Er drehte sich einmal und stieß dabei gegen den Computer. Das eyeScreen-Display erwachte zum Leben, und der Desktop schwebte über dem Tisch.

»Ups«, sagte er.

»Äh …«, begann Elsie. »Ich glaube, das ist vertraulich.«

»Ja, natürlich«, erwiderte Arden. »Erzählen Sie mir mehr von Dr. Smalls.«

»Er hat in Princeton studiert und in Harvard seinen Doktor gemacht. Anschließend hat er bei Genico angefangen und die ersten Heilmittel für Weißfieber entwickelt. Danach kam das El-Diablo-Virus. Smalls war von entscheidender Bedeutung für Genicos Programm im Kampf gegen Viren.«

»Und Manna?«

»Nach dem Angriff begann Genico mit der Entwicklung von Samps im Kampf gegen die Pathogene. Als die Menschen dann erkrankten, wurde das Forschungsprogramm beschleunigt. Dr. Smalls hat an einem Heilmittel gearbeitet.«

In einem der anderen Büros klingelte ein Telefon. Elsie lauschte kurz und hob dann die Finger. »Wenn Sie mich einen Moment entschuldigen …«

»Aber sicher«, sagte Arden.

Elsie drehte sich um und verließ das Büro. Arden schaute ihr hinterher, wie sie den Gang hinuntereilte und irgendwo rechts verschwand. Das Klingeln verstummte, und er hörte gedämpfte Stimmen. Arden zog einen Miniscanner aus der Tasche, warf einen raschen Blick zur Tür und schob den Scanner ins eyeScreen-Terminal. Blitzschnell las und speicherte der Scanner sämtliche Daten von Smalls' Computer, ohne Spuren zu hinterlassen. Arden hatte sich das Gerät von den Antiterrorleuten besorgt; diese hackten damit Datenspeicher bei der Auslandsaufklärung.

Die gedämpften Stimmen verstummten, und Arden hörte Schritte im Flur. Der Scanner piepte kurz, um zu verkünden, dass seine Arbeit beendet sei. Arden ließ ihn rasch in der Tasche verschwinden. Später würde er die Daten von den Computerspezialisten des NYPD dekodieren lassen.

Als Elsie wieder ins Büro kam, stand er auf.

»Tut mir leid«, sagte sie. »Wo waren wir?«

»Wir waren gerade fertig«, antwortete Arden und ging zur Tür.

»Oh.« Elsie klang ein wenig enttäuscht.

»Sollte ich noch Fragen haben, weiß ich ja, wo ich Sie finde«, sagte Arden. »Danke für die Tour. Sie war sehr informativ.«

New York City,
Das Palladium, nach Mitternacht

Saxton starrte auf das Gemälde von Jean-Michael Basquiat, während im Hintergrund eine Freestyleversion von Laura Branigans Song »Gloria« plärrte. Es war Dienstag, irgendwann im Juni, kurz nach drei Uhr Morgens im Palladium. An der Monitorwand über der Tanzfläche wiegte sich ein Baum perfekt im Takt zum Beat, und die blau-roten Wände flackerten synchron. Saxton betrachtete weiter den Basquiat, ein besonders beunruhigendes Bild von zwei gelb und rot umrissenen Gestalten vor einem schwarzen Hintergrund.

Irgendjemand fuhr auf Rollerskates an ihm vorbei. Die Warteschlange vor der Toilette reichte bis zur Tanzfläche. Ein Barkeeper zündete einen Drink an. Hallo, Welt. Sagt Nein zu den Drogen.

Neben Saxton saß eine heiße Braut auf dem Sofa, eine Blondine mit beinlangen schwarzen Stiefeln, kurzem Rock und niedlichem Pferdeschwanz. Sie hatte die Hand auf Saxtons Knie; irgendwo im Hinterkopf spürte Saxton die Wärme ihrer Hand, die durch die Hose bis auf seine Haut abstrahlte. Doch nun war er so sehr auf den Basquiat konzentriert, dass alles andere nebensächlich erschien. Die Hand des Mädchens. Der Mann in der lila Calvin-Klein-Hose, der neben dem Andy Warhol tanzte. Die näher rückende Arbeitszeit. Die schönen Frauen auf der Tanzfläche des Palladiums.

Saxton leckte sich die Lippen; sein Mund fühlte sich wie Sand an, und seine Kehle brannte so sehr vor Durst, dass es ihn von dem Gemälde ablenkte. Kurz schaute er auf den Tisch und sah eine grüne Vase mit Orchideen. Er griff zu, setzte sich die Vase an die Lippen und trank. Wasser und Pflanzenreste ergossen sich über seinen Körper. Roosevelt kam aus der Herrentoilette und packte Saxton an der Schulter.

»Sieh zu, dass du deinen Arsch bewegst!«, rief Roosevelt über die hämmernden Beats hinweg.

Saxton zuckte erschrocken zusammen. »Was?«, rief er zurück und legte die Hand ans Ohr.

Roosevelt sprach erneut, diesmal langsamer und deutlicher. »DU MUSST GLEICH ZUR ARBEIT!«

»Oh.« Saxton schaute auf die Uhr: halb vier. Die letzte halbe Stunde war nur so vorübergeflogen. Er sprang auf.

»Ich muss zur Arbeit«, sagte er, als sein Hirn wieder den Betrieb aufnahm.

»Ja, es ist fast vier«, sagte Roosevelt. »Und deine Nase blutet.«

Saxton strich sich über die Oberlippe und schaute sich dann den Finger an: Er war rot.

»Du solltest jetzt wirklich nach Hause gehen und noch ein bisschen schlafen.«

»Ich fühle mich großartig.« Saxton tätschelte seinem Bruder beruhigend den Arm. »Ich muss … nur …«

Saxton hielt mitten im Satz inne, als etwas seine Aufmerksamkeit erregte. Entsetzt beobachtete er, wie der Basquiat an der Wand plötzlich zum Leben erwachte. Der gelbe Mann öffnete den Mund und sprach zu Saxton in einer Flut von Farbe: »Analysten empfehlen den Verkauf von …«

»Ich muss …« Saxton stieß seinen Bruder weg, stolperte über die Sofakante und wäre fast nach hinten gefallen. »Ich muss zur Arbeit …«

Roosevelt fing ihn auf. »Immer mit der Ruhe, Bruderherz.«

Plötzlich war Saxtons Kopf wieder klar. Er drehte sich um und marschierte entschlossen davon. Dabei stieß er eine Transkriptorenkellnerin über einen Tisch und schleuderte einen Boy-George-Doppelgänger gegen die Wand. Er durfte keine Zeit verschwenden. Es ging auf den Morgen zu. Jetzt hieß es, Geld zu verdienen.

Auf der Straße winkte er ein Taxi herbei.

»Ich gebe Ihnen meine Uhr, wenn Sie mich zur Financial Plaza fahren«, sagte Saxton und wedelte mit seiner Blancpain Villeret. »In weniger als zehn Minuten.«

»Nein, das mache ich nicht.« Der Fahrer schüttelte den Kopf.

»Zehn Minuten, und die Uhr gehört Ihnen.«

»Nein.«

»Was ist denn so kompliziert daran? Sie beten doch einen Elefanten mit zehn verdammten Armen an! Wie können Sie da nicht verstehen, was ich sage?« Saxton griff in seine Börse, holte einen Hundertdollarschein heraus und schob ihn durch den Geldschlitz. »Okay, dann bekommen Sie eben Bares. Fahren Sie einfach. Financial Plaza.«

Das Taxi jagte los. Saxton hielt sich fest, als der Wagen durch die leeren Straßen der Transkriptorenzone von Midtown schoss. Dann vibrierte sein Handy. Saxton nahm den Anruf entgegen.

»Was tust du da?« Sein Bruder klang beinahe trotzig. »Sag mir, dass du nach Hause fährst.«

»Nö. In Hong Kong wird schon gehandelt«, sprudelte Saxton hervor. »Die Rupie ist überbewertet. Ich werde noch vor dem Frühstück eine Million machen.«

»He! Immer langsam mit den jungen Pferden«, mahnte Roosevelt. »Offenbar hat hier jemand zu viel gekokst.«

Das Taxi hielt an der Financial Plaza, und Saxton stieg aus, ohne ein Wort an den Fahrer zu verschwenden. Dann sprintete er zum Eingang des Genico-Gebäudes, das Handy noch immer am Ohr.

»Bitte sag mir, dass du in deinem Zustand nicht arbeitest«, flehte Roosevelt.

»Ich *bin* bereits bei der Arbeit«, erwiderte Saxton, wobei er gegen die Glastür hämmerte, um die Aufmerksamkeit des Wachmanns zu erregen.

Der Wachmann, ein alter Farbiger, den Saxton noch nie gesehen hatte, öffnete vorsichtig die Tür. Saxton platzte heraus: »Ich bin Phillip Saxton. Ich habe meine Schlüsselkarte zu Hause liegen lassen. Meinem Vater gehört das Gebäude. Melde mich zur Arbeit.«

Der Wachmann beäugte kurz Saxtons Kleidung und nickte dann. »Ich weiß, wer Sie sind, Sir.«

»Gut. Wie geht es Ihrem Portfolio?«

Saxton rannte an dem Wachmann vorbei, ließ den Aufzug links liegen und stürmte drei Stockwerke die Treppe hinauf, bevor er langsamer wurde. Dann drückte er doch den Aufzugknopf und wartete ungeduldig. Sein Handy klingelte erneut, und er sah den Namen seines Bruders auf dem Display. Ohne nachzudenken, schleuderte Saxton das klingelnde Handy von sich und schaute ihm hinterher, wie es über die Balustrade flog und dann in die Lobby hinuntersegelte. Über ihm surrte der Maglev-Zug vorbei.

Die Aufzugtür glitt auf.

Im 89. Stock war es dunkel und menschenleer. Saxton rannte durch das Großraumbüro, vorbei an ausgeschalteten Monitoren. Die bewegungssensitive Beleuchtung erwachte zum Leben. Schließlich stieß Saxton die Glastür zu seinem Büro auf. Die Telefone lockten ihn. Sein Computer rief nach ihm. Hinter ihrer Glasscheibe schien das Modell der *Alinghi* über den Schreibtisch zu gleiten.

Eine warme Flüssigkeit lief Saxton aus der Nase. Er war schweißgebadet. Das alles war zu viel.

»Der Sampmarkt ist flau. Wir empfehlen zu verkaufen.«

Saxton wankte ein paar Schritte nach vorn. Die Welt drehte sich. Der Markt schloss.

Roosevelt fand seinen Bruder mit dem Gesicht nach unten mitten im Büro. Saxton trug noch immer die Kleidung, die er bereits im Palladium getragen hatte: einen weißen Leinenanzug mit pfirsichfarbenem Hemd. Sein Kopf war zur Seite gedreht, und unter seinem Mund sammelte sich Speichel auf dem Teppich.

Roosevelt kaute auf der Unterlippe und drehte seinen Bruder auf den Rücken. Langsam öffnete Saxton die Augen und stöhnte. Es dauerte einige Zeit, bis sein Blick sich halbwegs geklärt hatte. Er schaute zu seinem Bruder hinauf.

»Wie spät ist es?«, fragte er.

»Halb neun morgens«, antwortete Roosevelt.

»Perfektes Timing«, sagte Saxton, leckte sich das getrocknete Blut von den Lippen und stemmte sich hoch. »Ich bin letzte Nacht noch mal kurz reingekommen, um ein bisschen zu arbeiten.«

»Ich habe dir einen Anzug mitgebracht.« Roosevelt nickte zur Garderobe, wo ein marineblauer Nadelstreifenanzug hing.

Einen Moment lang schaute Saxton interessiert drein. »Was ist das für einer?«

»Men's Wearhouse.«

Saxton verzog das Gesicht und trat dann in den Flur hinaus. »Amy?«

»Ja?« Amy sah verärgert aus. Saxton versuchte sich zu erinnern, was der Grund dafür war; dann dämmerte ihm, dass er sie nach Brooklyn geschickt hatte, um einen Kaffee zu besorgen.

»Stell für mindestens zwei Stunden niemanden zu mir durch. Und besorg mir einen Anzug. Versuch es bei H. Huntsman.«

Bevor Amy darauf antworten konnte, schlug Saxton die Bürotür zu.

»Du weißt doch, dass du Menschen nicht wie eine Ware behandeln sollst.«

Verwirrt und ein wenig gereizt erwiderte Saxton: »Ich behandele Waren nicht wie …, wie ich … Menschen behandle.«

»Die Nacht scheint hart gewesen zu sein«, bemerkte Roosevelt.

Saxton riss die Schreibtischschublade auf und holte eine Flasche Chivas Regal hervor. Er schraubte sie auf, setzte sie an die Lippen und trank in kräftigen Schlucken.

»Ich hatte schon schlimmere Nächte«, erwiderte er schließlich.

»Du solltest ein bisschen langsamer machen.«

»Ein Samphändler muss das Leben in vollen Zügen genießen. Wenn ich jetzt noch ein paar Drogen und in jedem Arm eine schöne Frau hätte, könnte es losgehen. Wo warst du eigentlich letzte Nacht? Ich habe dir doch gesagt, du solltest dich mit mir treffen. Was bist du eigentlich für ein Bruder?«

»Du hast mich um fünf Uhr angerufen und wolltest mich überreden, in norwegisches Öl zu investieren.«

»Ich war im Palladium. Ohne dich. Ich glaube, ich habe halluziniert, denn ich hab dich da gesehen.« Saxton schaute auf die Uhr. »Oh, jetzt habe ich meine Morgenmassage verpasst.«

»Ich *war* im Palladium. Du erinnerst dich nur nicht mehr daran.«

Saxton legte die Stirn in Falten, und ein Bild seines Bruders schälte sich aus dem Kokainschleier in seinem Hirn.

»Vielleicht«, sagte er unsicher.

»Na, ist ja auch egal.« Roosevelt ging zur Tür. »So anregend dieses Gespräch auch sein mag, ich muss jetzt rauf und mich melden.«

»Gibt es einen ökologischen Notfall? Isst gerade jemand ein Thunfischsandwich, das nicht delfinfrei gefangen wurde?«

»Wir arbeiten gerade an einer Protestnote gegen die Menschenrechtsverletzungen in Ituri.«

Saxton verzog das Gesicht. »Was?«

»Menschenrechte in Ituri.«

»He, Moment mal! Jetzt mach aber langsam.« Saxton lächelte gequält; er hatte noch immer Schwierigkeiten, sich zu konzentrieren. »Was soll das heißen?«

»Den Menschen in Ituri mangelt es an Trinkwasser, Strom und Nahrung, während der seit acht Jahren tobende Bürgerkrieg einzig dazu dient, General Washingtons korruptes Regime zu sichern.«

»Das ist keine gute Idee«, sagte Saxton. »Ich habe einen Deal mit dem Kerl. Wie sieht es da aus, wenn mein Bruder seine Politik attackiert?«

»Mein Name wird nirgends draufstehen. Du kannst ruhig deine Millionen machen.«

Saxton schüttelte den Kopf. Zum ersten Mal an diesem Morgen sah er nüchtern aus. »Ich meine es ernst. Mach keinen Ärger. Dieses Geschäft muss zustande kommen. Das ist sehr wichtig.«

Roosevelt schaute seinen Bruder an. »Wie viel Zeit brauchst du?«

»Millionen Menschen hungern, sterben an Aids, sind Analphabeten oder verwenden noch Ölprodukte … Es gibt unzählige Themen, auf die du dich mit deinem Ökoverein stürzen kannst, ohne dich in meine Geschäfte einzumischen.«

»Diese Menschen brauchen Hilfe.«

Saxton seufzte und trommelte mit den Fingern auf den Tisch. »Ja, ja. Du hast immer schon versucht, die Welt zu retten, Bruderherz.«

»Manchmal glaube ich, du hältst mich für eine Art Karikatur.«

»Für solche Gespräche ist es noch zu früh am Morgen.«

»Hör mal, mir ist durchaus klar, wie kompliziert die Welt ist; aber ich kann wenigstens von mir sagen, dass ich mein Bestes gebe, um den Menschen zu helfen.«

»Und wer würde sie retten, wenn du nicht wärst?«

»Was?« Roosevelt blickte verwirrt drein.

Saxton lächelte und winkte ab. »Ich konnte ja nicht mal darauf zählen, dass du im Palladium auftauchst. Wie soll sich da ein ganzes Land darauf verlassen, dass du es rettest?«

Roosevelt verdrehte die Augen. »Du hast einen vollen Terminkalender.« Er schaute auf seine Uhr. »Und ich muss jetzt wirklich hoch.«

Saxton nickte. »Ich werde auch brav den Müll sortieren.«

»Mögest du stets billig kaufen und teuer verkaufen.«

Das Klingeln des Telefons riss Saxton aus tiefem Schlummer. Er hob den Kopf vom Tisch und schaute sich um. Das Telefon klingelte erneut, diesmal nachdrücklicher, und ein Bild von General Washington schwebte mitten im Büro in der Luft. Saxton schaute an sich hinunter und sah, dass er aus irgendeinem Grund in einem eleganten Anzug steckte. Er drehte den Kopf, suchte das Label und war zufrieden mit dem, was er sah.

Derart getröstet wandte er sich dem Telefon zu. Er räusperte sich kurz, versteckte die Flasche Chivas und trank einen kräftigen Schluck Pepsi. Das Telefon klingelte erneut.

»Ich komme ja schon«, sagte Saxton laut, während er sich vorsichtig Visine in die Augen träufelte. Dann räusperte er sich noch einmal, strich seinen Anzug glatt und nahm den Anruf entgegen.

»Hola, Amigo«, sagte Saxton.

Der General sah nicht gerade glücklich aus. »Hallo.«

»Wie geht es Ihnen?«

Der General drückte die Fingerspitzen aufeinander. »Ich wundere mich. Meine Leute haben mir erzählt, dass Ihr Bruder Fragen über unsere Flüchtlingspopulation stellt. Was mag der Grund dafür sein?«

Saxton blickte angemessen verwirrt drein. »Äh … keine Ahnung.«

»Und ich frage mich obendrein, warum sein Büro unseren Gesundheitsminister kontaktiert und sich über unsere Trinkwasserstandards erkundigt hat.«

»Wow! Wirklich?« Saxton riss in gespieltem Staunen die Augen auf. »Vielleicht hätten sie ihm nicht die Klinik zeigen sollen. Das hat ihm nur Flausen in den Kopf gesetzt.«

»Ich habe große Mühen auf mich genommen, um die amerikanische Presse aus meinem Land herauszuhalten. Ich bin sehr auf meine Privatsphäre bedacht, und allmählich beschleicht mich das Gefühl, dass Ihr Bruder sich in meine Angelegenheiten einmischen will.«

»Ich habe alles unter Kontrolle«, sagte Saxton.

»Warum sollte ich das glauben? Weil Sie es mir sagen?«

»Mein Bruder stellt kein Problem dar. Ich bezahle seine Rechnungen.«

»Wenn Sie diesen Deal fortführen wollen, sollten Sie

schnell für Ordnung in Ihrem Haus sorgen. Ich werde nicht zulassen, dass Ihr Bruder Probleme macht.«

»Ich versichere Ihnen, dass es keine Probleme geben wird.«

»Ich habe eine Menge Geld in Sie investiert«, sagte der General. »Sorgen Sie dafür, dass ich meine Entscheidung nicht bereue.« Im Hintergrund war ein Geräusch zu hören, das wie ein Schuss klang. Es folgte ein Klicken und dann Instrumentalmusik. Der General hatte Saxton in die Warteschleife gelegt.

Saxton fluchte. Er stand kurz davor, etwas Großes zu erreichen, doch wieder einmal drohte er im Schatten seines Bruders unterzugehen. Das war typisch für Roosevelt. Schon in ihrer Kindheit war er stets der Liebling aller gewesen. Roosevelt war nie in Schwierigkeiten geraten. Er war immer gut in der Schule und im Sport gewesen. Er hatte nie auf das Familienvermögen zurückgegriffen; stattdessen hatte er sich in den Sommerferien sein Taschengeld verdient, indem er in einem Behindertenheim jobbte.

Aber das war nicht fair, denn Roosevelt besaß einen geheimen Vorteil, den sonst niemand hatte. Dieses Geheimnis war der Grund dafür, warum er in allem so viel besser war als sein Bruder. Würden die Menschen dieses Geheimnis kennen, würden sie verstehen, warum für Roosevelt alles so viel leichter war. Es war nicht harte Arbeit, der er seine Erfolge verdankte, sondern eine Gabe. Und jeder – Phillip Saxton eingeschlossen – hätte mit dieser Gabe das Gleiche erreicht.

Saxtons Computer meldete sich. Bauchspeicheldrüsenkrebs war schon wieder um zwei Punkte gefallen. Irgendwo starb vermutlich gerade jemand daran. Langsam siechte er dahin, der Körper von der Chemotherapie ausgemergelt. Und irgendwo verbrachte ein liebender Mensch schlaflose Nächte damit, sich alte Holobilder anzuschauen. Aber Saxton war nicht dieser Mensch. Saxton war der Kerl auf der anderen Seite, der mit den teuren Anzügen und der dicken Zigarre im Mundwinkel … Saxton war der Mann, der mit Bauchspeicheldrüsenkrebs ein Vermögen verdienen würde.

Allerdings nicht jetzt, denn das Samp funktionierte nicht.

Saxton verfluchte alle, die an Bauchspeicheldrüsenkrebs erkrankt und so selbstsüchtig waren, dass sie ihm die Wintervilla auf Antigua missgönnten.

Das Telefon klingelte erneut. General Washington erschien wieder. Zwei Schweißtropfen rannen ihm über die Wange.

»Sollte Ihr Bruder mich öffentlich bloßstellen, mache ich Sie dafür verantwortlich. Haben Sie verstanden?«

»Man macht mich schon mein ganzes Leben lang für meinen Bruder verantwortlich.«

General Washington schaute Saxton nachdenklich an, als wäre ihm plötzlich ein Gedanke gekommen. Schließlich schien er sich wieder beruhigt zu haben. »Vielleicht ist es an der Zeit, etwas dagegen zu unternehmen.«

»Scotch? Soda?«

»Nein, danke.« Saxton schüttelte den Kopf.

Er saß in einem der Konferenzräume von Genico, dem sogenannten York-Zimmer. Das York-Zimmer sah wie ein Raucherzimmer in einem alten Agatha-Christie-Film aus. Dick gepolsterte Stühle standen im Raum; die Wände wurden von alten Bücherregalen beherrscht, in denen dicke Lederbände Staub sammelten. Daneben hingen gerahmte Porträts der Genico-Gründer. Die Gemälde ließen sie distinguiert aussehen wie die alten Industriemogule, die Rockefellers und Carnegies, nicht wie Genmillionäre des 21. Jahrhunderts, die sich an importierten italienischen Autos ergötzten und unter Medikamentensucht litten.

Sein Vater hing auch dort, mit langem Rockefellerschnurrbart und in einem weißen Laborkittel, umgeben von wissenschaftlichen Gerätschaften. Saxton schaute sich das Bild an. Sein Vater erwiderte seinen Blick, und selbst in Öl war ihm die Enttäuschung über seinen Sohn deutlich anzusehen.

Das größte Gemälde hing über dem Marmorkamin und zeigte einen Mann in schwarzem Anzug von Piper & Shephard, der mit gefalteten Händen vor einem Genbörsenticker stand, groß, breitschultrig und muskulös. Der Mann war der Chefbroker von Genico, Harold Lieberman.

Lieberman war der Grund dafür, warum sie sich im York-Zimmer versammelt hatten.

Saxton richtete seine Aufmerksamkeit auf eine hübsche junge Frau, die von einem dick gepolsterten Stuhl zum nächsten ging und Bestellungen entgegennahm. Sie trug einen kurzen schwarzen Rock, Schulterpolster, schwarze Nylonstrümpfe und hochhackige Schuhe. Saxton musterte sie kurz. Sie war ein wenig *zu* perfekt. Transkriptor, ging es ihm durch den Kopf.

Auf jedem Stuhl saß ein Broker. Saxton wusste, warum sie alle hier waren. Das waren die Samphändler, die Mist gebaut hatten. Sie alle hatten Bauchspeicheldrüsenkrebs gekauft – massenweise. Es waren die Broker, die verloren hatten. Nun hatte man sie im York-Zimmer isoliert wie eine Leprakolonie, damit sie die anderen Händler nicht infizieren konnten. Die Tür zum Konferenzraum stand einen Spalt auf, und Saxton sah eine gesichtslose Menge, die sich draußen drängte, weil sie sich die Show nicht entgehen lassen wollte.

Saxtons Vater hatte zwar Genico gegründet, doch das schützte den Sohn nicht vor der Rache der Handelsgötter. Auch wenn er heute im Eckbüro saß, war es durchaus möglich, dass er morgen Post sortieren musste. Seinem Vater war es wichtig, niemanden zu bevorzugen.

Saxton gegenüber saß Lawrence Bouvier. Wie Saxton war auch Bouvier ein Partner und hatte ein eigenes Büro ein Stück den Flur hinunter. Er trug teure Anzüge und fuhr einen schwarzen BMW, doch sein eigentlicher Stolz galt dem reinrassigen Shi-Tzu, den er und sein Lebenspartner gezüchtet und »Sir Morgan« getauft hatten.

Links neben Saxton fragte eine Stimme: »Haben Sie je ›Alice im Wunderland‹ gelesen?«

»Was?« Saxton wandte sich dem unerwarteten Geräusch zu. Neben ihm saß ein Mann Mitte dreißig in Nadelstreifenanzug und schwarzer Armani-Brille. Saxton konnte sich nicht an den Namen erinnern, aber er wusste, dass er es mit einem Volvo-Kombi zu tun hatte. Er war der einzige Kombi auf der Brokeretage, und das machte ihn zu einer Peinlichkeit.

»Meine Kinder lieben dieses Buch. Es ist eine Kindergeschichte, aber mit Themen, die auch jeder Erwachsene verstehen kann. Es geht um ein junges Mädchen, das einem Hasen hinterherjagt, in das Hasenloch fällt und in einer seltsamen Welt wieder aufwacht.«

Saxton schaute den Mann gereizt an. »Nie gehört.«

»Ich komme mir vor wie die Spielkartensoldaten der Königin«, fuhr der Volvo unbeirrt fort. »Es ist, als hätten wir die Rosensträucher gerade weiß statt rot gestrichen, und nun warten wir darauf, wer einen Kopf kürzer gemacht wird.«

»Für Kinder scheint mir das eine ziemlich harte Story zu sein«, erwiderte Saxton. »Ist die neu?«

Der Volvo musterte ihn mit seltsamem Gesichtsausdruck, doch bevor er antworten konnte, öffnete sich die Tür, und Harold Lieberman trat ein.

Lieberman war eine Legende bei Genico. Er war der Broker, der das Spiel überhaupt erst erfunden hatte. Er presste Geld aus einem Samp wie andere Leute Saft aus einer Orange. Und in dem über Autos definierten Kastensystem schlug er sie alle. Er fuhr einen Rolls Royce Silver Seraph, locker zweihunderttausend teurer als ein Bentley.

Lieberman herrschte über den 89. Stock. Er und sein Leibwächter Rasputin, ein muskulöser, schwarzhaariger Transkriptor, schlichen stets durch die Großraumbüros wie zwei Löwen auf der Suche nach Christen, die sie verschlingen konnten. Sein Büro thronte über allem wie eine Burg mit gläsernen Mauern, sodass Lieberman gelassen zuschauen konnte, wie sein Geld hereinströmte. Und Gott helfe demjenigen, der sich auch nur einen Cent durch die Lappen gehen ließ! In der Kirche der Broker war das die eine, unverzeihliche Todsünde.

Liebermans Bewegungen waren energisch, sein Gesicht leicht gerötet. Im Gegensatz zu Saxtons Vater, der in seinem ganzen Leben noch kein Samp genommen hatte und tatsächlich wie ein Achtzigjähriger aussah, nahm Lieberman jedes neue Samp, das auf den Markt kam, sodass er nun im Körper eines gutaussehenden, schwarzhaarigen Mannes Mitte vierzig vor ihnen stand. Wortlos ging er zum Kamin und drehte sich zu den Versammelten um. Hinter ihm stand Rasputin, der unheimliche Transkriptor, der ihm überallhin folgte. Acht nervöse Gesichter schauten ihn an – sieben sündhaft teure Wagen und ein Volvo-Kombi. Alle warteten auf das Urteil, das über ihr Leben entscheiden würde.

»Es gibt nur ein Gebot bei Genico«, begann Lieberman. »›Du sollst nicht stehlen‹ gilt bei uns nicht. Lügen? Wir belohnen Lügner sogar! Also, wie lautet das einzige Gebot, das wir haben? Nun? Es lautet: ›Verliert nicht mein verdammtes Geld!‹«

Lieberman stand unter seinem eigenen gerahmten Porträt. Er schwieg einen Moment, um seine Worte wirken zu lassen, bevor er sich zum Kamin umdrehte und einen der gusseisernen Schürhaken von der Wand nahm. Mit drohendem Klirren ließ er die Spitze auf den Boden fallen.

Liebermans Haar war mit Gel zurückgekämmt und schimmerte im Lampenlicht. Seine Haut war dunkel, seine Augenbrauen buschig, seine Augen fast schwarz. Einige Broker waren begnadete Marktschreier. Sie konnten einen tollwütigen Hund überreden, von der Ladefläche eines Fleischlasters zu springen. Lieberman besaß diese Gabe nicht. Stattdessen hatte er das Talent, andere mit Worten vernichten zu können. Ein Mann wie er hätte selbst der heiligen Jungfrau die Schamesröte ins Gesicht getrieben.

Den Schürhaken in der Hand, ließ Lieberman den Blick über die Versammelten schweifen und starrte jedem in die Augen.

Gut eine Minute war vergangen, als er endlich wieder den Mund aufmachte. »Gestern …«, begann er langsam. »Gestern, vor zwölf Stunden, waren diese Firma und ihre Kunden noch ein paar Picassos mehr wert. Weiß hier jemand, warum das so ist?«

Die acht Männer schwiegen. Broker hassten es, Geld zu verlieren. Niemand bei Genico konnte die Summen überhaupt aussprechen. Es bedeutete Pech, Versagen anzuerkennen. Stattdessen verwendete man Codes. Ein Picasso bedeutete zwei Millionen, ein Andy Warhol zehn Millionen. Dann folgten ein Van Gogh mit zwanzig, und die ultimative Katastrophe war ein Jackson Pollock mit dreißig Millionen und mehr. Geld war nur Geld, wenn man es machte; verlor man es, war es Kunst.

Lieberman schob die Unterlippe vor und hob zwei Finger. »Wir haben zwei Picassos verloren und sind auf dem besten Weg zu einem Andy Warhol. Weiß jemand von Ihnen, wohin diese Kunst verschwunden ist? Haben wir etwas dafür bekommen? Irgendetwas? Wir stehen kurz davor, einen verdammten Van Gogh zu verlieren, und wir können nichts – *nichts* – dafür vorweisen!«

Saxton starrte ihn mit leerer Miene an.

»Was ist passiert?«, wollte Lieberman wissen und hob den Schürhaken. »Bauchspeicheldrüsenkrebs, das ist passiert. Wir haben eine Unsumme in ein Samp investiert, das nicht funktioniert hat.«

Beschämt ließen die Männer die Köpfe hängen. Der Volvo starrte in seinen Schoß, und Saxton wäre am liebsten im dicken Polster seines Stuhls versunken. Er schloss die Augen und stellte sich vor, wieder auf der Tanzfläche des Palladiums zu sein. Das Eröffnungssolo von Nenas »99 Luftballons« half ihm, sich zu entspannen.

»Mit allem gebührenden Respekt …«, begann Bouvier.

Lieberman wirbelte zu ihm herum und richtete den Finger auf ihn. »Bouvier.«

»Ja?«

»HALTEN SIE IHR VERDAMMTES MAUL!«

Bouvier nickte und verstummte.

»Nur weil Sie schwul sind, Bouvier, haben Sie nicht das Recht, mich in den Arsch zu ficken!«

Bouvier schaute ihn beleidigt an, doch bevor er etwas sagen konnte, kam Lieberman ihm zuvor. »Sie haben einen Jasper Johns verloren, Sie ganz allein, und da haben Sie noch den Nerv, den Beleidigten zu spielen? Ich kann Ihnen nur raten, sich verdammt noch mal zurückzuhalten.«

Bouvier hat also einen Jasper Johns verloren, dachte Saxton, irgendetwas unterhalb eines Andy Warhol. Offenbar würde Sir Morgan, der Shi-Tsu, wegen dieser Katastrophe bald wieder auf Trockenfutter umsteigen müssen. Saxton bekam Sodbrennen; sein Magen pumpte mit besorgniserregender Geschwindigkeit Säure nach oben. Er brauchte eine Pille und fragte sich, ob er es wohl schaffen würde, unbemerkt eine aus der Tasche zu nehmen und zu schlucken. Vorsichtig ließ er die Hand das Bein hinauf und zu seiner Jackentasche gleiten.

Bouvier machte nicht länger auf beleidigt, sondern schaute auf seine Füße.

»Bouvier?« Lieberman war noch nicht mit ihm fertig.

»Ja?« Hoffnungsvoll hob Bouvier den Blick.

»Sie sind doch homosexuell, oder?«

»Ja …«

»Ficken Sie Ihre Partner, oder lassen Sie sich ficken?«

»Äh …« Bouvier schaute sich nervös um. »Was?«

»Ich habe gefragt: Ficken Sie einen Mann in den Arsch, oder lassen Sie sich von ihm ficken?«

»Ich glaube nicht, dass Sie das etwas …«

»Bouvier!«

»… dass Sie das etwas angeht …«

»Bouvier, ich habe Ihnen eine Frage gestellt, und ich will eine Antwort. Sind Sie oben oder unten?«

Bouvier biss sich auf die Lippen und ließ seinen Blick über die anderen Broker schweifen. Lieberman war in vulgärer Hochform und stutzte Bouvier gnadenlos zurecht. Bouvier, im Mittelpunkt der Aufmerksamkeit, murmelte irgendetwas vor sich hin.

»Was denn nun?« Lieberman blieb hartnäckig und hielt sich in einer übertriebenen Geste die Hand ans Ohr. »Ich habe Sie nicht verstanden.«

»Mal so, mal so.«

»Mal so, mal so? Haben Sie ›mal so, mal so‹ gesagt?«

Bouvier nickte.

»Sie lassen sich also von einem Mann ficken … in den Arsch.« Lieberman hob in spöttischem Staunen die Stimme. Oh, wie ihn das entrüstete! Saxton stellte sich die Sekretärin vor, die gerade draußen an der Tür lauschte.

Wieder nickte Bouvier. »Ich meine … Wenn Sie die Einzelheiten …«

»Raus hier!«, brüllte Lieberman ihn plötzlich an.

»Was?«

»Raus!«

»Bitte?«

»Packen Sie Ihre Sachen! Machen Sie, dass Sie nach Hause kommen!«

»Sie … Sie feuern mich?«

Lieberman starrte ihn wütend an. »Ja! Allerdings!«

Bouvier riss die Augen auf. Es hatte ihm die Sprache verschlagen. Dann erkannte er, dass Lieberman es ernst meinte. »Sie können mich nicht feuern …«, sagte er. »Nicht, weil ich schwul bin.«

»Ich feuere Sie nicht, weil Sie schwul sind, sondern weil Sie sich von anderen ficken lassen. So jemanden können wir bei Genico nicht als Broker gebrauchen.«

Bouvier blieb sitzen. Er hatte noch immer nicht verdaut, was gerade passiert war.

»Gehen Sie mir aus den Augen!«

Bouvier saß einfach nur da, regungslos und verwirrt, einen verletzten Ausdruck auf dem Gesicht.

Lieberman sprang auf ihn zu, hob den Schürhaken und ließ ihn auf den Glastisch neben Bouvier krachen. Der Tisch zersprang: Splitter flogen durch die Luft, und Bouvier sprang verängstigt auf. Lieberman stieß ihm den Schürhaken fest genug in den Bauch, dass Bouvier sich krümmte und zurückwich. Wieder stieß Lieberman zu, und wieder zog Bouvier sich vor dem Schürhaken zurück. Lieberman trieb Bouvier wie ein Stück Vieh zur Tür.

Plötzlich hatte Bouvier die Nase voll. Sein Blick verhärtete sich, und mit geballten Fäusten trat er einen Schritt vor. Sofort war Rasputin an seinem Hals, bereit, ihm den Kehlkopf zu zerquetschen.

»Tun Sie das nie wieder«, warnte Lieberman. Er tippte Rasputin auf den Rücken, und der riesige Transkriptor lockerte seinen Griff.

Bouvier wandte sich ungelenk ab und eilte zum Ausgang. Lieberman schlug die Tür hinter ihm zu und drückte dann auf den Knopf der Sprechanlage.

»Margaret?«

»Ja«, antwortete eine Frauenstimme.

»Mr. Bouvier ist nicht mehr bei uns angestellt. Bitte sorgen Sie dafür, dass sein Schreibtisch in zehn Minuten geräumt ist.«

»Jawohl, Sir.«

Lieberman hob den Blick und lächelte. »Sonst noch jemand, der sich in den Arsch ficken lässt?«

Alle schüttelten den Kopf.

»Ich will Sie nicht mehr sehen«, sagte Lieberman.

Wie ein Mann standen die Broker auf und gingen zur Tür.

»Einen Moment«, schnitt Liebermans Stimme durch die spannungsgeladene Luft. Alle drehten sich zu ihm um. Er deutete auf Saxton. Dessen Bauch brannte, als hätte er glühende Kohlen geschluckt.

»Ich will mit Ihnen reden«, sagte Lieberman.

Saxton nickte traurig. Lieberman wartete, bis der Raum leer und die Tür geschlossen war, bevor er auf einen der dick gepolsterten Stühle deutete. Rasputin trat in die Ecke des Raumes und verschränkte die Arme vor der Brust.

»Bitte«, sagte Lieberman. »Setzen Sie sich.«

Saxton nahm Platz, und Lieberman machte es sich auf einem Stuhl ihm gegenüber bequem. Kurz schauten sie einander an, bevor Lieberman schließlich nickte und sagte: »Schicke Uhr.«

Saxton spielte an seiner Armbanduhr herum. »Danke.«

»Blancpain Villeret Ultra-Slim.«

»Stimmt.«

»Ich habe selbst auch eine. Gerüchten zufolge trägt der Scheich von Katar sogar zwei davon. Eine an jedem Handgelenk.«

Beide schwiegen einen Augenblick lang und sinnierten über diese unverhohlene Zurschaustellung von Reichtum.

Dann fragte Lieberman: »Wie hat Ihnen mein Ausbruch gerade gefallen?«

»Es war ganz schön heftig.«

»Ja, das Element der Furcht«, sagte Lieberman. »Es tut gut, die Furcht zu kennen. Furcht macht uns wachsam. Sie macht uns stark. Ohne Furcht wird ein Mann faul. Wir haben gelernt, wie man Feuer macht, weil wir uns vor der Dunkelheit gefürchtet haben. Die Furcht macht uns zu Genies.«

Lieberman konnte sich das Gerede sparen: Saxton hatte auch so schon Angst genug.

»Wir haben noch nie wirklich miteinander gesprochen«, sagte Lieberman. »Wie ist es so, der Sohn des Genico-Gründers zu sein?«

»Ich habe ständig das Gefühl, als hätte ich eine Menge zu beweisen.«

»Und glauben Sie, das gelingt Ihnen?«

»Keine Ahnung.«

»Mein Vater hat im Schlachthof gearbeitet. Er war Metzger und hatte keine hohen Erwartungen an mich. Der Sohn eines reichen Mannes aber muss einen ganzen Berg von Erwartungen erfüllen.«

Saxton nickte, schwieg jedoch.

»Ich habe mir Ihre Abschlussdaten angesehen. Sie sind ein durchschnittlicher Broker. Bis jetzt ist Ihre auffälligste Leistung, dass Sie eine ungewöhnlich hohe Zahl an Kunstwerken mit Bauchspeicheldrüsenkrebs verloren haben.«

»Danke für das Lob.«

»Ich schmiere niemandem Honig um den Mund. Ich zolle jemandem nur Respekt, wenn er es sich verdient hat. Ansonsten ist das nur frivole Zeitverschwendung«, sagte Lieberman. »Aber machen Sie sich keine Sorgen. Ihr Vater hat für Ihre Zukunft gesorgt. Wären Sie als Sohn eines anderen geboren worden, hätten Sie für Ihren Erfolg arbeiten müssen.«

Saxton wurde die Beleidigungen allmählich leid. »Worauf wollen Sie hinaus?«

»Ich könnte Ihnen die Gelegenheit verschaffen, sich auszuzeichnen. Wie würde Ihnen das gefallen?«

Saxton legte den Kopf auf die Seite. »Was meinen Sie damit?«

»Sie leben in einem Königreich, das bald einen Thronfolger suchen wird«, sagte Lieberman. »Ihr Vater will zurücktreten.«

»Was sagen Sie da?«, fragte Saxton ehrlich überrascht. Der alte Herr hatte ihm nichts davon gesagt.

»Es ist stets eine gefährliche Zeit für ein Königreich, wenn ein anderer die Zügel übernimmt. Der neue Vorstand könnte Männern wie uns nicht mehr ganz so wohlgesinnt sein.«

»Ich verstehe nicht …«

»Ihr Vater hat Ihren Bruder zu seinem Nachfolger bestimmt.«

Saxton blickte schockiert drein. »Meinen Bruder?«

»Ihren Stiefbruder, genauer gesagt, falls ich richtig informiert bin.«

»Ja, er ist mein Stiefbruder …«, bestätigte Saxton gedankenverloren.

Lieberman musterte ihn aufmerksam. »Das scheint Sie nicht gerade zu freuen.«

In Saxtons Kopf läuteten die Alarmglocken. »Ich bin nur überrascht.«

»Haben Sie geglaubt, er würde Sie zum Nachfolger ernennen?«

Saxton schüttelte den Kopf. »So überheblich bin ich nicht.«

Lieberman lachte zynisch. »Dann sind Sie also doch nicht so von sich überzeugt, wie ich dachte. Für einen Prinzen ist es völlig normal, dass er König werden will. Empfindet dieser Prinz nicht genauso?«

Saxton schwieg. Nach einer langen Pause sagte er: »Warum interessiert Sie das?«

»Weil ich nicht glaube, dass Ihr Bruder die Gier genauso vergöttert wie Sie.«

»Was wollen Sie damit sagen?«

»Ich will damit sagen, dass es an der Zeit ist, dass Sie König werden.«

Mitten in Saxtons Büro plapperte das Bild von Jean-Luc Gérondeau in gebrochenem Englisch. Gérondeau war Finanzberater der Clinique de La Croix Blanche, eines mittelgroßen Krankenhauses in Mont-de-Marasan, Südfrankreich.

Am Telefon geriet der Franzose allmählich in Panik, weil Saxton ihm vor zwei Wochen eine Sampbehandlung für eine ziemlich seltene und neue Krankheit verkauft hatte – das sogenannte Apert-Syndrom –, die nur bei Neugeborenen vorkam. Vergangenes Jahr hatte man herausgefunden, dass die elektromagnetischen Wellen von Sendemasten für die Krankheit verantwortlich sein könnten, zumal vor allem Kinder von Angestellten der France Telecom davon betroffen waren.

Und bei der France Telecom wiederum hatte die sozialistische Regierung das Sagen, weshalb man davon ausgegangen war, dass der Staat sämtlichen Angestellten eine pränatale Sampbehandlung gegen das Apert-Syndrom bezahlen würde. Doch gestern hatte die französische Kommission für Verbrauchersicherheit die Ergebnisse einer achtmonatigen Studie veröffentlicht, wonach elektromagnetische Wellen rein gar nichts mit der Krankheit zu tun hatten.

Nun hatten die Bediensteten keine Grundlage mehr, die France Telecom auf Verteilung von Samps zu verklagen, und die Samps im Portfolio der Clinique de La Croix Blanche waren stark gefallen.

Caveat emptor.

Käufer aufgepasst.

Das hieß aber noch lange nicht, dass Jean-Luc nicht anrufen und sich beschweren konnte. Dabei war er es gewesen, der den Kauf des Samps überhaupt erst vorgeschlagen hatte, selbst nachdem Saxton ihm davon abgeraten hatte. Patente für das Apert-Syndrom hatten eine fünfzigprozentige Chance, ihre Eigenschaft auf die Kinder zu übertragen. Hätte Jean-Luc sich die Mühe gemacht, ein wenig nachzuforschen, hätte er herausgefunden, dass jeder Angestellte der France Telecom, der ein Baby mit dem Apert-Syndrom bekommen hatte, bereits eine entsprechende Krankengeschichte gehabt hatte, und zwar *bevor* er überhaupt zur France Telecom gegangen war.

Die hohe Rate von Erkrankungen bei Telecom-Angestellten hatte nichts mit Sendemasten oder elektromagnetischen Strahlungen zu tun. Die France Telecom beschäftigte zufällig eine ungewöhnlich hohe Zahl von Menschen mit diesem Gendefekt – das war die schlichte, einzige Erklärung.

Trotzdem musste Saxton Jean-Luc zuhören.

Von der anderen Seite des Stocks winkte Amy und bedeutete Saxton, dass er einen weiteren Anruf hatte. Saxton versicherte Jean-Luc, er werde sich die Sache ansehen, doch erst einmal solle die Clinique de La Croix Blanche das Samp halten.

»Machen Sie sich nicht so viele Gedanken. Ich bin sicher, irgendwo wird die Krankheit wieder ausbrechen. Außerdem brauchen die Telecom-Mitarbeiter immer noch ein Heilmittel, auch wenn noch nicht geklärt ist, ob sie es bezahlen können.«

Saxton legte auf. Einen Augenblick später sagte Amy über

die Sprechanlage: »Sivaramy Rajasekharan aus Kuala Lumpur ist auf Leitung eins.«

Sivaramy arbeitete für Pharmaceutical Malaysia, das größte Pharmaunternehmen des Landes. Für den weit überwiegenden Teil Südostasiens waren genetische Samps noch immer viel zu teuer; deshalb waren die Hersteller traditioneller Medikamente – wie eben Pharmaceutical Malaysia – noch immer so gut im Geschäft geblieben. Fiel der Preis eines Samps jedoch, änderte sich das dramatisch.

Infolgedessen war Pharmaceutical Malaysia zu einem von Saxtons größten Kunden geworden. Wenn der Preis für ein Samp fiel, kaufte Pharmaceutical Malaysia oft in großen Mengen, um den Preis auf diese Weise wieder in die Höhe zu treiben, damit die eigene Klientel es sich nicht mehr leisten konnte. Dass dies für viele Menschen zu einer drastischen Reduzierung der Lebensqualität führte und Tausenden im ländlichen Malaysia unnötigerweise das Leben kostete, musste man eben als bedauerliche Nebenwirkung akzeptieren, wenn man Geschäfte machen wollte. Schließlich war eine Firma kein Wohltätigkeitsverein.

Was Pharmaceutical Malaysia machte, war in den Vereinigten Staaten illegal, aber in den meisten Ländern der Dritten Welt noch immer erlaubt. In den letzten Monaten war das Monopol von Pharmaceutical Malaysia jedoch zunehmend unter Druck geraten, denn in der malaysischen Regierung regten sich Kräfte, die eine Öffnung des Sampmarktes in ihrem Land forderten.

»In Kuala Lumpur ist es jetzt halb neun«, sagte Saxton zu Amy. »Frag ihn, wann er in den Petronas Towers sein wird. Ich rufe ihn dann zurück.«

»Okay.«

Saxton rieb sich die Stirn, drehte sich mit seinem Stuhl

um und schaute auf die Skyline der Wall Street hinaus. Das war das Reich, und es suchte nach einem König. Saxton war wütend und verletzt, dass sein Vater ihm noch gesagt hatte, er solle dem Thron entsagen. Ob Roosevelt schon davon wusste? Roosevelt wusste immer alles als Erster. Er war stets der Liebling ihres Vaters gewesen, schon in der Zeit vor den Drogen.

Saxton hatte das Leben nicht immer durch einen Schleier von Mama Blanca betrachtet. Er erinnerte sich noch gut daran, wie zielgerichtet er als junger Mann gewesen war. Er war ein hervorragender Klavierspieler gewesen. Er hatte das Malen geliebt. Und die Poesie. Doch irgendwann war dieser wichtige Teil seiner Persönlichkeit verloren gegangen.

Saxton erinnerte sich, dass er schon als Junge stets nach der Anerkennung seines Vaters gestrebt hatte. Doch diese Anerkennung hatte er nie gefunden, und das hatte ihn verbittert, hatte eine Leere in ihm erzeugt, die noch schlimmer geworden war, als er zuschauen musste, wie andere größeren Erfolg gehabt hatten als er. Saxton war dem alten Herrn stets pflichtbewusst gefolgt. Er hatte das Familiengeschäft gelernt, doch es war immer nur der Adoptivsohn gewesen, der den alten Mann zufrieden gestellt hatte.

Es klopfte. Saxton drehte sich um und sah Jonathon Millers aufgedunsenes Gesicht in der offenen Tür. Miller hatte als Trainee bei Saxton angefangen und war heute einer der Top-Broker. Er fuhr einen Jaguar mit eigens angefertigtem Lederinterieur und hatte eine hübsche blonde Freundin, die perfekt zu dem Auto passte.

»Sivaramy Rajasekharan«, sagte Miller mit aufgesetztem englischem Akzent. »Das hasse ich so an den Kerlen. Man kann nicht mal ihre verdammten Namen richtig aussprechen.«

»Warum sprichst du so?«

»Wie?«

»Du lebst in Soho.«

»Was?«

»Ach, vergiss es.«

Normalerweise sprach niemand Miller auf seinen falschen Akzent an, obwohl es peinlich war, zumal er bestenfalls wie ein schlecht gemachtes Monty-Python-Remake klang. Miller wiederum schien zu glauben, der Akzent mache ihn am Telefon glaubwürdiger. Außerdem hatte er einen Faible für britischen Snobismus – deshalb auch der Jaguar –, was natürlich einen britischen Akzent bedingte.

»Wie sieht's mit Stoff aus?«, flüsterte Miller. »Paradiese Blue? Koks? Euphoria? Mein Mann ist übers Wochenende weggefahren.«

Amys Stimme kam über die Sprechanlage. »Da ist jemand für dich am Apparat. Er ist ziemlich sauer. Er sagt, du hättest ihm vor einiger Zeit Lungenkrebssamps verkauft, und jetzt will er wissen, was daraus geworden ist.«

»Hast du auch einen Namen?«, fragte Saxton.

»Ja …«, antwortete Amy. »Reverend LaJoy von der Christian Fellowship of Friends in Texas.«

»Voicemail.«

»Er sagt, er könne nicht auf deine Voicemail sprechen.«

Saxton schaute zu Miller und zuckte mit den Schultern. »Tut mir leid, ich muss wohl drangehen.«

»Was ist mit dem Stoff?«, jammerte Miller.

Saxton nahm das Gespräch an. »Reverend, wie geht es Ihnen?«

Miller, der noch immer in der Tür stand, drückte einen Finger an die Nase, schniefte und zuckte fragend mit den Schultern. Verärgert öffnete Saxton seine Schreibtischschublade und griff hinein.

»Ich will wissen, was bei Ihnen los ist«, sagte der Reverend.

Saxton kramte in der Schublade. Er würde Miller sicher nichts von seinem guten Koks geben, aber ein paar Paradise-Pillen waren okay. Er nahm zwei blaue Fläschchen heraus und warf sie Miller zu, der sie gierig auffing und sich auf japanische Art verneigte. Saxton winkte und drehte sich mit dem Stuhl wieder zum Fenster.

Reverend LaJoy.

Vor einem Monat hatten Genicos Broker große Mengen von Genzymes neuer Lungenkrebstherapie gekauft und das meiste davon Reverend LaJoy aufs Auge gedrückt. Eine Woche später war bekannt geworden, dass die Regierung im Rahmen eines Programms für saubere Luft ein landesweites Zigarettenverbot durchsetzen wollte. So ein Gesetz würde die Zahl der Raucher dramatisch reduzieren und somit auch die der Lungenkrebspatienten; dementsprechend war das Samp dann auch gefallen.

Dass dies ausgerechnet einen Reverend auf die Palme brachte, war eine Ironie, die auch Saxton nicht entging. Aber so war nun mal die New Economy.

Roosevelts Büro war verlassen, und Saxton ließ sich selbst hinein. Auf dem Schreibtisch lag eine Notiz. Roosevelt würde sich mit ihm und Dolce auf dem Dach treffen. Saxton brach auf Roosevelts Stuhl zusammen, schüttete das weiße Pulver aus einer kleinen Phiole auf den Holzschreibtisch seines Bruders und schob es mit seiner Amexkarte zu schmalen Linien zusammen. Kurz hielt er inne und ließ den Blick über die Wände schweifen. Fotos hingen dort, die Roosevelt an verschiedenen berühmten Stätten zeigten: auf den steinernen Stufen von Macchu Pichu und vor der Großen Mauer. Nach dem College hatte sich Roosevelt ein ganzes Jahr lang frei genommen und war durch die Welt gereist. Während Saxton sich in den Staaten das Hirn zermartert hatte, um das Brokerexamen zu schaffen, war Roosevelt von einem Teil des Globus zum nächsten gedüst und hatte tun und lassen können, was er wollte.

In der Ecke lag ein kleiner, grauer, zusammengepackter Fallschirm, daneben ein gelb gestreifter Helm – Souvenirs aus Roosevelts Fallschirmspringerzeit. Saxtons Blick blieb auf einem gerahmten Foto haften, das Roosevelt und seine Teamkameraden nach dem Gewinn des Orange Bowl zeigte. Das Bild war auf dem Spielfeld aufgenommen worden, unmittelbar nach dem Schlusspfiff, und Roosevelt hatte den freien Arm um eine strahlende Dolce gelegt. Hinter ihm jubelten die anderen Spieler von Miami.

»Auf dich, alter Junge«, sagte Saxton und imitierte Millers schlechten britischen Akzent; dann beugte er sich vor und zog sich das weiße Pulver rein. Mama packte ihn sofort und fuhr wie eine Welle von seiner Nase durch den ganzen Körper. Saxton setzte sich auf, starrte wieder auf das Foto, ging darauf zu und nahm es von der Wand.

Roosevelt, der Star. Dolce himmelte ihn an. Hinter ihnen flatterte Konfetti vom Himmel, und obwohl er im Hintergrund kaum zu erkennen war, sah Saxton seinen Vater. Saxton Senior trug eine Kappe der University of Miami und lächelte – ein wahrhaft seltener Anblick. So stolz wie auf diesem Foto hatte Saxton ihn noch nie gesehen.

Phillip richtete seine Aufmerksamkeit wieder auf Roosevelt und hob das Foto näher an die Augen. Die Details verschwammen; trotzdem holte Saxton das Bild noch näher heran, bis er jeden einzelnen Farbpixel erkennen konnte. Hier, in dieser verpixelten Welt, machten die Dinge endlich einen Sinn. Abertausende von Pixeln ergaben ein Foto, und jeder Pixel spielte dabei seine Rolle. Doch einzeln waren sie nichts und konnten leicht entfernt werden.

»Ich kenne dein Geheimnis …«, flüsterte Saxton dem Foto zu.

Ein lautes Klopfen überraschte ihn. Die Pixel verblassten, als er sich zur Tür umdrehte. Dolce stand da, ärgerlich schön wie immer – ärgerlich, weil sie nicht ihm gehörte. Zwar hatten auch sie sich in ihrer Jugend nahegestanden, aber Dolce hatte sich schon immer mehr zu Roosevelt hingezogen gefühlt. Jahrelang hatten Roosevelt und Dolce ihre Beziehung geheim gehalten, bis es zu offensichtlich geworden war, um es noch zu verbergen. Saxton hatte so getan, als freue er sich für die beiden oder als stünde er ihrer Beziehung zumindest gleichgültig gegenüber, doch innerlich zerfraß ihn die Eifersucht. Dolce war schon das ultimative Symbol des Erfolgs gewesen, als die beiden Brüder noch nicht einmal gewusst hatten, was Erfolg war. Mädchen und Sport waren die Währung ihrer Teenagerzeit gewesen, und Roosevelt hatte immer die größte Kriegskasse gehabt. Und mit siebzehn Jahren war Dolce das gewesen, was für einen Erwachsenen ein ständiger Sitz im Vorstand war.

»Ist das beim Orange Bowl aufgenommen worden?«, fragte Dolce und deutete auf das Bild.

Saxton grunzte und hing das Bild wieder an die Wand zurück.

»Er hat bei dem Match gut gespielt«, sagte Dolce.

Roosevelt hatte an jenem Tag sogar fantastisch gespielt. »Wünschst du dir, er würde immer noch spielen?«

Dolce holte einen Kaugummi aus ihrer Tasche, steckte ihn sich in den Mund und zuckte mit den Schultern. »Er soll tun, was ihn glücklich macht, und sein Traum war es immer, den Menschen zu helfen.«

»Aber was ist mit all dem Geld, das er dafür aufgegeben hat?«

»Geld macht die Menschen nicht glücklich.« Dolce kaute vor sich hin und schaute sich in dem Büro um. »Wo ist er überhaupt?«

Saxton hielt die Notiz in die Höhe. »Er will uns auf dem Dach treffen.«

Gemeinsam fuhren sie im Aufzug zum Dach hinauf und ließen sich auf der kurzen Fahrt über die Monitore in der Kabine mit Nachrichten bombardieren. In Ituri hatten die Kämpfe an Heftigkeit zugenommen; im Nahen Osten ging es mit der Wirtschaft weiter bergab; die Sterberate in Indien war drastisch gesunken, und das Samp gegen Bauchspeicheldrüsenkrebs versagte bei einem klinischen Test nach dem anderen.

»Machst du dir nie Gedanken darüber, dass du in Vergessenheit geraten könntest?«, fragte Saxton.

»Was meinst du damit?«

»Ich meine, du hast dein Leben, und für dich ist das offensichtlich auch wichtig. Aber was ist mit dem großen Ganzen? Hat dein Leben wirklich eine Bedeutung?« Saxton wusste, dass er Unsinn redete, doch sein von Drogen umnebelter Geist brachte nichts anderes mehr zustande.

Auf dem Dach angekommen, öffnete sich die Aufzugtür und gab den Blick auf eine wahre Gebirgskette von Hochhäusern frei. Im Westen erhob sich der Gipfel von Nuclotech Pharmaceuticals, eine diamantenförmige Spitze aus purem Granit, Markenzeichen jenes Pharmaunternehmens, das die ersten militärischen Transkriptoren entwickelt hatte. Nördlich davon waren die auffälligen Türme von DNA Design zu sehen, die den Dienstleistungsmarkt für Transkriptoren beherrschten. Gemeinsam bildeten diese drei Gipfel eine Gebirgskette, die sich durch ganz Lower Manhattan zog. Es war eine wunderbare Zurschaustellung des reinen Kapitalismus und der Macht der Genindustrie, die den menschlichen Code auf ewig verändert hatte und immer noch veränderte; daran würden die Menschen sich noch in tausend Jahren erinnern.

»Ich halte es für sehr wichtig, dass man seine Erfüllung findet«, sagte Dolce.

»Ich finde es wichtig, berühmt, reich und mächtig zu sein.«

»So kann man es auch sehen.«

»Warum seid ihr eigentlich noch nicht verheiratet?«, wechselte Saxton das Thema und überraschte sich damit selbst. Normalerweise sprachen sie nicht über so etwas, aber er konnte nicht anders. Er wollte Unsicherheit verbreiten. Schmerz. Er war schon immer auf seinen Bruder eifersüchtig gewesen; doch jahrelang hatte er sein Bestes getan, diese Gefühle zu unterdrücken. Nun aber konnte er nicht mehr widerstehen.

»Wir haben es nicht eilig«, antwortete Dolce und fügte nachdenklich hinzu: »Aber das wird sich wohl bald ändern. Du solltest es auch mal versuchen: nur eine Frau, dich häuslich niederlassen …«

»Ich ziehe ein breit gefächertes Portfolio vor.«

»Hier geht es nicht ums Geschäft.«

»Es geht immer nur ums Geschäft.«

Der Himmel hatte sich bewölkt. Regen lag in der Luft, und dunkle Wolken warfen ihre Schatten auf die umliegenden Gebäude. Dann ertönte plötzlich ein *Ping* vom Aufzug, und Roosevelt trat zu ihnen aufs Dach.

»Na, wie geht's mit der Rettung der Welt voran?«, fragte Saxton spöttisch.

Dolce strahlte und küsste Roosevelt auf den Mund, und die beiden hielten einander peinlich lange eng umschlugen. Dolce war wie ein treuer Hund, der sein Herrchen begrüßte.

»Ich reiße euch nur ungern aus euren Emotionen, aber es

sieht nach Regen aus, und mein Anzug ist nicht gerade wetterfest«, sagte Saxton.

Roosevelt löste sich von Dolce und schaute die beiden dann an. »Ich bin froh, dass ihr zwei gekommen seid.«

»Ach?« Saxton hob die Augenbraue. »Auch ich mag Familientreffen. Hätte ich das gewusst, ich hätte meinen Fotoapparat mitgebracht.«

Roosevelt ignorierte den Kommentar. Er wirkte aufgeregt, was ziemlich ungewöhnlich für ihn war. »Ich habe wichtige Neuigkeiten«, erklärte er.

Saxton wusste, was kam.

Roosevelt schaute seinen Bruder an. »Er hat uns die Firma übertragen.«

»Was?« Dolce schnappte hörbar nach Luft. Sie war ehrlich überrascht.

»Der alte Herr hat uns die Firma gegeben. Er geht in den Ruhestand.«

»Und da hat er uns die Firma gegeben?«, hakte Saxton nach.

»Nun ja, eigentlich hat er sie *mir* gegeben. Zumindest auf dem Papier.« Roosevelt hielt kurz inne und fügte dann strahlend hinzu: »Aber wir werden sie gemeinsam führen.«

»Aha …«, sagte Saxton. Endlich Klarheit. Lieberman, der alte Bastard, hatte also recht gehabt. Alle schienen es zu wissen, nur Saxton nicht.

Die Firma gemeinsam führen? Es gab immer nur *einen* König.

Dolce sprudelte so etwas wie einen Glückwunsch hervor und umarmte Roosevelt. Saxton schaute über den Rand der Brüstung hinweg nach unten in den Nebel. Er stellte sich da unten ein Basislager vor, kleine nepalesische Dörfer, Mönche in scharlachroten Gewändern. Aber egal, was dort unten sein mochte – er, Phillip Saxton, stand auf dem Gipfel des Berges.

»Sieht so aus, als hättest du mich wieder mal ausgestochen«, bemerkte Saxton cool.

Roosevelt löste sich erneut von Dolce. »Du bist mein Bruder«, sagte er. »Da gibt es keinen Wettbewerb.«

»Begrenzte Ressourcen. Das ist alles ein Nullsummenspiel.«

»Wovon redest du da?«

»Weißt du, ich habe mir noch einmal die Fotos in deinem Büro angeschaut. Du hast Dad immer stolz gemacht«, sagte Saxton und wankte einen Schritt in Richtung Aufzug. »Und wieder einmal setzt sich die rooseveltsche Erfolgsgeschichte fort.«

Saxton verneigte sich theatralisch und trat in den Aufzug.

»Wir werden Genico gemeinsam leiten!«, rief Roosevelt ihm noch einmal hinterher.

Saxton drehte sich zu Roosevelt um.

»Es wundert mich nicht, dass jemand wie du das für möglich hält«, sagte er; dann schloss sich die Aufzugtür, und der Lift fuhr nach unten.

Roosevelt starrte auf die geschlossene Aufzugtür. Er hatte damit gerechnet, dass sein Bruder wütend sein würde, doch es erschütterte ihn, wie hart die Nachricht Phillip wirklich getroffen hatte. Von einem Augenblick auf den anderen waren sie wieder Kinder gewesen. Roosevelt hatte es gerade ins Baseballteam geschafft, und Phillip war außen vor geblieben. Roosevelt hoffte nur, dass Saxton Senior das Verlangen seines älteren Sohnes nicht unterschätzt hatte, Genico zu leiten. Dad hatte gesagt, Phillip würde seine Entscheidung akzeptieren. Roosevelt konnte nur hoffen, dass das stimmte.

Saxton war zwar wütend gewesen, doch die Neuigkeit schien ihn nicht überrascht zu haben. Irgendjemand musste es ihm bereits erzählt haben. Roosevelt fragte sich, wer das gewesen sein könnte. Dolce zupfte an seinem Arm und riss ihn aus seinen Gedanken. »Komm. Hier entlang.«

Sie zog ihn in die hinterste Ecke des Daches, wo die Bäume des Dachgartens ihnen ein wenig Schutz gewährten. Dort küsste sie ihn leidenschaftlich auf den Mund und nahm dann seine Hand.

»Du liebst mich doch, oder?«, fragte sie.

»Natürlich …«

»Gut. Denn ich muss dir etwas sagen, was mir große Angst macht. Ich bin schwanger.«

Roosevelt starrte Dolce an; nur langsam drangen die Worte in sein Hirn. Darüber musste man erst einmal nachdenken. Im Grunde war er glücklich; er wusste nur nicht so recht, was nun geschehen würde. Sein Leben hatte sich gerade in etwas Surreales verwandelt.

»Und?«, wagte Dolce sich nach einer längeren Pause vor. »Bist du überrascht? Willst du mir denn nicht gratulieren?«

Roosevelt fuhr sich mit den Fingern durchs Haar. »Wow! Schwanger!«

»Du klingst ja richtig begeistert.«

»Nein, ich … Ich meine, das muss erst mal verarbeitet werden.« Er nahm ihre Hand. »Aber ich bin auf jeden Fall glücklich.«

Dolce holte ein kleines, kreuzförmiges Medaillon aus der Tasche und hielt es Roosevelt hin. Das Medaillon bestand aus angelaufenem Silber und hing an einer Lederschnur. Roosevelt nahm das Kreuz. »Was ist das?«, fragte er.

»Dein Sohn.«

Roosevelt musterte das Kreuz und hielt es ins Licht. »Wow!

Er ist so klein. Und aus Metall. Ich habe mir ein Kind eigentlich immer lebendiger vorgestellt.«

»Sehr komisch. In diesem Medaillon befindet sich sein vollständiger genetischer Code. Augen, Haare, Körperbau – alles, was du wissen willst«, erklärte Dolce und fügte dann hinzu: »Oder wenn du es eher altmodisch magst, kannst du dich auch überraschen lassen. Nur das Geschlecht weißt du jetzt schon – tut mir leid, dass ich mich verplappert habe.«

Roosevelt hing sich das Medaillon um den Hals. Das Leder fühlte sich rau auf seiner Haut an.

Er bekam einen Sohn! Die Vorstellung überwältigte ihn.

»Wirst du mich immer lieben?«, fragte Dolce ungewohnt ernst.

Von ihrem Tonfall überrascht, schaute Roosevelt ihr in die Augen. »Selbstverständlich!«

»Und wenn du Dinge über mich herausfinden würdest? Dinge, die dir nicht gefallen?«

»Ich weiß doch alles über dich.«

Dolce schüttelte den Kopf. »Nein, du weißt nicht alles. Jedenfalls, unser Baby ist etwas Besonderes. Mehr als du dir vorstellen kannst. Und ich mache mir große Sorgen, dass etwas Schlimmes passieren könnte.«

Dolce schaute ihn eindringlich an. Ihre Unterlippe zitterte, doch ihre Augen waren trocken, ihr Blick entschlossen. Als er ihren Arm berührte, entspannte sie sich wieder ein wenig. »Alles wird gut«, sagte Roosevelt. »Das verspreche ich dir.«

Eine Bewegung erregte seine Aufmerksamkeit, und er sah, wie der Falke seines Vaters durch die Wolkendecke brach, sich kurz vom Wind tragen ließ und dann hinter den metallenen Gipfeln in der Ferne verschwand.

Governor's Island

Die dritte Atombombe, die in der Geschichte des Planeten gegen Zivilisten eingesetzt wurde, wurde am 7. April 2046 von Pakistan in der Nähe von Mumbai, Indien, gezündet. Vier Tage später detonierte ein indischer Atomsprengkopf in einem Schulbus, der auf einer belebten Straße in Islamabad geparkt war. Beide Angriffe zusammengenommen kosteten schätzungsweise siebzehn Millionen Menschen auf der Stelle das Leben und lösten den größten Flüchtlingsstrom der Geschichte aus.

Binnen zwei Wochen nach den Angriffen traf die erste Welle von Indern in New York City ein. Da die Vereinigten Staaten nicht tiefer in den indisch-pakistanischen Krieg verstrickt werden wollten, erklärten sie, nicht in der Lage zu sein, Flüchtlingen für längere Zeit Asyl zu gewähren. So wurden die Menschen in Lager verbracht, die man im Hochsicherheitstrakt der Transkriptorenentwicklung auf Governor's Island errichtet hatte. Da dort jedoch bereits Tausende registrierter Transkriptoren lebten, wurde das Areal zu einem überbevölkerten Slum, ein verarmter Haufen Bollywood und Curry, gemischt mit Gentechnik und gewürzt mit Transkriptorenterroristen, alles nur wenige hundert Meter von der Freiheitsstatue entfernt.

Dieser Ort ist die Hölle, dachte Arden, als seine Fähre im Hafen losmachte und die Silhouette der Insel rasch näher kam.

Über das Wasser hinweg konnte er die Menschenmassen sehen, die sich an der Anlegestelle drängten. Auf der Insel hatte sich die Geschichte umgekehrt, bis alles wieder so aussah wie in den Einwanderervierteln der Lower East Side im 19. Jahrhundert. Jeder Quadratzentimeter der Insel wurde genutzt – von Marktkarren, Schrotthändlern, Prostituierten und Menschen, die in der Gosse schliefen und um Kleingeld bettelten.

Die Fähre legte an. Sofort drängten sich Bettler an der Gangway. Arden stieg aus und schob sich durch die Menge. Und dann sah er sie. Sie war noch immer genauso schön, wie er sie in Erinnerung hatte. Queen Elizabeth stand auf der anderen Seite des Piers. Sie winkte und lächelte, umarmte Arden und drückte ihn fest an sich. Sie fühlte sich wundervoll an.

»Charles«, sagte sie, die Arme noch immer um ihn geschlungen. »Es ist schön, dich zu sehen.«

Queen Elizabeth hatte ein kleines Zimmer in einer der alten Kasernen, die sich überall auf der Insel fanden. Dort gab es ein Doppelbett, einen Nachttisch, kahle weiße Wände und ein Foto von Ardens Tochter. Arden nahm das Bild vom Nachttisch und betrachtete es einen Moment. Es zeigte seine Tochter an einem längst vergangenen Sommertag, fröhlich und lachend, bevor sie krank geworden war.

»Ich wusste gar nicht, dass du das behalten hast«, sagte Arden.

Queen Elizabeth zuckte mit den Schultern. »Ich habe viele schöne Erinnerungen an deine Tochter. Sie ist noch viel zu jung, um uns zu hassen.«

Arden schaute zu Boden. Plötzlich schämte er sich für den winzigen Raum, die kahlen Wände und das Gedränge, das Queen Elizabeth jeden Tag ertragen musste. Fünf Jahre lang hatte sie praktisch mit Arden zusammengelebt. Nachdem seine Frau ihn verlassen hatte, hatte er jemanden gebraucht, der ihm mit seiner Tochter half, während er arbeitete. Und fünf Jahre lang war das Queen Elizabeth gewesen – so lange, dass sie fast schon ein Familienmitglied geworden war. Ardens Tochter liebte sie, und was Arden selbst betraf, so hatten sich seine Gefühle für sie in eine Richtung entwickelt, die ihn noch heute schmerzte.

Aber Queen Elizabeth lebte auf einer anderen Existenzebene. Sie war eine Transkriptorin. Ihre Welt konnte sich nicht der menschlichen Welt anpassen – auch nicht nach fünf Jahren im selben Haus, in denen man dieselbe Luft geatmet, dasselbe Essen gegessen und dieselbe Tochter geliebt hatte.

»Können wir von hier verschwinden und ungestört reden?«, fragte Arden. Er konnte es keinen Augenblick länger in diesem Raum aushalten. Queen Elizabeth musterte sein Gesicht und schien dann durch ihn hindurchzusehen. Es machte ihn krank, dass sie hier lebte, dass er sie aus seinem Haus getrieben und zu diesem Leben verdammt hatte.

»Sicher«, sagte sie. »Hier fällt einem ziemlich schnell die Decke auf den Kopf. Ich arbeite gerade oben auf dem Dach an einem Bild.«

Draußen atmete Arden erst einmal tief durch. Vom Dach des Hauses hatte man einen großartigen Blick über die Bucht. Die Freiheitsstatue war zum Greifen nah und schimmerte im Sonnenschein. Unter ihnen, auf den übervölkerten Straßen der Insel, plärrte Indi-Pop von einem Marktstand, und Kinder rannten kreischend und lachend hinter einer Gruppe Athletentranskriptoren her, die in Formation um die Verkaufsstände joggten. Die Luft roch nach Naan-Brot und Gewürzen. Zuerst war das angenehm, aber nach ein paar Minuten wurde der Geruch so überwältigend, dass man Kopfschmerzen bekam.

Am Rand des Daches stand eine Staffelei, darauf eine Leinwand mit einem halb fertigen Bild. Überrascht betrachtete Arden das Werk. Er erkannte das Bild; jeder würde es erkennen. Queen Elizabeth malte Monets Seerosen, eine meisterhafte Kopie; jedes Detail und jede Farbe waren perfekt. Der obere Teil des Bildes war so gut wie fertig, der untere Teil aber noch vollkommen leer. Es sah aus, als hätte eine Kopiermaschine den Vorgang mittendrin unterbrochen.

»Ich wusste gar nicht, dass du malst«, bemerkte Arden.

Queen Elizabeth nickte und tunkte den Pinsel in die Farbe. »Das ist rein mechanisch. Ich bin damit geschaffen worden. Ich nehme an, bei Genico gab es einen Kunstliebhaber, und der hat mir aus Spaß dieses Talent gegeben. Nun, was führt dich auf unsere liebreizende Insel?«

»Es hat einen Mord gegeben«, antwortete Arden. »Ein Mensch.«

Queen Elizabeth legte den Pinsel beiseite. »Verstehe. Und du glaubst, ein Transkriptor ist dafür verantwortlich?«

»Vielleicht. Das Opfer war Wissenschaftler bei Genico. Er hat am Manna-Projekt gearbeitet.«

»Dann ist dieser Fall also etwas Persönliches.«

»Meine Tochter stirbt. Ja, es ist etwas Persönliches.«

»Normalerweise würde ich nicht bei der Aufklärung des Mordes an einem Menschen helfen, besonders nicht, wenn dieser Mensch für Genico gearbeitet hat. Ich denke, das weißt du. Aber weil es um deine Tochter geht …« Sie hielt kurz inne und schaute auf die Bucht hinaus. »Du solltest mit Benny Zero reden.«

»Dem Transkriptorendealer?«

Queen Elizabeth verzog das Gesicht. »Er ist ein Zuhälter und Sklavenhändler, aber in letzter Zeit hat er auch gewalttätige Transkriptoren umgesiedelt. Wenn dein Mörder tatsächlich ein Transkriptor ist, hat Benny Zero vermutlich davon gehört.«

Arden kannte Benny Zero. Der Kerl war ein richtiges Schwein. Wenn die Leute einen Transkriptor anschauten, sahen die meisten ein menschliches Gesicht und einen menschlichen Körper; allein deshalb behandelten sie Transkriptoren mit einem gewissen Respekt, selbst wenn sie sie als Sklaven hielten. Benny Zero jedoch betrachtete Transkriptoren als einen Gegenstand, als etwas, das er prügeln konnte, wie er wollte, um es anschließend zum Sterben in der Gosse liegen zu lassen. Von Queen Elizabeth abgesehen, hatte Arden zwar auch nicht viel für Transkriptoren übrig, aber Leute wie Benny Zero machten ihn krank. Sie beuteten die Schwachen und Wehrlosen aus.

»Du hast alle möglichen Informanten unter den Transkriptoren. Von denen hätte dir jeder von Benny Zero erzählen können. Warum bist du zu mir gekommen?«

Arden spürte einen Schmerz in der Brust, ein Stechen im Herzen, das er seit dem Tag, da sie gegangen war, mit sich herumtrug. Es war eine Traurigkeit, die sich später in Wut verwandelt hatte, und erst vor Kurzem hatte er endlich geglaubt, sie vergessen zu haben. Nun aber kehrten die alten Gefühle zurück.

Arden antwortete nicht auf Queen Elizabeths Frage. Stattdessen suchte er in ihrem Gesicht nach einem Funken Hoffnung. Er fand keinen.

Kurz erwiderte Queen Elizabeth seinen Blick und wandte sich dann ab. »Ich achte und verehre dich für all das Gute, das du für mich getan hast, und ich verstehe, warum du auch Schlechtes tun musstest; aber ich wünschte wirklich, ich würde mehr als nur Freundschaft für dich empfinden.«

»Mit der Zeit werden sich Freundschaft und Respekt vielleicht …«

»… in Zorn verwandeln«, unterbrach sie ihn, »wenn die Liebe nicht erwidert wird.«

Arden hob die Hand, um sie zum Schweigen zu bringen. »Ich bin mir deiner Gefühle durchaus bewusst. Ich wünschte, es wäre anders. Aber ich bin nicht hier, um dich zu überreden. Ich bin nur gekommen, um … ich weiß nicht. Um dich zu sehen.«

»Du willst mich nicht, Charles. Ich bin eine Transkriptorin und du ein Mensch. Ich kann keine Kinder bekommen. Ich kann dir nicht die Familie geben, die du haben willst.«

»Das habe ich auch nie von dir verlangt«, erwiderte Arden.

»Aber du hast von mir verlangt, dein Haus zu verlassen«, sagte Queen Elizabeth mit scharfer Stimme.

»Das war ein Fehler. Ich habe dir die Schuld für Dinge gegeben, über die du keine Kontrolle hattest. Ich weiß, dass weder du noch deine Leute dafür verantwortlich waren.«

»Als du mich hinausgeworfen hast, war ich nur ein weiterer Transkriptor. Du hast ja keine Ahnung, zu was *deine* Leute mich gezwungen haben.« Sie funkelte ihn wütend an. »Du weißt nicht, was ich alles tun musste, bis Alphacon mich gefunden hat. Würdest du es wissen, würdest du anders von mir denken. Und was meine Leute betrifft – wir haben nie auf Gewalt zurückgegriffen. Wir haben nie einem Menschen Schaden zugefügt, obwohl die Menschen uns ständig wehtun.«

»Das weiß ich jetzt, und es tut mir leid.«

Arden holte eine Handvoll gefälschter DNA-Pässe aus seiner Jackentasche. Sie hatten die Pässe vergangenen Monat bei einer Razzia in Chinatown sichergestellt. Die Chinesen waren inzwischen sehr geschickt darin, solche Papiere herzustellen, die bei jedem Scan als menschlich durchgingen, und verkauften sie an Transkriptoren.

»Was ist das?«, fragte Queen Elizabeth.

»Ich hatte noch ein paar von denen rumliegen«, antwortete Arden, »und da dachte ich mir, du könntest sie gebrauchen.«

Verunsichert hielt Queen Elizabeth inne. »Wenn herauskommt, dass du mir die Pässe gegeben hast, wird man dich wegen Verrats verhaften.«

»Ich weiß, in was du verwickelt bist«, erklärte Arden. »Ich weiß, was das für dich bedeutet, und ich verstehe, warum du es tust. Vielleicht kann ich dir auf diese Weise helfen, dass sie dich nicht erwischen. Sie werden dich nämlich suchen kommen.«

»Danke«, sagte Queen Elizabeth und nahm die Pässe an. Sie nickte in Richtung des Gemäldes. »Weißt du, dass ich fast jedes Meisterwerk kopieren kann? Van Gogh, Degas, sogar Andy Warhol. Aber ich kann nichts Eigenes malen. Ich weiß nicht warum. Das macht mich wahnsinnig. Ich dachte immer, Kunst zu schaffen sei Beweis für die Existenz einer Seele. Aber ich bin nur eine gute Fälscherin, mehr nicht.«

»Du bist eine großartige Künstlerin«, sagte Arden so überzeugend, dass es ihn selbst überraschte.

Queen Elizabeth schaute wieder aufs Wasser hinaus. »Nein. Aber wenn ich mir Kunst ansehe, wenn ich sie fühle, dann fühle ich mich schon besser. Dann bin ich näher an etwas Gutem.« Wieder drehte sie sich zu Arden um. »Du hast gesagt, sie werden mich suchen kommen. Was ist mit dir?«

»Was soll mit mir sein?«

»Wirst du auch kommen?«

Arden erinnerte sich an ihre gemeinsame Zeit, als alles noch so schön gewesen war. »Ich werde dich immer suchen kommen.«

Die Rückfahrt zog sich in die Länge. Der Dieselmotor kämpfte auf dem ganzen Weg gegen die Strömung des East River an. Alles, was mit den Transkriptoren zu tun hatte, wurde noch immer auf altmodische Weise angetrieben: mit fossilen Brennstoffen. Ein menschliches Wassertaxi raste an ihnen vorbei, ein mit Biotreibstoff angetriebener Katamaran. Auf dem Oberdeck entspannten sich Geschäftsleute in teuren Anzügen, tranken Kaffee und lasen Zeitung. Arden betrachtete seine Umgebung. Die Transkriptorenfähre war ein antikes Relikt, das aussah, als hätte man es vom Grund des Flusses geborgen und wieder flottgemacht. Das Deck war verdreckt und voller Passagiere, die Luft war dick von Dieselrauch, und nirgends war so etwas wie ein Rettungsring zu sehen. Wenn das Ding unterging, würden alle schwimmen müssen.

Kein Wunder, dass die Transkriptoren die Menschen hassten.

Es war nur eine Frage der Zeit, bis es zum Aufstand kam. Die Brooklyn Bridge war erst der Anfang gewesen. Der Angriff hatte die Menschen schockiert. Die Transkriptorenfrau, die auf deine Kinder aufpasste, dir in deinem Lieblingsrestaurant servierte, dir einen runterholte; der Transkriptorenmann, der deine Toilette reparierte, deinen Müll rausbrachte, die Straße asphaltierte, und das alles mit einem Lächeln … War es wirklich möglich, dass diese freundlichen Gestalten uns insgeheim so sehr hassten? War es wirklich möglich, dass die Transkriptoren so verbittert waren, dass sie einen mit Sprengstoff gefüllten Truck auf die Brooklyn Bridge fuhren und ohne Vorwarnung zur Explosion brachten?

Wir hatten es nicht kommen sehen. Eines Tages waren wir einfach aufgewacht und hatten erkennen müssen, dass all die Kaffeekocher, Staubsauger und Kanalarbeiter plötzlich menschlich geworden waren, und mit dieser Menschlichkeit kam der Hass, zu dem wir alle fähig sind.

Die Fähre legte in der Nähe des Überseehafens an, und Arden ging mit den Transkriptoren von Bord. Die Transkriptoren warteten, bis TFU-Beamte ihre Papiere überprüft hatten und sie nach Manhattan durften. Arden ging an der Schlange vorbei und mit seinem Dienstausweis durch die Sicherheitsschleuse.

Ardens Eltern waren an jenem Tag auf der Brooklyn Bridge ums Leben gekommen; das war auch der Tag gewesen, da er Queen Elizabeth verloren hatte. Er hatte gewusst, dass sie mit den Transkriptorenrebellen zu tun hatte, und am Tag des Anschlags war er voller Wut nach Hause gekommen. Queen Elizabeth hatte gerade Mittagessen für seine Tochter gemacht, und Arden war in einen wahren Zerstörungsrausch verfallen und hatte die Wohnung verwüstet, aber Queen Elizabeth hatte er nicht angerührt. Er hatte ihr nur gesagt, sie müsse gehen, und sollte er sie je wiedersehen, würde er sie an die TFU übergeben.

Erst später hatte er herausgefunden, dass Queen Elizabeth nichts mit dem Anschlag zu tun gehabt hatte, doch da war es zu spät gewesen. Arden hatte sie gesucht, aber sie hatte sich geweigert, zu ihm zurückzukommen, und daran hatte sich bis heute nichts geändert.

Arden ging über die South Street zum Battery Park. Dort blieb er kurz stehen und schaute zu den Hafeninseln: Governor's, Bloomberg und nicht weit davon entfernt die Freiheitsstatue.

Die Menschen hätten die Transkriptoren nie erschaffen dürfen. Und sie hätten sie nie versklaven dürfen. Doch nun war ihr Schicksal mit dem der Menschen verknüpft, und dieses Schicksal führte unweigerlich in eine gewalttätige Zukunft; davon war Arden überzeugt. Und genauso sicher war er sich, dass er in all diesem Chaos seine Tochter retten würde – egal was es ihn kostete.

Harry's

Saxton saß mit Miller, Michael Gorfinkle, Pierce Sullivan und jemandem aus der Abteilung für Staatsanleihen an einem ordentlichen Tisch bei Harry's. In einem privaten Hinterzimmer aß Lieberman Steak mit ein paar Vorstandsmitgliedern, während in der Nähe des Eingangs die Trainees hockten und voller Wehmut an ihre Zeit in Princeton zurückdachten.

Alle am Tisch redeten über das Samp gegen Kahlköpfigkeit, das nächste Woche emittiert werden sollte. Sullivan erklärte, seit dem Film mit diesem kahlköpfigen Schauspieler seien Glatzen wieder schwer in Mode, und da man an Kahlköpfigkeit nicht sterben könne, würde die Emission eine Katastrophe werden. Deshalb hatte Genico das Samp heruntergestuft.

»Letzte Nacht hatte ich einen Traum«, sagte Saxton unvermittelt.

»Kam Lieberman darin vor?«, scherzte Gorfinkle. »Wie ich gehört habe, seid ihr jetzt dicke Kumpels.«

»Nein, Lieberman kam nicht darin vor«, erwiderte Saxton verärgert, »aber eine Vagina.«

Verlegenes Schweigen senkte sich über den Tisch.

»Ich saß in meinem Apartment«, erzählte Saxton, »und schaute mir Hardball auf CNN an, als es plötzlich an der Tür klopfte. Ich machte auf, und da stand diese acht Fuß große Vagina. Sie hatte kleine Ärmchen und Beinchen wie der Pillbury Doughboy. Dann hat sie mir gewinkt, kam in mein Apartment, setzte sich auf mein Sofa, und wir haben uns den Rest der Übertragung gemeinsam angeschaut. Sie saß einfach nur da, die Beinchen übereinandergeschlagen. Nach dem Hardball haben wir uns noch Crossfire angesehen. Seltsam.«

Gorfinkle stand auf, lockerte seine Krawatte, deutete auf Saxton und sagte: »Der Kerl hat sie nicht alle! Das viele Koks hat sein Hirn in Fantasy Island verwandelt. Ich hole mir ein Bier. Sonst noch jemand?«

»Ich. Mit Zitrone. Aber sorg dafür, dass sie die Zitrone diesmal waschen. Mein letztes Bier hat wie Pestizid geschmeckt«, sagte der unbekannte Kerl von den Staatsanleihen.

Saxton schwieg. Der Traum hatte ihm wirklich Angst gemacht, sodass er nicht mehr hatte schlafen können. Stattdessen hatte er sich in seinen E-Trade-Account eingeloggt (den er insgeheim angelegt hatte) und drei Stunden lang nach Blue Chips gesucht, nach Premiumaktien. Als er sich schließlich wieder vom Bildschirm gelöst hatte, war die Sonne aufgegangen, und er kam zwei Stunden zu spät zur Arbeit.

Gorfinkle kam mit mehreren Coronas zurück, verteilte sie am Tisch und drückte das Zitronenstück mit dem Daumen in die Flasche.

»Wie denken wir über die neuen Optionen?«

»Was gibt es da zu bereden? Das ist doch Zeitverschwendung.«

Saxton drückte ebenfalls sein Zitronenstück in die Flasche und schaute zu, wie die grüne Frucht langsam in der bernsteinfarbenen Flüssigkeit versank. Schließlich kam die Zitrone unten an und kippte auf die Seite wie ein gesunkenes Schiff.

Irgendjemand schnippte mit den Fingern.

»Bist du noch bei uns, Sax?«, fragte Sullivan.

»Ja. Warum?«

»Der Boss sucht nach dir«, sagte Sullivan und nickte in Richtung Hinterzimmer.

»Wer?«

»Alan Greenspan. Wer meinst du wohl? Lieberman natürlich. Er hat zehn Minuten lang wie verrückt gewinkt, um deine Aufmerksamkeit zu erregen.«

Saxton drehte sich zum Hinterzimmer um und sah Lieberman tatsächlich winken. Saxton winkte zurück, leerte sein Bier in fünf kräftigen Zügen und knallte die leere Flasche auf den Tisch. Er stand auf, knöpfte sein Jackett zu und nickte den anderen zu. »Gentlemen.«

Die anderen am Tisch schauten ihm eifersüchtig hinterher, als er durch den Speiseraum ging und in dem berühmten Hinterzimmer verschwand. Das Hinterzimmer von Harry's war jener Ort, von wo aus die Genindustrie tatsächlich regiert wurde; an den Wänden hingen Fotos, die das bewiesen. Sie zeigten die Könige der Industrie: Saxton Senior hatte ebenso sein Foto dort wie die anderen Topbroker und Manager des Markts. Außerdem erinnerten Plaketten an jedes denkwürdige Ereignis, über das hier, in diesem Raum, entschieden worden war.

»Setzen Sie sich«, sagte Lieberman und deutete auf einen leeren Stuhl am Tisch. Saxton nahm Platz und nickte den anderen beiden Männern neben Lieberman zu. Rasputin und ein weiterer Transkriptor bewachten die Tür.

»Sie kennen meine Freunde möglicherweise aus Zeitschriften«, sagte Lieberman und deutete auf den ersten Mann, einen kleinen, kräftigen Kerl mit breitem Kinn, das ihn wie eine Mischung aus Mensch und Bullterrier aussehen ließ. »Das ist Johann Woerner, Aufsichtsratsvorsitzender von Genico.«

Woerner nickte und schüttelte Saxton die Hand; dann wandte Lieberman sich dem wesentlich schlankeren zweiten

Mann zu. Das Gesicht des Mannes war derart verkniffen, dass es den Anschein hatte, als habe sich dort irgendwo ein schwarzes Loch gebildet, das alles aufsaugte.

»Das ist Alexander Whitten, einer der Topberater des Aufsichtsrats und Gründer von Transkriptor Design.«

Saxton nickte und schüttelte auch Whitten die kalte Hand.

»Ich habe von Ihrer Arbeit gehört«, sagte Saxton. »Modifikation und Training von Transkriptoren. Das Bioprintsystem. Industriestandard.«

Whitten nahm das Kompliment zur Kenntnis. »Bioprints sind bei der Niederschlagung von Aufständen unverzichtbar geworden. Und ihre Weiterentwicklung des Alterungsprozesses hat es möglich gemacht, dass Transkriptoren schon nach acht Monaten erwachsen sind. Das hat ihr Verfallsdatum deutlich verlängert.«

»Sie meinen ihre Lebensspanne. So hat man mehr von ihnen, bevor sie sterben«, bemerkte Woerner und trank einen kräftigen Schluck Whiskey.

Whitten blickte ihn säuerlich an. »So kann man es auch ausdrücken.«

»Warum soll man nicht sagen, wie es ist? Wir reden hier ja nicht über Milchtüten. Wir haben diese Dinger als Menschen gebaut, und Menschen haben kein Verfallsdatum. Sie sterben.«

»Das sind keine Menschen«, erklärte Whitten rasch. »Sie sind bloß Biomechanismen. Sowohl der Internationale Religionsrat als auch der Oberste Gerichtshof unseres Landes haben bereits festgestellt, dass sie keine Menschen sind. Sie haben keine Seele; deshalb können sie auch nicht sterben wie wir. Sie laufen einfach aus.«

»Wie Sie sehen«, sagte Lieberman zu Saxton, »gibt es da ein paar Streitpunkte, was die Zukunft unserer Industrie angeht. Aber in einem Punkt stimmen wir alle überein, nämlich was den Rücktritt Ihres Vaters betrifft und die Tatsache, dass er Ihren Stiefbruder zu seinem Nachfolger bestimmt hat.«

»Das sind schlechte Neuigkeiten für uns, schlecht für die Aktionäre«, sagte Whitten.

»Ihr Bruder würde mit Sicherheit den Fokus der Firma verändern«, fügte Woerner hinzu.

»Roosevelt hat bereits mit mir gesprochen«, sagte Saxton. »Er hat gesagt, er wolle die Firma mit mir gemeinsam leiten.«

Lieberman schüttelte den Kopf. »Das sagt er jetzt. Aber was für Garantien haben wir? Die Sache ist viel zu wichtig, als dass wir uns auf das Wort eines Mannes verlassen könnten. Genicos Zukunft hängt davon ab, was in den nächsten Tagen passiert. Wir reden hier von einem Wirtschaftsunternehmen, nicht von einem Forum für gesellschaftliche Veränderungen. Das verstehen Sie doch sicher, oder?«

Saxton nickte. »Mein Bruder hat nicht dieselbe Vision wie wir, das stimmt.«

»Er wird die Firma zerstören«, sagte Whitten.

»Oh, das weiß ich nicht. Vielleicht stünde uns ein wenig mehr Mitgefühl ganz gut an«, erwiderte Woerner. Whitten musterte ihn kalt. »Sie haben genauso viel in dieses Unternehmen investiert wie wir. Als Programmdirektor für die Entwicklung des Humangenoms würden Sie sicher nicht davon profitieren, wenn jemand unsere Technologie den Massen gibt.«

»Und Sie auch nicht«, sagte Woerner. »Womöglich müssten Sie sogar Ihre zweite Sommervilla verkaufen. Oder ist es die dritte?«

»Und Sie müssten vielleicht mit dem Trinken aufhören«, schoss Whitten zurück.

Woerner nickte anerkennend. Whitten hatte die Diskussion eindeutig gewonnen. Woerner hob sein Whiskeyglas und trank den Rest mit einem Schluck.

Lieberman wandte sich wieder Saxton zu. »Was meine geschätzten Kollegen damit sagen wollen, ist Folgendes: Ein Führungswechsel ist immer eine heikle Zeit. Das verstehen Sie doch sicher.«

»Natürlich.«

»Wir möchten Fehler vermeiden, damit das Unternehmen keinen Schaden erleidet, und wir glauben, dass Ihr Bruder genau solche Fehler begehen könnte.«

»Stiefbruder«, korrigierte Saxton ihn.

»Familie kann sehr wichtig sein«, tastete Lieberman sich vorsichtig vor.

»Das Geschäft auch«, erwiderte Saxton in entschlossenem Tonfall und winkte einer Kellnerin, ihm einen neuen Drink zu bringen.

Zu was sie mich gezwungen haben

Roosevelt verließ Genico früh und fuhr zu seinem Dad, um die Tickets für die Spiele am Abend abzuholen. Er hatte die letzten Neuigkeiten noch immer nicht verdaut. Er wollte die Leitung von Genico nicht. Bis jetzt hatte er es stets vermieden, Verantwortung in der Firma zu übernehmen. Er wollte keiner von diesen anonymen Schlipsträgern sein. Aber in einem musste er seinem Vater Recht geben: Sein Bruder war viel zu selbstsüchtig, um das Richtige zu tun. Roosevelt würde wenigstens versuchen, Genicos Macht zum Guten zu nutzen.

Roosevelts Vater lebte in einem riesigen Penthouse auf dem Dach des Paris Hotels an der Südwestecke des Central Parks. Von dort konnte man den Park und die abgedunkelte Transkriptorenzone überblicken; vor allem aber hatte man einen direkten Blick zum Genico Tower.

Roosevelt stellte sein Mountainbike auf dem obszön teuren Parkplatz seines Vaters ab. Er konnte sich noch an eine Zeit erinnern, da Geld noch etwas wert gewesen war. Nun bekam man dafür nur noch ein drei mal fünf Meter großes Stück Asphalt.

Es ging immer nur um die Lage. Das war das Mantra der Immobilienmakler: Lage, Lage, Lage. Dieselben drei mal fünf Meter im ländlichen Kanada waren so gut wie wertlos.

Mit Wissenschaft, die für Profit betrieben wurde, verhielt es sich nicht anders.

So gab es einen Beduinenstamm in Israel, der unter einer extrem hohen Rate einer seltenen Form angeborener Taubheit litt. Im Rest der Welt existierte dieser Gendefekt nicht, und deshalb wäre ein Samp, das diese Taubheit heilt, so gut wie wertlos. Aber innerhalb der richtigen Bevölkerungsgruppe – in diesem Fall die Beduinen in Israel – besaß das Samp einen nahezu unermesslichen Wert. Dasselbe Samp, dasselbe Genmaterial, andere Lage.

Der Aufzug verkündete mit einem *Ping*, dass er oben angekommen war, und wenige Augenblicke später stand Roosevelt im Penthouse seines Vaters.

Den Mittelpunkt der riesigen Wohnung, die sich auf mehrere Ebenen erstreckte, bildete die Aussicht über den Central Park nach Lower Manhattan. Normalerweise hätte Roosevelt so etwas für reine Verschwendung gehalten. Mit dem Geld, das sein alter Herr für so ein Penthouse ausgab, hätte man in einem Land wie Ituri viel Gutes tun können. Aber sein Vater hatte stets hart gearbeitet und war im Herzen ein guter Mann, sodass Roosevelt ihm ein bisschen Luxus nicht missgönnen konnte.

Die Tickets für die Spiele lagen auf dem Kaffeetisch, wie sein Vater es versprochen hatte. Roosevelt steckte sie sich in die Tasche, öffnete dann eine Flasche Quellwasser in der Küche und starrte gedankenverloren auf ein Foto, das ihn und Dolce in der Karibik zeigte. Es war mit einem Magneten am Kühlschrank befestigt. Dolce schaute in die Ferne, und das Sonnenlicht …

Ein Klopfen riss Roosevelt aus seinen Gedanken.

Erschrocken wandte er sich von dem Foto ab, kehrte ins Wohnzimmer zurück und spähte durch den winzigen Türspion. Was er sah, überraschte ihn. Er blinzelte kurz und öffnete dann die Tür.

Draußen stand eine Frau. Sie war groß und schlank, eine Frau von der Art, wie sie in Krimis aus den 40ern zu sehen war, Typ unschuldiges Mädchen mit Schmollmund und großen Augen. Sie war so schön wie eines der alten Hollywood-Starlets.

»Hey«, sagte sie langsam, und strahlend weiße Zähne kamen hinter ihren Lippen zum Vorschein. »Sind Sie beschäftigt?«

»Nein. Nein, bin ich nicht.«

»Darf ich reinkommen?«

»Tut mir leid …« Roosevelt zögerte kurz. Der Bombenanschlag und der Mord an Dr. Smalls hatten ihn vorsichtig gemacht. »Wer sind Sie?«

»Eine Freundin Ihres Bruders«, antwortete die Blondine. Sie bemerkte Roosevelts Zögern. »Ist schon okay.«

Roosevelt öffnete die Tür weiter und erlaubte der Frau, an ihm vorbei die Wohnung zu betreten. Sie ging direkt in die Küche, nahm eine Tasche von ihrer Schulter und stellte sie auf den Boden. Dann griff sie hinein, holte etwas heraus und hielt es Roosevelt hin.

»Was ist das?«

Das Ding in ihrer Hand klingelte.

»Ein Telefon.«

Höflich trat die junge Frau einen Schritt zurück und senkte den Blick, während Roosevelt den Anruf entgegennahm. Es war ein altes Handy, kein Video, kein Hologramm, doch Roosevelt erkannte die Stimme sofort.

»Hallo, kleiner Bruder«, sagte Saxton. »Tut mir leid, wie ich mich auf dem Dach benommen habe. Ich war nur müde.«

»Entschuldigung angenommen.«

»Ich wollte es wiedergutmachen. Ihr Name ist Queen Elizabeth. Sie ist eine Freundin von mir – und nun auch deine.«

»Ich verstehe nicht …«

»Doch, tust du«, erwiderte Saxton. »Niemand muss davon erfahren. Indianerehrenwort.«

Queen Elizabeth hatte noch immer den Blick gesenkt. Falls sie hörte, was Saxton sagte, ließ sie es sich nicht anmerken. Über ihrer linken Brust war ihr Bioprint zu sehen: ein blattloser Baum.

Roosevelt trat ein paar Schritte von ihr weg und legte die Hand wie einen Trichter um den Hörer. »Hast du mir wirklich eine Prostituierte in Dads Wohnung geschickt? Willst du mich verarschen?«

»Pass auf, was du sagst. Eine Prostituierte ist eine abgehalfterte Menschenfrau, die sich mit Euphoria zudröhnt und dir für zwanzig Dollar nachts um drei am Times Square einen bläst. Queen Elizabeth ist eine Entspannungsdame. Jeder entspannt sich doch gerne, oder? Aber ich muss jetzt los. Wenn du sie nicht willst, schick sie wieder weg. Es ist deine Entscheidung.«

Roosevelt wollte noch etwas sagen, doch sein Bruder hatte bereits aufgelegt. Roosevelt klappte das Handy zu und gab es der Frau zurück.

»Sind Sie fertig, Sir?«, fragte Queen Elizabeth.

Roosevelt nickte. »Ich glaub schon.«

Die Frau ließ das Handy in ihrer Tasche verschwinden; dann stand sie einfach nur da und schaute ihn an. Es folgte längeres Schweigen, bis sie schließlich mit den Schultern zuckte und fragte: »Wo wollen wir hingehen?«

»Für was?«

»Damit ich Ihnen helfen kann, sich zu entspannen.«

Damit ich Ihnen helfen kann, sich zu entspannen. Roosevelt war überrascht, wie beiläufig das klang. Er war Entspannung durch Transkriptorengirls nicht gewöhnt, und ihre Unterwürfigkeit machte ihn verlegen. Diese Entspannungsmädchen waren weibliche Versionen der Transkriptorenkrieger, ausschließlich dafür erschaffen, Menschen zu unterhalten. Roosevelt könnte sich die Frau einfach nehmen und sich jedes dunkle Verlangen erfüllen, das er je gehabt haben mochte. Und sie würde sich nie beschweren, nie widersprechen. Das war ihr Job. Dafür war sie produziert worden.

»Tut mir leid, aber es hat da einen Fehler gegeben«, sagte Roosevelt. »Ich brauche Ihre Dienste nicht.«

Als hätte sie ihn nicht gehört, warf Queen Elizabeth sich die Tasche über die Schulter und ging langsam zum Gästezimmer. Roosevelt schaute ihr hinterher und bewunderte, wie ihr Kleid sich um ihre Hüfte schmiegte. Irgendjemand hatte diese Frau perfekt designt. Eine zum Leben erwachte Männerfantasie. In der Tür blieb sie stehen und drehte sich noch mal zu Roosevelt um. »Hier entlang, Sir.«

Überrascht ging Roosevelt den langen Gang zum Gästezimmer hinunter. Die Frau folgte ihm und schaute sich im Zimmer um, während sie ihr Top auszog. Roosevelt dachte an Dolce und dann daran, zu was diese Frau gezwungen wurde. Wie man ihr alles nahm. Er konnte das unmöglich zulassen.

»Immer langsam«, sagte er. »Bitte.«

»Stimmt etwas nicht, Sir?«

»Ich kann das nicht tun. Ich … äh, bin mit jemandem zusammen.«

Die Frau legte leicht die Stirn in Falten und hielt in ihren Bewegungen inne. Ihr Bioprint, der Baum, verwandelte sich langsam in eine Wolke. »Finden Sie mich nicht attraktiv?«

»Natürlich finde ich Sie attraktiv«, versicherte Roosevelt ihr. Es überraschte ihn, dass sie so etwas überhaupt dachte. »Es ist nur … Ich bin mit jemandem zusammen.«

»Meinen Sie das ernst?«, fragte die Frau, als hätte sie so etwas noch nie gehört.

»Es tut mir leid. Sie können natürlich gerne bleiben. Sie können auch hier schlafen … Was immer Sie wollen«, sagte Roosevelt. Er kam sich lächerlich vor, doch diese Frau, die man zu ihm geschickt hatte, um ihm jeden Wunsch zu erfüllen, tat ihm leid.

»Oh.« Die Frau lächelte zum ersten Mal, wenn auch nur schwach. Ihr Bioprint war ein leerer Stuhl, gemalt im Stil von Van Gogh. »Ich muss eine Stunde hierbleiben. Wäre das okay?«

»Kein Problem.«

Sie saßen im Wohnzimmer und schauten sich die Nachrichten im Fernseher seines Vaters an. DNA Design hatte ein neues Anti-Aging-Samp herausgebracht. New York würde auf Bloomberg Island gegen Pittsburgh kämpfen. Transkriptor-Terroristen hatten einen Anschlag auf eine Modifikationsanlage verübt. Drei Menschen waren dabei getötet worden. Doch das war nicht die einzige Aktion der Transkriptoren.

Roosevelt schaute sich den Bericht aufmerksam an.

Dem Reporter zufolge hatten Terroristen eine genetische Sortieranlage in der Bronx angegriffen und mehr als zwanzig Transkriptoren befreit. Im Laufe der letzten Jahre hatten gleich mehrere Aktivistengruppen gegen die Behandlung von Transkriptoren protestiert, einige davon mit Gewalt. Obwohl sie manchmal sogar gegen die Regierung Waffen einsetzten, sympathisierte Roosevelt insgeheim mit ihnen. Vor ein paar hundert Jahren hatte eine andere Gruppe bewaffneter Aktivisten gegen ihre Behandlung durch die Regierung rebelliert, und das war die Geburtsstunde der Vereinigten Staaten von Amerika gewesen.

Andererseits konnte Roosevelt Gewalt nicht gutheißen.

»Diese Anschläge scheinen ihnen gar nichts zu bringen«,

bemerkte Roosevelt, als sie sich die brennende Fabrik anschauten.

»Was sollen sie denn sonst tun?«, fragte die Frau. »Nichts?«

»Durch Schweigen zu sündigen macht aus Männern Feiglinge«, erinnerte sich Roosevelt an einen Spruch aus seiner Collegezeit.

»Wer hat das gesagt?«

»Ella Wilcox«, antwortete Roosevelt. »Das sind die Vorteile einer Privatschule. Natürlich sollen sie ihrem Anliegen Ausdruck verleihen, aber friedlich. Das ist der einzig richtige Weg.«

»Warum sagen Sie das?«

»Weil Gewalt die Transkriptoren zu unseren Feinden macht. Wenn den Menschen jeden Tag im Fernsehen gezeigt wird, dass die Transkriptoren irgendetwas in die Luft gejagt haben, werden sie sie als Feinde betrachten.«

»Gewalt als Mittel, jemanden zu überzeugen, ist einladend und scheint für die Unzufriedenen die einzige Möglichkeit zu sein, effektiv zu protestieren«, erwiderte die Frau und zuckte mit den Schultern. Eine stilisierte Welle floss über ihre Schulter und verwandelte sich langsam in ein Schwert. »William Douglas, Vorteile des Autodidaktischen.«

»Die Menschen werden den Transkriptoren ihre Bürgerrechte nur dann geben, wenn sie keine Angst vor gewaltsamen Aufständen haben. Schauen Sie sich Martin Luther King an oder Mahatma Ghandi. Friedlicher Protest. Das ist der einzig gangbare Weg.«

»Schauen Sie sich die Französische Revolution an. Schauen Sie sich Ihre eigene Amerikanische Revolution an. Für jedes Beispiel für friedlichen Protest, das Sie anführen, gibt es mindestens zehn, wo eine bewaffnete Revolution das gleiche Ergebnis erzielt hat. Martin Luther King war in seiner Zeit ein großer Mann, aber seine Taktik funktioniert nicht für Transkriptoren.«

»Warum nicht?«

»Weil das Leiden der Transkriptoren zu groß ist. Die Transkriptoren kämpfen nicht dafür, dass sie nicht mehr hinten im Bus sitzen müssen. Jeden Tag sterben Hunderte von ihnen – bei den Spielen, bei der Arbeit, in den Bordellen. Wir können uns den Luxus eines friedlichen Protests nicht leisten. Ich will die Leistung von Männern und Frauen wie Martin Luther King und Susan B. Anthony nicht in Abrede stellen, aber der Unterschied zu den Transkriptoren ist gewaltig. Sie waren Menschen. Schwarz zu sein oder eine Frau zu sein mag ein Problem für sie dargestellt haben, aber niemand hat je in Frage gestellt, dass sie *Menschen* waren. Transkriptoren haben dieses Recht noch nicht.«

Roosevelt kniff die Augen zusammen und schaute sie verwundert an. »Für wen arbeiten Sie noch mal?«

»Äh … nun ja«, sagte sie vorsichtig. »Manchmal gehen die Pferde mit mir durch.«

»Ist schon okay. Das ist ein schwieriges Thema. Ich kenne auch nicht alle Antworten. Aber ich glaube nicht, dass man mit Waffengewalt erreichen kann, was die Transkriptoren wollen.«

»Sehen wir mal nach, was sonst noch läuft«, sagte sie, griff nach der Fernbedienung und wechselte den Kanal. Sportfischen wurde gezeigt. Zwei Männer zogen in den Florida Keys einen Marlin an Bord.

»Sie scheinen verspannt zu sein. Wie wär's mit einer Massage?«, fragte sie und griff nach Roosevelts Nacken.

Roosevelt wich vor ihr zurück. »Einen Moment lang habe ich wirklich neben Ihnen gesessen, neben Ihrem wahren Ich. Jetzt spielen Sie mir wieder etwas vor. Sie sind jemand anders. Sie müssen nicht bei mir bleiben.«

Sie blickte ihn nachdenklich an. »Ich lebe in einer gefährlichen Welt. Sie haben keine Ahnung.«

»Da haben Sie vermutlich recht.«

Auf dem Bildschirm durchbrach ein wunderschöner Marlin die Wasseroberfläche und tauchte wieder unter. Der Blick der Frau war auf das Fenster gerichtet. Ein Werbeluftschiff schwebte tief über dem Central Park und projizierte das Bild irgendeines neuen Shampoos in die Luft. Gleichzeitig verhungerten in Ituri Menschen oder wurden getötet, und Tausende von Transkriptoren starben. Das konnte man allzu leicht vergessen.

Roosevelt dachte über die Worte der Frau nach. Für ihn waren sie gerechtfertigt. Die Transkriptorenbewegung war Roosevelt schon immer sinnvoll und gerechtfertigt erschienen. Von frühester Kindheit an, als er in eine fremde Familie aufgenommen worden war, hatte Roosevelt sich als Außenseiter gefühlt, und wegen dieses Gefühls sympathisierte er nun mit den Transkriptoren. Er konnte ihre Wut verstehen.

»Sie sind doch Transkriptorin, nicht wahr?«, fragte er nach einem Augenblick.

Sie schaute ihn an und seufzte: »Spielt das irgendeine Rolle für Sie?«

Er nickte.

Die Frau zuckte mit den Schultern. »Ja, ich bin eine Transkriptorin.«

»Wie fühlt sich das an?«, fragte Roosevelt.

»Es fühlt sich an wie …« Sie verstummte, dachte nach. »Waren Sie schon mal am Strand und haben sich eine von diesen Muscheln genommen, die ein Geräusch machen, wenn man sie sich ans Ohr hält?«

»Eine Schneckenmuschel.«

»Ja, eine Schneckenmuschel. So ungefähr ist das. Sie können sich eine dieser Muscheln ans Ohr halten und das Rauschen des Meeres darin hören, das Brausen des Windes, doch in Wahrheit ist die Muschel leer. Es ist nur eine Illusion.«

Roosevelt kannte dieses Gefühl: Leere. Die Frau schaute ihn traurig an. Dann nahm sie den Blick von ihm und beobachtete, wie das Luftschiff langsam über die Skyline hinwegglitt.

»Ja«, sagte sie schließlich. »So ähnlich fühlt es sich an. Als wären Sie innerlich vollkommen leer.«

Als die Stunde vorbei war, ging sie ins Badezimmer, um sich die Kleider anzuziehen, die sie mitgebracht hatte. Roosevelt beobachtete den Verkehr auf dem Highway, die roten Rücklichter der Autos, die sich wie Lavaströme träge über den Asphalt wanden.

Als die Frau wieder aus dem Bad kam, trug sie Jeans und T-Shirt.

»Wir sind also im Reinen?«, fragte sie und band ihr Haar zu einem Pferdeschwanz zurück.

Roosevelt nickte. »Sicher.«

»Ich muss jetzt gehen.«

»Wohin?«

»Das wollen Sie nicht wissen.«

»Okay«, sagte Roosevelt. »Schulde ich Ihnen irgendwas?«

Die Frau lachte. »Wir haben doch nichts gemacht.«

»Für Ihre Zeit … Sie wissen schon.«

Sie lächelte und schüttelte den Kopf. »Danke, aber es ist für alles gesorgt.«

Roosevelt schaute sie an. »Wer hat für alles gesorgt?«

»Ihr Bruder, nehme ich an. Man hat mich angewiesen, aggressiv mit Ihnen zu sein.«

»Was heißt das denn?«

»Ich sollte alles tun, damit Sie mich ficken«, sagte sie. »Sind Sie verheiratet?«

»Verlobt.«

»Mit einer Affäre hat man jemanden ganz hervorragend in der Hand«, erklärte die Frau, beugte sich vor und küsste Roosevelt auf die Wange. »Aber Sie waren heute Abend ein braver Junge.«

Sie drehte sich um, warf sich ihre Tasche über die Schulter und ging hinaus.

Zurück in Brooklyn ging Jazz in Roosevelts Apartment. Swing war zu hören, Glen Millers »In The Mood«. Das Saxofonsolo begann im selben Augenblick, als Roosevelt die Wohnung betrat. Die Musik kam aus dem Schlafzimmer. Roosevelt trank in der Küche einen kräftigen Schluck Orangensaft aus dem Kühlschrank und dachte an Queen Elizabeth.

»Roosevelt? Bist du das?«, rief Dolce aus dem Schlafzimmer, um das Saxofon zu übertönen.

Roosevelt nahm die Flasche vom Mund. »Ja, ich bin's.«

Er ging durch den langen Flur zum Schlafzimmer. Aus dem Fenster sah er, dass es von Osten her allmählich dunkler wurde. Der Abend brach an. Die Tür stand halb offen, und Roosevelt schlüpfte hindurch. Im Zimmer roch es stark nach Parfüm.

Dolce trug etwas Langes, Schwarzes, das im Licht schimmerte. Sie schaute in einen Spiegel und zupfte sich die Augenbrauen.

»Alles okay?«, fragte sie.

»Sicher. Warum?« Roosevelt verspannte sich und dachte an Queen Elizabeth. Er war kein Fremdgeher, aber wenn man allein mit einem Transkriptorenmädchen erwischt wurde, konnte man sich schlecht herausreden. Er hätte es nie zulassen dürfen, und rückblickend erschien es ihm seltsam, dass es überhaupt so weit gekommen war. Rasch schaute er an sich herunter und suchte nach blonden Haaren, während er sich gleichzeitig die Brust abklopfte. Dabei traf seine Hand auf das Silberkreuz, das Dolce ihm gegeben hatte, und ihn überkam eine Woge der Schuld.

»Dein Bruder hat angerufen. Er sucht dich«, sagte Dolce und zuckte mit den Schultern. »Ich habe ihm gesagt, er soll es auf deinem Handy versuchen.«

»Er hat hier angerufen? Warum?«

»Weiß ich nicht.«

»Ich war gerade bei Dad drüben und habe die Tickets geholt.«

»Du warst 'ne ganze Weile weg«, sagte Dolce. Es war bloß eine Feststellung, kein Vorwurf, und Roosevelt antwortete nicht darauf. *Mit einer Affäre hat man jemanden ganz hervorragend in der Hand.* Roosevelt erinnerte sich daran, was Queen Elizabeth gesagt hatte. Sie hatte ihm erzählt, dass man sie angewiesen habe, aggressiv bei ihm zu sein. Ihn zu verführen. Roosevelt wusste, dass sein Bruder eifersüchtig auf ihn war. Dass er, Roosevelt, jetzt auch noch die Kontrolle über Genico bekommen sollte, musste hart für Phillip sein. Trotzdem weigerte Roosevelt sich zu glauben, dass sein Bruder die Transkriptorin zu ihm geschickt hatte, um etwas gegen ihn in der Hand zu haben. Warum sollte er? Um ihn zu erpressen? Um ihn zu zwingen, die Macht abzugeben? Nein. Roosevelt schob den Gedanken rasch beiseite. Das war unmöglich. So tief war sein Bruder nicht gesunken.

»Was meinst du?«, fragte Dolce und schob ihr Haar zurück.

»Worüber?«

»Über das Kleid«, sagte Dolce.

»Oh«, erwiderte Roosevelt und schaute es sich genauer an. »Ziemlich glitzernd.«

»Was für ein tolles Kompliment.«

»Nein, nein.« Roosevelt schüttelte den Kopf. »Es sieht gut aus. Wirklich, Mom.«

»O Gott, fang jetzt nicht mit ›Mom‹ an. Da fühle ich mich ja noch älter, als ich ohnehin schon bin.«

Roosevelt und Dolce lebten in einer kleinen Wohnung in Park Slope, Brooklyn. Der Prospect Park war in Fußreichweite, und Roosevelt ging manchmal dorthin, um wenigstens so zu tun, als wäre er draußen in der freien Natur. Im Vergleich zum Penthouse seines Vaters lebte er in einer Wellblechhütte, doch Roosevelt fühlte sich hier wohl. Die Leute von der Wall Street verschlug es nur selten nach Park Slope, und so hatte Roosevelt hier seine Ruhe vor den typischen Mitarbeitern des 89. Stocks. Manchmal sah man hier tagelang keine Krawatten oder gar Caraceni-Anzüge.

Roosevelt zog sich rasch an und wartete auf Dolce. Er setzte sich aufs Sofa und schaute CNN. Ja, er hatte tatsächlich Schuldgefühle wegen der Stunde, die er mit Queen Elizabeth verbracht hatte – und er hatte auch Angst, dass Dolce es irgendwie herausfinden könnte. Aber das war eher unwahrscheinlich. Außerdem war ja wirklich nichts geschehen, auch wenn es ziemlich abgedroschen klang. Aber es war unerwartet gewesen, so eine Verbindung mit einer anderen Frau gehabt zu haben, besonders mit einer Transkriptorin. Darüber würde er später noch mal nachdenken müssen.

Roosevelt schaute auf sein Handgelenk und spielte mit seinem Armband. Es bestand aus miteinander verbundenen, goldenen Dollarzeichen, ein Scherz, den Dolce ihm vor seinem ersten Tag bei Genico geschenkt hatte.

»Für Sie und mich bedeutet das neue, unbegrenzte Hoffnung gegen die Leiden des Alters und der Krankheit, aber auch einen neuen Weg zu ungeahntem Reichtum«, sagte plötzlich Harold Liebermans Stimme.

Lieberman wurde von CNN interviewt. Der Mann war inzwischen fast allgegenwärtig. So viel zum Thema »die Arbeit im Büro lassen«. Roosevelt konnte ihr einfach nicht entkommen. Samps beherrschten die Gesellschaft.

»Wir kommen zu spät«, rief Roosevelt in Richtung Schlafzimmer.

»Klappt schon«, rief Dolce zurück. »Bin gleich fertig!«

Roosevelt hörte einen Föhn, während Dolce das mysteriöse Ritual vollführte, das alle Frauen zelebrierten, wenn sie sich zum Ausgehen fertig machten. Nur dass Dolce diesem Ritual noch mehr Aufmerksamkeit zu schenken schien als andere Frauen. Wie ein kosmetischer Pathologe suchte sie jeden Quadratzentimeter ihres Körpers ab, damit auch ja alles stimmte. Roosevelt blieb nichts anderes übrig, als weiter zu warten.

Er richtete seine Aufmerksamkeit wieder auf CNN. Lieberman war verschwunden. Jetzt sprach eine Analystin mit blondem Lockenhaar und Schmollmund. Die Microsoft-Aktie war wieder mal einen halben Punkt gefallen. Trotzdem war es schön zu sehen, dass ein paar alte Unternehmen überlebt hatten. Roosevelt überkam ein Gefühl der Nostalgie. Seine Großeltern hatten vermutlich ähnlich empfunden, wenn sie Namen wie US Steel gehört hatten. Ach, die gute alte Zeit …

»Wie läuft's, Michelangelo? Ist das Kunstwerk bald vollendet?«

»Dios mio! Jetzt sei doch nicht so blöd!«, rief Dolce zurück. Der Föhn verstummte und wich dem Geräusch des Wasserhahns. »Wenn ich mit dir rede, dauert es noch länger.«

Roosevelt wandte sich wieder dem Fernseher zu. Die Stimme eines Schauspielers erklärte ihm soeben, dass er CNN schaue; dann kam eine Werbung für das Anti-Aging-Samp: Zwei Senioren spielten Beachvolleyball und erzählten Roosevelt, dass sie früher nur von einem Seniorenheim in Boca hätten träumen können; nun aber spielten sie Volleyball und unternehmen auch sonst alles Mögliche. Ageaway, hol dir dein Leben zurück! Ageaway – weg mit dem Alter! Alt werden, ohne in die Windeln zu scheißen.

In Wahrheit aber gab es kein Samp, das den Alterungsprozess hätte aufhalten können. Dieses Geheimnis war der Heilige Gral der Genindustrie. Samps konnten den Prozess nur verlangsamen, aber nicht umkehren.

Die Forschung zielte auf eine ganze Gesellschaft von Frauen, die keinen Tag älter aussahen als zwanzig, und nach Männern, die nicht älter erschienen als fünfundzwanzig. Im Moment waren sie allerdings noch gut dreißig Jahre von diesem Ziel entfernt. Ende fünfzig war die Grenze.

Roosevelt hörte, wie der Wasserhahn abgedreht wurde, und eine Minute später ging die Tür auf, und Dolce kam endlich heraus.

»So, fertig. Zufrieden?«

Sie trat hinter Roosevelt ans Sofa, legte ihm die Hände auf die Schultern und beugte sich über ihn. Dolce hatte schokoladenbraune Haut, weich und warm, wenn man sie berührte. Kurz wurde es dunkel, als ihn ihr dichtes schwarzes Haar einhüllte. Ihr Duft erfüllte alles, als sie leidenschaftlich die Lippen auf die seinen drückte.

Wow!

Auch nach zwanzig Jahren war sie noch immer das Schönste, was er je gesehen hatte. Manchmal fiel es ihm nur schwer, ihr das zu sagen. Ihm fehlten einfach die richtigen Worte. Als er sie das erste Mal gesehen hatte, war sie acht Jahre alt gewesen und hatte in dem großen Foyer des riesigen Anwesens gestanden, das Saxton Senior sich gebaut hatte. Und nun stand sie als Frau vor ihm, und wieder einmal hatte er das Gefühl, als sähe er sie zum ersten Mal. Das Verlangen, mit ihr zusammen zu sein, war so stark, dass es Roosevelt manchmal ängstigte. Auch jetzt hatte er Mühe, sich zu beherrschen.

»Stimmt was nicht?«

»So kann ich dich nicht ausführen«, sagte er heiser und ging in die Küche. »Nicht jetzt.«

»Nicht?«

»Ich weiß nicht, was ich tun soll!« Roosevelt hatte das Gefühl, vor Lust zu explodieren.

»Tu einfach irgendetwas.« Sie lächelte ihn herausfordernd an.

Roosevelt schnappte sich eine Glasvase vom Küchentresen und schleuderte sie gegen die Wand. Die Vase zerbarst. Splitter regneten auf den Boden. Das Geräusch löste ein wenig von seiner inneren Spannung, doch es reichte nicht. Dolce packte Roosevelt und zog ihn auf dem Küchentresen an sich.

»Unsere Beziehung hat inzwischen etwas Zerstörerisches«, keuchte sie, als er seinen Mund auf ihren presste.

Roosevelt warf sich auf sie. Dabei stieß er mit dem Kopf an den Hängeschrank, spürte den Schmerz aber gar nicht. Sie rangen miteinander, heftig und verbissen, und machten wild und leidenschaftlich Liebe.

Hinterher stand Roosevelt auf, schwer atmend und verschwitzt, schaute auf die Uhr und sagte: »Wir kommen zu spät.«

Dolce erhob sich ebenfalls, hob ihr Kleid vom Boden auf und warf es sich über die Schulter. »Ich mache mich rasch wieder zurecht. Warte schon mal im Auto auf mich. Wir haben keine Zeit, das noch mal zu machen.«

Roosevelt saß in seiner 1988er Chevrolet Callaway Sledgehammer Corvette und wartete darauf, dass Dolce herunterkam. Das Auto war der einzige echte Luxus, den Roosevelt sich gönnte. Seit nunmehr zwanzig Jahren wurden alle neuen Autos von eigens dafür gezüchteten Algen angetrieben, die an Dach und Kofferraum wucherten und mit Hilfe des Sonnenlichts Bioenergie produzierten. Die Corvette war jedoch eine rein benzingetriebene, brutal starke, alte Maschine, eine der letzten ihrer Art. Manchmal war es die Schuldgefühle wert.

Roosevelts Bruder würde auch bei den Spielen heute sein, vermutlich in Begleitung seines Bimbos der Woche, den er von irgendeiner Tanzfläche aufgelesen hatte. Dauerhafte Beziehungen waren nicht sein Ding. Tatsächlich war nichts für ihn von Bedeutung mit Ausnahme von Geld. Geld war sein Gott, und er jagte ihm mit dem Eifer eines Inquisitors hinterher.

Aber jedem das Seine.

Doch bei den Spielen war Roosevelts Bruder in seinem Element, während Roosevelt die Spiele anwiderten. Er hatte sich noch immer nicht an so viel Blutvergießen gewöhnt. Zwar hieß es immer, die Transkriptoren seien keine Menschen, doch sie starben genauso. Sie fühlten Schmerz, hungerten, litten.

Roosevelt hatte Mitleid mit ihnen.

Die Gesellschaft hatte diese Transkriptoren zu Gladiatoren gemacht. Die Glücklichen entsorgten Müll oder reinigten Toiletten, und die weniger Glücklichen wurden Nutten, Callgirls oder die Boytoys der Reichen und Mächtigen. Andere Transkriptoren erwartete jedoch noch ein ganz anderes Schicksal. Sie waren diejenigen, die allen Glauben und alle Hoffnung verloren hatten, die Desillusionierten, und diese Gruppe war es dann, die für die Spiele ausgewählt wurde.

Ihnen wurde versprochen, sich über die Spiele die Freiheit verdienen zu können.

Roosevelt fand es widerwärtig, jemandem dabei zuzuschauen, wie er alles riskierte, nur um die Massen zu unterhalten.

Die Wagentür öffnete sich, und Dolce stieg ein. Ihr Gesicht zeigte den üblichen amüsierten Ausdruck, als sie sich das wunderschöne schwarze Interieur der Corvette anschaute.

»Gibt's ein Problem?«, fragte Roosevelt.

»Ach, wie immer … Ich habe dich stets für umweltbewusst gehalten.« Dolce lächelte. »Wer hat heute noch benzingetriebene Autos? Das Ding ist eine Antiquität.«

»Das ist eine 1988er Chevrolet Sledgehammer Corvette, eines der schnellsten Autos mit Straßenzulassung, das je gebaut wurde. Ich liebe diesen Wagen. Ich habe ihn selbst restauriert. Ich würde für ihn töten.«

»Es ist bloß ein Auto.«

Roosevelt blinzelte. »Bloß ein Auto? Hat Beethoven seine Symphonien als ›bloß ein Haufen Noten‹ bezeichnet? Dieses wunderbare Kunstwerk als ›bloß ein Auto‹ zu charakterisieren ist ungefähr so, als würde man einen da Vinci ›bloß ein Bild‹ nennen.«

»Ist ja schon gut. Es ist also kein Auto, sondern ein Kunstwerk«, sagte Dolce, »und zwar ein sehr, sehr altes.«

Roosevelt schaute sie an. »Schnall dich an.«

»Warum?«

»Wir wollen mal sehen, zu was diese Antiquität in der Lage ist.«

Roosevelt packte das Lenkrad und nickte in Richtung Handschuhfach. »Meine Sonnenbrille bitte.«

Dolce holte die Ray-ban aus dem Handschuhfach und setzte sie Roosevelt auf die Nase.

»Und jetzt«, sagte Roosevelt, »lehn dich zurück, und genieße es.«

Bloomberg Island war eigens im Hafen aufgeschüttet worden, ein kleines Stück vor der Südspitze Manhattans. Roosevelt trat das Gaspedal durch und nahm den Fuß nicht wieder weg, bis sie den Stadioneingang erreichten. Auch als sie die lange Hängebrücke zwischen Lower Manhattan und Bloomberg Island überquerten, bremste er kaum. Die Reifen kreischten, als er auf die Rampe einbog, und erst als sie unter dem riesigen, hell erleuchteten Torbogen hindurchschossen, über dem »Bloomberg Island – Heimat der New York Braves« zu lesen stand, atmete Dolce tief durch.

»Wow!«, sagte sie und ließ den Türgriff los, an den sie sich in ihrer Angst geklammert hatte. »Bitte, fahr nie wieder so.«

»Findest du immer noch, das ist ›nur‹ ein Auto?«

»Ich nehme es zurück. Das ist kein Auto, das ist eine Todesfalle.«

Bloomberg Island war eine grelle Zurschaustellung von Stromverschwendung. Überall blitzte, strahlte und flackerte es. Neonlicht hüllte alles und jeden ein.

Die Insel war mehr als nur ein Stadion. Sie war ein Mikrokosmos, ein fantastischer Ort, wo alles in Licht getaucht war. Licht fiel aus Läden und Restaurants; Nachtclubs warben mit grell flackernden Schildern, und über allem ragte das grandios angestrahlte Stadion auf. Alles an diesem Ort war darauf ausgelegt, die Sinne zu überwältigen.

Dolce klappte die Sonnenblende herunter, schaute in den kleinen Spiegel und schminkte ihre Lippen nach, während Roosevelt die Corvette parkte. Schließlich stiegen sie aus und gingen zum VIP-Eingang. Es war unvermeidlich, dass sie hier auf Saxton treffen würden. Roosevelt stellte sich seinen Stiefbruder vor. Er sah ihn in pinkfarbenem Lacoste-Polohemd und mit Fliegerbrille, vermutlich umgeben von einer Gruppe sonnengebräunter Junkies, die nach den Spielen das ganze Wochenende in den Hamptons Party feiern würden.

Das hier war keine Umgebung, die Roosevelt zu schätzen wusste, aber er hatte sich zum Kommen verpflichtet gefühlt – besonders nachdem Saxton sich am Morgen so seltsam auf dem Dach benommen hatte.

Eine lange Schlange hatte sich vor dem VIP-Eingang gebildet. Ein Gorilla mit kahl rasiertem Kopf wachte darüber, wer hineinkam und wer nicht. Roosevelt und Dolce stellten sich in die Schlange vor den scharlachroten Absperrseilen, doch kaum standen sie dort, hörte Roosevelt jemand seinen Namen rufen. Er schaute sich um und sah Saxton, der ihm von der Tür aus zuwinkte. Saxton drückte dem Türsteher unauffällig einen Schein in die Hand; dann winkte er seinen Bruder und Dolce zu sich.

»Ihr stellt euch in die Schlange? Wer hat noch mal den Kalten Krieg gewonnen? Wir sind hier nicht im kommunistischen Russland. Kommt, gehen wir«, sagte Saxton, lächelte und führte Roosevelt und Dolce an den Leuten vorbei ins Stadion.

Roosevelts Voraussage war beinahe korrekt gewesen. Saxton trug ein hellblaues Polohemd, eine weite weiße Hose und Slipper aus Alligatorleder. Er zog seinen Bruder und Dolce in einen großen Nachtclub, in dem es von Gästen nur so wimmelte.

»Du weißt doch, dass Alligatoren eine bedrohte Spezies sind, oder?«, rief Roosevelt über die dröhnende Musik hinweg.

»Bei Prada nicht. Für zwölfhundert Dollar kannst du so viele Paare bekommen, wie du willst.«

Sie folgten Saxton einen langen Durchgang hinunter, vorbei an Granitwänden voller Fotos von den Spielen, und dann eine Treppe hinauf und durch zwei schalldichte Türen. Die ohrenbetäubende Musik verstummte, und Saxton brachte sie in eine große Lounge mit weißen Ledersofas und einem ganzen Bataillon weiß gewandeter Kellner, die hinter langen Tischen voller Essen bereitstanden. Die gegenüberliegende Wand war vollverglast; von dort konnte man direkt auf das Spielfeld blicken.

»Macht es euch gemütlich«, sagte Saxton. »Ich habe noch ein paar pharmazeutische Geschäfte zu erledigen.«

»Nancy Reagan wäre enttäuscht von dir.«

Saxton zwinkerte seinem Bruder zu und verschwand in Richtung des nächstgelegenen Waschraums. Roosevelt ging zum Fenster und schaute hinaus. Unter ihm erstreckten sich die Tribünen und eine Masse sich bewegender Leiber, die in geradezu gewalttätiger Erwartung den Spielen entgegenfieberten.

Dreihundertfünfzigtausend Menschen waren dort, vom Spielfeld nur durch eine Plexiglaswand getrennt, die jedoch vollkommen undurchlässig und genauso hoch war wie das Stadion selbst. Dahinter erstreckte sich das Feld, eine acht Morgen große Fläche aus Gras und Straßen, aufgeteilt von niedrigen Steinmauern und dicken Bäumen. Kleine Steinhütten standen in dieser Landschaft, und winzige Rauchfahnen stiegen aus den Kaminen empor.

Cheerleader in knappen schwarzen und roten Outfits tanzten und lächelten vor der ersten Reihe, unterstützt von Musik, die aus einer ganzen Wand von Lautsprechern dröhnte. Über ihnen hingen riesige Monitore, auf denen in kurzer Folge immer wieder »Go, Braves!« aufblitzte. Das Maskottchen der Braves, ein Mohawk-Indianer auf einem großen weißen Pferd, ritt mit einer rot-schwarzen Mannschaftsfahne über das Feld. Die Menge sprang auf, und dreihundertfünfzigtausend Kehlen schrien vor Aufregung. Fanfaren schmetterten; ein Feuerwerk wurde gezündet, und Flammen schossen in den ohnehin schon grellen Himmel.

Roosevelt erinnerte sich an die Fanfare bei seinen Collegespielen, doch was nun hier geschehen würde, konnte er sich nicht einmal vorstellen.

Dolce drückte seine Hand. »Das ist fantastisch!«

»Waren Sie noch nie bei den Spielen?«, fragte eine Stimme hinter ihnen.

Roosevelt drehte sich um und sah Harold Lieberman. Ein paar Fuß hinter Lieberman erblickte er Rasputin, den Transkriptor.

Hätte Roosevelt im alten Transsylvanien gelebt, er hätte sich einen Kranz Knoblauch und ein Kreuz um den Hals gehängt. Soweit es Roosevelt betraf, war Lieberman ein Vampir. Der Kerl verschwendete nicht einen einzigen Gedanken an andere. Er war der perfekte Broker, völlig gefühllos, und vermutlich nur durch einen Pfahl ins Herz zu töten. Doch nun konnte Roosevelt nur einen Schritt zurückweichen und nach dem Silberkreuz um seinen Hals greifen.

»Ich liebe die Spiele«, sagte Lieberman. »Und Sie?«

»Nicht so sehr.«

»Fehlt Ihnen der Mumm?«

»Ich wollte, die Transkriptoren wären nie geboren worden, dann müssten sie das hier nicht durchstehen.«

»Geboren?«

»Was?«

»Sie haben gesagt, die Transkriptoren wären besser nie *geboren* worden.«

»Habe ich?«

Lieberman nickte.

»Ups«, sagte Roosevelt.

»Transkriptoren sind zu einem unentbehrlichen Teil unserer Wirtschaft geworden. Ihnen hat dieses Land seinen Vorsprung zu verdanken. Versprecher wie der Ihre gerade sind schlecht fürs Geschäft.«

»Natürlich.«

»Nicht mehr lange, und Sie werden die Transkriptoren noch als Menschen bezeichnen.« Lieberman lachte auf, so lächerlich kam ihm dieser Gedanke vor. »Und dann verlangen Sie vermutlich das Wahlrecht für die Dinger.«

»Ja«, sagte Roosevelt und wechselte rasch das Thema. »Hatten Sie eine weite Fahrt hierher?«

Lieberman zuckte mit den Schultern. »Mein Haus wird derzeit renoviert. Im Augenblick wohne ich im Ritz am Battery Park.«

»Wer spricht hier vom Ritz?« Plötzlich erschien Saxton wie aus dem Nichts. Er hatte seine Fliegerbrille heruntergezogen, sodass seine Augen nicht zu erkennen waren, und in den Ohren steckte ein Paar Earphones. »Es sind verdammt viele Spitzenmodelle hier«, fuhr er fort und schnappte sich einen Wodka Tonic vom Tablett eines vorbeikommenden Kellners, obwohl der Drink für jemand anderen bestimmt gewesen war. »Die Sprite schmeckt ja wie Scheiße«, knurrte er und verzog das Gesicht.

»Das ist ja auch ein Wodka Tonic«, klärte Roosevelt ihn auf.

»Na, egal«, sagte Saxton, leerte das Glas und wippte im Rhythmus einer Musik, die außer ihm niemand hörte. Lieberman beobachtete Saxton verwirrt; dann verschwand er in der Menge. Offensichtlich hatte er Saxton bis jetzt noch nie außerhalb der Arbeit erlebt.

»Danke dafür«, flüsterte Roosevelt und nickte in Richtung des sich zurückziehenden Lieberman.

»Was?«, sagte Saxton laut und über den Lärm in seinen Kopfhörern hinweg.

Dolce schaute sich in der ruhigen Lounge um. »Was hörst du da eigentlich?«, fragte er dann.

Saxton schüttelte den Kopf, warf die Arme um Roosevelt und drückte ihn fest an sich.

»Himmel! Immer ruhig mit den jungen Pferden.« Roosevelt lachte und klopfte seinem Bruder auf den Rücken.

»Ich wollte schon immer so sein du sein«, sagte Saxton und küsste Roosevelt auf die Wange. Dann drehte er sich um und schlängelte sich durch die Menge zum hinteren Teil des Clubs, wobei er im Takt wippte.

»Das war ja mal seltsam«, bemerkte Roosevelt.

»Er ist heute nicht ganz bei Verstand.« Dolce lächelte.

»Ja …«, sagte Roosevelt nachdenklich. Irgendetwas war heute anders an seinem Bruder. Die verrückten Bewegungen und die unsinnigen Gesprächsfetzen war er ja gewöhnt, aber diese Art von Gefühlsausbruch war ungewöhnlich.

Plötzlich jagten Kampfjets in enger Formation über das Stadion hinweg, und alle Lichter erloschen. Die Zeit dehnte sich in der Dunkelheit schier unendlich, und die Spannung stieg. Dann wanderte das Licht zweier Scheinwerfer über das Feld bis zu einer Betonrampe, der Lounge direkt gegenüber.

»Und nun, Ladies und Gentlemen«, rief der Stadionsprecher, und Rauch stieg an der Rampe empor, »heißen Sie unsere New York Braves willkommen!«

Der Nebel verdeckte den Blick auf das Tor unten an der Rampe. Hufe klapperten über den Beton, und die Menge sprang auf und jubelte. Der Indianer auf seinem Schlachtross, das Maskottchen der Braves, ritt die Rampe hinauf. Eingehüllt von Rauch trabte er aufs Feld, ließ den Hengst steigen und schwenkte die rot-schwarze Fahne der Braves.

Musik dröhnte durchs Stadion, laut und dramatisch, und aus dem Tor unten an der Rampe strömten einhundert Transkriptorensoldaten. Sie trugen die blauen Baumwolluniformen der alten amerikanischen Nordstaaten, dazu schwarze Kappen. Ihr Cheftrainer, Samuel Sharp, ein dicker Mensch mit Braves-Kappe und Headset, führte die Truppe an.

»Was passiert jetzt?«, flüsterte Dolce und lehnte sich an Roosevelt.

»Jetzt«, antwortete Roosevelt »werden sie kämpfen.«

Verärgert zog Lieberman Phillip Saxton an der Bar beiseite, wo dieser sich zehn Minuten lang den perfekten Martini gemixt hatte. Nun glitzerte der Drink wie ein Kunstwerk oben auf der Bar, und die Barfrau, ein brünettes Spitzenmodell, vermutlich eine Transkriptorin, schaute ihn bewundernd an.

»Alles ist bereit«, sagte Lieberman und ergriff Saxtons Hand. »Ich gratuliere Ihnen.«

»Für Glückwünsche ist es noch ein bisschen früh«, erwiderte Saxton. »Es gibt noch immer einiges zu tun.«

»Da fällt mir ein ...«, sagte Lieberman. »Ich habe die Genbörse aus dem Nichts aufgebaut. Ohne mich gäbe es den Genmarkt nicht. Und ich habe keinen Zweifel, dass er auch in Zukunft gut laufen wird. Aber da gibt es schon lange einen Dorn in meinem Fleisch ...«

»Einen Dorn kann man herausziehen.«

»Ja«, bestätigte Lieberman. »Ja, das kann man. Aber dieser Dorn sitzt verdammt tief.«

Saxton schaute ihn fragend an.

»Wenn dieser Dorn herausgezogen wird, wird es einen ziemlichen Aufruhr in der Firma geben, und für diese schwierige Zeit brauche ich eine starke Führung. Ich brauche jemanden, der auch nach einem tragischen Verlust die Kontrolle behalten kann. Ich muss wissen, ob Sie dazu bereit sind.«

»Ich bin schon seit Jahren dazu bereit.« Saxton nickte. »Ich glaube, ich verstehe Sie. Hat dieser Dorn einen Namen?«

»Natürlich.« Lieberman zwinkerte und warf sich eine Erdnuss in den Mund. »Das werden Sie schon noch herausfinden.«

Saxton nickte wieder. »Wann?«

Lieberman schaute auf die Uhr. »Bald. Aber das soll uns jetzt nicht kümmern.«

Lieberman winkte, und wie aus dem Nichts tauchten zwei weibliche Spitzenmodelle auf. Sie hakten sich links und rechts bei Saxton unter und streichelten ihm über die Schulter. Die eine war klein und blond, die andere groß und schwarz.

»Lassen Sie uns erst einmal die Party genießen«, sagte Lieberman. »Übers Geschäft können wir später noch reden.«

Er nahm Saxtons Martini von der Bar und reichte ihm das Glas. »Ihr Drink, Chef.«

»Mein Drink«, sagte Saxton mit einem Hauch von Ehrfurcht in der Stimme.

Lieberman schenkte sich einen Johnny Walker ein und hob das Glas. »Ein Toast.«

Er stieß mit Saxton an.

»Und auf was trinken wir?«

Lieberman dachte kurz nach und lächelte dann. »Auf das große Geschäft.«

Roosevelt schaute sich um und entdeckte ein paar Broker von Genico. Sie stießen mit ihm an. Offenbar hatte sich bereits verbreitet, dass er der neue Chef von Genico werden würde. Er war nervös. An der Bar sah er Lieberman und seinen Bruder ins Gespräch vertieft. Saxton fühlte sich sichtlich wohl, hatte in jedem Arm eine Frau und hielt einen Martini in der Hand.

Draußen im Stadion rief der Sprecher: »Das heutige Match zwischen Pittsburgh Storm und unseren New York Braves wird Ihnen von Golden Beverages präsentiert, dem Champion der Biere, und Nuclotech Genetic Pharmaceuticals. Ladies und Gentlemen, bitte erheben Sie sich für die Schlacht von New York!« Der Stadionsprecher hielt kurz inne, und die Flutlichter flammten auf. »Machen wir uns bereit, den Krieg zu erklären. It's Showtime!«

Ohrenbetäubender Jubel erhob sich.

»Es gab eine Zeit, als unsere Nation in einen tödlichen Konflikt verstrickt war, der über ihr Schicksal entscheiden sollte«, dröhnte der Stadionsprecher. »Und nun ist diese Nation wieder im Bürgerkrieg geteilt. Erneut trifft auf dem Schlachtfeld der Norden auf den Süden, New York auf Pittsburgh! Am heutigen Abend, hier im Bloomberg-Stadion, führen wir Sie in die Geschichte zurück, zum 17. September 1862, dem blutigsten Tag des Bürgerkrieges. Lassen Sie sich von uns auf die umkämpften Felder von Antietam entführen!«

Feuerwerk wurde gezündet.

»McClellan gegen Lee, Union gegen Konföderierte! Fünfundzwanzigtausend Gefallene! Genießen Sie die Schlacht von Antietam!«

Applaus brandete auf. Die Leute erhoben sich von ihren Sitzen. Roosevelt drehte sich um und beobachtete, wie Jonathan Miller, Saxtons Büronachbar, mit einer Blondine im Arm den VIP-Bereich betrat. Miller war ein aufdringlicher Broker, den Roosevelt über seinen Bruder bei mehreren Ausflügen ins Palladium kennengelernt hatte. Allerdings war ihm Miller bis jetzt immer ausgesprochen anglophil vorgekommen; er war so gar nicht der Typ für die Spiele.

Roosevelt hatte gehofft, Woerner hier zu sehen. Johann Woerner war das einzige Aufsichtsratsmitglied von Genico, von dem Roosevelt glaubte, er habe eine ähnliche Vision wie er selbst. Woerner hatte stets für Vorschläge gestimmt, die die unstillbare kapitalistische Gier der Broker in ethische Bahnen lenken konnten. Woerner könnte Roosevelts einziger Verbündeter sein.

Die Monitore und Holoprojektoren im Raum erwachten zum Leben und zeigten einen furchterregenden, stiernackigen Transkriptor mit kahlgeschorenem Kopf und grauen Augen. Man nannte ihn Sky King; er war der Champion und der gefürchtetste Transkriptor, der je bei den Spielen gekämpft hatte.

Von Anfang an hatte man den Transkriptoren nie richtige Namen gegeben, vermutlich um jeden Anschein von Menschlichkeit zu vermeiden. Einen Transkriptor, der Queen Elizabeth, Rasputin oder Sky King hieß, konnte man leichter in einen Sklaven verwandeln als einen Steven, einen Robert oder einen Thomas. Oder man hatte sich für diese Art der Namensgebung entschieden, weil man sie für interessanter hielt. Doch was immer der Grund dafür sein mochte: Alle Transkriptoren, die vom Band liefen, klangen nicht nach einem Menschen, sondern eher nach Rennpferden.

Eine Sirene ertönte, und Miller rief von der Bar: »Los, Jungs!« Er hielt sein Champagnerglas in die Höhe. Das Licht in der Lounge wurde gedimmt, sodass die Gäste das Spielfeld besser sehen konnten. Dolce drückte Roosevelts Hand.

Die Teams waren gut zweihundert Yards voneinander getrennt. Sie duckten sich hinter Steinmauern und umgestürzte Pferdekarren, sodass alles genauso aussah wie auf den alten Schwarz-Weiß-Fotos, an die Roosevelt sich aus dem Geschichtsunterricht erinnerte.

In einer Rauchwolke krachte und blitzte es. Geschütze, die auf der New Yorker Seite hinter Erdwällen in Stellung gebracht worden waren, eröffneten das Feuer auf die Pittsburgher.

Die Menge jubelte.

»Das erinnert mich an deine Footballspiele«, bemerkte Dolce. »Ein ganzes Stadion, das deinen Namen ruft. Manchmal habe ich es gehasst.«

Roosevelt blickte sie erstaunt an.

»Das habe ich dir nie gesagt, nicht wahr?« Dolce lächelte. »Ich hatte Angst, du würdest dich von mir abwenden, wenn du es wüsstest. Doch dann habe ich dich draußen auf dem Spielfeld gesehen, und du warst so gut, so anders, dass ich sofort wusste, dass du für dieses Spiel bestimmt warst. Niemand war wie du. Du hast getan, was Gott für dich vorgesehen hatte.«

Auf dem Spielfeld lag Pittsburgh unter schwerem Beschuss. Feuer waren entlang ihrer Verteidigungslinie ausgebrochen. Eine der Ulmen brannte. Der Wipfel stand in hellen Flammen; Funken stoben in die Luft. Tote Pittsburgher lagen hinter der Mauer, die Arme seltsam verdreht, die Gesichter schwarz verkohlt.

Hinter einer schützenden Plexiglaswand lief der Trainer von Pittsburgh nervös, beinahe panisch auf und ab. Er brüllte irgendetwas in sein Headset und schleuderte dann sein Klemmbrett auf den Boden.

Pittsburgh hatte zehn neue Transkriptoren in den Kampf geschickt, die nun hinter der zerschossenen Ruine eines Steinhauses kauerten. Das Haus war zweimal von den Geschützen New Yorks getroffen worden, und drei tote Pittsburgher lagen hinter den Trümmern. Roosevelt sah, dass einem von ihnen der Kopf fehlte.

Gott, war das brutal! Das war fast mehr, als man ertragen konnte. Die Zuschauermenge aber war wie gebannt und wartete darauf, dass New York zum letzten, vernichtenden Schlag ausholte.

Saxton gesellte sich wieder zu Roosevelt und Dolce. Er hatte ein Glas Champagner in der einen Hand, einen Cracker mit Kaviar in der anderen.

»Ziemlich guter Kampf bis jetzt, was meinst du?«, bemerkte er, schob sich den Cracker in den Mund und kaute darauf herum, ehe er hinzufügte: »Pittsburgh ist dieses Jahr unheimlich schwach. Das ist fast schon peinlich.«

Er leerte das Glas Champagner in einem Zug und wischte sich über die Lippen. Die beiden Mädchen warteten an der Bar auf ihn.

»Ich wette, in zehn Minuten ist alles vorbei«, sagte Saxton.

Die Zuschauer waren von der Gewalt auf dem Spielfeld wie aufgeladen. Es war, als hätten sie alle dieselbe Droge genommen und würden nun dieselbe Art von Rausch erleben.

Saxton klopfte Roosevelt auf den Rücken. »Okay, hör zu. Jetzt ist Saufzeit, und ich bin schon ziemlich gut dabei. Jetzt lach doch endlich mal! Du siehst aus wie auf einer verdammten Beerdigung.«

»Ja, ja.«

Saxton schlängelte sich durch die Menge zur Bar und zu den wartenden Frauen. Auf dem Spielfeld wehte eine Rauchwolke über die Pittsburgher Hälfte und verdeckte den Blick auf die Mauer und die Spieler dahinter. Dann ertönte Dudelsackmusik, und die Zuschauer gerieten außer Rand und Band. Selbst im abgeschotteten VIP-Bereich war der Lärm ohrenbetäubend.

Angetrieben von den Dudelsäcken, verließen die Braves ihre Deckung. Gemeinsam stürmten sie mit gesenkten Köpfen und vorgehaltenen Gewehren voran. Die Dudelsäcke spielten weiter, und die Menge grölte: »Vorwärts, vorwärts, VORWÄRTS!«

Die Braves stürmten auf die Pittsburgher zu, die sich angesichts des nahenden Todes verzweifelt hinter ihre Deckungen duckten. Der Trainer von Pittsburgh brüllte über seine zerrissenen Linien hinweg, und langsam reagierte sein Team. Geschützt von der Steinmauer feuerten sie eine Salve auf die anstürmenden Braves, die jedoch wie eine angeschlagene Bestie weiterliefen.

»Mein Gott, das ist ja furchtbar«, stieß Dolce hervor und schlug die Hand vor den Mund.

»Das ist Entertainment«, sagte eine Stimme hinter ihnen.

New York geriet leicht ins Wanken, doch mit einem Schrei erreichten die Angreifer die niedrige Mauer, sprangen darüber hinweg und durchbrachen die Linie von Pittsburgh.

»Pittsburgh leistet tapfer Widerstand, hat aber nicht mehr genügend Leute, um die Schlacht zu überstehen«, sagte der Kommentator von ESPN. »Es würde mich überraschen, wenn Coach DiPassio weitere Männer in die Schlacht schickt. Es ist noch viel zu früh in der Saison, als dass er sich leisten könnte, so viele Spieler an einem einzigen Abend zu verlieren.«

An der Seitenlinie starrte der Pittsburgh-Trainer inmitten seiner Assistenten über das Feld zur Kampflinie. Angewidert schüttelte er den Kopf, drehte sich zu seinem Verteidigungskoordinator um und fuhr sich mit dem Finger über den Hals.

Ein Alarm ertönte auf dem Feld, das Signal für die Niederlage. Beide Mannschaften ließen ihre Waffen fallen, als Sharp, der New Yorker Trainer, mit seinen Assistenten aufs Feld joggte. Die schützende Plexiglasbarriere wurde gesenkt, und die Hitze der noch immer brennenden Hütten quoll auf die Zuschauerränge. Von den Flammen beleuchtet, drehten sich die blutverschmierten New Yorker Spieler zu den Zuschauern um und hoben triumphierend die Gewehre.

Sharp und die anderen Trainer lächelten und klopften einander auf den Rücken, während die besiegten Pittsburgh-Spieler ihre Waffen auf dem Feld ließen und die Rampe zu ihrer Kabine hinunterschlurften.

Das Spielfeld war nur noch eine Masse aus Schlamm, Trümmern und verbrannten Körpern. Ob Menschen oder nicht – Transkriptoren starben genauso.

Dolce legte Roosevelt die Hand auf die Schulter. »Ich bin nicht in der Stimmung, noch mit jemandem zu reden«, sagte sie. »Lass uns nach Hause gehen.«

Sie blinzelte und presste die Lippen aufeinander. Die Spiele waren für beide zu viel gewesen. Roosevelt drückte ihre Hand. »Ja«, sagte er. »Das ist nichts für uns. Gehen wir.«

Tommy Flynn vom Dezernat für Computerkriminalität wandte sich von seinem Monitor ab, als Arden hinter ihn trat und ihn mit dem Finger in den Nacken stieß. Flynn war Mitte vierzig und hatte langes grau meliertes Haar und einen struppigen Ziegenbart. Er und Arden waren vor Jahren Partner gewesen, damals, als sie noch in Midtown North Streife gegangen waren.

Nun war Flynn Detective im Dezernat für Computerkriminalität, einer Einheit, die sich vornehmlich mit Computerbetrug und Hackern beschäftigte. Sie waren alle Cops, nur sahen sie nicht so aus.

Arden zog sich einen Stuhl heran und setzte sich Flynn gegenüber. Das Dezernat für Computerkriminalität war klein und im Keller eines der Reviere von Manhattan untergebracht. Nur wenige Detectives arbeiteten hier, jeder mit eigenem, direktem Netzanschluss. Zwar war die Computerkriminalitätsrate in New York gering, doch Flynn und seine Leute hatten mehr als genug zu tun.

»Was führt dich hierher? Willst du ein bisschen Smalltalk machen?«, fragte Flynn.

»Ich muss dich um einen großen Gefallen bitten«, sagte Arden und holte den Scanner aus seiner Tasche. »Ich möchte, dass du dir das mal ansiehst und mir sagst, was darauf ist.«

»Wo hast du das her?«

»Von einem Computer in den Genico-Laboren.«

Flynn lehnte sich im Stuhl zurück und schaute verwirrt drein. »Sie haben dich eines ihrer Geräte scannen lassen?«

»Nicht wirklich.«

»Okay. Vergiss, dass ich gefragt habe.« Flynn schüttelte den Kopf und lächelte.

»Was ist nun?«, fragte Arden. »Tust du mir den Gefallen oder nicht?«

Flynn atmete tief durch und verdrehte die Augen. »Gib mir den Scanner.«

»Du bist ein guter Mann«, sagte Arden und drückte Flynn den Speicher in die Hand. »Lass dir nur von niemandem etwas wegen deinem langen Haar erzählen.«

Flynn drehte sich um und schob den Scanner in sein eigenes Gerät.

»Dir ist doch klar, dass ich sofort in meinen E-Trade-Account einloggen werde, wenn ich da irgendwelche Aktientipps finde, oder?«, sagte Flynn und legte die Finger auf die Tastatur.

»Kein Problem, solange du mich mit fünfzig Prozent beteiligst.«

Flynn machte sich an die Arbeit und ging die Daten durch. »Was genau suche ich eigentlich?«

»Der Kerl, dem der Rechner gehört hat, von dem die Daten stammen, hat an einem Heilmittel gearbeitet.«

»Einem Heilmittel für was?«

»Manna.«

»Oh …« Flynn räusperte sich verlegen. Er wusste von Ardens Tochter. »Dann wollen wir mal sehen, ob wir hier ein paar Antworten finden.« Neben seiner Exfrau gehörte Ardens alter Partner zu den wenigen Menschen, denen er erzählt hatte, dass seine Tochter erkrankt war.

Ich lebe in der Vergangenheit, ging es Arden durch den Kopf. Exfrau, Expartner … Seine Tochter war das Einzige, das sich noch in der Gegenwart befand, und nun schwebte sie in Lebensgefahr, und er konnte nichts dagegen tun. Es trieb ihn beinahe in den Wahnsinn.

Mit beeindruckender Schnelligkeit ging Flynn die Verzeichnisse und Dateien durch. Die Symbole flogen nur so über den Monitor.

»Hmmm … Sie kommen demnächst mit einem neuen Heilmittel für Fettleibigkeit heraus«, sagte Flynn.

»Was soll das sein? Eine Ermahnung, auf Mitternachtssnacks zu verzichten?«

Flynn klopfte sich auf seinen runden Bauch und sagte: »Ist erblich bedingt. Einem Alkoholiker machst du ja auch keine Vorwürfe. Es ist eine Krankheit.«

»Auch dafür habe ich eine Lösung: Hör mit dem Saufen auf.«

»Seit wann bist du Mr. Empathie?«, erwiderte Flynn und hielt dann inne. »Hmmm …«

Zwei Ordner schwebten auf dem Bildschirm.

»Was ist?«

Flynn öffnete die Ordner und ging den Inhalt durch. »Du hast doch gesagt, der Kerl habe an einem Heilmittel für Manna gearbeitet, nicht wahr?«

»Jedenfalls haben mir das die Leute bei Genico gesagt.«

»Offenbar hat er es bereits gefunden.«

Arden schaute ihn verdutzt an. »Wie bitte?«

Flynn nickte. »Hier steht es Schwarz auf Weiß. Sie haben das Heilmittel für Manna bereits. Sie haben es schon vor Monaten entdeckt.«

Als Arden an diesem Abend an den Ruinen der Brooklyn Bridge vorbeifuhr, dachte er an den Tag zurück, an dem seine Tochter das Licht der Welt erblickt hatte. Er erinnerte sich an das schreckliche Gefühl, von den Ärzten und Krankenschwestern abhängig zu sein. Von Menschen, die er nicht kannte. Es war seltsam, sich völlig auf Fremde verlassen zu müssen. In seinem ganzen Leben hatte Arden sich nicht so hilflos gefühlt.

Jahre später war sie dann krank geworden. Wieder saßen sie in diesen sterilisierten Räumen, und wieder kamen die Ärzte und Krankenschwestern, nur hatte diesmal keiner von ihnen eine Antwort. Und auch das Gefühl der Hilflosigkeit war zurückgekehrt. Arden hasste dieses Gefühl – fast so sehr wie die Krankheit, die seine Tochter umbrachte.

Sie haben schon ein Heilmittel für Manna.

Irgendjemand hatte ihn angelogen, und deshalb lag seine Tochter im Sterben.

Dieses Mal fühlte Arden sich nicht hilflos, dieses Mal tobte die Wut in seinem Inneren.

»Licht an. Dimmen.« Roosevelt schloss die Wohnungstür hinter sich, legte die Schlüssel auf den Küchentresen und schenkte sich ein Glas Orangensaft ein. Der Monitor schob sich aus dem Boden, schaltete sich ein und zeigte stumme Bilder der heutigen Schlacht.

»Mein Gott, ich weiß überhaupt nicht, wie die Menschen so viel Gewalt ertragen können«, bemerkte Dolce, als sie sich die Schuhe auszog.

»Appetit auf Gewalt hat es schon immer gegeben. Denk nur an die Gladiatoren im Alten Rom. Die Menschen lieben blutige Spektakel. Ich weiß noch, wie man mich bei einem Spiel gegen Boston mal übel gefoult hat. Kurze Zeit war ich sogar bewusstlos. Ich hatte eine Woche später immer noch Kopfschmerzen. Aber dadurch habe ich es in jede Nachrichtensendung geschafft. Alle haben sich die Szene immer wieder angeschaut. Die Menschen lieben die Gewalt. Das liegt in unserer Natur.«

»Willst du damit sagen, es ist genetisch bedingt?«, fragte Dolce.

Roosevelt dachte kurz nach. »Vielleicht. Aber ich bin noch nicht bereit, von einer allgemeinen genetischen Disposition der Menschen zur Gewalt zu sprechen. Lieber glaube ich daran, dass der Mensch im Grunde gut ist und nicht nur durch Angst zurückgehalten wird.«

»Angst vor was?«

»Angst vor dem Gesetz. Angst davor, ins Gefängnis zu gehen. Angst vor der Religion. Angst, in die Hölle zu kommen. Ich will einfach nicht glauben, dass nur Gott und die Polizei uns davon abhalten, uns gegenseitig abzuschlachten.«

»Aber was, wenn die Menschen nicht an eine Seele glauben würden oder wie immer du es bezeichnen willst? Meinst du, sie wären dann gewalttätiger?«

»Was meinst du damit?«

»Man könnte Religion als Korrektiv verstehen, das alles im Gleichgewicht hält. Wir neigen nicht von Natur aus zur Gewalt, aber auf der Jagd nach wertvollen Ressourcen nutzen wir sie als Mittel, um zu bekommen, was wir wollen. Wenn ich etwas hätte, was du haben willst, etwas sehr Seltenes, wärst du bereit, mich umzubringen. Doch die Grundlage einer jeden Religion ist die Existenz einer Seele, einer Quelle ewigen Lebens in uns allen. Und wenn wir diese Seele nun in einen religiösen Rahmen stellen, der uns lehrt, dass alle Formen von Gewalt falsch sind, müssen wir uns plötzlich mit den Konsequenzen von Gewalt auseinandersetzen. Wenn du mich jetzt tötest, wird deine Seele dafür im Leben nach dem Tod bestraft. Vielleicht sorgt *das* dafür, dass die Menschen sich zurückhalten.«

»Du glaubst, ohne Seele würden die Menschen sich der Gewalt zuwenden?«

Dolce zuckte mit den Schultern. »Ich glaube, dass die Menschen wie fast alle Lebewesen selbstsüchtig sind. Wir werden mit Hunger geboren, und wir streben ständig danach, unsere Bedürfnisse zu erfüllen. Ich weiß nicht, ob wir uns gegenseitig umbringen würden, wenn wir keine Seele hätten. Aber ich glaube, dass die Gründe für unsere Zurückhaltung sich nicht einfach auf Angst beschränken lassen. Da spielen viele Faktoren eine Rolle. Ich glaube, unsere menschliche Moral hat weniger mit der Angst vor Bestrafung zu tun als vielmehr mit der Notwendigkeit, eine stabile Gesellschaft zu bewahren …«

»Eine Gesellschaft, in der die Menschen miteinander kooperieren, kann ungleich mehr erreichen als eine, in der sie sich gegenseitig umbringen.«

Auf dem Bildschirm schaute Roosevelt sich an, wie die Pittsburgher Linie von den tobenden New Yorkern niedergemäht wurde. Die Kamera schwenkte zu den Zuschauern und zeigte Tausende schreiender Gesichter, die den Sieg frenetisch bejubelten. Dolce ließ die Hand über Roosevelts Schulter gleiten und beugte sich vor, um ihn zu küssen.

»Was ist mit ihnen?«, fragte er und nickte in Richtung des Monitors. »Wie passen die Transkriptoren in unsere Gesellschaft?«

Dolce seufzte. »Ich bin mir nicht sicher. Ich bin nicht religiös, aber ich glaube an einen gütigen Gott. Nur weiß ich nicht, wie die Transkriptoren da ins Bild passen. Auf jeden Fall ist es falsch, wie wir sie behandeln. Ich glaube, dass es für alles einen Grund gibt. Vielleicht wissen wir noch nicht, welche Rolle die Transkriptoren wirklich spielen. Aber wie immer diese Rolle aussehen mag – es geht dabei um mehr als nur darum, sich zu unserer Unterhaltung gegenseitig abzuschlachten. Das kann kein gütiger Gott, kein gütiges Universum sich wünschen.«

Dolce setzte sich neben Roosevelt, und er legte den Kopf in ihren Schoß.

»Ich *muss* einfach glauben, dass es auch Gutes in der Welt gibt«, fuhr Dolce fort und streichelte ihm übers Haar. »Die Transkriptoren sind aus irgendeinem guten Grund erschaffen worden. Manchmal müssen wir eben warten, bis Gott uns die Erklärung offenbart.«

Sie beugte sich vor und küsste Roosevelt erneut. Dann zogen sie sich ins Schlafzimmer zurück.

Eine Muschel, die man sich ans Ohr hält, erzeugt das Rauschen des Meeres. Queen Elizabeth hatte Roosevelt erzählt, so ähnlich fühle es sich an, ein Transkriptor zu sein. Man könne diese andere Welt fühlen, hatte sie gesagt, doch innen sei alles leer, seelenlos und leblos.

Das Gefühl war eine Illusion. Das Meer existierte nicht; es hatte nie existiert. Roosevelt hatte schon sein Leben lang gefühlt, dass irgendetwas anders war.

Er spürte Dolce neben sich. Im Stadion, vor dreihunderttausend Augenpaaren, hatten sich zwei Transkriptoren-Armeen gegenseitig vernichtet, und in der Stille des Schlafzimmers fühlte Roosevelt nun etwas genauso Mächtiges.

Hinterher konnte er nicht einschlafen. Er ging ins Wohnzimmer, und erneut erwachte der Monitor zum Leben. Lieberman war wieder zu sehen; es war eine Wiederholung von CNN Market Score von diesem Nachmittag. Lieberman erklärte das Marktpotenzial von Genicos Organersatzprogramm. Roosevelt war mit diesem Programm vertraut. In Laboren wurden genetisch perfekte Organe gezüchtet und dann an die verkauft, die sie brauchten. Patienten konnten die Organe auch leasen, doch wenn die Leasingraten nicht gezahlt wurden, versuchte Genico, sich die Organe zurückzuholen. Ziemlich unheimlich das Ganze. Aber das war der Weg, auf dem Lieberman das Unternehmen zu noch größerem Profit führen wollte. Wenn Roosevelt bei Genico die Herrschaft übernahm, würde er das als Erstes ändern.

Aber für heute hatte er genug von Lieberman.

Er schaltete auf Kanal 31 um.

Dort lief ein alter Cartoon von Warner Brothers. Marvin the Martian schaute durch ein riesiges Teleskop auf die Erde hinunter.

Roosevelt stellte den Ton ab.

Kurz schaute er sich die stummen Bilder an; dann schweifte sein Blick am Fernseher vorbei zu den großen Fenstern. Draußen, jenseits des Flusses, war die Stadt ein Meer aus Licht. Ein Zug donnerte vorbei. Auf jedem Gebäude waren riesige Reklamemonitore montiert, die in Dauerschleife Werbung zeigten. Roosevelt schaute sich eine davon an: einen Spot für das Deco Casino in der Transkriptorenzone. Ein Rudolph-Valentino-Klon sang vor einem Hintergrund aus Pokertischen.

Roosevelt nippte an seinem Saft.

Früher am Abend hatte er in der Nähe ihres Gebäudes mehrere Streifenwagen gesehen. Ein neuer Mord vielleicht? Niemand war mehr sicher. Alle wussten, dass die Kriminalitätsrate drastisch gestiegen war. Kein Wunder, dass die Leute manchmal verrückt wurden. Andererseits war das nur zu verständlich, wenn man die Leute zu Waren degradierte. Die Liebermans dieser Welt versuchten, den Menschen ihre Menschlichkeit zu nehmen.

»Kannst du nicht schlafen?« Dolce kam ins Zimmer und schaute Roosevelt verschlafen an.

»Nein. Ich habe an Afrika gedacht … was ich dort gesehen habe. Wie schrecklich es ist.«

»Diese Menschen brauchen eine Stimme«, sagte Dolce. »Wenn du die Kontrolle über Genico übernimmst, kannst du ihnen diese Stimme vielleicht geben.«

Roosevelt nickte. Mit Dolce an seiner Seite fühlte er eine Kraft in sich, die er vorher nie gekannt hatte. Selbst in seiner Footballzeit hatte er sich nicht so gefühlt. Er zog sie an sich und strich ihr mit der Hand über den Hinterkopf. Plötzlich erregte etwas seine Aufmerksamkeit. Das Licht draußen veränderte sich mit einem Mal. Die Reklametafeln erloschen.

Dolce spürte die Veränderung in seinem Körper und hob den Blick. »Was ist?«

»Ich weiß nicht«, antwortete Roosevelt. »Schau mal raus.«

Irgendetwas Bedeutsames musste geschehen sein. Die Tafeln blieben noch kurz abgedunkelt; dann erschienen zwei Worte auf den Schirmen.

Mord. Flucht.

Ein Transkriptor musste entkommen sein und jemanden ermordet haben. So etwas geschah von Zeit zu Zeit. Es waren so viele Transkriptoren gebaut worden, dass man unmöglich alle im Auge behalten konnte. Offenbar hatte sich einer in dem tumultartigen Durcheinander während der Spiele an diesem Abend befreit. Roosevelt starrte eine Zeitlang auf die Worte, bis die Buchstaben sich langsam auflösten und schließlich verschwanden. Dann erschien ein anderes, sich drehendes, dreidimensional projiziertes Bild. Diesmal war es ein Gesicht.

Dolce packte Roosevelts Hand.

Es war *sein* Gesicht.

Auf jeder Videotafel. Roosevelts Gesicht drehte sich dort und schaute ihn an. Dann erschien sein Name daneben in großen weißen Buchstaben.

Thomas Roosevelt.

Entflohener Transkriptor. Gesucht wegen Mordes. Belohnung.

Roosevelt starrte auf die Tafel. Neben ihm erschien der digitalisierte Kopf einer blonden Frau. Mit angenehmer Stimme sagte sie: »Dieser Transkriptor ist aus einer Sicherheitsanlage entkommen und versteckt sich nun mitten unter uns. Laut Gesetz über flüchtige Transkriptoren ist es jedermann verboten, einem gesuchten Transkriptor Unterschlupf zu gewähren. Zuwiderhandlungen werden mit der vollen Härte des Gesetzes bestraft. Dieser Transkriptor versteckt sich unter dem Namen Thomas Roosevelt und ist als gefährlich einzustufen. Um Ihrer eigenen Sicherheit willen sollten Sie deshalb Ihre Häuser vorerst nicht verlassen.«

Was war hier los?

Roosevelt nahm seine Börse vom Tisch, holte die Plastikkarten heraus und breitete sie aus. Erst sein Führerschein. Auf dem Holobild stand zu lesen: »Eingezogen. Gerichtsbeschluss ausstehend.« Dann seine American-Express-Karte. Der Kontostand wurde mit Null angegeben. Gleiches galt für seine MasterCard, nur dass hier noch in großen roten Lettern »GESPERRT« zu lesen stand.

Man nahm ihm alles, was er besaß!

»Was geht hier vor?«, fragte Dolce mit Panik in der Stimme.

Ein lautes Trillern ertönte. Roosevelt fuhr herum. Das Telefon klingelte laut und eindringlich. Roosevelt ignorierte es, starrte stattdessen wieder auf die blinkenden Karten vor sich. Doch es war ein Videoanruf, und das Telefon projizierte ein Bild auf die weiße Wand hinter dem Fernseher. Ein Mann mit der Dienstmütze eines Sergeanten schaute in die Kamera.

»Thomas Roosevelt, bleiben Sie, wo Sie sind. Sie sind ein gesuchter Transkriptor. Versuchen Sie nicht, Widerstand zu leisten. Sollten Sie sich in der Nähe eines Polizeireviers befinden, nutzen Sie die Gelegenheit, sich zu stellen. Dies ist eine Aufzeichnung. Thomas Roosevelt, bleiben Sie, wo Sie sind. Sie sind ein gesuchter Transkriptor …«

Als Roosevelt auf Stumm schaltete, hörte er draußen Lärm. Stiefel polterten im Flur. Stimmen, Flüstern, dann das Klirren von Metall. Roosevelt starrte auf die Tür. Er saß da wie festgefroren, konnte sich nicht rühren, nicht denken. Dann explodierte die Tür. Rauch schoss ins Zimmer; Splitter flogen umher.

Dolce schrie, als eine riesige schwarze Masse durch die Tür stürmte. Gut ein Dutzend Lichter suchten und fanden sie. Dann teilte sich die Masse. Die Lichter blendeten Roosevelt. Er kniff die Augen zusammen und schützte sie mit der Hand.

Die schwarze Masse löste sich in einzelne Schatten auf, und diese Schatten schrien Roosevelt an:

»Keine Bewegung!«

»Hände hoch!«

Dolce wurde ihm aus dem Arm gerissen, und irgendetwas Hartes traf ihn in den Leib. Roosevelt schnappte nach Luft.

Er sah einen Mann auf sich zukommen. Der Mann trug einen schwarzen Overall und eine Kevlarweste. Er hielt ein Sturmgewehr in der Hand, unter dessen Lauf eine Lampe montiert war. Um ihn her drängten sich weitere Männer.

Dolce wollte Roosevelt helfen, doch zwei andere Männer in Schutzwesten drängten sie zurück. Wieder erhielt Roosevelt einen Schlag in die Magengrube. Er krümmte sich, brach zusammen. Er sah, wie Dolce gegen die Wand geschleudert wurde. Wut schoss in ihm hoch. Er versuchte, sich aufzurichten, doch mehrere Stiefel zwangen ihn wieder nach unten. Dann spürte er kaltes Metall an seinen Handgelenken und hörte das Klicken von Handschellen.

»Warten Sie! Das muss ein Irrtum sein!«, rief Roosevelt und spürte, wie ihm ein Stiefel in den Nacken gedrückt wurde.

Hände packten ihn unter den Armen, und er wurde in die Höhe gerissen. Licht schien ihm in die Augen. Eine der gepanzerten Gestalten starrte ihn an.

»Mach das Maul auf«, sagte eine Stimme hinter dem Helm.

Roosevelt spürte, wie grobe Hände versuchten, seinen Mund zu öffnen. Dann steckte ihm jemand ein Wattestäbchen in den Mund und schabte damit über die Wangeninnenseite. Roosevelt würgte, doch seine Hände wurden weiterhin festgehalten. Das Wattestäbchen wurde wieder herausgezogen, in ein Plastikröhrchen gesteckt und analysiert. Nach kurzer Zeit erschienen Roosevelts Daten auf der winzigen Digitalanzeige des Analyseröhrchens.

Links von ihm verfuhren zwei Männer mit Dolce genauso.

»Dolce!«, schrie Roosevelt. Er wollte zu ihr, wurde aber mit eisernem Griff festgehalten.

»Nur die Ruhe«, sagte eine Stimme hinter ihm. »So nicht.«

Roosevelt drehte sich um. Die Gepanzerten machten eine Gasse frei, und ein kräftiger, blasser Mann in der schwarz-roten Uniform der TFU trat vor. Er trug schwarze Stiefel und einen spitzen Hut. Seine Schultern waren mit roten Epauletten verziert. Roosevelt kannte diesen Mann aus den Nachrichten. Es war Dalton Piper, Chef der Transkriptoren-Jagdeinheit.

Sein faltiges Gesicht wurde von herabhängenden Hautlappen am Kinn und unter den Augen beherrscht. Piper nickte einem der Männer zu und sagte: »Setzen Sie ihn hin.«

Die Männer zwangen Roosevelt, sich auf die Kante des Ledersofas zu setzen. Einer von ihnen schaute auf den DNA-Reader und wandte sich dann an Piper. »Er ist es.«

Piper nickte. »Haben Sie wirklich geglaubt, Sie könnten ewig so leben?«

»Was?«, fragte Roosevelt verwirrt. »Wovon reden Sie?«

»Worte können täuschen, der Code nie«, sagte Piper. »Wie lange haben Sie geglaubt, verbergen zu können, dass Sie ein Transkriptor sind?«

Roosevelt war wie vor den Kopf geschlagen. »Ein Transkriptor? Ich bin kein Transkriptor!«

»Der Code lügt nie, und Ihr Code sagt, Sie sind einer.«

»Dolce, sag ihm, dass ich kein Transkriptor bin. Das ist ja lächerlich.« Roosevelt versuchte aufzustehen, aber die TFU-Beamten drückten ihn nieder.

»Ah«, sagte Piper und richtete seine Aufmerksamkeit auf Dolce. »Und Sie müssen Dolce sein.«

Einer der Männer im Kevlarpanzer flüsterte Piper ins Ohr

und zeigte dem TFU-Chef irgendetwas auf dem DNA-Reader. Piper runzelte die Stirn.

»Wie es aussieht, haben wir hier sogar zwei Transkriptoren«, sagte er und starrte Dolce an. »Ein Liebespaar. Wie nett.«

Piper trat auf Dolce zu. Sie zog den Kopf zurück, doch er packte ein Büschel Haare und schaute es sich an.

»Hervorragende Arbeit«, stellte er nüchtern fest und musterte Dolce von Kopf bis Fuß. »Wer hat Sie produziert?«

»Nehmen Sie Ihre Finger von mir.« Wieder zuckte Dolce zurück.

Piper lächelte und schnüffelte an ihrem Haar. »Köstlich.«

Roosevelt spürte Wut in sich aufsteigen. Dolce war kein Transkriptor, genauso wenig wie er selbst. Nur mit Mühe hielt Roosevelt seinen Zorn im Zaum. »Warum tun Sie das?«, fragte er.

»Warum?« Piper drehte sich zu ihm um. »Weil entflohene Transkriptoren eine gefährliche Bedrohung für die Gesundheit und das Wohlergehen unseres Landes darstellen. Sie nehmen Arbeitsplätze weg und infiltrieren unsere Gemeinden, um ihre Pro-Transkriptor-Propaganda zu verbreiten.«

»Propaganda?«

»Sie versuchen uns einzureden, Transkriptoren seien den Menschen gleichgestellt. Dass sie die gleichen Rechte verdienen und uneingeschränkte Freiheit haben sollten.« Piper verzog angewidert das Gesicht.

»Ich verbreite keine Propaganda!«

»Ach nein?« Piper holte ein kleines Aufzeichnungsgerät aus seiner Tasche und drückte auf den Abspielknopf. Erst war ein Rauschen von Hintergrundgesprächen zu hören, dann schälte sich Roosevelts Stimme aus dem Durcheinander. Er sagte: »Ich wollte, die Transkriptoren wären nie geboren worden, dann müssten sie das hier nicht durchstehen.«

Roosevelt erinnerte sich genau daran, wann er diese Worte gesagt hatte: früher an diesem Abend, im Stadion, bei einem Gespräch mit Lieberman.

»Diese Aufzeichnung zu machen war ziemlich schwierig. Wollen Sie wissen, was ich empfunden habe, nachdem ich sie mir angehört hatte? Ekel! Es ist eindeutig Pro-Transkriptor-Propaganda, die Sie verbreitet haben, kurz nachdem Sie selbst Zeuge eines Bombenanschlags durch Transkriptoren wurden.«

»Das ist aus dem Zusammenhang gerissen! Bitte, hören Sie mir zu!«, bettelte Roosevelt. »Rufen Sie meinen Bruder an. Er wird es Ihnen sagen. Kennen Sie meinen Bruder? Unser Vater ist der Gründer von Genico. Rufen Sie meinen Bruder an. Er war dabei, bei den Spielen! Er wird es Ihnen sagen!«

Piper dachte nach und musterte Roosevelt dabei eingehend. Roosevelt nutzte die Gelegenheit und wiederholte: »Mein Bruder … Sie müssen ihn doch kennen.«

»Ja, ich kenne ihn.«

»Rufen Sie ihn an. Er wird Ihnen alles erklären.«

»Ich muss ihn nicht anrufen«, sagte Piper.

»Warum nicht?«, fragte Roosevelt.

»Weil ich schon hier bin«, sagte eine vertraute Stimme von der Tür her.

Eine Gestalt trat vor. Roosevelt kniff wegen des Lichtes die Augen zusammen und sah dann fassungslos, wie Saxton Junior den Raum betrat. Dass sein Bruder hier war, war mehr als nur seltsam, doch Roosevelts Verwirrung wich rasch der Erleichterung, ein freundliches Gesicht zu sehen.

»Sax, Gott sei Dank«, seufzte Roosevelt. »Sag ihnen, dass ich kein Transkriptor bin. Hilf mir!«

Saxton legte den Kopf schief und fragt: »Weißt du noch, was aus meiner Trophäe geworden ist?«

Roosevelt runzelte verwirrt die Stirn. »Was für eine Trophäe?«

Roosevelts Hirn arbeitete langsam; die Situation war zu unwirklich. Er versuchte, sich ins Gedächtnis zu rufen, wovon sein Bruder redete. Verschwommen erinnerte er sich an Klavierstunden, oder war es ein Rezitierwettbewerb? An eine Trophäe aber konnte er sich nicht erinnern.

»Ich weiß nicht …«, begann er verzweifelt. »Wovon redest du da?«

»Von der einzigen verdammten Trophäe, die ich je gewonnen habe«, rief Saxton wutentbrannt. »Deine Trophäen hat er alle aufbewahrt, aber was ist mit meiner passiert? Ich habe sie mit nach Hause gebracht und sie nie wiedergesehen. Ich dachte, er würde sie auf den Kaminsims stellen, wo die Leute sie sehen konnten. Aber er hat sie einfach weggeworfen!«

Roosevelt lief es eiskalt über den Rücken. So sollte sein Bruder sich nicht verhalten. Plötzlich war Saxton wieder zwölf Jahre alt und bekam auf einer Party einen Wutanfall.

»Ich habe diese Scheißtrophäe gewonnen, aber es hat ihn nie gekümmert! Er hat sich nie um *irgendetwas* von mir gekümmert, weil du ja so verdammt gut warst. Du warst immer der Beste. Du hast immer alles gewinnen müssen. Das war nicht gerecht, und es ist immer noch nicht gerecht! Und das alles nur, weil du einen Vorteil gehabt hast!«

»Was denn für einen Vorteil?«

»Ein Geheimnis.« Spöttisch legte Saxton einen Finger auf die Lippen. »Pssst, das darf niemand wissen. Ich habe Dad einmal gefragt, warum du in allem so gut warst und ich nicht. Weißt du, was er getan hat? Er hat mich geschlagen! Er hat gesagt, ich soll nie wieder davon sprechen, und dann hat er mich ins Gesicht geschlagen. Also sind wir immer auf Zehenspitzen darum herumgeschlichen.«

Saxton tappte theatralisch auf Zehenspitzen durch den Raum wie ein Einbrecher in einem Cartoon, wenn er sich an einem schlafenden Wachmann vorbeischleicht. Roosevelt spürte irgendetwas tief in sich, eine kleine Saat schlafenden Lebens, die nun Licht und Wasser bekam und langsam zu wachsen begann.

»Wer hat ihnen gesagt, dass ich ein Transkriptor bin?«

»Aber er hat nie gefragt, wie ich mich gefühlt habe, was ich vom Leben wollte.«

»Wer hat ihnen gesagt, dass ich ein Transkriptor bin?«, wiederholte Roosevelt.

»Ich! Ich habe die TFU angerufen«, erklärte Saxton und schob das Kinn vor.

Und die Saat explodierte in Roosevelt. Dicke Wurzeln bohrten sich durch Herz und Lunge.

»Warum tust du das?«, verlangte Roosevelt zu wissen.

»Du warst immer schon sein Liebling, und dabei warst du nicht mal ein Mensch. Warum, glaubst du wohl, warst du so tüchtig? Warum warst du immer der Beste? *Du* bist nicht derjenige, den er als seinen Sohn betrachten sollte!«

Da also ist es, dachte Roosevelt. Ein ganzes Leben voller Eifersucht, in einem Satz zusammengefasst.

»Dieses Gespräch ist zu Ende«, sagte Saxton und drehte sich zu den TFU-Beamten um. »Sie können ihn mitnehmen.«

»Nein!«, schrie Dolce. »Bitte, nein!«

»Und die Frau?«, fragte einer der TFU-Männer. Zwei Beamte hielten Dolce an der Schulter fest und hoben ihren Kopf, sodass sie Saxton flehend anschauen konnte.

»Du bist also auch ein Transkriptor?« Saxton trat auf Dolce zu und drückte seine Stirn auf ihre. Er schien überrascht, sagte aber: »Ich hätte es wissen müssen. Ihr zwei wart viel zu perfekt zusammen.«

»Lass sie gehen«, flehte Roosevelt. »Bitte …«

»Sie gehen lassen?« Saxton dachte kurz darüber nach und wiederholte dann wie ein Mantra: »Sie gehen lassen, sie gehen lassen …«

»Bitte, Saxton!«, rief Roosevelt. »Du kennst sie. Wir sind gemeinsam aufgewachsen. Räche dich an mir, nicht an ihr.«

Wieder dachte Saxton kurz darüber nach. Dann zuckte er mit den Schultern, drehte sich zu Piper um und sagte: »Er hat recht. Sie können die Frau gehen lassen.«

»Ich fürchte, das kann ich nicht«, erwiderte Piper.

»Was meinen Sie damit?« Saxton runzelte die Stirn. »Sie war nicht Teil unserer …«

»Sie ist eine entflohene Transkriptorin. Laut Gesetz darf ich sie nicht gehen lassen.«

»Aber …«

Piper hob die Hand. »So will es das Gesetz. Ich werde nicht dagegen verstoßen.«

Saxton blickte wütend drein. Er rieb sich den Kopf und wandte sich zum Fenster, sichtlich verwirrt. Dann schaute er wieder Dolce an. »Es tut mir leid.«

»Leck mich.«

Roosevelt versuchte, Saxton in die Augen zu blicken. Sein Bruder besaß die Macht, etwas zu unternehmen. Er konnte ihren Vater hinzuziehen. Selbst die TFU würde sich seinem Willen beugen. Doch Saxton schaute ihn nicht einmal an. Stattdessen ließ er kurz den Blick durch die Wohnung schweifen; dann drehte er sich um und ging.

»Und ich hielt ihn für einen wahren Gläubigen«, sagte Piper und schaute Saxton hinterher. Dann drehte er sich wieder um, wandte sich an seine Männer und nickte zu Dolce. »Lasst die Frau erst mal hier. Ich bin noch nicht fertig mit ihr.«

Roosevelt warf sich nach vorne. Die Hände noch immer auf

dem Rücken gefesselt, rammte er Piper den Schädel gegen die Brust. Der TFU-Chef wurden nach hinten geschleudert. Hände packten Roosevelt, und ein Gewehrkolben traf ihn in den Bauch. Er kippte auf die Seite. Weitere Hiebe trafen ihn am Kopf. Kurz darauf endeten die brutalen Schläge, und Roosevelt wurde in die Höhe gezerrt. Er spürte, wie Blut aus seinem Mund lief, und spuckte auf den Boden.

»Machen Sie es nicht schlimmer, als es schon ist«, sagte Piper und fügte nachdenklich hinzu: »Oder machen Sie ruhig. Mir egal.«

Er drehte sich wieder zu Dolce um und strich ihr mit dem Finger über die Wange. Sie riss den Kopf zurück und spie ihm ins Gesicht. Piper wischte sich die Spucke ab und schlug ihr mit dem Handrücken so fest ins Gesicht, dass ihr Kopf in den Nacken geschleudert wurde.

»Tu das nicht noch einmal«, drohte Piper. »Oder steht dein Freund darauf, wenn dein Körper mit blauen Flecken übersät ist?«

Wieder wollte Roosevelt sich nach vorne werfen, doch einer der Männer trat ihm die Beine weg. Roosevelt, der wegen der Handschellen nicht das Gleichgewicht halten konnte, fiel nach vorne und schlug mit dem Kinn auf dem Boden auf. Kurz erschlaffte sein Körper; dann rollte er sich herum und trat mit aller Kraft zu. Sein Fuß traf etwas Weiches, und er hörte ein schmerzerfülltes Stöhnen.

»Holt ihm einen Helm!«, brüllte jemand. Mehrere Männer warfen sich auf Roosevelt und hielten ihn am Boden fest.

Einer der Gepanzerten hielt etwas in der Hand, das wie ein schwarzer Motorradhelm aussah. Der Helm wurde Roosevelt mit Gewalt aufgesetzt und am Hals verzurrt. Dann wurde das Visier heruntergeklappt, und Roosevelt fand sich in völliger Dunkelheit wieder. Der Helm war dick gepolstert und vollkommen schalldicht. Roosevelt spürte den Griff behandschuhter Hände, doch hören konnte er nichts.

Einen Augenblick später wurde der Helm von weichem weißem Licht erfüllt, das sich rasch in ein orangenes Glühen verwandelte. Das Bild eines Sonnenuntergangs über dem Meer erschien vor seinen Augen. Wellen rollten an einen Strand, und Musik setzte ein, leise und beruhigend.

Schließlich sagte eine Frauenstimme: »Sie sind verhaftet und werden zum nächsten Polizeirevier gebracht. Stellen Sie jeden Widerstand ein.«

Roosevelt spürte, wie sich unter ihm irgendetwas bewegte. Er hatte das Gefühl zu fallen. Verzweifelt versuchte er, seine Empfindungen einzuordnen. War er im Aufzug? Auf jeden Fall brachten seine Häscher ihn aus dem Zimmer. Der Griff der Hände war verschwunden; stattdessen spürte er Druck auf Brust und Beinen. Er war mit irgendetwas gefesselt worden. Dann wurde er auf eine Metalltrage gehoben und weggeschafft.

Oder?

Roosevelt konnte unmöglich sagen, was um ihn herum geschah. Dass er sich bewegte, war klar, doch er wusste nicht, wohin oder mit welcher Geschwindigkeit. Er sah weiterhin das Bild des Sonnenuntergangs und hörte die beruhigende Musik. Dann veränderte sich das Bild. Das Meer verblasste; ein im Nebel liegender Wald trat an seine Stelle. Roosevelt glaubte, das gedämpfte Geräusch eines LKW-Motors zu hören. Er versuchte sich aufzurichten, doch der Druck auf seiner Brust verstärkte sich und hielt ihn fest. Er rief nach Hilfe, schrie nach Dolce, aber die einzige Antwort, die er bekam, war die leise Musik.

Licht.

Roosevelt blinzelte. Seine Augen schmerzten. Ein uniformierter TFU-Beamter starrte auf ihn herunter. Der Mann hielt den Helm in der Hand. Roosevelt saß auf einem kalten Stuhl vor einem Metalltisch. Tisch und Stuhl waren am Boden festgenietet. Alles war sauber und glänzte wie in einem OP-Saal. Über ihnen hing eine Halogenbirne. Der Raum war kalt.

Der TFU-Beamte klemmte sich den Helm unter den Arm und verschwand. Die Tür fiel hinter ihm ins Schloss. Roosevelt war allein. Er zitterte und atmete heftig. Dampf bildete sich vor seinen Lippen.

Je mehr die Transkriptorenpopulation gewachsen war, desto mehr Rechte hatte die Regierung der TFU gegeben. Inzwischen verfügte sie über wesentlich mehr Vollmachten als jede normale Polizeidienststelle. Der Gedanke, dass die TFU ihn jetzt hatte, jagte Roosevelt Angst ein. Diese Leute konnten jeden Transkriptor verschwinden lassen – einfach so.

Roosevelt schloss die Augen und konzentrierte sich. Sein Bruder hatte ihn verraten. Er hatte gelogen und der TFU erzählt, Roosevelt sei ein Transkriptor. Und die TFU hatte ihm geglaubt. Aus irgendeinem Grund hielten sie ihn für einen Transkriptor, dem es gelungen war, von den Spielen zu entkommen. In ihrer Datenbank musste irgendein Fehler sein.

Sicher würde sich bald alles klären, aber bis dahin musste er klaren Kopf behalten.

Und er musste zu Dolce zurück.

Ein Türknauf klickte, und ein Stück Wand öffnete sich. Einen Augenblick lang konnte Roosevelt in einen anderen Raum schauen, der genauso eingerichtet war wie der, in dem er sich befand. In dem Raum saß ein Mann auf einem identischen Stuhl, hinter einem identischen Tisch. In dem Moment, bevor die Tür sich wieder schloss, konnte Roosevelt erkennen, dass der Mann an Händen und Füßen gefesselt war. Er hielt den Kopf gesenkt, und Blut lief ihm aus der Nase. Dann wurde Roosevelt der Blick durch die sich schließende Tür versperrt.

Ein Mann war ins Zimmer gekommen.

Auf der anderen Seite des Tisches stand ein Stuhl, der nicht am Boden festgenietet war, denn der Mann zog ihn nach hinten und setzte sich. Er trug Jeans, Cowboystiefel und ein kurzärmeliges blaues Hemd, über dessen linker Brusttasche »Tom« zu lesen stand. Das Haar des Mannes war lang und fettig und wurde von einem schmutzig weißen Cowboyhut bedeckt. Der Mann war schlank und muskulös; seine Unterarmvenen waren so dick wie bei einem Heroinabhängigen. Er hatte eine alte Aktenmappe dabei, die er nun vor sich auf den Tisch legte. Dann schlug er sie auf und begann zu lesen.

»Haben Sie hier das Sagen?«, fragte Roosevelt. Als keine Antwort kam, fuhr er fort: »Hören Sie mir bitte zu. Meine Frau ist in Gefahr. Leute sind in mein Haus gekommen. Sie haben gesagt, ich sei ein Transkriptor. Ich weiß nicht genau, was passiert ist, aber meine Frau ist in großer Gefahr. Die Männer … sie haben meine Frau auf diese Art angeschaut, die … Sie wissen schon. Ich muss zu ihr und ihr helfen!«

Der Mann hörte auf zu lesen, schaute Roosevelt an und sagte im Flüsterton: »Ich weiß, was du bist.«

Roosevelt blinzelte. »Bitte?«

Der Mann hatte sich wieder den Papieren zugewandt. »Mein Name ist Tom Monroe. Ich gehöre zum Dezernat für flüchtige Transkriptoren. Und nur ich stehe noch zwischen dir und einem Erschießungskommando.«

Der Mann grinste, rückte seinen Hut zurecht und legte die Hände auf den Tisch. Seine Augen waren blau, mit einem Stich ins Grüne.

»Erschießungskommando?«, sagte Roosevelt. »Das soll wohl ein Witz sein.«

»Sehe ich aus, als würde ich scherzen?«

»Ich will mit demjenigen sprechen, der hier das Sagen hat. Ich habe nichts Falsches getan. Das alles ist ein Missverständnis!«

»Ein Missverständnis.«

»Ja. Ein Missverständnis. Ich bin kein …« Roosevelt hielt kurz inne, dachte nach. »Ich bin nicht das, für was Sie mich halten. Sie dürfen mir nichts tun, weil hier ein Irrtum vorliegt …«

Monroe kratzte sich die Nase, warf sich dann unvermittelt über den Tisch und schlug Roosevelt mitten ins Gesicht. Roosevelts Kopf wurde in den Nacken geschleudert. Funken tanzten vor seinen Augen. Der Metallstuhl grub sich in seinen Rücken; dann sackte sein Körper wieder nach vorne. Er schüttelte den Kopf, hob den Blick. Ihm war schwindelig. Benommen starrte er Monroe an.

»Glaubst du immer noch, dass ich dir nichts tun kann?« Monroe nahm seinen Cowboyhut ab und schaute ihn sich an. »Du gehörst mir. Ich werde dich zurechtbiegen, Junge. Ich werde dich in Form bringen. Verscherz es dir nicht mit mir.«

Roosevelt schwieg. Der Mann war wahnsinnig. Es wäre in der Tat gefährlich, sich mit ihm anzulegen.

»Sag mir, warum du hier bist«, wollte Monroe wissen.

»Ich weiß nicht, warum ich hier bin«, antwortete Roosevelt. Sein Schädel brummte. »Kennen Sie meinen Vater? Er ist ein mächtiger Mann. Er ist …«

Der Cowboy grinste. »Ja. Vielleicht kenne ich ihn.«

»Rufen Sie ihn an. Er wird für mich bürgen.«

»Ich muss ihn nicht anrufen«, sagte Monroe. »Versteh mich nicht falsch, persönlich habe ich kein Problem mit Transkriptoren. Sie arbeiten schwer, sie machen ihren Job, und sie respektieren Autoritäten. Aber mit dir habe ich so langsam ein Problem. Du scheinst dem Programm nicht zu folgen.«

»Ich bin kein Transkriptor!«

»Ich habe in Texas angefangen«, sagte Monroe. »Ich habe Illegale am Rio Grande geschnappt. Mexikaner. Aber nachdem sie die Grenze geöffnet haben, musste ich mir natürlich etwas anderes suchen. So bin ich hier gelandet. Und ich bin gut in meinem Job, verdammt gut. In diesem Raum hier bin ich Gott. Du wirst nicht ohne mich essen. Du wirst nicht ohne mich scheißen. Du wirst nicht ohne mich atmen. Wenn du dann sagst, dass du ein Transkriptor bist …«, Monroe zuckte mit den Schultern, »dann nehme ich an, *bist* du ein Transkriptor.«

»Aber ich bin keiner!«

»Nicht?«

Monroe drehte die Akte herum und deutete mit dem Finger darauf. »Das hier ist die Geschichte von Thomas Roosevelt. Ich habe sie heute Abend gelesen. Und in dieser Geschichte haben unsere Laborratten genetische Anomalien in deinem Blut entdeckt.«

»Anomalien?«

Monroe hob den Finger, drehte die Akte wieder um und las stumm. Eine Minute lang herrschte Schweigen; dann verlor Roosevelt die Geduld und fragte: »Und was hat man gefunden?«

»Wie bitte?« Monroe lächelte. »Ach ja, tut mir leid. Weißt du, ich finde das alles wirklich faszinierend. Ich hätte Medizin studieren sollen.«

»Ich habe Ihnen eine Frage gestellt.«

Monroe lächelte erneut und beugte sich über den Tisch. »Du willst wissen, was sie herausgefunden haben? Schauen wir mal …«

Monroe fuhr mit dem Finger die Zeilen entlang. »Im Blut des Subjekts finden sich weder reverse Transkriptaseproteine noch Retrotransposone oder ihre Derivative vom Typ LINE-1.«

Monroe schaute Roosevelt bedeutungsvoll an.

»Ich weiß nicht, was das heißt«, sagte Roosevelt.

Monroe lachte. »Ich wusste es auch nicht, bis ich gefragt habe. Aber da ist noch mehr. Die Laborratten sagen: ›Nach weitergehenden Untersuchungen ist festzustellen, dass dem Genom des Subjekts jegliche Pseudogene, Retropseudogene, Satelliten, Minisatelliten und Transposone fehlen.‹ So, jetzt weißt du, was im Bericht steht.«

»Aber ich weiß immer noch nicht, was es bedeutet.«

»Das bedeutet, dass deinem Blut eine Menge von dem Scheiß fehlt, den alle anderen haben. Pseudogene und das ganze andere Zeug erfüllt keinen Zweck im Menschen. Wärst du ohne diesen Mist geboren worden, würdest du den Verlust nicht mal bemerken.«

»Und?«

Monroe schüttelte den Kopf. »Fakt ist, dass wir das Zeug zwar nicht brauchen, es aber trotzdem alle haben. Ein kleines Geschenk von Mommy und Daddy. Jeder Mensch hat etwas davon, eine ganze Menge sogar. Du aber nicht.«

»Und was heißt das?«

Monroe lächelte. »Komm schon. Willst du mir etwa sagen, du kapierst immer noch nicht?«

»Was soll ich kapieren?«

»Na gut, dann mache ich eben weiter. Es gibt nur eine Bevölkerungsgruppe auf diesem Planeten, die diesen Mist nicht hat. Weißt du, wer das ist?«

»Nein.«

»Transkriptoren«, erklärte Monroe. »Genetisch konstruierte Menschen. Als die Weißkittel die Transkriptoren erschufen, haben sie diese Dinger bis ins kleinste Detail perfekt gemacht. Und sie haben die ganze Müll-DNA eliminiert, die ohnehin kein Schwein braucht, diese Pseudogene … Himmel, ich kann den Scheiß nicht mal richtig aussprechen.«

»Und was bedeutet das jetzt?«

»Das bedeutet, dass sie deine DNA getunt haben wie einen Rennwagen.« Monroe schaute Roosevelt in die Augen. »Du bist ein Transkriptor, mein Freund.«

Monroe lehnte sich im Stuhl zurück und verschränkte die Arme vor der Brust.

»Ich bin kein Transkriptor!«, erklärte Roosevelt mit Bestimmtheit. »Ich habe Eltern. Ich erinnere mich an sie. Ich war ein ganz normales Kind, habe Laufen gelernt, Schwimmen, Fahrrad fahren. Ich habe …«

»He!« Monroe hob abwehrend die Hände. »*Ich* mache diese Untersuchungen nicht.«

»Ich bin kein Transkriptor.«

»Hör auf mit dem Mist. Du weißt, was du bist. Du bekommst keinen Anwalt, und du bekommst keinen Prozess, denn Transkriptoren sind von Anfang bis Ende Staatseigentum. Du hast keine Rechte. Die Verfassung gilt nicht für dich.«

»Hören Sie, wenn ich einen Anruf machen könnte … Lassen Sie mich meinen Vater anrufen. Meine Frau ist in Gefahr …«

Monroe griff in seine Hemdtasche, holte einen kleinen Stapel altmodischer Fotoabzüge heraus und legte ihn vor Roosevelt auf den Tisch. Die Bilder zeigten ein Zimmer. Ein Bett. Zwei Leichen. Blut auf dem Boden und den Laken.

»Ist das hier auch ein Fehler?«, wollte Monroe wissen und deutete mit dem Kopf auf die Bilder.

Roosevelt zuckte entsetzt zusammen. »Was ist das?«

»Zwei Leichen. Ziemlich übel zugerichtet, selbst für einen Transkriptor«, sagte Roosevelt. »Jack Smalls und seine Frau. Ich glaube, sie haben mit dir zusammengearbeitet.«

»Ja, sicher. Ich meine, ich habe nicht *direkt* mit ihnen zusammengearbeitet. Smalls war im Labor beschäftigt«, sagte Roosevelt. »Ich erinnere mich, von den beiden gehört zu haben. Aber was hat das mit mir zu tun?«

»Jaaa …«, sagte Monroe gedehnt. »Warum hast du es getan?«

»Warum habe ich was getan?«

»Komm schon. Du weißt, wer Smalls und seine Frau gekillt hat.«

Roosevelt schüttelte den Kopf. »Ich verstehe nicht. Wer …«

»Du, du gottverdammte Bestie! Du hast sie um die Ecke gebracht, hast dich dann wieder in dein nettes kleines Leben geschlichen und geglaubt, niemand würde es je herausfinden.«

»Ich?«, stieß Roosevelt geschockt hervor.

»Man hat unter den Fingernägeln des weiblichen Opfers Transkriptorenzellen gefunden. Du hast mit dem männlichen Opfer zusammengearbeitet. Und du bist ein Transkriptor. Klingt ziemlich plausibel für mich.«

»Das reicht aber nicht. Ich habe sie nicht umgebracht. Was ist nur los mit Ihnen?«

»Mir reicht es. Und der TFU reicht es ebenfalls. Du wirst wieder der Obhut des Staates unterstellt. Die werden entscheiden, was weiter mit dir passiert. Vermutlich wirst du in einem Transkriptorenlager interniert. Ich weiß es nicht, und es interessiert mich auch nicht. Du bist nicht mehr mein Problem. Vielleicht werden sie dich auch vor ein Erschießungskommando stellen, aber das bezweifle ich. Die werden schon irgendeine Verwendung für dich finden. Du bist einfach zu teuer.«

Das kann nicht sein!, dachte Roosevelt. Er musste hier raus. Er musste zu Dolce zurück. Sie war jetzt am wichtigsten. Was immer er dafür tun musste, er würde zu ihr zurückkehren.

»Du denkst vermutlich gerade, dass das alles nicht sein kann«, sagte Monroe, stand auf und rückte seinen Hut zurecht. »Das denkt jeder, und dann werden sie geschnappt. Du hast gut zwanzig Jahre in unserer Welt gelebt. Jetzt wird es Zeit, wieder in deine Welt zurückzukehren.«

Eine Tür öffnete sich im hinteren Teil des Raumes, und zwei Beamte kamen mit erhobenen Schlagstöcken herein. Einer schlug zu, doch Roosevelt wich zur Seite aus, und der Knüppel traf ihn schmerzhaft an der Schulter. Roosevelt stieß mit dem Kopf zu und trieb dem Beamten die Luft aus den Lungen.

»Das stimmt alles nicht! Ich bin kein Transkriptor!«, schrie er. Dann krachte der zweite Schlagstock auf seinen Schädel, und er versank in undurchdringlicher Schwärze.

Tief unterhalb der Wall Street, verborgen in einem verlassenen U-Bahn-Tunnel, schaute Queen Elizabeth sich den Grundriss des Metropolitan Museum of Art an. Der U-Bahn-Tunnel war lang und voller Gemälde und sonstiger Kunstwerke. Skulpturen standen neben alten Fahrscheinschaltern, und die verrosteten Schienen darunter wurden schon seit langer Zeit nicht mehr benutzt. In einem alten Waggon war ein Planungsbüro eingerichtet worden, und hier hatte Queen Elizabeth den Grundriss nun auf einem Tisch ausgebreitet.

Sie und die anderen war zu der Überzeugung gelangt, dass man mit der Kunst auch die Seele studierte. Und die Seele war das, was sie von den Menschen unterschied. Wenn sie irgendwie beweisen könnten, dass auch Transkriptoren eine Seele besaßen, würde es sie auf eine Stufe mit den Menschen heben. Sie würden der Welt zeigen, dass sie mehr waren als Gegenstände, als Geräte die man in irgendeinem Labor gezüchtet hatte. Sie waren lebendiges Fleisch mit einem inneren Licht, das auch nach dem Tod noch leuchtete.

Doch Transkriptoren war es nicht gestattet, Kunst zu besitzen. Also blieb ihnen nur eine Möglichkeit: Sie mussten sie stehlen.

Das Planungsbüro war mit zwei großen Monitoren ausgestattet. Kabelbündel liefen an der dunklen, feuchten Decke entlang, doch die Luft im Waggon war kühl und trocken. Queen Elizabeth saß entspannt am Tisch. Um sie herum waren ein halbes Dutzend Transkriptoren versammelt, die gemeinsam mit ihr die Pläne studierten.

Plötzlich flog die Tür auf. Alle drehten sich um, als Kriegsadmiral den Raum betrat.

»Wir haben ihn gefunden«, verkündete er. Seine Augen funkelten aufgeregt.

»Gefunden? Wen?«, fragte Queen Elizabeth.

»Der, auf den wir gehofft haben.«

Queen Elizabeth setzte sich auf. »Wo?«

»Er ist hier, in New York. Unsere Rechner haben aufgeschnappt, wie jemand seine DNA gescannt hat.«

»Und er ist wirklich ein *Er*?«, fragte Queen Elizabeth. Sie klang ein wenig enttäuscht. Dabei war dieser Moment alles andere als enttäuschend. Nach jahrelanger Suche hatten sie endlich *ihn* gefunden.

»Ja. Er heißt Roosevelt und arbeitet für Genico.«

Queen Elizabeth schaute die anderen der Reihe nach an und lächelte.

»Aber es gibt auch schlechte Nachrichten«, sagte Kriegsadmiral.

»Und welche?«

»Die TFU hat ihn. Sie haben auch den Scan gemacht, der uns auf seine Spur geführt hat. Ich habe mich ins Netz der TFU gehackt. Es sieht so aus, als hätte man ihnen einen Tipp gegeben, woraufhin sie ihn in seiner Wohnung geschnappt haben.«

»Oh nein«, sagte Queen Elizabeth. »Wissen sie, wer er ist?«

»Ich glaube nicht. Noch nicht.«

Queen Elizabeth nickte, trommelte einen Moment lang

mit den Fingern auf den Tisch, schob dann den Plan beiseite und rief einen Stadtplan von Manhattan auf den Monitor. Sie hatten nicht viel Zeit. Sie mussten sofort handeln.

»Wo haben sie den Scan gemacht?«, wollte sie wissen.

»Den ersten in Brooklyn«, antwortete Kriegsadmiral. »Den zweiten im Hauptquartier der TFU, fast genau über uns.«

Ein kleiner roter Punkt erschien auf dem Stadtplan, an der Kreuzung Beaver und Pearl Street im übervölkerten Lower Manhattan. Queen Elizabeth betrachtete den Punkt ein paar Sekunden lang; dann wandte sie sich vom Monitor ab. »Wir müssen versuchen, ihn uns zu holen, bevor sie ihn auf die Insel bringen.«

»Ich glaube nicht, dass wir für so eine große Aktion schon bereit sind«, gab einer der Transkriptoren zu bedenken. »Man wird ihn in einem gepanzerten Fahrzeug transportieren. Wir brauchen mehr Zeit.«

»Ich übernehme das«, sagte Kriegsadmiral und trat vor.

»Bist du sicher?«, fragte Queen Elizabeth.

»Ich bin bereit.«

»Gut. Dann lasst ihn uns zurückholen. Nachdem wir so lange nach ihm gesucht haben, werden wir ihn jetzt nicht aufgeben.«

Im TFU-Transporter

Roosevelt öffnete die Augen. Da war ein Geräusch gewesen. Kurz blieb er auf dem kalten Metallbett liegen und starrte an die Decke. Sein Kopf pochte noch immer von dem Schlag, den er abbekommen hatte … Wann war das gewesen? Gestern? Vorgestern? Vor einer Stunde?

Er rollte sich auf die Seite und blickte sich in seiner Zelle um. Nein. Es war keine Zelle, sondern der Laderaum eines Trucks. Drei andere Personen waren bei ihm. Sie trugen orangefarbene Overalls und weiße Sneakers.

Roosevelt setzte sich auf. Er schaute an sich hinunter und sah überrascht, dass er genau wie die drei Leute gekleidet war, die bei ihm waren. Der Truck rumpelte über die Straße. Offenbar wurden sie irgendwohin transportiert. Was hatte Monroe noch mal gesagt? Zuerst würde man ihn der Obhut des Staates übergeben und dann in einem Transkriptorenlager internieren.

Aber wohin der Truck ihn bringen mochte – es war ein Ort, an den Roosevelt nicht wollte.

Die anderen drei starrten mit leerem Blick an die Wand. Sie sahen zäh und hart aus; ihre Gesichter waren voller alter Narben, die Nasen mehrfach gebrochen. Keiner schenkte Roosevelt auch nur die geringste Aufmerksamkeit. Erst als er die Beine ausstreckte, blickte einer der anderen zu ihm, schüttelte den Kopf und grollte: »Nicht.« Roosevelt lehnte sich zurück, und der Mann starrte wieder an die Wand.

Offenbar waren er und seine Leidensgefährten misshandelt worden, doch Roosevelt konnte sich nicht erinnern, im Verhörzimmer geschlagen worden zu sein. Er konzentrierte sich auf Monroe und rief sich dessen Fragen ins Gedächtnis. Ja, richtig: Sie hielten ihn für einen Transkriptor, der einen Mord begangen hatte. Offensichtlich hatte es da irgendeinen schrecklichen Irrtum gegeben. Nun, sobald er ein Telefon in die Finger bekam, würde er die Anwälte von Genico anrufen. Die konnten dann weitere Untersuchungen anordnen, die beweisen würden, dass er ein Mensch war. Die Anwälte würden ihn aus diesem verdammten Käfig holen.

Dann kam ihm ein anderer Gedanke. Wenn man ihn unter einer falschen Anklage festnehmen und einsperren konnte, wie viele andere waren dann noch fälschlich als Transkriptoren verurteilt worden? Es mussten Hunderte sein, vielleicht sogar Tausende. Und einige von ihnen waren bei den Spielen gestorben; davon war Roosevelt überzeugt.

Er war so in Gedanken, dass er gar nicht bemerkte, wie das gepanzerte Fahrzeug hielt. Die drei anderen Männer schauten einander an, als würden sie stumm kommunizieren. Dann zogen sie die Beine an und steckten die Köpfe zwischen die Knie. Die Haltung kam Roosevelt irgendwie vertraut vor.

Plötzlich war draußen der schwere Diesel eines sich nähernden Lastwagens zu hören. Das Grollen des Dieselmotors wurde immer lauter. Die drei Männer hielten weiterhin die Köpfe zwischen den Knien. Crashhaltung!, schoss es Roosevelt durch den Kopf. Im selben Augenblick wurde er gegen die Decke des Trucks geschleudert, dann gegen die Wand und auf den Boden. Er schrie auf, schnappte nach Luft. Da seine Hände noch immer hinter dem Rücken gefesselt waren, konnte er sich nicht schützen und schlug mit dem Kopf auf die harte Kante der Metallbank. Lichter flirrten vor seinen Augen, und er hatte Mühe, bei Bewusstsein zu bleiben.

Dann war mit einem Schlag alles vorbei. Roosevelt lag benommen und regungslos auf der zersplitterten Seitenwand des Lasters. Die drei Männer lagen um ihn herum. Zwei von ihnen stöhnten und versuchten verzweifelt, sich aufzurichten. Der dritte rührte sich nicht mehr. Draußen waren Schritte zu hören; dann erwachte eine Säge surrend zum Leben, und ein Kreischen ertönte, als Metall aufgeschnitten wurde. Augenblicke später wurde die Tür aufgebrochen. Asphalt schimmerte durch den Spalt.

Ein Kopf in schwarzer Skimaske erschien. Hände wurden ausgestreckt und zogen Roosevelt aus dem zerstörten Fahrzeug. Er brach auf dem Asphalt zusammen und rollte sich auf den Rücken. Trotz bohrender Kopfschmerzen registrierte er verschwommen, dass er sich am Rand der Schnellstraße in südlicher Fahrtrichtung befand; in der Ferne war die Williamsburgh-Brücke zu sehen. Ein gepanzerter Transkriptorentransporter lag auf der Seite; ein Sattelschlepper hatte sich förmlich in seine Unterseite gebohrt. Neben dem Schlepper stand ein nagelneuer schwarzer BMW.

Vier maskierte Gestalten zogen Gefangene in orangefarbenen Overalls aus dem Transporter. Mit einem Mal erkannte Roosevelt, dass er in eine Befreiungsaktion der Transkriptoren geraten war. Es waren die Rebellen! Eine der Gestalten schaute ihn an und nickte. Roosevelt spürte, wie die Handschellen in seinem Rücken geöffnet wurden.

Die maskierte Gestalt legte ihm eine behandschuhte Hand auf die Schulter; dann hörte er zu seiner Überraschung eine Frauenstimme hinter der Maske sagen: »Du bist frei, Bruder.«

Ein Schuss dröhnte, und alle duckten sich instinktiv. Weitere Schüsse folgten. Einer der TFU-Beamten feuerte wild um sich, und die Windschutzscheibe des BMW zersprang in tausend Scherben.

Der Rest der befreiten Transkriptoren verschwendete keine Zeit. Zwei von ihnen sprangen über die Leitplanke und rannten in Richtung Stadt. Der dritte rührte sich noch immer nicht. Offensichtlich hatte er beim Aufprall das Bewusstsein verloren oder war getötet worden. Von den Schüssen zurückgetrieben, stiegen die Maskierten wieder in den BMW auf dem Standstreifen. Mit kreischenden Reifen raste der Wagen auf Roosevelt zu, und die Hintertür flog auf.

»Einsteigen!«

Immer noch fielen Schüsse. Kugeln schlugen durch die Wagentür. Irgendjemand im Inneren schrie vor Schmerz. Der Wagen beschleunigte wieder, ohne dass Roosevelt eingestiegen war, und jagte mit geöffneter Tür über den Freeway. Sekunden später wurde die Tür zugeworfen.

Roosevelt war allein.

Autos hielten auf beiden Fahrbahnen. Roosevelt wankte auf einen der Wagen zu, einen silbernen Toyota mit einer jungen Blondine am Steuer, die am Seitenstreifen stehen geblieben war. Roosevelt winkte der jungen Frau. Sie schaute ihn verängstigt an; dann legte sie hastig den Gang ein und jagte davon. Roosevelt blieb stehen und schaute an seinem orangefarbenen Overall herunter. Kein Wunder, dass die Frau Angst bekommen hatte: Er sah wie ein entflohener Sträfling aus – und das war er ja auch.

Nun, die Polizei würde gleich hier sein. Roosevelt beschloss, auf die Beamten zu warten; dann würde sich alles klären.

Irgendetwas raschelte hinter ihm. Eine der Wachen versuchte, aus der zerstörten Fahrerkabine zu klettern. Roosevelt drehte sich zu dem Wächter um und hob instinktiv die Hände.

»Kei… keine Bewegung!«, stieß der Mann schwer atmend hervor. Er hatte klaffende Wunden an Stirn und Wange, und sein Hemd war blutgetränkt. Noch immer steckte er halb in der Fahrerkabine; schien festgeklemmt zu sein. Roosevelt trat einen Schritt vor, um zu helfen.

Der Wächter hob die Pistole, war aber zu schwach, um einen Schuss abzugeben. Roosevelt sah, wie die Waffe in der Hand des Mannes zitterte. Hinter ihm löste sich allmählich der Stau auf; die Leute wollten nichts wie weg vom Ort der Schießerei. In der Ferne entdeckte Roosevelt ein flackerndes Blaulicht, das rasch näher kam.

Roosevelt warf sich herum und rannte davon.

Queen Elizabeth riss ihre Maske herunter, während der BMW in Richtung Süden jagte. Hinter ihnen verschwand der umgestürzte Gefangenentransporter in der Ferne; nur die Flammen am Rand des Highways waren noch zu sehen. Schüsse peitschten in rascher Folge.

Eine Kugel hatten die Heckscheibe des BMW zerstört, und Queen Elizabeth musste schreien, um sich über den Lärm hinweg verständlich zu machen. »Wir müssen umkehren!«

Auf dem Rücksitz stöhnte Kentucky Morning vor Schmerz. Sein Jackett war an mehreren Stellen blutdurchtränkt. Hinter ihnen peitschte ein letzter Schuss; dann schoss der BMW über eine Kuppe und war außer Sicht.

»Hat es dich erwischt?«, fragte Queen Elizabeth.

Kentucky Morning nickte und drückte die Hand auf die Schulter. »Fahrt einfach. Ich komme schon wieder in Ordnung …«

Die vierte Transkriptorin, Outback, nahm ebenfalls die Maske ab. Ihr Gesicht war verschwitzt. Sie griff unter den Sitz und zog einen Erste-Hilfe-Kasten hervor. Queen Elizabeth streckt einen Arm nach hinten aus und riss Kentucky Mornings Jacke auf. Blasses, zerfetztes Fleisch kam darunter zum Vorschein. Direkt unter dem Schlüsselbein klaffte ein Einschussloch.

Queen Elizabeth hatte schon genug Schussverletzungen gesehen, um zu wissen, dass Kentucky Morning sterben würde, bevor sie einen sicheren Ort erreichten. Sie nahm seine Hand.

Die Blaulichter der TFU-Fahrzeuge, die auf dem Weg zur Unfallstelle waren, jagten an ihnen vorbei, während über dem Fluss ein Helikopter kreiste und die Wasseroberfläche mit einem Scheinwerfer absuchte.

Sie hatten Roosevelt zurückgelassen – nach all den Jahren, die sie mit der Suche nach ihm verbracht hatten. Roosevelt war auf sich allein gestellt. Ohne Ausbildung oder Anleitung würde man ihn nach einer Stunde schnappen oder töten, und dann war alles verloren.

Wut erfasste Queen Elizabeth, vermischt mit Verzweiflung, doch ein neuerliches Stöhnen von Kentucky Morning riss sie aus ihren Gedanken. Kriegsadmiral bog an der alten Brooklyn Bridge, deren zerstörte Pfeiler wie abgebrochene Zähne in den Nachthimmel ragten, vom Highway ab, lenkte den Wagen unter die Brücke und in Richtung South Street. Schließlich hielt er in einem leerstehenden Lagerhaus, das einst zum Fischmarkt gehört hatte.

Kriegsadmiral stieg aus, ließ das Rolltor herunter und schaltete das Licht in der Halle ein. Obwohl das Lagerhaus seit Jahren nicht mehr genutzt wurde, waren noch Spuren aus früheren Zeiten zu sehen: Leere Holzkisten verrotteten neben einem defekten Lastenaufzug, und von den Wänden hingen große Haken und Verkaufsschilder.

»Er muss aus dem Wagen«, sagte Kriegsadmiral, öffnete die

Tür zum Fond, packte Kentucky Morning an der Schulter, zog ihn langsam vom Sitz und legte ihn auf den Beton.

»Zu spät.« Queen Elizabeth griff nach dem Arm von Kriegsadmiral. »Er ist tot.«

Kriegsadmiral ließ den Kopf hängen. Queen Elizabeth ging zum Fenster und schaute über den East River hinweg nach Brooklyn. In der Ferne war zu sehen, wie die TFU-Helikopter noch immer über dem Tatort kreisten. Dort, irgendwo im Norden, befand sich Roosevelt. Falls er überhaupt eine Chance hatte, bestand sie darin, so schnell wie möglich zu fliehen.

Roosevelt rannte, so schnell er konnte, flankte über die Leitplanke und sprintete auf mehrere große Gebäude in der Nähe zu. Dort angekommen, drückte er sich in die Schatten, orientierte sich rasch und stellte fest, dass er sich an der 14th Street in Lower Manhattan befand. Streifenwagen des New York Police Departments jagten an ihm vorbei zur Unfallstelle.

In der Nähe des Gebäudes, im Schatten eines Ladedocks, stand ein schmutzig grüner Müllcontainer. Roosevelt huschte dorthin und kletterte hinein, obwohl der Gestank kaum zu ertragen war. Er zog sich den orangefarbenen Overall aus und durchwühlte den Müll, bis er einen Beutel mit einem verdreckten weißen T-Shirt fand. Er zog es an und riss das Oberteil des Overalls ab, sodass nur die Hose blieb. Dann schaute er an sich hinunter. Ein flüchtiger Beobachter konnte ihn für einen Penner halten. Es war eine schlechte Verkleidung, aber besser als gar keine.

Roosevelt kletterte aus dem Container. Das Gebäude vor ihm gehörte zu einem Komplex, der sich über fünf Blocks in Richtung Norden erstreckte. Zwischen jedem Gebäude war ein kleines parkähnliches Grundstück, das von Gehwegen durchzogen wurden. Straßen gab es hier nicht, deshalb sah Roosevelt keine Streifenwagen.

Er lief wieder los, eilte an gepflegten Rasenflächen und dunklen Apartmentfenstern vorbei. Er musste Dolce finden. Wenn er sich nicht völlig verrechnet hatte, war es noch gar nicht so lange her, dass er sie in ihrer Wohnung zurücklassen musste. Sie könnte immer noch dort sein.

Roosevelt bog nach Norden auf die 14th Street ein und bewegte sich über leere Grundstücke parallel zur 1st Avenue. Vor sich sah er das Leuchten eines Bankautomaten und eilte darauf zu. Seine Kreditkarten waren gesperrt, aber sein Konto vielleicht noch nicht. Er drückte den Daumen auf den Bioscanner und gab seine PIN-Nummer ein. Er atmete auf: Das Gerät gewährte ihm Zugriff auf sein Konto. Roosevelt hob den Höchstbetrag ab und trat wieder hinaus auf die 1st Avenue. Er schätzte, dass er nur zehn bis zwanzig Minuten hatte, bis sein Bild auf jeder Videoleinwand in der Stadt erschien.

Er winkte einem vorbeifahrenden Taxi. Der Fahrer hielt. Roosevelt sprang in den Fond und nannte seine Adresse; dann lehnte er sich zurück und befingerte Dolces Silberkreuz. Er war entschlossen, sie zu finden. Dann würden sie gemeinsam die Stadt verlassen und sich verstecken. Anschließend würde er seinen Anwalt kontaktieren und dafür sorgen, dass ein neuer Gentest vorgenommen wurde. Und dieser Test würde endlich beweisen, dass er kein Transkriptor war und dass er Smalls und dessen Frau nicht ermordet hatte. Dann würde er sich den Behörden stellen.

Doch im Augenblick war es hier zu gefährlich. Der TFU-Transporter war von Transkriptorenrebellen angegriffen worden. Roosevelt hatte sie in den Nachrichten gesehen. Schon seit den ersten Spielen hatten die Rebellen immer wieder Transkriptoren befreit.

Das Taxi schlängelte sich durch den Verkehr, und Roosevelt sah kein Blaulicht hinter ihnen. Im Moment schien er in Sicherheit zu sein. Aber er musste in seine Wohnung, denn die Wahrscheinlichkeit war groß, dass Dolce dort immer noch festgehalten wurde.

Dreißig Minuten später hielt das Taxi vor seinem Haus. Roosevelt zahlte und sprang aus dem Wagen, eilte am Pförtner vorbei und in den Aufzug. Er hatte nicht viel Zeit. Die TFU hatte vielleicht schon einen Bioscan von ihm aus dem Taxi.

Die Aufzugtür glitt zur Seite, und Roosevelt trat hinaus in den Flur. Vor seiner Wohnung standen zwei TFU-Beamte. Roosevelt stürmte los, überwand mit wenigen Schritten die Distanz zu den beiden Männern. Einer von ihnen drehte sich um. Für einen Sekundenbruchteil stand ihm die Überraschung ins Gesicht geschrieben, dann schlug Roosevelt auch schon zu. Der zweite Mann griff nach seinem Schlagstock, doch Roosevelt traf ihn hart mit dem Ellbogen und schleuderte ihn zurück. Der Mann prallte mit dem Kopf gegen den Türrahmen und brach zusammen.

Roosevelt schnappte sich den Schlagstock, stieg über die beiden Männer hinweg und betrat die Wohnung. Der Wohnraum war leer, doch aus dem Schlafzimmer kamen gedämpfte Geräusche. Roosevelt schlich den Flur hinunter. Die Tür war geschlossen; dahinter hörte er einen Mann leise irgendetwas sagen. Dann folgte der gedämpfte Schrei einer Frau. Roosevelt wusste, wer diesen Schrei ausgestoßen hatte.

»Ich komme, Baby«, flüsterte er.

Mit Wucht trat er die Tür auf. Drinnen sah er Dolce, die nackt in einer Ecke kauerte. Chief Piper stand mit entblößtem Oberkörper vor ihr und machte sich gerade die Hose auf. Kurz schauten die beiden Männer sich in die Augen; dann schwang

Roosevelt den Schlagstock. Die Waffe traf den Chief am Kopf. Er wurde nach hinten gegen das Fenster geschleudert, das beim Aufprall des schweren Körpers Risse bekam. Dann brach Piper zusammen.

»Roosevelt!« Dolce fiel ihm um den Hals. Ihr Gesicht war tränenüberströmt. »Gott sei Dank! Was ist hier eigentlich los?«

»Ich habe keine Ahnung«, antwortete Roosevelt und drückte ihren Kopf an seine Brust. »Alles in Ordnung?«

Sie nickte.

Er nahm ein Laken vom Bett und legte es um sie.

»Wir müssen von hier verschwinden«, sagte er.

Plötzlich verspannte Dolce sich. Roosevelt fuhr herum und sah zwei TFU-Beamte in der Tür, die ihre Waffen auf ihn gerichtet hatten.

»Keine Bewegung!«, rief einer der TFU-Leute. Sie waren zu weit entfernt, als dass Roosevelt die Distanz hätte überwinden können, bevor sie ihre Waffen abfeuerten. Langsam hob er die Hände über den Kopf.

Piper rührte sich wieder. Stöhnend setzte er sich auf. Blut lief ihm über die Schläfe.

»Näher kommen!«, befahl der TFU-Beamte. »Umdrehen!«

Roosevelt gehorchte. Wieder legte man ihm Handschellen hinter dem Rücken an. Chief Piper stand unsicher auf und musterte Roosevelt wütend.

»Für wen hältst du dich eigentlich?«, fragte er. Dann ging er zum Nachttisch und nahm die Pistole auf, die er dort abgelegt hatte. »Du verstehst mich einfach nicht, stimmt's? Vielleicht habe ich mich nicht klar genug ausgedrückt.«

Chief Piper ging zu Dolce, hielt ihr die Waffe an den Kopf und drückte ab. Kugel dringt in Hirn. Hirn schaltet ab.

Roosevelt schrie entsetzt auf, als Dolce zu Boden fiel und ihr Körper erschlaffte.

»Was für eine Verschwendung«, bemerkte Piper und starrte auf Dolces Leiche.

Roosevelt begann unkontrolliert zu zittern. Es war nichts mehr übrig. Selbst sein Blut schien sich in Asche zu verwandeln. Einer der TFU-Beamten wandte den Blick ab.

»Was soll jetzt mit ihm geschehen?«, fragte jemand.

Piper erwiderte: »Die Braves brauchen immer Opfer.«

Roosevelt wurde aus dem Zimmer geschleppt. Er hatte keine Kraft mehr. Er spürte nur noch, wie ein TFU-Beamter ihm eine Spritze in die Schulter stieß, dann versank er in undurchdringlicher Schwärze.

Roosevelt öffnete die Augen. Es war dunkel. Er lag auf einer harten Bank und spürte kaltes Metall auf der Haut. Um ihn herum bebten Wände und Boden. Wieder war er in einem Fahrzeug und wurde irgendwohin gebracht. Die Finsternis war undurchdringlich. Sein Kopf schmerzte. Stöhnend fuhr er sich mit den Fingern über die Stirn und ertastete eine Schwellung und getrocknetes Blut. Noch einmal durchlebte er die letzten Stunden wie einen Albtraum.

Dolce war tot.

Roosevelt strich mit der Hand über die Wand. Sie war glatt, schien aus Metall zu sein und vibrierte leicht. Vermutlich befand er sich wieder in einem gepanzerten Truck. Nur würde es diesmal keinen Befreiungsversuch mehr geben. Mühsam stand er auf und bewegte sich nach vorne in der Absicht, gegen die Wand zu hämmern, bis ihn jemand hörte. Das Motorengeräusch wurde lauter, je weiter er nach vorne kam. Schließlich hob er die rechte Faust und schlug gegen das Metall.

»Wenn ich an deiner Stelle wäre«, sagte eine Stimme von hinten, »würde ich das bleiben lassen.«

Roosevelt fuhr herum und erstarrte, den Rücken gegen die kalte Wand gepresst. Er versuchte, den Sprecher zu erkennen, konnte in der Dunkelheit aber nichts sehen.

»Entspann dich«, sagte die Stimme. »Wir sind gleich da.«

»Wer sind Sie?«, fragte Roosevelt.

»Ich bin niemand«, antwortete die Stimme. »So wie du jetzt auch.«

Saxton trug ein blaues Poloshirt und eine getönte Brille. Er saß hinter seinem Tisch und schaute hinaus auf den Battery Park. Irgendjemand klopfte an die Tür, und Saxton drehte sich um. Amy stand dort.

»Komm rein«, forderte er sie auf.

Amy stellte ihm seinen Kaffee auf den Tisch. Ihre Augen waren verweint.

»Ist das Outfit neu?«, fragte Saxton und ignorierte ihren Schmerz. Die ganze Firma wusste, was mit Roosevelt und Dolce war. Saxton hatte noch nie so viele traurige Gesichter gesehen. Das mit Dolce war ein Fehler gewesen. Die TFU hatte es mit ihr übertrieben. Aber Saxton durfte nicht zulassen, dass er deswegen ein schlechtes Gewissen bekam. Mama würde den Schmerz dämpfen und die Schuldgefühle unterdrücken. Mama half immer.

Amy trug eine schwarze Hose, dazu ein dunkles Jackett. »Ja«, beantwortete sie seine Frage. »Gefällt es dir?«

Saxton musterte sie von Kopf bis Fuß. »Nein. Du siehst aus wie auf einer verdammten Beerdigung. Warum ziehst du nicht was Buntes an?«

Nach dieser Stichelei fühlte er sich besser. Die arme Amy, sein persönlicher Punchingball.

»Was Buntes? Bist du sicher?«

Saxton drehte sich wieder zum Fenster um, doch Amy blieb in der Tür stehen, und nach einem Moment wandte Saxton sich ihr wieder zu. »Du stehst da wie angewurzelt«, sagte er. »Wo liegt das Problem?«

»Dein Vater.«

Saxtons Brust zog sich zusammen. »Was ist mit ihm?«

»Er will dich sehen.«

»In Ordnung. Danke.«

»Ich habe das mit deinem Bruder gehört«, fügte Amy verlegen hinzu. »Es tut mir leid.«

Saxton nahm die Brille ab, blickte sie kurz an und entgegnete: »Ich bin zwar ein paar Mal über dich drübergerutscht, aber lass uns diese Beziehung professionell halten, ja?«

Amy drehte sich um und flüchtete förmlich aus dem Zimmer.

»Danke für dein Beileid!«, rief Saxton ihr hinterher.

Er setzte die Brille wieder auf und murmelte vor sich hin: »Daddy will mich sehen.«

Der Aufzug war leer, als Saxton ihn betrat. Eine attraktive Blondine wollte sich zu ihm gesellen, doch Saxton hob die Hand. »Tut mir leid«, sagte er, »der Lift ist voll.«

Die Blondine schaute ihn verwirrt an, trat dann aber einen Schritt zurück. Die Aufzugtür schloss sich vor ihrer Nase. Aus den Lautsprechern erklang eine Instrumentalversion von Phil Collins' »In The Air Tonight«. Saxton summte mit und drückte den Stoppknopf. Dann holte er zwei elastische Baumwollschoner aus der Tasche und zog sie über seine Gucci-Schuhe. Einen dritten Schoner setzte er sich auf den Kopf. Dabei zuckte er unwillkürlich zusammen, als er spürte, wie seine Frisur durcheinandergeriet. Zum Schluss streifte er sich Latexhandschuhe über, zog eine K-9-Pistole unter dem Gürtel hervor und lud sie durch. Dann drückte er wieder den Aufzugknopf. Mit einem

Ruck setzte der Lift sich wieder in Bewegung. Saxton pfiff mit Phil Collins mit und warf sich eine Vicodin und zwei Aufheller ein.

Er pfiff noch immer, als die Tür sich öffnete und er das Stockwerk seines Vaters betrat. Saxton ging durch bis zum Büro. Das Vorzimmer war leer, und der Stuhl, in dem sein Vater hinter dem riesigen Marmortisch saß, war von der Tür weggedreht. Im Kamin loderte ein virtuelles Feuer; daneben tickte eine große alte Standuhr neben den vergoldeten Schüreisen.

Saxton Senior rührte sich nicht, auch nicht, als sein Sohn näher kam.

»Hi, Dad«, sagte Saxton gut gelaunt.

Keine Antwort, keine Bewegung. Saxton streckte die Hand aus und tippte auf die Stuhllehne. Keine Reaktion. Schließlich drehte Saxton den Stuhl um und schaute seinem Vater ins Gesicht.

Die Haut des alten Mannes war kreidebleich, sein Mund geöffnet, und seine Augen starrten leer zur Decke hinauf. Erschrocken wich Saxton einen Schritt zurück. Er blickte sich um, um sicherzugehen, dass er allein war. Dann schaute er seinen Vater genauer an.

War er tot?

Saxton nahm den Haarschoner vom Kopf und steckte die Pistole in die Tasche. Sein Vater musste irgendwann in der Nacht gestorben sein. Die Ironie entging Saxton nicht, und eine Woge der Erleichterung brach über ihn herein.

Er zog sein Handy aus der Tasche und wählte eine Nummer. Nach dem zweiten Klingeln wurde abgehoben.

»Wie geht es Ihnen heute, General?«, fragte Saxton.

»Wie es mir geht?«, erwiderte General Washington. »Ich frage mich, ob Sie noch immer meine Lieferung garantieren können. Ich habe gehört, Sie hätten gewisse Probleme mit dem Management.«

»Es hat eine überraschende personelle Umstrukturierung bei Genico gegeben. Aber ich kann Ihnen persönlich garantieren, dass Sie Ihre Lieferung Ende des Monats haben werden.«

Der General schwieg ein paar Augenblicke; dann fragte er: »Sind Sie sicher?«

»Ich war mir noch nie im Leben so sicher.«

Saxton legte auf, setzte sich auf die Schreibtischkante seinem Vater gegenüber und betrachtete den alten Mann. Nur mit Mühe konnte er die Tränen zurückhalten. Mit einem Mal war Saxton wieder acht Jahre alt und hielt Daddys Hand. Er fühlte sich ihm so nahe wie seit Jahren nicht mehr. Er liebte den alten Mann. Wenn sein Vater doch nur genauso empfunden hätte!

Zweiter Teil

Das Licht brannte sich förmlich in Roosevelts Hirn. Er drehte sich auf den Rücken, und die Sonne stach durch seine geschlossenen Augenlider. Sein Kopf pochte; gleichzeitig drehte sich ihm der Magen um. Ihm war dermaßen übel, dass er würgen musste.

»Roosevelt«, sagte eine Stimme über ihm, die im Licht verborgen war. »Wach auf.«

Langsam öffnete Roosevelt die Augen. Er lag auf einem staubigen Untergrund. Über ihm zeichnete sich eine dunkle Gestalt vor der grellen Sonne ab. »Gut geschlafen?«

Roosevelt setzte sich auf, wischte sich über den Mund und rieb sich die Stirn. Mit der Hand schützte er die Augen vor dem Licht und erkannte ein vertrautes Gesicht. Regal Blue, der Leibwächter seines Vaters, schaute mit seinem gesunden Auge auf ihn hinunter. Roosevelt sprang auf. Wenn Regal Blue hier war, konnte sein Vater nicht weit sein.

Die plötzliche Bewegung ließ Roosevelt wanken. Er drückte sich die schmutzigen Fingerspitzen an die Stirn, um gegen eine neuerliche Woge der Übelkeit anzukämpfen.

»Wo bin ich?«, brachte er mühsam hervor.

»Im Trainingslager.«

»Wo ist mein Vater?«

Der Schlag mit dem Gewehrkolben traf ihn mit voller

Wucht in die Magengrube und trieb ihm die Luft aus der Lunge. Beinahe wäre er gestürzt. »Seid still!«, befahl der Wachmann von der TFU.

Wütend trat Regal Blue einen Schritt vor, hielt dann aber inne. Seine Miene entspannte sich, und er starrte in eine unbestimmte Ferne. Roosevelt rang nach Atem und richtete sich mühsam auf. Er blickte dem Wachmann nicht in die Augen. Stattdessen sah er sich um. Zusammen mit einer Handvoll weiterer Transkriptoren stand er am Rand einer staubigen Landzunge, die zu den Klippen hin abfiel. Unter ihnen erstreckte sich das Meer. Wellen brachen sich an den Felsen und schleuderten Schaum wie Funken in die Luft. Bleiche Objekte trieben im Wasser. Roosevelt sah genauer hin. Es waren tote Transkriptoren.

»Pass auf«, sagte der Wachmann und nickte über das staubige Feld, das sich vor ihnen erstreckte. Transporter fuhren heran. Wachen öffneten die Türen und luden Transkriptoren aus. Insgesamt waren es elf Männer, die sich schließlich in Reih und Glied aufstellen mussten. Sie alle waren Hünen wie Regal Blue, zum Kämpfen und Zerstören gebaut. Bei einigen wurden Gesicht und Körper von langen, hässlichen Narben verunziert, und ihre Bioprints strahlten Gewalttätigkeit aus. Die Nachmittagssonne brannte unbarmherzig auf den ausgedörrten Boden.

Alle elf Männer schienen Transkriptoren zu sein … außer Roosevelt natürlich … Er war ein Mensch … egal was die TFU glaubte.

Roosevelt schaute von seinen Mitgefangenen zu dem wirbelnden Chaos, das sich quer über das Feld bewegte. Es war ein Meer aus sich rastlos bewegenden, lärmenden Männern. Roosevelt versuchte, dem Gewimmel und Geschrei irgendeinen Sinn zu entnehmen, und tatsächlich schien es inmitten dieses Chaos so etwas wie eine Ordnung zu geben. Allmählich wurde Roosevelt bewusst, dass die Männer eine Art Training absolvierten. Zu seiner Rechten kämpften die Gegner mit stumpfen Äxten, während vor ihm andere mit Gewehren auf fünfzig Meter entfernte Zielscheiben feuerten. Wieder andere droschen mit den Fäusten aufeinander ein oder rangen verbissen in Sandkreisen, die an Sumo-Ringe erinnerten.

Roosevelt schaute zu den Tribünen auf der anderen Seite des Feldes. Dort verfolgten Zuschauer das Geschehen: Kinder und Väter, Mütter und Golden Retriever. Dahinter befand sich ein Parkplatz voller SUVs und Kombis.

Ein Golfwagen fuhr mitten durch das Chaos hindurch auf sie zu. Der Wagen wurde von einem sehnigen Mann in einem T-Shirt mit dem Logo der New York Braves gefahren; neben ihm saß ein anderer Mann in Trainingsanzug und Baseballkappe, der Roosevelt irgendwie bekannt vorkam. Der Golfwagen hielt vor den Neuankömmlingen, und der Mann im Trainingsanzug sprang aus dem Sitz. Er war Mitte vierzig, hatte dunkle Haut, kräftige Hände und ein Gesicht, das wie aus Lehm geformt aussah. Er musterte Roosevelt und die anderen.

»Ich heiße Samuel Sharp«, sagte der Mann. »Ich bin der Cheftrainer der New York Braves.«

Roosevelt erinnerte sich aus den Nachrichten an diesen Mann. Sharp verschränkte die Hände hinter dem Rücken und ging langsam an der Reihe der Transkriptoren entlang. »Ein paar von euch fragen sich vielleicht, was sie hier tun. Andere wissen es bereits. Wir werden euch hier trainieren, sodass ihr irgendwann bei den Spielen kämpfen könnt. Wer von euch es nicht schafft …« Sharp zuckte mit den Schultern. »Nun, es gibt immer noch das Meer. Ihr seid Transkriptoren; deshalb habt ihr keine Rechte wie ein Mensch. Solltet ihr hier sterben, wird niemand euren Tod beweinen. Man wird eure Namen und Identifikationsnummern auf ein Stück Papier schreiben und auf einen Stapel legen, auf dem schon viele solcher Zettel gelandet sind und auf dem noch viele landen werden.

Es wird Tote geben, macht euch da nichts vor. Und betrachtet euch nicht mehr als Teil der Gesellschaft. Vergesst, was ihr früher wart. Hoffentlich werdet ihr hier ein wenig Frieden im Rauschen des Ozeans und im Anblick des Sonnenuntergangs finden, aber nicht zu viel.« Sharp hob den Finger. »Denn die größte Schönheit findet nicht hier statt, sondern auf den blutigen Feldern des Bloomberg-Stadions. Die Wahl liegt bei euch, ob ihr kläglich dahinwelken oder in einer ruhmreichen Schlacht fallen wollt. Jeder von euch kann entscheiden, wie er hier leben will. Entweder fahrt ihr mit der Fähre ins Bloomberg-Stadion, oder ihr landet im Magen von ein paar Dutzend Möwen.«

Sharp nahm die Kappe ab und deutete damit auf das Feld. »Ihr wisst es jetzt noch nicht, aber dies ist der größte Moment eures Lebens. Wenn ihr überlebt und als alte Männer auf diesen Tag zurückblickt, werdet ihr ihn als Beginn eures Lebens als Männer betrachten. Willkommen im Trainingslager der Braves!«

Sie schliefen im renovierten Studentenwohnheim eines alten College – ein langes Betongebäude mit Gittern vor den Fenstern und Wachen vor der Tür. Die Zimmer waren klein, die Kojen aber bequem. Roosevelt war in seinem Zimmer und packte gerade seine Trainingsausrüstung aus, die jeder Transkriptor bekommen hatte, als Regal Blue ihn fand.

»Dein Vater ist tot«, sagte Regal Blue.

Roosevelts Finger krallten sich in den Trainingsanzug, und er ließ sich langsam auf die Bettkante sinken. Eine ganze Minute verging. Nur langsam drang die Nachricht zu ihm durch.

»Wie ist er gestorben?«, fragte er schließlich.

»Ein Herzanfall«, antwortete Regal Blue mitfühlend. »Ich habe deinen Vater geliebt. Ich hätte niemals zugelassen, dass ihm jemand ein Leid zufügt, nicht mal sein eigener Sohn.«

Roosevelt legte die Hände an die Stirn und schüttelte den Kopf. »Ich weiß.« Er atmete tief durch. Er konnte es sich nicht erlauben, zu trauern. In diesem Gefängnis bedeutete Trauer Schwäche, und Schwäche würde ihn zerstören. Stattdessen dachte er an den Mikrochip, den sein Vater ihm in den Finger implantiert hatte, den Schlüssel zu einem Bankfach irgendwo. Dieses Bankfach musste er nun finden. »Danke, dass du mir Bescheid gesagt hast. Wie bist du eigentlich hier gelandet?«

Regal Blue setzte sich auf das Bett Roosevelt gegenüber. »An dem Tag, an dem dein Vater starb, hat die TFU mich geholt. Sie haben gesehen, dass ich schon mal bei den Spielen gekämpft hatte; trotzdem haben sie mich wieder hergeschickt. Na, mir soll's egal sein. Mit meiner Freiheit ist es zu Ende. Ich bin so oder so tot.«

Roosevelt schaute Regal Blue in dessen gesundes Auge. »Tut mir leid.«

Schweigend saßen die beiden sich gegenüber. Roosevelt dachte an seinen Vater. Er hatte sehr viel verloren. Erst Dolce, nun seinen Dad. Es entbehrte nicht einer gewissen Ironie, dass Roosevelt von seiner Familie jetzt nur noch Saxton geblieben war.

Das Licht wurde automatisch abgeschaltet, und das kleine Zimmer versank in Dunkelheit. Saxton hatte ihn verraten. Sein eigener Bruder. Und für was? Für Geld? Aus Eifersucht? Saxton hatte gewusst, dass ihr Vater nicht ihm, sondern Roosevelt das Unternehmen hatte geben wollen. Roosevelt wusste, dass Saxton tief verletzt gewesen war. Aber hatte es ausgereicht, ihn so weit zu treiben, dass er den eigenen Bruder an die TFU verriet?

»Als ich zum ersten Mal in diesen Lagern war, habe ich geträumt«, sagte Regal Blue. »Und in meinen Träumen hat es keine Krankheiten gegeben, keinen Tod. Aber ich war nicht so dumm zu glauben, dass es wirklich so ist. Das Leben verläuft nicht immer glücklich. Aber ich habe lieber einen Augenblick echten Lebens als eine Ewigkeit voller Träume. Dein Vater hat mir die Chance zu einem echten Leben gegeben, wenn auch nur für kurze Zeit. Darum stehe ich in seiner Schuld. Und dich hat er geliebt. Er hätte dich beschützt vor dem, was mit dir passiert ist.«

Roosevelt schwieg. Er wollte jetzt nicht darüber reden. Er war noch nicht bereit, seinen Schmerz mit jemandem zu teilen. Er brauchte diesen Schmerz. Ohne Schmerz war er tot, und diejenigen, die ihn hierhergebracht hatten, würden ungestraft davonkommen. Und das durfte nicht sein. Das war er Dolce schuldig.

»Was geschieht jetzt?«, fragte Roosevelt.

»Jetzt ...«, antwortete Regal Blue bedächtig und legte sich aufs Bett. »Jetzt bereiten wir uns auf den Kampf vor.«

Regal Blue blieb an Roosevelts Seite. Der Leibwächter seines Vaters half ihm, so gut er konnte, doch die Mentalität, die man hier verlangte, kannte Roosevelt bereits aus seiner Footballzeit. Einige der älteren Trainer erkannten Regal Blue sogar. Er war ein erfahrener Kämpfer, und die anderen respektierten ihn.

Der Drill begann früh am Morgen. Am Nachmittag, wenn die Sonne unbarmherzig vom Himmel brannte, wurde das Training zur Qual. Roosevelts Gruppe bestand aus zwanzig Transkriptoren unterschiedlicher Biotechfirmen. Roosevelt musste erkennen, dass er den anderen körperlich unterlegen war, und hatte Mühe, mitzuhalten. Abwechselnd ging es aufs Übungsfeld und ins Fitnessstudio.

In einem abgedunkelten Konferenzzimmer schauten sie sich Videos aus der letzten Saison an und lernten Formationen, Waffen und die verschiedensten Kampftechniken kennen. Bei den Spielen griff man auf alle möglichen Kriege der letzten paar Tausend Jahre zurück. Roosevelt war von der Menge an Informationen schier überwältigt.

Bereits am Ende der ersten Woche war er zäher und härter geworden, und die jugendliche Kraft seiner Collegezeit kehrte allmählich zurück. Als Transkriptoren fühlten sie sich einander verbunden; aber schon bald würden sie andere töten müssen.

Dieses Wissen schürte ihren Hass auf die Menschen zusätzlich. Dank ihrer angezüchteten Kraft und Schnelligkeit waren Transkriptoren den Menschen haushoch überlegen, und ihre Versklavung machte sie extrem gefährlich.

Je länger Roosevelt unter ihnen lebte, desto mehr begriff er das wahre Ausmaß ihrer Isolation von der menschlichen Gesellschaft und entdeckte den Keim dessen, was nur allzu leicht in einer Revolution enden konnte – eine Revolution, die sehr blutig werden würde.

Roosevelt erinnerte sich, wie die Transkriptorin namens Queen Elizabeth zu ihm in die Wohnung seines Vaters gekommen war. Vielleicht hatte sie ja recht gehabt. Vielleicht hatten Transkriptoren nicht den Luxus friedlichen Protests. Bis dato hätte Roosevelt einen gewaltsamen Aufstand niemals unterstützt. Nun aber dachte er anders. Die brutalen Methoden, mit denen man ihn zerstört hatte, waren eine Erfahrung, die Tausende von Transkriptoren mit ihm teilten. Und ihre Zahl wuchs immer weiter. Inzwischen stellten sie zehn Prozent der Bevölkerung in diesem Land. Kein Wunder, dass die TFU solche Angst hatte.

Während die Zeit verstrich, hörte Roosevelt nichts von seinem alten Leben. Wo vor Kurzem noch die letzten zehn Jahre gewesen waren, war jetzt nur noch ein riesiges Vakuum. Er fragte sich, ob alte Freunde ihn wohl zu kontaktieren versuchten und ob die TFU diese Versuche abwehrte. Oder hatten ihm alle den Rücken gekehrt, nachdem er als Transkriptor gebrandmarkt worden war? Was immer der Grund dafür sein mochte – sein altes Leben war wie ausgelöscht. Man hatte ihm seine Identität genommen, den Alltag, an den er sich so gewöhnt hatte. Nun musste er alles neu aufbauen und sich einen Platz in dieser neuen Existenz suchen.

Roosevelt hätte durchaus so leben und sein Transkriptorendasein akzeptieren können, doch man hatte ihm Dolce genommen, die ihm alles bedeutet hatte. Was war ihm denn jetzt noch geblieben? Das unbarmherzige Verstreichen der Zeit, das monotone Pochen seines Herzens und die paar Erinnerungen, die er mit sich herumtrug. Und das kleine Silberkreuz am Lederband, das Dolce ihm gegeben und das man ihm aus irgendeinem Grund nicht weggenommen hatte. Im Inneren dieses Kreuzes verbarg sich der Code seines Sohnes, der nun der Sohn eines Transkriptors war. Alles andere war verschwunden, als hätte Roosevelt nie existiert.

Aber er *hatte* existiert. Er *hatte* dieses Leben gelebt. Es war real gewesen, und irgendjemand hatte ihm alles genommen. Und bis er die Wahrheit herausfand, würde er seine Vergangenheit niemals vergessen können.

Doch im Augenblick konzentrierte Roosevelt sich wie alle anderen Transkriptoren darauf, das Trainingslager zu überstehen. Die Zeit, an die Zukunft zu denken, war noch nicht gekommen. Erst einmal musste er sich auf die Gegenwart beschränken, die ihn mit jedem Tag den Spielen näher brachte.

Als Roosevelt und die anderen körperlich in Bestform waren, kam eines Nachmittags Coach Sharp zu ihnen in die Umkleidekabine.

»Glückwunsch, dass ihr es so weit geschafft habt«, sagte Sharp, schritt den Gang hinunter und musterte jeden Einzelnen. »Viele von euch wissen vielleicht, dass ich früher mal Footballtrainer gewesen bin, sogar in der NFL. Aber Football ist etwas vollkommen anderes als das, was wir tun. Beim Football steht man einem Gegner gegenüber. Ihr aber werdet einem Feind gegenüberstehen, der euren Tod will. Er will euch den Kopf abschlagen, will euch in Stücke reißen, will euch vernichten auf jede nur denkbare Weise. Ihr werdet in einen Krieg ziehen, in einen gnadenlosen Kampf bis aufs Messer, in ein Gemetzel, so brutal und blutig wie die schlimmste Schlacht, die je in der Geschichte der Menschheit geschlagen wurde.«

Einer der Assistenztrainer ging herum und verteilte Braves-Hemden. Auch Roosevelt bekam eins. Er schaute sich das Material an. Vorne stand der Schriftzug der Braves über einer großen Nummer 34, auf dem Rücken prangte sein Name.

Coach Sharp fuhr fort: »Wir haben euch trainiert, um zu kämpfen und zu töten. Viel Glück morgen. Macht eure Schöpfer stolz.«

Sämtliche Aufsichtsratsmitglieder waren anwesend. Sie saßen vor Saxton im New-York-Zimmer. Saxton stand am Kopfende des Konferenztisches und betrachtete die Ölgemälde der Genico-Gründer. Besonders aufmerksam musterte er das Bild von Lieberman; dann schweifte sein Blick zum Bild seines Vaters. Der alte Herr stand vor einem riesigen Kamin, die Hände in den Taschen und einen ernsten Ausdruck auf dem Gesicht. Sein Haar war noch kohlrabenschwarz, und er sah schlank und fit aus in seinem modisch eleganten Anzug.

»Ich möchte auch so etwas«, sagte Saxton. »Nur mehr.«

»Mehr?«

Der Künstler saß in einer Ecke, einen Zeichenblock in der Hand, und war eifrig damit beschäftigt, eine grobe Skizze von Saxton zu erstellen. Saxton hatte ihn zu dem heutigen Treffen eingeladen, damit er die rohe, kapitalistische Energie des York-Zimmers einfangen konnte. Inzwischen war Saxton sich allerdings nicht mehr sicher, ob der Mann dieser Aufgabe gewachsen war. Er war klein und schmächtig, ganz in Prada gekleidet, und hatte eine dicke schwarze Brille auf der Nase. Michelle hatte Saxton den Mann empfohlen, dessen neueste Arbeiten im Guggenheim ausgestellt wurden; dennoch hatte Saxton das Gefühl, dass der Bursche sich nicht voll und ganz seiner Aufgabe widmete.

»Mehr, ja. Ich weiß nur noch nicht …« Saxton schnippte mit den Fingern. »Ich hab's!«

»Was?«

»Ich will kein Gemälde, sondern eine Skulptur.«

»Eine Skulptur?«

»Ja, eine Skulptur«, bestätigte Saxton, der immer schneller auf und ab ging, während die Idee in seinem Kopf Gestalt annahm. »Eine Skulptur. Etwas Klassisches … Griechisches. Kraftvoll. Vielleicht, wie ich einen Speer werfe oder einen Diskus oder so etwas. Aber soll ich im Anzug sein oder nackt? Nein, nicht nackt. Im Anzug. Und ich will mit einem Löwen ringen, und …«

Jemand am Tisch räusperte sich, und Saxton drehte sich um.

»Bevor wir hier jemanden in Bronze gießen, sollten wir da nicht mit dem Meeting beginnen? Es gibt ein paar wichtige Fragen, mit denen wir uns dringend beschäftigen müssen.«

Die Stimme gehörte Johann Woerner, einem langjährigen Freund von Saxtons Vater und engagierten Aufsichtsratsmitglied. Saxton beschloss, den Mann zu ersetzen, aber erst später.

»Natürlich«, sagte er.

»Der Tod Ihres Vaters kam so unerwartet und auf so tragische Weise …« Woerner hielt inne und schlug die Hand vor den Mund. Er sah ehrlich bestürzt aus. Saxton tat so, als würde er darüber nachdenken. Er nickte nachdenklich und rieb sich das Kinn. Es fühlte sich ein wenig weich an. Er sollte später noch ins Fitnessstudio gehen. Sein Vater war vor nunmehr sechs Wochen gestorben. Die Sache war längst verjährt. Der Markt veränderte sich ständig. Vom Bären zum Bullen und wieder zum Bären.

»Natürlich hat der Tod meines Vaters uns alle erschüttert«, sagte Saxton. »Im Augenblick trauern wir noch. Mein Vater war ein guter Mann und … und hatte einen großartigen Geschmack, was Herrenmode betraf.« Saxton schluckte. Ihm wollten einfach nicht die richtigen Worte einfallen. »Wir alle werden ihn in guter Erinnerung behalten.«

Saxton verfluchte sich selbst. Das war gelogen. Sein Vater hatte einen grauenhaften Modegeschmack gehabt. Wie konnte er ihn nur so falsch loben? Das erregte bloß den Verdacht der anderen.

»Ich weiß, was Saxton Junior uns sagen will«, erklang Liebermans Stimme von der anderen Seite des Tisches. »Er will uns sagen, dass wir uns alle in dieser Situation das Beste erhoffen. Ich möchte Ihnen allen mitteilen, dass Saxton Senior mir kurz vor seinem Tod anvertraut hat, dass er seinen Sohn Phillip als Nachfolger in der Führung von Genico vorgesehen hatte.«

Lieberman deutete auf Saxton, der sich knapp verneigte.

»Aber was ist mit seinem anderen Sohn? Thomas Roosevelt?«, fragte Woerner. »Ich hatte den Eindruck, dass er das Unternehmen übernehmen sollte. Und dann ist er einfach verschwunden.«

»Er ist nicht *einfach* verschwunden«, erklärte Saxton ein wenig verärgert. »Er wurde verhaftet. Er war ein Transkriptor.«

»Ja, uns bleibt wirklich nichts erspart«, bemerkte Woerner, während er einen Stapel Papiere durchging. »Zuerst wird Dr. Smalls ermordet, dann verlieren wir Roosevelt, und schließlich seinen Vater. Das ist eine sehr beunruhigende Kette von Ereignissen. Sie schlagen also vor, dass wir knapp zehntausend Einheiten Transkriptoren an Ituri geben, genauer gesagt an einen …«, Woerner blätterte ein paar Seiten durch, »einen General Washington. Korrekt?«

»Ja.«

»Wer ist dieser Mann?«, wollte Woerner wissen. »Und was will er mit so vielen Transkriptoren?«

»Er ist ein visionärer Führer seines Volkes und ein persönlicher Freund von mir«, antwortete Saxton.

»Die *New York Times* nennt ihn einen Kriegsverbrecher«, erwiderte Woerner. »Der Bürgerkrieg in Ituri ist berüchtigt. Was unsere PR-Abteilung am allerwenigsten gebrauchen kann, sind Bilder von Genico-Transkriptoren, die eine Frau in Ituri mit Macheten in Stücke hacken. Ich glaube nicht, dass unsere Aktionäre damit einverstanden wären.«

Ein Lachen ging durch die Runde. Saxton spürte, wie er rot anlief. Diese Männer standen einem riesigen Deal für Genico im Weg, ganz zu schweigen von dem Geld, das Saxton persönlich damit verdienen würde. Sie sahen einfach das Gesamtbild nicht; aber das hätten sie ohnehin nicht verstanden. Der Deal mit General Washington würde Genicos Zukunft über Jahre hinweg sichern. Saxton wollte den General nur mit Genico-Produkten ausrüsten. Was der Kerl dann damit machte, ging ihn nichts an.

»Und *ich* glaube nicht, dass den Aktionären ein Kursverfall gefallen würde«, entgegnete Saxton mit scharfer Stimme.

»Genico war schon lange vor Ihrer Zeit erfolgreich, und mit einer soliden Basis im Samphandel wird das auch so bleiben. Außerdem sind da noch unsere Organe, die demnächst auf den Markt kommen. Deshalb sollten wir unser Image nicht beschädigen, indem wir uns in den Bürgerkrieg eines Dritte-Welt-Landes verstricken.«

Lieberman hämmerte die Faust auf den Tisch, und alle Blicke richteten sich auf ihn. »Ich bin schon lange in diesem Unternehmen und habe miterlebt, wie es über die Jahre hinweg gewachsen ist. Und niemand hätte vorhersehen können, in welche neuen und aufregenden Richtungen sich die Gentechnik entwickelt. Trotz dieses Wandels ist Genico stabil geblieben. Der Grund dafür ist einfach: Genico war stets flexibel und hat sich nach den Kundenwünschen gerichtet. Inzwischen brauchen wir Transkriptoren, um unsere Häuser zu reinigen, den Müll zu entsorgen und die Straßen instand zu halten. Außerdem bieten sie uns Unterhaltung bei den Spielen, indem sie sich gegenseitig töten. Ist es da wirklich so schwer, sich vorzustellen, dass sie eines Tages auch unsere Kriege für uns ausfechten?«

»Nein, aber ich glaube nicht, dass wir uns auf dieses Kriegsgeschäft einlassen sollten«, sagte Woerner. »Ich kann mir nicht vorstellen, dass Saxton Senior das gewollt hätte.«

Saxton Junior kam ein brillanter Gedanke, und er drehte sich wieder zu dem Künstler um. »Machen wir einen Löwen und eine Boa constrictor.«

Der bleiche Künstler nickte verwirrt und klopfte mit seinem Stift auf den Zeichenblock. Saxton schaute ihn verärgert an.

»Ich möchte, dass die Schlange sich um meine Beine windet, während ich mit dem Löwen kämpfe. Verstanden?«

»Wie Laokoon«, sagte der Künstler.

Saxton blickte ihn verständnislos an. »Äh … ja, was auch immer. Machen Sie einfach.« Er klatschte in die Hände. »Ich denke, wir alle haben genug für heute.«

Stühle wurden zurückgeschoben, und auch Woerner stand auf. »Ich bin der Meinung, wir sollten dieses Thema zu einem späteren Zeitpunkt noch einmal diskutieren.«

»Sicher, sicher«, sagte Saxton und versuchte, einen Blick auf den Zeichenblock zu werfen.

»Die Firma muss rasch über ihre Zukunft entscheiden, und ich glaube, wir haben einen gefährlichen Weg eingeschlagen.«

»Jaja«, erwiderte Saxton desinteressiert. Dieses Meeting langweilte ihn, und im Nebenzimmer warteten die Anwälte seines Vaters. Nächsten Monat würde der Aufsichtsrat ohnehin aufgelöst sein, und Saxton könnte tun und lassen, was er wollte. Bis dahin musste er Männer wie Woerner und ihre kleinen Meetings jedoch ertragen. Mit der Zukunft hatte Woerner allerdings nichts mehr zu tun.

Die Aufsichtsratsmitglieder verließen das York-Zimmer, und Saxton Seniors Anwälte kamen herein, drei Männer in dunklen Anzügen, die wie Sargträger aussahen. Seit dem Tod seines Vater kämpfte Saxton darum, dessen Angelegenheiten zu regeln. Offenbar hatte der Alte ein Testament gemacht, was Saxton überraschte. Er hätte nicht geglaubt, dass sein Vater an den Tod gedacht hatte. Heute würden die Anwälte ihm das Testament offiziell eröffnen.

Die Herren setzten sich gemeinsam ans andere Ende des Konferenztisches. Saxton Junior rieb sich die Hände und bereitete sich darauf vor, reich zu werden. Er war der Alleinerbe des Saxton-Vermögens und würde zum Howard Hughes seiner Generation werden.

»Willkommen«, rief Saxton. »Ich danke Ihnen, dass Sie erschienen sind.«

»Es war uns ein Vergnügen, Ihrem Vater so lange zu Diensten zu sein«, sagte einer der Anwälte. »Er war ein wahrer Gentleman und wird schmerzlich vermisst.«

»In der Tat.« Saxton verzog das Gesicht und senkte den Kopf. Dann schaute er wieder auf und klatschte erneut in die Hände. »Wohlan, brechen wir den Glückskeks auf und schauen nach, was wir gewonnen haben.«

Die drei Anwälte warfen einander verlegene Blicke zu.

»Es gibt da ein wenig Verwirrung, was das Testament Ihres Vaters betrifft«, sagte einer von ihnen.

Saxton nickte. »Er hatte einen weitläufigen Besitz. Bekomme ich das Anwesen auf den Kaimaninseln?«

»Der Besitz Ihres Vaters ist konsolidiert. Abgesehen von

Spenden an mehrere Wohltätigkeitsorganisationen geht alles an eine einzige Person.«

Saxtons Herz machte einen Sprung. Das war ja noch besser, als er erwartet hatte! Vielleicht brauchte er den Deal mit General Washington gar nicht.

»Ihr Vater hat zwei Testamente aufgesetzt. In einem gibt es einen Passus, der besagt, dass für den Fall, dass Sie, Phillip Saxton, die Leitung von Genico übernehmen sollten, das andere Testament in Kraft tritt, das den Besitz Ihres Vaters regelt. Sie sind doch nun Vorsitzender von Genico, korrekt?«

»Ja«, antwortete Saxton vorsichtig.

»Dann ist das Testament ziemlich einfach«, sagte der Anwalt.

Gemeinsam berührten die drei Männer ein E-Paper auf dem Tisch vor sich, und das Dokument erwachte zum Leben und projizierte ein Bild des Testaments des verstorbenen Saxton Senior. Saxton Junior sah, dass das Testament nur aus einem einzigen Satz bestand, gefolgt von der krakeligen Unterschrift seines Vaters.

Erwartungsvoll beugte er sich vor und las.

Im Falle meines Todes verfüge ich hiermit, dass mein gesamter Besitz, einschließlich der Gelder und Firmenbeteiligungen, an Mr. Parker Symon geht, der sich auf eine Art zu erkennen geben wird, die nicht in diesem Dokument festgeschrieben ist.

Saxton blinzelte und las das Dokument noch einmal.

»Zu dem Dokument gehört noch eine gut hundert Seiten lange Liste, auf welcher der gesamte Besitz Ihres Vaters im In- und Ausland aufgeführt ist – ein ausgesprochen weitläufiger Besitz, wie ich bemerken möchte …«

»Warten Sie mal«, unterbrach Saxton ihn. »Ich verstehe das nicht. Wer ist Parker Symon?«

»Das ermitteln wir gerade. Wir sind uns noch nicht sicher, um wen es sich dabei handelt.«

Saxton wurde wütend. »Wer ist Parker Symon, verdammt? *Ich* bin der Sohn des Erblassers! Das Vermögen gehört mir. Es ist mir scheißegal, was in dem Testament steht.«

»Das Testament ist eindeutig. Wir können ihm nicht zuwiderhandeln.«

»Mein Vater war alt, krank und nicht mehr bei Verstand. Das hat er nicht gewollt. Und jetzt sagen Sie mir endlich, wer dieser Parker Symon ist!«

»Wir versuchen gerade, ihn ausfindig zu machen.«

»Wollen Sie mich verarschen? Wo sind die echten Anwälte?«

»Sir, ich kann Ihnen versichern, dass wir die Testamentsvollstrecker Ihres Vaters sind und dass er dieses Testament bei klarem Verstand und aus freiem Willen aufgesetzt hat.«

Saxton zitterte vor Wut. Sein Vater hatte ihm den Dolch in den Rücken gestoßen! Der Alte konnte es einfach nicht ertragen, wenn er, Saxton, glücklich war. Immer schon hatte er ihn nur bestrafen wollen!

»Und was passiert jetzt?«, fragte er.

»Das Vermögen Ihres Vaters wird eingefroren, bis wir Mr. Parker Symon gefunden haben.«

»Und wenn Sie ihn niemals finden?«

»Dann geht das Vermögen Ihres Vaters an eine Reihe wohltätiger Einrichtungen.«

Saxton stand auf, rückte seine Krawatte zurecht und ging hinaus. Der Verrat seines Vaters hatte ihn überwältigt. Schon bald würde sich verbreitet haben, was in dem Testament stand, und jeder wurde wissen, dass Saxton Senior seinen Sohn nie geliebt hatte. Saxton schloss die Tür zu seinem Büro und ließ sich auf den Stuhl sinken. Er schaute auf Manhattan hinaus. Plötzlich kam ihm ein erschreckender Gedanke. In dem Testament stand, dass Saxton Junior nichts bekommen würde, wenn er die Leitung von Genico übernahm. Sein Vater musste damit gerechnet haben, dass Roosevelt etwas zustoßen könnte. Er musste gewusst haben, dass Phillip nach Macht gierte und mit allen Mitteln versuchen würde, Genico in die Finger zu bekommen. Und dieses Testament war seine Strafe.

Aber was immer sein Vater gewollt haben mochte, die Zukunft von Genico gehörte ihm. Nichts konnte etwas daran ändern. Saxton seufzte und schaltete den Monitor auf seinem Schreibtisch an. Heute Abend fanden Spiele statt, die erste Schlacht der Saison. Die Broker von Genico würden gut in der VIP-Lounge repräsentiert sein. Nach diesem Testament war es wichtig für Saxton, einen guten Eindruck zu machen. Er hatte schon ein perfektes Transkriptorenmodel an der Hand, das ihn heute Abend begleiten würde, eines der großzügigeren Geschenke von General Washington.

Saxton dachte an es, und der Tag sah schon besser aus.

Darf Ralph mitkommen?«

»Nein, Süße. Ralph muss hierbleiben«, sagte Arden und kniete sich vor seine Tochter, sodass sie auf Augenhöhe waren. Im Hintergrund lief stumm der Fernseher und zeigte Bilder vom Sieg der Braves früher am Abend. Arden beachtete die Bilder kaum, während er versuchte, seiner Tochter die pinkfarbene Jacke überzuziehen. Maggy hielt die Jacke für zu schwer und wollte sie nicht tragen; also musste Arden sie ablenken, während er ihr die Ärmel über die Arme zog.

»Was isst Ralph denn gerne?«, fragte er.

»Salat«, antwortete Maggy fröhlich.

Arden zog den Ärmel ein kleines Stück weiter runter.

»Und was noch?«

»Karotten!«

Noch ein Stück.

»Und was trinkt Ralph gerne?«

»Wasser!«

Vorsichtig nahm Arden Maggys anderen Arm, steckte auch ihn in einen Ärmel und zog ihn herunter, bis Maggys winzige Hand zum Vorschein kam.

Ralph war ein Leguan, den Arden Maggy gekauft hatte, als sie aus dem Krankenhaus gekommen war. Arden hatte geglaubt, das Mädchen hätte gerne etwas Warmes, Flauschiges zum Spielen gehabt, doch als Maggy den Leguan in seinem Glaskäfig gesehen hatte, hatte sie sofort aufgeregt mit ihrem kleinen Finger auf ihn gezeigt.

Auf der Fahrt nach Hause von der Tierhandlung saß Maggy auf dem Rücksitz und starrte auf Ralph in seinem Glasgefäß. Sie schwieg fast während der gesamten Fahrt, sodass Arden schon glaubte, das Reptil mit seinen hervorquellenden Augen und der hervorzuckenden Zunge habe ihr Angst gemacht. Deshalb war er überrascht, als Maggy plötzlich fragte: »Ist er krank?«

»Nein«, hatte Arden geantwortet. »Ich glaube nicht. Wie kommst du darauf?«

»Weil er in dem Glas sitzt. Genau wie ich, als ich krank war.«

Danach erschien es Arden nicht mehr richtig, den Leguan in seinem gläsernen Käfig zu halten. Also durfte Ralph fortan ungehindert durchs Haus streifen. Maggy und Ralph bauten rasch eine enge Beziehung auf. Das Reptil kroch nachts zu ihr auf das warme Kissen, und morgens saß es am Frühstückstisch und ließ sich von Maggy mit Salat füttern. Arden sah eine Loyalität und ein Verständnis in Ralphs Leguanaugen, die er bei den Ärzten, die seine Tochter behandelt hatten, schmerzlich vermisst hatte. Das Reptil schien zu wissen, was mit Maggy nicht stimmte, und in seinem winzigen Hirn hatte es offenbar beschlossen, über diese andere Kreatur zu wachen, die gezwungen war, hinter Glaswänden zu leben.

»Wir nehmen Ralph das nächste Mal mit, Süße, okay?«, sagte Arden.

»Okay. Und Mommy auch?«

»Nun ja …«, antwortete Arden zögernd. »Sie vielleicht nicht.«

Ardens Exfrau, Sheila, war eine Anwältin, die mit ihrem

Freund Raoul, diesem Arschloch von Maler aus Brasilien, in einer Luxuswohnung in Battery Park lebte. Seit der Scheidung hatte Sheila ihre Tochter nur selten gesehen. Sie sagte, sie haben zu viel in der Kanzlei zu tun, als dass sie sich um ein Kind kümmern könne, ganz zu schweigen um einen Leguan.

Arden hatte sie deswegen einmal zur Rede gestellt, und Sheila hatte darauf reagiert, indem sie sich wie eine Märtyrerin mit der Hand auf die Brust geschlagen hatte. Ihr Karriere! Ihre Freizeit! Blablabla. Irgendwann hatte sie sich angehört wie die Lehrerin von Charlie Brown.

Arden und seine Ex waren einst glücklich gewesen. Waren. Mit der Vergangenheitsform konnte man viele Dinge im Leben beschreiben. Es war wie ein verdammter Fluch. Er war ein guter Cop gewesen. Er und Sheila waren einmal glücklich gewesen. Maggy war einst gesund gewesen. Maggy ... Sie war alles, was jetzt noch zählte.

Vor zwei Jahren, als der weiße Nebel sich über New York gelegt hatte, waren alle in Panik ausgebrochen. Arden erinnerte sich noch genau an den Morgen des Angriffs. Jemand hatte die Luftreiniger infiziert, und die ganze Nacht über hatten die Maschinen die Luft unbemerkt mit Gift angereichert. Als New York an jenem Morgen erwachte, war die ganze Stadt von einem weißen Pulver bedeckt gewesen. Sechs Monate später hatte es die ersten Krankheitsfälle gegeben.

Nachdem amerikanische Wissenschaftler eine Möglichkeit entwickelt hatten, Algenöl in einen billigen Biotreibstoff zu verwandeln, verlor die Welt ihre Abhängigkeit vom Erdöl, und der gesamte Nahe Osten fiel ins Mittelalter zurück. Einhundert Jahre lang hatte man dort de facto das Monopol auf das wichtigste Produkt der Welt gehabt; als dieses Monopol zerbrach, hatten die meisten Araber nur noch ihre Luxusschlitten und Privatjachten vorzuweisen. Die USA kamen zu der Erkenntnis, dass ihre Militärpräsenz im Irak nicht mehr vonnöten sei: Viertausend Soldaten wurden abgezogen, und die ganze Welt sah zu, wie die Region – nun ohne nennenswerte Wirtschaft – in sich zusammenbrach.

Kurz darauf begannen die Terroranschläge wieder. Niemand wusste, wer dafür verantwortlich war. Vielleicht Saudi-Arabien, vielleicht al-Kaida. Nur hatten sie diesmal nichts mit Religion zu tun, sondern mit Abermillionen Barrel nutzlosem Rohöl.

Die Zeitungen nannten den weißen Staub »Manna«. Sie mochten biblische Referenzen, weil es sich so schön dramatisch anhörte. Die Medien jedenfalls stürzten sich darauf. Die Wissenschaftler setzten sich zusammen, studierten den weißen Staub und fanden heraus, dass es sich um eine Art Krebs handelte, der genetische Mutationen verursachte. Das war ein Jahr nachdem der El-Diablo-Virus die Stadt heimgesucht und Tausende von Menschen dahingerafft hatte – und ein Jahr bevor die Transkriptoren die Brooklyn Bridge in die Luft gejagt hatten. Es waren wahrhaft dunkle Zeiten gewesen. Nach dem Anschlag hatte Arden seine Tochter wochenlang nicht aus dem Haus gelassen; trotzdem hatte der Virus einen Weg gefunden, sie zu infizieren.

Ralph, der Leguan, saß auf dem Kaffeetisch und schaute zu, wie Maggy sich fertig machte, wobei seine Zunge vor- und zurückschnellte. Maggy lief zu ihm, bückte sich und küsste ihn mit ihren kleinen Lippen mitten auf die Reptiliennase.

»Sag Ralph auf Wiedersehen«, forderte Maggy ihren Vater auf, nahm seine Hand und zog ihn zur Tür.

»Auf Wiedersehen, Ralph«, sagte Arden und knipste das Licht aus. Maggy machte es ihm mit ihrem Piepsstimmchen nach: »Auf Wiedersehen, Ralph!«

Zwanzig Minuten später setzte Arden seine Tochter bei Sanders' Frau in deren Haus in Brooklyn ab. Die Familie seines Partners lebte in einer besseren Wohngegend, ohne jede Verbindung zu den Vierteln der Transkriptoren weiter östlich – Gettos, die von Drogen und Kriminalität beherrscht wurden. Doch wie es in Brooklyn immer schon gewesen war, musste man nur um eine Ecke gehen, und alles änderte sich grundlegend. Die meisten Transkriptoren lebten zwar isoliert in Midtown oder auf Governor's Island, doch liberale Zeitgenossen ließen einige von ihnen auch in anderen Teilen der Stadt wohnen. Manchmal drängten liberale Medien sogar auf eine stärkere Integration von Transkriptoren und Menschen. So konnten sich dann alle bei den Händen halten und sich lieben, wie Gott all seine Geschöpfe liebte. Nur dass Transkriptoren niemals wie Menschen sein würden. Sie waren Wilde. Sie hatten keine Seele, und sie würden jedes Wohnviertel zerstören, in dem sie lebten. Zumindest galt das für die meisten von ihnen. Queen Elizabeth war anders gewesen. Obwohl Arden sich nach besten Kräften darum bemühte, bekam er sie nicht aus dem Kopf.

Die Beifahrertür öffnete sich, und Dwayne Sanders setzte sich neben Arden. »Warum sind wir so spät?«

»Ich freue mich auch, dich zu sehen«, erwiderte Arden. »Wir fahren in die Stadt.«

Arden wendete und fuhr wieder in Richtung Manhattan.

»Warum? Was ist denn in der Stadt?«

»Ich glaube, ich habe eine Spur im Fall Smalls.«

»Was? Willst du dir 'nen Pfadfinderorden verdienen? Sie haben den Kerl doch schon, der dafür verantwortlich war. Es war irgendein Transkriptor, der bei Genico gearbeitet hat.«

»Ihn haben sie verhaftet, und seiner Frau haben sie eine Kugel in den Kopf gejagt. Tolle Polizeiarbeit«, bemerkte Arden.

»Die TFU sagt, das ist unser Mann, also ist er es auch.« Sanders zuckte mit den Schultern. »Wir haben eine Verhaftung, Fall abgeschlossen.«

»Und die TFU kann der Öffentlichkeit erzählen, sie hätten wieder einen gefährlichen Transkriptor von der Straße geholt. Dann wird ihr Budget noch einmal erhöht, und sie können sich die allerneuesten Laserknarren kaufen, oder mit was auch immer die herumlaufen.«

»Jeder so, wie er kann. Warum der Aufstand?«

»Sie haben den Falschen«, sagt Arden. »Dieser Kerl, Roosevelt, geht brav zur Arbeit, hat eine Wohnung und zahlt Steuern. Und dann soll er eines Tages einfach durchdrehen und zwei Leute ermorden?«

»Er war ein Transkriptor. Die denken nicht wie du und ich.«

Arden fuhr über die Manhattan Bridge. Im Süden waren die zerstörten Pfeiler der Brooklyn Bridge zu sehen. Vor ihnen erhob sich die Skyline von Manhattan, und auf dem Genico Tower blinkten rote Warnlichter für den Flugverkehr.

»Genau darauf will ich ja hinaus«, sagte Arden. »Der Bursche wusste nicht, dass er ein Transkriptor ist. Er hat alles richtig gemacht. Er hat auf dem College sogar Football gespielt. Jetzt ist er auf der Insel, und wir wissen beide, was das bedeutet. Soll so jemand sein ganzes Leben zerstören, nur um einen sinnlosen Mord zu begehen?«

»Ist ja gut«, sagte Sanders. »Ich trauere mit dir. Aber ich will dir sagen, wie ich das sehe: Da ist dieser junge, aufstrebende Manager, der bald heiraten will. Er hat ein schönes Haus mit allem Drum und Dran. Das einzige Problem, er ist ein Transkriptor. Für ihn selbst aber ist es *kein* Problem. Seit zwanzig Jahren hat er das nun schon verborgen. Warum sollte sich das jetzt auf einmal ändern? Außerdem hat er ja seinen Daddy, der ihn beschützt. Aber da ist dieser vorwitzige Wissenschaftler, Dr. Smalls, und der schaut in die Krankenakten der Mitarbeiter und stellt fest …«

»Warum sollte Smalls das tun?«

»Wer weiß? Vielleicht ist er bloß ein guter Bürger und will selbst mal einen Transkriptor fangen. Und dabei stößt er dann auf Thomas Roosevelt. Er hat diesen Kerl kalt erwischt, und das Beste: Der Typ ist auch noch der Sohn von seinem Chef. Aber bevor Smalls ihn verpfeifen kann, erledigt Roosevelt ihn und seine Frau.«

»Das kaufe ich dir nicht ab. Irgendjemand hat Roosevelt in die Pfanne gehauen. Irgendjemand hat ihn an die TFU verpfiffen. Und damit hat er mehr Grund zur Rache als die meisten Menschen. Aber Smalls hat er nicht getötet. Niemals.«

»Die TFU hat mit Sicherheit schon Hunderte, wenn nicht Tausende von Transkriptoren eingesperrt, weil sie angeblich Dinge getan haben, mit denen sie in Wahrheit gar nichts zu tun hatten. Warum nimmst du das so persönlich?«

»Weil jemand ausgerechnet den Mann umgebracht hat, der an einem Heilmittel für Manna gearbeitet hat, der es vielleicht sogar schon gefunden hatte. Und das widert mich an.«

»Okay«, sagte Sanders. Er verstand sofort. »Dann lass uns den Bastard schnappen.«

»Der TFU wird es nicht gefallen, wenn wir uns mit einem Fall beschäftigen, den sie abgeschlossen haben.«

»Scheiß drauf.«

Arden spürte, wie ihm eine Last von den Schultern fiel. Er war sich nicht sicher gewesen, dass Sanders ihm bei inoffiziellen Ermittlungen helfen würde, denn es war sehr viel verlangt; deshalb war es nun eine riesige Erleichterung für Arden, diese Worte aus dem Mund seines Partners zu hören.

Als sie an einer Ampel in Chinatown warteten, aktivierte

Arden eine E-Paper-Ausgabe der *Village Voice* und blätterte zu den XXX-Anzeigen. Kleine Popup-Videos von asiatischen Escortservices, Transsexuellen und tanzenden Teenagertranskriptoren erschienen.

»Nett«, bemerkte Sanders.

»Erinnerst du dich noch an Benny Zero?«, fragte Arden.

»Klar.«

Benny Zero war der Spitzname eines kleinen Gauners und Zuhälters, der hauptsächlich mit Transkriptorennutten und Callgirls handelte. Queen Elizabeth hatte seinen Namen Arden gegenüber erwähnt. Je mehr Arden sich über Benny informiert hatte, desto sicherer war er, dass dieser Busche ihre Verbindung zu dem Täter darstellte, der Smalls und dessen Frau ermordet hatte. Als Arden und Sanders vor Jahren bei der Sitte gearbeitet hatten, stand Benny Zero noch in dem Ruf, nur mit hochklassigen Menschenmädchen zu handeln, doch nach ein paar Ausflügen in den Knast und einem Zusammenstoß mit der Russenmafia war Benny in den Untergrund gegangen. Zwar waren Huren noch immer sein Geschäft, aber nur Transkriptoren.

Benny hatte gute Verbindungen zu jenen Transkriptoren, die nirgends mehr inventarisiert waren. Er könnte also davon wissen, wenn jemand einen Psycho-Transkriptor bestellt hatte – eines jener Modelle, die Morde wie den an Dr. Smalls begingen. Das Problem war nur: Um mit Benny Zero reden zu können, mussten sie ihn erst einmal finden.

Sanders suchte sich willkürlich eine Anzeige aus, »Lüsterne Latinas«, wo ein animiertes Bild einer Vanessa-Del-Rio-Kopie lief, nur dass die Frau wie alle Transkriptorinnen einen größeren Busen und einen prallen, runden Hintern hatte.

Arden wählte die Nummer. Nach dem dritten Klingeln meldete sich eine Frau.

»Hi. Ich würde gerne was bestellen«, sagte Arden. »Ich bin geschäftlich in der Stadt und wohne im Madison Hotel, Zimmer 17.«

»Okay«, erwiderte die Frau. Sie bemühte sich, sexy zu klingen, hörte sich aber deutlich gelangweilt an, wie eine Telefonsex-Dame nach einer langen Schicht. »Was für Essen hätten Sie denn gerne? Wir haben asiatisch, spanisch und russisch.«

Arden dachte an seine Exfrau. »Haben sie auch WASP?«

»Äh …« Die Frau am anderen Ende der Leitung stockte.

»War nur ein Scherz«, sagte Arden. »Überraschen Sie mich.«

»In Ordnung. In dreißig Minuten.«

Das Madison Hotel war ein billiges Stundenhotel im Westen von Manhattan, direkt unter der mittlerweile nicht mehr befahrenen West Side Rail Line. Das Eisenbahngelände war in einen Park verwandelt worden, der jedoch rasch von Junkies übernommen worden war.

Arden parkte zweihundert Meter vom Hotel entfernt hinter einem der Pfeiler der alten Hochbahn an der 14th Street. Genau dreißig Minuten später hielt ein Taxi vor dem Hotel. Eine wunderschöne blonde Transkriptorin stieg aus und verschwand in der Lobby.

»Bist du auch sicher, dass Benny Zero noch im Geschäft ist?«, fragte Sanders. »Ich dachte, nach dem Ding am JFK vor ein paar Jahren hätte er sich zurückgezogen.«

Vor sieben Jahren war ein Frachtflugzeug von Genico aus Malaysia am JFK Airport entführt worden. An Bord waren mehrere Hundert Transkriptoren gewesen. Die Täter hatten sie gestohlen, bevor sie als Eigentum von Genico gekennzeichnet werden konnten. Im Jahr darauf waren immer wieder welche von diesen gestohlenen Transkriptoren in den Bordellen von Benny Zero aufgetaucht. Benny war verhaftet worden und hatte zwei Jahre wegen schweren Diebstahls im Knast gesessen.

Vor den Detectives öffnete sich nun die Tür des Hotels, und die Blondine trat wieder auf den Bürgersteig hinaus. Sie sah verärgert aus und winkte nach einem Taxi.

»Oooch, kein Fickificki«, sagte Sanders. »Das arme Ding.«

Die Blondine stieg ins Taxi, und Arden machte sich an die Verfolgung. Sie fuhren mehrere Blocks nach Norden; dann bog das Taxi in Richtung Osten ab, nach Koreatown mit seinem Meer aus Videotafeln, die Restaurants, Karaokeclubs und Bäckereien bewarben, die sich dicht an dicht in den Straßen drängten. Überall flackerte und blinkte es.

Das Taxi hielt vor einem Haus mitten im Viertel. Arden und Sanders stellten den Wagen ab und folgten der Blondine mit schnellen Schritten, als diese in dem Haus verschwand. Die Haustür stand offen; dahinter befand sich ein langer, schmaler Flur mit einem Aufzug am Ende. Die Aufzugtür schloss sich bereits, als die beiden Detectives den Eingang erreichten. Eine Leuchtziffer verriet, dass der Aufzug in den vierten Stock fuhr. Dann kehrte er zurück, und die Tür öffnete sich vor den beiden Detectives.

Im vierten Stock erwartete sie ein weiterer schmaler Flur, von dem mehrere nicht gekennzeichnete Türen abgingen. Nur am anderen Ende stand an einer verglasten Tür: »Trans Travel«. Sanders zog seine Waffe und stieß die Tür auf. Dahinter stand ein kleiner Schreibtisch mit altmodischem Telefon; an den Wänden hingen Poster von exotischen Reisezielen. Eine alte Koreanerin saß hinter dem Schreibtisch und schaute Arden und Sanders ausdruckslos an. Das Schweigen zog sich in die Länge; dann klingelte das Telefon, und die Frau nahm ab. Sie sprach längere Zeit und notierte irgendetwas.

»Wo ist Benny Zero?«, verlangte Arden zu wissen.

Die Frau zuckte mit den Schultern und las weiter in der Zeitung, die sie im Schoß aufgeschlagen hatte.

»Na, da haben wir dem Fall aber eine dramatische Wendung gegeben«, sagte Sanders und seufzte tief. »Dafür haben wir uns einen Orden verdient.«

Arden ging zum Schreibtisch, ignorierte die alte Frau und bückte sich, um die Unterseite zu untersuchen. Dort befand sich ein großer schwarzer Knopf. Arden drückte ihn. Irgendetwas klickte im Büro, und ein Teil der Wand glitt auf und enthüllte einen Gang dahinter. Rasch ging Arden hindurch. Er entdeckte eine große Lounge mit Sofas und Fernseher. Ein halbes Dutzend Transkriptorennutten für unterschiedliche Geschmäcker saßen dort und schauten sich eine alte Folge von ALF an. Arden erkannte eine von ihnen als die Frau vom Hotel. Hinter der Lounge befand sich eine weitere Tür. Arden stieß sie auf und entdeckte Benny Zero.

Benny saß hinter einem Schreibtisch, auf dem sich Papiere stapelten. Aus einem Fenster konnte man auf Koreatown schauen. Vor Benny saß eine Transkriptorenfrau im Bikini. Zwischen den beiden war Kokain zum Konsum ausgestreut. Benny Zero lehnte sich im Stuhl zurück, als Arden und Sanders das Zimmer betraten.

»Was ist das nur mit euch Typen?«, sagte Benny. »Ihr folgt mir wie eine verdammte schwarze Wolke.«

»Benny, alter Kumpel, wie geht's denn so?«

Benny Zero hatte langes, fettiges schwarzes Haar. Er trug eine schwarze Lederweste, eine schwarze Jeans und schwarze Cowboystiefel. Er hatte einen Zweitagebart, und seine Augen waren blutunterlaufen, die Nasenlöcher rot und wund. Er sah aus, als wäre er schon seit Tagen high.

Die asiatische Transkriptorin schaute die beiden Detectives

an. Sie war wunderschön und sah keinen Tag älter als siebzehn aus.

»Du hast doch Papiere für die Schnuckelmaus, oder?« Arden nickte zu dem Mädchen.

Benny verdrehte die Augen. »Kommt schon. Was soll das? Wie wär's, wenn ihr sie im Hinterzimmer nach Papieren untersucht. Habt ein bisschen Spaß, und seht dann zu, dass ihr verschwindet.«

»Hmmm«, sagte Arden und tat so, als würde er über das Angebot nachdenken. »Ist 'ne Überlegung wert. Ist das Kokain, was ich da sehe?« Er deutete mit dem Kopf auf das weiße Pulver auf dem Tisch.

Benny Zero verzog das Gesicht.

»Mach ruhig«, sagte Arden und deutete auf das verbliebene Kokain. »Zieh dir den Rest rein. Dann können wir reden.«

»Du willst, dass ich mir vor euren Augen was reinziehe?«, fragte Benny.

Arden lächelte. »Sicher. Keine Party ohne Koks, hab ich nicht recht?«

Benny Zero zuckte mit den Schultern. »Okay. Ihr beide seid die seltsamsten Cops, die mir je untergekommen sind.«

Er holte einen kleinen Strohhalm aus der Tasche. Arden richtete seine Aufmerksamkeit auf das Bücherregal dem Schreibtisch gegenüber. Mit dem Finger fuhr er die Buchrücken entlang und zog schließlich einen großen Atlas hervor. Benny steckte sich den Strohhalm ins linke Nasenloch und beugte sich über das Koks. Mit einem Zug war eine Line verschwunden. Als er sich der zweiten zuwandte, hob Arden den Atlas über den Schreibtisch und schmetterte ihn auf Bennys Hinterkopf.

Bennys Gesicht knallte auf die Tischplatte, und Kokain flog umher. Die Asiatin schrie und sprang auf. Sie drängte sich an Arden vorbei und wankte auf ihren High Heels in die Lounge. Benny brüllte vor Schmerz und ließ sich auf dem Stuhl zurückfallen. Seine Nase war gebrochen und blutete. Der Strohhalm war kaum noch zu sehen, so tief hatte der Schlag ihn ins Nasenloch gerammt.

»Herrgott, das ist ja widerlich«, sagte Sanders.

Benny stöhnte vor Schmerz. Seine Augen tränten, und sein Gesicht war mit Kokain gepudert. »Was hast du getan, verdammt? Meine Nase!«

»Tut mir leid. Habe ich jetzt deine Aufmerksamkeit?«, fragte Arden. Er schwang den Atlas wie einen Cricketschläger, traf Benny unter dem Kinn und schleuderte dessen Kopf in den Nacken.

Benny hob die Hände und kauerte sich auf seinen Stuhl. »Aufhören! Hört auf! Was wollt ihr, verdammt?«

Benny sah übel aus. Alles war voller Blut, Rotz und Koks.

»Ich möchte, dass du mir alles sagst, was du über Transkriptorenpsychos weißt, die durch New York laufen und Leute abmurksen.«

»Leute? Menschen?« Benny schnappte nach Luft. Vor Blut konnte er kaum atmen.

»Ja, Menschen. Genauer gesagt einen Doktor von Genico und seine Frau.«

»Ich weiß nichts«, stieß Benny keuchend hervor. »Warte mal … Ich hab da was an einen Kerl verscherbelt …«

»Wann?«

»Vor vierzehn Monaten. Ich habe ihm einen unregistrierten Transkriptor verkauft, brutaler Hintergrund, ausgebildet als Leibwächter und Killer.«

»Wer war der Käufer?«

»Weiß ich nicht.«

Arden hob den Atlas über den Kopf. Benny duckte sich

wieder. »Ich weiß es nicht, ich schwör's! Der Käufer wollte anonym bleiben. Ich hab nur eine Adresse, an die ich den Transkriptor schicken sollte.«

»Wo?«

»Ich erinnere mich nicht mehr. Könnte Uptown gewesen sein.« Vorsichtig versuchte Benny, den Strohhalm aus seiner Nase zu ziehen. Er würgte, als der Halm blutig zum Vorschein kam, ließ ihn fallen, drückte sich die Hand auf die Nase und öffnete mit der anderen eine Schreibtischschublade, zog ein einzelnes Blatt Papier heraus und schob es Arden hin.

»Mehr habe ich nicht.«

Arden blickte auf das Blatt, auf dem eine Adresse in Midtown notiert war. Arden steckte die Notiz in die Tasche und klopfte Benny auf den Rücken. Sein Handy klingelte einmal. Arden schaute aufs Display und runzelte die Stirn. Irgendjemand hatte einen der gefälschten DNA-Pässe aktiviert, die er Queen Elizabeth gegeben hatte.

»Du solltest zum Arzt gehen«, sagte Arden und drehte sich wieder zu Benny um. »Du siehst echt beschissen aus.«

Dolce war tot. Aber sie hatte den Keim für ein Lebewesen gelegt, das in Roosevelt gedieh. Sein Herz wurde zu Stein, seine Lunge zu einem dornigen Geflecht, und sein Blut wurde dunkel und zäh. Schmerz war alles, was Roosevelt kannte. Sein Körper war mit Blutergüssen übersät. Mehr und mehr wurde er zu einem Wesen, das aus Erde bestand, nicht mehr aus Fleisch und Blut. Dunkelbraune Knoten bildeten sich unter seinen Augen. Fäuste gruben sich in sein Gesicht, und seine Zähne und sein Gaumen waren voller Blut, das wie Harz an seiner Zunge klebte.

Schon nach kurzer Zeit im Trainingslager war er hart wie Stahl geworden, doch innerlich war er nach wie vor eine zarte Pflanze, die unter der wärmenden Sonne in seinem Inneren wuchs und sich im sanften Wind seiner Seele wiegte. Nach außen war er hart; innen jedoch lebte Dolce weiter, und diesen Funken Leben ließ er sich um keinen Preis nehmen. Dolce war die Wurzel, aus der er seine Kraft schöpfte. Bei jedem Schlag, den er auf dem Übungsplatz einstecken musste, dachte er an sie. Jeder Tritt eines Wachmanns erinnerte ihn an sie. Sie war der Grund, warum er noch lebte.

Zu sterben wäre leicht gewesen. Sie hatten ihm alles genommen, bis auf seine Erinnerungen an ein winziges Stück Menschlichkeit, das er hegte und pflegte. Und er trug Dolce in seinem Inneren mit sich. Er beschützte sie. Liebe konnte eine Schwäche sein. Aber sie konnte einem auch Kraft geben. Liebe und Hass zusammen bildeten ein perfektes Ganzes. Sie waren das Yin und Yang seiner neuen Existenz.

Die Meute der Fans schwenkte Fahnen, grölte und jubelte, als der Gefängniszug der TFU die Kämpfer nach Bloomberg Island brachte. Roosevelt schaute sich die ekstatischen Gesichter durch die Gitter hindurch an und hielt nach jemandem Ausschau, den er von früher kannte. Doch da war niemand, nur der gesichtslose Mob.

Ein Transkriptor zu sein hieß zu wissen, was Schmerzen waren. Transkriptoren besaßen nichts, nicht einmal sich selbst. Man konnte sie genauso leicht kaufen und verkaufen wie ein Samp. Regal Blue hatte seit seiner Geburt nichts anderes gekannt; Roosevelt jedoch hatte das Leben eines freien Menschen geführt. Er war glücklich gewesen. Deshalb empfand er nun einen Verlust, den nur jemand empfinden konnte, der wusste, was Freiheit war. Er fühlte den Schmerz von jemandem, der einen geliebten Menschen verloren hatte.

Am Hintereingang des Stadions wurden sie aus dem Zug geladen. Bewaffnete TFU-Wachen zerrten sie aus dem Zug, während der Mob sich an den Absperrungen drängte. Sie wurden in einen Betonkorridor unter dem Stadion gebracht, und der Lärm des Mobs verhallte zu einem Raunen. Sie trugen die Uniformen der amerikanischen Kolonialmilizen: schwarzer Dreispitz, haselnussbrauner Regimentsmantel und ebensolche Hosen, weißes Hemd und schwarze Schnallenschuhe mit weißen Strümpfen.

Bevor Dad gestorben war, hatte er Roosevelt einen Schlüssel gegeben. Er hatte ihn in der Haut des Fingers versteckt und seinen Sohn gewarnt, gut auf ihn aufzupassen, und das hatte Roosevelt getan. Sobald er hier raus war, würde er das Bankfach suchen, zu dem dieser Schlüssel passte. Sein Vater hatte gewusst, dass es so kommen würde, und Roosevelt war sicher, dass sich in dem Fach irgendetwas Wichtiges verbarg.

»Als du das letzte Mal hier warst«, sagte Regal Blue zu Roosevelt, »warst du auf der anderen Seite des Glases, nicht wahr?«

Roosevelt nickte.

»Dann wirst du heute einen wesentlich besseren Blick auf das Spielfeld haben.«

Der Gang war breit und mit Sand eingestreut. Sogenannte Knochensammler, alte Transkriptoren, die nach der Schlacht das Feld aufräumten, salutierten vor Roosevelt und den anderen, als sie an ihnen vorübergingen. Hinter ihnen lagen Stapel von schwarzen Leichensäcken an der Wand.

Dann bekam jeder eine Muskete und eine Umhängetasche aus Hirschleder mit Pulver und Bleikugeln. Die Muskete war eine schwere, unhandliche Waffe, auf größere Entfernung ungenau, aber verheerend, wenn man sie in Formation abfeuerte. Roosevelt warf sich die Munitionstasche über die Schulter und blickte auf einen Bildschirm an der Wand, auf dem die korrekte Ladetechnik gezeigt wurde.

»Ein guter Schütze kann mit solch einer Waffe vier- bis fünfmal die Minute schießen«, erklärte eine monotone Frauenstimme. »Doch je mehr Sie schießen, desto mehr Schwarzpulver lagert sich im Lauf ab. Das wiederum erhöht die Ladezeiten und kann zu Fehlzündungen führen.«

Roosevelt berührte das kleine Silberkreuz, das Dolce ihm gegeben hatte. Er konnte bereits die Zuschauer hören. Das rhythmische Singen erfüllte den ganzen Gang. Sie waren da oben. Die Menschen. Sie warteten darauf, dass er tötete, und er würde für sie töten. Er hasste sie dafür, dass sie ihn in diese Lage gebracht hatten, und er hasste sich selbst dafür, dass er ihnen gab, was sie wollten. Denn wenn er es nicht tat, würde er bald in einem Sack stecken, und die Knochensammler würden ihn entsorgen. Und dann würde er seine Rache nicht bekommen. Wenn die Meute also den Tod wollte, würde er ihr den Tod geben; aber er würde nie vergessen, zu was sie ihn gezwungen hatten.

Sie erreichten das Ende des Gangs. Vor ihnen befand sich ein schwarzes Metalltor, dahinter das Schlachtfeld. Coach Sharp und der Rest des Trainerstabs warteten daneben. Sie hatten die Headsets aufgesetzt und blätterten durch Formationsbücher.

»Ruhig Blut, Männer«, sagte Coach Sharp.

Gedämpfte Musik und die verzerrte Stimme des Stadionsprechers hallten durch den langen Tunnel. Sie befanden sich direkt unter der riesigen Zuschauertribüne, und Roosevelt hörte das Publikum buhen.

»Houston kommt gerade raus«, sagte Regal Blue.

Aus Stunden wurden Tage, aus Tagen Wochen und aus Wochen Monate. Schließlich zerfiel alles: Fleisch wurde zu Staub, Bäume zu Erde, Steine zu Sand. Doch Roosevelt durfte nicht zulassen, dass es ihm jetzt schon so erging. Er hatte noch viel zu tun.

Die TFU-Beamten zogen sich in den Tunnel zurück und ließen die Transkriptoren und ihre Trainer allein. Hinter ihnen schloss sich ein zweites Tor. Roosevelt und sein Team waren gefangen. Regal Blue hatte sich den Dreispitz unter den Arm geklemmt und rieb sich den Kopf.

»Denkst du an deinen Traum?«, fragte Roosevelt.

Das Buhen verstummte, und wieder war die gedämpfte Stimme des Stadionsprechers zu hören. Jubel brandete auf; Fanfaren schmetterten, und laute Tanzmusik dröhnte durchs Stadion.

»Okay, macht euch bereit!«, rief Coach Sharp zu ihnen hinunter.

Mit einem Rumpeln hob sich langsam das Tor. Immer mehr Licht fiel in den Tunnel, und der Zuschauerlärm wuchs. Zischend strömte Dampf aus den Kanten der Rampe und kroch über den Boden und aufs Feld. Als das Tor sich vollständig geöffnet hatte, war der Lärm ohrenbetäubend. Ein Feuerwerk wurde abgebrannt, und ein Funkenregen ging um die vorrückenden Transkriptoren nieder.

»Ich sehe euch dann auf dem Feld«, rief Coach Sharp ihnen hinterher.

Saxton beobachtete, wie die Menge unter ihm sich für die Schlacht von Bunker Hill warm machte. Hoch über allem, in der VIP-Lounge, fingerte Saxton am weißen Leder des Azzia-Sofas herum und versuchte, das Problem mit dem Testament seines Vaters zu vergessen. Für ihn war jetzt die Blondine in seinem Arm das Wichtigste. Die Transkriptorin war ein Geschenk von General Washington, und Saxton war im Laufe der letzten paar Monate geradezu süchtig nach ihr geworden. Sie war der schönste Cartooncharakter, den Saxton je gesehen hatte. Jede Rundung ihres Körpers war makellos designt – so perfekt, dass sie mehr einer Animefigur als einer echten Frau ähnelte.

Es war die Eröffnungsschlacht der Spiele, der Saisonauftakt, und die VIP-Lounge war wie immer gut gefüllt. Die hier versammelten Broker waren durch die Bank jung, im Schnitt Mitte zwanzig, und alle hatten sie die Krawatten gelockert und die Ärmel aufgekrempelt. Die anwesenden Transkriptorenfrauen waren Spitzenmodelle von erlesener Schönheit. So wurde bei Genico Party gemacht.

Im hinteren Teil der Lounge schlug Lieberman mit einem Löffel gegen ein Champagnerglas, und alle drehten sich zu ihm um. Ein Feuerwerk erhellte den Himmel hinter ihm.

»Danke, dass Sie gekommen sind«, sagte Lieberman zu den

Gästen. »Auch wenn wir unseren Gründer verloren haben, hat Genico in den vergangenen sechs Monaten großen Profit gemacht. Jeder von Ihnen hat seinen Anteil daran. Deshalb sollen Sie sich heute Abend bestens amüsieren.« Lieberman griff hinter sich, nahm die Hand einer wunderschönen, schwarzhaarigen Transkriptorin und führte sie in den Kreis der Broker. Die Broker jubelten, und Lieberman lächelte. »Ich möchte Ihnen die neueste Entwicklung aus unseren Laboren vorstellen. Sie wird im nächsten Frühjahr auf den Markt kommen, und ich hielt es nur für angemessen, dass Sie sie als Erste zu sehen bekommen. Ich hoffe, das war eine gute Idee.«

»Ja!«, riefen die Broker im Chor.

»Und jetzt«, Lieberman hob die Hände, und die Broker verstummten, »halte ich die Zeit für gekommen, jemanden ganz besonders auszuzeichnen – jemanden, der die Leitung dieses Unternehmens übernommen und uns in die richtige Richtung geführt hat.« Lieberman schaute zu Saxton und lächelte strahlend. »Phillip, kommen Sie doch bitte mal her.«

Saxton bahnte sich einen Weg durch die Phalanx der Broker, und alle klopften sie ihm anerkennend auf den Rücken. Als er die Mitte des Kreises erreichte, griff Lieberman in die Tasche, zog einen Autoschlüssel heraus und hielt ihn in die Luft. Das Licht funkelte auf dem Metall wie die Sonne auf der Klinge des Schwertes Excalibur.

Lieberman betrachtete den Schlüssel bewundernd. »Ich möchte Ihnen das hier schenken«, sagte er dann. »Sie werden feststellen, dass dieser Schlüssel zu einem Aston Martin Vanquish passt, der draußen vor dem Stadion parkt. Betrachten Sie dieses kleine Geschenk als Zeichen der Wertschätzung, die Genico Ihnen entgegenbringt.«

Saxton nahm den Schlüssel, strich kurz über die Kerben und hielt ihn dann in die Höhe, sodass jeder ihn sehen konnte.

Wieder jubelten die Broker und drängten sich um ihn. Der Aston Martin war das ultimative Brokerfahrzeug, die perfekte Kombination von Luxus und Schnelligkeit, ein wahrhaftiges Symbol des Exzesses, den sie sich alle so redlich verdient hatten. Saxton steckte den Schlüssel ein, nickte der jubelnden Menge zu und verließ den Kreis dann wieder.

»Und nun genießen Sie die Schlacht heute Abend«, fuhr Lieberman fort. »Lassen Sie uns die nächsten sechs Monate *noch* besser werden!«

Saxton gesellte sich wieder zu seiner Blondine, die sich bei ihm unterhakte und flüsterte: »Ich gratuliere.« Normalerweise wäre Saxton nach diesem öffentlichen Lob überglücklich gewesen, doch das Meeting vom Nachmittag dämpfte seine Laune erheblich. Er hasste die Anwälte seines Vaters dafür, dass sie ihm diesen Augenblick verdorben hatten. Dabei hätte es der Höhepunkt seines Lebens sein sollen: die öffentliche Anerkennung seines Erfolgs. Doch der wahre Preis war noch immer außerhalb seiner Reichweite.

Dabei brauchte er das Geld seines Vaters gar nicht. Er hatte Genico. Und war er nicht klug genug, ein eigenes Vermögen aufzubauen? Saxtons Enthusiasmus kehrte zurück, als er an seine Aussichten dachte. Er hatte die kühnste Investmentstrategie in Gang gesetzt, die sich je ein Industrieboss ausgedacht hatte. Sein Plan würde Genicos Erfolg bis weit in die Zukunft hinein sichern. Und es hatte erst jemanden wie ihn, Saxton, gebraucht, um dies umzusetzen. Roosevelt mit seiner kindischen Ethik hätte Saxtons Visionen niemals geteilt, und erst recht hätte er nicht die Kraft besessen, Saxtons Programme in die Tat umzusetzen.

Saxton schaute aus dem Fenster des VIP-Bereichs über das Schlachtfeld, das sich unter ihm dehnte. Er dachte an Roosevelt und schnappte sich dann einen Wodka von einem Spitzenmodell von Kellnerin, das gerade an ihm vorüberkam. Ein Fotograf wollte ein Bild von ihm machen. Saxton bemerkte es, hob das Wodkaglas, zog die Blondine zu sich heran und lächelte. Blaues Izod-Hemd, weiße Leinenhose, dunkler Teint – man musste Erfolg nicht nur im stillen Kämmerlein genießen, man musste ihn auch nach außen hin zeigen. Der Mann machte sein Foto, und Saxton leerte das Glas in einem Zug. Ein wenig Bitterkeit stieg in ihm auf, als er daran dachte, wie er Roosevelt an die TFU verpfiffen und die Kontrolle über Genico an sich gerissen hatte. Aber als erfolgreicher Mann musste man lernen, mit seiner Schuld zu leben. Das war anderen großen Männern vor ihm bestimmt nicht anders ergangen.

Wieder stieg ein Feuerwerk über dem Schlachtfeld auf, und die Menge grölte. Hinter Saxton johlten die Broker, als zwei Transkriptorinnen mitten im Raum einander liebkosten. Die eine hatte in gespielter Lust den Mund geöffnet; ihr Bioprint zeigte sich als Fenster mit geschlossenen Läden.

Saxton trank noch ein Glas Wodka und reichte auch der Blondine eins. Unten öffnete sich das Rampentor, und die Transkriptorensoldaten marschierten heraus. Die Schlacht würde gleich beginnen.

Roosevelt schloss sich den Marschierenden an. Langsam nahmen sie Geschwindigkeit auf, bis sie schließlich die Rampe hinaufjoggten. Die Muskete in der Hand, lief Roosevelt ins Stadion. Feuerwerk knallte und prasselte um ihn herum. Als er die Wand aus Rauch durchbrach, war die Luft kühl.

Die Rampe führte auf eine flache Grasebene hinaus, und Roosevelt wurde erst einmal vom Flutlicht geblendet. Überall um ihn her grölten die Zuschauer. Musik plärrte aus riesigen Lautsprechern über ihren Köpfen. Die Zuschauer erhoben sich und jubelten. Die Braves standen im Mittelpunkt der allgemeinen Aufmerksamkeit.

Am Rand des Feldes stellten sie sich auf. Sky King lief die Reihe entlang und schlug jedem auf die Schulter. Am anderen Ende des Feldes hatten sich die Gegner aus Houston aufgestellt. Ihre roten britischen Uniformen zeichneten sich scharf vor der Stadionbeleuchtung ab.

Das Feld war bereit.

Zwischen den beiden Streitkräften befanden sich Bäume und kniehohes Gras. Balkenzäune durchzogen die Landschaft; manche waren verrottet. Am einen Ende des Schlachtfeldes stand ein kleines weißes Bauernhaus im Kolonialstil. Vor dem Häuschen pickten Hühner im Gras.

Das Maskottchen der New York Braves, der Indianer, ritt

auf seinem weißen Pferd über das Feld. Er hielt einen Speer in der Hand, und sein Körper war mit Kriegsbemalung verziert. Auf halbem Weg hielt er an, ließ das Pferd steigen und reckte den Speer in die Luft. Dann machte er kehrt und ritt zur Seitenlinie. Als er an Roosevelt vorbeikam, sprang er vom Pferd, und zwei Stallburschen kümmerten sich um den Hengst.

Coach Sharp hatte recht gehabt. Transkriptoren waren gestorben und vergessen worden, ihre Körper zu Staub zerfallen. Aber nicht Roosevelt. Roosevelt war stark geworden, hatte seinen Hass geschürt und auf den richtigen Zeitpunkt gewartet. Er konnte nicht sterben. Er war noch nicht bereit dazu. Sie hatten ihm Dolce genommen. Geblieben waren ihm sein Leben, das Pochen seines Herzens und vor allem seine Erinnerungen, die er schützend im hintersten Winkel seines Hirns verbarg. Alles andere war so spurlos verschwunden, als hätte er nie existiert.

Aber er hatte existiert, hatte dieses Leben gelebt. Das alles war nicht bloß ein Traum. Es war real gewesen, und irgendjemand hatte es ihm genommen. Und solange dieser Jemand nicht dafür bezahlt hatte, konnte Roosevelt nicht sterben.

Er ließ den Blick über die Zuschauermenge über ihnen schweifen. Es waren Hunderttausende. Und sie beobachteten ihn. Roosevelts Blick schweifte über die tobende Menge zur Pressetribüne hinauf und von dort zum VIP-Bereich. Er sah Menschen hinter den großen Glasfenstern, doch sie waren zu weit entfernt, als dass er jemanden hätte erkennen können.

Aber irgendjemand dort oben hatte ihm sein Leben genommen.

Er tippte Regal Blue auf die Schulter. »Gib mir mal kurz dein Fernglas.«

Regal Blue griff in seine Tasche und holte ein gut dreißig Zentimeter langes Fernrohr heraus. Roosevelt hob es ans Auge und richtete es auf die Stelle, wo er und Dolce einst gesessen hatten. Er musterte die Gesichter hinter den Glasscheiben. Die Lounge war wie immer gut gefüllt, und die Party schien in vollem Gang zu sein.

Dann schmetterte ein populärer Transkriptorensänger die Nationalhymne, und die Menge fiel begeistert ein. Roosevelt nahm das Fernrohr herunter. Er sah, dass die anderen Braves Haltung angenommen hatten. Die Hand aufs Herz gelegt, schauten sie zu einem riesigen Sternenbanner hinauf.

Roosevelt gab Regal Blue das Fernrohr zurück.

Die Nationalhymne verklang, und der Stadionsprecher stellte beide Teams vor. Rechts von Roosevelt brachten die Kanoniere der Braves schwere Zwölfpfünder in Feuerstellung.

Ein Dudelsackpfeifer begann zu spielen, und Trommeln setzten ein. Sky King lief die Linie der Braves entlang. Die Adern an seinem Hals waren geschwollen, und er schlug jedem seiner Kämpfer auf die Brust. »Gebt euer Bestes! Das ist unser Haus! Sie kommen in unser Haus!«

Dann ging alles sehr schnell, und Roosevelt wurde von den Ereignissen mitgerissen.

»Erster Zug!«, brüllte Coach Sharp von der Seitenlinie. »Waffen laden!«

Die Zuschauer brachen in so lauten Jubel aus, dass Roosevelt kaum hören konnte, wie fünfzig Gewehrkolben gleichzeitig auf den Boden knallten und die Waffen geladen wurden. Roosevelt biss eine Patrone auf, schüttete einen Teil des Pulvers auf die Zündpfanne, den Rest in den Lauf. Dann riss er den Ladestock heraus, stieß Kugel und Pulver fest in den Lauf und legte die Waffe an.

Auf der anderen Seite des Feldes stellten die Houston Redcoats sich zu einer Feuerlinie auf. Ihre Flagge wehte hinter ihnen. An der Seitenlinie blickte Coach Sharp auf ein laminiertes Stück Papier, sprach aufgeregt in sein Headset und winkte dann einen der Assistenztrainer zu sich. Auf der Suche nach alten Erinnerungen gestattete Roosevelt sich einen letzten Blick hinauf zum VIP-Bereich, aber da war nichts mehr.

Roosevelt richtete seine Aufmerksamkeit wieder aufs Schlachtfeld, schloss die Augen, atmete tief durch und versuchte, sich Dolce an seiner Seite vorzustellen.

Eine Sirene ertönte – ein harter Klang, der durch das ganze Stadion schallte. Die Menge tobte.

Die Schlacht begann.

Roosevelt hörte das Brüllen der Zwölfpfünder, die über das Feld feuerten, sah das Mündungsfeuer und den Rückstoß, als die Kanonen die schweren Eisenkugeln ausspien. Kreischend jagten die Kugeln durch die Luft und schlugen keine zehn Meter vor der Linie der Braves ein. Dreck spritzte den Männern in die Gesichter und auf die gestärkten Uniformen.

»Kompanie! Achtung!«, ertönte Coach Sharps Stimme von der Seite. »Vorwärts, Marsch!«

Trommeln dröhnten und gaben den Marschtakt vor. Roosevelt hielt sein Gewehr nach vorne, als seine Linie sich in Bewegung setzte. Auf der anderen Seite des Feldes taten die Redcoats es ihnen nach. Mit ausdruckslosen Gesichtern rückten sie gegen die Braves vor.

Die Dudelsäcke plärrten, als Roosevelts Linie an den Reserveleuten vorbeimarschierte, die in Gräben kauerten, die Waffen im Dreck, und ihre Kameraden beobachteten. Dann nahmen sie ihre Waffen und richteten sie auf den ebenfalls vorrückenden Feind.

Roosevelt und die anderen kamen in ein Geländestück, das mit hohem Gras bewachsen war; die Halme reichten den Männern bis zur Hüfte. Die Artillerie feuerte unablässig weiter, und die Einschläge kamen immer näher. Eine Schrapnellgranate explodierte auf der rechten Flanke, und zwei Transkriptoren gingen zu Boden.

»Im Laufschritt … Marsch!«, brüllte Coach Sharp.

Angetrieben vom Geschützfeuer liefen die Männer los. Roosevelt atmete schwer, und seine Hände schwitzten. Die feindliche Linie kam rasch näher, bis die Männer das Gesicht jedes einzelnen Feindes erkennen konnten.

Die Armeen waren nur noch knapp dreißig Meter voneinander entfernt, als Coach Sharp brüllte: »Linie … Halt!«

Die Braves blieben stehen und nahmen Haltung an. Roosevelt rang keuchend nach Luft. Er spürte, wie seine Luftröhre sich zusammenzog und sein Hirn kaum noch Sauerstoff bekam. Die Trommeln und Dudelsäcke verstummten.

Die Linie des Feindes hatte ebenfalls angehalten. Schweigend warteten beide Armeen. Selbst die Zuschauer waren still geworden und beugten sich in Erwartung eines blutigen Gefechts nach vorne. Roosevelt ließ den Blick über die Gegner schweifen. Dabei konzentrierte er sich auf einen Redcoat, der ihm unmittelbar gegenüberstand. Der Mann war glatt rasiert, hatte kurzes schwarzes Haar und trug einen schwarzen Dreispitz. Roosevelt musterte den Transkriptor so intensiv, dass ihm sogar belanglose Kleinigkeiten auffielen, zum Beispiel, dass an dem weißen Hemd des Mannes ein Knopf fehlte.

»Linie … Macht euch bereit!« Coach Sharps Stimme durchschnitt die Stille.

Roosevelt legte an. Auf der anderen Seite taten die Männer aus Houston es dem Gegner nach. Roosevelt spannte den Hahn der Muskete.

»Zielt!«

Über den Lauf der fast fünf Fuß langen Waffe hinweg visierte Roosevelt den Mann mit dem fehlenden Knopf an. Dann atmete er tief durch und wartete auf den Feuerbefehl.

Die Höhle der Winde … Dolce … konzentrier dich …

Bilder tauchten vor seinem geistigen Auge auf, Schnappschüsse aus einem zerfledderten Buch. Der Wind wehte. Das Gras zitterte. Das Silberkreuz fühlte sich kühl an seinem Hals an. Dolce war tot, und Menschen hatten ihn gezwungen, jetzt und hier zu kämpfen. Sie verwandelten ihn in einen erbarmungslosen Killer.

»FEUER!«

Roosevelt drückte ab. Der Hammer gab ein Klicken von sich und schlug auf die Pfanne. Funken stoben vom Schloss auf und entzündeten das Schwarzpulver im Lauf. Eine Stichflamme schoss aus der Mündung, und der Rückstoß rammte die Muskete mit brutaler Wucht gegen Roosevelts Schulter.

Überall war dichter Rauch, der in den Augen brannte. Die Luft schmeckte nach Asche. Inmitten der Rauchschwaden sah Roosevelt grelle Mündungsblitze. Er hörte, wie Kugeln mit dumpfem Klatschen in Körper einschlugen. Männer schrien und stöhnten. Roosevelt war inmitten des Rauchs vollkommen allein. Er rechnete jede Sekunde damit, von einer Bleikugel getroffen und zurückgeschleudert zu werden, doch nichts geschah. Erstaunt und benommen stand er einen Augenblick unschlüssig nur da und versuchte, sich zu orientieren.

Dann kam auch schon der nächste Befehl.

»Nachladen!«, brüllte Sharp rechts von Roosevelt.

Durch den Rauch hindurch hörte Roosevelt, wie die Ladestöcke herausgerissen wurden. Er griff in die Tasche an seiner Seite, holte zitternd eine weitere Patrone heraus und biss die Papierspitze ab. Wieder schüttete er Schwarzpulver auf die Pfanne. Eine einsame Muskete knallte in den Reihen der Houston-Truppe, und eine Kugel zischte durch die Luft.

Pulver fiel von der Pfanne und aufs Gras. Auf der Seite Houstons wurde eine zweite Waffe abgefeuert, dann eine dritte. Wieder flogen Kugeln in Richtung der Braves. Jemand schrie. Aus dem Augenwinkel sah Roosevelt einen seiner Mitstreiter zu Boden gehen.

Plötzlich ertönte ein Surren hoch über ihnen, und der Rauch löste sich auf: Die Stadionventilation war eingeschaltet worden. Regal Blue stand noch immer neben Roosevelt. Angespannt presste er die Lippen aufeinander. Auf seinem sonst so gelassenen Gesicht spiegelte sich Hass.

»Bajonette aufsetzen!«, befahl Sharp von der Seitenlinie aus.

Roosevelts Bajonett hing in einer Schlaufe an seinem Gürtel. Er stellte die Muskete auf den Boden und zog das Bajonett. Es war lang und scharf und wurde mit einem Ring am Lauf befestigt.

»Kommt schon! Wir schaffen das!« Sky King stürmte wie ein wildes Tier die Linie entlang.

Inzwischen waren sie nur noch zwanzig Mann. Die noch kämpfen konnten, brüllten und hämmerten mit den Kolben ihrer Waffen auf den Boden.

»Bereit machen!«, rief Sharp.

Roosevelt hob die Muskete hüfthoch und hielt das Bajonett wie eine Lanze vor sich. Seine Knie waren weich vor Erschöpfung und Anspannung, und seine Gliedmaßen fühlten sich so schwer an, als würde Quecksilber durch seine Adern strömen. Regal Blue wippte auf den Fußballen. Der Mob tobte. Die Zuschauer waren wie wahnsinnig. »Vorwärts, vorwärts, VORWÄRTS!«, hallte es von den Rängen, und aus den Stadionlautsprechern ertönte der markerschütternde Schrei eines herabstürzenden Adlers.

Auf der anderen Seite des Schlachtfeldes wartete die Linie von Houston; die Bajonette der Männer funkelten im Flutlicht. Leichter Regen setzte ein – Kondenswasser aus der Stadionlüftung. Tropfen sammelten sich an Roosevelts Gewehr.

Er atmete tief durch und machte sich bereit.

»VORWÄRTS!«, rief Sharp im Chor mit dem Trainer der anderen Seite. Roosevelt brüllte. Das instinkthafte Geräusch brach ganz von selbst aus ihm hervor. Mit vorgehaltenem Bajonett stürmten die Männer über des Feld auf den Feind los. Roosevelts Beine fühlten sich mit einem Mal kraftvoll an, und seine Schritte waren lang und geschmeidig. Alles verschmolz miteinander: das Gefühl des Bodens unter den Füßen, die rasch näher kommende Linie des Feindes, das Gebrüll der Zuschauer.

Dann prallten die feindlichen Linien mit schrecklicher Wucht aufeinander. Noch im Laufen hatte Roosevelt sich ein Ziel ausgesucht, einen stämmigen Redcoat mit langen Rastazöpfen. Auch der Redcoat hatte sich Roosevelt als Gegner auserwählt. Die Männer rannten brüllend aufeinander zu, von Vernichtungswillen getrieben.

Der Redcoat überbrückte die letzten Meter mit Riesensätzen. Roosevelt hielt seine Muskete nach vorne und schrie, ohne sich dessen bewusst zu sein. Die Waffe seines Feindes stieß an ihm vorbei, streifte ihn nur leicht an der Hüfte.

Roosevelts Bajonett jedoch bohrte sich in den rechten Arm des Redcoats. Aber davon ließ der Mann sich nicht aufhalten. Als ihre Körper gegeneinanderprallten, traf der Kopf des Redcoats Roosevelt mit voller Wucht unter dem Auge. Für einen Moment benommen, taumelte Roosevelt zurück. Der Redcoat warf sich auf ihn und legte ihm die Hände um den Hals. Die Augen des Mannes waren weit aufgerissen, groß und dunkel. Voller Hass fletschte er die Zähne.

Roosevelt rammte ihm das Knie in den Unterleib. Der Mann stieß zischend die Luft aus, lockerte den Griff um Roosevelts Hals und rollte auf die Seite. Roosevelt schnappte nach Luft und stemmte sich hoch. Seine Muskete lag ein paar Schritte von ihm entfernt. Er hob die Waffe auf.

Der Redcoat war ebenfalls aufgesprungen. Wieder starrten die Gegner sich an. Dann riss Roosevelt seine Waffe herum und drückte ab. Das Schwarzpulver zündete. Einen Augenblick später sah Roosevelt, wie die Bleikugel den halben rechten Arm des Redcoats wegriss. Einen Moment stand der Redcoat fassungslos da und starrte auf seinen blutigen Armstumpf. In diesem Augenblick stürmte Roosevelt vor und rammte dem Mann das Bajonett in die Brust.

Der Redcoat zuckte und röchelte. Die Muskete wurde schwer in Roosevelts Händen, als der schlaffe Körper des Transkriptors an dem Bajonett hing. Als er zu Boden fiel, wurde Roosevelt die Waffe aus den Händen gerissen. Der Schock des Augenblicks machte ihn benommen. Er starrte auf die Zerstörung, die er angerichtet hatte, und bemerkte, wie ihm nach und nach der Verstand entglitt.

Aus den Stadionlautsprechern dröhnte ein Alarm.

»Was ist das?«, rief Roosevelt. Regel Blue stand keuchend und blutverschmiert neben ihm.

»Der Feind schickt neue Soldaten rein!«

Roosevelt folgte dem Blick Regal Blues zur Seitenlinie von Houston. Langsam glitt die große Plexiglastür auf.

»Sie kommen!«, rief Sky King den überlebenden Männern zu. »Wer von euch ist verwundet?«

Langsam hoben sich zwei Hände.

»Geht nach hinten, und ladet die Musketen für die Unverletzten. Jede Kugel zählt!«

Einer der Männer schrie: »Sie werden uns massakrieren! Wir sind nur zu acht! Warum schickt Sharp keine Verstärkung?«

»Du hast keinen Einfluss darauf, was Sharp tut«, erwiderte Sky King. »Aber du kannst entscheiden, was du selbst in den nächsten Minuten tun willst. Wir können nirgendwohin. Wir sitzen in dieser beschissenen Arena fest, bis die Schlacht zu Ende ist, und wo du auch hingehst, sie werden dich finden. Uns bleiben nur zwei Möglichkeiten: Entweder wir kämpfen wie Männer, oder wir laufen davon und lassen uns vom Feind abschlachten. Was mich betrifft – ich werde kämpfen!«

Sky King drehte sich um und winkte den Zuschauern zu. »Wir bedeuten ihnen nichts«, sagte er zu seinen Männern, »aber heute Abend haben wir die Gelegenheit, der Meute etwas zu bieten. Wir werden ihnen zeigen, dass wir nicht kampflos untergehen!«

Roosevelt kämpfte nur, weil er keine andere Wahl hatte. Doch der Kampf erregte ihn auf eine Art und Weise, wie er es nie für möglich gehalten hätte. Ihnen gegenüber glitt die Plexiglastür nun immer weiter auf. Die Zuschauer reckten die Hälse, um zu sehen, was da kam.

Die Hitze der Schlacht hatte den Rauch in dünnen Regen verwandelt, einen kalten Niesel, der nach Plastik roch. Die acht Braves standen fast genau in der Mitte des Feldes, fern von jeder Deckung. Sky King schaute sich um.

»Schnappt euch so viele Musketen, wie ihr könnt, und lasst euch zurückfallen!«

Überall lagen die Waffen der Gefallenen. Roosevelt nahm sich zwei und trug sie unbeholfen unter den Armen. Die Männer drehten sich zu ihrer eigenen Stellung um. Roosevelt schloss sich ihnen an, rannte durch das hohe Gras auf die fünfzig Meter entfernten Erdwälle zu. Dabei erkannte er, dass die Wälle mehrere Male von der feindlichen Artillerie getroffen worden waren. Auf einer Seite loderte ein kleines Feuer, und die Flammen zischten im Regen. Die Artillerie beider Seiten schwieg; offenbar waren sämtliche Bedienmannschaften an den Geschützen getötet worden.

Roosevelt und die anderen erreichten die Befestigung und

kletterten hinüber. Dahinter lagen fünf tote Transkriptoren. Die meisten waren von Kanonenkugeln zerrissen. Roosevelt sah einen abgetrennten Arm, dessen Finger noch immer irgendetwas festhielten.

»Werft die Toten raus, und verstärkt mit den Leichen den Wall«, befahl Sky King und schnappte sich selbst einen der Toten, um ihn an den Wall zu legen.

Die Befestigung war klein, nur knapp vier Meter breit, und der Erdwall reichte Roosevelt nur bis zur Hüfte. Regen hatte das Innere in Schlamm verwandelt; überall war es rutschig. Der Alarm ertönte zum dritten und letzten Mal. Die Menge hielt den Atem an. Alle Blicke richteten sich auf das andere Ende des Feldes.

Roosevelt schirmte die Augen vor dem Regen ab. Irgendetwas kam auf sie zu, brach durchs Gras, sprang über Zäune und Mauern …

Auf dem Boden lag ein weggeworfenes Fernrohr. Roosevelt hielt es sich ans Auge.

»Das sind Reiter!«, rief er. »Ungefähr dreißig Mann!«

Sky King riss Roosevelt das Fernrohr aus der Hand. Er erstarrte. »Dragoner!«

Riesige Pferde mit gewaltigen Muskeln und verschwitzten Flanken donnerten in zwei Reihen auf sie zu. Ihre Reiter waren mit Pistolen und langen Säbeln bewaffnet. Die Köpfe der Pferde ruckten vor und zurück, und ihre Hufe wirbelten die nasse Erde empor.

»Dragoner!«, brüllte Sky King. »Bildet eine Linie!«

Roosevelt duckte sich hinter den Wall. Neben ihm lagen sieben Musketen, doch in dem Regen konnte er kaum etwas sehen, und das Schwarzpulver in den Zündpfannen wurde nass. Er wischte sich über die Augen und spürte, wie der Schlamm in den Stoff seiner Hose drang. Seine Kleidung wurde immer schwerer. Wasser sammelte sich in seinem Hut. Die feindlichen Reiter galoppierten näher heran und sprangen über die letzte Mauer.

»Wartet«, sagte Sky King ruhig. »Wartet …«

Roosevelt konnte die Reiter nun auch ohne Fernrohr deutlich erkennen. Sie waren nahe genug, dass er das unter den Hufen der Pferde aufspritzende Wasser sehen konnte. Langsam und sorgfältig zielte Roosevelt auf den vordersten Reiter. Ein Augenblick verging. Roosevelt hörte nur des Prasseln des Regens und das Hämmern der Hufe.

»FEUER!«, schrie Sky King.

Roosevelt drückte ab. Das Schwarzpulver zündete trotz des Regens. Der Mündungsfeuer schoss aus dem Lauf. Roosevelt hörte eines der Pferde schrill wiehern und blickte wieder nach vorne, sah Pferde taumeln und Reiter stürzen, als wären sie gegen eine unsichtbare Wand galoppiert.

Weitere Reiter folgten, und Roosevelt schnappte sich eine zweite Muskete. Er spannte den Hahn, feuerte noch einmal. Diesmal traf er einen der Reiter an der linken Schulter. Der Transkriptor wurde im Sattel herumgeworfen und stürzte von seinem galoppierenden Tier.

Roosevelt ließ die zweite Waffe fallen und griff nach der dritten. Um ihn herum lagen Tote; mit leeren Augen starrten sie zum Himmel. Der erste Reiter erreichte nun den Wall. Roosevelt duckte sich, als der riesige schwarze Hengst über ihn hinwegsetzte. Einen Augenblick später war in dem kleinen Fort der Teufel los. Die Dragoner hieben wild mit ihren Säbeln auf die Feinde ein.

Roosevelt spürte, wie ihn jemand am Arm zog. Regal Blue hielt ihn am Ellbogen.

»Zeit, dass wir uns absetzen!«, keuchte er. »Rückzug.«

Gemeinsam kletterten sie aus der Stellung und huschten

geduckt über das nasse Feld. Regal Blue führte Roosevelt zu einem der kleinen Steinhäuser. Rauch stieg aus dem Kamin, und tote Hühner lagen unter dem Dachvorsprung.

»Da.« Regal Blue deutete auf das kleine Gebäude.

»Was ist mit den anderen?«

»Die sollten sich auch lieber verstecken.«

Roosevelt blickte über die Schulter. Die Reiter wüteten noch immer unter seinen Kameraden. Dann erreichten Roosevelt und Regal Blue das Haus. Drinnen war es leer bis auf einen viereckigen Kasten, der in regelmäßigen Abständen Rauchwolken durch den Kamin blies, um die Illusion eines Herdfeuers zu erwecken. Insgesamt gab es vier Fenster, eines auf jeder Seite. Roosevelt sah industriell gefertigte Balken, die das Dach trugen. Das Haus war bloß Kulisse.

»Kopf runter. Und halt dich von den Fenstern fern«, sagte Regal Blue und kauerte sich neben den Rauchgenerator.

Roosevelt hockte sich neben ihn, und beide spähten zum Fenster hinaus. Die Reiter hatten sich in verschiedene Richtungen verteilt. Drei von ihnen kamen auf Regal Blue und Roosevelt zu. Zwei Schatten fielen vor das Fenster; dann waren von draußen gedämpfte Stimmen zu hören. Die Dragoner waren auf der Jagd nach ihnen. Es war nur eine Frage der Zeit, bis sie in den Häusern nachschauten.

Roosevelt lud seine Muskete, hob wieder den Kopf und spähte durchs Fenster. Ein wedelnder Pferdeschweif war dort zu sehen und zuckte hin und her. Dann ritt der Dragoner wieder an, setzte sich langsam in Bewegung. Es war nur ein einzelner Transkriptor, der dem Haus den Rücken zugekehrt hatte.

Roosevelt streckte den Finger nach Regal Blue aus und deutete aufs Fenster.

»Ja, ich sehe ihn. Wir müssen uns den Kerl schnappen. Jetzt sofort«, flüsterte Regal Blue.

Roosevelt nickte und spannte die Muskete. »Ich hole ihn mir. Nimm du meinen Platz ein, während ich nachlade.«

Langsam richtete Roosevelt sich hinter dem Fenster auf. Der Reiter hatte sich nicht von der Stelle gerührt. Er schaute auf die Uhr, um nachzusehen, wie lange es noch bis zur Halbzeit war.

Roosevelt hob das Gewehr und schlug mit dem Kolben das Glas aus dem Fensterrahmen. Der Reiter drehte sich im Sattel um, doch Roosevelt schob die Muskete bereits durch das zerbrochene Fenster, legte an und schoss. Die Muskete krachte, und der Reiter flog rückwärts vom Pferd.

»Treffer! Nachladen!«, rief Roosevelt und duckte sich neben das Fenster.

Regal Blue sprang auf und legte an. Rasch nahm Roosevelt eine Patrone aus seiner Tasche und lud nach. Regal Blue feuerte und traf sein Ziel voll: Roosevelt sah, dass ein zweiter Redcoat neben dem ersten im Gras lag. Doch der Mann war nicht tot, sondern wand sich schreiend am Boden, die Hand auf den Unterleib gepresst. Plötzlich stürmten zwei Redcoats durch das Gras auf das Haus zu. Roosevelt zielte. Die Männer waren noch vierzig Meter entfernt und bewegten sich schnell. Einer hob seine Pistole und schoss. Die Kugel schlug in die Hauswand ein. Dann drückte Roosevelt ab. Seine Kugel traf besser, zerschmetterte dem Transkriptor das Knie und schickte ihn zu Boden.

Und dann sah er Sky King. Der riesige New Yorker Krieger erhob sich aus seinem Versteck im hohen Gras, unmittelbar vor dem zweiten heranstürmenden Redcoat. Der Mann sah ihn und versuchte, die Pistole zu heben, doch Sky King packte ihn an der Kehle, warf ihn nach hinten, hob das Bajonett, rammte dem Mann die Klinge in den Leib, riss sie heraus und stieß noch einmal zu. Der Redcoat sank zu Boden.

»Houston!«, schrie Sky King, hob das blutige Bajonett und deutete damit über das Feld. Roosevelt folgte Sky Kings Blick und sah unter einer großen Eiche den letzten Redcoat auf seinem Pferd. Der Reiter sah Sky King. Sein Pferd scharrte nervös mit den Hufen, und der Transkriptor zog seinen Säbel, gab dem Pferd die Sporen und kam durch das hohe Gras herangeprescht, doch Sky King rührte sich nicht von der Stelle. Regal Blue stand auf und schob die Muskete durch das zerschmetterte Fenster. Als der Reiter sich Sky King näherte, krachte Regal Blues Waffe. Der Mann zuckte im Sattel, und das Pferd stieg. Sky King rannte durch das hohe Gras, sprang auf das panische Tier und rammte dem Reiter das Bajonett in den Nacken.

Pferd und Reiter stürzten zu Boden. Sky King fiel mit ihnen und verschwand für einen Moment im hohen Gras. Dann sah Roosevelt das Bajonett einen Sekunde lang aus dem Gras ragen, ehe es wieder nach unten gestoßen wurde.

Schließlich erhob sich Sky King und ließ das Bajonett fallen. Seine haselnussbraune Uniform war über und über mit Blut bedeckt. Im Stadion war es so still geworden, dass Roosevelt das Klicken des Rauchgenerators hören konnte, als dieser abgeschaltet wurde. Dann hob Sky King die Arme, und die Menge brach in tosenden Jubel aus. Selbst durch die schützenden Plexiglaswände hindurch war der Lärm ohrenbetäubend.

Roosevelt und Regal Blue verließen die Kate und gesellten sich zu Sky King.

»Wenn du draußen tötest«, sagte Sky King, der noch immer hinauf zur tobenden Menge schaute, »stecken sie dich in den Knast. Tötest du hier, machen sie dich zu einem Helden.«

Ohne Kunst ist die Rohheit der Welt unerträglich
– George Bernhard Shaw

Die Fahrzeugflossen erstreckten sich bis in weite Ferne. Langsam kroch die von winzigen, blaugrünen Organismen angetriebene Taxiflotte über die 5th Avenue. Der Abend war kühl geworden. Queen Elizabeths Kleid flatterte in einer steifen Brise, als sie aus einem der Taxis stieg. Der Fahrer war ein Transkriptor gewesen, sein Bioprint ein Clipper, dessen Segel sich am Halsansatz gebläht hatten. Schiffe waren eine weit verbreitete Art von Print; sie versinnbildlichten die Sehnsucht nach Freiheit.

Ihren eigenen Bioprint hatte Queen Elizabeth an diesem Abend mit Make-up verdeckt. Sie war zu makellos, um als Mensch durchzugehen, doch in den nächsten Stunden würde sie ihr Bestes tun, diesen Eindruck zu erwecken. Ihr Outfit passte perfekt; dafür hatte Kriegsadmiral gesorgt. Für diesen Abend hatten sie jedes Detail durchgeplant, bis hin zu Queen Elizabeths Nagellack.

Vor ihr erhob sich das Metropolitan Museum of Art. Queen Elizabeth war noch nie als freier Mensch in einem Museum gewesen, und sie freute sich darauf, ohne Angst vor der TFU durch die Säle streifen zu können.

Zu beiden Seiten des Haupteingangs, zu dem ein roter Teppich führte, der von der 5th Avenue die Stufen hinaufführte, hatte sich eine ansehnliche Menge versammelt, Reporter drängten sich neben dem Teppich; ihre Blitzlichter flammten auf, wann immer ein Wagen hielt und irgendeine Berühmtheit ausstieg.

Queen Elizabeth schlüpfte in die Anonymität der Menge. Geschickt arbeitete sie sich am Teppich vor in Richtung der großen Eingangstür; ihre Einladung hatte sie sich mit einer großzügigen Spende erkauft. Nun hielt sie dem Sicherheitsmann ihren gefälschten DNA-Pass hin. Der Scanner des Mannes identifizierte sie als Mensch. Der Wachmann nickte, und Queen Elizabeth betrat die große, neoklassizistische Eingangshalle.

Sie würde Charles Arden nie verraten. Sollte sie mit ihrem gefälschten Pass heute Nacht auffliegen, würde niemand je erfahren, wie sie diesen Pass bekommen hatte. Niemals würde sie seinen Blick vergessen, als er sie nach dem Anschlag auf der Brooklyn Bridge aufgefordert hatte zu gehen. In diesem Augenblick hatte sie gewusst, dass sie stets eine Außenseiterin bleiben würde, egal wie viel Zeit sie in seinem Haus verbracht hatte. Sie war nun mal kein Mensch, sondern eine Kreatur, die weit unter dem Menschen stand.

Die Eingangshalle war voller Gäste, eine Mischung aus gut gekleideten Menschen und ihren Transkriptorenbegleitern. Queen Elizabeth verschmolz mit der Menge, wandte sich hinter dem Eingang nach rechts und ging raschen Schrittes in Richtung des Ägyptischen Flügels.

Hinter den Eintrittskartenschaltern standen lange, weiß gedeckte Tische und darauf Gläser mit Champagner. Queen Elizabeth nahm sich eines davon, ging durch eine Tür und blieb kurz stehen, um ägyptische Sarkophage zu bewundern. Dann nippte sie vom Champagner, bückte sich, legte unauffällig eine der modifizierten Flaschenkapseln auf den Boden, die Kriegsadmiral hergestellt hatte, und ging weiter den

Flur hinunter. Vor kostbaren Papyri mit Auszügen aus dem Ägyptischen Totenbuch blieb sie erneut stehen, bückte sich wieder und legte eine zweite Kapsel auf den polierten Holzfußboden.

Ruhig und effizient bewegte Queen Elizabeth sich auf diese Weise durch den Ägyptischen Flügel. Ein paar Minuten blieb sie vor einer riesigen Kammer stehen, die einen Teil des Tempels von Dendur beherbergte – genauer gesagt eine Replik des Tempels aus römischer Zeit, einschließlich mehrerer Teiche und marmorner Innenhöfe. Dieser Raum war der Mittelpunkt der Party. Kellner servierten Häppchen, und ein kleines Orchester spielte klassische Musik.

Eine lange Fensterwand gewährte die Sicht auf den Central Park. Kurz ließ Queen Elizabeth den Blick über die Szenerie schweifen; dann machte sie sich auf den Weg zu den Asiatischen Galerien.

Ihre Handtasche, die voller Sprengkapseln gewesen war, leerte sich zusehends. Auf dem Weg ins Obergeschoss zu den Impressionisten hatte sie fast alle Kapseln ausgelegt. Auch hier wimmelte es von Menschen, und die Luft roch nach teuren Duftwässern. Kurz betrachtete Queen Elizabeth ein farbenfrohes Gemälde von Gaugin. Neben ihr stand eine Frau in einem Kostüm von Versace. Queen Elizabeth bückte sich erneut, legte wieder eine Kapsel auf den Boden, lächelte die Frau an und machte ihr ein Kompliment wegen ihres Kleides.

Noch einmal blickte Elizabeth auf den Gaugin; dann machte sie sich auf den Weg zu ihrem Ziel: Monets Seerosen von 1905. Inzwischen war eine Stunde vergangen, seit sie das Museum betreten hatte, und sie hatte die meisten Etagen präpariert. Deshalb blieben ihr noch ein paar Minuten, um den Monet zu bewundern. Auf dem Papier hatte sie sich das Gemälde zur Vorbereitung auf den heutigen Abend stundenlang angeschaut, doch es war etwas vollkommen anderes, das Kunstwerk nun aus der Nähe zu sehen.

Es war wunderschön.

Und sie würde es stehlen.

Etwas Hartes legte sich um ihren Arm, und erschrocken drehte sie den Kopf. Charles Arden starrte sie an, die Finger fest um ihren Bizeps gelegt.

»Charles? Was tust du denn hier?«, fragte Queen Elizabeth und schaute sich panisch nach TFU-Beamten um.

Arden bemerkte ihren Blick. »Keine Angst. Ich bin nicht hier, um dich einzusperren.«

»Wie hast du mich gefunden?«

»Der Pass, den ich dir gegeben habe, hat ein Signal gesendet, als du ihn aktiviert hast.«

Queen Elizabeth versuchte, sich loszureißen, doch Arden verstärkte seinen Griff. »Warum hast du das getan?«, fragte sie. »Damit du und deine TFU-Kumpel mich leichter schnappen können?«

Arden schüttelte den Kopf. »Nein. Ob du mir glaubst oder nicht, ich wollte nur wissen, ob mit dir alles in Ordnung ist. Ich habe mir gedacht, wenn du den Pass benutzt, musst du in Schwierigkeiten stecken. Ich wollte wissen, wann du mich brauchst.«

Queen Elizabeth entspannte sich ein wenig.

»Du traust mir immer noch nicht?«, fragte Arden.

Elizabeth verspürte einen Anflug von Mitleid für diesen Mann und seine unerwiderte Liebe. Sie öffnete den Mund, um etwas zu sagen, besann sich dann aber eines Besseren. Sie konnte sich nicht den Luxus leisten, Gefühle zu zeigen – und damit Schwäche. Rasch wandte sie sich von Arden ab. »Du bist ein Mensch«, sagte sie. »Wir können keinem von euch trauen.«

»Wenn du so denkst, werde ich immer anders sein als du.«

Arden seufzte und blickte sich nachdenklich in der Galerie um. »Ich weiß zwar nicht, warum du in diesem Museum bist, kann es mir allerdings denken. Aber keine Angst, ich werde es dir nicht schwer machen.«

»Warum bist du dann hier?«

»Ich möchte, dass du Kontakt zu jemandem aufnimmst. Zu einem Transkriptor.«

»Zu wem genau?«

»Sein Name ist Roosevelt«, sagte Arden.

Queen Elizabeth riss die Augen auf. »Er lebt?«

Erstaunt runzelte Arden die Stirn. Sie kannte ihn? »Ja, er hat gerade erst eine Schlacht überlebt. Schon bald wird man ihn in die Transkriptorenwelt entlassen. Ich möchte, dass du Verbindung mit ihm aufnimmst.«

»Und wie?«

»Ich werde es dich wissen lassen. Du bringst ihn zu Rudolph Valentino. Der kann euch helfen.«

»Warum bringst du ihn nicht selbst dorthin?«

»Ich bin ein Mensch. Ich kann mich in der Transkriptorenwelt nicht so frei bewegen wie du.«

»Also gut«, sagte Queen Elizabeth.

Arden beugte sich vor und küsste sie auf die Wange. »Du kannst jetzt mit mir zusammen rausgehen. Was immer du geplant hast, dir wird nichts geschehen. Bei mir bist du sicher.«

»Das kann ich nicht, Charles.«

»Und ich kann dir nicht helfen, wenn du verhaftet wirst.«

Sie nahm seine Hand. »Ich weiß.«

Arden seufzte. »Viel Glück. Pass auf dich auf.« Er drehte sich um und verschwand in der Menge. Queen Elizabeth schaute ihm hinterher und überlegte kurz, ob sie ihm folgen sollte. Sie könnte einfach mit ihm gehen, könnte allem den

Rücken kehren, wofür sie gekämpft hatte, und in seinem Heim Sicherheit finden. Aber dort wäre sie nicht glücklich. Arden war nicht der eine. Und sosehr sie sich bemühte – ihre Gefühle für ihn gingen nicht über Freundschaft hinaus. Vielleicht war Freundschaft die Grenze, was die Intensität ihrer Gefühle betraf. Vielleicht war es ihr Schicksal, nie die brennende Leidenschaft der Liebe zu empfinden.

Queen Elizabeth schaute sich um. Die Galerie war voller Menschen, doch noch immer schien niemand sie zu bemerken. Sie holte eine Plastikröhre von der Länge eines Essstäbchens aus ihrer Handtasche. Darin befand sich eine hellgraue Paste aus Eisen und Salz in Verbindung mit Petroleum. Queen Elizabeth öffnete das Röhrchen. Augenblicke später erwärmte es sich, als das Eisen an der Luft oxidierte. Das Röhrchen in der Hand, bückte sich Elizabeth und schmierte einen Strich von etwa zehn Zentimetern Länge an die Wand, direkt unterhalb des Bildrahmens.

Sie richtete sich auf, verschloss das Röhrchen und ließ es in der Handtasche verschwinden – gerade noch rechtzeitig, ehe ein Wachmann auf sie zukam und sie höflich ermahnte, sich von den Ausstellungsstücken fernzuhalten. Queen Elizabeth nickte, entschuldigte sich und dankte dem Mann, der daraufhin auf seinen Posten zurückkehrte.

Einer der anderen Wachleute jedoch starrte sie unverwandt an, stellte Blickkontakt zu ihr her und lächelte verführerisch. Elizabeth erwiderte das Lächeln, obwohl sie Ekel für den Mann empfand. Gott, wie sie die Menschen hasste. Sie könnte nie mit einem von ihnen zusammen sein. Das musste Arden doch verstehen.

Queen Elizabeth wählte Kriegsadmirals Nummer.

»Hi, Liebling, ich bin's«, sagte sie.

»Hallo«, erwiderte Kriegsadmiral leidenschaftslos.

»Ich kann es gar nicht mehr erwarten, dich zu sehen.«
»Ich bin bereit.«
»Gut. Großartig. Wir sehen uns dann bald.«

Queen Elizabeth ging langsam aus dem Museum und die 5th Avenue entlang in die Lobby ihres gerade erst gemieteten Apartmenthauses. Sie stieg die Treppe hinauf und klopfte an die Tür der kleinen Wohnung. Kriegsadmiral stand im Wohnzimmer und nickte ihr zu, während er sich einen braunen Overall über einen Smoking zog.

»Wie läuft's?«, fragte Queen Elizabeth.

»Wir sind bereit«, antwortete Kriegsadmiral.

»Probleme?«

Kriegsadmiral schüttelte den Kopf. »Nein.«

Elizabeth nickte, nahm sich selbst einen Overall und griff nach dem Reißverschluss ihres Kleides. Sie wollte es gerade fallen lassen, als sie Kriegsadmiral anschaute. Er erwiderte ihren Blick, und sie zuckte mit den Schultern und zog sich aus. Kurz stand sie da und schaute Kriegsadmiral in die Augen. Dann streifte sie sich den Overall über, machte ihn vorne zu, band ihre Zöpfe zu einem Pferdeschwanz zusammen, bückte sich, nahm zwei Funkgeräte vom Boden und warf eines davon Kriegsadmiral zu.

»Lass dich nicht allzu sehr ablenken«, sagte sie, drehte sich um und stieg die Hintertreppe hinunter. Kriegsadmiral folgte ihr in die Garage des Apartmenthauses, in der ein großer Karren stand. Er trug die Aufschrift »Carlotta Ice Design« und transportierte eine große Eisskulptur. Queen Elizabeth nahm eine Seite des Karrens, Kriegsadmiral die andere. Gemeinsam schoben sie den Karren über die 5th Avenue.

Vor ihnen zeichnete sich das von Halogenleuchten angestrahlte Museum scharf vor dem Nachthimmel ab. Die Menschenmenge vor dem Haupteingang hatte sich beträchtlich gelichtet; die Party drinnen war in vollem Gang.

Und der Boden war mit den Kapseln übersät, die Queen Elizabeth verteilt hatte.

Der Karren ratterte über den Asphalt. Gemeinsam schoben die beiden Transkriptoren ihn zum Serviceeingang des Museums. Die Ladebucht war leer, ölverschmiert und bestand aus nackten Beton. Nur zwei Wachleute standen hier, rauchten und unterhielten sich leise. Sie drehten sich zu Queen Elizabeth und Kriegsadmiral um, als diese mit dem Karren den Fuß der Rampe erreichten. Einer der beiden Wachmänner schnippte seine Zigarette in hohem Bogen durch die Luft. Dann traten er und sein Kollege vor und versperrten den Transkriptoren den Weg.

»Für das Bankett«, rief Queen Elizabeth und schob dem Karren weiter.

»Ist das nicht ein bisschen spät?«, fragte einer der Wachmänner, trat aber beiseite. Weder er noch sein Kollege schien zu bemerken, dass die Ankömmlinge Latexhandschuhe trugen.

»Wir sind ein bisschen spät dran, ja«, erwiderte Elizabeth.

Sie schoben den Karren mit der Eisskulptur an den Wachleuten vorbei und durch den offenen Hintereingang des Museums. Dahinter befand sich ein großer, weiß gefliester Lagerraum. Leere Champagnerkartons stapelten sich an der Wand. Links und rechts stand je eine große Metallwanne, und ein langer grüner Gartenschlauch schlängelte sich über den Boden. Neben einem kleinen Pausenraum für die Bediensteten hing eine Stempeluhr, und neben dem Pausenraum stand »Hauselektrik« auf einer blauen Metalltür.

Rasch öffnete Queen Elizabeth die Tür und trat in den kleinen Raum voller Sicherungskästen. Am anderen Ende des Raums befand sich eine Leiter, die zu einer Falltür in der Decke führte. Queen Elizabeth holte ein kleines Schweißgerät unter dem Karren hervor und kletterte die Leiter hinauf. Oben angekommen, machte sie das Schweißgerät an, stellte die blaue Flamme ein und hielt sie an das Vorhängeschloss, das die Falltür sicherte. Einen Moment später fiel das Schloss herunter, und Queen Elizabeth stieß die Tür auf.

»Alles klar bei dir?«, fragte Kriegsadmiral von unten.

Queen Elizabeth schob den Kopf durch die viereckige Öffnung und schaute sich kurz um, bevor sie die Leiter herunterkletterte.

»Alles klar.«

Kriegsadmiral holte einen kleinen Sportbeutel unter dem Karren hervor und reichte ihn Queen Elizabeth. Sie nahm den Beutel; dann kletterte sie wieder hinauf und durch das Loch. Die Falltür schloss sich. Über dem Sicherungsraum war es dunkel und beengt. Kabelstränge führten wie Ranken an einer Metallschiene entlang durch das gesamte Museum und versorgten es mit Strom. Queen Elizabeth befand sich nun zwischen dem ersten und zweiten Stock des Museums an der Westecke. Den Bauplänen zufolge verlief dieser Tunnel direkt über den Impressionisten.

Queen Elizabeth öffnete den schwarzen Sportbeutel, nahm eine kleine Kopflampe heraus und schaltete sie ein. Licht erhellte den engen Tunnel vor ihr. Sie setzte sich die Lampe auf, griff abermals in den Beutel und holte vier Metallstangen hervor, jede zwei Finger dick. Die Stangen ließen sich auseinanderklappen; zwischen ihnen befand sich ein schwarzer Drahtschlitten von drei Fuß Länge und zwei Fuß Breite. Vier Titanräder waren daran angebracht, die man in die Metallschiene einklinken konnte, um so gefahrlos und schnell durch den Tunnel zu gleiten.

Elizabeth warf sich den Beutel über die Schulter, legte

sich auf den Schlitten und zog sich an der Metallschiene nach vorne. Ein kleiner, digitaler Streckenmesser am Schlitten zählte mit, wie viele Meter sie dabei zurücklegte. Laut den Bauplänen begann die Galerie der Impressionisten nach gut dreißig Metern in diesem Tunnel. Die Galerie erstreckte sich dann sechzig Meter weit; der Monet hing bei einunddreißig Metern, was vom Startpunkt aus einundsechzig Meter machte.

Nach knapp drei Metern hielt Elizabeth und schaltete einen kleinen Elektromotor ein. Ein Surren ertönte; dann setzte der Schlitten sich langsam in Bewegung, und Staub wehte Elizabeth ins Gesicht.

Der Schlitten führte sie über die Garderobe hinweg, den Souvenirladen, den Amerikanischen Flügel, den Frank Lloyd Wright Room und zwei Galerien mit niederländischen Malern des 17. Jahrhunderts. Schließlich wurde der Schlitten langsamer. Der Streckenmesser zählte weiter, während Elizabeth über die Impressionisten hinweg glitt.

Dann hielt der Schlitten. Elizabeth schaltete die Lampe aus und lauschte. Unter ihr konnte sie leise Gespräche und gedämpfte klassische Musik durch die Stuckdecke hören.

Es war Zeit.

Noch immer auf dem Schlitten liegend, griff Queen Elizabeth hinter sich und holte eine kleine, elektrisch betriebene Winde aus dem Sportbeutel. Ein geflochtenes Nylonseil lag auf der Winde. Elizabeth befestigte das Gerät mit vier Klemmen an der Schiene vor sich. Nachdem die Winde angebracht war, griff sie noch einmal in den Sportbeutel, holte einen kleinen Bohrer hervor, setzte ihn vorsichtig an der Decke unter sich an und schaltete ihn ein. Jaulend fraß der Bohrer sich in den Putz und war nach zwanzig Sekunden auf der anderen Seite angelangt. Langsam zog Elizabeth den Bohrer wieder heraus. Ein Loch von einem halben Zoll Durchmesser war entstanden.

Elizabeth hockte im Dunkeln. Das einzige Licht fiel durch das winzige Bohrloch unter ihr.

Sie nahm einen LCD-Monitor von der Größe eines Taschenbuchs aus dem Beutel. Ein optisches Kabel hing daran. Dieses Kabel schob Elizabeth nun durch das Bohrloch. Dann schaltete sie den Monitor ein. Die winzige Kamera lieferte ein gestochen scharfes Schwarz-Weiß-Bild. Der Raum, der dreißig Meter unter Elizabeth lag, war genau so, wie auf den Bauplänen abgebildet: ein perfektes Rechteck mit zwei einander gegenüberliegenden Türen an den kurzen Seiten. Sechs Sofas standen an den Wänden, während die Mitte des Raumes frei war. Langsam schwenkte Elizabeth die Kamera, um sich weitere Einzelheiten der Galerie anzuschauen. Je zwei Wachmänner waren an den Türen postiert und beobachteten gelangweilt die gut zwanzig anwesenden Personen.

Elizabeth wandte sich nun den Gemälden zu. Die Renoirs hingen an der Wand, die der Tür am nächsten war. Daneben sah sie mehrere Plastiken von Rodin und einen van Gogh.

Und dort, im Zentrum der Galerie, hingen Monets Seerosen.

Elizabeth hatte die Seerosenserie schon immer für Monets Meisterwerk gehalten. Sie feierten die Schönheit der Natur. Doch heute Nacht war vor allem ihr Gewicht von Interesse. Genauer gesagt, das Gewicht der Farben, der Leinwand und des Rahmens.

Die Leinwand bestand aus doppellagigem belgischem Leinen und war auf vier Hölzer gespannt, die vermutlich aus einem eher leichten Holz gefertigt waren – wie etwa Pinienholz, das man in der Gascogne fand, wo Monet zu jener Zeit gearbeitet hatte. Diese Hölzer machten den größten Teil vom Gewicht des gesamten Gemäldes aus.

Was Queen Elizabeth jedoch vor allem an der Kunst faszinierte, waren die Farben. Zu Monets Zeiten waren sie noch nicht künstlich hergestellt worden, sondern wurden aus unterschiedlichen natürlichen Komponenten gemischt, beispielsweise Leinsamenöl oder zu Pulver zermahlenen, getrockneten Insekten. Somit waren sie wesentlich schwerer als moderne Farben; Monet hatte für das Gemälde vermutlich fünf- bis sechshundert Milliliter gebraucht. Das machte ungefähr zweihundertdreißig Gramm.

Das eigentliche Gewicht des Meisterwerks wurde jedoch weder von Leinwand noch von Farbe bestimmt, sondern vom Rahmen. In diesem Fall bestand er aus zwei Zoll dicker, vergoldeter Eiche, die überdies reich verziert war. Eiche war ein sehr hartes Holz, und das Gewicht des Rahmens allein betrug knapp fünfundsiebzig Pfund.

Queen Elizabeth schaute auf die Uhr. Ihr blieben noch zwanzig Minuten. Sie blickte wieder auf den Monitor und strich mit der Hand über das Bild des Monets auf dem Monitor.

Bald würde sie das Original berühren.

Im Sicherungsraum beugte sich Kriegsadmiral, der den Overall inzwischen ausgezogen hatte und nun einen Smoking trug, über den Karren und holte ein weißes Tischtuch hervor. Damit deckte er den Karren ab und stellte zwei Tabletts mit Hors d'Oeuvres darauf. Schließlich schob er den Karren wieder aus dem Sicherungsraum, durch den Servicebereich und in die große Eingangshalle.

Grand Bleu stand auf der anderen Seite der Tür und betrachtete einen Max Ernst. Er trug einen eleganten Smoking und über dem Arm eine weiße Serviette. Wortlos nickte er Kriegsadmiral zu und nahm ihm den Karren ab. Kriegsadmiral schaute zu, wie Grand Bleu durch den Gang in Richtung der

Instrumentensammlung ging. Dann drehte er sich um, ließ kurz den Blick über die Gäste schweifen, stellte sicher, dass niemand ihn beobachtete, und verschwand in der Menge.

Hoch über der Impressionistengalerie vibrierte die Uhr an Queen Elizabeths Handgelenk. Die Leuchtziffern glühten in der Dunkelheit. Noch fünf Minuten bis Mitternacht. Elizabeth rutschte ein Stück vor und machte einen Karabinerhaken erst an ihrem Overall fest, dann am Nylonseil der Winde. Die Winde surrte und gab ein Fuß Seil frei, das sich lose neben sie legte. Eine Fernsteuerung an ihrem Harnisch erlaubte es Elizabeth, die Geschwindigkeit der Winde zu regulieren.

Sie setzte sich ein Infrarotsichtgerät auf, das von einer Lithiumbatterie angetrieben wurde. Dann holte sie einen runden Metallgriff mit Zacken an den Seiten aus dem Sportbeutel. Die Zacken drückte sie in den Putz unter sich und drehte den Griff, bis er fest verankert war. Schließlich holte sie eine kleine Handsäge hervor und begann, ein rechteckiges Stück aus der Decke zu schneiden. Die Säge war leicht klebrig, um zu verhindern, dass von oben Staub auf die Gäste rieselte.

Als Queen Elizabeth drei Seiten des Rechtecks ausgesägt hatte, hielt sie kurz inne, packte den Griff, hob das Deckenteil leicht an und sägte dann die letzte Seite durch. Langsam nahm sie das Deckenstück heraus und legte es beiseite.

Sie spähte durch die Öffnung. Die Galerie war hell erleuchtet. Das Licht fiel nun auch direkt in den Tunnel, in dem Elizabeth auf ihrem Schlitten hing. Aufmerksam ließ sie den Blick über die Menge schweifen, doch niemand schaute zu ihr hinauf, kein Alarm ertönte, und kein Finger deutete zu dem klaffenden Loch in der Decke, über dem eine Frau baumelte. Es gab an den Museumswänden so viel große Kunst zu sehen, dass keiner der Gäste auch nur daran dachte, zur Decke zu schauen.

Queen Elizabeth blickte noch einmal auf die Uhr. Dreißig Sekunden.

Sie zog die Pfeilpistole aus dem Holster an ihrem Bein. Jeder Pfeil war mit Telazol gefüllt, einem starken Betäubungsmittel. Die Pistole in der linken Hand, blickte sie abermals auf die Uhr und packte dann die Schlittenkante. Die Zeit lief ab. Elizabeth dachte an den kleinen Sprengsatz, den Kriegsadmiral als Elektriker getarnt an den Stromkabeln des Museums unter der 5th Avenue angebracht hatte. Allerdings konnte man die Stromversorgung des Museums nicht vollständig unterbrechen, sondern nur kurz stören – aber genau das musste Elizabeth tun.

Ihre Uhr zeigte Punkt Mitternacht. Irgendwo unter der 5th Avenue explodierte der Sprengsatz und zerstörte die Stromkabel. Die Lampen in der Galerie erloschen. Erstaunte Rufe erklangen in der Dunkelheit, doch schon Augenblicke später flammte die Notbeleuchtung auf. Zwei große Halogenscheinwerfer an der Decke erwachten zum Leben und strahlten in die Mitte des Raums.

Die Wachleute eilten sofort dorthin, schauten sich um und sprachen in ihre Funkgeräte. Offenbar waren sie nicht ganz sicher, was sie tun sollten. Queen Elizabeth wartete weiter und beobachtete das Chaos unter ihr.

Bald war es so weit.

Einen ganzen Flügel entfernt und ein Stock oberhalb von Queen Elizabeth schob Grand Bleu schnell den mit einem weißen Tuch verhangenen Karren über die Galerie, von der aus man auf die altgriechischen Statuen blicken konnte. Er hinkte ein wenig hinter dem Zeitplan her. Die Ausstellungsbeleuchtung war bereits vor ein paar Minuten erloschen, als der von Kriegsadmiral angebrachte Sprengsatz die Stromversorgung des Museums unterbrochen hatte.

Grand Bleu kam nur an ein paar Museumsgästen vorbei. Die meisten Leute hatten sich in anderen, beliebteren Ausstellungssälen versammelt. Schließlich erreichte Grand Bleu die Instrumentensammlung. Er schaute auf seine Uhr und sah, dass er nur noch fünfundzwanzig Sekunden hinter dem Plan war. Outback wartete auf ihn in der Galerie. Sie hatte ein Glas Champagner in der Hand und trug ein weißes Cocktailkleid.

Direkt hinter Outback stand ein einzelner Wachposten, ein Mann Mitte dreißig. Er lehnte am Türrahmen und schaute sich irgendetwas auf seinem Handy an. Grand Bleu schob den Karren mit den Hors d'Oeuvres an die Wand neben eine irische Harfe aus dem 15. Jahrhundert. Schnellen Schrittes ging er zu dem Wachmann, drückte ihm die rechte Hand aufs Gesicht und stieß ihn nach hinten. Mit einem Fußfeger brachte er den Mann zu Fall, warf sich auf ihn, hielt ihn mit der rechten Hand gepackt und injizierte ihm mit der linken Telazol in die Schulter. Augenblicklich verlor der Mann das Bewusstsein. Grand Bleu spürte, wie der Körper erschlaffte. Er schleifte den Bewusstlosen zu einer Besenkammer und legte ihn hinein.

Als Grand Bleu sich wieder umdrehte, stand Outback vor ihm. Sie küsste ihn auf die Wange.

»Keine Probleme?«, erkundigte sie sich.

»Bis jetzt nicht.«

Outback rückte seine Fliege zurecht. »Du siehst im Smoking wirklich schick aus.«

»Danke.«

Grand Bleu schaute auf die Uhr. Sie lagen gut in der Zeit.

Da die Überwachungskameras keinen Strom mehr hatten, trat er einen Schritt auf seine Beute zu: eine Violine von Guarneri del Gesu aus dem 18. Jahrhundert. Das Instrument war in perfektem Zustand; der rot-goldene Lack schimmerte matt. Queen Elizabeth hatte Grand Bleu kurz in die Geschichte des Instruments eingeführt. Guarneri hatte viele Geigen entworfen, und die meisten Musikexperten waren sich einig, dass der Klang seiner Instrumente sogar denen seines italienischen Landsmannes Antonio Stradivari überlegen war. Diese spezielle Geige hier war einst in Warschau in Privatbesitz gewesen, bis die Nazis sie nach dem Einmarsch in Polen gestohlen hatten. Nach dem Krieg war sie durch mehrere Hände gegangen und schließlich hier gelandet. Sie war eines der perfektesten Instrumente, das je gebaut worden war.

Grand Bleu holte eine Rolle durchsichtiges Plastik unter dem Karren hervor, achtzehn Zoll im Quadrat und auf einer Seite klebrig. Outback half ihm, die klebrige Seite auf das Glas der Vitrine aufzubringen. Die Vitrine war mit einem Einbruchsalarm gesichert, der ausgelöst wurde, sobald das Glas zerbrach; dann würde es nicht lange dauern, und sämtliche Wachleute im Museum waren informiert.

Vor zwanzig Jahren hatten Museumswächter ein Durchschnittsalter von knapp über sechzig gehabt und zwanzig Pfund Übergewicht mit sich herumgetragen. Und ihre einzigen Waffen waren ein Exemplar von *USA Today* und eine Thermoskanne mit Kaffee gewesen. Doch nach dem Raub im Gardner Museum vor ein paar Jahren sowie in mehreren europäischen Museen hatte das Metropolitan seine Sicherheitsmaßnahmen verstärkt, sodass die Wachleute inzwischen eher denen in einem Casino in Las Vegas ähnelten. Das wiederum bedeutete, sollte der Alarm ausgelöst werden, würde sich ein Team von mit Pumpguns bewaffneten Männern auf Grand Bleu stürzen, und die hatten mit Sicherheit keinen Sinn für klassische Musik.

Grand Bleu nahm den drahtlosen Detonator und schaute wieder auf die Uhr. Der Detonator würde die gut sechzig Blendsprengsätze zünden, die Queen Elizabeth im gesamten

Museum verteilt hatte. Jeder Sprengsatz war in einer kleinen Flaschenkapsel versteckt, und während der Party arbeiteten keine Hausmeister. Die Explosionen würde weder das Museum noch die Kunstwerke beschädigen, aber ihre Druckwelle wäre stark genug, um jeden Annäherungsalarm in zwanzig Metern Umkreis auszulösen. Auf diese Weise war dafür gesorgt, dass das Sicherheitssystem sich nicht nur mit einem, sondern mit Hunderten von Alarmen beschäftigen musste. Und das wiederum hieß, das System würde nicht erkennen, was das eigentliche Ziel des Diebstahls war. Die Wachen würden buchstäblich die Nadel im Heuhaufen suchen müssen.

Grand Bleu würde das Alarmsystem nicht umgehen; er würde es benutzen.

Er drückte den Fernauslöser. Sofort ging ein leichtes Beben durch den Boden, als überall im Museum die Kapseln explodierten. Es folgte ein Moment der Stille; dann heulte überall der Alarm los.

Grand Bleu holte einen Hammer aus dem Karren und zerschlug das Glas der Vitrine mit mehreren gezielten Schlägen. Dann griff er um das Plastik herum, das dafür sorgte, dass keine Splitter auf die unbezahlbare Geige fielen.

Outback half ihm, das Plastik mit dem gesprungenen Glas wegzuziehen. Grand Bleu nahm die Geige vom Ständer, legte sie behutsam in einen mit Samt ausgeschlagenen Geigenkasten und reichte ihn Outback.

»Willst du das wirklich?«, fragte Grand Bleu.

»Na klar«, antwortete Outback. »Ich wollte immer schon Geige spielen.«

Hoch über der Galerie der Impressionisten beobachtete Queen Elizabeth das Chaos.

Dreißig Sekunden nachdem die Hauptbeleuchtung ausgefallen war, detonierte eine kleine Sprengladung in der Ecke der Galerie, als Grand Bleu bei den Instrumenten auf den Auslöser drückte.

Die Explosion an sich war nicht stärker als die eines Feuerwerkskörpers, aber sie reichte, um das Alarmsystem des Museums zu aktivieren. Sofort breitete sich mit einem Zischen ein dichter Nebel über dem Boden aus: Das Schutzsystem der Galerie sonderte Rauch ab, der zwar undurchdringlich, aber harmlos war; er sollte potenzielle Diebe lediglich verwirren. Der Rauch strömte aus vier Ventilen und war mit Helium durchsetzt, damit er sich schneller verbreitete.

Queen Elizabeth beobachtete, wie der Rauch aus den Ecken hervorquoll und rasch die entsetzten Gäste einhüllte, die daraufhin versuchten, aus dem Raum zu fliehen. Rufe ertönten aus der Menge, als Wachleute und Gäste gleichermaßen die Orientierung verloren. Die Ventile pumpten weiter, und rasch stieg der Rauch an den Wänden hinauf bis zur Decke.

Queen Elizabeth schaltete ihr Infrarotsichtgerät ein. Einen Moment lang sah sie gar nichts mehr; dann waren die ersten Wärmebilder des Geschehens unter ihr zu sehen. An jedem Ausgang drängten sich schattenhafte Silhouetten, die panisch versuchten, ins Freie zu kommen. Elizabeth packte die Betäubungspistole, rollte sich vom Schlitten und ließ sich durch das Loch in der Decke fallen. Es gab einen Ruck in ihrem Rücken, als die Winde sie auffing und begann, sie langsam in die mit Rauch gefüllte Galerie hinunterzulassen.

Irgendjemand stand gut drei Meter neben ihrem Landepunkt, die Arme hilflos vorgestreckt. Queen Elizabeth zielte, drückte ab und sah, wie die Gestalt langsam zu Boden sank.

Der Rauch wurde dichter, je tiefer sie kam. Selbst mit dem Sichtgerät konnte sie kaum noch die Hand vor Augen sehen.

Nun musste sie sich auf die Automatik der Winde verlassen, die kurz über dem Boden anhalten sollte.

Die Gestalt, die sie betäubt hatte, lag regungslos zu ihrer Rechten. In gut einer Stunde würde sie wieder aufwachen und sich erst einmal zehn Minuten lang unter Krämpfen erbrechen.

Die Winde blieb stehen. Queen Elizabeth sah nur noch Rauch. Aber auch ohne sehen zu können, wusste sie, dass es nur noch ein paar Fuß bis zum Boden waren. Vorsichtig pendelte sie am Seil, bis sie mit den Knien den Boden berührte.

Sofort stand sie auf, schob ein Wärmepad unter sich und blickte sich um. Noch immer waren schwache Infrarotbilder von Menschen an den Ausgängen zu erkennen. Namen wurden gerufen und Befehle gebrüllt; es war ein einziges Chaos. Eine Stimme vom Band wies die Gäste an, sich in Ruhe zu den Ausgängen zu begeben, doch die Leute drängten und schubsten.

Queen Elizabeth schaute sich um und fand bald, was sie suchte: den Streifen mit der warmen Paste, die sie früher am Abend unter dem Monet angebracht hatte.

Mit schnellen Schritten ging sie zu der Markierung. Als sie den Strich erreichte, fuhr sie mit der Hand die Wand hinauf, bis sie den Bilderrahmen berührte, dessen vergoldete Oberfläche im Rauch kaum zu sehen war. Sie packte den Rahmen fest mit beiden Händen und nahm ihn von der Wand. Ein separater, schriller Alarm ertönte in der Galerie.

Das Bild war schwer. Unbeholfen trug Elizabeth es zu dem Wärmepad, das mattgelb auf dem Boden leuchtete. Als sie das Pad erreichte, spannte die Winde sich erneut. Queen Elizabeth blickte sich ein letztes Mal um. Nur noch wenige Gestalten drängten sich an den Ausgängen; die meisten schienen den Weg ins Freie gefunden zu haben.

Die Winde zog an, und einen Augenblick später schwebte Queen Elizabeth in der Luft und glitt mit steter Geschwindigkeit nach oben zu dem unsichtbaren Loch in der Decke.

Das Wichtigste war, dass Grand Bleu und Outback in Bewegung blieben. Sie gingen durch eine lange Galerie zur Rotunde zurück. Als sie an einem Feueralarm vorbeikamen, schlug Grand Bleu das Glas ein und drückte auf den Knopf. Sofort heulte eine Sirene los. Als sie die Rotunde erreichten, war bereits das Chaos ausgebrochen. Die Menschen drängten in Panik zu den Ausgängen. Die Sicherheitsleute – in ihren mokkafarbenen Uniformen leicht zu erkennen – liefen am Rand der Rotunde entlang, die Finger auf ihre Ohrstöpsel gedrückt, und versuchten herauszufinden, was los war.

Unmittelbar unter Grand Bleu trieb der Dirigent die Frauen und Männer seines Orchesters zusammen. Den Blick auf die Wachleute gerichtet, machten Grand Bleu in seinem Smoking und Outback in ihrem schwarzen Cocktailkleid sich auf den Weg die große Treppe hinunter. Unten mischten sie sich unter die Musiker und ließen sich mit ihnen zum Ausgang treiben.

Der Alarm gellte noch immer, als die Leute sich in Panik an den Ausgängen drängten, während die Sicherheitsleute rasch Kontrollstellen vor den offenen Türen errichteten. Ein Metalldetektor hinter der Tür war das letzte Hindernis, bevor es ins Freie ging. Auch die Orchestermusiker wurden überprüft, Instrumentenkästen geöffnet und Frauen wie Männer von behandschuhten Sicherheitsleuten abgetastet. Grand Bleu und Outback schlossen sich der Schlange an. Ein stämmiger Wachmann mit schwarzem Schnurrbart deutete auf Outback und nickte dann zu einem Tisch vor sich.

»Bitte stellen Sie den Koffer auf den Tisch, und machen Sie

ihn auf«, sagte der Wachmann und deutete auf den Geigenkasten. Hinter Outback ballte Grand Bleu die Faust in der Tasche.

»Aber gern, Officer«, sagte Outback. »Was ist hier eigentlich los?«

»Es wurde Alarm ausgelöst«, antwortete der Wachmann, während Outback den Kasten öffnete. »Die Überprüfung ist lediglich eine Vorsichtsmaßnahme.«

Outback nickte, klappte den Kasten auf und zeigte die Guarneri. Am Tisch neben ihr musste ein Mann im Smoking seinen Bratschenkasten öffnen, und ein Wachmann suchte mit einem Metallstab und einer Taschenlampe im Inneren des Instruments. Tatsächlich wurden gerade überall um sie her Instrumentenkästen geöffnet und durchsucht; alles lief genau so, wie Grand Bleu es geplant hatte. Er hätte den Kasten selbst an sich genommen, doch er sah ganz und gar nicht wie ein Streicher aus.

Der Wachmann schaute sich die gestohlene Geige kurz an, nahm sie dann ziemlich grob aus dem Kasten, inspizierte die Brücke und versuchte, in den Resonanzkörper zu blicken.

»Ich hoffe, es wurde nichts gestohlen«, sagte Outback.

»Ich glaube nicht. Unsere Sicherheitsmaßnahmen sind hervorragend.«

»Das ist mir auch schon aufgefallen.«

Der Wachmann seufzte, legte die Geige zurück und schloss den Geigenkasten.

»Ich wünsche Ihnen noch einen schönen Abend«, sagte er.

Outback nahm den Geigenkasten vom Tisch. Jetzt war Grand Bleu an der Reihe. Er hob die Arme, damit ein Wachmann ihn abtasten konnte.

»Ihnen auch einen schönen Abend, Officer«, sagte Outback, doch der Wachmann winkte bereits den Nächsten in der

Schlange heran, einen dünnen Orchestermusiker, der ebenfalls einen Geigenkasten trug. Heute Abend hatte das Orchester jedoch einen Streicher mehr … einen Streicher mit einer besonders alten und kostbaren Violine.

In der Galerie der Impressionisten erreichte Queen Elizabeth in dreißig Meter Höhe das Loch in der Decke, das sie exakt für die Größe des Gemäldes zurechtgeschnitten hatte. Sie hielt den Monet fest in der Hand. Unter ihr war die Galerie noch immer mit Rauch gefüllt, der wie ein Lebewesen pulsierte. Queen Elizabeth schnallte sich ab, wand sich mit dem Rücken auf den Schlitten und legte sich den Monet auf die Brust. Der Schlitten setzte sich in Bewegung und trug sie mit seinem fast lautlosen Elektromotor durch den Wartungstunnel.

Nach knapp fünfzehn Metern hielt der Schlitten bereits wieder an, diesmal an einer Zugangsleiter. Queen Elizabeth packte den Monet, rollte sich vom Schlitten herunter und kauerte sich in den niedrigen Tunnel. Sie schaltete die Kopflampe ein. Das Licht vertrieb die Dunkelheit und gab den Blick auf eine Skelettstruktur an der Decke frei: die Stützbalken, die Stromleitungen und nur ein paar Meter entfernt eine Metallleiter, die nach oben führte.

Dem Gebäudegrundriss nach führte die Leiter zwischen der Chinesischen Galerie und der Ausstellung amerikanischer Kunst des 19. Jahrhunderts hindurch bis aufs Dach, wo sie neben dem Ventilationssystem endete, nicht weit vom Dachgarten entfernt. Queen Elizabeth holte einen großen, zusammengefalteten Stoffsack aus dem Sportbeutel und steckte den Monet hinein. Dann warf sie sich den Sack über die Schulter, kroch zur Leiter und stieg langsam hinauf. Unter sich hörte sie noch immer den Alarm schrillen.

Elizabeth musste nicht weit klettern, bis sie eine große Falltür erreichte. Sie brach das Loch mit ihrem kleinen Schneidbrenner auf und stieß die Tür auf. Kalte Nachtluft strömte in den engen Schlund. Queen Elizabeth kletterte auf das vom Mondlicht erhellte Dach des Museums. In der Ferne, über den Central Park hinweg, waren die strahlenden Lichter von Manhattan zu sehen.

Inzwischen hatten die Museumswachen das Gebäude mit Sicherheit abgeriegelt. Polizeisirenen näherten sich aus zwei verschiedenen Richtungen, einmal über die 5th Avenue und einmal über die 86te Street. Das gesamte Museum wurde abgesperrt. Der Monet war zu groß und zu berühmt, als dass man ihn genauso leicht aus dem Museum hätte bringen können wie Grand Bleu seine Geige. Queen Elizabeth musste sich einen anderen Weg suchen.

Sie schaltete ihre Kopflampe ab. Der Mond und Manhattan spendeten genügend Licht. Das Dach war voll mit viereckigen Ventilationsöffnungen, die im Mondschein wie Grabsteine aussahen. Elizabeth zählte bis zum dritten Metallklotz an der Nordseite. Dann hockte sie sich neben den Propeller und schüttete den restlichen Inhalt des Sportbeutels aus.

Vor ihr lag ein leichter, auf kleinste Größe zusammengefalteter Ballon aus einem Kompositmaterial. Sie rollte den Ballon aus. Er war fast vier Meter lang und hatte an einem Ende ein Ventil, an das man einen Kompressor anschließen konnte, sowie einen biegsamen Schlauch von ungefähr einem Meter Länge. Queen Elizabeth befestigte das eine Ende des Schlauchs an der Ventilatoröffnung, schaute auf die Uhr und wartete.

Der Ventilator war direkt mit der Galerie der Impressionisten verbunden, sodass der Ballon sich nun mit dem mit Helium angereicherten Rauch füllte. Normalweise bildete Helium nur 0,6 Prozent der Erdatmosphäre, doch in der Galerie war mittlerweile eine Sättigung von siebzig Prozent erreicht. Um Atemnot bei den Gästen zu vermeiden und es den Museumsangestellten zu ermöglichen, den Raum zu betreten, wurde das Sicherheitssystem von einem Timer gesteuert. In genau vier Minuten würde das System Pumpen in Gang setzen und mit dem Absaugen des Rauchs beginnen. Auf dem Weg durch das Ventilationssystem wurde das Helium dann vom Rauch getrennt und kam oben mit einer Konzentration von achtundneunzig Prozent an. Dann würde das Helium sich in der Luft verteilen – es sei denn, man stülpte etwas über die Öffnung.

Zum Beispiel einen Ballon.

Queen Elizabeth schaute weiter auf die Uhr. Sie hörte, wie die Polizeisirenen näher kamen. Reifen kreischten, als die Streifenwagen in die Museumsauffahrt einbogen. Wahrscheinlich war auch schon ein Polizeihubschrauber unterwegs.

Der Ventilator war noch immer abgeschaltet. Allmählich lief Queen Elizabeth die Zeit davon. Sie konnte nicht mehr lange warten. Aber ohne das Helium aus der Galerie musste sie den Monet zurücklassen.

Von ihrem Standort aus konnte sie auf den Ostflügel schauen. Polizei und Museumsbedienstete bewegten sich durch die Räume. Allerdings war an so vielen Stellen ein Alarm losgegangen, dass die Beamten und Sicherheitsleute sich im ganzen Gebäude hatten verteilen müssen. Sie hatten bestimmt noch nicht herausgefunden, was wirklich geschehen war.

Als der Ventilator endlich ansprang, wandte Queen Elizabeth sich von den Fenstern ab. Langsam begann der Propeller sich zu drehen und sog den Rauch aus der Galerie der Impressionisten. Elizabeth schaltete ihren kleinen, tragbaren Kompressor ein und leitete das Helium in den Ballon.

Der Ballon glich in seiner Form einem Zeppelin. Einzelne Luftkammern funktionierten ähnlich wie die Ballasttanks eines

U-Boots und gestatteten es dem Ballon, entweder zu steigen oder zu sinken, und mithilfe kleiner avionischer Geräte ließen sich Flugrichtung und Geschwindigkeit bestimmen. Zwei batteriebetriebene Motoren verliehen dem Ballon eine Spitzengeschwindigkeit von dreißig Stundenkilometern.

Eine Gondel gab es allerdings nicht, nur Metallhaken, an die man einen Stoffsack hängen konnte.

Das Fassungsvermögen des Ballons war exakt dafür berechnet worden, den Sack und das Gemälde mitsamt Rahmen vom Dach zu heben. An Helium selbst bestand kein Mangel; die Galerie war bei Weitem groß genug.

Ein Sender in der Bronx, nicht weit von hier entfernt, gab alle zwanzig Sekunden ein Signal ab, das der Ballon über einen kleinen Transponder empfing. War er erst in der Luft, würden die Motoren von selbst anspringen. Der Ballon würde auf sechshundert Meter Höhe steigen und dann langsam über die Stadt hinweg zum Sender gleiten.

Der Ballon füllte sich rasch mit Helium, und Queen Elizabeth hatte zunehmend Mühe, ihn festzuhalten. Im Ostflügel suchte man noch immer mit Taschenlampen den Griechischen und Römischen Flügel ab.

Queen Elizabeth fragte sich, wie lange es wohl dauern würde, bis jemand bemerkte, dass der Monet verschwunden war.

Der Ventilator surrte immer noch, und der inzwischen fast gefüllte Ballon ließ sich kaum noch festhalten. Dann war der Auftrieb plötzlich zu stark, und der Ballon erhob sich vom Boden und schwebte in Höhe von Elizabeths Knie. Die beiden kleinen Motoren erwachten zum Leben, und ein rotes Licht unter dem Ballon blinkte auf und zeigte, dass der Sender in der Bronx aktiv war. Der Ballon war nun vollständig aufgeblasen – eine schwarze Masse von gut vier Metern Durchmesser. Das Gemälde hing darunter und zog und zerrte wie ein wildes Tier.

An der Seite des Ballons befand sich ein zusammengerolltes Nylonseil. Queen Elizabeth entrollte die fast hundert Meter. Sollte der Ballon auf den ersten Metern in Schwierigkeiten geraten, würde sie ihn damit steuern können; jenseits von hundert Metern war er auf sich allein gestellt.

Elizabeth schloss das Luftventil, zog den Schlauch ab und ließ den Ballon los. Die schwarze Masse stieg schnell auf. Nach wenigen Augenblicken war sie kaum mehr als ein verwaschener Fleck hoch über dem Museum.

Queen Elizabeth sammelte gerade ihre Ausrüstung ein, als sie ein Geräusch an der Dachkante hörte, keine zwanzig Meter hinter ihr.

Es war das Geräusch schwerer Stiefel auf den Sprossen einer Metallleiter.

Dann brüllte eine Stimme: »Stehen bleiben! Polizei!«

Queen Elizabeth erhob sich langsam, mit dem Rücken zu dem Mann, der gerufen hatte, hob die Hände zu der schwarzen Skimaske auf ihrem Kopf und zog sie sich übers Gesicht. Nur Augen und Mund schauten noch heraus.

»Keine Bewegung! Hände hoch!«

Elizabeth gehorchte und hob die Hände über den Kopf. Hinter sich hörte sie das statische Rauschen, das aus einem Polizeifunkgerät drang, gefolgt von aufgeregten Stimmen.

»Umdrehen! Aber schön langsam!«

Elizabeth drehte sich um und blickte in die Mündung einer Sig Sauer, die ein junger Beamter des New York Police Departments auf ihre Brust gerichtet hatte. Der Cop stand ungefähr zwanzig Schritte von ihr entfernt. Es war ein schwieriger Schuss, vor allem, wenn sie sich schnell bewegte.

»Heute Nacht muss niemand zu Schaden kommen«, sagte Queen Elizabeth.

»Maul halten! Und bewegen Sie sich nicht!«

Auf der anderen Seite des Dachs hörte Elizabeth die Rufe und Schritte weiterer Polizisten, die über die Leiter heraufkamen.

»Runter auf die Knie, los! Hände hinter den Kopf!«, befahl der junge Polizist.

Queen Elizabeth lächelte, ließ sich langsam auf die Knie nieder und verschränkte die Hände im Nacken. Der Cop trat vor, die Waffe noch immer erhoben, und sprach in das Funkgerät an seiner linken Schulter. Irgendwo über ihnen stieg der Ballon weiter nach oben, und das Kontrollseil rollte sich rasch ab. Der Polizist war jetzt nur noch zehn Meter entfernt. Er griff an seinen Gürtel und löste die Handschellen. Das Seil hatte sich inzwischen fast vollständig entrollt. Nur noch wenige Meter waren übrig.

»Keine Bewegung!«, befahl der Cop.

»Keine Angst, ich gehe nicht wieder zurück«, sagte Elizabeth, wirbelte herum, packte das letzte Stück Seil und rannte zur Dachkante. Einen Augenblick war der Cop wie erstarrt; dann senkte er die Waffe und sprang Elizabeth hinterher. Einen Moment später erreichte sie die Dachkante und sprang neun Stockwerke über dem Boden ins Leere. Die Welt drehte sich und verschwamm; Bilder und Geräusche rasten an ihr vorbei.

Dann spannte sich das Seil in ihren Händen, und sie wurde vom Ballon nach oben getragen. Mit Armen und Beinen hielt sie das Gleichgewicht, um nicht herumgeschleudert zu werden. Elizabeths Schwung hatte gereicht, um sie weit vom Dach wegzutragen, und die Motoren bewegten den Ballon nun langsam vorn. Doch Elizabeth war zu schwer, und er sank langsam und in weitem Bogen zur Erde.

Elizabeth schwebte über die Streifenwagen hinweg. Sekunden später streiften ihre Füße den Wipfel einer Ulme im Park hinter dem Museum. Sie ließ das Seil los und landete auf dem weichen Boden. Sofort stieg der Ballon wieder und nahm das Seil mit.

Queen Elizabeth war hundert Meter vom Museum entfernt. Nun rannte sie los und wurde von der Stadt verschluckt.

Kriegsadmiral stand im Sicherungsraum und starrte auf die Uhr. Queen Elizabeth war spät dran. Draußen hörte er noch immer die Alarmanlagen des Museums, und vor dem Gebäude heulten nun Polizeisirenen. Die Männer des New York Police Departments waren eingetroffen.

Wieder blickte Kriegsadmiral auf die Uhr. Elizabeth war vier Minuten zu spät.

Plötzlich knisterte das kleine Funkgerät. Kriegsadmiral riss es so aufgeregt vom Gürtel, dass es beinahe zu Boden gefallen wäre.

»Hallo? Hallo?«

»Wir sind aufgeflogen! Mach, dass du wegkommst!«, rief Queen Elizabeth. Sie klang außer Atem, als würde sie rennen.

Scheiße.

Kriegsadmiral ließ das Funkgerät fallen, wirbelte auf dem Absatz herum und öffnete die Tür. Draußen herrschte die blanke Panik. Wachleute rannten an ihm vorbei, und über ihm blinkten Alarmlichter. Kriegsadmiral lief direkt zur Hintertür, den Blick starr nach vorn gerichtet.

Die Tür öffnete sich, und vier Beamte des New York Police Departments stürmten hindurch. Ohne ihn eines Blickes zu würdigen, rannten sie an Kriegsadmiral vorbei zu den Galerien. Kriegsadmiral erreichte die offene Tür, strich seinen Overall glatt, trat hinaus und verschwand in der Freiheit.

Queen Elizabeth lag auf einer Lichtung in einem kleinen Wäldchen auf City Island, das sich am Ufer entlang bis zum Long Island Sound erstreckte. Sie war aus der Stadt entkommen. Nach der Flucht aus dem Museum hatte sie sich mit Kriegsadmiral in der Garage ein Stück weiter nördlich an der 5th Avenue getroffen. In ihrem gemieteten Escalade North waren sie aus der Stadt geflohen und nur einmal an einer provisorischen Straßensperre angehalten worden. Zu diesem Zeitpunkt war das Gemälde schon weit weggeschwebt.

Wind kam auf, strich über das Gras hinweg, ließ die Wipfel der Bäume rauschen und trieb den Duft des Meeres heran. Manchmal hatte Queen Elizabeth das Gefühl, als gebe es so viel Schönheit auf der Welt, dass all die Leinwand, all das Holz und der Stein, der in der Geschichte der Menschheit verwendet worden war, um diese Schönheit einzufangen, nicht annähernd ausreichte, auch nur einen Bruchteil davon zu verewigen. In diesen Augenblicken war sie so sehr von Schönheit erfüllt, dass es ihr den Atem verschlug.

Dann dachte sie an Arden und daran, dass sie keine Liebe für ihn empfinden konnte. Bisweilen kam es ihr so vor, als hätte man bei ihrer Schöpfung irgendeinen Fehler gemacht, als hätte sie ein Leck in ihrem Innern, durch das alle Schönheit hindurchsickerte, egal wie sehr sie dagegen ankämpfte.

Wie mochte es wohl sein, eine Seele wie ein Mensch zu haben? Wie mochte es sich anfühlen, glücklich zu sein?

Der Sender in ihrer Hand piepte mit der Regelmäßigkeit eines Metronoms. Der Monet war irgendwo über ihr, schwebte zwischen den Sternen, und jeden Moment würde sie ihn sehen. Kriegsadmiral wartete im Wagen am Rand des Wäldchens. Queen Elizabeth konnte ihn zwischen den Bäumen sehen. Er behielt die Straße im Auge.

Der Ballon begann seinen Abstieg, bis er schließlich rechts

von Elizabeth ins Gras fiel. Sie schaute jedoch weiter zu den Sternen hinauf, lauschte dem Zirpen der Grillen um sie her, die bei der Landung des Ballons kurz verstummt waren, ihr Konzert nun aber fortsetzten.

Elizabeth stand auf, klopfte sich das Gras von der Kleidung und ging zu der Stelle, wo sie den Ballon hatte landen hören. Jenseits des Wassers erstreckten sich die Lichter von Manhattan bis zum Horizont. Der große Ballon fiel langsam in sich zusammen. Der gepolsterte Sack lag auf der Seite. Queen Elizabeth schaute sich um. Noch immer war niemand zu sehen, und nichts bewegte sich außer den Bäumen im Wind.

Langsam bückte sie sich und öffnete den Sack.

Monets Seerosen leuchteten im Mondlicht.

Coconut Cream Club, nach der Schlacht

Die Mädchen im Coconut Cream Club servierten asiatisches Schweinefleisch und Kürbisravioli und trugen dabei Bikinitops und durchsichtige Sarongs. Das Restaurant war nach den Spielen zum Bersten voll. Saxton aß dort jeden Freitag (oder war es Mittwoch?) mit Gorfinkle und Miller zu Abend. Jede Stunde gab es einen Schönheitswettbewerb. Die Mädchen schritten über den Catwalk vor dem Restaurant und an der Bar vorbei. Riesige Videoleinwände bildeten den Hintergrund für diese Show. Saxton genoss eine organische Hähnchenbrust vom Grill und stimmte für die große Brünette mit der Nummer sieben.

Er war noch immer außer sich vor Wut wegen des Testaments seines alten Herrn. Aber was immer geschehen mochte – der unbekannte Mr. Parker Symon würde keinen Cent vom Vermögen zu sehen bekommen. Das würde Saxton zu verhindern wissen.

»Meine Eltern wollten, dass ich Arzt werde«, sagte Gorfinkle plötzlich und starrte traurig auf sein Spinatgratin. »Sie hielten es für wichtig, dass ich einen ›richtigen‹ Beruf lerne, etwas Nützliches. Ich sollte mir eine Wissensgrundlage erarbeiten, um anderen Menschen helfen zu können.«

»Um anderen Menschen helfen zu können?«, hakte Saxton verwirrt nach.

»Sie haben gesagt, Papiere hin und her zu schieben, sei reine Zeitverschwendung und außerdem moralisch verwerflich – egal wie viel Geld ich damit mache.«

»Ich kann's nicht glauben. Medizin? Ein Handwerk? Deine Eltern wollten, dass du ein *Handwerk* lernst? Wissen sie denn nicht, dass der Arztberuf längst überflüssig ist? Dass Samps schon bald *alles* heilen werden? Warum haben sie dich nicht gleich Schmied werden lassen? Oder Sattler? Diese Berufe haben in der modernen Welt genauso wenig Platz wie der eines Arztes. Außerdem, was stellen deine Eltern sich auf so einen moralischen Sockel? Woher nehmen sie sich das Recht, solche Plattheiten loszulassen über das, was wir tun? Wie kommen sie dazu, das Brokerdasein als Zeitverschwendung zu bezeichnen? Als moralisch … wie war das?«

»Moralisch verwerflich.«

»Als moralisch verwerflich. Was machen sie denn selbst so Großartiges?«

»Sie sind beide Ärzte und arbeiten in einem Aids-Hospiz in Afrika.«

»Das ist ja gut und schön«, erwiderte Saxton, »aber wenn ich der Gesellschaft helfen will, spende ich an Greenpeace oder an das Rote Kreuz. Ich spende *Geld*. Sich für irgendwas freiwillig zu melden ist selbstsüchtig. Damit helfen diese Leute nur sich allein, nicht aber der Gesellschaft. Wenn ein Anwalt sich besser fühlen will, hilft er dann in einer Suppenküche aus? Ergibt das Sinn? Soll er eine Stunde lang Karotten schnibbeln, um seine Schuldgefühle loszuwerden? Hältst du das für sinnvoll genutzte Zeit? Wäre es nicht vernünftiger, eine Überstunde im Büro zu machen, den Mandanten noch einmal tausend Dollar aus dem Kreuz zu leiern und das Geld dann zu spenden? Weißt du, wie viele Suppen du für tausend Dollar kaufen kannst?«

»Nein …«, antwortete Gorfinkle zögernd.

»Ehrenämter! *Das* nenne ich Zeitverschwendung. Medizin? Wenn du etwas gegen Aids in Afrika tun willst, dann verkaufe mehr Samps. Schick Geld rüber. Ich stecke mein hart verdientes Geld lieber Miss Hawaiian Tropic hinten in den String. Aber du kannst ja tun und lassen, was du willst.«

»Und was ist mit Roosevelt?«, fragte Gorfinkle. »Hatten seine sozialen Programme denn gar nichts Gutes?«

»Jetzt machst du mich wirklich wütend. Sieh dir doch nur mal an, was mit Roosevelt passiert ist. Er war ein Transkriptor. Die TFU hat ihn verhaftet und weggesperrt. Was zeigt dir das? Es zeigt dir, dass es der Gesellschaft egal ist, was du machst. Egal, wie viel Gutes du tust, es interessiert die Gesellschaft nicht. Sie ist denen gegenüber blind, die ihr helfen wollen.

Wenn deine Eltern an Aids erkrankten und hier in New York in ihrem Apartment liegen würden … Glaubst du, dann würde irgendein Afrikaner kommen und an ihre Tür klopfen, um zu helfen? Nein. Natürlich nicht. Und Roosevelt? Er hat seine Karriere bei Genico einzig und allein darauf ausgerichtet, anderen zu helfen. Und haben diese Menschen jetzt *ihm* geholfen? Nein. Hat die viele Zeit und Kraft, die er in seine Projekte investiert hat, seine Lage jetzt irgendwie verbessert? Nein. Ich will hier nur was essen und mir die hübschen Mädels ansehen. Also reg mich bloß nicht auf.«

Saxton starrte auf sein organisches Hähnchen. Das war Geografie, eine kleine Welt im Miniformat. Im Westen erhoben sich die Hähnchenberge am Tellerrand, und zerklüftete Hähnchengipfel ragten über dem wilden Zwiebelsoßenfluss auf, der sich durch den verbotenen Gemüsedschungel schlängelte. Saxton wünschte sich, er könnte schrumpfen und dieses unbekannte Königreich erkunden. Dort würde er den Gefahren der Kartoffelpüreehügel trotzen, den Wald des dampfenden Broccoli erkunden und die höchsten Gipfel der Hähnchenberge erklimmen, um dort seine Flagge am Tellerrand zu hissen.

Plötzlich fühlte er eine bedrohliche Präsenz neben sich. Gorfinkle und Miller waren verstummt. Langsam zog Saxton sich aus seinem Königreich zurück, wuchs wieder zu normaler Größe heran und drehte sich um. Lieberman stand vor ihm.

»Ich muss mit Ihnen reden«, sagte Lieberman und blickte dann zu Gorfinkle und Miller.

Miller räusperte sich. »Mein Mund ist ein bisschen trocken. Ich hole mir ein Tonic, okay?«

Die beiden Broker standen auf und gingen zur Bar, weg von Lieberman, denn dieser Kerl war Nosferatu, der Untote, und Sterbliche zitterten in seiner Gegenwart.

»Sie wissen wirklich, wie man Schwung in eine Party bringt«, bemerkte Saxton, als Lieberman sich auf einen der frei gewordenen Stühle setzte. »Jetzt weiß ich, wen ich anrufen muss, wenn ich bei meiner Geburtstagsparty Spaß haben will.«

»Wir haben ein Problem«, sagte Lieberman und verschränkte die Hände auf dem Tisch. Sein Diener, Rasputin, stellte sich ein paar Schritte hinter dem Tisch auf und ließ den Blick durchs Restaurant schweifen.

»Worum geht's?«, fragte Saxton.

»Johann Woerner.«

»Was ist mit ihm?«

»Er stellt Fragen. Ärgerliche Fragen. Über Ihr Afrikaprojekt.«

»Über Dr. Gorfinkles Arbeit in dem Aids-Hospiz?«, hakte Saxton verwirrt und ein wenig nervös nach.

Auf der Bühne tanzte Girl Nummer acht, eine Brünette mit schmaler Taille und langen Beinen, vor einem Bild des Mount Everest. Saxton schluckte. Sehnsüchtig schaute er auf seinen Teller und wünschte sich, er könnte wieder in den Frieden des Hähnchenreichs zurückkehren.

»Und er hat uns etwas weggenommen«, fuhr Lieberman fort. »Die Samps für unser Afrikaprojekt. Er hat sie in einen Umschlag gesteckt und trägt sie ständig mit sich herum. Wenn sie den falschen Leuten in die Hände fallen, können diese Leute den Code entschlüsseln. Woerner hat Beweise dafür, was wir in Ituri tun – und wie Sie wissen, sollte über unsere Arbeit in Afrika lieber nichts an die Öffentlichkeit geraten.«

»Es sei denn, wir wollen die nächsten zwanzig Jahre im Knast verbringen.«

»Das amerikanische Volk will zwar die Früchte wissenschaftlicher Erfolge ernten, versteht aber nicht, was das kostet. Das war schon immer so. Kinderarbeit, Tierversuche, Krieg um Öl, Dritte-Welt-Arbeit, Transkriptorensklaven … Das ist nun mal der Preis dafür, wenn man Geschäfte machen will. Aber die amerikanischen Konsumenten wollten die Wahrheit einfach nicht wahrhaben. Sie wollen ihre Samps gegen Leberkrankheiten. Sie wollen ewig jung bleiben. Sie wollen, dass ihre roten Blutkörperchen mehr Sauerstoff transportieren. Sie wollen glänzenderes Haar und weißere Zähne. Und wir können ihnen das alles geben. Aber diese Dinge haben ihren Preis, wie alles im Leben. In seinem verdrehten Verstand glaubt Woerner tatsächlich, zum Wohl der Allgemeinheit zu handeln; dabei bewahrt die Allgemeinheit ihren Anstand nur, indem sie systematisch die Wahrheit ignoriert. Nimmt man ihnen das, tut man allen nur weh.«

»Was sollen wir tun?«

»Wir müssen uns um Woerner kümmern«, antwortete Lieberman.

»Und wie? Wie bei Smalls?«

»Ich denke, es ist an der Zeit.«

»Langsam wird die Sache schmutzig, finden Sie nicht?«, erwiderte Saxton. »Ich fühle mich schon wie in einem verdammten Wes-Craven-Film.«

»Das sollten Sie aber nicht. Sie haben sich erfolgreich von der tatsächlichen Entscheidungsfindung in der Firma isoliert. Das Big Business ist manchmal unangenehm und manchmal schmutzig. Arbeitskämpfe waren von Beginn an Teil der amerikanischen Kultur, und von Beginn an haben sie oft in Gewalt geendet. Teilweise haben regelrechte Straßenkämpfe stattgefunden, bürgerkriegsähnliche Zustände. Wir hingegen haben erst zwei Menschen eliminiert. Da würde ich doch sagen, wir machen uns ganz gut.«

»Wir bauen hier aber keine Bahnstrecke durch den Wilden Westen. Wir können nicht ständig Leute ermorden. Irgendwann kommt jemand uns auf die Schliche. Das ist keine angenehme Situation.«

»Das braucht Sie nicht zu kümmern. Genießen Sie Ihr Essen, Ihre Frauen und Ihre Drogen. Lassen Sie sich den Verstand vernebeln, damit Sie nicht sehen, was es wirklich bedeutet, einen Konzern zu führen. Sie können ruhigen Gewissens schlafen. Ich sorge schon dafür, dass es bei Genico gut läuft.«

Lieberman stand auf. Angesichts der Entschlossenheit dieses Mannes fühlte Saxton sich machtlos. Und sie waren tatsächlich schon viel zu weit gegangen, als dass jetzt ein Rückzieher möglich gewesen wäre. Lieberman hatte recht: Wollte man das große Geschäft machen, musste man große Entscheidungen treffen. Leute wie Woerner oder Smalls schienen das einfach nicht zu verstehen … und dann mussten solche Leute eben beseitigt werden.

Lieberman ging. Saxton war wieder allein und schaute auf seinen Teller. Es dauerte nicht lange, und er befand sich erneut im Hähnchenreich und lief nackt am Zwiebelsoßenfluss entlang.

Wind kam auf und brachte Regen mit. Kühle, feuchte Luft legte sich über den Central Park. Durch sein Fernglas sah Rasputin zwei Wachen auf den Stufen. Zum Schutz vor dem Wind hatten sie die Krägen hochgeschlagen. Die Männer zogen an ihren Zigaretten und inhalierten tief den warmen Rauch. Über ihnen ragten die gewaltigen Beresford Apartments auf. Das Gebäude war großartig: zwanzig Stockwerke hoch, mit Ziegeln und Terrakotta verklinkert, die Wände im Stil der Spätrenaissance verziert. Wie eine alte Burg zeichnete sich das Beresford vor dem dunklen Himmel ab.

Es versprach eine gute Nacht zu werden.

Johann Woerner hatte fünf Leibwächter. Noch in dieser Stunde würden sie alle sterben. Rasputins 5er BMW stand am Central Park West. Er schaute auf die Uhr. Ein Streifenwagen kam vorbei. Rasputin blickte wieder auf. Zwei weitere Wachleute erschienen auf dem Bürgersteig vor dem Luxusapartmenthaus. Sie hatten die Hände in die Taschen gesteckt und gingen langsam am Haupteingang vorbei. Dabei versuchten sie, so unauffällig wie möglich zu erscheinen.

Erstaunt hatte Rasputin zwei Cops vor dem Rainbow Room entdeckt, wo sie auf ihn gewartet hatten. Natürlich hätte er sie mit Leichtigkeit töten können, aber Cops zu killen war nicht sonderlich klug – besonders nicht vor der eigenen

Haustür. Aber er würde sich jetzt eine neue Bleibe suchen müssen. Der Rainbow Room war nicht mehr sicher. Rasputin würde ihn vermissen. Sehr viele Erinnerungen waren mit ihm verbunden – Erinnerungen an menschliche Zeiten.

Der BMW war bequem. Rasputin wärmte sich die Hände am Standgebläse. Seine rechte Schulter, wo die Kugel ihn gestreift hatte, schmerzte leicht. Natürlich war er nicht zum ersten Mal angeschossen worden. Bei ihm heilten Wunden schnell; nächste Woche würde er nur noch eine kaum sichtbare Narbe haben.

Rasputin konzentrierte sich auf den Tablet-PC in seinem Schoß.

Nachdem er die Cops im Theater abgeschüttelt hatte, war er ein letztes Mal in sein Apartment zurückgekehrt. Er brauchte diesen Tablet-PC. Das Ding war so groß wie ein Notebook und zeigte den Grundriss der Beresford Apartments. Rasputin tippte mit dem Fingernagel auf den Schirm, und das Innere des Gebäudes erschien bis ins letzte Detail auf dem kleinen grauen Bildschirm. Rasputins eigene Position war ebenfalls markiert: ein kleiner Punkt unmittelbar vor einer Reihe von Toren.

Rasputin schaltete den BMW in den Parkmodus. Den Beresford Apartments gegenüber kamen gerade die letzten Besucher aus dem Museum of Natural History. Rasputin wartete, bis die Leute sich auf der Straße verteilt hatten; dann öffnete er die schwarze Tasche auf dem Beifahrersitz.

Allein schon aufgrund seines Namens hatte Rasputin stets eine Vorliebe für Geschichte gehabt, und so hatte er sich alles über das Beresford besorgt, was es zu wissen gab. Im Jahre 1929 hatte Emery Roth mit dem Bau des heutigen Gebäudes begonnen, um das Beresford Hotel zu ersetzen, das seit 1889 an dieser Stelle gestanden hatte. Das Gebäude besaß insgesamt zweiundzwanzig Stockwerke, die von drei Pyramiden gekrönt wurden, und einen Innenhof mit einem Garten und einem Springbrunnen.

Rasputin war nur aus einem einzigen Grund hier: Johann Woerner. Die Wohnung des Mannes lag auf der dem Central Park zugewandten Seite, ein mehrstöckiges Penthouse, das einen gesamten Stock einnahm. Und Woerner besaß etwas, das Rasputin beschaffen musste. Schließlich wurde er gut dafür bezahlt.

Auf dem Beifahrersitz lagen zwei Pistolen vom Typ Beretta und eine Kevlarweste. Rasputin war kein Meuchelmörder. Er war ein Sammler. Er sammelte Dinge ein – Dinge, die andere Leute nicht eingesammelt sehen wollten. Dinge, für die Menschen bereit waren zu töten.

Rasputin öffnete die Tür des BMW und stieg aus. Die Nacht war ruhig, und leichter Nieselregen ging über dem Central Park nieder. Links von Rasputin hatten sich Obdachlose auf den Bänken zusammengerollt und schliefen. Ansonsten war in unmittelbarer Umgebung niemand zu sehen. Keine Zeugen.

Rasputin ging in den Park und an den Bäumen vorbei, bis er von der Straße aus nicht mehr zu sehen war. Dann kniete er sich hin. Bodennässe drang durch den Stoff seiner Hose. Er senkte den Kopf und lauschte auf das Flüstern des Regens und das Säuseln des Windes in den Bäumen. In ein paar Minuten würde es zu Gewalt und Tod kommen, doch jetzt brauchte Rasputin erst einmal Frieden.

Vollkommen regungslos kauerte er da und schloss die Augen.

Zuerst war da nichts. Dann, ganz allmählich, fühlte er es. Die Luft begann sich zu bewegen – so wie Pfützen, wenn die Erde bebt. Rasputin wartete verängstigt; er wollte nicht, dass die Kraft kam. Aber sie war bereits unterwegs, und es gab nichts, was er dagegen hätte tun können. Er kniff die Augen noch fester zusammen, und sein Körper verkrampfte sich. Über ihm war das Rauschen von Flügeln zu hören. Das Geräusch kam näher und hüllte ihn schließlich vollständig ein. Die Luft war kalt, und Rasputin öffnete halb ein Auge. *Sie* war da. Riesige schwarze Flügel, die im Regen glitzerten. Rasputin schloss das Auge wieder und hielt den Kopf gesenkt.

Ganz kurz berührte ihn irgendetwas Hartes, Kaltes an der Schulter und stieg dann wieder auf.

Das Geräusch der schlagenden Flügel entfernte sich und verschwand irgendwo über der Stadt. Rasputin atmete tief durch. Das Nieseln war wieder da. Er stand auf, die Augen noch immer geschlossen, und spürte die kalte Kraft. Er ging zum Auto zurück, öffnete die Tür, griff nach den Waffen, steckte sie ins Holster unter seinem Jackett und drehte sich wieder zum Beresford um. Die Schutzweste würde er nicht brauchen. Jetzt konnte ihn nichts mehr verletzen. Kugeln würden von ihm abprallen, Messerklingen sich verbiegen.

Es musste etwas eingesammelt werden.

Das war sein Job.

Rasputin atmete ein letztes Mal tief durch. Dann lächelte er und tat seinen ersten Schritt in Richtung Beresford.

Genico hatte jemanden geschickt.

Johann Woerner, Aufsichtsratsvorsitzender von Genico, kauerte im Pyjama neben seinem Bett und hielt eine Pistole in der Hand. Er konnte kaum atmen. Asthma und Alter zogen ihm die Lunge zusammen. Er nahm eine Dosis aus seinem Inhalator.

Wieder peitschte irgendwo im Penthouse ein Schuss. Jean-Luc Balzac, Woerners Sicherheitschef, stand in Woerners Schlafzimmer und richtete seine Waffe auf die Tür. Weitere Männer standen bei ihm, jeder mit einer Maschinenpistole bewaffnet. Woerner verstärkte den Griff um seine Waffe. Neben ihm, auf dem Boden und in seine Aktentasche eingeschlossen, lagen die Samps, und in den Samps verbarg sich das Geheimnis. Deshalb waren sie gekommen. Genico wollte sie zurückhaben.

Das Schlafzimmer war groß. Es beherbergte ein riesiges Himmelbett, eine große Mahagonikommode und einen Kleiderschrank voller italienischer Anzüge. An den Wänden klebte noch die Originaltapete: edles, rosa gefärbtes Papier, dazwischen Szenen vom Hof des Sonnenkönigs. An einigen Stellen löste sie sich jedoch bereits ab und enthüllte die vergilbte Wand dahinter. Woerner wollte hier nicht sterben. Er hatte so viel in seinem Leben gesehen; er verdiente das nicht.

Plötzlich erwachte Balzacs Funkgerät zum Leben und beendete die Stille. Balzac schaltete das Gerät ab.

»Was ist mit den restlichen Wachen?«, fragte Woerner.

»Tot, nehme ich an«, antwortete Balzac.

»O Gott! Alle?«

Balzac nickte.

»Rufen Sie 911 an«, verlangte Woerner.

»Wir brauchen keine Außenstehenden«, erwiderte Balzac.

»Rufen Sie an! Aber vermutlich ist das ohnehin egal. Bis die Polizei hier ist, sind wir sowieso alle tot.«

Ein Schmerzensschrei gellte draußen vor der Tür. Balzac zog sein Handy aus der Tasche, alarmierte den Notruf und flüsterte ihren Standort in das Mikrofon.

Als das Beresford im Jahre 1929 erbaut worden war, hatten die Woerners sich als eine der ersten Familien dort eine Wohnung gekauft. Seitdem hatten sie im Beresford gewohnt. Die Woerners stammten von deutschem und französischem Adel ab und hatten auch schon in der Alten Welt auf großem Fuß gelebt. Damals, in Europa, hatten die Schlösser der Woerners – wie alle Güter aus der damaligen Zeit – Geheimgänge von einem Raum zum anderen besessen. Auch bei der Errichtung des Beresford hatte die Familie auf den Bau solcher Fluchttunnel bestanden. Die Zugänge zu diesen Tunneln waren an den unterschiedlichsten Stellen verborgen: hinter einem Spiegel, einer Kommode oder unter dem Fußboden.

Ein Geräusch erklang in der Stille. Ein Husten. Es war aus dem Schlafzimmer gekommen, von irgendwo hinter der Wand.

Woerner winkte, um Balzacs Aufmerksamkeit zu erregen, und deutete auf eine Stelle an der Wand.

»Er ist da drüben«, flüsterte Woerner. »Die Gänge.«

Woerner hörte ein Klicken und sah, wie sich langsam eine geheime Tür öffnete.

Der Mann von Genico war irgendwo in den Gängen dahinter.

Balzac reagierte sofort. Er winkte seinen Leuten und deutete auf den Durchgang in der Wand. Die Öffnung war etwa fünf Fuß hoch und drei Fuß breit. Licht aus dem Schlafzimmer fiel hindurch und gab den Blick auf einen verstaubten Fußboden frei.

Einer der Wachmänner trat vor. Balzac und die anderen stellten sich im Halbkreis hinter ihm auf. Vorsichtig rückte der Mann vor, in einer Hand eine Taschenlampe, in der anderen seine Waffe. Woerner beobachtete und drückte sich die Aktentasche an die Brust. Draußen prasselte der Regen gegen die Fenster. Der Central Park dahinter war in Dunkelheit getaucht.

Der Wachmann erreichte die Wand und leuchtete mit der Taschenlampe in den Gang. Nichts. Er ließ das Licht hin und her zucken. Wieder nichts. Der Gang war leer.

Der Wachmann wandte sich vom Tunneleingang ab, schaute Balzac an und zuckte mit den Schultern.

»Leer.«

In diesem Moment ertönte ein Zischen, und eine Hand mit einer Drahtschlinge schoss aus der Schwärze des Tunnels hervor. Alles ging so schnell, dass der Wachmann nicht mehr reagieren konnte, ehe die Schlinge sich um seinen Hals legte. Überrascht stieß er noch einmal die Luft aus; dann wurde die Garotte angezogen und der Mann in den Gang gerissen.

Woerner, Balzac und die verbliebenen Wachlaute lauschten wie erstarrt, als das grässliche Gurgeln ihres Kameraden in der Dunkelheit verhallte.

Balzac gab seinen Männern ein Zeichen und nickte zu Woerner. »Bleibt hier. Passt auf ihn auf. Und macht die Tür hinter mir zu.«

Mit der Taschenlampe in der Hand trat der Sicherheitschef durch die offene Tür. Woerner folgte ihm ein paar Schritte weit und beobachtete, wie das Licht von Balzacs Taschenlampe langsam in der Finsternis verschwand.

Dann kehrte Woerner ins Schlafzimmer zurück, und einer der Wachleute schloss die Tür.

»Was machen wir jetzt?«, fragte Woerner.

»Jetzt warten wir«, antwortete einer der Männer. »Die Polizei ist unterwegs.«

Und sie warteten. Woerner kam das Zimmer mehr wie ein Gefängnis vor. Er hatte das Gefühl, als würden die Wände langsam auf ihn zurücken und die Bilder bedrohlich zum Leben erwachen.

Vielleicht wurde er verrückt.

Plötzlich zersplitterte ein faustgroßes Stück der Tür mit lautem Krachen. Einer der Wachleute schrie vor Schmerz. Ein großer roter Fleck erschien auf seiner Brust. Zwei weitere Schläge ließen ihn rückwärts durch die Luft fliegen. Sein Kollege sprang zu ihm, beugte sich über ihn. Wieder krachte Holz, und auch der zweite Mann ging zu Boden.

Woerner fuhr entsetzt herum. Er sah, dass vier große Einschusslöcher ein kreisrundes Muster auf der Tür bildeten. Fassungslos starrte Woerner die Löcher an.

Dann explodierte das Zimmer förmlich von Schüssen. als die verbliebenen Wachleute mit ihren automatischen Waffen das Feuer auf die Tür eröffneten. Woerner duckte sich instinktiv, als die Tür in tausend Stücke zersprang und die Wandtapete sich in Papierstaub verwandelte. Mit dem Aktenkoffer in der einen und der Taschenlampe in der anderen Hand kroch er hinter den Wachleuten zur Geheimtür. Er musste hier raus, und das konnte er nur auf einem Weg. Woerner bückte sich, strich mit den Fingern über die Fußleiste und fand den kleinen

Knopf. Er drückte drauf, und die Tür schwang auf. Woerner duckte sich in den Tunnel und schloss die Tür hinter sich.

Hinter der Wand war das Schießen nur noch gedämpft zu hören. Die Taschenlampe erhellte einen schmalen Gang von drei Fuß Breite und fünf Fuß Höhe. Der Boden war voller Staub, sodass man deutlich drei verschiedene Fußspuren sehen konnte. Zwei davon, vermutete Woerner, gehörten zu dem Mann von Genico, der sich erst zum Schlafzimmer und dann wieder weggeschlichen hatte. Die dritte Spur musste von Balzac stammen.

Woerner hatte allerdings nicht die Absicht, den Spuren zu folgen. Im Gegenteil, er wollte so weit wie möglich weg davon. Also drehte er sich um und ging in die entgegengesetzte Richtung. Er schritt schnell aus, und das Schießen verhallte rasch in der Ferne.

Türen führten zu beiden Seiten vom Gang weg, der durch die gesamte Länge des Gebäudes führte. Ungefähr alle zehn Meter kam Woerner an einer Leiter vorbei. Einige dieser Leitern führten nach oben, andere nach unten; sie verbanden die verschiedenen Stockwerke des Beresford miteinander. Woerners Penthouse nahm ganze drei Etagen des Gebäudes ein. Um ihn herum herrschte vollkommene Dunkelheit. Seine Taschenlampe war die einzige Lichtquelle. Schließlich stieg Woerner eine der Leitern hinunter und ging über einen weiteren Gang bis zu einer Tür.

Die Tür bestand aus mit Bronze beschlagenem Holz. Woerner leuchtete die Tür ab und entdeckte einen Metallring, den er im Uhrzeigersinn drehte. Deutlich war zu hören, wie sich ein Riegel öffnete. Woerner drückte gegen die Tür, die in ihren verrosteten Scharnieren knarrte, als sie dem Druck nachgab. Licht fiel in den Gang.

Die Tür führte durch einen großen Kamin und direkt in das

riesige, leere Esszimmer. In der Mitte stand ein schwerer Eichentisch mit Kerzenleuchtern, und an den Wänden hingen Gobelins neben Gemälden in vergoldeten Rahmen. Reich verzierte Gaslampen an den Wänden tauchten den Raum in ein flackerndes Licht.

Woerner ging durchs Esszimmer zur gegenüberliegenden Seite, drückte die massive Eisenklinke nach unten und zog die Tür auf. Dann spähte er durch den Spalt in den Flur dahinter.

Der Flur führte auf die Museumsseite des Beresford, einen Stock über dem Schlafzimmer. Eine Wendeltreppe verband das Erdgeschoss des Penthouses mit den anderen Etagen. Der Flur war menschenleer. Woerner hörte nichts: kein Schießen, keine Stimmen.

Dann aber kam jemand die Treppe hinaufgelaufen.

Woerner beugte sich über die Brüstung und schaute die Treppe hinunter: Balzac sprang mit schnellen Schritten die Stufen hinauf.

»Er kommt«, sagte er schwer atmend, als er Woerner erreichte, und hielt sich die Seite. Blut sickerte zwischen seinen Fingern hindurch.

»Sie sind angeschossen!«, stieß Woerner hervor und starrte auf die Wunde.

»Das ist nichts. Er hat die Türen versperrt. Wir müssen in die Küche. Die ist den Terrassen am nächsten, und da gibt's Fenster.«

Balzac führte Woerner den langen Flur hinunter in Richtung Haupteingang. Zwei Wachmänner lagen tot im Foyer, und die Türklinke der Vordertür war abgebrochen.

Balzac stieß die Küchentür auf. Drinnen funkelten die blank geputzten Küchengeräte. An einer langen Küchentheke standen ordentlich aufgereihte Barhocker.

Balzac verschloss die Tür hinter ihnen. Auf der anderen Seite der Küche befand sich eine große Glastür, die auf eine Terrasse führte. Woerner drückte die Tür auf und trat hinaus ins Freie. Regen schlug ihm ins Gesicht. Unter ihm erstreckte sich der Central Park in der Dunkelheit. In der Ferne waren die Lichter der East Side zu sehen.

Woerner schaute auf den Verkehr hinunter. Von Streifenwagen war weit und breit nichts zu sehen. Bis jetzt war ihnen niemand zu Hilfe gekommen.

Sie saßen in der Falle.

Balzac kehrte in die Küche zurück und wurde plötzlich blass. Völlig erschöpft lehnte er sich an den Tisch.

»Hier muss es noch eine Tür geben«, sagte er leise. »Noch einen Geheimgang …«

Woerner hielt noch immer den Aktenkoffer in der Hand. Nun legte er ihn auf den Tisch. »Ich wüsste nicht wo«, sagte er und schüttelte den Kopf.

Balzac schaute sich um, packte einen der Barhocker, prüfte sein Gewicht und schwang ihn hin und her. Dann drehte er sich um, zielte auf einen Punkt neben dem Herd und stieß den Hocker mit den Beinen voran gegen die Wand. Als er ihn zurückzog, waren vier tiefe Löcher im Putz entstanden. Balzac kramte im Küchenschrank, bis er ein langes Fleischmesser fand. Er zog den Herd nach vorne, stellte das Gas ab, schnitt den Schlauch durch, steckte ihn in eines der Löcher in der Wand und drehte das Gas wieder auf.

Ein lautes Zischen war zu hören, als durch den Schlauch Gas in die Wand gepumpt wurde.

»Was tun Sie da?«, fragte Woerner.

»Das ist die einzige Wand ohne Fenster. Wenn es irgendwo einen Geheimgang gibt, dann hier. Ich werde den Hurensohn ausräuchern.«

Aus den Metalltischen errichtete Balzac eine Barrikade. Das Gas zischte noch immer durch das Loch in die Wand. Balzac holte ein Feuerzeug aus der Tasche.

Rasputin schlich in völliger Dunkelheit durch die schmalen Gänge. Er fühlte sich machtvoll, unaufhaltsam. Die Geheimgänge führten wie Adern durch die Wände des Beresford, sodass er sich unbemerkt von einem Raum zum anderen bewegen konnte. Der Schwarze Engel war an seiner Seite. Er hatte seine Hand geführt, als Rasputin aus den Geheimgängen gesprungen war, um die Wachleute zu töten. Hier war niemand sicher vor ihm. Die Wachen hatten nur ein kurzes Klicken in der Wand gehört, dann war Rasputin auch schon bei ihnen gewesen. Er hatte getötet und war blitzartig wieder verschwunden. Und weil diese Männer keine Transkriptoren gewesen waren, sondern Menschen, hatte er kein Mitleid mit ihnen.

Noch war sein Job nicht erledigt, aber das würde bald der Fall sein, da war er sicher.

Rasputin hörte Stimmen vor sich. Zwei Männerstimmen. Seine Zielperson und der Sicherheitschef. Sie waren in der Küche.

Rasputin beschleunigte seine Schritte.

»Ducken Sie sich hinter die Tische«, befahl Balzac.

Woerner gehorchte. Balzac klappte das Feuerzeug auf und schnippte mit dem Daumen. Eine kleine Flamme züngelte hoch und flackerte leicht in der kühlen Luft, die durch die geöffnete Terrassentür hereinwehte.

Balzac warf das Feuerzeug in Richtung Ofen.

Es prallte unmittelbar unter dem Schlauch gegen die Wand. Eine Sekunde später blitzte es. Woerner zog den Kopf ein, als das Gas sich entzündete. Ein Feuerball schoss aus den Wandlöchern, und Flammen jagten den Gang hinunter.

Aus dem Inneren der Wand hörte Woerner einen Wutschrei. Die Explosion hatte den Schlauch aus der Wand gerissen, der nun über den Boden zuckte wie eine verrückt gewordene Schlange. Eine blaue Flamme flackerte an seinem Ende. Dann entzündete sich das Gas in der Küche, und eine Hitzewelle schlug Woerner ins Gesicht.

»Er ist da drin!«, rief Balzac über das Brüllen der Flammen hinweg.

Das ganze Stockwerk schien zu erbeben. Plötzlich flog eine Tür im Boden auf, und ein brennender Mann kletterte hinaus. Balzac griff verzweifelt nach seiner Pistole, wurde aber nach hinten geschleudert, als der Mann ihm eine Kugel in den Körper jagte, die ihn auf der Stelle tötete.

Woerner wich voller Panik zurück und rutschte über den Boden, bis er mit dem Rücken gegen die Wand stieß. Der brennende Mann stand in der Küche. Vorsichtig zog er sich die Jacke aus und warf sie auf den Boden, wo die Flammen weiterzüngelten. Hinter dem Mann spie der tanzende Schlauch noch immer Feuer und verwandelte die Küche in ein Inferno.

Woerner erkannte den Mann. Genico hatte Rasputin geschickt. Woerner wusste, dass er sterben würde.

Mit erhobener Waffe trat Rasputin auf Woerner zu.

»Der Aktenkoffer«, sagte Rasputin bedächtig. »Wo ist er?«

»Ich bin ein alter Mann«, antwortete Woerner mit schwacher Stimme. »Bitte …«

»Wo ist der Koffer?«

Woerner nahm alles in sich auf: das Feuer, Balzacs blutigen Körper, den Eindringling und den Rauch, der um ihn herumwirbelte. Erst dann öffnete er wieder den Mund.

»Welcher Koffer?«, fragte er. Doch es war nur ein kläglicher

Versuch, Rasputin zu bluffen. Woerner wusste ganz genau, weshalb Rasputin hier war und was er haben wollte.

Er wusste aber auch, dass er es ihm nicht geben konnte.

Rasputin jagte Woerner eine Kugel ins Bein. Woerner schrie vor Schmerz und krümmte sich. Der Transkriptor beobachtete ihn ungerührt. Hinter dem Meuchelmörder loderte das Feuer immer stärker, und die Hitze war fast unerträglich. Woerner wusste, dass Rasputin nicht viel Zeit hatte, bevor alles von den Flammen verschlungen wurde.

»Sehen Sie mich an«, befahl Rasputin.

Woerner zwang sich, aufzublicken. Sein Gesicht war kreidebleich. Speichel lief ihm aus den Mundwinkeln. Flehend hob er die Hand.

»Nein …«

»Wo ist der Aktenkoffer?«

»Ich sagte Ihnen doch schon …«, brachte Woerner mühsam hervor.

»Wo?«

Woerner wollte antworten, brachte es aber nicht über sich. Er konnte das Wort, das er Gott gegeben hatte, nicht einfach brechen. Er musste an seine Seele denken. Der Schmerz würde bald vorbei sein, doch Genicos Geheimnis musste enthüllt werden. Sie zerstörten zu viele Leben.

Rasputin drückte Woerner die Stiefelspitze auf die Wunde. Grauenhafter Schmerz schoss durch den Körper des alten Mannes. »O Gott«, keuchte er. Rasputin nahm den Stiefel wieder weg. Woerner wurde schwarz vor Augen. Langsam versank er in Bewusstlosigkeit. Seine Augenlider flatterten wie Insektenflügel, und Blut strömte zwischen seinen Fingern hindurch.

»Wo?«, fragte Rasputin unerbittlich.

»Nein … Ich kann nicht.«

»Ich weiß, dass Sie Schmerzen haben. So wichtig kann doch gar nichts sein, dass Sie dafür solche Qualen erdulden. Sagen Sie mir, was ich wissen will, und die Schmerzen haben ein Ende.«

Das Feuer war inzwischen die Wand hinaufgekrochen, und die Flammen leckten nach Rasputin. Glas zerbarst hinter ihm, und irgendetwas zischte und kreischte. Rasputin zog Woerners Hand von der Beinwunde weg und brach ihm zwei Finger. Woerner schrie erneut und fiel rückwärts auf den Boden.

»Sagen Sie es mir.«

»Wir haben … schwer gesündigt«, erwiderte Woerner. »Wir haben uns dem Willen Gottes widersetzt. Das weiß ich jetzt.«

Woerner war fast bewusstlos vor Schmerz. Er schüttelte den Kopf, schloss die Augen.

»Tut mir leid …«, brachte er mühsam hervor. »Der Tisch. Er liegt auf dem Tisch.«

Rasputin schoss Woerner zwei Kugeln in die Brust und ließ die Beretta wieder im Holster verschwinden. Dann wuchtete er den umgestürzten Tisch beiseite und hob den Aktenkoffer vom Boden auf. Sein Handy klingelte. Er trat auf die Terrasse hinaus, weg vom Feuer. Dort schaute er sich die Nummer auf dem Display an und nahm dann das Gespräch entgegen.

Sofort fragte die vertraute Stimme: »Was ist mit unserem Problem?«

»Unser Problem ist erledigt.«

»Und der Aktenkoffer?«

»Ich habe ihn.«

Unten auf der Straße jagten zuckende Blaulichter über die Central Park West in Richtung Beresford. Rasputin schaute noch einmal in die Wohnung. Flammen tanzten über den Küchenboden, und auch die Wände brannten lichterloh. Rasputins Haut glühte von der Hitze, aber er fühlte eine kalte Präsenz um sich herum.

Er war bereit. Zeit zu gehen.

Midtown. Arden war Anfang des 21. Jahrhunderts in der Bronx aufgewachsen. Er hatte liebevolle Erinnerungen daran. Es war ein schönes Viertel gewesen. Natürlich hatte es auch dort Verbrechen gegeben, aber das war in ganz New York nicht anders. Entfernte man sich zu weit von seinem Heim, wusste man nie, was geschehen würde. Und Arden hatte Midtown Manhattan stets als leuchtendes Juwel betrachtet. Als einen Ort zum Einkaufen. Als einen Ort, um sich eine Show anzusehen. Als einen Ort für alles, was man wollte. Deshalb stimmte es ihn nun so traurig, dass sich alles verändert hatte.

Nachdem man damit begonnen hatte, die Fertigungsanlagen für Transkriptoren in Länder wie Malaysia und China zu verlegen, hatte man eine der ersten Modifikationsfabriken für Transkriptoren in Midtown errichtet. Wofür war das gut? Ein Beispiel: Nehmen wir an, man kaufte einen Transkriptor, der sich um die alte Mutter kümmern sollte, aber die Mutter wollte grüne statt blaue Augen. Dann brachte man seinen Transkriptor in eine Modifikationsfabrik, und gegen eine geringe Gebühr wurde dort die Augenfarbe verändert, und man bekam den perfekten Transkriptor, den man schon immer haben wollte.

Auch konnte man seinen gebrauchten Transkriptor in diesen Anlagen gegen einen neuen eintauschen. Das alte Modell wurde umgebaut, um beispielsweise bei der Stadtreinigung zu arbeiten. Solche Transkriptoren hatte man im Umfeld der Modifikationsfabrik angesiedelt.

Aber je mehr Transkriptoren in der Gegend lebten, desto mehr wuchs die Kriminalitätsrate. Touristen beschwerten sich, und schließlich nahm auch die Stadt Notiz von der problematischen Situation. Im Jahre 2033 hatte die Stadt versucht, alle Transkriptoren aus Midtown auszuweisen, doch ein gewaltsamer Aufstand war die Folge. Die Transkriptoren legten Feuer und zerstörten Läden. Erst jetzt erkannten die Verantwortlichen bei der Stadt, dass sie einen Fehler begangen hatten: Man hätte niemals zulassen dürfen, dass sich so viele Transkriptoren in einem einzigen Wohngebiet niederließen. Doch nun ließ sich daran nichts mehr ändern, und jeder Versuch, die Transkriptoren zu vertreiben, würde zu Bürgerkrieg führen.

Außerdem war die Stadt zu diesem Zeitpunkt bereits abhängig von Transkriptoren. Ohne sie wäre die gesamte Dienstleistungsindustrie zusammengebrochen. Also gestaltete die Stadt den Großteil von Midtown zu einem Wohngebiet für Transkriptoren um, und es dauerte nicht lange, da hatte Midtown die höchste Bevölkerungsdichte der Stadt – höher noch als Governor's Island.

Was einst ein Viertel teurer Geschäfte und edler Restaurants gewesen war, war jetzt nur noch eine Hülle voller Drogen und Gewalt. Transkriptoren lebten in den alten Bürogebäuden buchstäblich aufeinander und fuhren von dort jeden Tag zur Arbeit. Das New York Police Department fuhr zwar Streife in Midtown, doch da Verbrechen von Transkriptoren an ihresgleichen keine Bedeutung hatten, blieben die meisten Taten ungesühnt.

Als sie weiter nach Norden kamen, änderte sich die Atmosphäre rasch, und kaum hatten sie die Distriktgrenze überschritten, tauchten ausgebrannte Gebäude auf, eingeschlagene Fenster und andere Überreste der Unruhen von 2034. Manches Haus war nur noch eine Ruine wie nach einem Bombenangriff, nur dass es in diesem Viertel niemand eilig hatte, mit dem Wiederaufbau zu beginnen. In einigen Gebäuden brannten Feuer. Wo es weder Strom noch Heizung gab, behalfen die Transkriptoren sich mit offenen Feuern. Videotafeln warben für Sexshops; Nutten lungerten vor den verriegelten und verrammelten Gittertüren an der U-Bahn-Station Rockefeller herum.

Die Adresse, die Benny Zero den Detectives gegeben hatte, lautete: 30 Rockefeller Plaza, 65. Stock. Der alte Rainbow Room lag tief im Transkriptorenviertel. Arden parkte vor der Radio City Music Hall, öffnete den Kofferraum und holte zwei kugelsichere Westen heraus. Dann zogen er und Sanders die blau-weißen Westen über ihre Jacketts und waren somit eindeutig als Cops zu erkennen. Die meisten Transkriptoren ließen die Polizei in Ruhe; schließlich gab es genug andere Opfer.

Das einst so berühmte Schild der Radio Music Hall war schon vor langer Zeit abgebrannt, die Buchstaben im Dunkeln kaum noch zu sehen. Im Erdgeschoss waren ein paar Fenster herausgeschlagen, und ein steter Strom von Junkies strömte durch die Drehtür des Gebäudes. Auf der Straße türmte sich der Müll. Arden winkte einem NYPD-Streifenwagen zu, der mit ausgeschalteten Scheinwerfern leise an ihnen vorüberglitt.

Auf der Rockefeller Plaza hatten sich Obdachlose häuslich eingerichtet. Schaufenster waren vernagelt und mit Graffiti beschmiert. In den Ecken lagen barfüßige und zahnlose Junkies, doch ihre perfekte Knochenstruktur wies sie noch immer als Transkriptoren aus. Und über allem stand noch immer die unberührte goldene Statue des Prometheus, ein Denkmal, das an bessere Zeiten erinnerte.

Als die Transkriptoren im Gebäude die NYPD-Westen sahen, blieben sie auf Abstand. Die Lobby war düster. Splitter von Glühbirnen hingen in den Fassungen. Sanders schaltete seine Taschenlampe ein und ließ den Lichtstrahl durch den Raum wandern. Kurz blieb er an Schaukästen hängen, in denen für eine NBC-Serie geworben wurde. Ein Plakat pries ein Familiendrama an, dessen Star durch einen Teeniefilm Anfang der 30er-Jahre des 21. Jahrhunderts berühmt geworden war. Nun vergammelte es hinter zerbrochenem Glas, und Kakerlaken krochen darauf herum.

Der Aufzug funktionierte noch, und die beiden Detectives fuhren in den 65. Stock. Die große Milchglastür, die in den Rainbow Room führte, war fest verschlossen, öffnete sich aber nach einem kräftigen Tritt. Arden und Sanders zogen ihre Dienstwaffen; dann rückten sie langsam in den abgedunkelten Raum vor. Riesige Fenster gewährten einen Blick auf Manhattan. Die Skyline spendete genügend Licht, um die Tanzfläche und noch immer weiß gedeckte Tische erkennen zu können.

Hinter den Flaschenregalen einer großen Mahagonibar entdeckte Arden einen Lichtschalter. Einen Augenblick später erwachte der Kronleuchter über der Tanzfläche flackernd zum Leben. Der Raum war riesig und schien in unerwartet gutem Zustand zu sein. Irgendjemand kümmerte sich um ihn. Wo einst New Yorks Elite diniert und getanzt hatte, befand sich nun eine freie Fläche mit nur wenigen Tischen in den Nischen. Auf dem Parkett standen ein einzelnes Bett, ein Holzstuhl und eine Tischlampe. Das Bett war nicht gemacht – offenbar hatte hier vor Kurzem noch jemand geschlafen –, und auf einem Tisch lag ein Tablet-PC.

Der Tablet-PC war nicht größer als ein Notebook, und er wog so gut wie nichts. Als Arden das Gerät in die Hand nahm, erwachte es zum Leben.

»Was hast du da?«, fragte Sanders.

Arden schaute sich das Bild einen Moment lang an. Es war der Grundriss eines Gebäudes mit Namen The Beresford. Und da waren Notizen, in denen von der Wiederbeschaffung eines Aktenkoffers die Rede war.

Ardens Herz schlug immer schneller, je weiter er las. Diesen Notizen zufolge enthielt der geheimnisvolle Aktenkoffer irgendetwas, das mit Afrika zu tun hatte, wie auch Beweise dafür, dass Genico ein Heilmittel für Manna entwickelt hatte. Arden erinnerte sich, dass Tommy Flynn ihm das bereits gesagt hatte. Doch irgendetwas stimmte nicht. Genico wollte nicht, dass jemand von dem Heilmittel erfuhr. Der Inhalt des Aktenkoffers war vermutlich der einzige Beweis für dessen Existenz. Und nun wollte Genico den Aktenkoffer zurückhaben.

Draußen ragte der Genico Tower hoch in den Nachthimmel.

Sanders schaute sich in dem fast leeren Zimmer um. »Sieht so aus, als hätte unser Mann sich vom Acker gemacht.«

Arden dachte nur an das Heilmittel. Seit der Diagnose lief seinem kleinen Mädchen die Zeit davon, und aus irgendeinem Grund wartete Genico damit, das Mittel freizugeben. Doch Arden konnte nicht einfach zuschauen, wie seine Tochter starb, wenn es ein Heilmittel gab.

Sie durchsuchten das Zimmer, fanden aber nichts. Arden schaute sich den Inhalt des Tablet-PCs noch einmal an; dann ließen die beiden Detectives alles so zurück, wie sie es gefunden hatten, und fuhren mit dem Aufzug hinunter.

»Wenn Genico wirklich ein Mittel hat, wird es sicher bald auf den Markt kommen«, bemerkte Sanders, als sie den Aufzug verließen.

»Darauf will ich nicht vertrauen.«

»Warum sollten sie es zurückhalten?«

»Je kränker die Leute werden, desto eher sind sie bereit, zu zahlen.«

Sie gingen über die Rockefeller Plaza. Ein Mann kam über den Platz auf sie zu. Er trug einen dunklen Kapuzensweater und hatte sich die Kapuze über den Kopf gezogen. Als er die beiden Detectives bemerkte, blieb er abrupt stehen. Dann machte er auf dem Absatz kehrt.

Sanders schaute Arden an und nickte. Die beiden Detectives beschleunigten ihre Schritte, als sie die Straße überquerten. »Hey! Yo!«, rief Sanders der Gestalt hinterher. »Bleib stehen!«

Der Mann blickte über die Schulter und rannte los.

»Ach, Scheiße«, seufzte Sanders, und sie machten sich auf die Verfolgung.

Sie überquerten die 65th Street. Die Gestalt schlängelte sich zwischen den Verschlägen hindurch und stieß die Obdachlosen beiseite. Arden sah, wie der Unbekannte die Türen des Theaters aufstieß und im Inneren verschwand. Sanders stolperte über irgendetwas und wäre beinahe gestürzt. Arden überholte ihn und erreichte die Tür als Erster.

Im Theater war es dunkel, und es stank nach Schimmel. Arden verlangsamte seine Schritte, zog die Waffe und rückte vorsichtig weiter vor. Die Tür flog auf; einen Augenblick später war Sanders wieder neben ihm. Er keuchte und hielt sich die Seite.

»He«, flüsterte Arden.

»Was?«

»Versuch es mal in einem Fitnessstudio. So teuer ist das gar nicht«, sagte Arden, grinste und schaltete seine Taschenlampe ein. Der Lichtstrahl erhellte das prachtvolle Atrium, die Marmortreppe und die Kristallleuchter. Arden fühlte sich wie Howard Carter beim ersten Schritt in Tutanchamuns Grab. Dem ganzen Gebäude merkte man an, dass es aus einer anderen Epoche stammte – aus einer Zeit, bevor die Transkriptoren gekommen waren. Der Zeit vor Manna. Der Zeit, bevor die Brooklyn Bridge in die Luft gesprengt worden war.

Arden schaute genauer hin. Dies hier war nicht mehr das strahlende Juwel, das es einst gewesen war. Die Snackbar war zertrümmert, das Glas zerschlagen. Graffiti überdeckten die Wandmalereien, und Heroinspritzen lagen auf der Marmortreppe.

Langsam stiegen die beiden Detectives die Treppe hinauf und schritten durch den Gang im Zwischengeschoss zu einer weiteren großen Tür. Dahinter lag der Theatersaal. Hinten befand sich die Bühne; davor waren Reihe um Reihe mit Samt bezogener Stühle zu sehen. Plötzlich war in einer der Logen eine schattenhafte Bewegung zu sehen. Arden riss die Waffe hoch und feuerte blind in die Dunkelheit. Schnelle Schritte verhallten in der Ferne.

Die beiden Detectives suchten sich einen Weg zu den Logen hinauf. Die meisten Schilder waren im Laufe der Zeit abgefallen, und so verirrten Arden und Sanders sich rasch im Labyrinth der Gänge. Schließlich aber fand Arden die richtige Tür und stieß sie auf.

Die Loge war leer.

»Der Kerl ist schon lange weg«, sagte Sanders.

»Weg, aber nicht vergessen«, erwiderte Arden und leuchtete mit der Taschenlampe auf einen frischen Blutfleck an der Wand.

»Netter Schuss, Buffalo Bill.« Sanders schnalzte mit der Zunge.

Arden nahm eine Probe mit dem DNA-Scanner, schaltete den Scanner aus und steckte ihn in die Tasche.

»Jep, ich bin Buffalo Bill. Jetzt lass uns hier verschwinden, bevor der Kerl beschließt, auf uns zu schießen.«

Hinaus fanden sie leichter als hinein. Arden drückte die Hand auf den DNA-Scanner in seiner Tasche. Die Probe würde ihm Art und Hersteller des Transkriptors verraten, aber um das Gesicht des Kerls zu sehen, mussten sie erst den Modellcode knacken. Jeweils ein Prozent des Codes eines Transkriptors wurde werksseitig verschlüsselt, um Patentverletzungen vorzubeugen. Jeder Transkriptor war einmalig und musste eigens entwickelt werden, und Firmen pflegten ihre Produkte zu schützen. Arden kannte Leute, die solch einen Code hacken konnten, aber das war erst einmal nebensächlich.

Arden war weniger daran interessiert, einen Killer zu finden; es ging ihm um das Heilmittel. Und es gab jemanden, der ihm helfen konnte, das Mittel zu beschaffen. Arden musste sich schnellstens mit dem Betreffenden in Verbindung setzen. Dann würde er die Hilfe haben, die er brauchte, um das Heilmittel zu finden.

»Hast du noch immer Kontakte in Necropolis?«, fragte er seinen Partner.

»Ja, sicher«, erwiderte Sanders. »Was brauchst du?«

»Ich möchte Gefängniswärter werden.«

Wach.

Augen geöffnet. Atmen.

Schüsse hallten in Roosevelts Ohren wider und verstummten dann. Über ihm drehte sich langsam ein Deckenventilator. Roosevelt lag schräg auf einem Bett. Langsam setzte er sich auf. In seinem Kopf drehte sich alles. Er griff nach dem Silberkreuz um seinen Hals. Es war noch immer da. Gott sei Dank hatten sie ihm nicht alles weggenommen.

Roosevelt richtete seine Aufmerksamkeit auf die Umgebung. Der Raum war klein. An einer Wand befanden sich vier Fenster. Die Bambusläden waren geschlossen; dennoch sickerte rotes Neonlicht von draußen herein. Die Tapete blätterte ab, und der Boden bestand aus abgelaufenem Parkett. Nicht weit vom Bett stand eine alte Kommode im Art-deco-Stil und darauf eine Art Musiktruhe. Die Truhe war ein Relikt aus den 40er-Jahren des 20. Jahrhunderts; aus den Lautsprechern drang schwach Duke Ellingtons »Mood Indigo«.

Die Schlacht. Sie hatten die Schlacht gewonnen. Danach war nur noch Dunkelheit gewesen. Nichts mehr … bis zu diesem Zeitpunkt, zu diesem Zimmer, diesem unbekannten Raum. Sie mussten ihm etwas gegeben haben, das die Erinnerung unterdrückte.

Durch die Fenster waren die Verkehrsgeräusche zu hören.

Roosevelt rutschte ein Stück nach vorne, bis seine nackten Füße auf dem Boden standen. Er trug nur Boxershorts. Ein Bein pochte, aber er hatte einen sauberen weißen Verband um den Oberschenkel. Sein Arm war ebenfalls verbunden. Die Wunde tat nicht weh. Wenigstens hatte jemand einen guten Arzt besorgt.

Roosevelt stand langsam auf und stützte sich dabei mit einer Hand am Bett ab. Allmählich wurde er wieder klar im Kopf. Der Raum war leer. Es gab noch ein Nebenzimmer, ein Bad mit schwarz-weißem Fliesenboden. Eine einzelne Glühbirne spendete trübes Licht. In einer Ecke des Badezimmers stand eine große Wanne auf vier weißen Keramikfüßen.

Roosevelt spritzte sich Wasser ins Gesicht und schaute sich kurz im Spiegel an. Sicherlich wusste jemand, was mit ihm geschehen war. Sicherlich würde ihm jemand helfen.

Wieder im Schlafzimmer, ging Roosevelt zu den Fenstern, musste aber feststellen, dass sich die Läden nicht öffnen ließen. Abgesehen von dem roten Neonschimmer konnte er nichts erkennen. Roosevelt ging zur Tür. Sie war abgeschlossen. Neben der Tür befand sich eine kleine Durchreiche. Er klopfte gegen die Glasklappe.

Wo war er? Was war das hier?

Noch immer erschöpft, ließ er sich wieder aufs Bett fallen und schlief ein.

Dolce hatte das Tyrrhenische Meer geliebt. Sie hatte Roosevelt einmal dorthin mitgenommen, auf die Aeolischen Inseln vor der Küste Siziliens. Roosevelt hatte lange nicht an diesen Nachmittag zurückgedacht, doch nun, in der Einsamkeit seines Gefängnisses, tat er es.

Sie saßen auf weißen Korbstühlen auf der Lehmziegelterrasse von Dolces Landhaus. Von der Terrasse aus hatte man einen herrlichen Blick aufs Meer. Das Haus war von blassrosa Farbe, einem von der Mittelmeersonne ausgeblichenen Lachsrot.

»Die Inseln sind nach Aeolus benannt«, erklärte Dolce und schaute aufs Meer hinaus, »dem antiken Gott der Winde.«

Vor dem Tiefblau des Meeres zeichneten sich schwarz die Masten der Fischerboote ab.

»Aeolus hat die Winde der Welt in den Höhlen hier verwahrt, in einem Sack. Ich kann dich zu ihnen bringen – zu den Höhlen, meine ich.«

»Gerne.«

Dolce trug ein dünnes Sommerkleid aus Baumwolle von der gleichen Farbe wie das Meer, und mit einer Schleife hatte sie ihr schwarzes Haar zu einem Pferdeschwanz zusammengebunden. Sie hatte die vollkommenste braune Haut, die Roosevelt je gesehen hatte. Ihre Farbe glich dem Braun der Sandsteinfelsen, an denen sich das Meer unter ihnen brach. Dolce lehnte sich in dem weißen Korbstuhl zurück, und ließ die sanfte Brise über ihre wunderbar weiche Haut streichen.

Über ihnen hielten Treibholzbalken ein Dach aus Uferschilf. Sonnenlicht fiel hindurch und warf fleckige Schatten auf die helle Wand des Hauses. In diesen Schatten saßen Dolce und Roosevelt, aßen Obst und tranken Wein.

Weiße und rosafarbene Rosen wuchsen an Gittern über ihnen; ab und zu fiel ein Blütenblatt zu Boden. Eines fiel auf Dolce, rutschte an ihrem langen schwarzen Haar hinunter und blieb in ihrem warmen Schoß liegen. Dolce nahm das Blatt und rieb vorsichtig über die samtige Oberfläche.

Dann drehte sie sich wieder um und schaute aufs Meer hinaus.

»Das Meer, die Quelle allen Lebens …«, sagte sie und warf Roosevelt einen kurzen Blick zu. Eine Katze kam auf die kühle

Terrasse und streckte sich in einer der warmen, hellen Inseln aus Sonnenlicht aus. Dolce beugte sich vor, nippte an ihrem Wein und steckte sich ein Stück Wassermelone in den Mund.

»Würdest du jetzt gerne Aeolus sehen?«, fragte sie und strich Roosevelt mit den Fingerspitzen über den Arm. »Die Höhle, in der die Winde der Welt ruhen?«

Roosevelt nickte.

Dolce beugte sich näher zu ihm. »Dann bringe ich dich dorthin.«

Einige Zeit später erwachte Roosevelt wieder. Er lag auf dem Rücken und starrte an die Decke. Er vermisste Dolce schrecklich. Langsam setzte er sich auf. Die Zelle war noch immer leer, doch in der Durchreiche lag sein Essen. Roosevelt ging zur Tür, öffnete die Klappe und nahm es vorsichtig heraus. Halb verhungert trug er den Teller zum Bett und schlang ein trockenes Sandwich herunter. Falls es vergiftet worden war, würde er wenigstens mit vollem Magen sterben. Während er aß, bemerkte er einen kleinen, kaum sichtbaren Stern, den jemand auf den Tellerrand gemalt hatte. Roosevelt betrachtete den Stern genauer, hob dann den Teller hoch und schaute sich die Unterseite an. Dort stand geschrieben:

Du bist ein Gefangener.

Vorsichtig berührte Roosevelt seinen Verband und wickelte ihn dann ab, bis darunter ein blauer Fleck zum Vorschein kam, der offenbar von einem Schlag herrührte. Roosevelt erinnerte sich nicht an die Verletzung, aber hatte sie vermutlich der TFU zu verdanken. Er drückte Zeigefinger und Daumen zusammen und spürte schwach den Chip unter der Haut. Erleichtert atmete er auf. Der Schlüssel war noch da.

Aus der Musiktruhe erklang noch immer Big-Band-Musik, als Roosevelt sich daranmachte, seine Umgebung genauer zu erkunden. Er begann in der Ecke neben der Durchreiche, bewegte sich dann langsam die Fußleiste entlang und schließlich die alte Tapete hinauf.

Er hatte damit gerechnet, in irgendeinem dunklen Kerker zu landen, doch sah man von den verriegelten Fensterläden ab, glich dieser Raum hier eher einem Hotelzimmer. Roosevelt beendete seine Inspektion. Er hatte nichts Neues entdeckt.

Er legte sich auf den Boden und machte Liegestütze. Wenn er befreit wurde, wollte er bereit sein.

Kaum hatte er seine Übungen beendet, hörte er ein Kratzen von Metall auf Metall. Ein weiteres Sandwich wurde in die Durchreiche geschoben. Roosevelt machte die Klappe auf, nahm das Essen heraus und schaute als Erstes unter dem Teller nach.

Was willst du?

Als Roosevelt das Erdnussbuttersandwich aß, dachte er über die beiden Botschaften nach. Versuchte jemand, ihm zu helfen? Es hatte ganz den Anschein. Doch wer immer der Schreiber war, er neigte offenbar nicht dazu, sofort zur Sache zu kommen. Wenn das so weiterging, würde es Jahre dauern, bis der geheimnisvolle Schreiber seinen Brief beendet hatte.

Roosevelt stand auf und klopfte an die Tür. »Hallo?«

Er drückte ein Ohr an das Holz und lauschte. Nichts.

Schließlich nahm er seinen Teller und holte einen Stift aus dem Nachttisch.

Was er wollte? Die Antwort war einfach.

Er kritzelte nur ein Wort unter den Teller, ehe er ihn wieder in die Durchreiche stellte.

Rache.

Midtown Manhattan im Jahre 2049

Roosevelt wurde vom Klappern in der Durchreiche geweckt. Er ließ sich aus dem Bett gleiten, ging zur Tür und öffnete die Glasklappe. Dabei spürte er einen dumpfen Schmerz im Unterarm. Er bewegte die Finger, um sie ein wenig zu lockern. In der Durchreiche stand ein kleiner Silberteller, auf dem ein Umschlag lag. Roosevelt öffnete den Umschlag und entdeckte einen Metallschlüssel. Natürlich konnte das eine Falle sein; schließlich war er jetzt Gefangener, und Gefangene fielen oft einem »Unfall« zum Opfer, wenn sie Fluchtpläne schmiedeten. Versehentlich erschossen. Versehentlich erschlagen. Versehentlich von einer Klippe gestoßen. Aber wenn er hierblieb, war er wahrscheinlich so gut wie tot.

Roosevelt drehte den Schlüssel im Schloss.

Draußen erstreckte sich ein langer Flur, dessen Tapete genauso ausgeblichen war wie der Teppichboden. Ein Mann in grauem Anzug saß auf einem Klappstuhl an der Wand. Er war ein Mensch, Mitte dreißig und von durchschnittlicher Statur. Er sah gut aus, doch in seinen Augen lag eine tiefe Traurigkeit. Dennoch wirkte er energiegeladen, und seine Gewaltbereitschaft war nahezu greifbar. Er nickte Roosevelt zu. »Und?«, fragte er. »Haben Sie Ihre Wahl getroffen?«

»Was für eine Wahl?«

Der Mann stand auf und ging durch den Flur zu einem

Aufzug. Roosevelt folgte ihm, und gemeinsam betraten sie die Kabine. Der Mann drückte den Knopf. Der Aufzug setzte sich mit einem Ruck in Bewegung und fuhr nach oben.

»Ich nehme an«, sagte der Mann, »Sie haben viele Fragen.«

»Wo bin ich?«

»Im Gefängnis«, antwortete der Mann. »In einem Gefängnis, das speziell für Transkriptoren gebaut wurde. Mein Name ist Arden. Ich bin Detective beim New York Police Department. Für den Augenblick können Sie mich aber ruhig als Ihren Wärter betrachten.«

Der Aufzug hielt, und die beiden Männer betraten ein Büro mit Rosenholzmöbeln, einem langen grauen Sofa und einem seidenen Wandschirm im koreanischen Stil. Vor den Fenstern hingen Jalousien. Arden setzte sich hinter einen großen Schreibtisch.

»Und wo ist dieses Gefängnis?«, erkundigte sich Roosevelt.

Arden lächelte, drückte einen Knopf auf der Schreibtischplatte und lehnte sich in dem bequemen Lederstuhl zurück. Hinter ihm fuhren die Jalousien hoch und gaben den Blick nach draußen frei. Hinter dem Glas war eine Stadt zu sehen – ein riesige, pulsierende Stadt voller Neonlicht und Rauch. Sie wirkte fremd, ähnelte keinem Ort, den Roosevelt je gesehen hatte. Unten führte eine breite Straße, auf der es von menschlichen Gestalten nur so wimmelte, am Haus vorbei, und vor den Läden flackerten und blinkten Reklametafeln. Die ausgebrannte Karosserie eines Yellow Cab verrottete an einer Ecke; aus Schächten quoll dichter Rauch. Große, dunkle Gebäude erhoben sich an der Straße und erstreckten sich bis weit nach Norden. Das einzig Vertraute war eine riesige Monitorleinwand hinter einem Sicherheitsgitter, auf der Bilder von Bloomberg Island zu sehen waren.

Dann fiel Roosevelts Blick auf etwas, das er erkannte: Auf

der anderen Straßenseite flackerte der Neonschriftzug der Radio Music Hall.

Er war noch immer in New York City. In Manhattan. Aber in Midtown. Seit die Transkriptoren die Gegend übernommen hatten, war Roosevelt nicht mehr hier gewesen. Niemand kam hierher. Jedenfalls keine Menschen. Selbst die Polizei hielt sich meist von hier fern. Doch nun war er, Roosevelt, einer von ihnen, ein Transkriptor. Konsequenterweise war dies hier dann der Ort, an dem er aufwachte. Nur dass er hier in der Falle saß.

»Es sieht nicht mehr ganz so aus, wie Sie es in Erinnerung haben, nicht wahr?«, fragte Arden.

»Gott, nein«, antwortete Roosevelt. Er hatte gewusst, dass es hier schlimm war, aber dies hier war ein Schock. Die zensierten Nachrichtenbilder, die jeder sehen konnte, zeigten zwar kleine, aber ordentliche Wohnungen. In Wahrheit aber sah es in Midtown so aus, als hätte hier gerade ein Krieg getobt.

»Als Kind bin ich öfter hier gewesen«, sagte Roosevelt. »Es war wunderschön. Jeden Abend gab es Shows. Alles war voller Leben. Hier war Midtown Manhattan, der Mittelpunkt des Universums.«

»Zwanzig Jahre Transkriptorenregie sind dafür verantwortlich«, sagte Arden. »Jetzt ist das nicht mehr Midtown. Jetzt nennen sie es Necropolis, die Stadt der Toten, Heimat für Tausende von Transkriptoren – Sie eingeschlossen –, die auf die eine oder andere Weise Gefangene sind.«

»Ich bin kein Transkriptor«, erklärte Roosevelt.

»Ich habe ihre DNA-Daten gesehen«, erwiderte Arden. »Ihr Leben lang haben Sie auf allen Gebieten immer nur Spitzenleistungen erbracht. Körperlich waren sie allen anderen überlegen. Sie waren immer der Schnellste und Stärkste. Sie hätten das Zeug zu einem Topathleten gehabt. Sie hätten Profi werden können. Aber irgendjemand, der Ihnen nahestand –

vielleicht Ihre Mutter, vielleicht Ihr Vater –, hat sich mit Ihnen zusammengesetzt und Ihnen empfohlen, es mit etwas anderem zu versuchen. Habe ich recht?«

Roosevelt zuckte mit den Schultern. Er erinnerte sich tatsächlich an ein solches Gespräch mit seinem alten Herrn, mitten in seiner Karriere als Footballspieler am College. Das war kurz vor Moms Tod gewesen.

»Sie sollten tun, was Sie wollen, solange dafür keine DNA-Überprüfung notwendig war. Dann nämlich wäre Ihr Geheimnis aufgeflogen, und Sie wären hier gelandet, in Necropolis.« Arden schaute Roosevelt kurz an; dann fuhr er fort: »Ich war der Detective, der die Smalls-Morde untersucht hat.«

Roosevelt setzte sich auf. »Ich habe diese Leute nicht getötet.«

»Habe ich das behauptet?«

»Aber wenn Sie der ermittelnde Detective waren, was mache ich dann hier?«

»Sie waren ein leichtes Ziel. Transkriptoren kümmern die Menschen nicht.«

»Und was sind Sie? Der Cop mit dem Herzen aus Gold, der mir in allen Dingen helfen kann?«

Arden schüttelte den Kopf. »Nein. Sie sind ein Transkriptor, und Sie werden immer einer sein. Daran kann ich nichts ändern. Eines aber kann ich tun: Ich kann Ihnen helfen, die Leute zu finden, die Sie hierhergebracht haben. Denn das sind zugleich die Leute, die Dr. Smalls und Ihre Frau ermordet haben. Als Gegenleistung können auch Sie mir bei der Lösung eines Problems helfen.«

»Was für ein Problem?«, fragte Roosevelt.

»Kommen Sie«, sagte Arden. »Ich möchte Ihnen etwas zeigen.«

Er öffnete eine Glasschiebetür, und der Lärm der Straße

drang herein. Hupen und Motorenlärm vermischten sich mit dem steten Rauschen des Rauchs. Arden trat auf den Balkon hinaus. Sie waren im zwanzigsten Stock. Der Abend brach an, und rote Streifen erschienen am Horizont. Um sie her erstreckte sich die Necropolis. Das Verkehrsaufkommen war gewaltig. Dreißig Jahre alte, benzinbetriebene Busse krochen langsam die Straße hinauf. Das blaue Neonschild eines Restaurants auf der gegenüberliegenden Straßenseite pries billige Mahlzeiten an; ein paar Gestalten saßen dort auf den Barhockern, während der Wirt den Tresen wischte.

In der Ferne, im Norden und hoch über der Straße, schoss ein Maglev-Zug in Richtung Lower Manhattan. Roosevelt schaute dem Zug sehnsüchtig hinterher.

Dort, wo der Maglev hielt, war sein altes Leben.

Arden zündete sich eine Zigarette an und nickte in Richtung Lower Manhattan. »Ohne mich werden Sie es nie aus der Transkriptorenzone schaffen. Wie geht es eigentlich Ihrem Arm?«

Roosevelt strich sich über den rechten Unterarm. »Er fühlt sich wund an. Warum?«

»Da ist ein Kontrollchip drin. Jeder Transkriptor hier hat einen. Sollten Sie Necropolis ohne Erlaubnis verlassen, werden sie es wissen.«

»Wer sind ›sie‹?«

»Die beschissene TFU«, antwortete Arden. »Nur mit einer gültigen Arbeitserlaubnis darf ein Transkriptor hier raus. Jeden Morgen werden die Bauarbeiter, Zimmermädchen und Tellerwäscher abgeholt. Alles Jobs, die Menschen nicht machen wollen. Diese Jobs fallen euch zu. Das ist die Schmiere, die die Menschmaschine am Laufen hält. Ich kann Sie hier rausbringen, aber die Freiheit ist nicht umsonst.«

»Was genau heißt das?«, hakte Roosevelt misstrauisch nach.

Er konnte Menschen nicht mehr vertrauen. Sie waren die Herren, und sie taten alles, um ihre Macht zu behalten. Aber weil Roosevelt so machtlos war, hatte er auch nichts mehr zu verlieren. Man hatte ihm bereits alles genommen.

»Ich glaube nicht, dass wir schon so weit sind«, sagte Arden. »Keiner von uns hat einen Grund, dem anderen zu vertrauen.«

»Dann geht es um etwas Illegales, korrekt?«

»Würde ein Gesetzesverstoß Sie davon abhalten, Rache zu nehmen?«

»Nichts und niemand würde mich davon abhalten«, antwortete Roosevelt in gleichmütigem Tonfall.

»Genau deshalb habe ich Sie ausgesucht. Ein freier Wille ist etwas sehr Machtvolles. Sie werden mir bei meinem kleinen Problem helfen, weil Sie mir helfen *wollen*. Weil ich Ihnen etwas als Gegenleistung geben kann. Von jemandem, der für Geld mordet, kann man keine Loyalität erwarten. Solche Menschen kann man kaufen und wieder verkaufen. Aber Sie … Sie werden von etwas angetrieben, das man nicht kaufen kann. Genau wie ich. Das ist das Einzige, was für mich zählt.«

Arden holte eine Visitenkarte aus seiner Tasche und reichte sie Roosevelt. »Ich möchte, dass Sie zu jemandem in der alten Carnegie Hall gehen. Heutzutage ist sie Nachtclub und Casino in einem. Alles im Stil der 20er und 40er. Nur um klassische Musik zu hören, riskiert niemand einen Trip hierher, aber für eine Runde Roulette schon. Das ist das einzige profitable Geschäft hier. Die Leute kommen tatsächlich zum Spielen her. Es gibt dort einen Transkriptor, mit dem Sie reden sollten. Ich habe bereits mit ihm gesprochen. Er wird Ihnen geben, was Sie brauchen.«

»Er wird mir helfen?«, fragte Roosevelt.

»Oh ja.« Arden lächelte. »Er wird Sie lieben.«

Valentino spielt in der Old Carnegie Hall

Im Schrank seiner ehemaligen Zelle, die ihm nun als Wohnung diente, hatten mehrere Anzüge gehangen. Roosevelt suchte sich einen mit Nadelstreifen aus. Draußen hielt er den Kopf gesenkt und ging nach Norden zu dem Casino, von dem Arden gesprochen hatte.

Es war erstaunlich und bestürzend zugleich, wie schnell die Stadt verfallen war. Obdachlose und Junkies lagen besinnungslos in dunklen Ecken und Winkeln, inmitten alter Heroinspritzen. Die kleinen Geschäfte und Restaurants waren jetzt, am Abend, voll, und Transkriptoren, die noch immer ihre Arbeitskleidung trugen, strömten über die Straßen: Zimmermädchen und Bauarbeiter, Krankenschwestern und Reinigungskräfte. Ein Überwachungshelikopter der NYPD flog über die Dächer hinweg. Kurz schwebte er über den Ruinen eines ehemaligen Fitnessstudios; dann drehte er in Richtung Westen ab.

Schließlich näherte Roosevelt sich dem Casino. Die altehrwürdige Carnegie Hall hatte sich in einen grellen Unterhaltungskomplex verwandelt, der nun »The Deco« hieß. Die Klientel, die draußen stand, war gut gekleidet und sah nach Geld aus: Sampbroker, Politiker und Touristen, die mit dem Maglev aus Lower Manhattan kamen, um sich eine Nacht lang beim Blackjack und mit Transkriptorennutten zu amüsieren.

Ein Sicherheitsteam aus Transkriptoren, die speziell für den Kampf gezüchtet waren, bewachte den Eingang, bereit, jederzeit Eindringlinge aus den Armenvierteln zurückzutreiben.

Über dem Haupteingang stand in großen weißen und silbernen Neonbuchstaben »The Deco«; daneben leuchteten zwei Palmen. Eine Reklametafel an der Straße warb für Shows, Humphrey Bogart, Lana Turner und Rudolph Valentino.

Roosevelt ging zum Eingang und näherte sich einem der Transkriptoren, einem Riesen mit einer langen Narbe am Hals. Der Türsteher winkte Roosevelt durch, nachdem dieser ihm die Visitenkarte gezeigt hatte.

Im Inneren hatte man den ursprünglichen Aufbau der Carnegie Hall weitgehend erhalten: die riesige Kuppel in der Konzerthalle und die breiten Balkone. Die Stühle waren allerdings entfernt und durch Spielautomaten und Kartentische ersetzt worden.

Wo die Menschen einst Tschaikowsky gelauscht hatten, ratterten nun die Einarmigen Banditen und drehten sich die Rouletteräder. Es ging laut und geschäftig zu. Überall wimmelte es von Menschen. Auf Monitoren wurden aktuelle Jackpots bekannt gegeben und die Termine für die nächsten Shows genannt.

Vorne, auf der alten Bühne, stand eine mollige, rothaarige Sängerin in einem engen blauen Kleid, das ihre Beine zeigte und ihre Rundungen betonte. Roosevelt gab seinen Hut an der Garderobe ab und bekam dafür eine Packung Lucky Strike. Dann stellte er sich an die Champagnerbar zwischen zwei Reihen von Einarmigen Banditen und schaute zu, wie die kräftige Frau mit ihrer Show begann. Ein blaues Spotlight wurde auf sie gerichtet, und die Frau stimmte mit ihrer tiefen Stimme einen Song von Billie Holiday an. Nahezu jeder hier rauchte, und so hatte sich ein dichter Nebel über alles gelegt.

Roosevelt wandte sich von der Bühne ab. Der Lärm hier bereitete ihm Kopfschmerzen. Er stieg eine Treppe hinauf, ging durch eine Glastür und trat hinaus auf einen großen Steinbalkon, der erst vor Kurzem an die Halle angebaut worden war.

Unter ihm plapperten und lachten die Leute. Roosevelt zündete sich eine Zigarette an und lehnte sich an die Brüstung. Als Teenager hatte er mal für kurze Zeit geraucht. Es war eine scheußliche Angewohnheit, aber er brauchte jetzt etwas, um sich zu entspannen. Außerdem war das Rauchen im Moment das geringste seiner Probleme. Dann aber rebellierte seine Lunge, und er musste heftig husten. Er blinzelte den Rauch weg und schaute nach Norden zum Central Park, der von dieser Seite mit Stacheldraht abgesperrt war.

»Die Dinger sind tödlich«, sagte eine Frauenstimme hinter ihm.

Roosevelt drehte sich um und sah eine große, dunkelhaarige Frau in engem schwarzem Kleid. Sie trat auf den Balkon hinaus, lehnte sich weit über die Brüstung und strich sich das Haar aus dem Gesicht. Irgendetwas an ihr kam Roosevelt bekannt vor.

»Ich meine die Zigaretten«, sagte sie.

»Oh, sicher. Es wäre wirklich eine Schande, wenn die Dinger mich eher erwischen würden als die TFU.«

Die Frau lachte. »Sie müssen Roosevelt sein.«

»Was macht Sie so sicher?«

»Dass Sie nicht wie ein Mensch aussehen.«

»Woran erkennen Sie das?«

»Sie haben nicht diesen selbstgefälligen Gesichtsausdruck«, antwortete die Frau und zuckte mit den Schultern. »Außerdem sind wir uns schon einmal begegnet.«

Plötzlich fiel es Roosevelt ein. Die Wohnung seines Vaters.

Dies war das Mädchen, das sein Bruder ihm geschickt hatte. Die Transkriptorin, mit der er eine Stunde verbracht hatte.

Sie streckte die Hand aus. »Queen Elizabeth. Ich freue mich, Sie wiederzusehen.«

Ihre Hand war warm.

»Ich erinnere mich an Sie«, sagte Roosevelt.

»Und ich mich an Sie«, erwiderte sie. »Was wollen Sie hier?«

»Arden hat mich geschickt«, sagte Roosevelt verwirrt.

»Das weiß ich, aber was wollen Sie hier? Was erhoffen Sie sich davon, dass Sie hierherkommen?«

»Wollen Sie Psychologin werden?«

»Wollen Sie bei den Spielen sterben? Ich frage nur, weil die Chancen ziemlich gut stehen, dass man Ihnen den Kopf wegpustet, wenn Sie so weitermachen. Also, was wollen Sie?«

»Rache«, antwortete Roosevelt.

»Und Sie glauben, dann würden Sie sich wieder ganz fühlen? Glauben Sie, das ist Ihr Leben wert?«, fragte Queen Elizabeth.

»Ich verstehe nicht …«

Queen Elizabeth schaute ihn lange an. »Sie glauben, nur weil man Sie hierhergeschickt hat, wissen Sie alles über Verlust – wahren Verlust. Schauen Sie sich um. Sehen Sie sich die Gesichter der Transkriptoren an. Sie, Roosevelt, hatten wenigstens die Chance, da draußen zu leben und Gefühle zu entwickeln, die keiner von ihnen je haben wird. Wissen Sie eigentlich, was ich dafür geben würde, das zu fühlen, was Sie gefühlt haben?«

»Deshalb haben Sie auch keine Ahnung, wie es ist, wenn einem das alles genommen wird«, sagte Roosevelt.

Queen Elizabeth dachte kurz darüber nach und erwiderte dann: »Da haben Sie wohl recht.«

Sie nahm Roosevelt am Arm und führte ihn ins Casino und an die Brüstung der Galerie. Unter ihnen rasselten und klingelten die Spielautomaten, die Musik lief mit voller Lautstärke, und die Luft stank nach Rauch und Alkohol.

»Willkommen im Deco«, sagte Queen Elizabeth und deutete in den Saal hinunter.

Dort wimmelte es nur so von Leuten: Menschenmänner in teuren Anzügen und Transkriptorenfrauen, die sich ihnen an den Hals geworfen hatten. Überall standen Spieltische, und die Stühle waren mit dickem rotem Samt gepolstert.

Die Mitte bildete eine riesige Bar. Flaschen funkelten in perfekten Reihen, und Barkeeper servierten den nicht enden wollenden Gästeschlangen. Kellnerinnen in verführerischen Minikleidern huschten zwischen den Tischen umher und verteilten Getränke.

»Prostitution ist hier legal«, erklärte Queen Elizabeth. »Drogen sind legal. Spielen ist legal. Jedes Laster, das Sie sich vorstellen können, blüht und gedeiht in der Transkriptorenzone. Es gibt hier keine Regeln, keine Gesetze, keine Konsequenzen. Passen Sie also auf. Das ist nicht Ihr altes Leben. Ein Mord wird hier nicht einmal gemeldet.«

Unter ihnen spielte eine Band Duke Ellington – besser sogar als der Duke persönlich, und auch der Musiker sah ihm zum Verwechseln ähnlich.

»Die gehören zum Celebrity-Wiederbelebungsprogramm«, sagte Queen Elizabeth. »Das hat man extra für das Casino aufgelegt. Der Bandleader sieht wie Duke Ellington aus, weil er Duke Ellington ist – jedenfalls genetisch betrachtet. Und er ist nicht der Einzige. Die Transkriptoren aus diesem Programm bestreiten hier sämtliche Shows. Das Mirage in Las Vegas hatte Siegfried und Roy, wir haben Duke Ellington, Humphrey Bogart, James Cagney und noch viele andere.«

»Ihr Duke ist wirklich großartig.«

»Dafür ist er ja auch gemacht.«

»Und für was sind Sie gemacht?«

Queen Elizabeth schaute Roosevelt lange an; dann lächelte sie. »Das hängt davon ab, wer fragt.«

»Sagen wir, ich frage. Was denken Sie?«

»Ich denke, dass Transkriptoren besser sind als Menschen. Klüger. Stärker. Ich denke, es ist nur eine Frage der Zeit, bis wir das auch merken … bis zur Revolution.«

Roosevelt erinnerte sich an ihr Gerede von Revolution. Und dann, ganz plötzlich, fiel ihm noch etwas anderes ein. Ihre Stimme. Er hatte sie schon einmal gehört, und das nicht nur in der Wohnung seines Vaters. Sie war die Frau mit der Maske gewesen – die Frau, die ihn aus dem TFU-Transporter befreit hatte.

»*Sie* waren das«, sagte Roosevelt erstaunt. »Sie haben den Transporter gerammt. Jetzt erinnere ich mich. Ihre Stimme …«

Queen Elizabeth schaute ihn nachdenklich an. »Die Transkriptoren brauchen eine Stimme.«

Duke Ellingtons Song verhallte. Stattdessen wurde eine eher unauffällige Melodie gespielt.

»Arbeiten Sie für Arden?«, fragte Roosevelt. Er hatte die Frau noch immer nicht recht durchschaut.

Queen Elizabeth lachte. »Ich arbeite für eine Organisation. Wir haben Sie schon lange gesucht. Deshalb haben wir Sie aus dem Gewahrsam der TFU befreit. Unglücklicherweise haben Sie es dann ja wieder geschafft, sich von der TFU verhaften zu lassen.«

»Sie haben nach mir gesucht? Warum?«

»Alles zu seiner Zeit. Jetzt sind Sie erst einmal hier, um sich mit Rudolph Valentino zu treffen, nicht wahr? Er herrscht über die Zone. Er ist ein Transkriptor, und von allem, was hier durchkommt, erhält er einen Anteil. Sex, Drogen, Glücksspiel. Wenn irgendjemand weiß, was mit Ihnen passiert ist, dann er.«

»Ist er gefährlich?«

Queen Elizabeth lächelte. »Das hier ist Necropolis. Hier ist jeder gefährlich.«

»Wo kann ich ihn finden?«

»Da drüben.« Sie deutete auf einen runden Tisch in einer gepolsterten Nische, direkt der Bühne gegenüber. Sechs Leute unterhielten sich dort, umhüllt von einer Rauchwolke. In der Mitte saß ein Mann in weißem Leinenanzug und gestreiftem Hemd. Er hatte sich die Krawatte gelockert; seine Schuhe waren schwarz und weiß, sein Haar mit Gel zurückgekämmt. Roosevelt schaute sich das Gesicht aufmerksam an. Irgendwie kam der Mann ihm bekannt vor.

»Rudolph Valentino«, sagte Queen Elizabeth.

»Was?«

»Was dort drüben sitzt, ist die Genico-Version von Valentino. Er gehört zum Celebrity-Projekt. Sie haben die DNA des echten Valentino genommen und einen Transkriptor daraus gezüchtet. In Necropolis gibt es viele außergewöhnliche Dinge zu sehen.«

»Soll ich mit ihm reden?«, fragte Roosevelt.

Queen Elizabeth musterte ihn von Kopf bis Fuß, zog an ihrer Zigarette und lächelte. »Oh ja … Er wird Sie lieben.«

Der Tisch stand voller leerer Gläser, Champagnerflaschen und Aschenbecher, und die Transkriptoren lachten miteinander. Als Roosevelt näher kam, sah er, dass es sich bei allen fünf um Männer handelte. Valentino saß in der Mitte. Die Männer waren elegant gekleidet, und wie ihr Herr und Meister hatten auch sie sich das Haar mit Gel nach hinten gekämmt. Auf der Bühne sang eine scharfe Blondine irgendeinen süßlichen Song, doch die Männer am Tisch ignorierten sie größtenteils.

Roosevelt schaute Valentino über den Tisch hinweg an. Rudolph hob kaum den Blick und winkte ab. »Unsere Drinks haben wir schon. Aber ein Päckchen Zigaretten wäre nicht schlecht.«

»Sind Sie Rudolph?«

Bei diesen Worten drehte Valentino sich um und musterte Roosevelt aufmerksam.

»Schon möglich.«

»Rudolph Valentino?«

Valentino lächelte, lehnte sich auf dem Stuhl zurück und musterte Roosevelt noch einmal eingehend. Roosevelt bemerkte, dass auch die anderen Männer ihn inspizierten. Sie sahen allesamt außergewöhnlich gut aus. Valentino drehte sich zu dem Mann neben ihm um, einem feingliedrigen Burschen Anfang dreißig. »Also, Mut hat er ja.«

»Ich muss kurz mit Ihnen reden«, sagte Roosevelt.

Valentino winkte wieder. »Setz dich. Trink einen mit uns, und später bekommst du dann vielleicht ein Autogramm von mir.«

Valentino und die anderen brachen in lautes Gelächter aus.

»Darum geht es nicht.«

»Oh, bitte. Setz dich und trink«, sagte Valentino genervt. »Sei doch nicht so ernst.«

Roosevelt setzte sich neben einen schlanken schwarzen Transkriptor mit weißem Sweater, gestreiftem Hemd und Krawatte. Der Mann lächelte und nickte Roosevelt zu.

»Du hast bei den Spielen gekämpft«, bemerkte der Mann.

»Stimmt.«

»Du bist mir gleich so vertraut vorgekommen.«

Roosevelt nickte.

»Du bist also einer unserer Helden. Zum Wohl!«, sagte Valentino, hob sein Glas und beugte sich dann zu Roosevelt. Sein

Atem roch stark nach Brandy. »Sieh sich nur einer dieses Gesicht an«, sagte er. »Du bist schön und leidenschaftlich. Bitte, lass dich nie wieder zu den Spielen zerren. Ich möchte nicht, dass diesem Gesicht etwas passiert. Einfach lecker.«

Die Männer lachten wieder.

»Du solltest für ihn singen«, rief jemand.

Valentino lächelte. »Möchtest du mich singen hören? Früher habe ich hier zweimal am Tag Shows gegeben.«

Roosevelt zuckte mit den Schultern. »Also, eigentlich …«

»Dann will ich mal.« Valentino erhob sich wankend, strich das Haar zurück und ging zur Bühne. Die Blondine hatte ihr Lied beendet, und Valentino trat an ihre Stelle, schützte seine Augen mit der Hand vor dem Scheinwerferlicht und ging zum Mikrofon. Um ihn herum brandete Jubel auf, und die Leute hoben ihre Martinigläser zum Toast. Valentino winkte mit der Zigarette in der Hand und wandte sich dann kurz an die Band.

Schließlich ließ er den Blick über die Zuschauer schweifen und nickte. »Dieses Lied ist von dem Film ›Der Scheich‹ des großen Rudolph Valentino inspiriert, einem Stummfilm aus dem Jahre 1923.«

Die Musik setzte ein. Sie klang fremdartig, indisch, und einen Augenblick später stimmte Valentino den »Kashmiri Love Song« an. Roosevelt kannte dieses langsame, traurige Lied, das Valentino nun voller Gefühl sang.

Die Männer am Tisch starrten offenen Mundes zu Valentino hinauf. Einer von ihnen beugte sich zu Roosevelt und bemerkte: »Was für eine wundervolle Stimme.«

Roosevelt nickte und ließ den Blick durch den Saal schweifen. Alles war von Rauch eingehüllt. Queen Elizabeth stand noch immer oben auf der Galerie. Roosevelt erinnerte sich nun an weitere Einzelheiten ihres Gesprächs: Elizabeth hatte ihm erklärt, wie es war, ein Transkriptor zu sein. Wie hatte sie es beschrieben? Leer. Wie das Innere einer Schneckenmuschel. Konnte das stimmen?

Queen Elizabeth drehte sich um, trat wieder auf den Balkon hinaus und schaute über die Brüstung hinweg auf die Lichter der Zone. Roosevelt betrachtete sie und dachte an Dolce. Auch er hatte stets eine Leere in sich gefühlt, die erst mit Dolce verschwunden war.

Queen Elizabeth wandte sich wieder von den Lichtern ab, schaute Roosevelt kurz in die Augen und lächelte. Auf der Bühne sang Valentino weiter.

Und Roosevelt fühlte die Einsamkeit dieses Ortes, dieser Stadt der Toten, voller leerer Wesen, verloren wie Schneckenmuscheln am Strand. Valentino beendete sein Lied, verneigte sich kurz, ging wortlos von der Bühne und setzte sich wieder. Seine Kumpane lächelten und klopften ihm auf die Schulter, doch Valentinos Laune schien sich verändert zu haben. Er winkte die Männer fort und schaute Roosevelt ernst an.

»Du wolltest mit mir sprechen? Worüber?«

»Über mein Leben«, antwortete Roosevelt. Er wusste nicht recht, wo er anfangen sollte.

»Ist das alles?« Valentino ließ die zwei Oliven in seinem Martiniglas kreisen. Dann steckte er sich eine in den Mund und kaute nachdenklich darauf. Schließlich drehte er sich zu dem Mann neben sich um, einem Latino mit rabenschwarzem Haar. Er bot dem Mann die zweite Olive an, und als der nickte, steckte Valentino sie ihm in den Mund.

»Er will mit mir über sein Leben reden …«, murmelte Valentino vor sich hin und schaute wieder zu Roosevelt. »Gehen wir. Du und ich. Ich bin den Laden hier leid. Von den Einarmigen Banditen bekomme ich Kopfschmerzen. Ich will nach Hause. Wirst du mich nach Hause bringen? Ich brauche heute Nacht ein bisschen Aufmerksamkeit.«

Roosevelt lächelte und lehnte sich ein Stück zurück. »Ich bin kein … äh …«

»Eine Schwuchtel?«, fragte Valentino. »Glaub mir, wenn ich das von dir wollte, könnte ich es mir nehmen. Du bist schön, aber ich habe Männer, die noch viel schöner sind als du.«

»Tut mir leid.«

»Kein Grund, sich zu entschuldigen«, sagte Valentino. »Aber lass uns jetzt gehen, bevor die nächste Nummer kommt, diese rothaarige Hexe. Eine richtige kleine Schlampe.«

Valentino stand auf. »Julian, umarme mich mal«, forderte er einen seiner Freunde auf.

Der Auserwählte, der Latino, stand auf. Valentino nahm ihn in den Arm, küsste ihn auf die Wange und schaute ihn lange an. »Du machst mich echt fertig.«

Dann drehte er sich um, schlug Roosevelt auf den Rücken, und gemeinsam verließen sie das Casino. Valentinos Auto, ein cremefarbener Avion Voisin Convertible mit großen silbernen Scheinwerfern, parkte vor dem Deco.

»Steig ein«, sagte Valentino und öffnete die Fahrertür.

Während der Fahrt schwieg er, und sein Atem erfüllte den Innenraum des Wagens mit dem Geruch von Alkohol. Er lebte in einem Penthouse im alten Ritz Carlton, unmittelbar am Park. Das Gebäude war seit Langem von den Menschen aufgegeben worden und beherbergte nun die einflussreichsten Transkriptoren. Valentino parkte direkt vor der Tür und fuhr mit Roosevelt in einem mit Marmor verzierten Lift nach oben.

Die Aufzugtür öffnete sich, und Valentino wankte hinaus. Ein elegant gekleideter Diener nahm ihn in einem langen, schwarz und weiß gefliesten Flur im Empfang.

»Mrs. Valentino wartet in der Bibliothek auf Sie, Sir«, sagte der Butler.

Roosevelt war nicht sicher, ob der Mann ihn schon bemerkt hatte. Falls ja, zeigte er sich nicht im Mindesten überrascht.

»Sehr gut, Thomas. Richte ihr aus, ich bin gleich da«, sagte Valentino.

»Sehr wohl, Sir.«

Der Butler verschwand hinter einer Tür am anderen Ende des Flurs. Valentino drehte sich zu Roosevelt um und deutete auf ein Zimmer. »Warte da drinnen, wenn du willst. Das ist der Empfangsraum.« Dann folgte er dem Butler.

Einen Moment lang stand Roosevelt einfach nur da. Eine Tür wurde geschlossen, und Stimmen waren zu hören – zwei wütende Stimmen, die eines Mannes und einer Frau. Offenbar gab es Streit.

Roosevelt ging in den dunklen Empfangsraum. Er knipste das Licht ein, und über ihm erwachten zwei Glaslampen zum Leben.

Der Zimmer war groß und luxuriös. Zwei mokkafarbene Ledersofas bildeten ein L in der Mitte; dazwischen stand ein Glastisch, auf dem Filmzeitschriften lagen. Aus einem großen Fenster konnte man über den dunklen Central Park blicken, und in der Ecke stand ein Radio mit Mahagonigehäuse.

An den Wänden hingen verschiedene Waffen und Rüstungsteile: ein indopersischer Rundschild und ein Schlachtbeil, ein spitzer persischer Helm und ein englischer Säbel aus dem 18. Jahrhundert. Neben den Waffen waren die Titelseiten verschiedener Zeitungen zu sehen, alle eingerahmt und in regelmäßigen Abständen aufgehängt. Alle zeigten dasselbe Jahr: 1926. Commander Byrds erster Flug über den Nordpol … Warner Brothers' »Don Juan« … Vitaphones erster Tonfilm … Währungskrise in Frankreich. Und dann:

Rudolph Valentino, »Der Scheich«, Liebling des Filmpublikums, stirbt im Alter von einunddreißig Jahren an einem Blinddarmdurchbruch.

Roosevelt setzte sich auf eines der Ledersofas und nahm eines der Filmmagazine vom Tisch. Auf dem Cover war eine Zeichnung von Rudolph Valentino mit arabischem Kopftuch zu sehen, ein Bild aus dem Film »Der Sohn des Scheichs«. Roosevelt schlug die Zeitschrift auf und war bald so sehr in die Artikel vertieft, dass er gar nicht bemerkte, wie Valentino den Raum betrat.

»Hast du ihn gesehen?«, fragte Valentino.

»Wen?«, entgegnete Roosevelt überrascht und schlug rasch die Zeitschrift zu.

»Den Sohn des Scheichs. Hast du ihn gesehen?«

»Nein … Nein, habe ich nicht.«

Valentino nickte. »Ich schon.«

Er ging zur Hausbar und schenkte sich einen Drink ein. Dann ging er zum Fenster und schaute auf den Park hinaus.

»Weißt du, dass Genico in Kalifornien einen Themenpark baut? Alt-Hollywood. Sie werden ihn mit Transkriptoren wie mir bevölkern und ihn dann der Öffentlichkeit zugänglich machen. Sie werden Eintrittskarten verkaufen. Im Jahre 1929 gab es 20112 Bäume von 37 verschiedenen Arten in Beverly Hills«, sagte Valentino. »Und weißt du, wie viele Bäume der Beverly-Hills-Teil des neuen Genico-Parks hat? 20112 von 37 verschiedenen Arten. Genau gleich. Sie haben acht Jahre gebraucht, um das richtig hinzubekommen.«

Valentino schwenkte seinen Drink und nippte daran.

»Hören Sie zu«, sagte Roosevelt. »Ich muss mit Ihnen über die Dinge reden, die mir passiert sind. Mein Name ist Thomas Roosevelt, und ich …«

»Ich weiß, wer du bist«, unterbrach ihn Valentino. »Und ich weiß auch, was mit dir passiert ist.«

»Deswegen komme ich ja zu Ihnen. Ich weiß es nämlich nicht. Ich weiß nicht, warum ich hier bin. Ich weiß nicht, was mit mir passiert ist. Sie haben gesagt, ich hätte all diese Leute umgebracht – das habe ich aber nicht. Sie haben gesagt, ich sei ein Transkriptor – das bin ich aber nicht. Ich bin ein Mensch.«

»Und was bin ich?«, fragte Valentino und wandte sich vom Fenster ab. »Ich bin ein Transkriptor. Wenn ich also kein Mensch bin, was bin ich dann?«

Er ging zu dem gerahmten Zeitungsartikel an der Wand, der über den Tod des echten Rudolph Valentino im Alter von einunddreißig Jahren berichtete.

»Bin ich er?«, fragte Valentino und schaute sich die Schlagzeile an. »Ist er ich? Sind wir dieselbe Person, nur Jahre auseinander? In zwei Monaten werde ich einunddreißig. Genico kontrolliert das alles hier. Glaubst du, sie werden mich zweiunddreißig werden lassen? Das wäre aber verdammt falsch. Diese Leute kennen die genaue Zahl von Bäumen in Beverly Hills. Glaubst du, da werden sie ihren größten Star älter als einunddreißig werden lassen?«

»Tut mir leid. Das wusste ich nicht.«

»Zwischen 1916 und 1926 hat Rudolph Valentino zweiunddreißig Filme gedreht. Weißt du, wie viele Filme ich gedreht habe?«

Roosevelt schüttelte den Kopf. »Nein.«

»Keinen. Ich habe in meinem ganzen Leben noch keinen einzigen Film gedreht. Man kann mich nicht von Rudolph Valentino unterscheiden, und trotzdem bin ich nur ein lebendes Bild in dem Geschichtsbuch, das sie Necropolis nennen. Mehr nicht. Bloß ein Bild in einem Buch. Und wenn ich einunddreißig werde, reißen sie das Bild heraus und werfen es weg.« Er blickte Roosevelt an, ehe er fortfuhr: »Valentino hatte eine Frau, und das bedeutet, dass auch ich eine Frau haben muss.

Also haben sie mich mit einer Frau verheiratet, für die ich nichts empfinde. Aber ich habe Gefühle, Gelüste … nur nicht für meine Frau. Wie soll ich das den Gouverneuren erklären? Genetisch bin ich mit Valentino identisch; also muss ich auch diese Gefühle und Gelüste haben, doch für die Öffentlichkeit muss ich den Ehemann spielen, genau wie der echte.«

»Tut mir leid«, wiederholte Roosevelt.

»Ja. Nun … Die Show muss weitergehen. Und du, mein schöner Junge … dies ist dein erstes Mal in dieser kolossalen Produktion. Du bist die Hauptfigur. Der kontroverse, männliche Hauptdarsteller. Für diese Rolle wurdest du geboren.«

»Nein, nein, das ist alles nur ein Fehler …«

»20112 Bäume. Nicht einer mehr, nicht einer weniger. Diese Leute machen keine Fehler. Du bist aus einem bestimmten Grund hier, egal ob du ihn kennst oder nicht.«

»Aber ich habe diese Leute nicht umgebracht.«

»Ich glaube dir.«

»Warum bin ich dann hier?«

»Weil sie dich hier haben wollen.« Valentino lächelte. »Diese Stadt ist eine glitzernde Illusion, mit Geld und Macht gebaut. Sie ist eine Fassade, hinter der sich Dunkelheit und Einsamkeit verbergen, mein Freund. Vielleicht ist Necropolis sogar die dunkelste und einsamste Stadt der Welt.«

»Und Sie sind schon Ihr ganzes Leben hier?«

»Ja. Dafür wurde ich erschaffen. Das ist meine Rolle in dieser Produktion. Deine musst du schon selbst herausfinden.«

»Und wie?«

»Du bist als Transkriptor verhaftet und eines Doppelmordes angeklagt worden. Da du Bioeigentum bist, hat man dich nie vor Gericht gestellt, nur für schuldig erklärt. Seit Jahren ist das nun schon so. Wir sind leichte Opfer, weil wir keine Rechte haben. Die Frage ist nur: Was willst du tun?«

»Ich will meine Unschuld beweisen. Ich will mich an den Leuten rächen, die mir das angetan haben. Da war eine Frau, die ich geliebt habe. Sie haben sie mir genommen.«

»Wie weit würdest du für deine Rache gehen?«

»Ich habe nichts zu verlieren.«

»Du lebst noch, oder nicht? Das ist doch schon mal was. Aber sie werden nicht zögern, dir auch noch das Leben zu nehmen. Solange du keine Fragen stellst, bist du sicher. So lautet das Gesetz von Necropolis. Wenn du das Gesetz nicht befolgst …«

»Ich bin bereit.«

Valentino nickte, dachte nach und ging dann durchs Zimmer zu einer großen, mit Mosaiken verzierten Kommode unter dem persischen Helm. Er öffnete eine der Schubladen, holte eine Ledermappe heraus und legte sie auf die Kommode. Dann drehte er sich wieder zu Roosevelt um.

»Komm her.« Er winkte, und Roosevelt trat näher. »Nimm mich in den Arm.«

»Ich … Nun ja … Deswegen bin ich nicht hier …«

»Ach, halt den Mund, das weiß ich doch«, sagte Valentino. »Du bist schön, und mir geht es gut.«

»Danke.«

»Danke nicht mir, bedanke dich bei deiner Mutter. Sie hat dich gemacht. Und jetzt komm her, und nimm mich in den Arm.«

Roosevelt trat einen Schritt vor, und Valentino drückte ihn fest an sich und legte den Kopf auf Roosevelts Schulter. »Ich liebe dich, Roosevelt. Ich liebe dich von ganzem Herzen, und ich würde dir nie ein Leid zufügen.«

Roosevelt nickte. »Sie … äh … Du hast mich gerade erst kennengelernt.«

»Ich kenne dich, und ich weiß, dass du im Herzen gut bist.

Lass dir das nicht von diesem Ort nehmen. Meine Zeit hier ist fast abgelaufen. Ich habe Angst; aber du hast mir Hoffnung gegeben.«

Und dann küsste Valentino Roosevelt auf die Wange. »Alles, was du brauchst, ist in dieser Mappe. Arden wird wissen, was damit zu tun ist.«

»Warum hilfst du mir?«

»Dein Vater war ein großer Mann.«

Roosevelt kniff die Augen zusammen. Bis jetzt hatte niemand von seinem Vater gesprochen. »Du hast meinen Vater gekannt?«

»Nein. Er ist vor meiner Zeit gestorben, aber wir haben alle die Geschichten gehört. Wenn du mehr über deinen Vater wissen willst … da gibt es jemanden, zu dem du gehen solltest.«

»Wo?«

»Strawberry Fields. Das ist ein Dorf tief im Park. Mein Butler kennt den Weg.« Valentino setzte sich auf die Sofakante und legte die Finger an die Nase. »Viel Glück«, sagte er, ohne den Blick zu heben.

Roosevelt war fast schon aus dem Gebäude heraus, als er einen Schuss hörte. Kurz blieb er stehen und lauschte. Stille. Er wartete noch einen Moment; dann trat er hinaus auf die dunkle Straße.

Während der Wohnungskrise hatte sich der Central Park mit Obdachlosen und Junkies gefüllt. Als dann ein großer Teil des Parks von einem Privatunternehmen gekauft und abgesperrt worden war, hatte sich niemand beschwert. Nun bildete eine mit Stacheldraht bewehrte Betonmauer die Südgrenze. Eine einzelne rote Metalltür führte durch die Mauer.

Der Butler zog einen großen Schlüssel aus der Tasche. Er drehte ihn im Schloss, und ein Riegel sprang mit hörbarem

Klicken zurück. Hinter der Tür befand sich ein langer Betonkorridor.

»Nach Strawberry Fields geht es hier durch«, sagte der Butler. »Sie erwarten Sie. Und machen Sie sich keine Sorgen wegen des Chips. Das hier gehört noch zu Necropolis.«

»Kommen Sie nicht mit?«, fragte Roosevelt.

Der Butler schüttelte den Kopf. »Ich fürchte, ich bin nicht eingeladen.«

Roosevelt trat durch die Tür, und der Butler schloss sie hinter ihm. Der Schlüssel wurde wieder gedreht, und Roosevelt war eingesperrt. Der Gang wurde von einer Reihe Glühbirnen erhellt und war insgesamt gut zehn Meter lang. Am anderen Ende befand sich eine zweite Tür, die aus Brettern bestand. Die Tür war unverschlossen.

Und dahinter bot sich Roosevelt ein wahrhaft seltsamer Anblick.

Die Lichter eines Dorfes leuchteten am Ufer eines kleinen, von Bäumen umstandenen Teichs. Das Dorf bestand aus zwei Dutzend weiß verputzten Häusern, und über den Bäumen ragte die Skyline von Manhattan auf.

Ein Kiesweg wand sich zwischen den Eichen hindurch und führte von der Holztür um den Teich herum und zum Dorf. Queen Elizabeth stand am Rand des Weges. Sie trug ein weißes Baumwollkleid und lächelte Roosevelt an. »Willkommen in Strawberry Fields.«

Eine Diskothek nach Mitternacht

Die Toilettenkabinen waren so groß wie Telefonzellen und ihre milchig weißen Seiten von der gleichen Farbe wie die exotische Substanz, die Gorfinkle ordentlich verpackt in seiner Jeans versteckt hatte. Saxton war bei ihm und hatte einen seiner eleganten Ferragamo-Schuhe auf die Klobrille gestellt.

Das schwärzliche Leder des Ferragamo war leicht mit weißem Pulver eingestäubt. Als er das sah, zog Saxton den Schuh vorsichtig aus, hielt ihn sich an die Nase und sog das Pulver von dem glatten Alligatorleder ein. Die Tür ging auf, und eine junge Frau mit einem kleinen Hund kam in die Toilettenkabine. Sie blieb wie angewurzelt stehen und starrte entsetzt und angewidert auf die beiden Männer. Saxton packte sie kurzentschlossen an der Schulter, schob sie in den Club zurück und schloss die Tür hinter ihr.

Sie waren irgendwo tief im schlagenden Herzen des Clubs USA. Es war drei Uhr morgens. In vier Stunden mussten sie wieder zur Arbeit. Aber erst war da Mama Blanca. Die Tür der Toilettenkabine öffnete sich erneut. Diesmal glitt ein Kerl auf Rollerskates herein. Das Licht aus dem Club glitzerte auf seinem weißen Anzug. Er beäugte erst Saxton, dann Gorfinkle und schließlich das kleine Päckchen Mama Blanca und trat einen Schritt vor. Mit einem raschen »Wenn es dir nichts ausmacht …« schob Saxton auch ihn hinaus und warf die Tür zu. Dann konzentrierte er sich wieder auf das Wesentliche.

Und das Wesentliche war, das Mama Blanca trotz der beengten Räumlichkeit und der ständigen Störungen so schnell wie möglich in die Nase zu bekommen. Und dieser Aufgabe widmete Saxton sich mit ganzer Kraft.

»Wir sind das Rückgrat der Gesellschaft«, sagte Saxton, während er sich darauf konzentrierte, das kleine weiße Päckchen zu öffnen. »Das Rückgrat. Ich meine, schau dir uns nur mal an, was wir tun … Ist es da falsch von mir, dass ich einen Ferrari fahren will? Ist das wirklich falsch? Ich meine, wir retten Menschenleben. Ich rette täglich Menschenleben. Habe ich da nicht mindestens ein Recht auf einen Ferrari und eine Wohnung in Tribeca? Ach, scheiß auf die Wohnung, ein *Haus*.«

Gorfinkle schüttelte den Kopf.

»Die Leute wollen, was wir ihnen verkaufen«, fuhr Saxton fort. »Damit retten wir Leben, verdienen gut Geld, und alle sind glücklich. Ich verstehe einfach nicht, wie da jemand so einen Scheiß schreiben kann.« Saxton zog ein zusammengefaltetes Exemplar des *Wall Street Journal* aus der Tasche und wedelte damit vor Gorfinkle herum. »Herzlose Sampindustrie der Superreichen«, stand dort zu lesen.

»Ich will doch nur einen Ferrari«, jammerte Saxton.

»Wir alle wollen einen Ferrari.«

»Ich habe an einer Eliteuni studiert, sehe gut aus, bin in Form und hochbegabt. Ich gehe jeden Tag ins Fitnessstudio, habe super Cholesterinwerte und einen Blutdruck wie aus dem Bilderbuch. Ich meine, seit wann ist es denn ein Verbrechen, erfolgreich zu sein? Muss ich wirklich erst als Tagelöhner in irgendeinem Stahlwerk arbeiten, damit diese sogenannten Liberalen aufhören, mir Schuldgefühle einzureden?«

Plötzlich setzte die Wirkung des Mama Blanca ein, und Saxton taumelte zurück. Kurz schloss er die Augen und öffnete sie dann wieder, von neuer Energie beseelt. Ohne ein weiteres Wort trat er die Tür der Toilette auf und drängte sich grob durch die Menge zur Tanzfläche.

Gorfinkle folgte ihm. Exposés »Let Me Be The One«, das aus den Lautsprechern dröhnte, überwältigte ihn beinahe. Saxton sprang wie eine Naturgewalt zwischen die Tanzenden und warf seinen Körper hyperaktiv hin und her. Die Tanzfläche war brechend voll, aber das kümmerte Saxton nicht. Er riss sich die Krawatte herunter, wirbelte sie über dem Kopf und griff dann in die Tasche, um ein Bündel Geld hervorzuholen, das er nach den Frauen warf. Gorfinkle versuchte, ihn von der Tanzfläche zu ziehen, doch Saxton wurde erst rot, dann kreideweiß, und schließlich fiel er nach hinten und schlug mit dem Kopf auf eine Stufe. Ein Knochen knackte, und Saxton erschlaffte. Mit wildem Blick starrte er die Menge an. Blut lief ihm aus der Nase.

Und dann war Roosevelt da. Dabei wusste Saxton, dass Roosevelt gar nicht da sein *konnte*. Saxton grinste verschlagen – das war wieder nur so ein Trick von Mama Blanca. Kurz starrte er seinen Bruder an; dann packte er Roosevelt am Kragen und zog ihn zu sich herab, um ihm eine letzte Weisheit mitzugeben, bevor Mama Blanca den Schleier zuzog.

»Ich …«, begann Saxton, »ich wollte doch nur … einen Ferrari …«

Dann verwandelte Roosevelt sich wieder in Gorfinkle, und Saxton verdrehte die Augen. Ein letztes Mal versuchte er zu sprechen, während Hundertdollarnoten um ihn herumflatterten, doch außer »Einen Ferrari, Ferrari …« brachte er nichts mehr heraus.

Es war ein warmer Nachmittag, als Roosevelt aufwachte. Er lag auf dem Rücken und schaute auf das Kreuzmuster der Deckenbalken. Sein Kopf fühlte sich an wie mit Quecksilber gefüllt, doch langsam kehrte die Erinnerung an die Nacht zurück. Er war in einer der kleinen Hütten. In der Wand dem Bett gegenüber waren Fenster; warmes Sonnenlicht fiel hindurch. Hinter ihm befand sich ein kleines Bett, rechts stand ein Holztisch mit einer Vase voller Wildblumen. Von draußen hörte er das Plätschern des Teichs und das Rauschen des Windes in den Bäumen.

Die Wunden, die er in der Schlacht davongetragen hatte, waren so weit verheilt, dass nur noch dunkle Flecken davon geblieben waren. Schließlich stand Roosevelt auf und ging zur Tür. Die Hütte stand auf einer kleinen Anhöhe am Teich, und in der Ferne waren die großen Apartmenthäuser der Upper West Side zu sehen. Ein Kiesweg führte zwischen Zypressen und duftenden Kräutergärten hindurch zum Wasser hinunter.

Im Schatten einer Zypresse stand ein Tisch und daneben zwei Stühle. Queen Elizabeth saß auf einem davon. Sie trug noch immer das weiße Baumwollkleid und hatte die Füße übereinandergeschlagen. Roosevelt hatte geschlafen, und nun war die Zeit für Antworten gekommen.

Er setzte sich zu Queen Elizabeth an den Tisch. »Wo bin ich?«, fragte er.

»An einem guten Ort«, antwortete Queen Elizabeth. »Hier gestattet man einer kleinen, ausgewählten Gruppe von Transkriptoren, ohne Kontrolle durch die Regierung zu leben. Sie gehören niemandem, sind keine Sklaven mehr. Hier ist der einzige Ort, wo ein Transkriptor frei sein kann.«

»Warum zerstört die TFU das Dorf nicht einfach und zwingt alle Einwohner wieder zur Arbeit?«, fragte Roosevelt.

»Hier leben zu dürfen ist eine Art Belohnung für gute Arbeit. Hier findet man Transkriptoren, die die Spiele überlebt haben, und andere, die sich den Dank der Mächtigen erwerben konnten. Dieses Land wurde uns gegeben.«

»Von wem?«

»Wenn du wirklich Antworten haben willst, könnte ich dich zu jemandem bringen.«

»Zu wem?«

»Sein Name ist Alphacon«, sagte Queen Elizabeth. »Er ist einer der ältesten lebenden Transkriptoren. Er kann dir fast alles sagen.«

Roosevelt hatte bis spät in den Nachmittag hinein geschlafen, und die Sonne ging bereits unter. Die Luft war warm, und im Wald zirpten die Insekten, als sie über den Kiesweg gingen. Alphacon lebte nördlich des Teichs in dem Gebiet, das einst der Central Park Zoo gewesen war. Der Großteil der ursprünglichen Anlage war noch zu sehen, dank jahrelanger Vernachlässigung jedoch verfallen. Der Weg führte durch einen Torbogen aus Ziegelstein, an dem eine Uhr prangte und der umgeben war von fantastischen Tierskulpturen. Dahinter hing die Speisekarte einer Snackbar, die schon seit Jahren geschlossen hatte, in einem von Efeu überwucherten Glaskasten.

»Als nach den Angriffen die Wirtschaft zusammenbrach, hat man den größten Teil des Parks zum Verkauf freigegeben«, erklärte Queen Elizabeth. »Die Stadt konnte sich die Unterhaltung nicht mehr leisten. Genico hat den Park vor Jahren gekauft, einen Teil für sich behalten und den Rest der Stadt zurückgegeben. Die südliche Hälfte hat Genico abgesperrt, und da leben wir jetzt.«

Sie gingen an leeren Kassenschaltern, Löwenkäfigen und Souvenirständen vorbei. Queen Elizabeth führte Roosevelt durch eine Glasarkade, doch das Glas war größtenteils zerbrochen, und nur noch das nackte Metallgitter ragte in den Himmel. Links und rechts von ihnen hatten einst die unterschiedlichsten Wildtiere gelebt.

Am Ende der Arkade befand sich ein achteckiges Gebäude aus Ziegeln und Glas. Eine kleine Säule ragte aus einem Kamin in der Mitte; Papierlaternen schaukelten im Wind.

Vor der Tür stand ein Mann.

Er war vielleicht Ende fünfzig; sein Alter war schwer zu schätzen. Zwar hatte er die besten Jahre hinter sich, strahlte aber die Kraft eines deutlich Jüngeren aus. Seine Haut war sonnengebräunt, sein Haar weiß, und sein Körper war noch immer muskulös von einer Jugend, die er offenbar mit harter Arbeit verbracht hatte. Er trug einen dunkelgrauen Anzug und einen weißen Panamahut. Als sie ihn erreicht hatten, legte er Queen Elizabeth die Hände auf die Schultern und küsste sie auf die Wange.

»Mein Mädchen … schön, dich zu sehen.« Alphacon lächelte.

»Ich freue mich auch.« Queen Elizabeth lächelte. »Ich möchte dir jemanden vorstellen. Das hier ist Thomas Roosevelt.«

Alphacon betrachtete Roosevelt ausgiebig und schüttelte

ihm dann freundlich die Hand. »Natürlich. Ja, ich weiß, wer du bist.«

Roosevelt nahm die riesige Hand, die ihm angeboten wurde.

»Ich glaube, ihr zwei habt viel zu bereden«, sagte Queen Elizabeth. »Ich lasse euch allein.«

Sie drehte sich um, ging durch die Arkade zurück und setzte sich auf eine Bank im Schatten einer großen Eiche. Hinter ihr hatte hohes Wildgras das einstige Raubkatzengehege zurückerobert. Queen Elizabeth schlug die Füße übereinander, lehnte sich zurück und betrachtete die Skyline der Upper West Side.

Alphacon musterte Roosevelt; dann sagte er leise: »Du bist es, ich bin mir fast sicher. Dass ich dich ausgerechnet hier finde … nach so langer Zeit.«

An der Außenseite des Gebäudes standen alte Karusselltiere. Ein bunt bemalter Tiger fletschte drohend die Zähne, ein Pferd stieg mit seinen weiß-blauen Beinen vorne hoch, und ein Zebra drehte den Kopf und schaute gen Himmel. Alphacon saß in einem grün-roten Streitwagen aus Holz, der vorne zu einem Drachenkopf modelliert war.

»Das alles hier«, Alphacon deutete auf die Tiere um sie herum, »stammt von den Karussells des alten Central Parks.«

Alphacons Knöchel waren voller alter Narben. Langsam ließ er den Blick über den verlassenen Zoo wandern.

»Ich heiße Alphacon«, sagte er schließlich. »Weißt du, was das bedeutet?«

»Nein«, antwortete Roosevelt, der sich an einen weißen Schwan gelehnt hatte.

»Alpha ist der erste Buchstabe im griechischen Alphabet, denn ich gehöre zu den ersten Transkriptoren überhaupt, erschaffen von deinem Stiefvater vor mehr als fünfzig Jahren.«

»Sie sind ein Transkriptor?«

Alphacon nickte. »Ja. Es ist allerdings lange her, seit jemand mich so genannt hat. Diese Zeit ist für mich schon längst vorbei. Ich habe ein Alter erreicht, wo ich mir den Luxus leisten kann, mich zu entspannen und den Rest meiner Tage damit zu verbringen, andere bei Tätigkeiten zu beobachten, denen auch ich in meiner Jugend nachgegangen bin.«

Alphacon holte einen kleinen, in ein Tuch gewickelten, rechteckigen Gegenstand aus der Tasche, packte ihn aus und enthüllte ein gerahmtes Foto, das er Roosevelt reichte. Auf dem Bild war eine Gruppe von ungefähr zwanzig Männern zu sehen, die in zwei Reihen auf einer breiten Treppe standen.

»Das da bin ich, vor vielen Jahren. Der Vierte von links in der zweiten Reihe«, erklärte Alphacon.

Roosevelt schaute sich das Gesicht kurz an und erkannte den Mann, der nun deutlich älter vor ihm stand.

»Das war die Gruppe, mit der ich trainiert habe«, sagte Alphacon. »Alle diese Menschen sind tot. In den Spielen gefallen.«

»Sie nennen Sie ›Menschen‹, obwohl alle künstlich erschaffen waren?«

»Das bin ich auch, und doch fühle ich wie ein Mensch. Ich fühle Schmerz, und das nicht nur körperlich. Ich empfinde Sehnsucht und Trauer über den Tod meiner Freunde. Und ich fühle Liebe.«

»Liebe?«

»Ja.« Alphacon nickte. »Selbst ich kann lieben. Ich habe einst eine Frau geliebt. Sie war auch ein Transkriptor.«

»Was ist mit dieser Frau?«

Alphacon schaute auf den Zoo hinaus. »Sie wurde ermordet. Man hatte sie als Prostituierte verkauft. Irgendwann wurde sie von jemandem totgeprügelt, der als Mensch geboren war.«

»Das tut mir leid.«

»Bin ich nicht menschlicher als diese Bestie, die mir meine Frau genommen hat?«

Roosevelt lauschte dem Zirpen der Grillen im Gras und erwiderte nach kurzem Nachdenken: »Macht Ihnen all das Sterben denn nichts aus?«

»Das Sterben.« Alphacon lächelte traurig. »Ich habe schon viel Tod gesehen. Dies hier ist der einzige Weg. Der Weg der Starken. Wir haben keine andere Wahl. Auch du nicht.«

»Ich bin kein Transkriptor«, sagte Roosevelt.

»Doch, bist du.«

»Wie können Sie so sicher sein?«

»Ich bin mir so sicher, weil ich deinen Vater gekannt habe.« Alphacon tippte auf eines der Gesichter auf dem Foto. Roosevelt schaute sich das Bild noch einmal an. Da war ein Transkriptor in der hinteren Reihe. Er war groß und sah unglaublich gut aus, hatte aber auch etwas Grausames an sich. Dennoch war er der Einzige, der auf dem Bild lächelte. Und dieses Lächeln ließ ihn freundlich erscheinen, denn seine Augen waren noch nicht von dem Grauen getrübt, das ihn bei den Spielen erwartete.

Je länger Roosevelt sich den Mann anschaute, desto mehr erkannte er sich selbst in diesem Gesicht. Das runde Kinn, die Form der Augen, das alles war ihm vertraut. Er kannte diese Details, denn er hatte sie schon Tausende Male in seinem eigenen Gesicht gesehen.

»Er war ein guter Mann«, sagte Alphacon. »Und er war der beste Freund, den ich je hatte.«

In Roosevelts eigener Vergangenheit, die ihm immer schon rätselhaft erschienen war, unlogisch und lückenhaft, vervollständigte sich plötzlich das Bild, und er verstand endlich, woher er kam: Er war Teil des Mannes auf diesem Foto. Er hielt sein eigen Fleisch und Blut in den Händen, seine Verbindung zur Vergangenheit. Und er fühlte sich neu mit dem Leben verbunden.

»Wie hieß er?«, fragte er mit leiser Stimme.

»Titus.«

»Was ist mit ihm passiert?«

»Es ist eine typische Transkriptorengeschichte, und deshalb ist es eine traurige Geschichte«, antwortete Alphacon. »Wir haben gemeinsam viele Jahre lang gekämpft, nicht nur im Bloomberg-Stadion. Sie haben uns insgeheim in den Iran geschickt, nach Syrien und nach Saudi-Arabien. Dein Vater hat mir viele Male das Leben gerettet. Ich habe nie wieder jemanden so kämpfen sehen wie ihn. Er war wie Sky King.

Dann lernte er deine Mutter kennen. Sie war einer der Ärzte, die sich um verwundete Transkriptoren kümmerten. Damals mussten Medizinstudenten während ihrer Ausbildung an Transkriptoren arbeiten. Deine Mutter war eine großartige Ärztin. Sie und dein Vater haben einander sehr geliebt. Aber nachdem sie mit dir schwanger wurde, musste sie gehen. Sie war nicht mehr sicher.«

»Schwanger? Ich dachte, Transkriptoren könnten keine Kinder bekommen«, sagte Roosevelt. »Sie sind steril, damit man ihre Population unter Kontrolle halten kann.«

Alphacon nickte. »So war es, und so ist es noch immer. Deshalb war deine Geburt ja ein solches Wunder. Mir scheint, du weißt gar nicht, wie wichtig du bist.«

»Was meinen Sie damit?«

»Du bist der Eine, der Einzige. Halb Transkriptor, halb Mensch. Du bist der Beweis dafür, dass Transkriptoren und Menschen gleich sein können. Du bist der Beweis, dass wir genauso menschlich sind wie die Menschen, und das gibt uns allen Hoffnung.«

Roosevelt schüttelte fassungslos den Kopf. »Und Dolce?«

»Sie war eine vollständige Transkriptorin. Als sie noch sehr jung war, hat man sie versteckt. Und sie war schwanger. Euer Kind wäre das erste Kind zweier Transkriptoren gewesen. Was für ein großer Augenblick das für uns alle gewesen wäre! Es tut uns unsagbar leid, dass Dolce dir genommen wurde. Ich war so voller Trauer, dass ich …« Er schluckte, ehe er fortfuhr: »Wie meine Frau wurde auch Dolce aus Gier getötet. Aus Lust. Du aber kannst alles verändern. Dein Stiefvater hat das gewusst. Er hat nie gewollt, dass die Transkriptoren so leben müssen, wie sie leben. Er hat die Theorien für unsere Schöpfung entwickelt, und es hat ihn zutiefst geschmerzt, wie wir behandelt wurden. Deshalb hat er Strawberry Fields als Zuflucht für Transkriptoren eingerichtet. Deshalb hat er dich beschützt. Und auch Dolce. Er kannte die Menschenwelt.«

»Mein Stiefvater hat gewusst, dass ich ein Transkriptor bin?«

»Natürlich. Trotzdem hat er dich und Dolce von ganzem Herzen geliebt. Dein Vater hat für uns getan, was er tun konnte. Aber du kannst wirklich Großes vollbringen. Wir wussten schon immer, dass es nur eine Frage der Zeit ist, bis jemand wie du geboren wird. Und jetzt bist du hier. Wenn du dich entschließt, uns zu führen, werden wir dir folgen.«

Roosevelt schüttelte den Kopf. Er hatte viel zu viel Hass in seinem Herzen, als dass er irgendetwas hätte verändern können. Jetzt war nicht die Zeit dafür. Er war noch nicht bereit, seinen Hass aufzugeben. Vielleicht später … Vielleicht würde er die Transkriptoren dann in eine strahlende Zukunft führen … aber nicht jetzt. Sein ganzes bisheriges Leben hatte er versucht, Veränderungen herbeizuführen, indem er die Macht Genicos dafür einsetzte, und was hatte es ihm gebracht? Es hatte ihn geradewegs ins Gefängnis geführt und Dolce den Tod gebracht. Nun war ihm nur noch sein Hass geblieben, und der gab ihm Kraft. Er brauchte nichts anderes.

»Wenn die Männer, die für ihren Tod verantwortlich sind, dafür bezahlt haben und nicht mehr leben«, sagte Roosevelt, »können wir noch mal darüber reden.«

»Verstehe.« Alphacon blickte enttäuscht drein, nickte jedoch. Er packte Roosevelt an der Schulter. »Als junger Forscher hat dein Vater deine genetische Linie erschaffen. Jene Linie, die dein Transkriptorenvater an dich vererbt hat. So betrachtet war das Oberhaupt von Genico genauso sehr dein Vater wie dein Erzeuger. Er hat getan, was er konnte, um dich zu beschützen, denn er wusste genau, was mit dir geschehen würde, sollte man herausfinden, dass Transkriptorenblut durch deine Adern fließt. Doch nun ist er tot, und alles, wovor er sich gefürchtet hat, ist eingetreten.«

»Ja. Das stimmt.«

Sie gingen die Arkade hinunter zu der Bank, wo Queen Elizabeth auf Roosevelt wartete. Als sie das Ende des Weges erreichten, drehte Alphacon sich noch einmal zu ihm um. »Wenn du mit dieser Ermittlung weitermachst, werden sie versuchen, dich zu töten. Aber vielleicht könntest du hier Frieden finden.«

»Ich werde erst wieder Frieden finden, wenn das hier vorbei ist.«

Alphacon gab Roosevelt ein Videohandy. »Nimm das. Im Notfall kannst du mich damit jederzeit erreichen.« Er hielt kurz inne, blickte Roosevelt in die Augen. »Dein Vater war ein Mann mit Prinzipien, genau wie du. Transkriptoren sind nicht dafür gemacht, als Sklaven der Menschen zu leben, aber genauso ist es gekommen. Und jetzt versucht Genico, sogar die Menschen selbst zu versklaven – durch Krankheit.«

»Was meinen Sie damit?«

»Sieh dir Genicos Afrikaprojekt an. Irgendetwas macht die Menschen krank«, sagte Alphacon. »Auf Roosevelt Island gab es ein Transkriptorenlabor, das inzwischen aufgegeben wurde. Dein Vater wurde dort geboren, und du hast dort deinen Namen bekommen. Genico hütet dort viele Geheimnisse.« Er legte Roosevelt die Hand auf die Schulter. »Viel Glück. Es war schön, dich zu sehen. Es war, als hätte ich deinen Vater getroffen.«

Roosevelt gesellte sich wieder zu Queen Elizabeth, und gemeinsam gingen sie zwischen den Zypressen hindurch. Die Luft war warm, als die Sonne sich über den Horizont senkte. Der Abend brach an.

Am Teich setzten die beiden sich auf einen Felsen.

»Mein Vater wurde von Genico erschaffen«, sagte Roosevelt.

»Genico …« Queen Elizabeth seufzte. »Es war der größte Betrug aller Zeiten, als sie der Welt eingeredet haben, Transkriptoren hätten keine Seele. Aber vielleicht ist es ja die Wahrheit, vielleicht haben wir wirklich keine Seele. Trotzdem liegt die Schuld bei Genico, denn allein die Überzeugung, die sie uns eingeimpft haben – die Überzeugung, seelenlos zu sein –, hat uns jahrzehntelang jedes Selbstwertgefühl genommen, sogar den Aufgeklärtesten von uns. Deshalb hatten wir niemals die Chance, uns den Menschen gleichgestellt zu fühlen.« Sie drehte sich zu Roosevelt um und lächelte. »Hast du Dolce geliebt?«

»Ja. Ich war stets ein friedliebender Mann, mein Leben lang. Und ich werde diejenigen töten, die mir Dolce genommen haben. Ich werde sie umbringen. Sie sollen leiden. Ob ich Dolce geliebt habe? Oh ja, mehr als mein Leben.«

»Du hast also die Liebe kennengelernt. Vielleicht bist du deshalb anders als wir. Glaubst du, Dolce wird von deiner Rache wissen?«

»*Ich* werde davon wissen«, antwortete Roosevelt.

»Ist diese Rache für dich oder für sie?«

»Für uns beide.« Roosevelt atmete tief durch und schüttelte dann den Kopf. »Und du? Hast du je geliebt?«

»Ich wüsste nicht, was ich damit anfangen sollte.«

Queen Elizabeth schaute ihn an. Es gab noch so viel, was Roosevelt über die Welt der Transkriptoren lernen musste. Valentino hatte recht gehabt: Wenn Transkriptoren keine Menschen waren, was waren sie dann? Mit Sicherheit waren sie mehr als nur ein Spiegelbild im Wasser, das sich bei der kleinsten Berührung auflöst. Die Frage war nicht, ob Queen Elizabeth je geliebt hatte, sondern ob sie lieben *konnte*. Hatte sie im Herzen einen Platz für die Liebe? Oder war ihr Herz zu porös, sodass jedes Gefühl einfach hindurchsickerte?

»Mir bleibt nicht viel Zeit hier«, sagte Roosevelt. »Morgen beginnen die Spiele wieder.«

»Du könntest hierbleiben. Bei mir.«

Roosevelt schüttelte den Kopf. »Ich muss gehen. Schlussendlich werden die Menschen gewinnen. Sie gewinnen immer. Und ich werde tot sein. Ich will nur ein paar Dinge regeln, bevor ich sterben muss, und alles ist aus.«

Ist dann wirklich alles aus?, fragte sich Roosevelt. Für die Menschen gibt es vielleicht einen Himmel, aber für uns? Was gibt es für uns? Und wenn Dolce wirklich eine Transkriptorin gewesen ist, wohin ist sie dann nach ihrem Tod gegangen? Roosevelt konnte sie sich nicht an einem kalten, dunklen und einsamen Ort vorstellen. Er konnte, *wollte* das einfach nicht glauben.

Queen Elizabeth griff nach seiner Hand.

Nach einiger Zeit gingen sie zum Haus. In der Hütte war es kühl, und Queen Elizabeth hing Papierlaternen auf, bis die Bäume förmlich glühten. Gemeinsam saßen sie auf den Stufen, die zum Teich hinunterführten. Das Wasser war ruhig und schimmerte im Mondlicht. Boote lagen am Ufer, und Licht fiel aus den Fenstern der anderen Hütten. Eine Brise wehte über sie hinweg und trug die Klänge einer Gitarre heran, die in der Ferne gespielt wurde.

Queen Elizabeth hob den Kopf. »Hörst du die Musik?«

Roosevelt nickte. »Sie ist wunderschön.«

»Das ist Fado, Volksmusik aus Portugal. Sie ist zu unserer Musik geworden.«

»Warum?«

»Weil diese Musik die Traurigkeit zelebriert. Das alte Portugal war eine Seefahrernation, und Seefahrer sehnen sich ständig nach den geliebten Menschen, die sie zurückgelassen haben und zu denen sie vielleicht nie wieder zurückkehren. Transkriptoren empfinden ähnlich, wenn es um die Spiele geht. Unsere besten Männer gehen in die Lager, und viele kehren nicht zurück. So ist die Fado-Musik zu unserer Musik geworden. Es geht um den Verlust geliebter Menschen.«

In der Ferne hörten sie die Stimme einer Frau. Queen Elizabeth legte Roosevelt den Kopf auf die Schulter. Sie fühlte sich warm an, und ihr Haar roch leicht salzig. Gemeinsam ließen sie den Blick über das Dorf und den Teich schweifen.

Terra d'Agua. Land des Wassers. Land des Verlusts.

»Dieses Kreuz um deinen Hals«, fragte Elizabeth, »das du ständig berührst, was bedeutet es?«

»Dolce hat es mir gegeben. Es enthält die DNA unseres Sohnes.«

»Das ist seltsam«, bemerkte Queen Elizabeth.

»Was meinst du damit?«

»In meinem Leben gab es so viele schreckliche Augenblicke, dass ich gelernt habe, sie zu verdrängen. Doch nun will ich nur noch hier bei dir bleiben und meine Zeit mit dir genießen wie ein Baum, der seine Wurzeln nach dem Wasser streckt.

Das Wasser gelangt durch die Wurzeln in die Blätter. Ich möchte, dass dieser Moment auf die gleiche Weise in mich strömt. Aber …« Sie stockte.

»Aber was?«, fragte Roosevelt.

»Aber wenn ich keine Seele habe, gibt es keinen Platz in meinem Inneren, an dem ich diese Gefühle aufbewahren könnte. Alles fließt aus mir heraus. Wenn du fort bist, werde ich mich dann noch an meine Gefühle erinnern können? Und ich *will* mich erinnern, denn ich will dich nicht wieder aus meinem Herzen verlieren. Wenn ich wüsste, dass ich eine Seele habe und dass ich meine Gefühle darin verwahren kann, könnte ich dir morgen Lebewohl sagen und hätte nicht die Angst, dich für immer zu verlieren, denn ich wüsste, dass ein Teil von dir ewig in mir weiterlebt.«

Sie schloss die Augen. Ihr Kopf lag noch immer auf Roosevelts Schulter, und die traurige Musik erklang noch immer in der Dunkelheit. Wenn es stimmte, dass alles hier nur Verzweiflung war, Verschwendung und Sinnlosigkeit, dann war Elizabeth das Einzige, an das Roosevelt sich halten konnte. Sie war nicht die leere Schneckenmuschel, die einem das Meer versprach; sie war selbst das Wasser und die ewige Schönheit des Ozeans.

Bei Sonnenaufgang begleitete Queen Elizabeth Roosevelt zum Tor von Strawberry Fields. Aus einem Leinensack über ihrer Schulter zog sie ein Schwert hervor, eine lange, schwere Klinge von fast drei Fuß Länge. Ein Muster war in das Metall graviert, und darunter stand ein Spruch auf Latein.

»Auch hier wird Tugend belohnt«, übersetzte Elizabeth die Inschrift und reichte Roosevelt das Schwert.

Und da war auch ein wunderbar gearbeiteter Helm, der Szenen aus der Schlacht der Zentauren gegen die Lapithen zeigte.

»Vor langer Zeit wurden das Schwert und der Helm von großen Königen und Kriegern getragen.«

»Wie sind sie hierhergekommen?«

»Sie wurden aus dem Metropolitan Museum of Art befreit, bevor es geschlossen wurde. Sie werden dir helfen.« Queen Elizabeth schlang die Arme um ihn und flüsterte ihm ins Ohr: »Möge Gott dich beschützen.«

»Ich dachte immer, für Transkriptoren gäbe es keinen Gott.«

»Doch, den gibt es. Und er weiß alles.«

Roosevelt nahm ihren Kopf in die Hände und schaute zu ihr hinunter. »Ich werde dich wiedersehen. Das verspreche ich dir.«

Roosevelt steckte Schwert und Helm wieder in den Sack, warf ihn sich über die Schulter und öffnete die Tür. Dann drehte er sich noch einmal um. Queen Elizabeth war wieder zum Teich hinuntergegangen, hatte die Arme um den Körper geschlungen und schaute zu, wie Roosevelt in der Dunkelheit verschwand.

Die Insel

Am Strand vor Bloomberg Island war es kühler. Ein Sturm tobte über dem Wasser, und Gewitterwolken segelten wie Schiffe über Manhattan hinweg. Die Wall Street war grau verhangen. Heute Abend fanden wieder die Spiele statt. Ein gepanzerter Transporter hatte Roosevelt auf die Insel gebracht. Arden hatte ihn kurz aus dem Lager holen können, und nun gingen sie gemeinsam über die verwitterten Planken des alten Jahrmarkts. TFU-Wachen folgten ihnen in zwanzig Metern Abstand.

Arden schaute über das Wasser hinweg. »Johann Woerner ist tot.«

Roosevelt erinnerte sich an den kräftig gebauten Mann, den Forschungsleiter der Transkriptorenentwicklung. Er war einer der wenigen im Aufsichtsrat gewesen, die Roosevelt gemocht hatte. Sein Tod war ein weiterer schwerer Verlust für Genico.

»Wie ist es passiert?«, fragte Roosevelt, obwohl er die Antwort zu kennen glaubte.

»Er wurde ermordet. Ich wette, es waren dieselben Leute, die auch die Smalls auf dem Gewissen haben.«

Und dieselben Leute, die mich hierhergeschickt haben, ging es Roosevelt durch den Kopf. Er war noch immer fest davon überzeugt, dass sein Bruder nicht allein gehandelt hatte.

Phillip war nicht fähig, solche Dinge zu planen. Roosevelt erwog, Arden alles zu erzählen, was er über seinen Bruder wusste, doch er durfte nicht zulassen, dass die Polizei sich einmischte in das, was als Nächstes geschehen würde. Er würde sich von niemandem an seiner Rache hindern lassen.

Roosevelt reichte Arden das Päckchen, das Valentino ihm gegeben hatte. »Das ist von Ihrem Mann in Necropolis. Auch er lebt nicht mehr.«

Arden war überrascht. »Was ist passiert?«

»Etwas Unvermeidliches.«

Nachdenklich presste der Detective die Lippen aufeinander. Sein Blick zuckte wieder zum Wasser hinaus. Dann schüttelte er den Kopf und öffnete das Päckchen. Es war leer.

Wütend hob Arden den Blick. »Wo ist es?«

»Sagen Sie mir zuerst, was es ist.«

Arden schaute ihn neugierig an. »Für was halten Sie sich eigentlich? Sie sind ein Transkriptor. Damit ist klar, in was für einer Position Sie sind. Forderungen zu stellen steht Ihnen nicht zu.«

»Sagen Sie mir, was los ist«, verlangte Roosevelt. Er musste es einfach wissen. Arden war kein schlechter Mann. Im Laufe der letzten Monate hatte Roosevelt genug schlechte Männer kennengelernt, und Arden gehörte nicht dazu. Er war zwar ein Mensch, weshalb man ihm nicht völlig vertrauen konnte, aber er besaß einen gewissen Anstand.

»Mein kleines Mädchen stirbt«, sagte Arden. »Manna.«

Der Detective reichte Roosevelt sein Fernglas und nickte über das Wasser hinweg. Sie befanden sich ein Stück südlich von Manhattan. Von hier aus waren sowohl die Ruinen der Brooklyn Bridge als auch der Überseehafen zu sehen.

»Schauen Sie nach Norden«, sagte Arden. »Sehen Sie da etwas, das Ihnen bekannt vorkommt?«

Roosevelt ließ den Blick über die Hafenseite wandern. Er sah Menschen auf den Promenaden von Battery Park und weiter nördlich ein riesiges Gebäude mitten an der Wall Street.

Genico.

»Wir werden dort einbrechen«, sagte Arden.

Roosevelt nahm das Fernglas herunter. »Was?«

»Was Valentino Ihnen in Necropolis gegeben hat, waren die Zugangscodes, um das Sicherheitssystem von Genico auszuschalten und uneingeschränkten Netzwerkzugriff zu erhalten. Genico hat das Samp, das meine Tochter heilen kann, und auf diesem Datenträger sind die Gründe, warum Sie hier sind.« Arden hielt einen kleinen Chip in die Höhe. »Da drin befindet sich die DNA von Smalls' Mörder. Sie ist verschlüsselt, aber wenn Genico einen Mörder produziert hat, werden die Genico-Computer die Information decodieren. Sie kennen das Gebäude. Sie wissen, wohin wir gehen müssen. Und ich habe Zugriff auf die Daten.«

Es begann zu regnen, und dunkle Flecken erschienen auf Ardens Anzug. Roosevelt wandte sich von ihm ab und ging über den Sand zum Wasser hinunter. Die TFU-Wachen kamen näher, doch Arden winkte sie zurück. Sollte man sie im Genico-Gebäude schnappen, würde Roosevelt mit Sicherheit getötet werden. Aber dieses Schicksal drohte ihm auch bei den Spielen.

Und vielleicht hatte der Cop ja recht. Vielleicht befand sich die Information, die Roosevelt brauchte, tatsächlich bei Genico.

Weiter den Strand hinunter erklang Jahrmarktsmusik. Selbst im Regen fuhr das Karussell noch, und die bunten Holztiere erinnerten Roosevelt an Alphacon. Händler packten ihre Sachen zusammen, und die Besucher legten sich Umhänge über und gingen zu ihren Autos.

Lower Manhattan, die ferne Hoffnung, erhob sich aus den unruhigen Wassern des Flusses.

»Wir werden sehen, was sie wissen … was sie versteckt haben«, sagte Arden und trat wieder neben Roosevelt. »Jeder hat Geheimnisse, und wir werden ihre finden.«

Genico hatte Roosevelt Dolce genommen, um diese Geheimnisse zu schützen. Nun würde er mithilfe dieser Geheimnisse Rache an Saxton nehmen – und an jedem, der Saxton geholfen hatte. Er hockte sich hin und fuhr mit den Fingern durch den Sand, bis sie schmerzten. Finsternis erfüllte sein Inneres, und der Wind blies ihm den Sand aus der Hand.

Er wollte Rache, und diese Rache war ihm jeden Preis wert. Wenn es sein musste, würde er sein Leben dafür geben. Roosevelt presste die Zähne aufeinander und ballte die Fäuste. Sein Bruder musste das gleiche schmerzliche Gefühl von Verlust erleiden, wie er selbst es erlitten hatte. Roosevelt holte den Datenträger aus der Tasche, der in Valentinos Mappe gewesen war.

»Oh ja, es schwelt wirklich Hass in Ihnen«, sagte Arden und nahm den Datenträger entgegen. »Genau das brauchen wir.«

»Wie kommen wir rein?«, fragte Roosevelt.

Arden hielt den Datenträger in die Höhe. »Alles, was wir brauchen, ist hier drauf. Zugangscodes, Sicherheitsroutinen – alles von Transkriptorenputzfrauen und -bauarbeitern gesammelt, die das Gebäude funktionsfähig halten.«

»Ich kann diese Insel nicht verlassen. Ich sitze hier fest.«

»Ich kenne einen Weg. Halten Sie während der Schlacht nach einer schwarzen Burg Ausschau. An deren Fuß werden Sie ein Tor finden und dahinter einen Tunnel. Dort wird Sie jemand treffen.«

»Und der Überwachungschip?«, fragte Roosevelt. »Sie werden sofort wissen, wenn ich die Insel verlasse.«

»Dann müssen wir den Chip herausnehmen.«

»Ich dachte, das geht nicht.«

Arden zuckte mit den Schultern. »Das stimmt so nicht. Wenn … nun ja …«

»Wenn was?«

»Der Chip kann raus, wenn Sie tot sind.«

Sie werden euch erst vorstellen«, sagte Coach Cherry, als er auf der Rampe an den Transkriptoren vorbeischritt. »Sobald euer Name aufgerufen wird, nehmt ihr eure Position auf der Burgmauer ein.«

Einhundert Transkriptoren standen auf der Zugangsrampe. Roosevelt war einer von ihnen; Regal Blue und Sky King warteten hinter ihm. Roosevelt schaute an den Transkriptoren vorbei zu dem geschlossenen Metalltor, das aufs Schlachtfeld führte. Draußen tobte bereits der Mob.

Roosevelt kratzte mit der Schwertspitze über den Betonboden. Überall im Beton waren die Narben unzähliger Transkriptoren zu sehen, die das Gleiche schon vor ihm getan hatten. Alle hatten hier auf den Tod gewartet, und alle hatten eine letzte Spur hinterlassen wollen – etwas, das bewies, dass sie gelebt hatten.

Roosevelt und die anderen Braves trugen leichte Kettenhemden und darüber einen dunkelblauen Waffenrock aus dicker Wolle mit dem Braves-Logo als Wappen. Roosevelt trug obendrein einen Helm mit Nasenschutz. Ein Priester ging die Reihen der Transkriptoren entlang, besprenkelte sie mit Weihwasser und segnete sie auf Latein. Roosevelt schloss die Augen, als die kalten Wassertropfen auf seine Haut trafen. Er dachte an die Aeolischen Inseln.

»Man sagt, ich hätte keine Seele«, flüsterte Regal Blue, als der Priester an ihm vorbeikam. »Was segnet er dann?«

Vom Stadionsprecher angetrieben, grölte die Menge immer lauter und wilder. Die Transkriptoren hingegen schwiegen; das Klirren der Kettenglieder war das einzige Geräusch im Tunnel. Die erste Linie bildeten die Frischlinge – Transkriptoren, die noch nie eine Schlacht gesehen hatten. Die meisten von ihnen sahen elend aus.

Queen Elizabeth hatte recht. Sie würden ihn diese Schlacht nicht überleben lassen. Aber er würde die Insel heute Nacht verlassen oder bei dem Versuch sterben.

Roosevelt nahm den Helm ab, den man ihm gegeben hatte, und setzte stattdessen den auf, den er von Queen Elizabeth bekommen hatte. Er klappte das Visier herunter und schaute durch die Sehschlitze. Der Helm sah gefährlich aus, und das Visier war scharf. Regal Blue wippte wieder einmal auf den Zehenspitzen, und Sky King schaute Roosevelt in die Augen und nickte.

Roosevelt senkte die Stimme und sagte zu den beiden: »Wenn ich einen Fluchtweg wüsste, würdet ihr dann mit mir kommen?«

Sky King schaute ihn kurz an. »Es gibt keinen Fluchtweg.«

»Aber wenn es einen gäbe, würdet ihr mich dann begleiten?«

»Mach mir nicht sinnlos Hoffnungen, Roosevelt. Ich kämpfe und überlebe, weil ich nichts zu verlieren habe, nicht einmal die Hoffnung.«

»Sie werden versuchen, euch heute Abend umzubringen. Kommt mit mir in die Freiheit. Was ist mit all dem, was man mir gesagt hat? Von wegen, dass Transkriptoren und Menschen gleichberechtigt sind? Ihr könntet freie Männer sein.«

Sky King schüttelte den Kopf. »Nicht zu meinen Lebzeiten. Ich wünsche dir viel Glück, wie immer du dich entscheidest. Ich werde dir nicht im Weg stehen, aber ich kann nicht mitmachen. Ich habe in diesen Mauern gelebt und werde auch hier sterben.«

Sky King drehte sich um und stapfte die Rampe hinunter, weg von ihnen auf eine andere Position.

Regal Blue beugte sich vor. »Kennst du wirklich einen Fluchtweg?«

»Ich glaube schon.«

»Wenn die Zeit gekommen ist, will ich mit dir gehen.«

»Du weißt, was das bedeutet, nicht wahr? Sie werden dich jagen wie ein Tier und keine Gnade zeigen. Hier kennst du wenigstens deinen Platz.« Roosevelt hob den Kopf. »Da draußen erwartet dich nur ein Leben voller Unsicherheit.«

»Ich habe lieber fünf Minuten von diesem Leben und dieser Freiheit, so unsicher sie auch sein mag, als eine Ewigkeit als Sklave.«

Roosevelt lächelte und streckte die Hand aus. Regal Blue ergriff sie. »Dann, mein Bruder«, sagte Roosevelt, »werden wir gemeinsam dieses unsichere Leben suchen, wenn die Zeit gekommen ist.«

»Ihr seid anders als sie«, brüllte Coach Sharp und deutete nach oben, wo der tobende Mob wartete. »Sie glauben, ihr seid keine Männer. Sie werden euch niemals lieben. Aber ihr braucht ihre Liebe auch nicht, denn Angst ist stärker als Liebe. Durch Angst habt ihr Macht. Sollen sie euch fürchten, dann habt ihr ihren Respekt gewonnen. Liebe ist nichts, Angst ist alles!«

Das große Tor fuhr langsam hoch, und Licht und Lärm strömten in den Tunnel. Ein Pfiff gellte. Die Transkriptoren liefen die Rampe hinauf und aufs Schlachtfeld.

»Auf! Lasst uns dem Tod entgegeneilen!«

Der Lärm war wie jedes Mal ohrenbetäubend. Die Menschen waren aufgesprungen, schrien, tobten und hämmerten auf ihre Stühle. Die Transkriptoren bildeten eine Linie vor dem Tor. Roosevelt schaute zu den Tribünen hinauf. Es war Nacht. Das Dach war geöffnet, und ein Feuerwerk explodierte vor einem strahlenden Sternenhimmel.

Das Feld selbst war eine Graslandschaft, die den schottischen Highlands nachempfunden war. Auf der anderen Seite des Feldes standen ein paar vereinzelte Bäume, und eine zerfurchte Straße führte von einer Seite auf die andere. Links von ihnen erhob sich eine gewaltige Burg aus braunem Sandstein, fünf Stockwerke hoch, groß wie ein Straßenblock und mit sechs Türmen, auf denen die Flagge der Braves wehte. Hinter den Transkriptoren liefen Coach Sharp und sein Stab aufs Feld, winkten den Zuschauern und verschwanden in den Bunkern an der Seitenlinie.

Das Maskottchen der New Yorker galoppierte in die Mitte des Feldes. Wie immer schwenkte er seine Flagge, und die Menge raste. Roosevelt beobachtete kurz den Reiter und ließ den Blick dann über das Feld schweifen. Auf der Seite von Baltimore, gut zweihundert Meter entfernt, erhob sich eine zweite Burg, und die war schwarz – genau, wie Arden gesagt hatte. So würden sie entkommen.

Aber der Fluchtweg war auf der Seite von Baltimore …

Roosevelt verzog das Gesicht und senkte den Kopf.

»Du siehst nicht gerade glücklich aus«, bemerkte Regal Blue.

»Der Fluchtweg ist auf der anderen Seite, in der feindlichen Burg.«

Regal Blue schaute über das Feld. »Das wird nicht leicht.«

Über die Lautsprecher wurde nun die Ankunft von Baltimore verkündet. Roosevelt beobachtete, wie sich das Tor auf der anderen Seite hob und ihre Gegner ausspie. Rockmusik wurde eingespielt, und die Menge buhte.

»Los jetzt!« Sky King rannte die Linie entlang. »Showtime, Baby!«

Alle nahmen die Helme ab, als die Nationalhymne gespielt wurde, und schworen jenem Land die Treue, das sie versklavt hatte und nun von ihnen verlangte, sich gegenseitig abzuschlachten. Auf der Seite Baltimores standen die Transkriptoren in einer langen Reihe, ganz in Orange und Schwarz gekleidet. Die Hymne endete mit einer Fanfare. Ein Scheinwerfer leuchtete die amerikanische Flagge an, die hoch über dem Stadion wehte.

Die Lichter erloschen. Roosevelt blickte hinauf zum offenen Dach. Wie friedlich der Nachthimmel aussah …

Dann explodierte ein Feuerwerk direkt über dem Feld. Showtime! Showtime! Showtime! Roosevelt packte sein Schwert. Da oben war nichts, nur hier unten. Auf diesem Feld.

It's Showtime! Jetzt galt es, auf Leben und Tod zu kämpfen.

»Gentlemen!«, brüllte Sharp. »Zur Burg!«

Die Männer rannten über das Gras, stiegen die Leitern zu ihrer Burg hinauf und kletterten über die dicke Mauer. Ein Wehrgang lief an ihr entlang, von hohen Zinnen gesichert. Über ihnen flatterten die Braves-Flaggen im Wind, und vor ihnen lag das Schlachtfeld. Doch hinter ihnen, vor den Blicken der Zuschauer verborgen, war nichts. Bloß gewaltige Balken, die eine Fassade stützten. Am Fuß der Mauer hatte man Becken mit Wasser aufgestellt, in denen sich die Sterne und das Licht der Scheinwerfer spiegelten.

»Achte auf das Wasser«, sagte Regal Blue. »Wenn es Wellen schlägt, kriegen wir Ärger.«

»Was meinst du damit?«, fragte Roosevelt.

»Dann graben sie einen Tunnel. Wenn das Wasser Wellen

schlägt, ist das ein Zeichen dafür, dass sie versuchen, unsere Verteidigung zu unterminieren.«

Schweigend nahmen die Transkriptoren ihre Positionen auf der Mauer ein. Roosevelt rückte seinen Helm zurück und schaute nach unten. Auf der anderen Seite des Schlachtfeldes bemannte Baltimore die Schwarze Burg. Jeder Transkriptor auf der anderen Seite hielt eine Fackel in der Hand. Von Ferne sah es aus, als stünden Glühwürmchen auf der Mauer.

Roosevelt spürte, wie eine Übelkeit erregende Wärme ihn überkam. Tief in seinem Inneren badete er in seinem Hass. Er brauchte diesen Hass jetzt. Er dachte an Dolce, die allein war an diesem dunklen Ort. Sie hatten Dolce getötet, und das nährte den Hass und machte ihn stark.

»Das wird ein verdammt harter Kampf«, sagte Regal Blue. »Ich kann es spüren.«

Auch die Braves griffen zu Fackeln und machten große Kessel mit Öl bereit. Helfer entzündeten Feuer unter den Kesseln und verteilten riesige Langbögen. Roosevelt nahm seinen Bogen und einen Köcher, lehnte die Pfeile an die Mauer und überprüfte die Sehne. Die Pfeilspitzen waren mit Lumpen umwickelt und mit Benzin getränkt.

Das Entzünden der Feuer hatte Sky King neue Kraft verliehen, und nun eilte er die Mauer entlang. »Diese Scheißkerle wollen unser Spiel spielen? Na, dann zeigen wir es ihnen! Wir schicken sie in die Hölle!«

Um Roosevelt herum schien alles in Bewegung zu sein. Die Fackeln ließen Schatten über die Mauer tanzen; die Zuschauer machten die Welle, und Rauch waberte über dem Feld. Alles fieberte Blut und Gewalt, Schmerz und Tod entgegen. Roosevelt schaute nach oben, konzentrierte sich auf die Sterne und versuchte, seinen Magen zu beruhigen. Neben ihm trug Regal Blue eine rote Kriegsbemalung auf.

Dann waren die Vorbereitungen abgeschlossen.

»Tötet Sie!«, brüllte Sky King. »Tötet sie alle!«

Erneut wurde das Flutlicht gedämpft.

»Ladies und Gentlemen von New York«, hallte die Stimme des Stadionsprechers durch die Dunkelheit, »seid ihr bereit für *Krieg?*«

Roosevelt setzte den Helm wieder auf und klappte das Visier herunter. Ein letztes Mal schaute er zur VIP-Lounge hinauf und ließ den Blick dann über die Tribünen schweifen. Plötzlich fiel ihm ein Gesicht ins Auge.

Dolce.

Dolce. Seine Dolce.

Sie war nur ein Traum, doch in seiner Vorstellung schaute sie ihm zu. Sie würde ihm immer zuschauen. Egal was geschah, sie würde bei ihm sein. Und er tröstete sich mit dem Gedanken an sie. Irgendwo da oben schaute sie ihm zu.

Das Flutlicht flammte wieder auf und blendete sie alle. Die Menge sprang auf. Ihr Blutdurst strömte wie flüssiges Eisen durch Roosevelts Adern. Dann ertönte hoch oben eine Sirene.

Es hatte begonnen.

Als die Sirene verstummte, sah Roosevelt, wie sich auf der Seite von Baltimore irgendetwas in Bewegung setzte. Transkriptoren strömten aus ihrer Burg und stellten sich vor den massiven Mauern auf. Mit ihren Fackeln krochen sie wie ein glühender Lavastrom über das Feld. Tosender Jubel kam von den Zuschauerrängen. Roosevelt lief ein kalter Schauder über den Rücken, und blanke Angst zerrte an seinen Nerven.

»Sie greifen an«, sagte Regal Blue.

Die Menge grölte: »Stellung halten! Stellung halten! Stellung halten!« Der Lärm drang durch die Schutzwände und erfüllte die gesamte Arena. Die Lava floss um ein einzelnes, großes Objekt neben der Burg. Irgendetwas Langes, Dunkles setzte sich über das Feld hinweg in Bewegung und rollte langsam auf sie zu.

»Was ist das?«, fragte Roosevelt.

»Ein Rammbock«, antwortete Regal Blue.

Roosevelt schaute genauer hin, und dann sah er es: Der Rammbock bestand aus zwei Teilen. Zum einen war da der mit Tierhäuten bespannte Unterstand und dann der Stamm eines riesigen Baumes. Das eine Ende des Stammes war angespitzt und hing an Ketten unter dem Dach aus Holz und Häuten. Zwanzig Transkriptoren schoben die gewaltige Waffe über das Feld auf die New Yorker Reihen zu. Roosevelt konnte sehen, wie brutal schwer das für die Männer war.

»Wenn sie auf hundert Meter heran sind«, sagte Sky King, »nehmt die Langbögen und deckt sie mit Brandpfeilen ein. Verbrennt sie!«

Roosevelt beobachtete, wie der Rammbock langsam über die Highlandfelder näher rückte. Um ihn her hatte sich Schweigen ausgebreitet. Alles war vollkommen still; nur noch das Knistern der Fackeln und das Klirren der Kettenhemden war zu hören, während die Transkriptoren beobachteten, wie der Feind sich einem Gletscher gleich auf sie zubewegte.

Roosevelt schaute noch einmal zur VIP-Lounge hinauf. Er sah die Kellner in ihren Smokings, die mit Drogen vollgepumpten Broker, und da war sie:

Seine Dolce.

Sie stand direkt am Fenster und trug ein schlichtes weißes Baumwollkleid. Es war das gleiche Kleid, das sie damals in Italien getragen hatte, auf der Insel in seiner Erinnerung. Sie schaute ihn an und drückte die Hand an die Scheibe.

Dolce ist tot, alles ist nur Erinnerung …

»Sie kommen!«, brüllte Sky King.

Roosevelt schaute wieder auf die Highlands hinaus. Der riesige Rammbock hatte an Geschwindigkeit zugelegt; die Transkriptoren, die ihn schoben, bewegten sich nun im Laufschritt. Die restlichen Kämpfer Baltimores jubelten hinter ihrer Burgmauer und schlugen die Trommeln.

»Bogenschützen!«, rief Sky King.

Roosevelt packte den Langbogen und legte einen Pfeil ein.

»Pfeile anzünden!«

Roosevelt hielt die Pfeilspitze in das Feuer unter einem Kessel, und der Lumpen entzündete sich. Überall entlang der Mauer taten die anderen es ihm gleich.

»Zielen!«

Roosevelt spannte den Langbogen und spürte die Kraft des Holzes. Er zielte über den Schaft und hoch über die Köpfe der näher rückenden Transkriptoren. Der Rammbock bewegte sich soeben einen kleinen Anstieg hinauf, und Roosevelt sah, dass der Feind die Bogenschützen bemerkt hatte. Die Männer drückten sich näher an die Kriegsmaschine und duckten sich unter das schützende Dach.

Roosevelt dachte an Dolce, das weiße Kleid und an die Winde des Aeolus.

»Schießt!«

Mit lautem Zischen stiegen fünfzig Pfeile in die Luft. Flammen flogen wie winzige Meteoriten über den Nachthimmel und zogen einen Schweif aus Rauch und Feuer hinter sich her. Roosevelt hörte Schreie und gebrüllte Befehle von der Bedienmannschaft des Rammbocks, der nur noch gut fünfzig Meter von der Mauer entfernt war. Die Transkriptoren aus Baltimore hielten an und duckten sich unter das Dach aus Haut und Holz. Stille kehrte ein, und die Menge erhob sich, als die Pfeile den höchsten Punkt ihrer Flugbahn erreichten und zurück auf die Erde stürzten.

Warten … Warten …

Jetzt!

Die Pfeile durchschlugen alles: Holz, Haut und Fleisch, und die Erde fing Feuer. Zwei, drei Transkriptoren stolperten aus dem Schutz des Daches, fielen zu Boden und wälzten sich brennend herum. Dann aber setzte der Rammbock sich wieder in Bewegung, obwohl das Dach an mehreren Stellen brannte.

Roosevelt und die anderen Transkriptoren legten rasch neue Pfeile ein, zündeten sie an und schossen noch einmal. Wieder erhoben sich fünfzig Flammen in die Nacht. Die Braves schossen, doch der Rammbock kam näher und näher, bis die schwere Holzspitze gegen das Haupttor der Burg krachte. Roosevelt sah, wie die Bedienmannschaft unter ihm den gewaltigen Stamm in Schwingung versetzte.

Das Öl in den Kesseln auf der Mauer begann zu kochen, und Blasen gluckerten auf der zähen schwarzen Oberfläche. Unten schlug der Rammbock das erste Mal mit lautem Krachen gegen das Tor. Auf der Anzeigetafel von Baltimore blinkten die Worte »Klopf, klopf«.

Je mehr Schwung der Rammbock bekam, desto lauter wurden die Einschläge, gefolgt vom Krachen der Torbalken, die langsam zu brechen drohten. Die Zuschauer antworteten mit rhythmischen Schlachtgesängen. Sky King befahl, das kochende Öl auf die Transkriptoren unten zu schütten. Die Kessel wurden gekippt, und die blubbernde schwarze Masse ergoss sich auf den ohnehin schon brennenden Rammbock.

Es folgte eine regelrechte Explosion, und das gesamte Schutzdach des Rammbocks stand mit einem Schlag in Flammen. Flüssiges Feuer ergoss sich auf alles und jeden. Und dann kamen die Schreie. Transkriptoren sprangen unter dem Dach hervor und wälzten sich auf dem Boden. Überall brannte es, und Roosevelt spürte die Hitze sogar oben auf der Mauer.

Dann gab es einen weiteren Schlag. Es waren immer noch genug Kämpfer übrig, um den Rammbock einzusetzen. Das Schutzdach brannte, doch die meisten Transkriptoren schienen ausreichend geschützt zu sein.

»Egal, was wir ihnen entgegensetzen«, sagte Regal Blue, »sie kommen immer wieder. Bevor wir sie ausräuchern können, werden sie das Tor zerstören.«

Roosevelt nickte, drehte sich zur Seitenlinie um und rief: »Da!«

Einer von Sharps Assistenten schwenkte eine gelbe Flagge über dem Kopf. Es war das Zeichen, von der Mauer zu steigen und auf dem Boden zu kämpfen. Sky King sah das Signal und befahl seinen Transkriptoren, Leitern herunterzulassen. Roosevelt und eine Handvoll anderer stiegen hinab.

Als Roosevelt den brennenden Boden erreichte, hatten die Braves bereits damit begonnen, die Bedienmannschaft von Baltimore anzugreifen. Sie trieben sie vom Rammbock weg und kämpften von Mann zu Mann. Roosevelt zog das Langschwert, das Queen Elizabeth ihm gegeben hatte, und stürmte los.

Transkriptoren in Orange und Schwarz stürzten sich auf ihn. Er schlug mit dem schweren Schwert nach ihnen und spürte, wie Stahl auf Fleisch und Rüstung traf. Jubel hallte von oben zu ihm herab. Die Transkriptoren auf der Mauer feuerten ihn an.

Die meisten Kämpfer Baltimores waren bereits tot oder verwundet, niedergestreckt von Pfeilen, und so dauerte es nicht lange, und es gab nichts mehr, auf das Roosevelt mit seinem Schwert hätte eindreschen können.

Um ihn her lagen Klumpen von Orange und Schwarz, und

Flammen tanzten über ihre Körper. Das Dach des Rammbocks war niedergebrannt, und Sky King zerschlug die schweren Ketten, an denen der Stamm hing. Der Rammbock krachte zu Boden. Funken stoben auf.

Sky King hob sein Schwert, erst zur jubelnden Menge, dann zur Burg von Baltimore. Funken und Rauch wirbelten um ihn her, als er über die brennenden Balken stieg und zu Roosevelt und Regal Blue trat.

»Hier erwartet sie der Tod«, sagte er und spie aus.

Roosevelt schaute auf den brennenden Rammbock, und Zweifel keimte in ihm auf. Wo waren die Bogenschützen? Die Fußkämpfer? Sobald der Rammbock das Tor zerstört hatte, hätte eigentlich der Sturm folgen müssen. Aber keine Bogenschützen hatten Deckung gegeben. Das war weniger ein Angriff als … ja, was? Roosevelt dachte kurz darüber nach, und plötzlich kam ihm ein einziges Wort in den Sinn.

Ablenkungsmanöver.

Sky King und die anderen Transkriptoren waren noch immer vor der Mauer. Sie suchten nach Überlebenden unter den Männern von Baltimore, suchten nach Waffen, nach allem Möglichen. Roosevelt ignorierte sie und ließ den Blick über die Highlands schweifen. Das Grasland erstreckte sich vor ihm, still und dunkel wie ein See. Viele Zuschauer nutzten die vermeintliche Pause, um rasch zur Toilette zu gehen oder sich etwas zu essen zu holen. Im Moment war nichts los; es gab keine Kämpfe, kein Sterben.

Roosevelts Blick wanderte zu den Wasserbecken, die um die Burg herum aufgestellt waren. Asche und Staub hatten sich auf der Oberfläche gesammelt. Plötzlich schlug das Wasser in einer der Wannen Wellen. Ein perfekter Kreis lief von der Mitte zum Rand. Dann noch einmal.

»Das Wasser!«, rief Roosevelt. »Sie kommen durch Tunnel!«

Sky King wirbelte zu Roosevelt herum und schaute dann zu den Wasserbecken. Inzwischen jagte eine Welle die andere. Auch die Zuschauer schienen die Aufregung zu bemerken und kehrten rasch auf ihre Plätze zurück.

»Sie kommen von unten«, sagte Sky King und zog wieder sein Schwert.

»Die Leitern rauf!«, rief jemand.

»Keine Zeit«, sagte Sky King. »Sie werden gleich hier sein. Sobald die Schlange sich zeigt, werden wir ihr den Kopf abschlagen. Alle Mann zur Mauer zurück!«

Die Braves rannten zur Burg und drückten sich mit dem Rücken an die Mauer. Die Schwerter bereit, beobachteten sie jeden Quadratzentimeter Boden. Der Rammbock brannte noch immer und schleuderte Asche in die Luft. Regal Blue stand neben Roosevelt. Er atmete schwer und schaute von einer Seite zur anderen.

Selbst die Zuschauer waren verstummt. Gespannt warteten sie darauf, dass etwas geschah. Roosevelt stellte sich vor, wie er und die anderen wohl von der anderen Seite der Absperrung aussahen. Hinter dem Plexiglas starrten die Menschen mit einem Bier in der Hand die zehn, zwölf Mann vor der Mauer an, während sich die feindlichen Transkriptoren näher an die Braves herangruben. Nicht mehr lange, und sie würden an die Oberfläche durchbrechen. Niemand wusste genau, wie viele es sein würden, und so blieb ihnen nichts anders übrig, als zu warten.

»Bleibt standhaft«, sagte Sky King und wog das Schwert in der Hand. »Es kann nicht mehr lange dauern.«

Und so war es.

Rechts von ihnen flog plötzlich Gras und Erde in die Luft, und dreckverschmierte Transkriptoren strömten aus einem klaffenden Loch. Einige von ihnen hatten lange Leitern dabei, die sie sofort an die Mauer legten. Roosevelt drehte sich der Magen um.

»Sie kommen!«, schrie irgendjemand.

Nun ging das Rennen los. Es galt, die feindlichen Transkriptoren zu erwischen, bevor allzu viele aus dem Loch geströmt waren. Pfeile surrten über Roosevelts Kopf hinweg und auf die Männer von Baltimore, als die Schützen auf der Mauer den Beschuss aufnahmen. Plötzlich tauchte ein dicker Transkriptor aus dem Boden neben Roosevelt auf und stach mit einem Kurzschwert nach ihm. Roosevelt wirbelte herum und traf den Mann mit einem Schwerthieb gegen die Rippen. Die Klinge drang tief ins Fleisch. Mit dem Ellbogen stieß Roosevelt den Transkriptor zurück, hob das Schwert und schlug dem Mann den Schädel ein.

Übelkeit überfiel ihn – all das Blut, all das Leid –, doch dann schaltete sein Inneres ab. Er war wie eine Krabbe ohne zentrales Nervensystem. Kein Schmerz. Keine Reue. Alles um ihn her waren nur noch Schnappschüsse und er der distanzierte Betrachter. Er sah nur noch verzerrte Gestalten, Blut, Dreck und Rauch. Und Gesichter kamen aus der Dunkelheit. Sky King nagelte einen Mann am Boden fest und schmetterte ihm den Helm auf den Kopf, bis er zusammenbrach. Regal Blue jagte einen Transkriptor von Baltimore in den Tunnel zurück, verschwand ein paar Sekunden lang und tauchte dann wieder auf, blutüberströmt und allein.

Und Roosevelt? Roosevelt kämpfte, bis nichts mehr übrig war.

Hoch über dem Feld beobachtete Queen Elizabeth den Kampf. Sie stand ganz oben in einem der wenigen, für Transkriptoren reservierten Bereiche, wo das Essen und Trinken für die Menschen vorbereitet wurde. Hinter ihr herrschte hektische Geschäftigkeit in der Küche. Es war ein furchtbarer Anblick – Transkriptoren, die einander zur Unterhaltung töteten –, aber sie war trotzdem gekommen; sie musste Roosevelt einfach sehen. Tief im Herzen empfand sie etwas Neues für ihn, etwas, das sie mit Hoffnung für sich selbst erfüllte. Bis jetzt hatte sie nur die Kunst gehabt, doch nun war da noch etwas anderes.

Hinter ihr sagte eine Stimme: »Ich hätte nicht gedacht, dass du kommst.«

Queen Elizabeth wandte sich vom Fenster ab und sah Arden, der sich ihr näherte.

»Ich hätte das um nichts auf der Welt verpasst«, sagte sie.

Arden trat zu ihr ans Fenster, und gemeinsam schauten sie aufs Feld hinunter. Transkriptoren lagen tot vor Roosevelts Burg; einige Leichen brannten von dem Öl, das über die Brustwehr gegossen worden war. Aus dieser Höhe war es schwer gewesen, Roosevelt zu finden, aber er war noch immer da unten. Und er lebte; das fühlte Queen Elizabeth einfach.

Dann bemerkte sie, dass Arden sie anstarrte … als wüsste er, dass sie einen Transkriptor liebte und nicht ihn.

»Hast du einen Plan, ihn da rauszuholen?«, fragte sie.

»Ja, es gibt einen Plan.« Arden schaute auf die Uhr. »Und ich habe nicht viel Zeit.«

Er nahm ihre Hand. »Wenn das hier vorbei ist, wenn meine Tochter wieder gesund ist, könntest du dir dann vorstellen, wieder zurückzukommen?«

Queen Elizabeth unterbrach ihn. »Frag mich das nicht. Ich möchte nicht Nein zu dir sagen müssen.«

Unten ihnen brachen die Zuschauer in lauten Jubel aus.

»Wirst du wenigstens mal darüber nachdenken?«

»Ja, das werde ich.« Queen Elizabeth lächelte. »Aber du solltest jetzt gehen.«

Arden nickte, seufzte und senkte den Blick. »Ja. Du hast natürlich recht.«

Er wandte sich von ihr ab und ging zur Küche zurück. Queen Elizabeth schaute ihm hinterher und rief: »Charlie! Pass auf dich auf!«

Arden blieb kurz stehen, hob die Hand, drehte sich aber nicht um. Dann ließ er die Hand wieder sinken und verschwand.

Auf dem Feld schien Roosevelt allein mit den Zuschauern zu stehen. Das tobende Monster, das sich hinter dem Plexiglas erhob, jubelte ihnen zu. Sky King hob triumphierend sein Schwert.

Dann drehte er sich zu den anderen um. »Baltimore hat noch immer kampffähige Männer. Es ist noch nicht vorbei.«

Roosevelt schaute an seinem Körper hinunter. Die Waffe war durch das Kettenhemd gedrungen, und Blut lief ihm über den Unterleib. Sein Waffenrock war zerrissen und flatterte lose um sein Bein. Roosevelt riss den Fetzen ab, knüllte ihn zusammen und schob ihn unter die Rüstung und auf die Wunde. Eine weitere Wunde zog sich an seinem Unterarm entlang, doch Roosevelt hatte keinen Stoff mehr; also ließ er sie bluten.

Ein Raunen ging durch die Zuschauermenge. Füße hämmerten im Takt auf den Metallboden. Roosevelt hob den Blick und sah, dass die Menge sich zur Mannschaft von Baltimore umgedreht hatte. Jenseits der Highlands liefen gut vierzig Transkriptoren von der Seitenlinie aufs Feld, um die Reihen Baltimores verstärken.

Regal Blue atmete tief durch und beobachtete nervös, wie die Transkriptoren hinter der Burg verschwanden.

»Sie werden wieder angreifen«, sagte Sky King. »Sie haben ihre Reihen mit neuen Rekruten verstärkt.«

Sie stiegen die Leitern wieder hinauf. Hinter der Burg von Baltimore war das Knarren von Holz zu hören. Schweigen senkte sich über die Zuschauer. Sie warteten; nur noch das Knarren der Leitersprossen war zu hören. Das Geräusch erinnerte Roosevelt an irgendetwas aus seiner Kindheit ... Die alte Anlegestelle bei ihrem Ferienhaus hatte so geknarrt, wenn man darübergelaufen war.

Langsam wurde ein gewaltiges Gebilde hinter der Burg hervorgeschoben. Es war fünf Stockwerke hoch und wurde von zwei Gruppen zu je zwanzig Transkriptoren an Seilen vorwärtsgezogen. Ein langer Wurfarm von der Größe eines Telefonmasts ragte aus dem Gebilde hervor. Ein Ende des Armes war mit großen Steingewichten beschwert. Roosevelt starrte das Ding staunend an, dieses Monster aus Holz, das von vierzig Mann in Stellung gebracht werden musste.

»Ein Tribock!«, rief Sky King.

Die Transkriptoren hatten die Seile fallen gelassen und liefen um das Monster herum zu weiteren Seilen an der Hinterseite. Sie zogen mit aller Kraft, und langsam und mit lautem Krachen senkte sich der gigantische Wurfarm.

Wind wehte durch das offene Stadion und trug den Duft des Meeres herein, und unter dem Dach flatterten hektisch die Fahnen, als wären sie aufgeregt und voller Erwartung, was nun kommen mochte. Stück für Stück wurde der Wurfarm des Tribocks weiter heruntergezogen. Schließlich wurde der gewaltige Arm in Feuerstellung gesichert.

Die Braves kletterten die Leitern wieder hinauf. Dann konnten sie nichts mehr tun, nur noch warten. Selbst Sky King schwieg und verfolgte das Geschehen auf der anderen Seite. Regal Blue spielte mit einem Kieselstein.

»Es ist also entschieden«, sagte er schließlich.

»Was ist entschieden?«, fragte Roosevelt.

»Dass wir heute sterben sollen. Dem Gegner haben sie einen Tribock gegeben, uns aber nichts. Wie sollen wir gegen so ein Ding kämpfen?«

In der Ferne luden die Transkriptoren von Baltimore einen riesigen, mit Öl gefüllten Tontopf in die Wurfschlinge des Tribocks. Dann kam jemand mit einer Fackel und hielt sie an das Öl. Sofort schlugen Flammen hoch, und die Transkriptoren sprangen von dem Feuer zurück.

»Macht euch bereit«, sagte Sky King mit leiser Stimme. »Köpfe runter.«

Roosevelt duckte sich hinter eine Zinne. An der Seitenlinie hob der Trainer von Baltimore die Hand. Eine lastende, unheimliche Stille senkte sich über die Szenerie; dann wurde die Hand heruntergerissen. Die Mannschaft Baltimores schlug die Sicherungen heraus, und der gewaltige Wurfarm zuckte nach vorne und schleuderte den brennenden Krug hoch in die Luft. Roosevelt beobachtete, wie die brennende Ölsonne aufging und mit einem Flammenschweif die Luft durchschnitt. Hunderttausend Augenpaare folgten ihrem Flug; tausend Kameralinsen bewegten sich im Einklang, und sechzig Millionen Menschen beugten sich auf ihren Sofas vor.

»Da kommt es!«, schrie jemand. Roosevelt drückte sich an die Mauer, so fest er konnte. Ein Rauschen erfüllte die Luft; dann schlug das Geschoss auf die andere Seite der Mauer ein. Das riesige Tongefäß zerbarst. Brennendes Öl spritzte heraus und bedeckte Transkriptoren und alles andere in seiner Umgebung. Roosevelt schloss die Augen. Die Hitze versengte ihm das Gesicht, und das Krachen dröhnte ihm in den Ohren. Irgendjemand packte ihn am Arm. Sky King zog ihn die Mauer hinunter, weg von der Hitze.

Roosevelt öffnete die Augen wieder. Eine Seite der Burg stand lichterloh in Flammen. Dicker schwarzer Ölrauch verdunkelte den Himmel, sodass die Zuschauer kaum noch zu erkennen waren. Brennende Transkriptoren sprangen schreiend von der Burgmauer in die Becken unten. Das Wasser zischte, als es Flammen löschte und verbranntes Fleisch kühlte.

Roosevelt schaute über die Mauer und sah, dass der Tribock wieder schussbereit gemacht wurde.

Die Braves füllten Eimer mit Wasser aus den Becken und schütteten es auf die Flammen. Das Wasser zischte und verdampfte sofort wie auf einem heißen Grill. Ein Krachen verriet, dass der Tribock wieder geschossen hatte. Ein weiterer brennender Öltopf rauschte durch die Luft heran. Wenige Augenblicke später schlug das Geschoss ein, und erneut brannte alles lichterloh.

»Raus aus der Burg!«, brüllte Sky King. »Verteilt euch auf dem Feld!«

Leitern wurden an der Burgmauer heruntergelassen. Roosevelt stieg eine dieser Leitern hinunter, rutschte jedoch aus und stürzte. Der Aufprall trieb ihm die Luft aus der Lunge. Kurz lag er benommen auf dem Gras, während über ihm die Flammen züngelten. Dann sprang er auf, lief von der Burg weg und bildete mit den anderen Transkriptoren eine auseinandergezogene Linie von ungefähr dreißig Metern.

Sky King drehte sich zur Seitenlinie um, deutete auf Coach Sharp und rief: »Gib uns mehr Männer! Wir können die Burg jetzt einnehmen!«

Über ihnen brüllte das Publikum nach Verstärkungen. Sharp schaute Sky King an; dann drehte er den Braves den Rücken zu. Die anderen Trainer taten es ihm nach.

Das hieß nichts anderes, als dass sie auf sich allein gestellt waren. Niemand würde ihnen zu Hilfe kommen.

Roosevelt hörte einen Schrei von der anderen Seite und sah, wie sich das Burgtor langsam öffnete. Das Fallgitter wurde hochgezogen, und aus der Öffnung marschierten Transkriptoren in Orange und Schwarz auf sie zu. Baltimore griff an. Sie versuchten, die Kontrolle über das Schlachtfeld zu übernehmen. Sie versuchten, die Braves zu töten.

Von einem Augenblick auf den anderen fiel Sky King förmlich in sich zusammen und ließ die Schultern hängen. Dann war er an Roosevelts Seite.

»Ihr geht heute Nacht?«, fragte Sky King.

»Wir werden es versuchen.« Roosevelt nickte.

»Ich bin dabei.«

Die Transkriptoren von Baltimore kamen mit schwingenden Schwertern auf sie zugerannt. Der Tribock feuerte einen letzten Schuss, und der Feuerball schlug direkt hinter Roosevelt in die Burgmauer. Glut und Flammen regneten auf den Boden.

»Wir haben keine Zeit mehr, groß und breit darüber zu reden. Abgemacht?«, fragte Sky King und streckte die Hand aus.

»Abgemacht.« Roosevelt ergriff die Hand. »Heute Nacht suchen wir die Freiheit.«

Langsam drehte Sky King sich wieder zu den Transkriptoren von Baltimore um, die auf sie zustürmten. »Vielleicht ist es dafür schon zu spät.«

Roosevelt schaute sich um. Die New Yorker Transkriptoren sammelten sich und bildeten eine Verteidigungslinie vor der brennenden Burg. Das Feld war voller Rauch und Flammen. Die Wipfel der großen Eichen brannten, und Funken stoben in die Luft. Hundert Meter entfernt – nahe genug, dass Roosevelt die Gesichter erkennen konnte –, rückte Baltimore unerbittlich auf sie zu.

Dann sah er etwas.

»Die Tunnel!«, stieß er hervor. »Baltimores Tunnel führen direkt zu ihrer Burg. Wir können sie nutzen und unter den Highlands durch.«

»Ja.« Sky King nickte, drehte sich um und eilte zu dem zerstörten Rammbock.

Roosevelt fand Regal Blue und zog ihn von der Front weg. Immer dichterer Rauch breitete sich auf dem Schlachtfeld aus, sodass man kaum noch etwas sehen konnte. Dann waren die Transkriptoren aus Baltimore heran, und die Schlacht begann. Schreie gellten. Metall schlug auf Metall. Alle Blicke richteten sich auf das Gemetzel. Niemand schien zu bemerken, dass Roosevelt, Regal Blue und Sky King zum Tunnel rannten. Sky King warf einen noch brennenden Balken des Rammbocks beiseite, und der Weg zur Öffnung war frei.

Baltimore war durch ein gut zwei Meter breites Loch an die Oberfläche gekommen. Roosevelt nahm die Fackel von Sky King und hielt sie in das Loch hinein. Er sah nur einen toten Kämpfer aus Baltimore, aus dessen Brust drei Pfeile ragten.

Roosevelt sprang in das Loch.

»Weiter!«, drängte Sky King. »Bevor uns jemand sieht.«

Roosevelt nickte, hielt sich die Fackel vors Gesicht und eilte den Tunnel entlang. Die Wände waren glatt und symmetrisch. Sie waren zu perfekt: Es konnte unmöglich sein, dass Transkriptoren diesen Stollen mit Schaufeln gegraben hatten. Schon gestern musste ein Bautrupp diesen Tunnel mit schwerem Gerät angelegt haben. Baltimore hatte nur die letzten paar Meter graben müssen. Diese Schlacht war von Beginn an entschieden gewesen.

Roosevelt eilte geduckt den Tunnel entlang. Sky King und Regal Blue folgten ihm und warfen immer wieder einen Blick über die Schulter. Sie hörten den Lärm der Schlacht über sich. Hier und da lösten sich Erdklumpen von der Decke und stürzten in den Stollen. Roosevelt hatte Angst, die Decke könne einbrechen, doch je weiter sie durch den Tunnel kamen, desto leiser wurde das Toben der Zuschauer und der Lärm der Schlacht.

Der Tunnel führte unter dem gesamten Schlachtfeld hindurch. Er war fast zweihundert Meter lang, und so dauerte es eine Weile, bis Roosevelt einen viereckigen Lichtschein in der Decke sah. Er drehte sich zu Regal Blue und Sky King um, legte den Finger auf die Lippen und löschte die Fackel, indem er die Flammen im Schmutz erstickte.

Leise krochen sie zu der Öffnung, bis sie unmittelbar darunter waren. Roosevelt schaute nach oben. Sie befanden sich direkt in der Burg von Baltimore. Hoch über sich konnte er die schwarzen Steinmauern sehen. Vorsichtig schob Roosevelt den Kopf durch das Loch. Über ihm, auf der Mauer, standen drei Wachen von Baltimore und schauten sich die Schlacht an.

Roosevelt duckte sich wieder in den Tunnel.

»Drei Wachen«, flüsterte er Sky King und Regal Blue zu, »auf dem Wehrgang.«

Die beiden älteren Transkriptoren nickten. Langsam zog Roosevelt sich aus dem Loch und kauerte sich oben in den Schmutz. Im Inneren sah die Schwarze Burg der von New York ziemlich ähnlich: Eine Stützkonstruktion aus Beton und Stahl hielt die für die Zuschauer sichtbare Fassade, und rechts vom Tor stand eine große Ölpumpe. Die drei Wachen auf der Mauer schauten weiterhin aufs Feld hinaus, sodass sie nichts bemerkten, als auch Sky King und Regal Blue nun aus dem Tunnel kamen.

Geduckt schlich Roosevelt die Mauer entlang.

»Wohin gehen wir?«, flüsterte Sky King.

Roosevelt antwortete nicht. Er schaute sich im Inneren der Burg um. Sie war groß, vielleicht dreißig mal vierzig Meter, und voller Waffen, unbenutzter Fackeln und Banner. In der hintersten Ecke entdeckte Roosevelt ein Metallgitter über einem rechteckigen Loch im Boden.

Er tippte Regal Blue auf die Schulter und deutete auf das Gitter. Seine beiden Gefährten nickten und schlichen vorwärts. Regal Blue hielt den Langbogen in der Hand und den Blick auf die Wachen gerichtet.

Das Gitter war mit einem Schloss gesichert. Roosevelt packte sein Schwert und hob es hoch über den Kopf. Vom Schlachtfeld hallte wieder ohrenbetäubender Lärm herüber. Metall schlug auf Metall, Flammen knisterten, Transkriptoren schrien. Roosevelt schlug das Schloss entzwei. Der Kampflärm verschluckte das Klirren, als das Metall barst. Sky King hob das Gitter heraus und legte es beiseite. Die drei Transkriptoren schauten in die Öffnung hinunter.

Die Wände waren aus blankem Fels. Der Schacht war gut zweieinhalb Meter tief, bevor er nach Osten abbog; offenbar führte er unter dem Schlachtfeld hindurch und in Richtung Hafen. Roosevelt ließ sich als Erster hinuntergleiten. Dann kam Sky King und schließlich Regal Blue, der sich eine Fackel geschnappt hatte. Als alle unten waren, streckte Regal Blue den Arm aus der Öffnung und zog das Gitter wieder an seinen Platz. Dann setzten die Gefährten sich in Bewegung.

Die Fackel flackerte in Regal Blues Hand und ließ Schatten über die Felswände tanzen. Der Tunnel war anderthalb Meter hoch und einen Meter breit. Er führte leicht bergab und leitete stinkende Abwässer an ein unbekanntes Ziel.

Die drei Gefährten bewegten sich voran, so schnell sie konnten, während über ihnen die Schlacht tobte. Plötzlich hörte Roosevelt ein anderes Geräusch – fünf oder sechs flüsternde Stimmen, ein Stück den Tunnel hinunter. Baltimore-Transkriptoren, irgendwo rechts.

Roosevelt packte sein Schwert und drückte ein Ohr an die Tunnelwand. Er konnte sie hören. Sie waren mit ihnen hier unter der Erde.

Doch vor ihnen war alles schwarz, und das Licht ihrer Fackel wurde von der Dunkelheit verschluckt. Vorsichtig drangen die Gefährten weiter voran, und die Stimmen wurden wieder leiser. Dann verstummte auch der Lärm der Schlacht, bis schließlich völlige Stille herrschte.

Geh weiter!, trieb Roosevelt sich selbst an. Seine Beine brannten allmählich von dem gebückten Gang. Dann war plötzlich der Stein unter seinen Füßen verschwunden; stattdessen tat sich ein schwarzes Loch vor ihm auf. Roosevelt blieb stehen und hob die Hand.

Sie hatten einen Bruch im Tunnel erreicht. Vor ihnen war nur Dunkelheit; aber sie hörten das ferne Geräusch von fließendem Wasser. Regal Blue entzündete einen seiner Pfeile an der Fackel, spannte den Bogen und schoss den brennenden Pfeil in die Dunkelheit. Die Gefährten beobachteten, wie der Pfeil dreißig Meter entfernt gegen eine Felswand prallte und dann neun oder zehn Meter in die Tiefe fiel, wo er brennend liegen blieb.

Mitten durch diesen Tunnel verlief eine einzelne Betonschiene. Ein Maglev-Gleis. Sie hatten einen der Zugtunnel erreicht, der von der Insel nach Lower Manhattan führte. Die Strecke verlief direkt unter ihnen.

Plötzlich leuchtete ein großer Scheinwerfer auf und blendete sie.

Sky King hob den Bogen und legte einen Pfeil ein.

Ein Mann trat hinter dem Scheinwerfer hervor und regelte das Licht ein wenig herunter. Der Mann war dünn und schwarz, und er trug die goldene Marke eines Detectives um den Hals. »Immer mit der Ruhe«, sagte er und hob die Hand.

»Mein Name ist Dwayne Sanders. Ich bin Detective und arbeite mit Arden zusammen. Kommen Sie her, schnell. Wir haben nicht viel Zeit.«

Der Mann hielt ein pistolenförmiges Gerät in der Hand und hielt kurz inne, als er Sky King und Regal Blue erblickte. »Es sollte nur einer kommen.«

»Es gab eine kleine Änderung des Plans«, erwiderte Roosevelt.

Sanders schüttelte den Kopf. »Für mich nicht.«

»Meine Freunde kommen mit, oder ich gehe auch nicht. Verstanden?«

Sanders dachte kurz nach und nickte schließlich. »Also gut. Aber wie ich bereits sagte, wir haben nicht viel Zeit.«

Sanders trat näher, nahm Roosevelts Arm und drückte das Gerät auf die Unterseite seines Handgelenks.

»Was tun Sie da?«, fragte Roosevelt.

»Wir müssen den Überwachungschip rausholen«, sagte Sanders und betätigte den Abzug. Eine Metallzange schloss sich um Roosevelts Handgelenk, und eine Nadel drang tief unter seine Haut. Instinktiv riss er die Hand zurück, als er ein Brennen verspürte.

»Es dauert nicht lange.« Sanders verstärkte seinen Griff.

Hinter sich, tief im Tunnel, hörten sie Stimmen und sahen Licht. Sky King drehte sich um. »Da kommt jemand!«

Der Schmerz in Roosevelts Arm nahm zu, während Sanders hektisch versuchte, den Chip zu entfernen. Roosevelt spürte, wie Sanders mit der Nadel unter der Haut nach dem Ding suchte. Regal Blue und Sky King hatten sich derweil zu beiden Seiten des Tunnels postiert. Sky King löschte seine Fackel, und Regal Blue hielt den Bogen gespannt und spähte den Tunnel hinunter. Fackellicht flackerte an den Wänden. Dann sah Roosevelt eine kleine Gruppe Baltimore-Transkriptoren, die sich schnell bewegten. Sky King schoss einen Pfeil ab und traf einen der feindlichen Transkriptoren mitten in die Brust. Die anderen huschten zu den Seiten davon und verschwanden aus dem Blickfeld.

Roosevelt hörte bereits den Zug näher kommen. Sanders war inzwischen der Schweiß ausgebrochen. Noch immer werkelte er unter Roosevelts Haut herum. Nach einem letzten stechenden Schmerz sah Roosevelt, wie ein winziger Chip aus seiner Haut hervorgezogen wurde.

»Ist er das?«, fragte Roosevelt.

Sanders nickte und legte den Chip in ein kleines Metallkästchen.

»Das Kästchen verhindert, dass man den Chip orten kann. Wir pflanzen ihn später einem der toten Transkriptoren ein. Dann wird man annehmen, Sie wären in der Schlacht gefallen.«

Das Geräusch des Zuges wurde immer lauter. Im Tunnel schossen Sky King und Regal Blue weiter auf die Transkriptoren von Baltimore. Sanders schaute zuerst zu ihnen und dann zu den Lichtern des Zuges, die rasch näher kamen.

»Ihre Freunde sollten sich beeilen«, sagte er.

»Ich gehe nicht ohne sie.«

Roosevelt zog sein Schwert und lief zu Sky King und Regal Blue. Sky King drehte sich zu ihm um. Sein Gesicht war schmerzverzerrt; ein Pfeil ragte aus seinem rechten Oberschenkel.

»Hau ab!«, rief Sky King. »Wir haben keine Zeit. Du musst von hier weg!«

Roosevelt schüttelte den Kopf. »Wir gehen zusammen.«

Sky King packte Roosevelt am Arm. »Nein. Heute Nacht wirst du alleine gehen. Wir werden sie aufhalten, solange es geht.«

Die Baltimore-Transkriptoren rückten langsam im Schutz ihrer Schilde vor. Inzwischen waren es sehr viel mehr, als Roosevelt und die anderen hätten bekämpfen können. Sanders zog Roosevelt an der Schulter. »Wir müssen los«, drängte er. »Wenn wir jetzt nicht abhauen, kommen wir nie von hier weg.«

»Verschwinde«, sagte Regal Blue. »Und verändere die Welt für uns.«

»Also gut.« Roosevelt nickte.

»Der Zug wird zwölf Sekunden stehen bleiben, länger nicht«, erklärte Sanders und warf Roosevelt eine Tasche mit Kleidung zu. »Ziehen Sie die Sachen jetzt gleich an. Schnell.«

Roosevelt öffnete die Tasche und fand den Overall eines Bauarbeiters sowie einen Schutzhelm und Stiefel. Er zog seine Rüstung aus und wechselte in die Arbeitskleidung. Mit einem durchdringenden Kreischen hielt der Zug auf der Schiene unter ihnen.

»Los«, sagte Sanders. »Springen Sie. Steigen Sie in den letzten Waggon. Arden wird Sie dort treffen.«

Roosevelt nickte, warf einen letzten Blick zu Regal Blue und Sky King und sprang. Das Dach des Maglev bestand aus glattem Metall, und er rutschte zur Kante. Verzweifelt versuchte er, sich festzuhalten, doch das glatte Metall bot ihm keinen Halt. Seine Beine hingen bereits in der Luft, und er drohte hinabzustürzen, doch im letzten Augenblick ertasteten seine Finger eine Sicherheitslampe an der Zugseite. Er packte zu. Sein Körper kam mit einem Ruck zum Stehen, und seine Knie schlugen gegen die Wand.

Dann setzte der Maglev sich wieder in Bewegung und nahm rasch Fahrt auf. Roosevelt spürte den Luftzug. Nicht mehr lange, und der Zug würde unter den Hafen tauchen und ihn unter Wasser ziehen. Roosevelts Knie war taub vor Schmerz; dennoch gelang es ihm, sich wieder aufs Dach zu ziehen. Der

Zug erreichte nun seine volle Geschwindigkeit. Der Fahrtwind wurde zum Orkan, der Roosevelt vom Dach zu wehen drohte.

Vorsichtig kroch er zu der Lücke zwischen den Waggons und sprang dazwischen. Über ihm ertönte ein Surren, als der Wasserschutz sich über den Zug schob – ein Plexiglasmantel, der alles abdichtete. Augenblicke später raste der Zug steil nach unten und erbebte leicht, als er ins Wasser eindrang. Die Wellen des East River schlugen über Roosevelt zusammen.

Er öffnete die Tür und betrat den Waggon.

Der Zug war voll. Gut gekleidete Menschen saßen schweigend auf den Sitzen und lasen Zeitung. Mit gesenktem Kopf ging Roosevelt nach hinten. Die Wunde in seiner Seite schmerzte, und er presste die Hand darauf. Wenn die Wunde blutete, würde es ihn verraten.

Der letzte Waggon war für seinesgleichen reserviert. Hier drängten sich Transkriptoren auf den Sitzen. Sie waren auf dem Weg in die Stadt, um dort jene Arbeiten zu verrichten, die kein anderer machen wollte. Die meisten Männer waren wie Roosevelt gekleidet; die Frauen hingegen sahen nach Zimmermädchen und Köchinnen aus. Roosevelt fand einen freien Platz neben einem Transkriptor in Kanalarbeiteruniform, setzte sich und wartete auf Arden.

Die Waggonbeleuchtung wurde gedämpft, sodass die blaue Dunkelheit draußen zu sehen war. Weiße Blasen glitten an den Scheiben entlang. Roosevelt dachte an Sky King und Regal Blue.

Schließlich jagte der Zug wieder steil nach oben und durchbrach die Wasseroberfläche. In der Ferne war der Genico Tower zu sehen. Er kam rasch näher – eine elegant geschwungene Masse aus Glas und Licht tief in Manhattan. Schon bald würde der Zug mitten durch dieses Gebäude hindurchfahren.

Roosevelt sah, wie Arden zwei Waggons weiter vorne gelassen aufstand, seine Zeitung zusammenfaltete und sie auf den Sitz warf. Der Detective drehte sich um, machte sich mit einer Tasche auf den Weg und ging wortlos an Roosevelt vorbei. Roosevelt wartete kurz; dann stand er auf und folgte Arden. Der Detective stand nun ganz hinten im Zug. Er lehnte an der Wand, die Hand an der Notbremse. Der Zug fuhr in den Genico Tower und raste mitten durch ihn hindurch.

Arden zog die Notbremse.

Die Lichter im Zug flackerten, und der Waggon ruckte, bevor er mit einem schrillen Kreischen zum Stehen kam. Ein Alarm heulte los. Rote Lichter flackerten. Arden stieß die Hintertür des Zuges auf und sprang hinunter. Roosevelt folgte ihm.

Sie waren auf dem Maglev-Gleis, außerhalb des Zuges, aber immer noch in der Röhre. Durch das Plexiglas hindurch war das riesige Innere des Genico Towers zu sehen. Sie befanden sich genau im Zentrum des großen Atriums. Rechts von ihnen, vielleicht fünfzig Meter entfernt, waren Flure und Türen zu sehen, während man links durch die gewaltige Glasfront die Wall Street sehen konnte. Dreißig Meter unter ihnen sprudelte ein Springbrunnen im Marmorboden der Eingangshalle.

Der Zug stand immer noch, und die flackernden Warnleuchten tauchten die Röhre in ein rötliches Licht. Einen Augenblick später schaltete der Alarm sich ab, und der Maglev setzte sich wieder in Bewegung. Roosevelt schaute dem Zug hinterher, bis er und Arden allein in der Röhre waren.

Arden lief ein kurzes Stück über die Schiene bis zu einer Wartungstür. Dort kniete er sich hin und holte ein Autogenschweißgerät aus seiner Tasche. Im Genico Tower war es vollkommen still. Ein sich drehendes Mobile war zu sehen. Es zeigte die Doppelhelix der DNA. Roosevelt musste daran denken, wie sehr sich alles verändert hatte, seit er das letzte Mal hier gewesen war. Damals war sein Leben noch in Ordnung gewesen. Er war einer von Tausenden gewesen, die sich jeden Tag im Labyrinth der Wall Street verloren – das Schmiermittel, das die Wall Street am Laufen hielt. Er, Roosevelt, hatte damals keinen Gedanken an die andere Welt verschwendet, die sich direkt hinter dem Hafen verbarg: die Welt der Transkriptoren.

»Passen Sie auf Wachen auf«, flüsterte Arden.

Roosevelt nickte und ließ den Blick über die Flure schweifen, deren Zugänge auf der anderen Seite zu sehen waren. Arden machte sich daran, die Wartungstür aufzuschweißen. Das Schloss war schwer und massiv, und er kam nur langsam voran.

Plötzlich sah Roosevelt das Licht einer Taschenlampe in einem der Flure. Er klopfte Arden auf die Schulter und flüsterte: »Wache.«

Arden schaltete das Schweißgerät ab. Regungslos hockten er und Roosevelt in der dunklen Bahnröhre und beobachteten, wie das Licht heller wurde und schließlich um eine Ecke bog. Ein einzelner Wachmann erschien und ging langsam das Gebäude entlang. Der Mann befand sich drei Stockwerke über ihnen und leuchte mit seiner Taschenlampe hin und her.

In der Ferne hörte Roosevelt das Kreischen von Metall auf den Schienen, aus Richtung Insel. Er legte den Kopf auf die Seite und spürte einen Luftzug an der Wange. Auch Arden hörte nun das Geräusch. Der Detective versteifte sich. Er griff nach dem Schweißgerät und zündete es wieder an.

»Was ist mit dem Wachmann?«, fragte Roosevelt. »Er wird die Flamme sehen.«

»Hören Sie das Geräusch?«, sagte Arden. »Das ist ein Zug.«

»Oh …« Jetzt wurde auch Roosevelt die Situation klar. »Oh Scheiße.«

Arden arbeitete weiter an der Tür. Funken stoben auf und

verschwanden in der Dunkelheit. Roosevelt schaute wieder zu dem Gang, wo der Wachmann seine Runde ungerührt fortzusetzen schien. Aus irgendeinem Grund hatte der Mann sie noch immer nicht gesehen.

Das Kreischen wurde lauter; die Röhre füllte sich mit Wind, und die Schienen begannen zu vibrieren.

»Komm schon, komm schon«, knurrte Arden vor sich hin, während der Brenner sich schier unendlich langsam durch das Metall fraß.

Dann erfüllte gleißendes Licht die Röhre, als der Zug aus dem Fluss hervorbrach.

»Wie geht's voran?«, fragte Roosevelt nervös.

»Fast geschafft …«

Mit einem lauten Krachen brach das Schloss und fiel auf die Leiter unten.

»Ich bin durch«, rief Arden. »Los!«

Der Zug raste mit ohrenbetäubendem Kreischen auf sie zu. Arden war bereits durch die Tür, und Roosevelt warf sich im selben Augenblick hindurch, als der Zug mit voller Geschwindigkeit vorbeirauschte.

Hinter der Tür erwartete sie eine Einstiegsleiter, an der sie sich festklammern mussten, während der Zug vorbeidonnerte und die Sprossen zum Beben brachte. Dann endlich war es vorüber. Roosevelt atmete tief durch, um sich zu beruhigen. Die Leiter reichte bis in die Lobby hinunter. Gemeinsam machten Arden und Roosevelt sich an den Abstieg. Von der Taschenlampe des Wachmanns über ihnen war nichts mehr zu sehen. Kein Licht brannte in dem Gebäude, und alles war still mit Ausnahme des knarrenden DNA-Mobiles und des Plätscherns des Brunnens.

Als Arden und Roosevelt unten ankamen, fanden sie sich bei den Restaurants und Snackbars wieder. Überall standen

Tische mit sorgfältig daraufgestellten Stühlen und lange Theken im Cafeteriastil.

Arden und Roosevelt duckten sich in eine dunkle Ecke hinter aufgestapelte Plastikstühle. Roosevelt schaute sich um. Kurz wurde er von Erinnerungen an sein altes Leben abgelenkt, doch Arden brachte ihn in die Gegenwart zurück.

»Wohin?«, fragte der Detective.

»Zum Büro meines Vaters. Er hatte Zugang zu allem, was in der Firma vor sich ging. Wenn das Samp, das Sie suchen, tatsächlich existiert, finden wir es dort.«

Leise schlichen sie zu dem großen Glasaufzug in der Mitte des Atriums. Über ihnen waren die regelmäßigen Schritte des Wachmanns zu hören. Ein Teil des Gebäudes war noch geöffnet. Genico-Mitarbeiter machten häufig Überstunden. Die Gefahr bestand nicht darin, im Gebäude an sich zu sein, sondern dass jemand Roosevelt erkannte.

Die beiden Männer erreichten eine der Aufzugkabinen und drückten sich an die Wand.

Der Aufzug brachte sie zu dem kleinen Foyer vor dem Büro von Roosevelts verstorbenem Stiefvater. Es war durch eine Sicherheitstür versperrt, die sich durch einen Fingerabdruckleser öffnen ließ. Arden holte ein Plastikstück aus Valentinos Mappe und legte es auf das Lesegerät. Der Bildschirm blinkte erst bernsteinfarben, dann grün, und die Tür öffnete sich mit einem Klicken.

Vorsichtig traten die beiden Männer hindurch. Das Licht schaltete sich automatisch ein. Das Büro sah noch genauso aus, wie Roosevelt es in Erinnerung hatte, nur dass es jetzt mit den Möbeln seines Bruders vollstand. Dort, wo früher der Falke gestanden hatte, befand sich jetzt eine Hausbar; daneben ging es hinaus auf den Balkon, wo Roosevelt und sein Vater das letzte Mal miteinander geredet hatten.

»Was für eine Aussicht«, bemerkte Arden und schaute aus dem Fenster.

»Ja.« Roosevelt nickte und deutete dann auf einen langen Korridor voller Andy Warhols. »Dort werden Sie finden, was Sie suchen.«

»Und was ist mit Ihnen?«

»Ich bin am Schreibtisch meines Vaters.«

»Machen Sie schnell«, mahnte Arden und eilte den Flur hinunter.

Roosevelts Bruder musste das Büro übernommen haben, kaum dass ihr Vater gestorben war. Roosevelt starrte auf den Schreibtisch, und tiefe Traurigkeit überkam ihn. Was einst seinem Vater gehört hatte, gehörte nun dem Sohn. Auf dem Schreibtisch standen Fotos in Metallrahmen. Die Bilder zeigten ausschließlich seinen Bruder, und Roosevelt verschwendete keinen Blick darauf.

»Monitor einschalten«, sagte er laut.

Sofort erwachte der mit dem Genico-Mainframe verbundene Monitor auf dem Schreibtisch seines Vaters zum Leben, und Roosevelt schob den Flashdrive mit den bei den Smalls gesammelten DNA-Daten hinein.

»Kode analysieren«, sagte Roosevelt.

Der Bildschirm flackerte kurz und zeigte dann Ausschnitte des genetischen Kodes. Roosevelt beobachtete, wie diese Teile nach und nach zu einer sich drehenden Doppelhelix zusammengeführt wurden.

Während der Computer an der Dekodierung arbeitete, öffnete Roosevelt die Schreibtischschublade. Er fand eine dünne Aktenmappe mit der Aufschrift »Ituri«, öffnete sie und überflog den Inhalt. Dabei stieß er auf eine kleine Liste von Samps, die in den Vereinigten Staaten von Genico Pharmaceuticals hergestellt und umgehend nach Ituri verschifft worden waren, an die dortige Regierung. Die ersten Lieferungen hatten vor über einem Jahr stattgefunden, gefolgt von weiteren Samps jeden Monat bis vor einem halben Jahr.

Seltsam. Ituri war eines der ärmsten Länder der Welt, und Lieberman und der Genico-Aufsichtsrat hatten Samps stets nur an den höchsten Bieter verkauft. Es war unmöglich, dass ein Land wie Ituri sich eine solche Menge Samps hatte leisten können.

Die DNA-Dekodierung lief noch immer. Die Probe hatte eine Firmenkennung von Genico gehabt, und das hieß, dass der Transkriptor, von dem sie stammte, von Genico hergestellt worden war. Firmen waren für ihre Produkte verantwortlich; sollte einer von Genicos Transkriptoren willkürlich gemordet haben, wäre dies ein riesiger PR-Skandal für das Unternehmen.

Nein, das war kein willkürlicher Mord gewesen, korrigierte Roosevelt sich. Smalls und seine Frau waren bestimmt nicht zufällig als Ziele ausgewählt worden. Smalls hatte die gesamte Sampforschung und -entwicklung geleitet. Er war der Chef gewesen. Obwohl der Samphandel in der Hand von Lieberman war – Smalls hätte sicherlich gewusst, wohin welches Samp gegangen war, nachdem es das Labor verlassen hatte. Und das wiederum hieß, dass er auch von Ituri gewusst haben musste.

Roosevelt schaute sich die Ituri-Liste noch einmal genauer an. Die Samps waren jedes Mal in zwei Lieferungen zu je tausend verschickt worden. Beide Lieferungen waren an eines von zwei iturischen Dörfern gegangen. Einen Monat später war eine weitere Lieferung erfolgt. Das erste ausgelieferte Samp war ein Heilmittel gegen Mesotheliome gewesen.

Roosevelt trommelte mit den Fingern auf die Schreibtischplatte. Es war seltsam. Ein Mesotheliom war eine seltene Form von Krebs, die fast ausschließlich durch Langzeitkontakt mit Asbest entstand. Schon 1989 hatte man in den Vereinigten Staaten den Einsatz von Asbest untersagt; seitdem waren Mesotheliome von Jahr zu Jahr seltener geworden. Natürlich gab es in älteren Gebäuden noch Asbest, doch Roosevelt hatte stets geglaubt, dass es inzwischen weltweit aus der Bauindustrie verschwunden war. Und dem nach zu urteilen, woran Roosevelt sich von seinen Besuchen in Ituri erinnerte, hatte es in den Dörfern kaum Gebäude gegeben, die alt genug gewesen wären, um Asbest zu enthalten. Deshalb war es mehr als verwunderlich, dass irgendein abgelegenes Dorf eintausend Mesotheliom-Samps benötigte.

Verwirrt schaute Roosevelt sich den nächsten Monat an. Wieder waren Samps in zwei Lieferungen verschickt worden, diesmal zur Bekämpfung eines Karzinoms in den Azinuszellen.

Ein Azinuszellenkarzinom war ebenfalls eine äußerst seltene Form von Krebs, der in den Speicheldrüsen entstand. Tatsächlich war diese Art von Krebs so selten, dass Roosevelt gar nicht gewusst hatte, dass Genico sich mit einem solchen Samp beschäftigt hatte. Und er konnte sich erst recht keinen Grund vorstellen, warum ein solches Samp ausgerechnet in eine entlegene Gegend Ituris verschifft werden sollte … es sei denn, das Management von Genico hatte entschieden, dass diese Samps so gut wie wertlos waren, und sie deswegen aus PR-Gründen in die Dritte Welt verschickt.

Natürlich war es immer gut, Schlagzeilen wie »Genico hilft dem von Krieg geschüttelten Ituri« zu bekommen; doch wenn das der Fall gewesen wäre, hätte Roosevelt davon gehört. Er hätte von jeder Hilfsmaßnahme erfahren, selbst wenn sie so sinnlos gewesen wäre wie diese hier. Außerdem hätte sein Bruder eine solche Hilfsmaßnahme auf ihrer Reise nach Ituri erwähnt; aber das hatte er nicht.

Und dann fiel Roosevelt etwas Ungewöhnliches an einem der Dörfer auf.

Die Erkrankungsrate an diesen Krebsarten lag in den Ituri-Dörfern unvorstellbar hoch: Vor dem ersten Monat waren in einem der Dörfer achtzig Prozent der Bevölkerung an Mesothelioma erkrankt. Nach der Samplieferung war die Rate gesunken, doch nur, um durch Azinuszellenkrebs ersetzt zu werden. Einen Monat später waren siebzig Prozent der Bevölkerung mit der zweiten Krebsform diagnostiziert worden.

Es war praktisch auszuschließen, dass es eine natürliche Ursache dafür gegeben hatte. Und das war noch nicht alles: Der Krebs war aggressiver gewesen als alles, was Roosevelt bis dahin gesehen hatte.

Und plötzlich kannte er die Antwort. Es gab nur eine logische Erklärung: Genico – sein Bruder und die anderen – hatten die Dorfbewohner in Ituri als Versuchskaninchen für ihre Samps missbraucht. Für Samps, die eine Krankheit heilten, den Empfänger aber gleich mit einer neuen Krankheit infizierten. Mit anderen Worten, wenn Gene modifiziert werden konnten, um Krankheiten zu heilen, funktionierte es auch andersherum: Ein Samp konnte eine Krankheit nicht nur heilen, sondern auch verbreiten.

So etwas war Roosevelt nie auch nur ansatzweise in den Sinn gekommen. Warum sollte Genico Krankheiten auslösen wollen? Leider war die Antwort auf diese Frage offensichtlich.

Genico war *zu* erfolgreich geworden.

Wenn alle genetisch bedingten Krankheiten ausgerottet waren, brauchte niemand mehr eine Genbörse. Saxton wollte ein System von Samps erschaffen, die Krankheiten für die Zukunft garantierten. Er wollte Kunden generieren, und mit General Washingtons Hilfe erprobte er die entsprechenden Samps in den Dörfern in Ituri.

Darum also ging es. Roosevelt war eine Gefahr für das Afrikaprojekt gewesen. Sollten Genicos Aktivitäten je aufgedeckt werden, würde die Hälfte des Aufsichtsrats im Gefängnis landen. Hätte Roosevelt die Menschenrechtslage in Ituri untersucht, hätte er das Programm gefährdet. Deshalb hatte Genico ihn sich vorgeknöpft – ihn und Dr. Smalls und Johann Woerner. Auch sie mussten die Wahrheit erahnt haben. Deswegen hatte Genico sie vernichtet.

Den Informationen im Mainframe zufolge wurden die Samps in der alten Genico-Fabrik auf Roosevelt Island produziert. Dort würde Roosevelt die Beweise finden, die er brauchte.

Seine Uhr ließ einen Warnton hören. Er und Arden befanden sich schon seit zwölf Minuten im Gebäude. Sie mussten sich beeilen.

Arden kam aus dem Flur zurück und tippte auf seine Uhr. »Die Zeit ist um. Wir müssen los.«

»Haben Sie gefunden, was Sie brauchen?«

Arden nickte. »Alles erledigt.«

Roosevelt wandte sich noch einmal dem Computer zu. Der DNA-Reader war fertig. Auf dem Bildschirm war ein Transkriptor zu sehen, über ein Meter neunzig groß, mit breiten Schultern und schmutzig blondem Haar. Abgesehen von der Größe, sah er verhältnismäßig normal aus, doch irgendetwas an seinem Gesicht beunruhigte Roosevelt. Es kam ihm seltsam vertraut vor.

Auf einmal fiel es ihm ein. Er hatte dieses Gesicht auf den Fluren von Genico schon einmal gesehen. Dieser Transkriptor war Liebermans Leibwächter, Rasputin. Er hatte Dr. Smalls und dessen Frau ermordet – und vermutlich auch Johann Woerner.

Roosevelt übertrug das Bild des Transkriptors auf den

Flashdrive, zog den Datenträger aus dem Slot, steckte ihn in die Tasche und fuhr den Computer herunter. Als er aufstand, fiel sein Blick auf eines der Fotos auf dem Tisch seines Bruders.

Roosevelt schnappte nach Luft, riss die Augen auf und ballte die Fäuste. Er griff nach dem Foto. Seine Knöchel waren weiß, so fest hielt er es gepackt.

Auf dem Foto war sein Bruder in einem blauen Poloshirt von Izod zu sehen. Er war makellos gebräunt und trug eine Sonnenbrille, die er bis über die Stirn hochgeschoben hatte. Hinter ihm war die anonyme Menge in einem Nachtclub zu sehen … Nein, nicht anonym. Roosevelt erkannte die Broker von Genico, und der Club war die VIP-Lounge im Bloomberg-Stadion. Sein Bruder lächelte in die Kamera, hielt einen Drink in die Höhe und hatte an jedem Arm eine Frau.

Eine der Frauen war Queen Elizabeth.

Roosevelt starrte auf das Foto und spürte, wie Zorn in ihm aufloderte. Auf dem Bild trug Queen Elizabeth ein trägerloses Kleid. Ihr Bioprint war wieder ein blattloser Baum, genau wie damals, als Roosevelt sie zum ersten Mal gesehen hatte.

»Wir müssen gehen«, drängte Arden. »Sofort.«

Roosevelt zerschlug den Bilderrahmen am Schreibtisch, riss das Foto heraus und steckte es sich in die Tasche. Arden drückte den Aufzugknopf, als Roosevelt sich zu ihm gesellte.

»Was ist mit Ihrer Tochter?«, fragte Roosevelt.

»Sie wird überleben«, antwortete Arden in Gedanken versunken.

»Wissen Sie, dass sie Sie liebt?«, sagte Arden plötzlich.

»Wer?«

»Queen Elizabeth.«

»Das ist unmöglich.«

Elizabeth war ein Spielzeug, gemacht für Menschen. Sie konnte niemanden lieben. Roosevelt wusste, wie ungerecht es war, so von ihr zu denken, aber das Foto hatte ihn wütend gemacht.

Doch jetzt war nicht die Zeit, darüber nachzudenken. Schon bald würden sie von hier verschwinden.

Roosevelt schaute zu Arden. Dessen Hand wanderte langsam zur Hüfte und blieb wie beiläufig auf seiner Dienstwaffe liegen. Er schaute noch immer in die Ferne; dann richtete er seine Aufmerksamkeit mit einem Mal wieder auf Roosevelt, lächelte und nickte knapp.

Irgendetwas kam Roosevelt falsch vor. Er wandte sich von Arden ab und schaute zu den Sicherheitsmonitoren auf der anderen Seite des Raumes am Schreibtisch seines Vaters. Unterschiedliche Nachtaufnahmen des Gebäudes waren auf den Bildschirmen zu sehen, aber keine Menschen.

Auf einem Monitor jedoch war eine Aufzugkabine voller schwarzer Gestalten.

»Bild groß stellen«, rief Roosevelt. Der LCD-Monitor reagierte sofort und projizierte das Bild des Aufzugs auf die Wand. Nun war deutlich zu erkennen, dass die schwarzen Gestalten Kevlarwesten trugen und mit Maschinenpistolen bewaffnet waren.

Die TFU.

Roosevelt wirbelte zum Aufzug herum, der bereits die Hälfte des Weges nach oben zurückgelegt hatte.

»Tut mir leid«, sagte Arden. »Aber das ist die einzige Möglichkeit, meine Tochter zu retten.«

»Indem Sie mich für sie eintauschen?«

»Ich hatte keine Wahl.«

»Man hat immer eine Wahl.«

»Da haben Sie recht«, sagte Arden.

Er legte die Finger um den Kolben seiner Dienstwaffe und zog die Smith & Wesson. Roosevelts Hand schoss nach vorne.

Als Transkriptor war er schneller als jeder Mensch. Mit voller Wucht traf er Arden am Hals. Der Detective schnappte nach Luft und fiel nach hinten; die Waffe glitt ihm aus den Fingern. Roosevelt schnappte die Pistole aus der Luft, bevor sie auf den Boden fiel, und richtete sie auf Arden.

»Wer ist an Sie herangetreten?«

Arden rieb sich den Hals und wich einen Schritt zurück.

»Wer ist an Sie herangetreten?«, fragte Roosevelt noch einmal, diesmal mit Nachdruck. Früher hätte die Waffe sich kalt und fremd in seiner Hand angefühlt, aber das war vorbei. Die Spiele hatten ihn verändert.

»Ein Mann.«

»Wer?«

»Sein Name war Lieberman«, antwortete Arden. »Er wollte, dass ich die Ermittlungen im Fall Smalls einstelle.«

Lieberman. Roosevelt prägte es sich ein. Jetzt war nicht die Zeit, seiner Wut freien Lauf zu lassen.

»Wie viele kommen da?«, fragte er, die Waffe noch immer auf Arden gerichtet.

»Alle.«

Roosevelt nickte. »Wissen sie über mich Bescheid? Wissen sie, dass ich lebe?«

»Nein.« Arden schüttelte den Kopf. »Ich habe ihnen nie Ihren Namen genannt. Ich habe ihnen nur gesagt, ein Transkriptor sei entkommen und in den Genico Tower eingebrochen.«

Roosevelt richtete die Waffe auf Ardens Kopf. »Sind Sie sicher?«

Arden nickte. »Absolut.«

Roosevelt nahm die Waffe wieder herunter. Jetzt brauchte er eine Fluchtmöglichkeit.

»Was haben Sie vor?«, fragte Arden.

»Laufen«, antwortete Roosevelt und ging zur Treppe.

»Roosevelt!«, rief Arden ihm hinterher. »Viel Glück.«

»Ihre Tochter …«, begann Roosevelt, verstummte und sagte dann nur: »Ich verstehe Sie.«

Und dann rannte er los.

Die Feuerschutztür zum Treppenhaus flog auf, und Roosevelt sprang die Stufen hinunter. Sollte die TFU ihn finden, würde er das nicht überleben. Diesmal würden sie keine Gefangenen mehr machen. Und sollte er sterben, würde niemand Dolce rächen. Roosevelt konnte diese Welt noch nicht verlassen. Erst musste er seine Arbeit tun.

Stiefel waren auf der Treppe weiter unten zu hören. Die TFU hatte auch ans Treppenhaus gedacht. Roosevelt saß in der Falle … fast.

Die Tür zu seiner alten Etage ließ sich leicht öffnen. Roosevelt rannte durch den dunklen Gang und an den vertrauten Büros seiner ehemaligen Kollegen vorbei.

Solltest du jemals gehen, hatte Cindy gesagt, werde ich deine Sachen in meinem Schrank verstauen und sie einmal die Woche herausholen, um mich an dich zu erinnern …

Der Schrank hinter Cindys Schreibtisch war hinter dunklen Brettern aus Walnussholz versteckt.

Roosevelt öffnete ihn und entdeckte Kartons voller Fotos. Seine Fotos. Gerahmte Bilder von seinen Reisen, darunter Fotos von ihm und Dolce im nördlichen, den Menschen vorbehaltenen Teil des Central Parks. Roosevelt schob den Karton beiseite und öffnete einen zweiten, der die Sachen aus seinem alten Schreibtisch enthielt. In einem alten Kaffeebecher entdeckte er wie erwartet eine Rolle Banknoten, die er sich in die Hosentasche steckte.

Was er wirklich suchte, fand er erst im dritten Karton.

Darin lagen sein einsatzbereit gepackter Fallschirm für das Basejumping und ein gelb gestreifter Helm. *Danke, Cindy.*

Roosevelt nahm den Fallschirm heraus und schnallte ihn sich um. Als er fertig war, brach er den Rahmen des Fotos auf, das ihn und Dolce im Central Park zeigte, und steckte sich das Bild in die Jackentasche.

Mit dem Helm in der Hand ließ er den Blick ein letztes Mal durch die neunzigste Etage schweifen. Dann drehte er sich um und lief hinauf. An der Tür zum Treppenhaus hielt er kurz an und drückte ein Ohr an das Metall. Dann schob er die Tür vorsichtig auf und trat hinaus. Über sich hörte er gedämpfte Stimmen und das Knistern von TFU-Funkgeräten. Sie waren im Büro seines Vaters.

Langsam stieg Roosevelt die Treppe hinauf. Als er den nächsten Absatz erreichte, schwang die Tür zum Büro auf, und ein einzelner TFU-Mann in Kevlarweste kam mit einer Zigarette zwischen den Fingern heraus. Der TFU-Beamte erstarrte überrascht, als er Roosevelt sah; dann erkannte er ihn. Roosevelt ließ ihm keine Zeit. Er schlug mit dem Helm zu und traf den TFU-Mann voll unter dem Kinn. Der Mann wurde nach hinten geschleudert. Roosevelt sprang über ihn hinweg und ins Büro seines Vaters. Dort sah er gut zwanzig TFU-Beamte. Er wich hastig zurück, schlug die Tür zu und rannte los.

Das Dach war noch zwei Etagen über ihm, doch schon im nächsten Stock hörte er die TFU-Leute hinter sich. Noch eine Etage, noch eine Treppe, dann stieß er die Tür auf und fiel aufs Dach. Die Nachtluft war kühl, und überall um ihn her ragten die bunten Dächer der Gebäude empor. In der Ferne flackerten Werbefilmchen auf einer Videowand.

Roosevelt rannte zur Dachkante. Er hatte schon viele Basejumps gemacht, doch nie mit so vielen Hindernissen zwischen sich und dem Erdboden. Hinter ihm schwärmten die TFU-Beamten aus der Tür und riefen ihm zu, sich nicht von der Stelle zu rühren.

Roosevelt sprang.

Flugbahn, Windgeschwindigkeit, Erdanziehung, Vektoren … alles, was Fallschirmdesigner auf Whiteboards bedachten, verband sich zu einer Einheit. Roosevelt fiel, während sich ihm vor Panik der Magen umdrehte. Dann öffnete sich der Schirm, und Roosevelts Körper wurde nach oben gerissen und schwang wie ein Pendel im Harnisch. Eine Windbö trug ihn vom Genico Tower weg, und er segelte zwischen den Wolkenkratzern hindurch.

Eine Reihe geparkter Autos raste auf ihn zu. Dann prallte er auf die Motorhaube eines Mercedes und spürte einen stechenden Schmerz im linken Bein. Sein Fußgelenk bog sich durch, die Sehne wurde überdehnt. Roosevelt ließ die Waffe fallen, rutschte vom Mercedes und landete mit der Schulter auf dem Bürgersteig. Ein paar Sekunden lang konnte er nichts sehen, als der Fallschirm sich um seinen Kopf legte. Er kämpfte mit dem Seidenstoff, bis es ihm endlich gelang, den Harnisch zu öffnen. Falls sämtliche TFU-Männer auf dem Dach waren, würde es ein paar Minuten dauern, bis sie unten waren.

Roosevelt rollte sich herum und stemmte sich hoch. Ein stechender Schmerz schoss durch seinen Knöchel, und er sog zischend die Luft ein, schloss die Augen und wartete einen Moment, bis das Stechen abgeklungen war. Er war Schmerz gewöhnt. Er hatte schon oft Schmerzen erleiden müssen – gebrochene Knochen und ausgekugelte Kniegelenke. Dies hier war auch schlimm, aber er würde es ertragen.

Die Straße vor dem Genico Tower war menschenleer. Überall standen Fahrzeuge. Der Wind wehte eine fallen gelassene Einkaufstüte vorbei. Ardens Smith & Wesson lag neben dem Mercedes. Roosevelt hob die Waffe auf, steckte sie unter den Gürtel und humpelte zur nächsten Kreuzung, wo mehrere Autos an einer Ampel standen. Beim Gehen nahm Roosevelt den Helm ab und warf ihn weg. Dann winkte er ein Taxi heran und ließ sich auf die Rückbank fallen.

»Wohin?«, fragte der Fahrer, ein Transkriptor mit dunklem Bart.

Roosevelt beugte sich vor und tastete vorsichtig sein Fußgelenk ab. Es schmerzte höllisch, doch der Schmerz hatte auch ein Gutes: Roosevelts verschwommene Rachegelüste bekamen ein deutliches Ziel.

Lieberman.

Er würde Lieberman töten.

Unterbewusst griff Roosevelt nach der Waffe in seinem Hosenbund.

»Wohin, bitte?«, fragte der Fahrer.

Roosevelt erinnerte sich an das Gespräch, das er mit Lieberman bei seinem ersten Besuch der Spiele gehabt hatte.

»Zum Ritz, Battery Park«, sagte er. »Halten Sie zwei Blocks entfernt.«

Der Fahrer nickte und fuhr los. Roosevelt drehte sich um und sah, wie der Genico Tower langsam hinter ihm verschwand. Er lehnte sich zurück.

Der Fahrer nahm die schnellste Route in Richtung Süden über den FDR. Im Osten spiegelte sich die Skyline im Fluss, und im Süden war noch immer das rote Glühen von Bloomberg Island zu sehen, während vor ihnen die mit Glas verkleideten Fassaden gewaltiger Wohnblocks lagen. Schließlich fuhren sie vom FDR herunter und hielten auf die Südspitze von Manhattan zu.

Roosevelt klopfte an die Glasscheibe und wies den Fahrer an, kurz vor dem Battery Park anzuhalten. Am Ziel angelangt, schob er Bargeld durch den Schlitz und stieg aus dem Taxi, wobei er sorgsam darauf achtete, die Pistole unter seinem Hemd verborgen zu halten. Im Park gab es zahlreiche dunkle

Ecken. Lediglich entlang der Wege und an einem kleinen Teich brannten Laternen. Roosevelt ging an den Pferdekutschen vorbei, die gegenüber den Luxusapartments auf Kundschaft warteten. Früher hatten diese Kutschen am Central Park gestanden, doch nun gab es dort keine Kunden mehr.

Das Ritz lag direkt vor Roosevelt. Mit seiner hell erleuchteten Fassade sah das Gebäude wie ein gigantischer Hochzeitskuchen aus Marmor und Glas aus. Der reich geschmückte Vordereingang wurde von zwei Pförtnern im Zylinder bewacht. Sie grüßten freundlich, winkten Taxis herbei und ließen die Gäste ein und aus.

Roosevelt stellte sich hinter eine rote Kutsche. Das Pferd bemerkte ihn trotz der Scheuklappen und machte nervös einen Schritt vorwärts. Roosevelt duckte sich, als die Hoteltür aufschwang und Harold Lieberman erschien.

Lieberman zupfte seine Manschetten zurecht, drehte sich um und ging strammen Schrittes nach Norden. Überrascht vom unerwarteten Auftauchen des Mannes folgte Roosevelt ihm, ohne groß darüber nachzudenken. Lieberman bog in eine Avenue ein. Roosevelt überquerte rasch die Straße, um nicht den Anschluss zu verlieren. Autofahrer hupten verärgert, und er hob entschuldigend die Hand.

Der Bürgersteig war voller Menschen, sodass Roosevelt genug Möglichkeiten gehabt hätte, sich zu verbergen, sollte Lieberman sich umdrehen, doch er blickte die ganze Zeit nach vorn, hielt sich nahe an den Läden und schlängelte sich durch die kleinen Menschenmengen, die sich vor jedem Schaufenster versammelt hatten.

Lieberman musste gewusst haben, dass Saxton Senior die Absicht hatte, Genico an Roosevelt zu überschreiben. Und ihm war vermutlich auch klar gewesen, dass Roosevelt in sämtlichen Abteilungen große Veränderungen vorgenommen hätte.

Vor allem aber teilten Roosevelt und Lieberman nicht die gleichen Visionen, was die Richtung betraf, die Genico einschlagen sollte. Aber das konnte nicht der einzige Grund gewesen sein. Roosevelt hätte zwar massive Veränderungen durchgeführt, hätte Lieberman aber niemals zum Rücktritt aufgefordert. Dafür war der Mann im Samphandel einfach zu wertvoll. Auch wenn Roosevelt ihn nicht mochte – er hätte Lieberman vermutlich sogar noch mehr Verantwortung übertragen, als er jetzt bereits hatte. Deshalb hatte es ihn anfangs so sehr verwirrt, dass ausgerechnet Lieberman ihn verraten hatte.

Nun kannte er den Grund: Ituri.

Man hatte Roosevelt das Wichtigste in seinem Leben genommen. Vielleicht war Lieberman nicht persönlich verantwortlich dafür, aber er hatte die Intrige in Gang gesetzt, die dazu geführt hatte, und das machte ihn schuldig.

Und die Schuldigen mussten bestraft werden.

Lieberman verschwand in einer Herrenboutique. Roosevelt blieb stehen, senkte den Kopf und blickte ins Innere des Geschäfts. Lieberman stand vor einem Glasschaukasten mit teuren Portemonnaies, trommelte mit den Fingern auf die Scheibe und begutachtete die Ware. Je länger Roosevelt den Mann beobachtete, desto heißer kochte Wut in ihm hoch und machte jeden ausgefeilten Plan zunichte, den er vielleicht gehabt hatte. Keine Fragen mehr. Jetzt wollte er den Kerl einfach nur töten.

Auf der anderen Seite des Fensters war Lieberman sich seines Verfolgers nicht im Mindesten bewusst. Er nahm sich eine orangefarbene Krawatte und inspizierte sie auf Armeslänge. Lieberman hatte den Luxus, ein Mensch zu sein. Er kannte keine Angst vor der TFU und musste nicht ständig fürchten, von den Transkriptorenjägern abgeholt zu werden. Menschen waren deshalb so schutzlos, weil sie *keine* Angst hatten. In ihrer

Welt fühlten sie sich vollkommen sicher. Doch heute würde das anders sein.

Roosevelt schaute sich noch einmal um. Der Bürgersteig war voller Fremder, und keiner von ihnen verschwendete auch nur einen Blick an ihn. Roosevelt war praktisch unsichtbar. Vorsichtig schob er die Hand unter sein Hemd und legte sie auf den Kolben der Waffe. Es wäre so leicht, die Sache jetzt und hier zum Abschluss zu bringen … so leicht, einfach in den Laden zu gehen, die Pistole zu ziehen und Lieberman das Hirn herauszupusten.

Roosevelt packte die Waffe fester und ging nach einem letzten Blick den Bürgersteig hinunter auf den Eingang zu. Er hatte gerade die freie Hand auf die Türklinke gelegt, als das Klingeln eines Handys ihn aus seinen Gedanken riss. Kurz hielt er inne und stand regungslos da. Nur noch ein paar Schritte und eine einzige, schnelle Aktion, und es war vollbracht. Das Handy klingelte erneut. Diesmal spürte Roosevelt auch die Vibrationen in seiner Tasche. Alphacon hatte gesagt, das Handy sei für Notfälle …

Roosevelt rang sich zu einer Entscheidung durch. Er hatte nun schon so lange auf seine Rache gewartet, da machten ein paar Minuten mehr oder weniger auch nichts mehr aus. Er ließ die Pistole los, drehte sich von der Tür weg und trat in eine kleine Nische neben dem Geschäft. Dort zog er das Handy aus der Tasche und nahm das Gespräch entgegen.

»Sie haben sie sich geholt.« Alphacons Stimme bebte.

»Wer hat sich was geholt?«, fragte Roosevelt.

Alphacon erwiderte etwas Unverständliches. Auf der Straße war es laut, und Roosevelt musste sich das andere Ohr zuhalten.

»Wen?«

»Queen Elizabeth. Sie haben sie sich geholt.«

Roosevelts Körper verkrampfte sich. »Ich verstehe nicht … Wer hat sie sich geholt?«

»Männer sind gekommen. Menschen. Sie war im Casino. Und sie haben Elizabeth gesehen und mitgenommen.«

»Was für Männer?«

»Russen«, antwortete Alphacon.

Roosevelt runzelte die Stirn. »Weißt du, wohin sie Elizabeth gebracht haben?«, fragte er und ging ein Stück zurück, sodass er in den Laden blicken konnte. Lieberman war immer noch dort, völlig schutzlos, und schaute sich Krawatten an. Roosevelt spürte die Pistole unter dem Hosenbund. Es wäre so einfach, so leicht. In wenigen Sekunden könnte er seine Rache haben …

»Ins Bernsteinzimmer«, antwortete Alphacon. »Das ist ein russischer Mafiaclub auf der West Side. Ein Sexclub. Genauer gesagt, ein Bordell.«

Roosevelt dachte an Queen Elizabeth, wie sie am Teich von Strawberry Fields gestanden und ihm hinterhergeschaut hatte, als er nach Necropolis zurückgekehrt war. Er zog das Foto von ihr und seinem Bruder aus der Tasche, starrte darauf, fuhr mit dem Daumen über Elizabeths Gesicht … Sie war mit seinem Bruder zusammen gewesen, und er hasste die ganze Welt dafür. Langsam faltete Roosevelt das Bild wieder zusammen und ließ es in der Tasche verschwinden. Elizabeth brauchte ihn. Jetzt.

»Bist du noch da?«, fragte Alphacon.

»Ja«, sagte Roosevelt. Er hielt das Handy so fest in der Hand, dass er das Plastik knacken hörte. »Ich gehe sie holen.«

»Sie werden dir nicht einfach gestatten, sie mitzunehmen.«

»Das hoffe ich doch.«

Roosevelt legte auf, warf einen letzten Blick auf Lieberman, drehte sich um und verschmolz mit den Passanten, die sorglos über den Bürgersteig schlenderten.

Der Zuhälter mit Namen Boris saß regungslos hinter dem Schreibtisch, den Blick starr auf den verchromten Lauf der Smith & Wesson gerichtet, den Roosevelt ihm auf die Stirn drückte. Ein dünnes Rinnsal Blut rann aus Boris' Auge. Er hob die Hand, um es wegzuwischen, doch Roosevelt schüttelte den Kopf. »Lass es bluten …«

Auf dem Boden hinter dem Empfangstisch lagen zwei tote Russen sowie leere 9-mm-Hülsen. Im Bordell war es totenstill geworden. Das Knarren der Betten und das Stöhnen der Kunden waren nach den Schüssen augenblicklich verstummt. Roosevelt stellte sich vor, wie die Freier gerade verzweifelt versuchten, sich im Dunkeln die Hose anzuziehen.

Roosevelt verstärkte den Griff auf die Waffe; mit der anderen Hand zeigte er dem Mann ein Foto von Queen Elizabeth. »Wo ist sie?«

Der Kopf des Zuhälters zuckte nach hinten. »Die letzte Tür.«

»Beweg dich nicht«, sagte Roosevelt. Er hielt die Smith & Wesson weiter auf Boris gerichtet, als er über die Leichen stieg und langsam den Flur hinunterging.

Dann aber löste sich die Starre nach der Schießerei, und Boris schrie los. Die fünf Männer, die im Wartezimmer saßen, sprangen auf und rannten zur Tür. Roosevelt ließ sie gehen.

Ein Stuhl polterte. Schnelle Schritte dröhnten. Roosevelt schaute zurück und sah, dass auch Boris verschwunden war.

Queen Elizabeth sprang zurück, als Roosevelt die Tür eintrat. Sie trug schwarze Spitzenwäsche und starrte ihn mit großen Augen an. Ihre Lippen waren rot geschminkt und ihre Augen schwarz von Make-up. Ein Mann in Boxershorts setzte sich erschrocken auf.

Roosevelt richtete die Pistole auf ihn. »Ich nehme sie mit«, sagte er. »Keine Dummheiten, Kumpel.«

»Sie mitnehmen? Dafür hast du nicht den Mumm«, erwiderte der Mann mit starkem russischem Akzent. »Nur über meine Leiche.«

»Okay.« Roosevelt schoss ihm in die Brust.

Queen Elizabeth warf sich in Roosevelts Arme und vergrub das Gesicht an seiner Brust. Ihr Bioprint strahlte hell. »Wie hast du mich gefunden?«, fragte sie mit zitternder Stimme.

»Alphacon.« Roosevelt drückte sie gedankenverloren an sich. Er hatte noch immer das Foto im Kopf. »Wir gehen jetzt. Brauchst du noch was?«

»Meine Arbeitspapiere. Ohne sie kann ich nicht in die Zone zurück.«

»Wo sind sie?«

»Im Büro. Im Safe.«

Roosevelt nickte und führte Elizabeth aus dem Raum. Der Flur war noch immer leer; einige Türen hatten sich jedoch einen Spalt geöffnet. Das Büro war klein, die Wände mit Bildern von Mädchen und Eishockeyspielern zugepflastert, und aus zwei Fenstern konnte man auf das Industriegebiet der Stadt blicken. Licht fiel von draußen herein, flackerndes Neonrot, und beschien das Gesicht eines Mannes hinter dem Schreibtisch. Der Mann war klein und trug eine Brille. Er hatte die Hände über den Kopf gehoben und blickte verängstigt drein.

»Das ist der Buchhalter«, sagte Queen Elizabeth zu Roosevelt, drehte sich zu dem Mann um und redete in scharfem Tonfall und auf Russisch auf ihn ein. Der Buchhalter beugte sich vor und drehte das Zahlenrad an dem großen Safe auf dem Boden. Im Flur wurden die Türen geöffnet. Die Freier ergriffen in wilder Panik die Flucht. Bestimmt würde jemand die Polizei rufen, und auch die TFU würde auf der Bildfläche erscheinen. Roosevelt und Elizabeth blieb nicht viel Zeit.

Der Buchhalter trat beiseite, und Elizabeth füllte einen Stoffbeutel mit dem Inhalt des Safes: Pässe, Arbeitspapiere und Geldbündel. Dann warf sie sich den Beutel über die Schulter und drehte sich zur Tür um. In der Ferne waren bereits die ersten Sirenen zu hören.

Roosevelt war schon halb durch das Wartezimmer, als er unvermittelt stehen blieb. Queen Elizabeth, die bereits die Tür erreicht hatte, drehte sich zu ihm um. »Wir müssen los!«, drängte sie.

Roosevelt antwortete nicht, sondern griff in seine Tasche. Die Sirenen wurden immer lauter.

»Was ist?« Queen Elizabeth sah Roosevelts Gesicht und trat einen Schritt auf ihn zu.

Er zog das Foto, auf dem Elizabeth und sein Bruder zu sehen waren, aus der Tasche. »Erklär mir das hier.«

Einen Moment lang schaute sie überrascht drein, als sie das Bild betrachtete; dann verwandelte sich das Erstaunen in Trauer, und sie hob den Blick. »Oh, Roosevelt, wie soll ich das erklären …«

»Versuch es.«

»Später. Bitte«, flehte sie. »Die TFU wird gleich hier sein.«

»Nein. Jetzt.«

Elizabeth schloss die Augen und seufzte. »Die Nacht, als ich zu dir in die Wohnung gekommen bin. Als Geschenk deines Bruders. Die Nacht, als ich dich zum ersten Mal gesehen habe …« Sie hielt inne, suchte nach den richtigen Worten. »Du hast mich zurückgewiesen«, fuhr sie schließlich fort, öffnete die Augen wieder und schaute ihn an. »Die meisten Männer sagen nicht Nein.«

»Du hast ihn gefickt, weil er nicht Nein gesagt hat, stimmt's?«, fragte Roosevelt mit boshaftem Unterton.

»Ich bin eine Transkriptorin. Was habe ich denn für eine Wahl? Habe ich die Kontrolle darüber? Nein. Ich bin ihrer Macht unterworfen, wie wir alle. Ich habe es weder aus Liebe noch für Geld getan. Ich habe es getan, weil er nach mir gefragt hat und weil ich keine Wahl hatte. Verstehst du?«

Elizabeth wischte sich den Mascara weg, der ihr über die Wange gelaufen war, und schaute Roosevelt an. Dann kniff sie die Augen zusammen und blickte auf irgendetwas hinter ihm. Roosevelt hörte das Klicken eines Revolvers. Er drehte sich im selben Augenblick um, als der Schuss peitschte. Ein sengender Schmerz breitete sich in seiner Schulter aus. Die Wucht des Einschlags riss ihn zum Schützen herum. Boris stand in der Tür hinter ihnen, einen kleinen Revolver in der Hand, dessen Lauf noch rauchte.

Roosevelt feuerte zweimal, dann war die Smith & Wesson leer. Der Zuhälter wurde nach hinten geschleudert und brach zusammen. Die Sirenen draußen waren mittlerweile ganz nahe, doch Roosevelt starrte auf den Toten, unter dem sich eine Pfütze aus Blut bildete.

»Sie kommen!« Queen Elizabeth zog Roosevelt am Arm und hielt ihm die Tür auf, und gemeinsam traten sie hinaus in die von Neonlampen erhellte Nacht. Erst jetzt, als sein Adrenalinspiegel sank, spürte Roosevelt den Schmerz. Die Kugel hatte seine Schulter durchschlagen, und sein Hemd färbte sich rot von Blut. Ihm drehte sich der Kopf. Er hatte Mühe, das

Gleichgewicht zu halten, konnte nur noch taumeln. Queen Elizabeth stützte ihn.

»Halt durch. Lass mich jetzt nicht im Stich«, sagte sie.

Die Menschen auf dem Bürgersteig blieben stehen und starrten Roosevelt an. Plötzlich schoss ein schwarzer Van um die Ecke und kam mit kreischenden Reifen zum Stehen. Die Tür flog auf, und drei Transkriptoren mit Skimasken über dem Kopf sprangen heraus. Sie entdeckten Elizabeth und winkten sie zum Van. Elizabeth verstärkte den Griff um Roosevelts Hüfte, als sie spürte, dass er wegzusacken drohte. Einer der Transkriptoren kam herbei, packte Roosevelts anderen Arm und half Queen Elizabeth, ihn zu schleppen.

Roosevelt spürte, wie er in den Van gewuchtet wurde. Dann schlug jemand die Tür zu, und der Van raste los. Roosevelt fühlte, wie er langsam das Bewusstsein verlor. Queen Elizabeth beugte sich über ihn.

»Bring ihn zum Maler«, befahl sie Kriegsadmiral, der hinter dem Steuer saß.

»Der Maler hat geschlossen«, erwiderte Kriegsadmiral.

»Dann sorg dafür, dass er aufmacht!«

»Wir haben nicht die erforderliche Autorität«, gab einer der anderen Transkriptoren zu bedenken.

»Er stirbt, verdammt!«, drängte Elizabeth. »Ruf den Maler an! Sag ihm, dass wir kommen!«

Roosevelt drehte sich auf den Rücken, ergriff Elizabeths Hand und presste zwischen den zusammengebissenen Zähnen hervor: »Ich verstehe.«

Dritter Teil

Mein Sohn

Die Welt öffnete sich nach und nach. Es war, als hätte jemand einen Wasserhahn aufgedreht. Durch den Schleier erschien Queen Elizabeth. Sie schaute aus großer Entfernung auf ihn hinunter. Ihr Gesicht schwebte am Rand eines Berges irgendwo am Horizont. Roosevelt spürte einen brennenden Schmerz in der Schulter, der sich langsam ausbreitete, bis sein ganzer Körper davon erfüllt war. Seine Haut begann Blasen zu schlagen, das Fleisch von den Knochen zu schmelzen. Queen Elizabeths Gesicht schwebte über ihm, unendlich weit weg, zu weit, als dass er es je hätte berühren können.

»Das wird jetzt wehtun«, sagte eine Stimme in der Dunkelheit. »Aber ich verspreche dir, der Schmerz wird wieder nachlassen.«

Es war ein grässlicher Schmerz. Er quälte ihn, folterte ihn, überwältigte jede Faser seines Körpers und löschte schließlich alles andere aus – sämtliche Erinnerungen an die Vergangenheit, an Dolce, an die Lager, an alles, was nicht unmittelbar mit diesem Augenblick verbunden war.

Irgendwann verebbte der Schmerz, langsam zuerst, beinahe unmerklich. Ein einzelner schmerzfreier Punkt im Raum. Dann wuchs dieser Punkt, breitete sich auf seinem ganzen Körper aus, bis die Haut keine Blasen mehr schlug und wie Lava abkühlte.

Queen Elizabeths Gesicht erschien wieder, doch es war immer noch fern.

»Dir geht es wieder besser«, stellte sie fest. Dann wurde der Wasserhahn abgedreht, und die Welt versank in Schwärze.

Wach.

Roosevelt bewegte seine Augenlider. Auf, zu, auf, zu. Die Welt war mal dunkel, mal hell. Die Decke über ihm war ein Mosaik aus blauen und weißen Glassteinen. Irgendwo in der Nähe war das Geräusch fließenden Wassers zu hören. Roosevelt drehte den Kopf und sah eine bröckelnde Ziegelsteinwand mit zwei offenen Glasfenstern, durch die die Nachtluft ins Zimmer wehte. Er lag in einem Bett, unter sauberen Laken. Langsam hob er die Hand, um das Laken zu berühren, und stellte verwundert fest, dass seine Arme verbunden waren. Weiße Gaze war um jeden seiner Finger gewickelt und reichte bis zum Ellbogen hinauf.

Links von ihm stand ein Nachttisch, darauf eine Lampe. Die Lampe erzeugte einen schwachen gelben Lichtkegel, und am Rande des Lichtkegels befand sich Queen Elizabeth. Sie saß auf einem Schaukelstuhl, die Arme vor der Brust verschränkt. Ihr Kinn war nach vorn gesunken. Sie schlief tief und fest.

Roosevelts Mund war wie ausgetrocknet. Er schluckte. Seine Zunge fühlte sich dick und seltsam fremd an. Als er versuchte, sich aufzusetzen, rutschte das Laken von ihm herunter, und er sah, dass sein ganzer Körper verbunden war. Panik überkam ihn.

War er verbrannt?

Er erinnerte sich an den fürchterlichen Schmerz. Dann, nach und nach, kamen weitere Erinnerungen: Er war zu diesem Sexclub gefahren und hatte Elizabeth befreit … Schüsse waren gefallen, und er war in die Schulter getroffen worden … Ein Van war gekommen, gefahren von Transkriptoren … Er hatte das Bewusstsein verloren. An Feuer konnte er sich nicht erinnern. Aber was, wenn der Van einen Unfall gehabt hatte? Was, wenn er bewusstlos im Fond gebrannt hatte? Nein, das konnte nicht sein: Dann hätte auch Elizabeth Brandverletzungen davongetragen, aber ihre Haut war glatt und makellos …

Die Matratze knarrte unter seinem Gewicht. Queen Elizabeth öffnete bei dem Geräusch die Augen und schien überrascht, dass er wach war.

»Was ist mit mir passiert?«, fragte Roosevelt.

Queen Elizabeth schaute hilfesuchend hinter sich, doch außer ihnen beiden war niemand im Zimmer. Sie stand auf, kniete sich neben Roosevelts Bett und nahm seine bandagierte Hand.

»Du bist angeschossen worden. Im Club«, sagte sie. »Als du gekommen bist, um mich zu holen.«

»Ja, ich erinnere mich. Aber alles andere, diese Verbände … Was ist passiert?«

»Zu viele Leute kennen dein Gesicht. Also haben wir uns etwas einfallen lassen, damit du sicher bist.«

»Ich verstehe nicht …«

»Du hast viel Blut verloren und warst bewusstlos, deshalb konnte ich dich nicht fragen. Also haben wir es einfach getan. Ich hielt es für das Beste.«

»Was getan?«, fragte Roosevelt.

»Ein genetisches Gesichtslifting. Wir haben einen Arzt. Er kann die Genstruktur der Haut modifizieren, indem er das Genmaterial eines Spenders benutzt. Auf diese Weise verändert er das äußere Erscheinungsbild des Patienten vollkommen.«

Roosevelt starrte sie verständnislos an.

»Du bist eine neue Person geworden. Niemand wird dich mehr erkennen«, erklärte Queen Elizabeth. »Man hat dir ein neues Gesicht gegeben.«

»Und die Verbände?«

»Die werde ich dir jetzt abnehmen.«

Als sein Körper von den Verbänden befreit war, stand Roosevelt langsam auf und ging zu einem Wandspiegel auf der anderen Seite des Zimmers. Sein Gesicht war hinter einer schwarzen Maske verborgen; kein noch so winziges Stück Haut war zu sehen. Elizabeth trat hinter ihn und nahm nun auch den Verband von seinen Händen ab, sodass er die Finger wieder bewegen konnte. Roosevelt betrachtete die Haut auf seinen Händen; sie war ein wenig dunkler, als er sie in Erinnerung hatte. Dann nahm er die Maske ab. Er spürte die kühle Nachtluft auf dem Gesicht und seufzte erleichtert. Bedächtig legte er die Maske beiseite, hob den Kopf und schaute sich im Spiegel an.

Ein Unbekannter erwiderte seinen Blick.

Dort im Spiegel, das war jemand anders. Der Mann hatte schwarzes Haar, braune Haut und große dunkle Augen. Die Gesichtszüge waren feiner als Roosevelts, besaßen zugleich aber etwas Vertrautes.

»Du bist bei den Spielen gestorben«, sagte Queen Elizabeth. »Wir haben eine neue Person erschaffen.«

Roosevelt starrte sich weiterhin im Spiegel an und fuhr sich mit dem Finger vorsichtig über Wange, Nase und Mund. »Wessen Gesicht ist das?«

»Wie ich schon sagte, die DNA stammt von einem Spender. Dein Körper akzeptiert nur Erbmaterial, das deinem ähnelt, zum Beispiel das eines engen Verwandten.«

»Von wem ist die DNA?«, hakte Roosevelt nach.

»Die Person wäre dein Sohn gewesen.«

Roosevelts Hand bewegte sich instinktiv zu seiner Brust. Das Silberkreuz war verschwunden.

»Wir haben die DNA deines ungeborenen Sohnes mit deiner verschmolzen. Das Gesicht, das du siehst, ist das deines Sohnes, wie er in deinem Alter ausgesehen hätte.«

Jetzt wusste Roosevelt, was ihm so vertraut erschienen war. Es war Dolce. Er sah Dolce in seinem eigenen Gesicht. Ihre großen, wunderschönen Augen, ihr dichtes dunkles Haar, die Rundung ihrer Lippen … Aber ein Teil des Gesichts war auch das seine. Es war eine Verschmelzung von Dolce und ihm selbst.

Alles, was Roosevelt seit Dolces Verlust zurückgehalten hatte, brach in einer einzigen mächtigen Woge an die Oberfläche. Er schloss die Augen. Es war verrückt … Er hätte nicht in derselben Zeit, demselben Zimmer existieren sollen wie das Gesicht im Spiegel. Das war sein Sohn. Man hatte ihm den Sohn genommen, hatte ihn auf sein Genmaterial reduziert, aus dem ein Wissenschaftler dann ein neues Gesicht konstruiert hatte, das so nicht hätte existieren können, nicht hätte existieren dürfen …

Roosevelt spürte Queen Elizabeths Hand auf der Schulter. Die Wärme ihrer Haut entspannte ihn.

»Es tut mir sehr leid«, sagte sie. »Ich weiß, wie schmerzhaft das für dich sein muss. Aber die DNA deines Sohnes hat dich gerettet. Allerdings ist die Wirkung nicht von Dauer. Irgendwann wird deine alte DNA-Struktur wieder die Oberhand gewinnen. Aber so bekommst du wenigstens ein bisschen zusätzliche Zeit.«

»Mein Sohn hat mich gerettet«, sagte Roosevelt leise, »und ich konnte nichts für ihn tun, gar nichts …«

»Das ist nicht deine Schuld.«

»Du hast recht«, sagte Roosevelt. »Es ist nicht meine Schuld. Es ist ihre.«

Queen Elizabeth verstärkte den Griff um Roosevelts Schulter. »Du hast ein neues Leben. Ein neues Gesicht. Nimm es, und lebe in Frieden.«

Roosevelt lachte. »Frieden? Sie werden uns niemals in Frieden lassen. Das solltest du besser wissen als jeder andere.«

»Dann versteck dich vor ihnen.«

»Das kann ich nicht mehr. Sie haben mir mein Leben genommen. Dolce und mein Sohn haben es verdient, dass ich sie räche. Was mit mir passiert, ist nicht mehr von Bedeutung.«

»Was hast du vor?«

»Ich werde ihnen alles nehmen«, antwortete Roosevelt. »Aber zuerst muss ich ein Versprechen einlösen.«

Ich bin

Die Wall-Street-Filiale der Bank of New York ragte wie ein ägyptischer Obelisk über den geschäftigen Straßen von Downtown empor. Auf dem Bürgersteig wimmelte es von Schlipsträgern, die geschäftig wie Bienen von einem Ort zum anderen eilten. Und hoch über allem thronten die drei Königinnen dieses Schwarms: Genico, Nucleotech Pharmaceuticals und DNA Design, die drei Pfeiler der Genindustrie. Die Schlipsträger befolgten jeden Befehl dieser Königinnen, ohne darüber nachzudenken. Und die Königinnen kannten nur eine Richtung: vorwärts. Stellte sich ihnen jemand in den Weg, wurde er erbarmungslos niedergewalzt.

Roosevelt jedoch war eine Kraft negativer Energie inmitten all dieser Betriebsamkeit. Regungslos stand er auf dem Bürgersteig, jenem Fließband, das die Massen der Schlipsträger zu den Schwarmköniginnen trug. Immer wieder prallte jemand gegen ihn, das unerwartete Hindernis, und musste sich einen anderen Weg suchen, denn Roosevelt war unverrückbar wie ein Fels. Doch von den Arbeitern wollte er nichts. Es ging ihm nur um die Königinnen. Sie waren es, die er vernichten wollte.

Aber zuerst musste er seinen Eid einlösen.

Roosevelt spielte an dem winzigen Chip herum, der in seinen rechten Daumen eingepflanzt war. Sein Stiefvater hatte ihm von dem Bankfach erzählt. Sollte es je zu einer Katastrophe kommen, musste Roosevelt zu diesem Bankfach gehen; dieses Versprechen hatte Saxton Senior ihm abgenommen. Und den Schlüssel für das Bankfach hatte er Roosevelt implantiert.

Nun trat Roosevelt voller Neugier und erfüllt von dem Verlangen, sein Versprechen einzulösen, durch die Drehtür der Bank in die marmorverkleidete Lobby.

Sofort kam ein Bankangestellter auf ihn zu und musterte abfällig Roosevelts Bauarbeiterkleidung. Gefahr war im Verzug. Hier war jemand gekommen, der die Effektivität des Bienenstocks beeinträchtigen und andere in seinem Umfeld mit gefährlichen Fragen anstecken konnte: Muss ich wirklich ständig konsumieren? Muss ich unbedingt einen Carceni-Anzug tragen, den Roche-Bobois-Stuhl haben und den Hans-Hopfer-Schreibtisch? Transportieren meine roten Blutkörperchen auch ohne Uhr von Blancpain genügend Sauerstoff in mein Gehirn? Zünden meine Synapsen auch ohne einen Jaguar vor der Tür? Bin ich ein Sklave der Schwarmköniginnen? Und bin ich noch ich selbst ohne all das Zeug?

»Kann ich Ihnen behilflich sein?«, fragte der Bankangestellte im gleichen Tonfall, mit dem der Portier des Ritz Carlton einen Obdachlosen bedacht hätte. Der Mann war perfekt in seiner Rolle. »Haben Sie ein Konto?«

Herablassung. Verachtung. Überheblichkeit.

»Ich bin hier, um den Inhalt eines Bankfachs abzuholen«, sagte Roosevelt und hielt seinen Daumen in die Höhe. »Ich habe einen Schlüssel.«

Sichtlich verärgert führte der Bankangestellte Roosevelt eine Reihe von Treppen hinunter und in ein Privatzimmer, wo hinter einer dicken Scheibe zahlreiche Bankfächer zu sehen waren. Ein Bioscanner fuhr aus dem Boden hoch. Der Bankangestellte deutete auf das Gerät wie ein Showmaster, der einem Kandidaten einen Toaster als Gewinn anpreist.

Roosevelt drückte den Daumen auf den Scanner, und die Maschine las den Chip unter seiner Haut aus. Daten erschienen auf dem Bildschirm, und der Bankangestellte beugte sich vor, um sie zu inspizieren.

»Sir …« Der Mann wurde blass und schnappte nach Luft. »Ich wusste ja nicht … Sie haben ja ein unfassbar hohes Konto bei uns, Sir. Bitte, gestatten Sie mir, dass ich vorausgehe. Wünschen Sie eine Erfrischung? Frisch gepressten Orangensaft?«

Unterwürfigkeit. Ein weiteres Merkmal dieser Spezies.

»Das wäre nett. Danke.«

Transformation. Veränderungen in Form und/oder Charakter.

Roosevelt wurde einen Gang hinunter und zu einer verschlossenen Metalltür mit einem Bioscanner geführt. Der Bankangestellte gab einen Code ein, und Roosevelt drückte seinen Daumen auf den Scanner. Schwere Riegel wurden zurückgefahren, und die Metalltür schwang langsam auf.

»Hier entlang, bitte«, sagte der Mann, und gemeinsam gingen sie durch die Tür. Als sie eintraten, erhellten Lampen einen Raum von der Größe eines U-Bahn-Waggons mit einem einzelnen Tisch aus Ahornholz und einem dick mit Leder gepolsterten Stuhl. Die Wände waren voller Bankfächer.

»Dann lasse ich Sie jetzt allein, Sir«, sagte der Bankangestellte und schickte sich an, den Raum zu verlassen.

»Warten Sie«, sagte Roosevelt. »Welches Fach gehört mir?«

»Ihnen gehören alle Fächer, Sir«, antwortete der Mann.

Dann war er verschwunden, und die schwere Metalltür schloss sich hinter ihm.

Als Roosevelt allein war, drückte er den Zeigefinger auf den Chip in seinem Daumen. Deutlich spürte er die Verhärtung unter der Haut – den Schlüssel, der ihn zu diesem Raum geführt hatte, den sein Stiefvater einzig und allein für ihn angelegt hatte. Jedes der Bankfächer war ungefähr so dick wie ein Telefonbuch. Roosevelt suchte sich willkürlich eines aus, zog es aus der Wand und klappte es auf.

Innen war alles voller grüner Scheine. Roosevelt starrte auf das Geld, zog dann ein anderes Fach heraus und öffnete es. Noch mehr Grün. Nächstes Fach. Grün. Grün. Grün. Grün. Ein Fach nach dem anderen war voller Hundertdollarscheine. Benjamin Franklin, tausendfach geklont. Hunderttausendfach.

Roosevelt richtete seine Aufmerksamkeit auf das einzig Ungewöhnliche im Raum. Eine einzelne rote Box stand auf dem Tisch. Vorsichtig öffnete Roosevelt sie. Diesmal fand er keine Scheine, sondern Dokumente. Er nahm sie heraus und legte sie auf den Tisch.

Es waren seine persönlichen Papiere, alle mit Informationen und Daten über ihn – allerdings mit dem Namen Parker Symon. Roosevelt legte die Dokumente aus. Da waren ein amerikanischer Reisepass, ein Führerschein des Staates New York, eine Sozialversicherungskarte, eine Geburtsurkunde, Kreditkarten … ein vollständiges neues Leben in Plastik und Papier.

Saxton Senior hatte ihm die Möglichkeit hinterlassen, ein anderer zu werden, ein Mann namens Parker Symon.

In der Schachtel befand sich außerdem ein Touchscreen. Roosevelt berührte ihn, und der Monitor projizierte ein Hologramm seines Stiefvaters. Dem Aussehen nach hatte Saxton Senior es kurz vor seinem Tod aufgenommen.

»Mein Sohn«, begann Roosevelts Vater, den Blick in die Kamera gerichtet. »Wenn du das hier siehst, kennst du die Wahrheit über dein Leben. Es tut mir leid, dass ich das alles vor dir verbergen musste, aber um deiner Sicherheit willen hielt ich es für notwendig. Es ist leichter, mit einer Lüge zu leben, wenn man die Lüge für wahr hält.

Inzwischen hast du bestimmt herausgefunden, dass du der Sohn eines Transkriptors und einer Menschenfrau bist. Das macht dich so einzigartig. Du bist ein Wesen, das die Wissenschaft für unmöglich gehalten hat. Aber bei Gott ist alles möglich.

Mein Leben lang war ich Wissenschaftler. Die Vernunft war mein Ideal. Ich habe in einer Welt unumstößlicher Gesetzmäßigkeiten gelebt. Aber je mehr ich mich dem Tag nähere, an dem ich diese Welt verlassen muss, desto deutlicher ist mir geworden, dass auch ein wissenschaftlicher Geist die Existenz von etwas anerkennen oder zumindest für möglich erklären muss, das nicht an die Naturgesetze gebunden ist: eine gewaltige Macht, die uns alle miteinander verbindet, Menschen und Transkriptoren gleichermaßen. Hat man die Existenz einer solchen Macht, eines solchen Wesens erst akzeptiert, ist nichts mehr unmöglich.

Seit es uns Menschen gibt, haben wir die Möglichkeit von Wundern anerkannt; doch erst jetzt schauen wir auf der Suche nach Wundern nicht zum Himmel, sondern auf die Wissenschaft, auf jene Macht, die Computer erschaffen hat, und das Internet – und Transkriptoren. Aber es gibt kein größeres Wunder als das, was Gott selber wirkt.

Was macht uns zu Menschen? Was macht uns Menschen anders als Transkriptoren? Manche würden sagen, es ist die Seele, jene ewige Lebensenergie, die Menschen besitzen und die Transkriptoren niemals haben werden. Aber ich habe Dinge gesehen … Transkriptoren-Künstler, die wahre Wunder auf die Leinwand bringen oder Musik komponieren, die jeden anrührt. Ich habe sie Dinge von unglaublicher Schönheit erschaffen sehen. Dein Vater war ein Transkriptor, deine Mutter war ein Mensch, und doch haben sie einander inniger geliebt als alles, was ich je gesehen habe. Durch diese Liebe haben sie dich erschaffen. Und das ist der größte Beweis für eine Seele, den ich kenne. Das ist das wahre Wunder.

Aber vielleicht sind die Menschen noch nicht für Wunder bereit. Vielleicht haben die Wunder der Wissenschaft ihren Verstand so sehr vernebelt, dass sie nicht mehr erkennen, was jenseits davon liegt. Die Menschen werden dich fürchten, Roosevelt, und Furcht birgt Gefahr. Ich bin sicher, das hast du inzwischen erkennen müssen. Meine Rolle bei der Versklavung der Transkriptoren hat schreckliche Schande über mich gebracht. Aber ich habe mir nie auch nur vorstellen können, wie die Menschen das Werk meines Lebens missbrauchen und quälen, und das tut mir von ganzem Herzen leid.

Ich habe eine neue Identität für dich erschaffen. Ich habe dir alles hinterlassen, was mir gehört, und ich hoffe, dass du dadurch die Freiheit finden kannst.

Es tut mir leid, Roosevelt. Es tut mir leid, dass ich dich belogen habe. Es tut mir leid, dass ich Dolce belogen habe. Aber ich war glücklich zu sehen, wie groß die Liebe zwischen euch ist. Solltest du je an dir zweifeln, solltest du deine Menschlichkeit jemals infrage stellen, dann sieh dir das an. Die Menschen sind von Natur aus selbstsüchtig. Die Liebe hingegen ist der selbstloseste Akt, zu dem wir fähig sind, und mit Wissenschaft vermag man sie nicht zu erklären. Viel Glück, mein Sohn. Gott segne dich.«

Das Bild seines Vaters verschwand. Roosevelt schloss die Augen. Das Herz ist ein autonomes Organ. Es schlägt aus eigenem Willen. Egal, ob wir das Leben oder den Tod suchen, das Herz entscheidet, wann es zum letzten Mal schlägt. Und das ist vielleicht der längste Augenblick im Leben einer Kreatur: der Augenblick zwischen Leben und Tod. Das Herz schlägt, und da ist Leben; das Herz schweigt, und da ist Tod.

Roosevelt hatte keine Angst mehr vor dem Tod. Sein Stiefvater hatte recht. Er hatte Dolce geliebt, und sie hatte ihn geliebt.

Roosevelt hatte geglaubt, nur noch für die Rache zu leben. Doch Rache hin oder her – sein Herz würde weiterschlagen bis zum Tag seines Todes.

Gott straft die Bösen, und Roosevelt hatte allmählich das Gefühl, selbst einer der Bösen zu werden. Mit jedem Leben, das er nahm, entfernte er sich ein weiteres Stück von Dolce, und sein Herz wurde porös. Langsam wurde er immer leerer, und irgendwann würde auch er nur noch eine Schneckenmuschel sein wie Queen Elizabeth.

Doch Liebe war ein selbstloser Akt. Und Roosevelt war bereit, Gott gegenüberzutreten. Selbst als Sünder konnte er vor Gott hintreten, solange er nur seine Rache bekam. Sein Stiefvater hatte ihm alles hinterlassen, doch tief im Herzen wusste Roosevelt, dass er diese Hinterlassenschaft zur Rache verwenden würde. Er hoffte nur, dass sein Stiefvater ihm verzieh, sollte er ihm in einem anderen Leben begegnen.

Roosevelt steckte die Papiere ein und schloss das Kästchen. Dann verließ er den Raum und warf die Tür hinter sich zu. Draußen im Gang kam ihm der Banker mit einem Tablett Orangensaft entgegen.

»Ich möchte, dass der gesamte Inhalt der Bankfächer auf ein Konto hier überwiesen wird«, sagte Roosevelt.

Der Bankangestellte nickte eifrig.

»Erledigen Sie das noch heute Nachmittag. Ich habe viel zu tun.«

»Selbstverständlich, Sir«, sagte der Bankangestellte. »Auf welchen Namen sollen wir das Konto einrichten?«

»Parker Symon«, antwortete Roosevelt. »Ich heiße Parker Symon.«

Geld. Queen Elizabeth brachte Roosevelt tief unter die Wall Street zu der verlassenen U-Bahn-Station, die zum Hauptquartier des Widerstands der Transkriptoren geworden war. Roosevelt war von der Stärke ihres Netzwerks überrascht gewesen. Ein paar Hundert abgehärtete Transkriptoren, die in der gesamten Stadt Operationen durchführten mit dem Ziel, gentechnische Forschungsanlagen zu zerstören und TFU-Einsätze zu behindern.

Die U-Bahn-Station an sich war sehr schön. Die Wände waren voller Meisterwerke der Malerei und Bildhauerei. Van Gogh. Cezanne. Renoir.

»Woher habt ihr all diese Bilder?«, fragte Roosevelt.

»Wir haben sie befreit«, antwortete Queen Elizabeth. »So wie wir das Schwert und den Helm für dich befreit haben.«

»Ihr habt sie gestohlen?«

»Die Menschen haben solch wunderbare Kunstwerke nicht verdient«, erwiderte Queen Elizabeth und öffnete die Tür zu einem Raum voller Monitore. »Ist es das, was du brauchst?«

»Das ist perfekt.« Roosevelt setzte sich vor einen der Monitore. »Als Erstes brauche ich Geld. Öffentliches Geld. Etwas, das Unruhe verursachen kann, eine bedeutsame Veränderung am Markt. Ich brauche Aufmerksamkeit. Ich muss Genico zeigen, dass sich ein neuer Investor am Markt betätigt.«

Roosevelt blickte auf den Monitor und richtete rasch einen E-Trade-Account ein. Sampticker erschienen auf dem Monitor. Roosevelt hatte den Börsenhandel stets als langweilig empfunden. Die Jagd nach Geld hatte ihn nie interessiert – im Gegensatz zu seinem Bruder und all den anderen Brokern ein Stockwerk tiefer. Aber Roosevelt hatte zu Beginn seiner Karriere genug Erfahrung auf diesem Gebiet gesammelt, um zu wissen, dass er ein Talent dafür besaß. Hätte er den gleichen Weg eingeschlagen wie Saxton, wäre er wahrscheinlich unermesslich reich.

Doch jetzt war alles anders.

»Was tust du da?«, fragte Queen Elizabeth.

»Das Geld bei der Bank of New York«, antwortete Roosevelt. »Ich überweise es auf ein Handelskonto.«

»Und was willst du kaufen?«

»Es geht um meinen Bruder …« Roosevelts Stimme verhallte. Es war das erste Mal, das er über den Verrat seines Bruders sprach, und dies verlieh seinen Worten ein völlig neues und schmerzliches Gewicht. »Mein Bruder hat an Menschen experimentiert. Er hat Samps entwickelt, die eine Krankheit heilen und eine andere verursachen, und diese Samps sind bereits zu Tausenden auf dem freien Markt. Sie sind so entworfen, dass sie morgen aktiviert werden. Morgen Nachmittag wird es zu einem gewaltigen Anstieg der Nachfrage kommen, besonders bei fünf Samps, die gegen ziemlich obskure Krankheiten helfen. Im Augenblick sind diese Samps praktisch wertlos, aber bei Börsenschluss wird ihre Notierung in astronomische Höhen geschnellt sein. Ich werde mich mit jedem dieser Samps eindecken.«

»Aber wird es nicht auffallen, wenn du nur einen Tag vor dem Kursanstieg große Anteile an diesen Samps erwirbst?«

»Genau das will ich ja. Ich will, dass Saxton mich bemerkt.«

Roosevelt nutzte Parker Symons Geld und kaufte riesige Anteile an jedem Samp. Er rechnete damit, dass der Preis sich bis morgen Abend mindestens verdreifachen würde. Und Saxton würde den Markt morgen besonders aufmerksam beobachten. Seine Berater würden Roosevelts Käufe bemerken, und Saxton würde sofort davon erfahren.

Roosevelt wollte, dass Saxton sich den Kopf darüber zerbrach, wer dieser neue Spieler war. Woher wusste dieser Unbekannte, dass ausgerechnet diese Samps so rasant steigen würden? Natürlich würde Saxton zuerst von einem Leck bei Genico ausgehen, würde Roosevelts Aktivitäten aber weiterhin aufmerksam beobachten. Und genau das wollte Roosevelt. Er wollte sich in Saxtons Kopf festsetzen.

Roosevelt drehte sich zu Queen Elizabeth um. »Kannst du mir einen Broker bei Genico besorgen? Einen neuen, mittelmäßigen Burschen. Ich möchte sein Kunde werden. Richte ein Portfolio mit ihm ein, und erzähl ihm von meinen Käufen in letzter Zeit.«

»Warum soll er denn mittelmäßig sein?«

»Je unfähiger der Broker, desto mehr Aufsehen wird es erregen, wenn der Kurs des Portfolios sich verdreifacht. Wie gesagt, ich *will* bemerkt werden.«

Nachdem die Käufe getätigt waren, schaute Roosevelt sich noch ein wenig im Immobilienmarkt um. Rasch fand er die Seite mit den Luxuswohnungen, die man sogar als dreidimensionale Abbildung durchwandern konnte.

»Willst du umziehen?«, fragte Queen Elizabeth.

»Nur kurzfristig.«

»Wohin?«

Roosevelt vergrößerte das Bild einer Luxuswohnung auf der Upper East Side mit fantastischem Blick auf den Park. »An einen sehr schicken Ort.«

Queen Elizabeth sah den Preis der Wohnung und lachte. »Oh Mann! Und das kannst du wirklich bezahlen?«

»Seit heute kann ich es.«

Sanftes Licht fiel durch ein drei Meter hohes Panoramafenster und spielte auf dem gebohnerten Ebenholzparkett der beiden Schlafzimmer mit angeschlossenem Bad. Dazu gab es einen Vollzeitportier, einen eigenen Fitnessclub, einen Dachgarten und vieles andere.

Roosevelt trug einen eleganten Anzug von H. Huntsman, eine dunkelblaue Krawatte und ein hellblaues Hemd. Seine Schuhe waren von New & Lingwood Stamford und genauso schwarz wie seine neue Haarfarbe. Geld war seine Nina, seine Pinta und seine Santa Maria. Es brachte ihn in die Neue Welt der Penthouses und der maßgeschneiderten Anzüge – die Welt, in der sein Bruder schon so lange lebte. Nun würde auch Roosevelt den Fuß in dieses neue Land setzen. Und er würde es erobern und alle, die sich ihm widersetzten, ins Meer treiben.

»Wunderbare Aussicht auf den Park, handgefertigte Schränke im Badezimmer, Granittresen in der Küche, separates Spielzimmer für die Kinder«, pries die attraktive Immobilienmaklerin das Penthouse an und machte sich auf den Weg zur Terrasse. »Möchten Sie bald umziehen?«

»So bald wie möglich«, antwortete Roosevelt.

»Das ist gut, sehr gut«, sagte die Maklerin. »Wohnungen gehen hier sehr schnell weg. Diese hier ist erst Anfang der Woche auf den Markt gekommen.«

»Und Ende der Woche wird sie wieder vom Markt sein.«

»Mit Sicherheit.«

Die Maklerin öffnete die Terrassentür wie die Assistentin eines Zauberers den Kasten mit der zersägten Frau. Die Terrasse war von geradezu Ehrfurcht gebietender Größe, genau an der Ecke des Vorkriegsgebäudes, und ähnelte dem Deck eines Schiffs hoch über dem Central Park. Roosevelt war sehr zufrieden. Es war perfekt.

»Äh …« Die Immobilienmaklerin räusperte sich. »Was machen Sie beruflich, wenn ich fragen darf?«

»Ich bin Samphändler.«

»Der Markt war in letzter Zeit ziemlich gut. Es sind schon eine ganze Reihe von Händlern in dieses Gebäude eingezogen«, erklärte die Maklerin. »Der Preis ist zwar sehr hoch, aber ich bin sicher, die Besitzer lassen mit sich handeln.«

»Ich bin nicht an Verhandlungen interessiert.«

»Schön für Sie.« Die Maklerin holte eine Flasche Champagner aus dem Kühlschrank, entfernte die Folie, löste vorsichtig den Korken und schenkte sich und Roosevelt je ein Glas ein. Dabei ging sie mit einer Sorgfalt zu Werke, die an eine japanische Teezeremonie erinnerte. Schließlich nahm sie die Gläser, kehrte auf die Terrasse zurück und bot Roosevelt eines an.

»Feilschen passt ja auch mehr in die Vorstadt«, bemerkte sie.

»Das sehe ich auch so.« Roosevelt lächelte und nippte am Champagner. »Ein hervorragender Tropfen. Deutz?«

»Ja! Ich bin beeindruckt. Sie kennen sich mit Champagner aus.«

»Die feine Küche ist meine Leidenschaft«, sagte Roosevelt und dachte an die Henkersmahlzeit vor seiner letzten Schlacht, bestehend aus einem verschimmelten Sandwich, das er mit Schmutzwasser aus dem Keller des Bloomberg-Stadions hinuntergespült hatte.

»Genau wie bei mir!«, sagte die Frau begeistert. »Die Restaurants in dieser Gegend sind erstklassig.«

»Ich freue mich schon darauf, sie alle zu besuchen«, sagte Roosevelt beiläufig und nippte noch einmal an seinem Glas. »Verkaufen Sie viel an Börsenhändler?«

»Oh ja. Doppelt so viel wie an andere. Eine Wohnung für die Ehefrau und eine Wohnung für die Geliebte.« Sie lachte über ihren eigenen gezwungenen Scherz. Roosevelt schaute ihr länger als nötig in die Augen. Er hatte sich noch immer nicht ganz in die Rolle eingelebt, die er jetzt spielte. Aber der Umgang der Menschen mit ihm hatte sich jetzt schon dramatisch verändert. Sein neues Äußeres schien eine Macht auszustrahlen, die der alte Roosevelt nicht besessen hatte.

»Und für wen war diese Wohnung hier?«, erkundigte sich Roosevelt. »Für die Frau oder die Geliebte?«

»Oh, sie war ausschließlich für die Frauen«, antwortete die Maklerin. »Die Geliebten kommen für gewöhnlich in Einzimmerapartments auf der West Side.«

Roosevelt spürte die Vibration seines Handys in der Hosentasche, zog es hervor und schaute auf die Nummer. Queen Elizabeth. Er wandte sich von der Maklerin ab und nahm den Anruf entgegen.

»Wie läuft's?«, fragte Roosevelt.

»Gut«, antwortete Queen Elizabeth. »Du wirst dir längere Zeit keine Lebensmittelkarten mehr besorgen müssen.«

»Sehr schön. Verkauf bitte die Hälfte der Samps, und überweise das Geld auf ein Barkonto.«

»Was hast du vor?«

»Wir werden eine Einweihungsparty feiern«, erwiderte Roosevelt, beendete das Gespräch, lächelte die Maklerin an und reichte ihr seine Visitenkarte. »Ich gebe nächstes Wochenende eine Party. Kollegen, Freunde … Ich würde mich freuen, wenn Sie auch kommen.«

Die Frau nahm seine Karte, warf einen kurzen Blick darauf

und ließ sie dann in ihrer Handtasche verschwinden. »Und wo soll diese Party steigen?«

Roosevelt schaute sich in der Wohnung um. »Genau hier.«

Die Maklerin lachte. »Lassen Sie uns nicht so voreilig sein. Es gibt noch viel zu tun, bevor Sie hier eine Party feiern können.«

»Wirklich? Gibt es da ein Hindernis, das sich nicht mit Geld beseitigen ließe?«

Die Frau kniff die Augen zusammen und musterte Roosevelt aufmerksam. »Woher stammen Sie noch mal? Ich habe es schon wieder vergessen.«

»Nein, haben Sie nicht. Ich habe es Ihnen nicht gesagt«, erwiderte Roosevelt. »Sagen Sie den Besitzern, ich bin bereit, Ihnen den vollen Betrag noch heute Nachmittag zu überweisen. Keine Kredite, alles bar.«

Die Maklerin starrte Roosevelt schockiert an. »Das sind mehr als …«

Roosevelt hob den Finger. »Ich weiß, wie viel das ist. Sagen Sie den Leuten einfach, dass sie den vollen Betrag noch heute Nachmittag haben werden.«

Roosevelt ging zur Tür. »Und lächeln Sie doch mal«, sagte er im Vorbeigehen zur Maklerin. »Ich habe Ihnen gerade die größte Provision Ihres Lebens verschafft. Also, wie sieht's aus? Sehe ich Sie auf der Party?«

Die Frau nickte und murmelte gedankenverloren: »Sicher.«

Eine Geschichte zu erzählen

Roosevelt wartete vor dem Gebäude der *New York Times* an der 43rd Street auf Cindy Adams, seine alte persönliche Assistentin. Er hatte im Netz nach ihr gesucht und herausgefunden, dass sie seit ihrer Kündigung bei Genico als Journalistin für die *Times* arbeitete. Roosevelt lungerte vor dem Haupteingang herum, lehnte an der Wand und spielte mit seinem Handy. Zwanzig Minuten später kam Cindy heraus, bog nach links ab und ging zu einem Café. Roosevelt folgte ihr und wartete, bis sie mit einem Muffin in der Hand wieder herauskam.

»Cindy Adams«, sagte Roosevelt, so freundlich er konnte.

Cindy blieb abrupt stehen, schluckte verunsichert ein Stück Muffin herunter und kniff die Augen zusammen, um sich Roosevelt genauer anzusehen.

»Ja?«

»Ich bin ein Freund von Roosevelt«, begann Roosevelt vorsichtig.

Cindy erschrak. Vorsichtig warf sie einen Blick über die Schulter; dann fragte sie ungläubig: »Wirklich? Woher kennen Sie ihn?«

»Das ist lange her. Damals war er noch nicht bei Genico. Ich würde gerne mit Ihnen reden.«

Verunsichert trat Cindy von einem Fuß auf den anderen. »Äh … Tut mir leid … Ich kenne Sie nicht …«

»Bitte. Nur eine Minute«, sagte Roosevelt. »Ich gebe Ihnen eine Tasse Earl Grey mit Extramilch aus, okay?«

»Ich liebe Earl Grey.« Cindy lächelte überrascht.

»Ich weiß.«

Sie gingen ins Café und suchten sich einen Platz am Fenster. Es war noch Vormittag, und so hatten sie fast den ganzen Laden für sich. Roosevelt bestellte den Tee für Cindy und setzte sich ihr gegenüber. Cindy sah noch genauso aus, wie Roosevelt sie in Erinnerung hatte. Ihr Haar war zerzaust, ihre Kleidung weit und von schlichter brauner Farbe. Nervös entfernte sie das Papier von ihrem Muffin.

»So … Sie sind also jetzt Reporterin bei der *Times*«, begann Roosevelt. »Roosevelt hat erwähnt, dass Sie dort Ihr Volontariat gemacht haben.«

»Ja, nachdem Roosevelt …« Sie verstummte.

»Was?«

»Nachdem Roosevelt abgeholt worden ist …«, sagte Cindy und wählte ihre Worte mit Bedacht. »Nachdem er illegal des Mordes angeklagt wurde, habe ich die Lust verloren, weiter für Genico zu arbeiten. Ohne ihn war alles irgendwie … leer.«

»Sie glauben also, er ist unschuldig?«

Cindy schnaufte verächtlich und schüttelte den Kopf. »Das glaubt jeder, der Roosevelt kennt. Jeder. Roosevelt würde nie jemandem ein Leid zufügen. Man hat ihn angeklagt und ohne Gerichtsverhandlung verurteilt. Und das alles nur, weil er ein Transkriptor war? Nein, das habe ich nie geglaubt, und das werde ich nie glauben.«

»Aber Sie glauben, dass er ein Transkriptor ist?«

Sie zuckte mit den Schultern. »Vielleicht. Er war zu perfekt … zu gut, um ein Mensch zu sein. Sie wissen schon. Er war klug und talentiert auf allen Gebieten. Aber das gibt ihnen noch immer nicht das Recht, ihm alles wegzunehmen. Es ist verabscheuungswürdig, wie wir die Transkriptoren in dieser Gesellschaft behandeln. Wir haben eine Sklavenklasse erschaffen, eine Bevölkerungsgruppe, für die die Menschen- und Bürgerrechte offenbar nicht gelten.

Wir betrachten es als selbstverständlich, dass alle Menschen gleich geschaffen sind und dass ihr Schöpfer sie mit unveräußerlichen Rechten ausgestattet hat. Dazu gehören das Recht auf Leben, Freiheit und die Suche nach Glück.

Geschaffen – das ist das entscheidende Wort. In der Unabhängigkeitserklärung steht nichts von ›geboren‹. Die Menschen haben die Transkriptoren geschaffen, und als ihre Schöpfer schulden wir ihnen dieselben Rechte, die auch wir selbst genießen. Doch genau diese Rechte verweigern wir ihnen.«

»Sie sind sehr leidenschaftlich, was dieses Thema betrifft.«

»Natürlich!«, echauffierte sich Cindy. »Ich habe jahrelang bei Genico gearbeitet. Ich habe gesehen, was mit den Transkriptoren geschieht, die wir gemacht haben … geschaffen haben. Ich habe gesehen, wie sie versklavt worden sind. Wie sie in den Spielen verheizt wurden. Das ist nicht richtig. Und was mit Roosevelt passiert ist, war auch nicht richtig. Er war die beste Person, die ich je gekannt habe, und sie haben ihn vernichtet und sein ganzes Leben zerstört.«

»Hat jemand mal darüber gesprochen, wie man überhaupt herausgefunden hat, dass er ein Transkriptor ist?«, fragte Roosevelt.

Cindy schüttelte den Kopf. »Nein. Jedenfalls niemand, den ich kenne. Aber wegen der Transkriptorenrebellion sieht die Regierung ohnehin an jeder Ecke Spione der Transkriptoren lauern. Da braucht die TFU nicht viele Beweise, um sich jemanden zu schnappen und aus dem Verkehr zu ziehen.

Seit Roosevelts Verschwinden hat sich viel bei Genico verändert. Sein Halbbruder hat die Firma übernommen und fast alle humanitären Programme eingestellt. Stattdessen hat er noch mehr Broker in die Firma geholt – und mehr Kokain. Die Leute haben die Augen vor dem verschlossen, was mit den Transkriptoren geschieht. Zum Glück hat man mir zu der Zeit eine Vollzeitstelle bei der *Times* angeboten. Also bin ich gegangen.«

Roosevelt nickte und trommelte nachdenklich auf den Tisch. »Wie wäre es, wenn ich Ihnen eine Story geben würde?«

»Was für eine Story?«

»Eine große. Etwas, das den Menschen die Augen öffnen wird. Die Wahrheit über das, was da draußen wirklich vor sich geht. Nicht nur mit den Transkriptoren, auch mit den Menschen. Würden Sie darüber schreiben wollen?«

»Sie würden mir so eine Story geben?«

»Ja. Aber es könnte gefährlich für Sie werden. Sie würden viele Geheimnisse aufdecken, die wichtige Leute, Leute mit Macht und Geld, unentdeckt sehen wollen. Und? Immer noch Interesse?«

»Wäre auch mein Leben in Gefahr?«

»Vielleicht«, antwortete Roosevelt wahrheitsgemäß.

Cindy dachte kurz nach und lächelte dann. »Wäre mein Leben dann wenigstens für eine gute Sache in Gefahr?«

»Ich glaube schon. Und ich glaube auch, dass viele Leute so denken werden.«

»Was ist das für eine Story?«

»Was würden Sie sagen, wenn Genico neue Samps an Menschen erprobt hat? Und wenn diese Samps dazu bestimmt sind, Menschen krank zu machen? Wenn der genetische Code modifiziert wurde, um neue Arten von Krebs zu erzeugen?«

»Warum sollte Genico so etwas tun?«

»Aus Gründen der Unvermeidbarkeit.«

»Was meinen Sie damit?«

»Genico kann in die Zukunft sehen. Wenn das Sampprogramm Erfolg hat, wird das schlussendlich zur Ausrottung aller Krankheiten führen, und das wiederum würde den Zusammenbruch der Genbörse bedeuten. Genico wäre wertlos. Also haben die Verantwortlichen Maßnahmen ergriffen, um das zu vermeiden.«

»Was für Maßnahmen?«

»Sie haben Samps herausgegeben, die eine Krankheit heilen, dafür aber eine andere hervorrufen. Diese Samps haben sie an den hilflosen Einwohnern von Ituri getestet und dafür mit Kampftranskriptoren für General Washington bezahlt, den Diktator von Ituri. Diese Transkriptoren wiederum werden zur brutalen Unterdrückung jeglicher Opposition eingesetzt und sind maßgebend für den andauernden Völkermord in Ituri.«

Cindy starrte Roosevelt mit großen Augen an und sog dann zischend die Luft ein. »Wow …«

»Ja, wow.«

»Haben Sie Beweise?«

»Ja, die habe ich«, antwortete Roosevelt. »Ich habe Videoaufzeichnungen von Gesprächen zwischen General Washington und Phillip Saxton Junior sowie Berichte zu den klinischen Studien, die mit den neuen Samps am iturischen Volk durchgeführt worden sind. Genico hat ganze Dörfer mit neuen Krankheiten infiziert. Und ich habe auch ungeschnittene Videos von Massenmorden in Ituri, auf denen Genico-Transkriptoren zu sehen sind, die man anhand ihrer Seriennummern leicht identifizieren kann. Sie wissen bestimmt, dass die UN-Charta den Einsatz von Transkriptoren gegen Menschen untersagt.«

»Und Sie haben wirklich all diese Informationen?«

»Ja. Sie stammen direkt aus den Datenbanken von Genico.«

»Was wird mich das kosten?«

»Nichts«, antwortete Roosevelt. »Versprechen Sie mir einfach nur, dass Sie die Informationen erst dann veröffentlichen, wenn ich es Ihnen sage.«

»Und wie lange wird das dauern?«

»Bis Ende der Woche.«

Cindy dachte kurz nach, nippte an ihrem Tee und sagte dann: »Das wird alles verändern.«

»Ganz zu schweigen davon, dass es Ihnen den Pulitzer-Preis einbringen wird.«

»Erklären Sie mir nur noch eins: Womit habe ausgerechnet ich so viel Großzügigkeit verdient?«

»Haben Sie schon mal das Sprichwort gehört: Einem geschenkten Gaul schaut man nicht ins Maul?«

»Ich habe nie verstanden, was das heißen soll«, erwiderte Cindy und lächelte.

»Ich auch nicht.« Roosevelt lachte. »Ich gebe Ihnen das Material, weil Sie mir einmal gesagt haben, ich könne Ihnen vertrauen. Und das glaube ich. Die Wahrheit über Genico muss ans Licht kommen. Die Welt muss erfahren, was sie tun.«

Roosevelt schob Cindy einen Umschlag mit den Datenträgern über den Tisch. Cindy nahm ihn entgegen, faltete ihn und ließ ihn in ihrer Handtasche verschwinden. Dann musterte sie ihn schweigend.

»Sie kommen mir irgendwie bekannt vor«, sagte sie schließlich. Vielleicht sah sie den Vater im Gesicht des Mannes ihr gegenüber. »Sind Sie sicher, dass wir uns noch nie begegnet sind?«

Roosevelt stand auf. »Viel Glück mit der Story.«

Die Türen des Aufzugs im Genico Tower öffneten sich im obersten Stock, und Detective Charles Arden betrat das Penthouse. Von hier hatte er den perfekten Blick auf Lower Manhattan, und hier hatte er Roosevelt verraten. Aber er hatte getan, was er tun musste. Da gab es nichts zu bereuen.

Als Arden das Penthouse betrat, erhoben sich zwei Männer, um ihn zu begrüßen. Den ersten erkannte er: Es war Harold Lieberman, ein älterer, streng dreinblickender Mann, der nun mit energischen Schritten auf Arden zukam und ihm die Hand schüttelte. Dann wurde Arden zu einem großen Tisch in der Mitte des Raumes geführt, hinter dem Phillip Saxton stand. Arden erinnerte sich noch an Phillip; er war ihm begegnet, als er die Ermittlungen im Fall Smalls aufgenommen hatte. Es verwunderte den Detective, dass ausgerechnet dieser Mann auf dem Thron des größten Gentechnologieunternehmens der Welt gelandet war.

»Schön, Sie zu sehen, Detective«, sagte Lieberman. »Bitte, setzen Sie sich.«

»Ich stehe lieber.«

Lieberman legte die Stirn in Falten. »Nun, wie Sie wissen, hatten wir einen Einbruch hier bei Genico. Sie haben einen Transkriptor ins Gebäude gejagt, nicht wahr?«

Arden nickte. »Das stimmt.«

»Und haben Sie eine Ahnung, was der hier gewollt hat?«

Arden schüttelte den Kopf. »Keinen Schimmer.«

Lieberman blickte nachdenklich drein. »Hm … Ihre Widerstandsbewegung wird immer stärker.«

»Haben Sie sein Gesicht sehen können?«, fragte Phillip.

Arden hatte gewusst, dass diese Frage kommen würde, und war darauf vorbereitet. »Nein.«

»Und was ist mit den Untersuchungen im Fall Smalls?«, erkundigte sich Lieberman.

»Die Ermittlungen sind abgeschlossen«, antwortete Arden. »Ich habe kein Interesse mehr an dem Fall.«

»Dann haben Sie jetzt sozusagen frei?«

»Keineswegs«, erwiderte Arden. »New York ist ein geschäftiger Ort, Mr. Lieberman. Es gibt hier genug Morde. Ich arbeite bereits am nächsten Fall.«

»Das freut mich«, sagte Lieberman, schaute kurz nachdenklich drein und steckte dann die Hand in die Tasche. »Wie ich gehört habe, ist Ihre Tochter krank, ja?«

»Ganz recht.«

»Manna ist eine Schande. So viel Krankheit …« Lieberman holte eine Handvoll Samps aus der Tasche und reichte sie Arden. Das waren Ardens dreißig Silberlinge, und er war gekommen, um sie sich abzuholen. »Ich glaube, das hier ist, wonach Sie suchen.«

Ardens Hand schloss sich um die Samps. Er war wie elektrisiert von Hoffnung. Seit seine Tochter krank geworden war, hatte er sich nicht mehr so gefühlt. Das hier war, worauf er gewartet hatte; alles andere war unbedeutend. Arden hatte getan, was er konnte, um Roosevelt zu beschützen, doch zu guter Letzt war kein Preis zu hoch, wenn es um die Rettung seiner Tochter ging: nicht Roosevelts Leben und noch nicht einmal sein eigenes.

»Danke«, sagte Arden, drehte sich um und ging zum Aufzug. Doch bevor er ihn erreichte, rief Lieberman ihm hinterher:

»Detective?«

Arden drehte sich noch einmal um. Instinktiv schloss er die Hand um die Samps, als wolle er sie beschützen. Nichts und niemand würde sie ihm jetzt noch wegnehmen.

»Unsere Anwälte möchten, dass Sie eine Vertraulichkeitserklärung unterzeichnen«, sagte Lieberman, »aber Sie haben ja schon Ihr Wort gegeben, dass diese Samps geheim bleiben.«

»Mich kümmert nur meine Tochter«, erwiderte Arden, »sonst nichts.«

»Gut. Das menschliche Leben ist sehr zerbrechlich. Es ist leicht für Ihre Tochter, gesund zu werden; doch sie kann genauso schnell wieder erkranken. Aber ich glaube nicht, dass es irgendwelche Probleme geben wird.«

»Nein …«, flüsterte Arden und schluckte seine Wut herunter. »Wir sollten keine Probleme haben.«

Philip Saxton hatte während des gesamten Gesprächs kein einziges Mal den Blick gehoben. Seine Augen waren blutunterlaufen, seine Haut blass, und er starrte stur aus dem Fenster, wobei er mit den Fingern auf die Tischplatte trommelte.

Es machte Arden Angst, dass diese beiden Männer so viel Macht über die Menschheit besaßen. Irgendetwas *musste* sich verändern. Der Tag der Abrechnung war nahe.

Dalton Piper, Chef der TFU, verfolgte das Interview auf dem Monitor und drehte sich dann um, als die Tür aufging. Sein Assistent kam herein. Piper legte den Finger auf die Lippen, um ihm Schweigen zu gebieten.

»Natürlich werden wir sie mit vollem Einsatz jagen und zur Strecke bringen«, sagte das Fernsehbild Pipers. »Transkriptoren stellen eine Bedrohung für die nationale Sicherheit dieses Landes dar. Schon bald wird ihre Bevölkerungszahl genauso hoch sein wie die der Menschen, und wir müssen die Konsequenzen bedenken. Gesetzlosigkeit. Unruhen. Morde. Ein Transkriptor ist kein Kind Gottes wie ein Mensch. Er ist ein wildes Tier. Er muss kontrolliert und überwacht werden. Und jene, die fliehen, werden aufgespürt und von der TFU bestraft.« Der Fernseh-Piper drehte den Kopf und schaute in die Kamera. »Und ich gebe jedem Amerikaner mein Ehrenwort, dass wir alles tun werden, um die Bevölkerung zu schützen.«

Piper ballte die Fäuste zum Zeichen der Unterstützung für sein Fernsehgegenstück. Sein Timing war perfekt gewesen. Aber die amerikanische Öffentlichkeit liebte ihn nicht nur seiner Worte wegen. Es war das Gefühl. Die Tiefe seines Gefühls. Seine Verachtung für entflohene Transkriptoren. Für jene, die versuchten, außerhalb des Gesetzes zu leben, und ihren Herrn den Rücken kehrten.

»Aber was ist mit der Gefahr?«, fragte die Reporterin, eine attraktive Blondine.

»Transkriptoren sind Feiglinge. Sie haben nicht die gleiche Charakterstärke wie wir Menschen, und es fehlt ihnen an Ehrgefühl. Das heißt nicht, dass ein Transkriptor ungefährlich ist; aber er sucht sich die Schwachen als Beute. Einschüchterung ist sein bevorzugtes Mittel. Wenn er die Gelegenheit dazu bekommt, greift ein Transkriptor alles an, was schwächer ist als er. Deshalb müssen wir stark und wachsam sein. Wir müssen dafür sorgen, dass alle Transkriptoren die TFU fürchten.«

Pipers Assistent räusperte sich.

»Was ist denn?«, fragte Piper und drehte sich um.

»Da ist ein Geschenk für Sie gekommen, Sir«, sagte der Assistent und hielt Piper einen Umschlag hin. »Von Genico.«

Piper nahm den Umschlag und öffnete ihn mit dem Stiefelmesser. Im Inneren befand sich eine kleine Karte mit einer handschriftlichen Notiz:

Danke für Ihre Freundlichkeit. Hiermit übersenden wir Ihnen ein kleines Geschenk zum Zeichen unserer Dankbarkeit.

Piper hatte festgestellt, dass man seine Leistungen immer besser honorierte, je höher sein Rang bei der TFU wurde. Und nun, nach seiner Beförderung zum Chief von Sektor 12, konnte er diese Belohnungen endlich genießen.

»Wo ist dieses Geschenk?«, fragte Piper.

»Im Nebenraum«, antwortete sein Assistent. »Aber ich muss Sie warnen, Sir. Seit der C-16-Verordnung ist es immer schwieriger geworden, Ihren Wünschen zu entsprechen.«

»Was heißt das?«

»Nun …«, der Assistent zuckte mit den Schultern, »das heißt, dass sie vielleicht ein bisschen älter ist als sonst.«

Piper verschränkte die Hände hinter dem Rücken. »Oh … Ich verstehe.«

Transkriptoren erlaubten es einem Menschen, seine persönlichen Gelüste ohne Hemmungen auszuleben. Ein Akt, den man bei Menschen als unmoralisch betrachtet hätte, konnte man mit einem Transkriptor als normal und ganz natürlich erachten. Piper zum Beispiel hatte sich schon immer stark zu minderjährigen Mädchen im Teenageralter hingezogen gefühlt, was bei Menschen selbstverständlich ein Verbrechen war. Mit Transkriptoren jedoch hatte man alle Freiheiten. Eine Transkriptorin etwa, die wie eine Fünfzehnjährige aussah, war genau nach Pipers Geschmack. Und da viele Männer ähnlich empfanden, waren Transkriptorinnen der Klasse von vierzehn bis sechzehn Jahren ausgesprochen populär geworden.

Aber es hatte nicht lange gedauert, da hatten sich konservative Gruppen beschwert, der Umgang mit solchen Transkriptoren könne das gleiche Interesse für Menschen im selben Alter fördern. Das war natürlich lächerlich, denn Piper beispielsweise befriedigte seine Gier ja bei Transkriptorinnen, sodass es bei ihm keine unterdrückten Gelüste mehr gab, die zum Ausbruch hätten kommen können. Aber Transkriptor hin oder her, vielen war die Vorstellung unangenehm, dass ein Mann sich ein Mädchen von fünfzehn Jahren nahm, egal ob es natürlich geboren worden war oder ob man es in einem Labor gezüchtet hatte.

So hatte man schließlich die sogenannte C-16-Verordnung erlassen, die es mit einem Bußgeld belegte, Sex mit Transkriptoren zu haben, die jünger als sechzehn Jahre wirkten. Infolgedessen hatten viele Labore die Produktion dieser Transkriptorenmodelle eingestellt – und das wiederum hatte Pipers Lust geschürt.

»Soll ich ihr sagen, dass sie reinkommen soll?«, wagte sein Assistent sich vor.

Piper nickte. »Natürlich. Hoffen wir, dass sie hübsch ist.«

Sein Assistent öffnete die Tür und winkte jemanden herein. Piper riss die Augen auf; dann stahl sich ein Lächeln auf sein Gesicht. Ein Wesen von unglaublicher Schönheit betrat sein Büro. Sie war groß und blond, und ihr kurvenreicher Körper wurde von einem engen Seidenkleid betont. In einer Hand hielt sie eine schwarze Handtasche; die andere stützte sie verführerisch in die Hüfte.

Sie lächelte unterwürfig und sagte: »Danke, dass Sie mich empfangen.«

Sie war älter als die Mädchen, die Piper für gewöhnlich bestellte, aber sie besaß eine makellose Schönheit, die es in der Natur einfach nicht gab. Genico hatte wieder einmal fantastische Arbeit geleistet. Und dass man ihm, Piper, eine solche Schönheit zum Geschenk machte, war ein deutlicher Beweis dafür, wie weit er es gebracht hatte.

Es musste Jahre gedauert haben, die Genstruktur dieser jungen Frau zu entwickeln. Was hier vor ihm stand, war die perfekte Transkriptorin.

Piper räusperte sich. »Mr. Minton?«

»Ja, Sir?«, fragte sein Assistent von der offenen Tür her.

»Holen Sie mir meinen Wagen. Ich habe ein paar wichtige Dinge zu erledigen und werde den Rest des Nachmittags nicht im Büro sein.«

»Jawohl, Sir.«

Piper richtete seine Aufmerksamkeit wieder auf die Blondine. »Du siehst fantastisch aus.«

»Danke sehr, Sir.«

»Ja … wirklich sehr schön. Genico hat großartige Arbeit geleistet.«

Von Lust übermannt trat Piper auf sie zu, packte ihr Haar, riss ihren Kopf nach hinten und küsste sie grob und ungeschickt auf den Mund, den Hals und die Brust.

»Hätten Sie dafür nicht lieber eine intimere Umgebung, Sir?«, fragte die Blondine, als Piper sich von ihr gelöst hatte.

»Ich kann es gar nicht erwarten, ein so großzügiges Geschenk wie dich auszupacken«, sagte der Chief schwer atmend.

»Aber Ihr Ruf …«, gab die Blondine zu bedenken.

Das ließ Piper zögern. Er trat zurück und wischte sich mit der Hand über die nassen Lippen.

»Sobald wir allein sind, werde ich Sie sehr, sehr glücklich machen«, sagte die Blondine und strich sich mit dem Finger über die Brust. »Das verspreche ich.«

Piper schaute sie nachdenklich an und nickte schließlich. »Hm, ja … Ich nehme an, ich kann noch ein bisschen damit warten, dich auszupacken.«

Sein Assistent erschien wieder in der Tür, den Blick zu Boden gerichtet. »Der Wagen steht bereit, Sir.«

»Gut, dann fahren wir«, sagte Piper und legte der Blondine die Hand auf den Rücken. Gemeinsam verließen sie die TFU-Zentrale. Pipers schwarzer Mercedes parkte direkt vor dem Gebäude; in den getönten Scheiben spiegelten sich der Beton und das Glas. Chief Piper öffnete die Tür des Fonds und winkte die Transkriptorin herein; dann setzte er sich neben sie auf den Ledersitz.

Die getönte Trennscheibe zwischen Fahrer und Fond war hochgefahren, als der Wagen anrollte. Piper legte der Blondine die Hand aufs Knie und rieb ihr ungelenk über den Schenkel. Sie lächelte ihn an und sagte: »Ich habe etwas für Sie.«

Piper grinste. »Noch eine Überraschung?«

Sie nickte, drehte den Körper von ihm weg und griff in ihre Handtasche. Abrupt drehte sie sich wieder zu Piper um. Er sah, dass sie eine kleine schwarze Maske vor dem Gesicht trug, und zuckte erschrocken zurück.

Die Frau hielt einen weißen Metallkanister in der Hand,

der plötzlich zu zischen begann. Ein weißes Gas strömte aus und verteilte sich im Wagen.

»Was tust du da?«, fragte Piper ängstlich. »Was ist das?«

Die Frau antwortete ihm nicht, sondern drehte den Kanister so, dass das Gas Piper direkt ins Gesicht strömte. Piper versuchte, ihr den Kanister aus der Hand zu schlagen, aber er war bereits zu schwach.

Die Frau starrte ihn an. Dann spürte Piper den Stich einer Nadel im Arm. Die Frau hatte ihm irgendeine Injektion verabreicht. Sie tätschelte seine Hand und lächelte hinter ihrer Maske.

»Keine Angst«, sagte sie. »Du bist jetzt einer von uns.«

Piper wollte die Tür öffnen, um der Schwärze zu entkommen, die sich um ihn schloss, doch er hatte keine Kraft mehr.

Dann war nur noch Dunkelheit um ihn her.

Der Raum nahm langsam Gestalt an: Tisch, Kommode und Schrank schälten sich aus dem Nebel. TFU-Chief Dalton Piper lag auf dem Bett, schaute sich um und versuchte, ein Gefühl für diesen Ort zu bekommen. Er war in einem Hotelzimmer, da war er sicher. Aber wo? Allmählich gewöhnten seine Augen sich an die Dunkelheit, und er konnte Einzelheiten erkennen. Die zugezogenen Vorhänge besaßen die Farbe von Sandstein, und von den einst weißen Wänden platzte die Farbe ab. Da standen ein Schreibtisch und ein Stuhl. Auf dem Tisch lag eine Sonnenbrille, und über den Stuhl war ein Bademantel drapiert.

Links von Piper lag eine Visitenkarte mit Goldbuchstaben auf dem Nachttisch:

Genico-Kasernen

Die Genico-Kasernen? Sie befanden sich auf Bloomberg Island. Die Transkriptoren wurden dort eingesperrt, bevor sie zu den Spielen kamen. Piper kannte den Ort. Das war ein richtiges Drecksloch. Als er der TFU beigetreten war, war er sechs Monate dort stationiert und mit der Bewachung von Transkriptoren betraut gewesen. Was zum Teufel machte er hier?

Piper schloss die Augen, und die Welt wurde in die vertraute Finsternis gehüllt. Sein Kopf pochte vor Schmerz. Langsam erinnerte er sich wieder daran, was geschehen war. Da war diese Transkriptorin gewesen, ein Geschenk von Genico … Sie war zu ihm ins Büro gekommen … Dann hatte sein Wagen sie beide abgeholt … und dann war da dieses Gas gewesen, dieses süßlich riechende Gas …

Piper setzte sich wütend auf. Er war der Chef der TFU. Dass jemand ihn so zu bedrohen wagte, war eine Dreistigkeit sondergleichen! Draußen hörte er das Grollen von Maschinen, gefolgt von kurzen Feuerstößen und schließlich einer Explosion. Der Raum bebte in der Dunkelheit.

Ja, natürlich. Jetzt fiel es ihm wieder ein … Das Transkriptorenweib … Der Fond des Wagens … Sie hatte ihm irgendetwas in den Arm gespritzt, und er hatte die Besinnung verloren …

Und nun war er auf der Insel. Na, er würde nicht lange hier bleiben! Und wenn er wieder bei der TFU war, würde er die größte und erbarmungsloseste Transkriptorenjagd der Geschichte in Gang bringen. Er würde die Rebellen ausrotten, und wenn dafür hunderttausend Transkriptoren über die Klinge springen mussten. Die Genindustrie würde zwar darunter leiden, aber die konnten die Verluste verkraften.

Piper setzte sich auf, schwang die Füße aus dem Bett und stellte überrascht fest, dass sein Oberkörper nackt war. Er trug nur noch eine graue Jogginghose. Sie hatten ihm seine TFU-Uniform abgenommen.

Wer hatte das getan? Und wie war er überhaupt hierhergekommen?

Das alles war viel zu real, als dass es ein Traum sein könnte, und doch fühlte Piper sich irgendwie losgelöst. Na, er würde bald herausgefunden haben, wer für diese Sache hier verantwortlich war. Es gab Videos von dem Transkriptorenweib. Sie würde ihn, Chief Piper, zu den anderen führen. Voller Vorfreude auf ihre Bestrafung kniff Piper die Augen zusammen. Oh, Rache war süß. Er hoffte nur, dass dieses Weib sich wehrte.

Das Zimmer erbebte erneut, und die Nachttischlampe flackerte. Piper entdeckte große blaue Flecken auf seiner Brust, und seine Rippen fühlten sich wund an. Neben dem Tisch stand ein uraltes Telefon mit Wählscheibe. Piper griff danach, nahm den Hörer ab und wählte die Vermittlungsstelle der TFU. Sie würden den Anruf zurückverfolgen und ein Team zu seiner Rettung schicken.

Das Telefon klingelte zweimal.

Dann meldete sich eine Stimme. Männlich. Unbekannt.

»Ja?«

»Hallo?«, sagte Piper. »Ich versuche, die TFU in New York zu erreichen.«

»Hallo, Dalton«, sagte der Mann.

»Wer ist denn da?«

»Du hast mir einmal etwas sehr Wertvolles weggenommen. Ihr Name war Dolce. Sie sollte meine Frau werden. Du hast sie vergewaltigt und getötet. Dafür werde ich jetzt dich umbringen.«

Piper schluckte. Dolce, Dolce … Der Name kam ihm irgendwie bekannt vor. »Wer sind Sie?«

»Mein Name ist Thomas Roosevelt.«

Plötzlich erinnerte sich Piper. Da war ein Gesicht aus der

Vergangenheit, der Sohn eines reichen Mannes, der ein versteckter Transkriptor gewesen war … Aber niemand konnte die Spiele überleben! Das war unmöglich.

»Erinnerst du dich jetzt?«, fragte die Stimme.

»Ja, ich erinnere mich. Ich erinnere mich an einen Transkriptor, der vor dem Gesetz fliehen wollte.«

»Du hast mir alles genommen. Und nun wirst du fühlen, was ich gefühlt habe.«

Piper zog sich vor Wut die Brust zusammen. »Jetzt hör mir mal zu! Ich habe nur meinen Job gemacht, und wenn ich hier raus bin, werde ich es mir zur Lebensaufgabe machen, jeden zu jagen und zur Strecke zu bringen, den du kennst und liebst. Hast du verstanden?«

»Willkommen in deinem nächsten Leben.«

Roosevelt legte auf.

»Hallo? *Hallo?*«

Piper hörte nur noch statisches Rauschen und dann das Freizeichen.

Angst erfasste ihn und drehte ihm den Magen um.

Piper hielt den Hörer noch immer in der Hand. Er musste Hilfe herbeirufen. Die US-Botschaft hier auf der Insel. Sie konnten direkt Kontakt zur TFU aufnehmen, und die würden ihn dann mit Panzern raushauen.

Das Telefon klingelte wieder.

Piper starrte auf den Apparat. Es klingelte noch einmal.

Er musste rangehen. Er war gestrandet. Er musste einen Fluchtweg finden. Langsam griff er nach dem Hörer und hob ihn ans Ohr.

»Hallo?«

Ein Wahlton war zu hören. Eine weitere Explosion vor dem Fenster ließ den Raum erbeben. Piper drehte sich zu dem Geräusch um. Dort draußen tobte der Krieg. Er war in den Genico-Kasernen. Das war kein sicherer Ort. Das war ein Ort voller Transkriptoren … und er war Chef der TFU.

Auf der anderen Seite des Raumes befand sich die Badezimmertür. Mit nackten Füßen ging Piper dorthin. Der Türknauf fühlte sich kalt an. Er musste sich konzentrieren, sich orientieren. Draußen war wieder Maschinengewehrfeuer zu hören. Piper drückte auf den Knauf, und die Tür schwang in die Schatten zurück.

Ohne nachzudenken, trat Piper ins Dunkel, fand den Wasserhahn, drehte ihn auf und hörte, wie das Wasser ins Becken strömte. Er tauchte die Hände hinein, spritzte sich das Wasser ins Gesicht und spülte damit den Schweiß ab, der sich angesammelt hatte. Dann strich er mit der Hand über die Wand, ertastete ein Handtuch und vergrub das Gesicht für ein paar Sekunden darin.

Schließend machte Piper einen Schritt zur Tür zurück und tastete nach dem Lichtschalter. Seine Finger fanden einen harten Plastikknopf. Er betätigte ihn. Sofort flammte über ihm eine Glühbirne auf. Kaltes Licht erfüllte den Raum und spiegelte sich auf Porzellan und Fliesen. Piper blinzelte kurz, um sich an die Helligkeit zu gewöhnen. Nach ein paar Sekunden sah er wieder klar.

An der Wand hing ein Spiegel. Piper trat darauf zu … und sprang erschrocken zurück. Das Gesicht im Spiegel gehörte nicht ihm. Seine Haut war straffer, und er sah jünger aus; seine Augen waren blau statt braun, und sein Haar war blond.

Über dem fremden Gesicht im Spiegel stand mit roter Schrift auf dem Glas:

Du bist jetzt einer von uns.

Piper wirbelte herum. Jetzt war er hellwach. Jemand war hier im Zimmer gewesen. Der Duschvorhang war geschlossen. Piper riss ihn zurück und fuhr zusammen: Die Badewanne war voller Blutspritzer. Piper beugte sich schaudernd über sie und beobachtete, wie das Licht sich in der Flüssigkeit brach. Das Blut war noch feucht. Piper schaute an sich herunter und entdeckte am unteren Saum seiner Jogginghose einen rötlichen Fleck.

Wütende Stimmen hallten aus dem Gang. Piper ging zur Tür des Hauptzimmers, öffnete sie einen Spalt und spähte hinaus. TFU-Beamte in Kevlarwesten und mit Sturmgewehren traten jede Tür im Gang auf.

Na also! Beim Anblick der vertrauten, schwarz-roten Uniformen atmete Piper auf, trat auf den Flur hinaus und winkte die Männer zu sich.

»Hier!«, rief er. »Hierher!«

Sofort drehten die Soldaten sich zu Piper um.

Und richteten ihre Gewehre auf ihn.

Überrascht wich Piper einen Schritt zurück. »He, was soll das? Ich bin Chief Dalton Piper! Die Waffen runter, Männer.«

»Zurück in dein Zimmer!«, befahl einer der Soldaten und trat auf Piper zu.

»Jetzt warten Sie mal, Soldat«, sagte Piper. »Sie wissen wohl nicht, mit wem Sie reden.«

»Zurück ins Zimmer. Sofort!«

Der Gewehrkolben traf Piper mit voller Wucht unter dem Brustkorb. Der Schlag warf ihn zurück und trieb ihm die Luft aus der Lunge. Piper taumelte; dann fiel er auf ein Knie. Grob wurde er im Nacken gepackt und gegen die Wand gedrückt. Er öffnete den Mund, um zu protestieren, hatte aber kaum noch Luft zum Atmen. Ein Lieutenant packte ihn am Hals und stieß ihm mit der anderen Hand einen Genteststreifen in den Mund. Piper würgte, als das kalte Metall ein Stück Haut aus seiner Wangeninnenseite schabte.

Der Lieutenant überprüfte das Testergebnis, nickte dann

und drehte sich zu einem seiner Leute um. »Transkriptor 3420394.«

Ein anderer TFU-Mann blickte auf einen Monitor in seiner Hand und nickte. »Er steht auf der Liste.«

Der Lieutenant schniefte und nahm die Hand von Pipers Hals. »Nehmt ihn mit.«

Die Männer packten Piper unter den Armen und schleiften ihn zu einer Reihe wartender Transkriptoren am Ende des Flurs. Piper kam wieder zu Atem und brüllte: »So warten Sie doch! Da stimmt etwas nicht! Ich bin Chief Dalton Piper!«

»Und ich bin Abraham Lincoln. Halt's Maul, du dämliches Stück Genmüll«, knurrte ein Beamter und schlug Piper die Faust auf den Kopf.

»Bitte ... Das ist ein Missverständnis ...«

»Besorgt ihm einen Helm!«, rief eine Stimme. Wieder wurde Piper gegen die Wand gedrückt. Jemand schlug ihm die Faust unters Kinn. Sein Kopf flog zurück, und um ihn her drehte sich alles. Er schmeckte Blut. Einer der TFU-Leute hielt einen Beruhigungshelm in der Hand. Piper wand sich im Griff der Männer, doch sie waren viel zu stark für ihn. Dann wurde ihm der Helm grob auf den Kopf gesetzt. Alles um ihn her versank sekundenlang in Dunkelheit, bis ein gleißend weißes Licht aufflammte. Eine Frauenstimme sagte: »Sie sind verhaftet und werden zum nächsten Polizeirevier gebracht. Leisten Sie keinen Widerstand.«

Die Geräusche der Außenwelt waren völlig verstummt. Piper schrie, doch selbst dieses Geräusch wurde unterdrückt. Der Helm sperrte alles aus. Dann wurde er vorwärtsgezogen. Nach ein paar Dutzend Schritten hielt man ihn fest. Er spürte die Wärme anderer Körper, die sich um ihn herumdrängten. Der Boden unter seinen Füßen vibrierte und bewegte sich dann nach unten. Piper stand in einem Aufzug.

Der Chief versuchte, klar zu denken. Sie hielten ihn für einen Transkriptor. Seine eigene TFU hatte ihn nicht erkannt. Der Genscanner hatte ihn zu einem Transkriptor erklärt. Dafür gab es nur eine Erklärung:

Jemand hatte seine Gene modifiziert. Jemand hatte seine DNA verändert.

Die Stimme am Telefon. Thomas Roosevelt.

Piper wurde aus dem Aufzug gestoßen und über Beton gezerrt. Dann spürte er Dreck unter seinen nackten Füßen. Jetzt ließ der Helm auch wieder ein paar Geräusche durch. Weiter vorne ratterte ein Maschinengewehr, gefolgt von einer Explosion. Das Innere des Helms verdunkelte sich wieder. Piper wurde ein letztes Mal nach vorne gestoßen; dann riss man ihm den Helm vom Kopf, und er stand blinzelnd in grellem Licht. Es dauerte einige Zeit, bis seine Augen sich an die Helligkeit gewöhnt hatten. Piper stand am Rand eines zerfurchten, aufgewühlten Landstreifens. Vor ihm lagen die Ruinen von Gebäuden; Straßen waren nur noch Schlamm und Dreck und durchsetzt mit Kratern so groß wie Autos.

Eine weitere Explosion ließ die Erde erbeben. Piper zuckte zusammen und hielt sich die Ohren zu. Rechts von ihm stand ein grauer Panzer mit einem schwarzen Hakenkreuz auf der Seite in den Trümmern eines Hauses. Sein eckiger Rumpf bebte, als Feuer aus dem Geschützturm spie. Gestalten in feldgrauen Uniformen und mit Maschinengewehren bewaffnet kauerten in Deckung, während in der Ferne andere Männer in Braun unter dem Schutz von MG-Feuer vorrückten. Eine Hausecke stand plötzlich lichterloh in Flammen, und ein tiefes Grollen hallte über das Schlachtfeld hinweg.

Piper wandte sich von den Männern ab und starrte mit weit aufgerissenen Augen auf die schier unglaublichen Zuschauermassen hinter einer dicken Mauer aus Plexiglas. Die Menge reagierte auf das Donnern auf dem Schlachtfeld, indem sie aufsprang und jubelte. Hoch oben, unter dem Dach, zeigte eine riesige Videoleinwand in Großaufnahme, wie das Haus zusammenbrach.

Verängstigt lief Piper über das Feld, sprang hinter ein Haus in Deckung und wäre beinahe auf drei toten, verstümmelten Transkriptoren gelandet. Piper kreischte und kroch von den Leichen weg. Er hatte noch immer kein Hemd, und seine blasse Haut war nun voller Blut und Dreck.

Verängstigt ließ er den Blick in die Runde huschen. Sein Verstand nahm allmählich wieder die Arbeit auf, und er erkannte, wo er war: Er befand sich auf der deutschen Seite während der Schlacht um Berlin. Maschinengewehrfeuer schleuderte die Erde um ihn herum in die Höhe, und er schrie, als plötzlich ein furchtbarer Schmerz durch sein rechtes Bein jagte. Blut strömte aus der Schusswunde.

Über ihm stampften Stiefel über die Trümmer hinweg. Piper hob den Blick und sah einen riesigen Transkriptor in sowjetischer Infanterieuniform vor dem Hintergrund der Flutlichter. Der Transkriptor hielt ein Gewehr in der Hand – ein Gewehr mit aufgepflanztem Bajonett. Leidenschaftslos trat der Transkriptor einen Schritt auf Piper zu.

Piper hob die Hand. »Warten Sie!«, kreischte er. »Das ist ein Missverständnis! Ich bin ein Mensch! Ich gehöre nicht hierher! Ich …«

Wortlos stieß der Transkriptor mit dem Bajonett zu. Piper spürte einen wühlenden, grässlichen Schmerz in seinen Eingeweiden und starrte an sich herunter. Die Klinge war bis zum Lauf in seinen Leib eingedrungen. Der Transkriptor drehte das Gewehr und riss das Bajonett heraus. Haut, Blut und Fleisch klebten an der langen Klinge.

Piper starrte auf seinen zerfetzten Leib. Dann würgte

er warmes Blut hervor. Sein Körper verkrampfte. Der Schmerz war unerträglich, verebbte aber langsam. Dann verlor er jegliche Empfindung. Alles, was er gewusst hatte, alles, was er gehofft und woran er geglaubt hatte, sein ganzes Leben versank unter dem tosenden Applaus der Menge in der blutdurchtränkten Erde.

Nicht weit entfernt, verborgen in der Anonymität der Zuschauermenge, nahm Roosevelt das Fernglas herunter. Piper war tot. Er war auf demselben Schlachtfeld gestorben, das einen neuen Roosevelt erschaffen hatte. Piper war tot, aber es gab noch immer viel zu tun.

Roosevelt drängte sich durch die Menge und stieg eine Treppe hinunter. Seine Haut begann zu brennen. Er spürte, wie er sich allmählich wieder in sein altes Selbst verwandelte. Die Wirkung der DNA-Behandlung ließ nach.

Am Fuß der Treppe wartete Queen Elizabeth. »Und?«, fragte sie.

»Erledigt«, antwortete Roosevelt. »Gehen wir.«

Im Gehen wählte Roosevelt die Nummer seines neuen Brokers bei Genico, eines Burschen namens Robbie Louie. Schon nach dem ersten Klingeln nahm jemand ab. Der Mann klang wie Mitte zwanzig. Vermutlich hatte er an einer Eliteuniversität studiert, spielte Lacrosse und trug einen Nadelstreifenanzug.

»Parker Symon hier«, meldete sich Roosevelt. Ein Stuhl knarrte, als der neue Broker sich aufsetzte. Offensichtlich war ihm aufgefallen, wie schnell Parker Symons Portfolio gestiegen war.

»Hallo, Mr. Symon. Schön, Sie endlich am Apparat zu haben.«

»Ich hoffe, Sie haben sich etwas Schönes von Ihrer Provision gekauft.«

Ein leises Kichern. »Nun ja …«

»Wie würde es Ihnen gefallen, noch mehr Geld zu machen?«

Louie schluckte den Köder sofort.

»Ich denke da an eine Erweiterung unseres Portfolios«, sagte Roosevelt. »An Aktien, um genau zu sein.«

»Natürlich. Was immer Sie wollen.«

»Wie sieht Genico Technologies im Augenblick aus?«

»Mein Unternehmen?« Louie lachte. »Die Prognose ist großartig. Ich empfehle jedem Genico. Wir haben gerade mehrere neue Samps auf den Markt gebracht, gute Verbindungen nach Afrika aufgebaut, und wir verfügen über *den* Transkriptorenbestseller schlechthin. Für das nächste Quartal sieht es sogar noch besser aus.«

»Ich möchte, dass Sie alles verkaufen. Kaufen Sie von dem Erlös so viele Optionsscheine für Genico, wie Sie können«, sagte Roosevelt.

Es folgte eine lange Pause, während der Broker verarbeitete, was Roosevelt von ihm verlangt hatte.

»Sir, es tut mir leid … Ich … äh …«

»Was ist?«

»Optionsscheine bedeuten, dass Sie gegen Genico wetten. Dass Sie glauben, die Genico-Aktie fällt.«

»Ich habe da so ein Gefühl, wissen Sie.«

»Nun, das mag ja sein, aber sämtliche Analysten sind der Meinung, dass die Genico-Aktie weiter steigen wird. Am Markt gelten entsprechende Optionsscheine als wertlos. Als Ihr Händler ist es meine Pflicht, Sie darauf hinzuweisen, dass Sie durch eine solche Transaktion Ihr gesamtes Portfolio aufs Spiel setzen.«

»Wer nicht wagt, der nicht gewinnt«, erwiderte Roosevelt. »Erledigen Sie das für mich, und rufen Sie mich an, sobald alles über die Bühne ist.«

»Also gut«, sagte der Broker mit dem Widerwillen eines Bombenentschärfers, der Angst hat, den falschen Draht zu durchtrennen. »Ich lasse Ihnen dann alles zukommen.«

»Danke«, sagte Roosevelt. »Und Kopf hoch. Ende der Woche werden Sie eine Legende bei Harry's sein. Vermutlich wird man sogar ein Steak nach Ihnen benennen.«

»Haha. Sehr lustig.«

»Ich gebe später eine Party für Freunde und Geschäftspartner. Warum kommen Sie nicht auch? Laden Sie Ihren Boss ein. Wie ich gehört habe, ist er ein richtiger Partylöwe.«

»Ja, Mr. Saxton liebt Partys.«

»Dann sehe ich Sie später?«

»Ich werde es versuchen.«

»Ich weise meine Sekretärin an, Ihnen eine Einladung zu schicken«, sagte Roosevelt und unterbrach die Verbindung. Nachdenklich steckte er das Handy weg, während er und Queen Elizabeth das Stadion verließen.

Jetzt musste er erst einmal seine Party vorbereiten.

Unfreundliche Aussichten

Saxton war in Bronze gegossen. Jede Sehne, jeder Muskel war perfekt modelliert und zeigte ihn, wie er mit einem gewaltigen Stier rang. Eine Python wand sich um seine Hüfte und umklammerte sein Bein. Mit der freien Hand hatte Saxton die Schlange am Kopf gepackt und hielt sie auf Armeslänge von sich.

Der echte Saxton, der Mensch aus Fleisch und Blut, saß hinter seinem Schreibtisch und nippte an einem Johnny Walker, während er die Statue von sich betrachtete. Eine wirklich gute Arbeit. Allerdings hätte der Künstler die Muskeln ein wenig besser definieren können. Vielleicht sollte er noch eine Statue in Auftrag geben … diesmal mit ihm als Lord Nelson auf dem Achterdeck eines Linienschiffes. Aber so eine Statue brauchte natürlich einen guten Platz, in der Lobby vielleicht, oder nein … besser noch direkt auf der Wall Street. Admiral Saxton, wie er den East Broadway hinuntersegelt, fest entschlossen, alle Gegner an der Wall Street hinwegzufegen.

Saxton hörte bereits die Wellen rauschen. Er genoss diese Vorstellung, doch das Rauschen und Tosen war echt: Es war das Klingeln von Telefonen, das sich mit dem Geräusch zahlloser Stimmen mischte. Die Etage war in hellem Aufruhr. Irgendetwas war auf dem Markt passiert. Als schnelle Schritte auf dem Flur erklangen und jemand zu Saxtons Büro geeilt kam, um ihm die Neuigkeit zu überbringen, setzte er sich auf. Die Schritte verstummten vor seiner Tür; dann kam ein leises Klopfen.

»Es ist offen«, rief Saxton.

Schüchtern öffnete Amy die Tür und steckte den Kopf durch den Spalt. »Störe ich, Sir?« Seit er zum CEO aufgestiegen war, ließ sie vorsichtshalber das vertrauliche »Du« weg.

»Admiral. Ich habe dir gesagt, du sollst mich Admiral nennen.«

»Störe ich, Admiral?«

»Was gibt es denn? Vielleicht endlich mal was Neues über diesen Parker Symon aus Dads Testament?«

Seit der Testamentseröffnung waren Monate vergangen, doch es gab noch immer nichts Neues über Parker Symon. Dabei wollte Saxton ihn eigentlich gar nicht finden; aber er wollte unbedingt wissen, wer ihn daran hinderte, sich das Vermögen seines Vaters unter den Nagel zu reißen.

»Es geht um etwas anderes. Haben Sie die Nachrichten gesehen?«, fragte Amy.

»Nein …«, antwortete Saxton ein wenig beunruhigt. Inzwischen hasste er die Nachrichten. Sie wollten sich einfach nicht seinem Willen beugen. Er hatte keine Kontrolle darüber, ob in Mexiko eine Schlammlawine niederging oder Japan von einem Taifun heimgesucht wurde. Er konnte nicht verhindern, dass ein Bus in Indiana eine Schulklasse niederwalzte oder ein Flugzeug in Indien abstürzte. Deshalb machten die Nachrichten ihm ein wenig Angst. Sie vermittelten ihm das Gefühl, dass da draußen etwas Mächtiges war, das er nicht im Mindesten beeinflussen konnte. Also würde er sich wohl oder übel einen Nachrichtensender kaufen und das Format ändern müssen.

Amy stand wie festgefroren in der Tür und starrte wie ein Reh im Scheinwerferlicht.

»Nein, ich habe die Nachrichten nicht gesehen«, sagte Saxton.

»Lieberman ist verhaftet worden«, sagte Amy.

Was? Saxton wirbelte mit dem Stuhl zum Monitor herum. Der Bildschirm erwachte zum Leben, und der Bürgerkrieg in Ituri tobte in Saxtons Büro. Saxton sah Bilder von Slums, ein ausgebranntes Auto und schließlich einen langsamen Flug über den Bergdschungel.

»… wurde wegen Steuerhinterziehung in Verbindung mit mehreren Dutzend Menschenrechtsverletzungen verhaftet. Inzwischen hat die Staatsanwaltschaft offiziell Anklage gegen Harold Lieberman als Hauptverantwortlichen erhoben. Aufgrund interner Dokumente von Genico ist die Börsenaufsicht zu dem Schluss gelangt, dass Tausende Dorfbewohner in Ituri für Samp-Experimente missbraucht worden sind, um Samps so zu modifizieren, dass sie zwar eine Krankheit heilen, dafür aber eine andere auslösen. Diese Genico-Samps sind inzwischen zu Hunderttausenden in den freien Handel gelangt und haben eine unbekannte Anzahl von Menschen infiziert.« Nun war zu sehen, wie Lieberman von einer wahren Polizeiphalanx in Handschellen aus dem Ritz geführt wurde. »Daher hat die Börsenaufsicht jeglichen Handel an der Genbörse vorläufig ausgesetzt, um der sich ausbreitenden Panik bei den Investoren zu begegnen. Die Samp-Preise sind zusammengebrochen.«

Verhaftet! Preissturz! O Gott …

Saxton fuhr sich mit der Hand durchs Haar, und Gel blätterte ab. Es war Zeit für ein neues Haarpflegemittel. Ohne darüber nachzudenken, sprang Saxton auf, eilte zum Aufzug und schloss sich in der Kabine ein. Bis zum Dach, auf dem gerade aus Marmorblöcken Saxtons Ebenbild gehauen wurde, war es nicht weit. Saxton erstarrte, als er sein eigenes Abbild sah, nur den Oberkörper, in einem Admiralsmantel, den Blick zur Wall Street gerichtet, halb fertig und noch immer im Stein gefangen. Die Skulpturen starrten ihn verunsichert an, als wären sie plötzlich zum Leben erwacht.

Saxton brauchte Führung, brauchte einen Ausweg. Um ihn her war es dunkel geworden. Dunkle Wolken zogen über den Himmel, und Regen setzte ein.

Saxton brauchte die Weisheit seines Vaters. Er brauchte seinen Rat. Er ging zum Reliquiar seines alten Herrn, öffnete die Bronzetür, betrat die kühle, dunkle Kammer und ergriff die Urne mit der Asche seines Vaters. Kurz hob er sie über den Kopf; dann warf sie zu Boden. Die Urne zerbrach, und die Asche verteilte sich auf dem Boden.

Saxton sank auf die Knie. Er holte einen kleinen Beutel Mama Blanca aus der Tasche, öffnete ihn und schüttete den Inhalt in die Asche. Das weiße Pulver legte sich auf die grauen Überreste seines Vaters. Saxton vermischte Weiß und Grau, rollte dann einen Hundertdollarschein zusammen und zog sich die Mischung rein. Er spürte die vertraute Berührung von Mama Blanca, gemischt mit etwas Härterem. Seine Nase brannte von der starken Hand seines Vaters. Saxton konzentrierte sich auf den Schmerz, und das schärfte seinen Verstand. Von Mama Blanca geführt, erklomm er einen neuen Gipfel der Klarheit.

»Das nenne ich gutes Koks.«

Jetzt war er konzentriert. Voller Energie. Entschlossen. Saxton fuhr mit dem Aufzug wieder zum Schlachtfeld zurück. Er rief seine vertrauenswürdigsten Berater zusammen und hielt im York-Zimmer Kriegsrat.

»Wie ist die Lage?«, fragte er und drehte sich zu der Führungsriege des Unternehmens um.

»Nun, im Bürgerkrieg in Ituri sind tote Transkriptoren von Genico aufgetaucht. Irgendeine Reporterin der *New York Times* hat Beweise dafür, dass die Regierung von Ituri diese Transkriptoren bezahlt hat, indem sie Genico gestattete, Samps in Ituri-Dörfern zu testen – infektiöse Samps, die inzwischen auf dem freien Markt gelandet sind«, antwortete eines der Vorstandsmitglieder. »Bis jetzt wurde nur Lieberman verhaftet, aber die Sache reicht weiter. Er wird mit Sicherheit nicht der Letzte sein.«

»Nein«, sagte Saxton und verschränkte die Hände hinter dem Rücken. »Das wird er nicht. Wir werden uns jetzt erst einmal von Lieberman distanzieren. Er war ein visionärer Börsenhändler, aber er hat stets auf eigene Faust gehandelt, nicht wahr? Eben deshalb ist er seit einer Woche nicht mehr bei Genico beschäftigt. Sorgen Sie dafür, dass die Personalabteilung die entsprechenden Papiere erstellt. Aber machen Sie aus der einen Woche zwei. Wir werden Lieberman nur eine kleine Abfindung zugestehen, denn wir hatten den Eindruck, sein Handeln entspräche nicht den moralischen Prinzipien von Genico.«

»Aber niemand wird uns glauben, dass er allein gehandelt hat«, gab eine andere Stimme zu bedenken.

»Möglich. Vielleicht hat er ja Hilfe gehabt …« Saxton hielt kurz inne und dachte nach. »Ja, klar! Er hat natürlich mit Smalls zusammengearbeitet.«

»Smalls ist tot«, sagte jemand.

»Und wie neue Beweise belegen werden, hat Lieberman diesen Mord befohlen, ebenso den Mord an Johann Woerner, der ebenfalls an der Verschwörung beteiligt gewesen ist. Nun, Gentlemen? Wie hört sich das an?«

Die Aufsichtsratsmitglieder schauten einander verlegen an. »Das wäre vielleicht machbar.«

»Vielleicht? Das ist perfekt! Holen Sie ein paar Leute zusammen, und regeln Sie das. Geben Sie eine Presseerklärung im Fall Lieberman heraus. Wir müssen in dieser Sache fest zusammenstehen. Und jetzt an die Arbeit!«

Die Aufsichtsratsmitglieder erhoben sich und zogen langsam zur Tür wie eine Herde Bisons. Es würde nicht billig werden, aber Genico konnte sich aus seiner verfahrenen Lage freikaufen. Saxton würde schon einen Sündenbock finden. Seine Nase kribbelte wieder. Die Asche seines Vaters lenkte sein Tun mit der Kraft von Mama Blanca. Oben auf dem Dach schälte sich Saxtons Gestalt aus dem Marmor. Der Kopf war schon zu sehen; er schaute zur Wall Street, zum Horizont, zur Zukunft.

Es klopfte.

»Herein«, rief Saxton.

Einer der jüngeren Broker betrat den Raum, den Kopf reumütig gesenkt. Wieder so ein Versager, dachte Saxton, der pervers hohe Summen bei mies geführten Geschäften verloren hat. Saxton hatte jetzt nicht den Nerv dafür.

»Was ist denn?«, fragte er grob.

»Mein Name ist Robbie Louie, Sir«, sagte der Broker. »Ich arbeite im Handel.«

»Jajaja«, drängte Saxton ungeduldig. »Was ist denn nun?«

»Ich, äh ... Sie sollten wissen, Sir, dass einer meiner Kunden in den letzten Tagen ein Vermögen gemacht hat. Und heute hat er kurz vor dem Crash hunderttausend Optionsscheine von Genico gekauft.«

Saxton setzte sich ruckartig auf. Es ärgerte ihn maßlos, dass jemand von Genicos Zusammenbruch profitierte. Nachdenklich schaute er auf den Tisch, und rechtschaffener Zorn loderte in ihm auf.

»Der Mann gibt später eine Party«, fuhr Louie fort. »Einige

unserer Leute gehen dorthin. Angeblich will er einen neuen Preis für den Broker des Jahres vergeben. Ziemlich hoch dotiert. Er hat angefragt, ob auch Sie kommen möchten.«

»Wie heißt der Mann?«

»Symon«, antwortete der junge Broker. »Parker Symon.«

Wie viel ist jemand wert? Das ist eine berechtigte Frage. Wenn man sie einem Poeten stellt, würde er vermutlich über die Seele schwadronieren, Gottes Geschenk von schier unendlichem Wert. Ein Minister wiederum würde erklären, alle Menschen seien gleich und hätten die gleichen Rechte, und für einen General ist ein einzelnes Menschenleben vermutlich so gut wie nichts wert. Für eine Mutter hingegen zählt ein Leben mehr als alles andere. Also ist die Frage, wie viel jemand wert ist, sehr interessant.

Roosevelt lag auf dem Boden seines neuen Penthouse, drehte den Kopf und schaute auf den Park hinaus. Die Wirkung des genetischen Faceliftings war inzwischen völlig verflogen, und er sah wieder wie der alte Roosevelt aus. Deshalb hatte er sich rasch eine Verkleidung zusammengestellt; sie war unabdingbar für die nächsten Stunden.

Jetzt juckte ihn der angeklebte Schnurrbart, und die blonde Perücke saß viel zu eng. Kurz hielt er sich den Spiegel vors Gesicht. Er sah wie ein Beamter der Highwaypolizei im Jahre 1978 aus. Roosevelt legte den Spiegel neben sich auf den Boden.

Es gab übrigens eine Antwort auf seine Frage, wie viel jemand wert ist. Roosevelt hatte einmal irgendwo gelesen, dass Versicherungsgesellschaften eine Formel hatten, um dies zu ermitteln. Wie war das noch mal …? Roosevelt hatte es vergessen, aber es hatte etwas mit dem zu erwartenden Lebensverdienst eines Menschen zu tun, geteilt durch die potenziellen Verpflichtungen zum Zeitpunkt seines Todes oder so ähnlich. Brillant an diesem Artikel war jedoch nicht die Formel gewesen, sondern der Begriff, den ein Anwalt sich dafür hatte einfallen lassen: »Tragödienquotienten.«

Der Tragödienquotient war eine variable Größe, die entscheidend davon abhing, wie tragisch ein Tod war. Wenn ein Buchhalter mittleren Alters friedlich und allein in seiner Zweizimmerwohnung starb, weil ein Lüfter ausfiel und Kohlenmonoxid aus der Tiefgarage emporstieg, hatte das einen extrem niedrigen Tragödienquotienten. Die Geschworenen würden solch einen Tod als wenig spektakulär und tragisch erachten und der Herstellerfirma des Lüfters vermutlich nur eine Schadensersatzzahlung im niedrigen sechsstelligen Bereich aufbrummen.

Wenn jedoch ein Familienvater bei lebendigem Leibe verbrennt, weil die Gasleitung seines nagelneuen Grills beim Familienbarbecue platzt, und seine Frau und seine Kinder mit ansehen müssen, wie Papa sich in Holzkohle verwandelt, dann, ja dann ist das eine Tragödie ungeahnten Ausmaßes, und die verantwortliche Firma ging vermutlich genauso schnell in Rauch auf wie Daddy.

Achtstellig. Locker.

Anwälte wussten das. Schon bevor so ein Fall vor Gericht ging, kannten sie die genaue Schadensersatzhöhe, plus/minus ein paar Hunderttausend Dollar. Diese weitgehende Sicherheit gründet auf einer exakten Formel. Deshalb waren es ausgerechnet die Anwälte, die einem als Einzige eine konkrete Antwort auf die Frage nach dem Wert eines Menschen gaben: Der Wert eines Menschen entspricht der zu erwartenden Schadensersatz- oder Lebensversicherungssumme.

Aber nicht nur Anwälte hatten konkrete Antworten zu bieten. Auch Roosevelt hatte eine Antwort. Wie viel war Dolce wert? Wie teuer war es, die Frau eines Mannes zu vergewaltigen und zu ermorden?

Diese Frage war ziemlich eindeutig, und man brauchte weder Formeln noch Richter, um sie zu beantworten. Dolce war das Leben eines jeden wert, der in das Geschehen verwickelt gewesen war, mit anderen Wort: Dolces Tod war das Leben dreier Männer wert. Aber diese Männer durften nicht schmerzlos sterben. Erst musste ihnen alles genommen werden. Und sie mussten sterben, wie Dolce gestorben war: in Angst und voller Qualen. Roosevelt hatte nie an den alten Bibelspruch »Auge um Auge, Zahn um Zahn« geglaubt. Dafür war er viel zu liberal gewesen. Seine Motto lautete eher: »Leben und leben lassen.«

Aber vielleicht war jeder liberal, bis jemand seine Frau ermordete.

Roosevelt stand auf und ging zur tragenden Wand der Wohnung. Das Gebäude stammte noch aus der Zeit vor dem Krieg. Es gehörte zu jener Art schlichter, grundsolider Häuser, von der Architekten immer jammerten, so etwas würde heutzutage nicht mehr gebaut. Wenn die Zeit kam, musste der Schlag schnell erfolgen. Er musste machtvoll sein. Roosevelt hatte nichts in seiner rechten Hand, nur eine dünne Schicht Haut über den Knöcheln. Aber es waren keine Menschenknöchel, zerbrechlich wie Glas, es waren Transkriptorenknöchel, hart wie Stahl und in den Spielen geformt. Und er hatte nur Zeit für einen Schlag.

Roosevelt untersuchte Putz und Stein der Wand. Dann riss er, ohne zu zögern, den Arm zurück, ballte die Faust und schlug zu. Seine Knöchel trafen auf Stein und Mörtel, und beides zerbarst unter der ungeheuren Wucht des Schlages. Roosevelts Faust ging wie ein Pfeil durch weiches Fleisch, und sein Arm drang bis zum Ellbogen in die Wand ein. Roosevelt zog die Faust wieder heraus. Sie blutete, doch die Knochen waren heil geblieben.

»Das ist auch eine Möglichkeit, seine Wohnung zu renovieren«, sagte eine Stimme hinter ihm.

Queen Elizabeth stand in der offenen Tür und musterte Roosevelt aufmerksam. Roosevelt klopfte sich den Staub vom Unterarm. »Es ist zumindest billiger als ein Handwerker.«

»Ich glaube, du musst nicht mehr allzu sehr aufs Geld achten.«

»Die Genico-Aktie?«

»Total eingebrochen. Der Samp-Skandal läuft auf allen Kanälen. Lieberman wurde verhaftet. Genico wird sich vermutlich nie mehr von diesem Schlag erholen.«

»Und meine Optionen?«

»Du könntest dir vergoldete Hämmer leisten. Wenn du demnächst wieder mal Löcher in die Wand hauen willst, kannst du es wenigstens mit Stil tun.«

»Dann habe ich mich also wacker auf dem Markt geschlagen?«

»Du bist der reichste Mann, den ich kenne.«

»Der reichste Transkriptor, meinst du«, verbesserte Roosevelt sie. »Wo wird Lieberman festgehalten?«

»Warum willst du das wissen?«

Roosevelt legte den Kopf auf die Seite und schaute sie an. Das war eine dumme Frage.

»Nein, Roosevelt. Solange sie Lieberman haben, ist er unantastbar.«

»Ich war auch unantastbar, und jetzt sieh mich an.«

»Aber was du vorhast, ist unmöglich. Du hast dich doch schon an Lieberman gerächt. Du hast ihn ruiniert. Er wandert in den Knast. Lass es dabei bewenden. Du riskierst zu viel.«

»Lieberman geht nicht in den Knast. Man wird ihn vor korrupte Richter stellen, die ihn in irgendeinen Freizeitpark mit Kabelfernsehen stecken. Das kann ich nicht zulassen. Die Strafe muss dem Verbrechen angemessen sein, und in diesem Fall ist die Strafe der Tod.«

»Warum hast du dann damit gewartet, ihn umzubringen? Warum jetzt, wo die Polizei ihn hat? Wo du nicht an ihn herankommst? Warum hast du es nicht schon früher getan?«

»Bevor Lieberman stirbt, soll er erleben, wie ihm alles genommen wird – alles, wofür er sein Leben lang gearbeitet hat. Genau wie es bei mir war. Erst dann ist er bereit zu sterben. So wie mein Bruder.«

Roosevelt eilte durchs Wohnzimmer und schnappte sich seine Jacke vom Boden. Dann machte er sich vor dem Spiegel zurecht. Ohne die Sampmaske fühlte er sich trotz falschen Schnurrbarts und Perücke wieder wie der alte Roosevelt. Und genau so musste es auch sein. Sein Sohn war kein Mörder. Seinem Sohn hatte man das Leben geraubt. Roosevelt würde das Andenken seines Sohnes nicht mit einem Mord beschmutzen; aber es gab kein Zurück mehr für ihn.

»Zieh dir was Nettes an«, sagte Roosevelt auf dem Weg zur Tür.

»Was Nettes? Warum?«

»Ich gebe morgen Abend eine Party«, antwortete Roosevelt und warf die Tür hinter sich zu.

Sie würde leben. Der Arzt sagte, in Maggys Körper fänden sich keinerlei Spuren von Manna mehr. Sie war geheilt, und im Krankenhaus konnte niemand erklären, was der Grund dafür war. Doch Arden wusste es: Seine Tochter war geheilt, weil er die Entscheidung getroffen hatte, die Ermittlungen im Fall Smalls aufzugeben, sich von der Wahrheit abzuwenden und Roosevelt auszuliefern.

Arden drückte sich die Hände ins Kreuz und streckte sich. Er befand sich im Wartezimmer des Bellevue Hospitals, und die Plastikstühle um ihn herum waren von Familienangehörigen der Patienten besetzt. An den Wänden warnten Poster vor den ersten Anzeichen von Mannafieber.

Roosevelt jedoch war entkommen. Arden hatte gesehen, wie er mit einem Fallschirm vom Gebäude gesprungen und in der Nacht verschwunden war. Nun suchten sie ihn, und sie würden ihn immer suchen – jedenfalls solange er ein Transkriptor war. Für Arden aber war die Geschichte hier zu Ende. Seine Tochter war geheilt, und er war ein Mensch. Er lebte in einer sicheren Welt.

»Geht es ihr schon besser?«

Die vertraute Stimme kam von einem der Plastikstühle hinter ihm. Arden drehte sich um. Dabei glitt eine Hand in sein Jackett und schloss sich um die Waffe.

Queen Elizabeth trug Jeans und eine schwarze Bluse. Sie hatte die Beine übereinandergeschlagen und schaute Arden an. Arden ließ die Hand auf der Waffe und antwortete: »Sie kommt wieder in Ordnung.«

»Das ist gut«, sagte Queen Elizabeth. »Du kannst jetzt die Hand von der Waffe nehmen. Ich bin allein. Ich wollte nur nach Maggy sehen.«

Langsam zog Arden die Hand aus dem Jackett. »Weiß er, dass du hier bist?«

»Wer?«

»Du weißt schon wer.«

Queen Elizabeth schüttelte den Kopf. »Nein. Roosevelt hat keine Ahnung, dass ich hier bin. Ich weiß allerdings, was zwischen euch bei Genico passiert ist. Er gibt dir keine Schuld.«

»Ich will seine Vergebung nicht, und auf deine kann ich verzichten«, erwiderte Arden kalt. »Du bist jetzt also mit ihm zusammen, ja?«

»Ich arbeite mit ihm«, sagte Queen Elizabeth. »Ich helfe ihm, die Dinge wieder zurechtzurücken.«

»Ich habe dir ein sicheres Heim angeboten. Hättest du dich von ihm nicht so umgarnen lassen, hättest du erkannt, dass es das Richtige gewesen wäre.«

»Ich gehöre nicht in deine Welt. Warum kannst du das nicht verstehen? Ich bin eine Transkriptorin, kein Mensch. Wir können nicht zusammenleben, egal wie du für mich fühlst. Ich muss meinen eigenen Weg finden.« Sie stand auf und griff nach seiner Hand. »Ich bin nicht hergekommen, um mich mit dir zu streiten. Ich bin gekommen, um mich zu vergewissern, dass es Maggy gut geht.«

Arden wich einen Schritt zurück. »Es geht ihr gut.«

Kurz schwebte Elizabeths Hand in der Luft; dann zog sie sie wieder zurück. »Weißt du, es hätte mich nicht überraschen sollen, dass du Roosevelt verrätst. Ihr Menschen seid alle gleich. Schlussendlich verratet ihr einen immer.«

Queen Elizabeth wandte sich von Arden ab und verließ das Wartezimmer. Arden schaute ihr hinterher. Ein Teil von ihm wollte ihr folgen, doch sein Verstand hielt ihn zurück. Sie hatte recht. Sie lebten tatsächlich in zwei verschiedenen Welten. Arden hatte gerettet, was ihm wichtig war, und wenn Queen Elizabeth allein in die große, böse Welt hinausziehen wollte, konnte er nichts dagegen tun … außer zu lernen, sie zu vergessen.

Lieberman wartete darauf, in eine der Zellen in 100 Centre Street gebracht zu werden. 100 Centre Street war eine Festung aus Gittern und Beton an der Bowery unweit Chinatown.

In seinem neuen Anzug von Huntsman and Son und mit dazu passendem Versace-Aktenkoffer ging Roosevelt durch das geschäftige Labyrinth von Chinatown. Über ihm blinkten die üblichen Neontafeln, und aus Schächten, die direkt aus »Blade Runner« zu stammen schienen, strömte Rauch. Neue Vans drängten sich wie fette Säue im Dreck vor den Gerichtsgebäuden, und frische Strafgefangene verließen das Gebäude durch die Drehtür, nachdem sie erst einmal vierundzwanzig Stunden in Zellblöcken tief unter den Straßen von New York verbracht hatten, den sogenannten Gräbern.

Sollte New York jemals mit Atomwaffen angegriffen werden, würden nur die Kakerlaken überleben – und die gut tausend Insassen in den mehr als fünfzig Metern unter der Erde gelegenen Zellen der Untersuchungshaft. Die unterirdische Lage war der beste Schutz vor atomarem Fallout, den die Stadt zu bieten hatte.

Roosevelt trat durch die Drehtür und ging durch ein ganzes Arsenal von Metalldetektoren und Röntgengeräten. Er wies sich als Verteidiger des Angeklagten Harold Lieberman aus. Gerichtsdiener führten Roosevelt zu einem Aufzug und durch eine Reihe automatischer Sicherheitstüren in isolierte Kammern, die von Justizvollzugsbeamten in schwarzen Uniformen überwacht wurden. Nach zehn Minuten Reise durch den Untergrund wurde Roosevelt schließlich auf eine Holzbank gesetzt, vor sich einen kleinen Tisch und eine Wand aus kugelsicherem Glas. Freie Menschen auf der einen, Gefängnisinsassen auf der anderen Seite.

Zu beiden Seiten neben ihm sprachen Untersuchungshäftlinge durch winzige Löcher im Panzerglas mit ihren vom Gericht bestellten Anwälten. Plädiere hier drauf, sag dies, bestreite das, sei freundlich, bleib hart, tu so, als hättest du der Gesellschaft was zu bieten – und so weiter. In einer Ecke befand sich ein großes Fenster. Dahinter wachte eine Beamtin aufmerksam darüber, dass alles mit rechten Dingen zuging, während hinter ihr Kollegen über Scherze lachten, die durch das dicke Glas nicht zu hören waren.

Roosevelt schaute nach vorne, wobei er sich bewusst war, dass die Überwachungskameras sein Gesicht aufnahmen. Er fragte sich, wer wohl als Erster einen Schnauzbartscherz machen würde, wenn die Bilder später, nachdem alles vorbei war, ausgewertet wurden.

Er machte es sich auf der Bank bequem und schaute auf das Glas. Es war dick, leicht milchig und vom jahrelangen Gebrauch zerkratzt. In der Mitte befanden sich die winzigen, kreisrund angeordneten Sprechlöcher. Das schwächte die Struktur wahrscheinlich – oder auch nicht. Nun, er würde es bald herausfinden.

Auf der anderen Seite der Panzerglasscheibe stand ein Metallstuhl, der am Boden festgenietet war. Roosevelt lockerte seine Finger und wartete geduldig.

Das Warten währte nicht lange.

Eine Tür öffnete sich, und zwei Justizvollzugsbeamte schoben einen deutlich abgemagerten und gefesselten Harold Lieberman herein. Von Arroganz keine Spur mehr. Die Aura, alles zu beherrschen und sich alles leisten zu können, war tiefer Müdigkeit gewichen. Lieberman sah wie ein Mann aus, der soeben ein todsicheres Blatt beim Pokern vergeigt hatte. Er war besiegt, fix und fertig und viel zu erschöpft, um noch Verzweiflung zu zeigen.

Die Beamten setzten Lieberman auf den Metallstuhl und fesselten die Hände mit Handschellen an Ringe vor ihm. Anschließend zogen sie sich in den Raum hinter dem Fenster zurück. Roosevelt musterte Lieberman ausgiebig.

Egal wie heruntergekommen der Mann jetzt auch aussehen mochte – unter der verlotterten Fassade schlummerte noch immer der Chefbroker von Genico, der Mann, der Roosevelt verraten hatte. Er war derjenige, der alles in Bewegung gesetzt hatte. Harold Lieberman hatte eine lange Kette von Ereignissen initiiert, die unweigerlich bis zu diesem Punkt geführt hatten. Zu diesem Moment. Doch jetzt waren die Rollen vertauscht.

Lieberman rutschte auf dem Metallstuhl herum, schaute verwirrt auf die Handschellen und dann zu dem Mann mit der blonden Perücke und dem falschen Schnurrbart hinter dem Glas – dem Mann auf der freien Seite des Tisches.

Er kniff die Augen zusammen. »Wer sind Sie?«

»Edmond Dantes.«

»Wer?«

»Offenbar sind Sie nicht gerade ein Mann der Literatur. Und Sie erkennen auch keinen alten Freund«, sagte Roosevelt.

»Äääh …«, sagte Lieberman langsam, hielt inne und blickte über die Schulter. Er hatte tatsächlich keine Ahnung, wer Roosevelt war. War das wirklich schon so lange her? Selbst mit der Perücke und dem Schnurrbart hätte jeder ehemalige Kollege zumindest *ahnen* müssen, wer er war. Doch Lieberman zeigte nicht die geringste Spur von Erkennen. Hatte Roosevelt sich wirklich so verändert?

»Ich weiß nicht …« Lieberman zögerte. Die Welt drehte sich so schnell um ihn, dass er sich nichts mehr sicher war.

»Kennen Sie mich wirklich nicht?«, fragte Roosevelt. »Gut, dann will ich Ihnen helfen.«

Langsam nahm er die Hand zum Kopf und hob die Perücke ganz leicht an. Dann, unter den Blicken eines staunenden und verwirrten Lieberman, nahm Roosevelt sie ganz vom Kopf und legte sie auf den Tisch vor sich. Anschließend strich er sich mit dem Finger über den Schnurrbart, zog ihn ab und enthüllte die blanke Haut darunter.

Lieberman blinzelte und kniff dann verunsichert die Augen zusammen. »Roosevelt?«

»Ah. Sie erinnern sich also doch an das Leben, das Sie genommen haben.«

»Du! Du warst es, der mich hier reingebracht hat!«, stieß Lieberman hasserfüllt hervor. »Du warst tot!«

»Ich *bin* tot.«

Lieberman leckte sich über die Lippen, lehnte sich im Stuhl zurück und blickte zum Wachraum. Das war seine Chance, einen gesuchten Transkriptor auszuliefern – seine Chance, an einen Deal mit der Staatsanwaltschaft heranzukommen. Wenn ein Mitarbeiter einer Strafverfolgungsbehörde einen entflohenen Transkriptor schnappte, hatte er die besten Aufstiegschancen. Lieberman rief nach den Beamten, aber die hätten genauso gut auf dem Mond sein können; ihr Raum war schalldicht.

Roosevelt konzentrierte sich derweil auf die Glaswand, die ihn von Lieberman trennte. Er ballte die Faust, stand auf und rammte sie in die Sprechlöcher. Sofort bildeten sich Risse im Glas.

Erschrocken zuckte Lieberman zurück. Er versuchte aufzustehen und von dem gesprungenen Fenster wegzukommen, aber die Handschellen hielten ihn am Tisch fest. Roosevelt zog die Faust wieder zurück und schlug erneut zu. Diesmal drang sein Arm vollständig durchs Glas, und er packte den verängstigten Lieberman am Hals und drückte zu.

Roosevelt spürte die Nackenmuskeln des Sampbrokers in seiner Hand. Er verstärkte den Griff, und die Muskeln gaben nach. Lieberman lief knallrot an. Hässliche Venen pulsierten auf seiner Stirn. Er krallte die Hände in Roosevelts Handgelenk, versuchte, sich aus dem tödlichen Griff zu lösen, doch seine Finger waren viel zu schwach. Roosevelt drückte immer fester zu, unbarmherzig, unnachgiebig.

Als Liebermans Leben schwand, fühlte auch Roosevelt etwas: Er veränderte sich, zuerst kaum merklich. Die Zeit verging immer langsamer. Er hielt ein ganzes Leben in der Hand. Leben und Tod waren nur durch ein klein wenig Druck mehr oder weniger voneinander getrennt. Wenn er losließ, würde Lieberman leben; tat er nichts, starb Lieberman. Es war so einfach, so schlicht, so grundlegend, dass es wert gewesen wäre, darüber zu meditieren.

Liebermans Kraft schwand mehr und mehr, und schließlich ließ er die Hand kraftlos fallen. Roosevelt drückte ein letztes Mal zu und ließ los. Dann riss er den Arm aus dem zerbrochenen Glas, warf einen letzten Blick auf Lieberman, drehte sich um und ging zur Tür.

Im selben Augenblick heulte der Alarm los.

Von hinten schrie jemand: »Halt!«

Roosevelt rannte los, und selbst der schnellste Mensch konnte ihn nicht einholen.

»Ist er tot?«, fragte Queen Elizabeth.

Sie saßen in einem Diner am Gramercy Park. Der Laden war voll mit Kadetten der Polizeiakademie in ihren grauen Polyesteruniformen. Roosevelt starrte auf sein Getränk, einen Eistee von der Farbe verschmutzten Wassers.

»Erde an Roosevelt«, sagte Queen Elizabeth.

Roosevelt atmete tief durch. »Nein«, sagte er. »Lieberman ist nicht tot.«

»Wie das?«

»Enttäuscht?«

Queen Elizabeth zuckte mit den Schultern. »Nein. Bloß neugierig. Ich will wissen, was dich antreibt.«

»Es kam mir nicht richtig vor.«

»Nicht richtig? Du hattest den Kerl in der Hand, im wahrsten Sinne des Wortes!«

»Aber es war zu einfach. Der Mann war bereits zerbrochen. Sein Geist war tot.«

»Aber er hat dein Gesicht gesehen. Er weiß, dass du lebst. Hast du denn keine Angst, dass er es jemandem erzählt?«

»Nein.« Roosevelt warf ein Exemplar der *Daily News* auf den Tisch. Auf der Titelseite stand ein Artikel darüber, wie der einst hoch angesehene Sampbroker Harold Lieberman von Mitgefangenen in der Untersuchungshaft zu Tode geprügelt worden war. Lieberman war offenbar nicht sehr beliebt gewesen.

Queen Elizabeth überflog den Artikel und tippte dann auf das Papier. »Und du hattest nichts damit zu tun?«

»Nein. Ich nehme an, General Washington hat jemanden gekauft, um Lieberman verschwinden zu lassen. Nicht dass der General sich um schlechte Presse gesorgt hätte, wenn linke Aktivisten gegen seinen Völkermord protestieren; aber er hätte es mit Sicherheit nicht gerne gesehen, hätte Lieberman ihn in seiner Aussage als Kriegsverbrecher bezeichnet. Nein, ich habe keine Angst, dass Lieberman es jemandem sagen wird.«

»Und was jetzt?«

»Jetzt trinke ich meinen Tee«, antwortete Roosevelt. »Und dann werde ich mir die Nase pudern und mich für die Party zurechtmachen. Ist alles für heute Abend organisiert?«

Queen Elizabeth nickte. »Alles bereit. Der Plan steht ja schon eine ganze Weile, wir haben nur auf die richtige Gelegenheit gewartet. Aber ich glaube, das ist jetzt der Zeitpunkt, an dem ich versuchen sollte, dir deine Rache auszureden.«

»Warum?«

»Weil du dich selbst verlieren könntest. Weil die Gefahr besteht, dass du einer von ihnen wirst.«

»Mit ›ihnen‹ meinst du diejenigen, die mir meine Frau genommen, sie vergewaltigt und ermordet haben? Die mich ins Gefängnis gesteckt und zum Kämpfen gezwungen haben? Die mich genötigt haben, andere zu töten? Meinst du sie damit? Keine Bange, so kann ich niemals werden.«

»Stört es dich, dass er dein Bruder ist?«

»Bist du jetzt Familientherapeutin?«

»Nein.« Queen Elizabeth zuckte mit den Schultern. »Ich frage nur.«

»*Sie* haben angefangen. *Sie* haben mich zu dem gemacht,

was ich bin. Auf jede Aktion folgt eine Reaktion. Ich bin diese Reaktion. Gleiches gilt für das, was mit Lieberman und Piper passiert ist – und für das, was mit meinem Bruder passieren wird. Er ist dafür verantwortlich, was ich bin. Was immer ich ihm antun werde, er selbst trägt die Schuld daran.«

»Das ist eine interessante Sichtweise.«

»Die einzig richtige.«

»Dann glaubst du also nicht mehr an passiven Widerstand? Was hast du noch mal gesagt, als wir uns kennengelernt haben? Friedlicher Protest ist der einzige Weg.«

Roosevelt kniff die Augen zusammen und schüttelte den Kopf. »Damals war alles anders.«

»Für dich, nicht für uns.«

»Es ist, wie du gesagt hast, als wir uns zum ersten Mal begegnet sind: Die Menschen respektieren uns nicht. Sie werden uns nie ein Forum geben, um passiv Widerstand zu leisten. Da würden sie uns lieber erschießen. Oder besser noch, sie sorgen dafür, dass wir uns gegenseitig erschießen. Dann können sie auch noch Eintritt dafür verlangen.«

»Na, das nenne ich mal einen Paradigmenwechsel.«

»Ja, das ist wohl eine unvermeidliche Folge der Evolution.« Roosevelt trank den Rest von seinem Eistee, schob den Stuhl zurück und stand auf. »Ich gehe jetzt. Bis heute Abend.«

Saxton war außer sich vor Wut. Er saß an seinem Schreibtisch und starrte auf den Warhol, der die gegenüberliegende Wand zierte. Das Headset baumelte an seinem Hals. Seit zwölf Stunden hatte er kein Koks mehr genommen, und das war wohl der Grund dafür, dass er die Dinge auf einmal überraschend klar sah.

Lieberman war verhaftet worden. Der gesamte Afrikaplan war an die Journaille verraten worden; die Nachrichten waren voll davon. Zum Marktschluss würde die Genico-Aktie vollkommen eingebrochen sein. SampWatch hatte eine nachdrückliche Kaufwarnung für die gesamte Industrie ausgesprochen. Natürlich würden sie sich wieder erholen. Das war nicht das Problem. Die Menschen würden weiter krank werden. Die Menschen würden immer krank werden, und deshalb würden sie auch immer Samps brauchen. Und der Transkriptorenverkauf war nach wie vor stabil. Es gab Licht am Ende des Tunnels.

Das Problem war nur, dass alle diese Ereignisse irgendwie miteinander verbunden waren. Irgendjemand hatte diese Katastrophe in Gang gesetzt, und Saxtons gegenwärtig drogenfreier Verstand versuchte, dem Ganzen einen Sinn zu entnehmen.

Doch in seinem Hirn herrschte heller Aufruhr. Es war so sehr an die rasende Geschwindigkeit von Mama Blanca gewöhnt, dass die Neuronen nun den Aufstand probten. In Saxtons Kopf tobte ein Bürgerkrieg. Koks-Truppen belagerten die Festung seines Verstands – genau den Teil seines Gehirns, der nun verzweifelt herauszufinden versuchte, wie es so weit hatte kommen können.

Doch dann schälte sich ein Name aus dem dichten Nebel in Saxtons Hirn.

»Gehen Sie heute Abend zur Party von Mr. Symon?«, fragte Amy von der Tür. »Wie soll ich auf die Einladung reagieren? Ich könnte absagen.«

»Nein«, sagte Saxton rasch. »Ich gehe.«

»Okay.« Amy zuckte gleichgültig mit den Schultern. Vergangene Woche hatte ein Transkriptor ihr die Faust ins Gesicht gerammt und ihr die Geldbörse gestohlen, als Saxton sie ins Getto geschickt hatte, um ihm ein Eiersandwich zu holen. Seitdem schien er mehr und mehr die Macht über sie verloren zu haben. Er hatte sogar mitbekommen, wie sie einem Kollegen gegenüber erwähnt hatte, sie habe einem Headhunter ihren Lebenslauf zukommen lassen.

Irgendwie war die Welt immer trostloser geworden, ohne dass Saxton es gemerkt hätte. Sie hatte keine Ecken und Kanten mehr, nichts, was ihn erregt hätte. Alles war einfach nur glatt, eintönig, langweilig.

»Ich lasse Ihnen die Adresse hier«, sagte Amy leise und ging hinaus.

Saxton nickte bloß, betrachtete den Warhol und versuchte, irgendein Gefühl heraufzubeschwören, doch da war nichts in ihm. Parker Symon hatte zu viel gewusst. Parker Symon – das war der Name, den Saxtons Vater in seinem Testament erwähnt hatte. Und nun war dieser geheimnisvolle Mann aufgetaucht.

Symons Transaktionen waren einfach *zu* gut gewesen. Insider gehörten zwar zur Wall Street, aber nicht auf Saxtons Kosten. Es machte ihn furchtbar wütend.

Doch tief in seinem Inneren wusste er, dass das Leben sich veränderte. Es würde nie wieder so wie früher sein. Glanz und Gloria der Genbörse hatten durch Liebermans Verhaftung schweren Schaden genommen. Von nun an würde alles anders sein. Die teuren Anzüge, die schicken Autos, die wunderschönen Transkriptorenfrauen – alles, was man früher geradezu als notwendig erachtet hatte, würde man nun als reine Geldverschwendung betrachten. Lieberman war im Knast totgeprügelt worden. Vor zwei Tagen noch war er unberührbar gewesen. Er hatte die Genbörse erfunden. Er hatte die Versicherungsindustrie verändert. Wo einst die Landkarte geendet hatte, war Lieberman immer weiter vorgestoßen, hatte neue Länder entdeckt – Gegenden jenseits von allem, was man bis dahin für möglich gehalten hatte. Wunderbare, fruchtbare Kontinente, wo die Siedler Millionen scheffelten und in Penthouses mit Blick auf den Park wohnten. Lieberman war der Kolumbus einer neuen Zeit gewesen. Und wie hatte man es ihm gedankt? Jemand hatte ihn vernichtet.

Doch wenn man ehrlich war, trug Saxton viel mehr Schuld als Lieberman. Das Afrikaprogramm war schließlich Saxtons Idee gewesen. Er hatte es in Gang gesetzt. Er hatte direkt mit General Washington verhandelt und die Verlegung von Transkriptoren ins Kriegsgebiet überwacht, ebenso wie die Samptestreihe. Es war vor allem Saxtons Name, der mit dem Afrikaprojekt hätte in Verbindung gebracht werden sollen. Deshalb ärgerte es ihn so, dass man Lieberman deswegen hopsgenommen hatte. Nicht dass Saxton den altruistischen Wunsch verspürt hätte, mit dem Mann zu tauschen; er wunderte sich nur. Er wunderte sich und wartete darauf zu sehen, was man sich für ihn, Saxton, ausgedacht hatte. Wer immer das Afrikaprogramm an die Medien verraten hatte – er hatte über ausreichend Informationen verfügt, um genaue Daten und Orte zu nennen und Lieberman verhaften zu lassen. Und er wusste mit Sicherheit auch, dass Saxton genauso tief in die Sache verstrickt war.

Aber dieser Jemand hatte Saxtons Namen bis jetzt zurückgehalten. So gezielt, wie Lieberman vernichtet worden war, so gezielt war Saxton verschont worden.

Aber warum?

Saxton trommelte mit den Fingern auf die Schreibtischplatte. Draußen glitzerte die Skyline von Manhattan im Licht der Nachmittagssonne. Einhundert metallene Berggipfel lockten funkelnd die Abenteurer. In Saxtons Kopf tobte der Bürgerkrieg weiter. Tieffliegende Helikopter jagten über Küstendschungel hinweg und zerstörten mit ihren Maschinenkanonen primitive Laubhütten. Die Cocaistas rückten unter dem Schutz explodierender Artilleriegranaten über die Grasebene hinweg vor. Schließlich errichteten sie einen neuen Brückenkopf und eroberten wertvolles Gelände zurück. Die Verluste stiegen. Das Volk rief nach Frieden. Der Kampf ging weiter.

Lieberman.

Dalton Piper.

Erst Dalton Piper, dann Lieberman. Saxton konzentrierte sich. Er schloss die Augen, um die letzten Augenblicke bei klarem Verstand auszunutzen. Dalton Piper war angeklagt worden, ein Transkriptor zu sein, und dann hatte man ihn bei den Spielen getötet. Lieberman war ebenfalls angeklagt worden. Man hatte ihn ins Gefängnis gesteckt und anschließend ebenfalls getötet. Auf den ersten Blick schienen die beiden Vorfälle nichts miteinander zu tun zu haben; doch Saxton glaubte nicht an Zufälle. Diese beiden Männer waren durch einen dritten miteinander verbunden …

Saxton drehte sich zum Monitor um und rief Roosevelts Transkriptornummer auf. Sein Stiefbruder wurde als »in den Spielen gefallen« geführt. Die Mannschaft aus New York war bei dem Match aufgerieben worden. Fast das halbe Team war dabei draufgegangen. Ein paar Zeitungen hatten Roosevelts Tod erwähnt, doch zu guter Letzt war er einfach nur einer von vielen Transkriptoren gewesen, höchstens einen Absatz auf der Sportseite wert.

»Er ist tot«, sagte eine Stimme von der Tür her.

Saxton drehte sich um und sah Rasputin in der Tür stehen.

»Klopfst du eigentlich nie an?«, fragte Saxton verärgert. »Und er ist *vermutlich* tot.«

»Das Team von New York wurde bei dem Match abgeschlachtet. Keiner der Transkriptoren hat überlebt.«

»Dann dürfte es ja nicht so schwer sein, seine Leiche zu finden.«

»Transkriptoren werden entsorgt.«

»Na, ist ja auch egal«, sagte Saxton und wechselte das Thema. »Wir hatten einen Einbruch hier. Was genau ist passiert?«

Rasputin zuckte mit den Schultern. »Ein Cop hat uns einen Tipp gegeben und gesagt, ein entflohener Transkriptor befände sich im Gebäude. Die TFU ist erschienen, hat den Transkriptor aber nicht gefasst.«

»Wer war er?«

»Der Cop hat gesagt, er habe ihn nicht gekannt.«

»Hat jemand die Aufnahmen der Überwachungskameras überprüft?«, fragte Saxton.

Rasputin lächelte. »Sie haben als Einziger den Code dafür.«

Genico hatte viele Geheimnisse – ein Grund mehr, dass Saxton dafür gesorgt hatte, dass er allein Zugriff auf die Aufnahmen besaß. Und ihm war nie der Gedanke gekommen, diese Aufnahmen nach dem Einbruch zu überprüfen. Mama Blanca war das Einzige gewesen, was ihn damals interessiert hatte.

Saxton drehte sich wieder zum Monitor um und griff auf das Sicherheitssystem zu. Der Umriss des Genico Towers erschien auf dem Bildschirm. Saxton gab Datum und Uhrzeit ein.

»Wie sind sie reingekommen?«, fragte er.

»Durch den Maglev-Tunnel.«

Saxton rief eine Ansicht der Hauptlobby auf, lehnte sich dann zurück und beobachtete, wie der Zug in die Röhre fuhr und hielt. Zwei Männer erschienen am letzten Waggon. Als der Zug sich wieder in Bewegung setzte, machten die Männer sich mit einem Schweißgerät an der Wartungsluke zu schaffen. Die Luke öffnete sich, und Saxton sah, wie die beiden Männer eine Leiter hinunterstiegen und durch die Lobby gingen. Sie hielten sich in den Schatten. Ihre Gesichter waren im Dunkeln verborgen.

Rasputin beugte sich vor. »Einer von denen ist dieser Cop«, sagte er. »Dieser Detective Arden.«

Saxton speicherte die Information ab und schaltete auf den Privataufzug seines Vaters um, als die beiden Männer ihn betraten. Das Licht in der Kabine flammte auf. Saxton drückte die Pausetaste. Ein Mann schaute direkt in die Kamera. Saxton vergrößerte den Bildausschnitt, lehnte sich zurück und rieb sich die Augen.

Es war unfassbar.

Auf dem Bildschirm war das Gesicht seines Bruders zu sehen, obwohl er angeblich tot war.

Sein Bruder war irgendwie in das Gebäude eingebrochen.

Sein Bruder hatte die Informationen über Afrika aus dem Firmennetzwerk gezogen.

Sein Bruder hatte ihm das alles angetan.

Plötzlich wurde Saxton alles klar.

Sein Bruder war Parker Symon.

Saxton spürte, wie ungeheurer Zorn in ihm hochkochte. Es war das stärkste, nicht von Drogen herbeigeführte Gefühl, das er seit Langem verspürt hatte, und er genoss es einen Moment lang, genoss diese neue Art des Highseins.

Dann drehte er sich zu Rasputin um.

»Er lebt noch«, sagte Saxton.

»Sieht so aus.«

»Dieser Cop hat mich angelogen«, sagte Saxton. »Das beunruhigt mich. Ich möchte, dass du ihn für mich findest. Diesen Cop, und auch seine Tochter. Ich möchte, dass dieses Problem gelöst wird.«

Rasputin trat von einem Fuß auf den anderen. »Aber ich kann doch nicht einfach einen Polizisten …«

Saxton lief knallrot an und drückte den Finger auf die Schläfe. Warum bestand die Welt darauf, sich ständig seinem Willen zu widersetzen? Hatte das Rote Meer sich etwa geweigert, sich auf Moses Befehl hin zu teilen? Die Welt war wirklich auf den Kopf gestellt.

»Gut, gut, gut«, sagte Saxton mit zusammengebissenen Zähnen. »Dann eben später.«

»Und Ihr Bruder?«, fragte Rasputin.

»Ja, ja … Mein Bruder gibt heute Abend eine Party. Sorgen wir dafür, dass auch die TFU eine Einladung bekommt.«

Und in der Zwischenzeit brauchte Saxton einen Fix, denn die Cocaistas in seinem Schädel feuerten mit Maschinengewehren. Saxton holte einen Beutel aus der Schreibtischschublade, steckte den Finger hinein und schob ihn sich in die Nase. Dann lehnte er sich zurück, und die Cocaistas stellten das Feuer ein. Die Welt veränderte sich, und ein Friedensvertrag wurde unterzeichnet.

Roosevelts Penthouse platzte fast von Brokern. An der Bar stieß Armani gegen Caraceni, und auf der Dachterrasse fachsimpelte ein Porsche mit einem Jaguar, während ein Upper West Side im Schlafzimmer versuchte, eine Sekretärin zu überreden, nach der Party mit zu ihm zu kommen.

Roosevelt ging gelassen umher und betrachtete die Samphändler abschätzend. Die drei wichtigsten Investmentfirmen waren hier vertreten, angelockt von dem Versprechen, rasch ein Vermögen zu machen. Gier hatte etwas mit Selbstvertrauen zu tun. Die Leute hier strahlten noch immer die alte Selbstsicherheit ihrer Collegezeit aus. Zwar spielten sie nicht mehr Lacrosse oder Football und waren zehn Pfund schwerer, aber sie waren den Erfolg gewöhnt – Erfolg, den sie sich dank ihrer privilegierten Geburt nie wirklich hatten verdienen müssen.

Und Roosevelt spielte seine Rolle perfekt in diesem Theater der Privilegierten. Doch er war nicht nur Schauspieler in diesem Stück, sondern auch Drehbuchautor, und das hier war ein Drama, dessen letzter Akt noch einiges an Überraschungen bereithielt. Die Schauspieler machten weiter, ohne auch nur zu ahnen, wie ihre Rollen sich alsbald verändern sollten. Nur Roosevelt wusste es, denn er war der Autor, und er hatte den letzten Akt perfekt durchdacht, hatte über jeder Dialogzeile gebrütet und jeder Regieanweisung, bis er überzeugt gewesen war, ein Meisterwerk geschaffen zu haben.

Und schon bald würde er dieses Werk enthüllen.

Queen Elizabeth trat mit einem Glas Champagner in der Hand auf ihn zu. Sie trug ein langes schwarzes Abendkleid und funkelnde Brillantohrringe. Sie nickte Roosevelt zu und nippte an ihrem Champagner.

»Wie läuft's?«, fragte Roosevelt.

»Perfekt. Alles ist bereit«, antwortete Queen Elizabeth. »Wir haben die vollständige Kontrolle. Bist du sicher, dass du das durchziehen willst? Sie werden versuchen, die Sache zu einem neuen 11. September hochzustilisieren.«

»Das hier ist kein Terrorismus. Das ist ein Freiheitskampf. Und es werden keine Unschuldigen ihr Leben verlieren. So viel Rücksichtnahme hätten wir von den Menschen nicht zu erwarten.«

»Mach dich einfach nur auf einen Sturm gefasst.«

»Queen Elizabeth … Wo hast du eigentlich diesen Namen her?«

»Den hat man mir in der Fabrik gegeben. So steht es in den Akten.«

»Such dir einen neuen aus. Dein Profil wird sich bald ändern.«

Die Dachterrasse war voller Menschen, und in der Ferne war die Skyline des Finanzviertels zu sehen. Roosevelt ging zur Brüstung und drehte sich dann zu seinen Gästen um.

»Gentlemen! Gentlemen!«, rief er und hob die Hände, um die Aufmerksamkeit der Gäste auf sich zu ziehen. Nach und nach strömten die Broker aus der Wohnung auf die Terrasse. »Ich danke Ihnen, dass Sie gekommen sind, und möchte Ihnen allen gratulieren. Dank unserer gemeinsamen Arbeit hat die Sampindustrie unsere kühnsten Träume erfüllt, sogar übertroffen. Vor ein paar Hundert Jahren hat eine Gruppe niederländischer Siedler einen Vertrag mit einem Indianerstamm geschlossen. Für eine Handvoll Plunder haben sie eine Insel gekauft. Diese Insel nennt man heute Manhattan. Manhattan wurde durch Handel geboren, und auch heute noch ist es der Handel, der die Stadt am Leben erhält. Und so, wie wir vor mehreren Hundert Jahren die Indianer übers Ohr gehauen haben, betrügen, lügen und stehlen wir auch heute noch, diesmal allerdings von unseren eigenen Leuten. Menschen dürfen wenigstens leben. Es ist die andere Hälfte, die Transkriptoren, die wir wirklich in den Arsch treten. Wir erschaffen sie und geben ihnen Leben, damit sie sich dann in den Spielen für uns abschlachten oder sich auf den Straßen und in den Puffs für uns zu Tode schuften. Und ich sage: Gut gemacht!«

Die Broker spendeten zurückhaltenden Beifall. Sie hielten Roosevelts Bemerkungen für Ironie. Inzwischen hatten sich alle auf der Terrasse versammelt. Roosevelt stand an der Brüstung. Unter ihm erstreckte sich Lower Manhattan, und die Sonne ging als roter Feuerball über dem Hudson unter.

»Aber wie sollen wir jetzt weitermachen?«, fragte Roosevelt. »Wo ist oben, wenn man schon an der Spitze steht? Wenn es keine Welt mehr zu erobern gibt? Es ist Zeit, eine neue Ära einzuläuten. Was ich Ihnen jetzt zeigen werde, wird alles verändern. Schauen Sie hinaus. Dort.«

Roosevelt drehte sich um und deutete mit einer weit ausholenden Geste auf die Skyline von Manhattan. Die drei Türme der Genindustrie überragten alles, der Genico Tower leuchtend rot im Licht der untergehenden Sonne.

Die Broker rückten weiter vor, näher an die Zukunft heran. Irgendwo schlug eine Uhr die Stunde; dann kehrte Stille ein. Die Zeit war wie ein Vogel: erst vollkommen regungslos, um dann mit den Flügeln zu schlagen und davonzufliegen.

Plötzlich erbebten die drei Türme der Genindustrie, als würden sie zum Leben erwachen. Ein tiefes Grollen drang an die Ohren der Broker. Die Mauern der gigantischen Türme wölbten sich nach außen wie ein Ballon … ein Ballon, der kurz darauf mit einem unvorstellbaren Knall platzte. Die mächtigen Pfeiler der Genindustrie fielen mit ohrenbetäubendem Lärm in sich zusammen. Transkriptoren hatten Sprengladungen an den tragenden Strukturen angebracht, angeleitet von Queen Elizabeth und unter dem Befehl Roosevelts.

In den letzten Augenblicken zwischen Spätnachmittag und Abend brachen die drei Türme zusammen, diese Tempel der Genindustrie, und die Broker, ihre Götzendiener, verfolgten das Geschehen in fassungslosem Staunen. Die Aufzeichnungen, die Geschichten eines jeden Transkriptors, der je produziert worden war, wurden in einem einzigen, brutalen Augenblick vernichtet. Schweigen senkte sich auf die Reihen der Aston Martins, H. Huntsman, Rolex und Armanis. Alles, was sie je waren und je sein wollten, hatte sich in Rauch und Staub aufgelöst.

Dann, wie auf Befehl, wurden Handys hervorgerissen, und einhundert Stimmen brüllten voller Panik: »Verkaufen! Verkaufen! VERKAUFEN!«

Roosevelt beobachtete, wie der Genico Tower in einer riesigen Staubwolke zusammenbrach. Queen Elizabeths Leute hatten dafür gesorgt, dass alle drei Gebäude leer waren, damit niemand auf Straßenhöhe zu Schaden kam. Roosevelt hasste die Menschen nicht. Er hatte genug gute Menschen kennengelernt. Und Menschen konnten sich verändern. Er wollte nur diejenigen zur Rechenschaft ziehen, die es verdient hatten, und diese Liste hatte er fast abgearbeitet.

Auf der Terrasse herrschte Chaos. Broker brüllten in ihre

Handys, während dort, wo einst ihr Reich gewesen war, nur noch eine gewaltige Lücke in der Skyline klaffte. Von unten hörte Roosevelt das Heulen von Sirenen. Auf der Straße raste ein Dutzend Wagen der TFU heran.

»Sie kommen, Roosevelt«, rief Queen Elizabeth über den Lärm der Broker hinweg. »Es läuft überall in den Nachrichten. Sie wissen, dass du lebst.«

Roosevelt war nicht bereit zu sterben. Noch nicht. Er drängte sich zwischen den Brokern hindurch und zurück in die Wohnung. Elizabeth folgte ihm und schaute sich die Nachrichten als Feed auf ihrem Handy an.

»Sie werden den Block abgesperrt haben«, sagte sie.

»Ich weiß«, erwiderte Roosevelt.

In der Küche lagen noch die Werkzeuge von der Renovierung. Roosevelt schnappte sich einen schweren Vorschlaghammer und das Sicherungsseil der Fensterputzer und ging zur Eingangstür. Draußen im Flur waren hinter jeder Wohnungstür die Nachrichten zu hören, und die Aufzuganzeige blinkte.

»Sie haben die Aufzüge lahmgelegt«, sagte Queen Elizabeth.

Im Treppenhaus hörte Roosevelt schnelle, schwere Schritte auf dem Weg nach oben. Die TFU war bereits im Gebäude. Und sie waren schnell. Wieder im Flur, lief Roosevelt in den Abstellraum. Dort befand sich ein Müllschacht, der von ganz oben bis in den Keller führte.

Roosevelt schwang den Vorschlaghammer und schlug auf den Betonblock unter der Schachtklappe. Der Hammer traf, und Betonsplitter flogen durch die Luft. Roosevelt schlug immer wieder zu, und schließlich gab die Betonwand nach und fiel nach innen in den Schacht. Roosevelt trat die letzten Trümmer beiseite, bis eine Öffnung von etwa anderthalb Meter Breite entstanden war.

»Ich komme mit dir«, sagte Elizabeth.

»Das musst du nicht«, erwiderte Roosevelt, während er das eine Ende des Seils an einen freiliegenden Dachträger band und das andere in den Schacht warf.

»Ich weiß. Ich komme trotzdem mit.«

Roosevelt vergewisserte sich, dass das Seil fest war; dann zog er sich dicke Arbeitshandschuhe über und schaute in die Dunkelheit hinunter. Er ließ den Vorschlaghammer in die Tiefe fallen und lauschte. Mehrere Sekunden vergingen, bevor der Aufprall zu hören war.

»Halt dich an mir fest«, sagte Roosevelt.

Queen Elizabeth klammerte sich an ihn. Roosevelt schlang einen Arm um sie, während er mit der freien Hand das Seil packte. Elizabeth schaute ihn an.

»Bereit?«, fragte er.

Elizabeth biss sich auf die Lippe, schloss die Augen und nickte.

Roosevelt ließ sich mit Elizabeth in den Schacht hinunter. Dann schlang er die Füße um das Seil, lockerte seinen Griff, und sie glitten durch den schmalen Schacht in die Tiefe. Es war stockdunkel und stank nach altem Müll. Elizabeth drückte ihr Gesicht an Roosevelts Schulter und murmelte: »Ich habe Höhenangst.«

»Das trifft sich gut«, sagte Roosevelt, »denn ich hab Platzangst.«

Er spähte nach unten und sah ein kleines Licht, das rasch näher kam. Die TFU hatte das Gebäude mit Sicherheit umstellt. Es gab nur einen Weg hinaus: Er musste schneller sein als sie.

Der Lichtfleck wurde rasch größer. Schließlich verstärkte Roosevelt seinen Griff wieder und verlangsamte ihre Fahrt, als sie den Rand der riesigen Müllpresse erreichten. Roosevelt zog sich mit dem Bein an den Rand; dann endlich konnten er und Elizabeth von der Presse klettern. Elizabeth atmete auf, als sie wieder festen Boden unter den Füßen hatte.

Sie befanden sich in der Müllentsorgung. Roosevelt holte den Vorschlaghammer aus der Presse und legte ihn sich auf die Schulter. Dann öffnete er langsam die Tür. Dahinter befand sich die Tiefgarage des Gebäudes. Roosevelts 1988er Chevrolet Callaway Sledgehammer Corvette war in der hinteren Ecke geparkt.

Am Garagenaufzug standen zwei TFU-Beamte, wie üblich mit Sturmgewehren bewaffnet und von Kevlarwesten geschützt. Roosevelt drehte sich zu Queen Elizabeth um, legte den Finger auf die Lippen und winkte ihr zu bleiben, wo sie war.

Die beiden TFU-Leute hatten ihnen den Rücken zugekehrt. Leise schob Roosevelt die Tür weiter auf, packte den Vorschlaghammer und schlich auf die Männer zu. Als er in Reichweite kam, stieß er einen Pfiff aus. Einer der Männer drehte sich überrascht um – als ihn auch schon der Vorschlaghammer gegen die Brust traf und nach hinten schleuderte. Sein Kollege griff nach seinem Sturmgewehr, doch Roosevelt stieß mit dem Hammer zu, und der Mann ging zu Boden.

Zehn Meter entfernt verkündete ein *Ping!* die Ankunft des Aufzuges. Die Tür öffnete sich, und ein dritter TFU-Beamter trat heraus. Erschrocken riss er die Augen auf, als er seine beiden Kameraden auf dem Boden liegen sah. Sofort griff er nach seiner Waffe. Roosevelt schleuderte den Hammer. Zweimal drehte sich das schwere Werkzeug in der Luft, dann traf es sein Ziel. Wie vom Blitz getroffen, ging der Mann zu Boden.

Langsam ging Roosevelt zu dem niedergestreckten Beamten, nahm ihm die Kevlarweste ab und zog sie sich selber an. Dann nahm er eine zweite Weste und warf sie Queen Elizabeth zu.

»Zieh das an«, sagte er.

Während Elizabeth sich die Weste umschnallte, bückte Roosevelt sich und sammelte den Vorschlaghammer, zwei Sturmgewehre und eine Handfeuerwaffe von den TFU-Leuten ein. Anschließend suchte er in seinen Taschen nach den Autoschlüsseln und entriegelte die Corvette per Funk.

»Wohlan«, sagte er und bot Elizabeth den Arm an. »Sollen wir?«

Queen Elizabeth nahm seinen Arm, und gemeinsam gingen sie zur Corvette. »Wir sollen.«

Der schwere Motor erwachte brüllend zum Leben.

»Bitte anschnallen«, mahnte Roosevelt.

Draußen drängten sich TFU-Beamte und Fahrzeuge auf der Straße vor Roosevelts Haus. Inzwischen hatten sich Schaulustige hinter der Absperrung auf der anderen Straßenseite versammelt. Streifen- und Rettungswagen jagten vorbei. Sie rasten nach Süden, wo die Genindustrie im wahrsten Sinne des Wortes zusammengebrochen war. Ein Team von TFU-Leuten verließ Roosevelts Gebäude und führte mehrere verzweifelte Broker hinaus, als plötzlich der Motor der Corvette aufheulte und die Rampe der Tiefgaragenrampe hinaufschoss. Die Männer sprangen aus dem Weg, als der Wagen mit qualmenden Reifen an ihnen vorbei und in Richtung Norden jagte.

»Wo fahren wir hin?«, fragte Queen Elizabeth.

»Du wirst schon sehen«, sagte Roosevelt.

Elizabeth schaute nach hinten. »Wo immer du hinwillst, du solltest dich beeilen.«

Roosevelt blickte in den Innenspiegel. »Da hast du wohl recht.«

TFU-Fahrzeuge nahmen die Verfolgung auf. Ihre rotblauen Lichter erhellten den Central Park. Roosevelt trat das Gaspedal durch, und die Corvette schoss nach vorne. Der Verkehr flog nur so an ihnen vorbei. Roosevelt drückte auf die Hupe. Taxis und Fußgänger gaben in panischer Hast den Weg frei. Es dauerte nicht lange, und sie schienen die Verfolger abgeschüttelt zu haben.

Sie jagten am Museum of Natural History vorbei, als plötzlich zwei TFU-Fahrzeuge aus der 82nd Street gerast kamen. Roosevelt riss das Steuer herum, um ihnen auszuweichen. Die Reifen der Corvette kreischten auf dem Asphalt, und der fast sechzig Jahre alte Motor brüllte auf. Queen Elizabeth lehnte sich aus dem Beifahrerfenster, legte mit einer der TFU-Dienstwaffen an und gab zwei gezielte Schüsse auf den sie verfolgenden Wagen ab.

Roosevelt riss das Lenkrad nach rechts und bog in die 97th Street ein, die in Richtung Osten durch den Central Park führte. Er wusste, dass die Mächtigen sich inzwischen den Zusammenbruch der Gentürme angeschaut hatten und ihn, Roosevelt, zu einer Mischung aus Al Capone, John Dillinger, Jack the Ripper und jedem anderen Unhold erklärt hatten, der je die Menschheit heimsucht hatte. Die Mächtigen im Lande würden nie verstehen, dass Hunderttausende Transkriptoren nur durch Zerstörung gerettet werden konnten.

Roosevelt drückte auf die Hupe und trat auf die Bremse, als plötzlich eine Touristengruppe aus dem Park und direkt vor die Corvette lief. Für den Bruchteil einer Sekunde sah er bunte Kleidung und Eistüten, bevor die Leute entsetzt zur Seite sprangen. Im Innenspiegel beobachtete Roosevelt, dass einige von ihnen gleich wieder aus der Deckung hervorkamen und Fotos schossen, kaum dass er an ihnen vorbei war.

Roosevelt jagte am Reservoir vorüber und aus dem Park hinaus und erreichte die dicht bevölkerte Upper East Side. Er überquerte die Park Avenue. TFU-Fahrzeuge kamen von beiden Seiten in seine Richtung und schlossen sich der ohnehin schon beachtlichen Schlange flackernder Blaulichter an, die seinem Wagen folgten.

»Hast du irgendeinen Plan, oder fahren wir einfach, bis wir keinen Sprit mehr haben und sie uns abknallen?«, fragte Queen Elizabeth.

»Oh, ich habe durchaus einen Plan. Ich weiß, wo ich meinen Bruder finden kann.«

»Und wo?«

»An dem einzigen Ort, an dem er sich aufhalten kann. In der Roosevelt-Modifikationsfabrik.«

Die Roosevelt-Modifikationsfabrik war die erste Produktionsstätte für Transkriptoren in den Vereinigten Staaten gewesen. Dort hatte Genico die ersten Modelle hergestellt. Die Fabrik nahm den gesamten Norden von Roosevelt Island ein, dem kleinen Landstreifen im East River zwischen Manhattan und Queens, war aber schon vor Jahren aufgegeben worden, nachdem das Unternehmen die Produktion nach Malaysia und China verlagert hatte.

»Ich dachte, die Fabrik sei außer Betrieb.«

»War sie auch. Aber den Informationen zufolge, die ich bei Genico entdeckt habe, werden dort die modifizierten Samps hergestellt, die in Ituri eingesetzt wurden. Saxton wird dort sein, um die Beweise zu vernichten.«

Die Corvette jagte über die Queensboro Bridge und durch die schmalen Straßen von Long Island City. Immer mehr TFU-Einheiten schlossen sich der Jagd an, und nur durch sein fahrerisches Geschick war Roosevelt in der Lage, sie auf Distanz zu halten. Als die Corvette die Roosevelt Island Bridge erreichte, eine Hebebrücke, trat Roosevelt das Gaspedal wieder durch, und der East River schoss binnen weniger Augenblicke unter ihnen vorbei. Auf der anderen Seite angelangt, machte Roosevelt eine Vollbremsung. Die Corvette kam schliddernd zum Stehen, und Roosevelt sprang heraus. Er schnappte sich das Sturmgewehr, lief zum Brückenkontrollraum und trat die Tür auf. Im Kontrollraum saß nur ein einziger Techniker. Er aß gerade sein Sandwich und las die Zeitung. Erschrocken sprang der Mann auf, als Roosevelt die Waffe auf ihn richtete.

»Fahren Sie die Brücke hoch«, befahl Roosevelt.

»Das … das kann ich nicht«, stammelte der Mann. »Nicht ohne Anweisung.«

Roosevelt schaute aus dem Fenster. Die TFU-Einheiten hatten die gegenüberliegende Seite der Brücke erreicht und kamen rasch näher.

»Fahren Sie die Brücke hoch, oder ich puste Ihnen das Hirn raus!«, rief Roosevelt.

Der Techniker schluckte, nickte und drückte den Hebeknopf. Ein lautes Knarren war zu hören, als die Brücke sich langsam hob. Die heranrasenden TFU-Fahrzeuge bremsten und gerieten ins Schleudern.

Als die Brücke hochgefahren war, leerte Roosevelt das Magazin des Gewehrs in die Kontrolltafel. Dann verließ er den Kontrollraum und salutierte spöttisch zu den TFU-Fahrzeugen hinüber, die sich drüben in Queens drängten. Die TFU würde jetzt nur noch über Umwege auf die Insel kommen. Roosevelt hatte mindestens eine Stunde.

Wieder in der Corvette, fuhr Roosevelt nach Norden zur alten Transkriptorenfabrik. Die Insel selbst war nur dreihundert Meter breit. Im Westen lag Manhattan, im Osten Queens. Ursprünglich war hier eine Irrenanstalt gewesen; überall standen noch die alten Anstaltsgebäude – Ruinen aus einer vergangenen Zeit. Es war irgendwie passend, dass hier alles enden sollte.

Die Transkriptorenfabrik sah von außen trostlos und verlassen aus. Rankpflanzen wucherten über dem Haupteingang, und die Fenster waren zerbrochen. Die Fabrik war um ein Oktagon herumgebaut und hatte je einen Flügel auf jeder Seite.

Hinter dem Westflügel stand Saxtons Wagen, ein Lincoln Navigator.

Roosevelt fuhr langsam an das Fabrikgebäude heran und stellte den Wagen ab. Dann griff er hinter sich, nahm die 9-mm-Pistole, die er den TFU-Beamten abgenommen hatte, und wandte sich Queen Elizabeth zu. »Warte hier.«

Sie nickte. Roosevelt öffnete die Wagentür und stieg aus.

Jetzt, aus der Nähe, erkannte er, dass die Fabrik längst nicht so verfallen war, wie es vom Wasser aus den Anschein gehabt hatte. Ein sorgfältig versteckter Pfad führte zur Eingangstür des Westflügels. Im Inneren brannte Licht. Leise schob Roosevelt die Tür auf und betrat die langen, einst so sterilen Gänge.

Wände und Decken waren weiß gestrichen, doch von steriler Sauberkeit konnte keine Rede mehr sein. Überall hatte sich Schimmel ausgebreitet. Pflanzen krochen durch die zerbrochenen Fenster, und Müll und Tierkot faulten in den Ecken.

Vor fünfzig Jahren war Roosevelts Vater hier erschaffen worden. Dies hier war Teil seiner Familiengeschichte und ein Teil von ihm selbst.

Weiter vorne schlug plötzlich Metall auf Metall und riss Roosevelt aus seinen Gedanken. Er verlangsamte seine Schritte und duckte sich. Ein Stück voraus stand eine Tür offen; eine einzelne Lampe brannte im Raum dahinter. Roosevelt schlich näher heran und spähte vorsichtig um die Ecke. Im Inneren des Raumes standen Reihen von Computermonitoren; dahinter waren große Biotanks zur Züchtung von Transkriptoren zu sehen. Einige dieser Tanks waren gefüllt. Menschenähnliche Westen schwammen darin; ihre Gesichter waren so glatt wie die Maschinen, die ihr Wachstum förderten. Es sah so aus, als hätte Saxton hier die neuen Transkriptoren für Ituri produziert.

Hier also hatte Genico seine düsteren Geheimnisse vergraben.

Dunkelrotes Licht fiel durch die Fenster, als die Sonne im Westen den Horizont berührte. Und dort, in der hintersten Ecke des Labors, sah Roosevelt ihn: Saxton war über einen Monitor gebeugt und tippte wild auf einer Tastatur.

Roosevelt versteckte sich nicht länger, sondern ging auf seinen Stiefbruder zu. Als Saxton die Schritte hörte, fuhr er herum. Eine Sekunde lang war er verwirrt, als er seinen Stiefbruder sah; dann entglitten ihm die Gesichtszüge.

»Roosevelt«, sagte er. »Wie hast du …?«

»Wie ich überlebt habe? Indem ich für diesen Augenblick gelebt habe.«

Saxton war noch immer wie benommen. Er sah älter aus, als Roosevelt ihn in Erinnerung hatte. Seine Haut war welk geworden und zeigte ein ungesundes Gelb vom jahrelangen Drogenmissbrauch. Während Roosevelt stärker geworden war, war sein Stiefbruder verfallen. Aber er war noch immer derselbe Mensch, der Roosevelt in die Hölle geschickt hatte.

»Es ist vorbei«, sagte Roosevelt.

Saxton verdrehte die Augen. »Was willst du denn tun? Mich ausliefern? Du bist ein Transkriptor. Wer wird dir schon glauben?«

»Ich werde dich nicht an die Polizei übergeben. Ich werde dich töten.«

Saxton wirkte für einen Moment verunsichert, fasste sich aber rasch wieder. »Wie ich sehe, hast du endlich zu hassen gelernt.«

»Du hast ja keine Ahnung, was dieses Wort bedeutet. Du

weißt nicht, was Hass ist. Du kannst es dir nicht einmal vorstellen.« Roosevelt schüttelte den Kopf. »Du hast mir alles genommen.«

»Du konntest dich schon immer nur beschweren«, entgegnete Saxton. »Diese Leute haben kein sauberes Wasser … diese Leute hungern … diesen Leuten geht es so furchtbar schlecht. Blablabla. Und? Wo sind diese Leute jetzt? Wo sind die armen Opfer, denen du geholfen hast? Können sie dich zu einem Menschen machen? Letzten Endes bist du allein. So wie Dad mich verlassen hat. Und dich. Und denk an die viele Arbeit, an all die Zeit, die aufgewendet wurde. Was hat es gebracht? Du hast noch immer keine Seele! Du willst mich töten? Egal was du tust, ich werde immer ein Mensch bleiben und du ein Transkriptor.«

»Ich bin menschlicher, als du je begreifen wirst.« Roosevelt trat auf seinen Stiefbruder zu und hob die Waffe. Saxton drehte sich blitzschnell zur Tastatur um und nickte zu den Biotanks mit den sich noch entwickelnden Transkriptoren.

»Töte mich, und ich werde sie töten«, sagte er. »Ich muss nur auf diesen Knopf drücken.«

Seine Finger schwebten über der Tastatur.

»Nur zu«, sagte Roosevelt. »Es sind doch nur Transkriptoren.«

»Aber dieser spezielle Tank enthält einen Transkriptor, der dich interessieren wird.«

Saxton wollte offensichtlich Zeit schinden. Bestimmt würde er sich jetzt irgendeinen Transkriptor ausdenken, von dem er glaubte, dass er Roosevelt nahestand.

»Sag mir jetzt nicht, du hättest meinen Vater«, sagte Roosevelt. »Du hast mich früher oft genug an der Nase herumgeführt, aber das ist vorbei.«

»Nein, dein Vater ist es nicht«, sagte Saxton. »Es ist Dolce.«

Roosevelt spürte Wut in sich aufsteigen. »Das ist eine Lüge!«

»Sie war ein Genico-Projekt. Es war nicht schwer, ihre Daten zu finden, und dann musste ich nur den Tank programmieren. Wie es sich wohl anfühlt, die Frau zu verlieren, die man liebt?« Er lachte. »Und das gleich zweimal.«

Roosevelt geriet ins Wanken. »Das würdest du nicht tun.«

Er senkte die Waffe. Saxton beobachtete ihn aufmerksam. Seine Finger schwebten noch immer über der Tastatur.

»Geh«, sagte Roosevelt. »Bitte, geh.«

»Damit du mich für den Rest meines Lebens jagen kannst?«, erwiderte Saxton. »Nein.«

Die eine Hand noch immer über der Tastatur, griff Saxton langsam hinter sich und zog eine Pistole unter dem Hosenbund hervor. »Ich glaube, es ist besser, wenn es hier zu Ende geht.«

Saxton richtete die Waffe auf Roosevelt.

Es tut mir leid, Dolce. Es tut mir schrecklich leid …

»Ich frage mich, was wohl passiert, wenn ein Transkriptor stirbt«, sagte Saxton. Ein Schuss hallte durch den Raum, und Roosevelt zuckte unwillkürlich zusammen. Er spürte keinen Schmerz. Stattdessen erblühte eine rote Blume aus Blut an Saxtons linker Schulter, und sein Körper wurde herumgeschleudert. Er ließ die Waffe fallen, drehte sich um und rannte durch den Hintereingang aus dem Labor.

Roosevelt blickte über die Schulter in die Richtung, aus welcher der Schuss gekommen war. Detective Charles Arden stand in der Tür, in der Hand seine Dienstwaffe. Hinter ihm wartete Queen Elizabeth.

»Du hast dich geirrt, was uns betrifft«, sagte Arden zu Elizabeth. »Manchmal können auch Menschen die richtige Entscheidung fällen.« Arden senkte die Waffe und drehte sich zu

Roosevelt um. »Sie sind ein Glückspilz. Jetzt sind wir quitt. Bringen Sie die Sache zu Ende.«

»Danke«, sagte Roosevelt und rannte los, stieß die Tür auf und eilte hinaus auf die Wiese hinter dem Fabrikgebäude, die sich bis zur Landspitze erstreckte und von der untergehenden Sonne über der Skyline von Manhattan blutrot erleuchtet wurde.

Saxton war am Rand der Insel stehen geblieben. Weiter ging es nicht. Nun drehte er sich um. Roosevelt richtete die Waffe auf die Brust seines Stiefbruders.

Saxton schüttelte den Kopf und lächelte. Langsam drehte er sich wieder um und betrachtete die Skyline von Manhattan und die Rauchwolke an der Stelle, an der einst das Genico-Gebäude gestanden hatte.

»Sieht so aus, als hättest du es geschafft«, murmelte er.

»Noch nicht ganz«, sagte Roosevelt.

Saxton sank auf die Knie und drückte die Hand auf die Wunde. Blut sickerte zwischen seinen Fingern hindurch. Alle Farbe wich ihm aus dem Gesicht. Blut erschien in seinen Mundwinkeln und lief ihm übers Kinn. Er schaute auf seinen zerstörten Körper und hob dann den Blick zu Roosevelt.

»Und? Was ist jetzt mit deiner Menschlichkeit?«, fragte Saxton.

»Ich bin ein Transkriptor. Ihr habt mir keine Menschlichkeit gegeben«, antwortete Roosevelt und drückte ab.

Als er ins Labor zurückkehrte, war Arden verschwunden. Der Detective hatte getan, was getan werden musste. Roosevelt wusste, dass Arden Elizabeth liebte, aber sie hatte beschlossen, ein anderes Leben zu führen. Ein Leben mit ihm, Roosevelt.

Elizabeth blickte auf die Monitoranzeige. »Phillipp hat nicht gelogen«, sagte sie. »Dolce ist hier.«

Roosevelt sah sie im Tank. Sie sah genauso aus, wie er sie in Erinnerung hatte. Ihre Augen waren noch immer geschlossen. Sie schlief.

Roosevelt berührte das Glas, das sie voneinander trennte.

»Sie wird dich nicht kennen«, sagte Queen Elizabeth. »Sie ist nicht die Dolce, an die du dich erinnerst.«

»Ich weiß. Dolce ist tot. Sie war viel mehr als nur ein Code, den Genico zusammengestellt hat, so viel mehr. Sie hat sich in den Jahren unseres Zusammenseins zu dem entwickelt, was sie war. *Das* habe ich geliebt, nicht den Code, den irgendein Designer zusammengestellt hat. Ich habe geliebt, was in ihr war, was andere nie haben berühren können, was ihr allein gehörte. Und das, nur das werde ich in Erinnerung behalten.«

Elizabeth nickte. »Ich kann ein Rettungsteam per Motorboot hierherbeordern«, sagte sie dann. »Sie werden sich nach ihrer Geburt um sie kümmern.«

Roosevelt schaute sie an und lächelte. »Das würde mir gefallen. Sie wird in eine neue Welt geboren. Eine bessere Welt. Ohne Menschen und Transkriptoren, nur mit Männern und Frauen, die selbst entscheiden, wie sie leben wollen.«

Das Licht der Nachmittagssonne streifte den Vulkanrand, bevor sie mit dem schwarzen Obsidiansand am Ufer verschmolz. Am Hafen, unter den eckigen, weiß getünchten Häusern, legten Fischer ihre Netze zum Trocknen aus. Salzkristalle funkelten in der mediterranen Hitze. Auf diesen Inseln hatte Odysseus Aeolus gefunden, den Sohn des Hippotas, Freund der totlosen Götter, und hatte von ihm als Geschenk die Winde der Welt erhalten.

Hierher war auch Roosevelt zurückgekehrt.

Er besaß ein Haus am Rand von Lipari, einem kleinen Dorf, das sich am Fuß des Mont Sant'Angelo in Richtung

Westen erstreckte. Das Haus war leuchtend weiß getüncht, und purpurne Blumen wuchsen an der Treppe. Oben saß Roosevelt in einem bequemen Korbstuhl auf der Terrasse, über sich einen weißen Sonnenschirm. Er blickte in den Hafen hinaus.

Die Zeit ist gnadenlos und zerstört alles auf ihrem unaufhaltsamen Weg, bis nur noch die Erinnerung bleibt. Die Erinnerung an diesen Ort. Die Erinnerung an sie. Doch mit der Zeit würden auch die Erinnerungen verblassen. Aber er würde noch öfter herkommen, um sich daran zu erinnern, wie es gewesen war.

Queen Elizabeth trat aus der schattigen Tür und legte Roosevelt die Hand auf die Schulter. Sie hatten alles zurückgelassen. Roosevelt war der Sohn eines Transkriptors und einer Menschenfrau. Er war Genicos Erbe. Das war die Vergangenheit; nun erstreckte sich die Zukunft vor ihm, so weit und leer wie das Meer.

Irgendwo war eine neue Dolce geboren worden, und sie lebte ihr Leben in einer Welt endloser Möglichkeiten.

Roosevelt spürte Queen Elizabeths Hand auf der Schulter.

Für Gott war alles möglich. Der Wind verwandelt auch den härtesten Fels in Sandkörner. Zu viel Zeit für ein Menschenleben. Heute war Freitag. Irgendwo hatte einst die Menge gegrölt, und die Spiele hatten begonnen.

Aber nicht hier. Hier gab es nur das Meer.

„Ein absoluter Geniestreich. Richard Doetsch ist zweifellos einer der besten Thriller-Autoren aller Zeiten!“ BOOKLIST

Richard Doetsch
DER DUNKLE
PFAD GOTTES
Thriller
Aus dem amerikanischen
Englisch von
Karin Meddekis
464 Seiten
ISBN 978-3-404-16532-2

Michael St. Pierre war einmal der beste Dieb aller Zeiten. Er wollte für immer aufhören. Doch als seine Frau erkrankt, kann nur eine kostspielige Operation ihr Leben retten: Michael muss innerhalb einer Woche 250.000 Dollar beschaffen.
Ein mysteriöser Auftraggeber verspricht ihm genau diese Summe, wenn Michael zwei antike Schlüssel stiehlt. Das Problem: Die Reliquien befinden sich im bestbewachten Museum der Welt, dem Vatikan. Michael macht sich bereit für den größten Raub der Geschichte. Und er ahnt nicht, dass er damit die Welt an den Rand des Abgrunds bringt. Denn er will etwas stehlen, das nicht für menschliche Augen bestimmt ist …

Bastei Lübbe Taschenbuch